Marc Elsberg

°C
CELSIUS

Marc Elsberg

°C

Celsius

Thriller

blanvalet

MIX
Papier | Fördert gute Waldnutzung
FSC® C014496

Klimaneutral
Druckprodukt
ClimatePartner.com/14044-1912-1001

Penguin Random House Verlagsgruppe FSC® N001967

1. Auflage

Redaktion: Angela Kuepper
Umschlaggestaltung: www.buerosued.de
Umschlagmotiv: plainpicture / Nordic Life / Terje Rakke
NG · Herstellung: sam
Satz: Uhl + Massopust, Aalen
Druck und Bindung: GGP Media GmbH, Pößneck
Printed in Germany
ISBN 978-3-7645-0633-9
www.blanvalet.de

Für Ursula

Personenverzeichnis
in der Reihenfolge des Erscheinens

Amber Fields – Sprecherin des Weißen Hauses
Kendra Sully – US-Außenministerin
CIA-Direktor
Minister für Homeland Security
Pat Welzer – US-Journalist, Korrespondent in China
Emanuel »Manu« Sanusi – Unternehmer, Milliardär
Gilbert »Gil« Howard – US-Präsident
Ebele Solaya – Managerin
Sienna Banks – britische Klimaaktivistin, wohnhaft in Berlin
Martin – Klimaaktivist
Kahlil – Klimaaktivist
Tony Vermaak – Animateur, Sportlehrer, ehemaliger Schauspieler
Benjamin »Ben« Rabelt – Unternehmer, Ehemann von Fayola Oyetunde-Rabelt
Fayola »Fay« Oyetunde-Rabelt, UNO-Klimawissenschaftlerin, Ehefrau von Benjamin Rabelt
Nicolas, 14 – ihr Sohn
Joy, 11 – ihre Tochter
Ife – Cutterin
Lang Chok – chinesischer Außenminister
Mene Odoh – Künstleragentin in Lagos, Nigeria
Thomas Dedak – deutscher Bundeskanzler

Thorben Rausch – Venture Capitalist/Finanzier
Dila Tüzem – Fays Vorgesetzte bei der UNO
Alfred Townsend – US-Diplomat in Kenia
Muhamadar Ndenge – Vertreter Nigerias bei der UNO
Wasilij Kordchiev – Vertreter Russlands bei der UNO
James Nwadike – Produktionsassistent
Ogba Bulus – Regisseur
Igwe – ein Bewohner von Lagos

UFOs

1

»Die rasen direkt auf uns zu!«

So hatte Chen nicht erwartet zu sterben.

Durch das Fenster des Airbus der Singapore Airlines auf dem Weg nach Taipeh sah er die monströsen Maschinen seitlich auf sie zurasen. Unter ihnen der Globus. Rosige Wölkchen flockten in der Morgendämmerung über dem Südchinesischen Meer. In diesiger Ferne ging es über in das graugrüne Festland.

Vor kaum einer Minute hatte Chen die Stimmung mit der Kamera einfangen wollen. Da hatte er sie entdeckt, die kleinen dunklen Punkte, die schnell größer wurden. Schwarz. Bizarr geformt. Bedrohlich. Jetzt filmte er. Auch andere Passagiere hatten sie gesehen. In den Reihen vor und hinter sich hörte Chen ihre aufgeregten Stimmen. Immer mehr Menschen drängten zu den Fenstern. Wollten einen Blick auf die Ungetüme erhaschen. Ein massiver schwarzer Rumpf. Kein sichtbares Cockpit. Sechs ewig lange Flügel, die wie Stachel in verschiedenen Winkeln vom Rumpf abstanden. Die Spannweite musste deutlich über jener eines A380 liegen! Chen zoomte sie heran. Erkannte seltsame Ausstülpungen sowohl an den vielen Flügeln als auch am Rumpf. Waren das Düsen? Bomben? Chens Magen krampfte sich zusammen. Ein Anblick wie aus Science-Fiction-Filmen. Doch das hier war echt. Von Westen her kamen noch mehr immer größer werdende Punkte heran und hielten unbeirrt auf sie zu. Die Passagiere wurden lauter, Angst brach sich Bahn.

»UFOs!«

»Eine Alien-Attacke!«

So mussten sich die Menschen in den hoch gelegenen Büros des World Trade Centers am 11. September 2001 Sekunden vor dem Einschlag des ersten Flugzeugs gefühlt haben, dachte Chen. Ungläubig. Fassungslos. Hoffend. Panisch. Schließlich Leere im Kopf. Einzelne Schreie, die sich kurz vor dem Einschlag zu kollektivem Entsetzen vereinten. Der Moment, in dem sich die Zeit unendlich dehnte, während sie zu begreifen versuchten, was eigentlich geschah. Bis sie stillstand und einen Herzschlag lang Klarheit einkehrte, in dem der Geist auf wundersame Weise alles verstand und doch nichts mehr tun konnte, als das Unausweichliche zu erwarten. Genau so ging es ihm jetzt. Zusammen mit der Klarheit machte sich Kälte in ihm breit. Wenigstens würden sie die Folgen der außerirdischen Invasion nicht mehr erleben müssen. Chen spürte Kims Hand um seine. Gekrallt. Konnte den Blick aber nicht abwenden. Hielt wie gelähmt die Kamera auf die heranrasenden Ungeheuer gerichtet. Wartete auf die Kollision.

2

Das unheimliche Flugobjekt verdunkelte den Bildschirm in Amber Fields' Büro im Weißen Haus. Für einen Moment war die Welt verschwunden. Im Hintergrund des Videos hörte sie einen Chor nackter Angst.

Ein weißer Blitz leuchtete auf.

Sekundenbruchteile später hatte die nervöse Kamera die Belichtung wieder auf den blauen Himmel eingestellt.

Das UFO war denkbar knapp über die Passagiermaschine hinweggerast.

Schon flog das nächste Monster auf sie zu. In verwackelten Bildern sah Amber, wie die zweite Maschine binnen eines Wimpernschlags den Monitor ausfüllte. Dann verschwand sie nach unten aus dem Bild.

Hartnäckig, wenn auch weiter mit zitterndem Griff, schwenkte der filmende Passagier auf Maschine drei und vier. Mit etwas mehr Abstand als die ersten beiden Flugobjekte kreuzte Nummer drei die Bahn des Linienflugs von Singapur nach Taipeh. Als die vierte Maschine den Bildschirm fast komplett ausfüllte, stoppte der CIA-Chef das Video und zeigte das monströse Ding in einem unscharfen Standbild, was es noch bedrohlicher wirken ließ.

»Das war knapp«, bemerkte US-Außenministerin Kendra Sully. Sie war die Zweite auf dem Splitscreen von Ambers Laptop.

»Flug 372 der Singapore Airlines hatte wegen einer Gewitterfront kurz zuvor eine Kurskorrektur vorgenommen«, erklärte der CIA-Chef, der Dritte auf Ambers Bildschirm. In Washington, D.C., war es Abend, und selbstverständlich saß Amber noch in ihrem Büro. »Wahrscheinlich kamen ihm die Dinger deshalb so nahe. Das erlaubte den Passagieren, Videos zu machen und sie wenige Minuten später per Bord-Wi-Fi online zu stellen. Das Ganze geschah vor drei Minuten. Dadurch wissen wir, wie sie aussehen. Und womit wir es zu tun haben könnten.«

»UFOs …«, setzte die Außenministerin an, doch der CIA-Chef unterbrach sie umgehend.

»… sind es nach bisherigem Stand nicht. Das wäre die gute Nachricht.«

»Die gute?«, warf Amber ungläubig ein. »Gruselig aussehende Riesenflieger sind unterwegs vom chinesischen Festland Richtung Taiwan. Viel schlechter geht kaum.«

»Exakt«, sagte der Minister für Homeland Security. Die Stirn in tiefe Falten gelegt, sah er ihnen von einem der großen Monitore in Ambers Büro zu. In einem weiteren Fenster spielte der CIA-Direktor jetzt Satellitenbilder ein.

Währenddessen scrollte Amber auf ihrem Telefon. Die Videos und Bilder der Passagiere schwirrten bereits durchs Internet. Noch hatten nicht viele Menschen sie gesehen. Das würde sich in Kürze ändern, denn sie unterlagen keiner Geheimhaltung aus Gründen der nationalen Sicherheit. Sie überlegte fieberhaft. Vielleicht wusste einer ihrer Kontakte bereits mehr darüber.

Sie machte rasch ein paar Screenshots und versandte die Nachricht.

3

Pat Welzer schreckte aus dem Schlaf hoch und schnappte nach Luft. Eine Nachtleuchte verteilte grünlichen Schimmer im Raum. Pats Lunge fühlte sich wie ein faustgroßer Schwamm an: zu klein, um genug Luft aufzunehmen. Panisch beschleunigte sich sein Atem. Mit jedem Zug schien seine Lunge zu schrumpfen, noch weniger Luft zu inhalieren. Kam da drin überhaupt etwas an?

Hinter seinen Augen hämmerte roter Schmerz. Hektisch kämpfte er einen Arm frei. Bekam die Handsauerstoffflasche neben dem Bett zu fassen. Ohne zu denken, drückte er den Mund-Nasen-Aufsatz in sein Gesicht. Presste den Knopf daneben. Mit einem leisen Zischen verteilte sich der Sauerstoff unter dem Plastikteil auf seiner Haut. Gierig sog Pat die Luft ein. Behielt den lebenspendenden Atem einen Moment lang in der Lunge, bevor er ihn wieder ausstieß. Ahhhh!

Und noch einmal.

Der rote Hammer in seinem Kopf milderte seine Hiebe. Mit der freien Hand fuhr er über die tiefe Narbe oberhalb seiner rechten Braue, wo sich kalte Schweißperlen sammelten. Er wischte sie weg.

Sein Blick wanderte durch den düsteren Raum. Hotelzimmer war das keines, auch wenn ihr chinesischer Führer es als solches angepriesen hatte. Acht Quadratmeter. Ein einfaches, offenes Regal, auf dem Pat seine Tasche und den Rucksack abgelegt hatte, den die Chinesen ihm zur Verfügung gestellt hatten – so wie das meiste Equipment, das man im Basislager des Mount Everest benötigte. Mehrere Garnituren warmer Unterwäsche und Zwischenschichten. Hightech-Hose, -Anorak und -Handschuhe. Mützen. Zwei Gletscherbrillen. Sonnencreme. Und mehr.

Früher war er als Journalist glamouröser gereist. Die Zeiten waren vorbei; ein Umstand, den er vor allem sich selbst zuzuschreiben hatte. Doch er würde sich zurück nach oben kämpfen. Fragte sich nur, wie.

Die offizielle Einladung der Chinesen war kurzfristig erfolgt, vor vier Tagen. Vorgestern Morgen hatte er am Flughafen in Peking zwanzig weitere Kolleginnen und Kollegen getroffen. Die meisten kannte er. Gemeinsam waren sie nach Lhasa geflogen, begleitet von einem ebenso großen Trupp chinesischer Betreuer. Bewacher wohl eher. Wofür auch immer.

Vielleicht wollten ihnen die Chinesen ja ihre schmelzenden Gletscher zeigen. Oder sie hatten besondere Rohstoffvorkommen freigelegt, und das sollte der Welt nun gebührend präsentiert werden.

Pat hatte so etwas schon ein paarmal gemacht. Die verborgenen Schätze im Hindukusch. Die Narben der Anden – Lithiumabbau. Und jetzt das hier. Es war riskant, mit der Höhenkrankheit war nicht zu spaßen. Bei seinen früheren Einsätzen hatte es Pat kaum erwischt. Aber da hatte das Adrenalin ihn im Griff gehabt. Der Erfolg. Und er war jünger gewesen.

Seine Hand an der Maske kühlte aus. In dem Zimmer herrschten höchstens zwölf Grad. Er schob den Ärmel der dicken Jacke, die er trug, zurück. Es war bereits halb acht Uhr morgens!

Von Lhasa hatten zwanzig Geländewagen ihre Truppe in einer Tagesfahrt zu den letzten Quartieren vor dem Basislager des Mount Everest auf chinesischer Seite gebracht. Nicht weit von seiner Schlafstätte entfernt akklimatisierten sich Hunderte Bergtouristen, Führer und ihr Personal, die es am Ende der Maisaison noch auf den Gipfel schaffen wollten. Hoffentlich waren sie besser in Form als er.

Vorsichtig nahm Pat die Maske ab und versuchte, ohne Sauerstoff zu atmen. Gleich fühlte sich die Luft wieder dicker an. Und dünner. Sein Hals verengte sich. Was durchkam, schien kaum Sauerstoff zu enthalten. Panik lauerte in einem Winkel seines Kopfes. Doch er konnte nicht den ganzen Tag an der Flasche hängen. Wie sah das denn aus! Er zwang sich, kontrolliert zu atmen.

Ging doch.

An seiner Hüfte vibrierte etwas. Sein Telefon.

Er nestelte es hervor. In der Kälte, der Dunkelheit, der Höhe. Alles war schwierig hier. Aber immerhin: Empfang. Zumindest das, was die Chinesen durchließen.

Auf dem Bildschirm stapelten sich neue Nachrichten. Die oberste in Großbuchstaben: *MELDE DICH!*

Sie stammte von Amber. Amber Fields. Pressesprecherin des Weißen Hauses.

Pat kannte sie aus einer anderen Zeit. Amber und er, das hätte etwas werden können. Wenn er den Reizen anderer Frauen ein wenig entschiedener hätte widerstehen können.

VERDAMMT, PAT! MELDE DICH ENDLICH …

Er tippte die Nachricht an, als es an seiner Tür klopfte.

»Aufwachen!«, ertönte es von draußen. »Frühstück haben Sie schon verpasst! In fünfzehn Minuten geht es los!«

Pat erkannte die Stimme eines ihrer Betreuerbewacher.

»Komme!«, rief er abwesend. Seine ganze Aufmerksamkeit galt jetzt Ambers Nachrichten.

Die kommen aus China und fliegen Richtung Taiwan. Was ist das?

Von seinem Telefon starrten ihm Bilder von Kampffliegern wie aus *Star Wars* entgegen. Der Hals wurde ihm eng. Doch diesmal nicht wegen des Sauerstoffmangels.

4

Die Fotos auf dem Display von Emanuel Sanusis Mobiltelefon zeigten einen Flughafen: drei Rollfelder, Hangars, andere Gebäude. Auf einer der Startbahnen waren zwei seltsame dunkle Konstruktionen zu erkennen. Ein langer, plumper Rumpf, sechs überlange Flügel, je zwei nahe der Schnauze, in der Mitte und am Heck. Darunter prangten Zylinder. Tanks? Oder Waffen.

Er wischte zurück zu den Videos aus der Passagiermaschine.

Dieselben Dinger.

Niemand von den erlesenen Gästen um ihn herum hatte mitbekommen, was soeben auf der Welt geschah. Die Frauen in ihren Zwanzigtausend-Dollar-Abendkleidern und die Männer im italienischen Smoking standen mit ihren Champagnergläsern und Cocktailschalen im Festsaal des Washingtoner Hotels und warteten darauf, dass der Präsident der Vereinigten Staaten sich zu ihnen durcharbeitete.

Der günstigste Beitrag für das Fundraising-Event im exklusiven Johnson-Hotel betrug fünftausend Dollar, für alle, die am Cocktail-Empfang teilnehmen wollten. Ein kurzes Händeschütteln, ein Standardlächeln, ein paar hohle Phrasen und ein schnelles Foto inklusive, bevor der Präsident zum nächsten Paar, zur nächsten Gruppe weitereilte. Wer am anschließenden Abendessen mit ihm im Washington-Saal des Hotels teilnehmen wollte, musste vierzigtausend Dollar hinblättern. Immer noch ein moderater Preis, solange man keinen Wert auf tiefsinnige Gespräche legte.

Gerade versuchte der Präsident seinen Charme bei einem Immobilienentwickler aus Miami und seiner Frau sowie einem Venture-Capital-Investor und dessen Ehemann. Oder was immer dieser Mann für Charme hielt. Am Präsidenten saß selbst der Viertausenddollaranzug, als käme er von der Stange. Trotz reichlich Stretchanteil. Und auch die Fünfhundertdollar-Collegefrisur machte ihn nicht zu einem Teil jener Gesellschaft, zu der er gern von Geburt an gehört hätte.

Manu setzte sich in Bewegung. Als Organisator des Events konnte er es sich erlauben, den Präsidenten für ein paar Minuten zu unterbrechen. Auf seinem Weg grüßte er selbst ein paarmal, nickte und lächelte, winkte nach links und rechts.

Als der Präsident ihn erblickte, breitete er professionell erfreut die Arme aus.

»Manu!«

»Mister President«, erwiderte Manu, obwohl ihn der mächtigste Mann der Welt seit Jahren dazu aufforderte, ihn bei seinem Vornamen Gilbert – kurz Gil – zu nennen. Was Manu unter vier Augen oder in kleineren, vertrauten Runden tat. Aber hier erst ab einem späteren Zeitpunkt, sobald es angemessen war, persönlicher zu werden.

Bevor Gil sich an das nächste Paar wandte, nahm Manu ihn beiseite. Hielt sein Mobiltelefon auf Bauchhöhe, möglichst unauffällig.

»Tut mir leid«, sagte er dabei so leise, dass kein anderer sie verstehen konnte. »Auch für die Gäste. Ich fürchte, in ein paar Minuten bist du hier weg.«

Gils Augenbrauen hoben sich.

Manu spielte das Video ab.

Währenddessen blieb ihm nicht verborgen, dass einige der Gäste um sie herum die Situation verfolgten. Auch wenn sie sich keinen Reim darauf machen konnten, worum genau es gerade ging. Doch ein Präsident war schließlich immer im Amt.

Aber was konnte so wichtig sein, dass es ihm ein Tech-Unternehmer, Hedgefondsmilliardär, Wagniskapital-Investor und einer der wenigen Schwarzen im Raum in diesem Moment auf seinem Mobiltelefon zeigen musste?

»Was ist das?«, fragte Gil mit Blick auf das Display.

»Videos von Passagieren eines Singapore-Airlines-Fluges über dem Südchinesischen Meer«, antwortete Manu leise. »Vor gerade einmal sechs Minuten.«

Der Präsident blickte ihn aus zusammengekniffen Augen an.

»UFOs?«

»Noch«, erwidert Manu.

Gil überspielte seine Irritation und lächelte die nächststehenden Gäste an. Auch Manu verfiel wieder in seine Rolle als Gastgeber. Er stellte den Präsidenten den nächsten Spendern vor.

5

Die UFOs schossen durch die Finsternis. Für die Videos und Grafiken in Ebele Solayas Virtual-Reality-Brille bildete der abgedunkelte Raum den idealen Hintergrund.

Ebele stand zwischen den organischen Sitzmöbeln, die neben kleinen Tischchen die einzige Einrichtung bildeten. Sie packte die ersten Satellitenbilder der Maschinen mit in die geschlossene Kommunikationsgruppe. Dazu einen Livestream über die Flugrouten der beiden Schwärme.

»Nachricht hinzufügen«, diktierte sie der Software. In dem virtuellen Raum vor ihr erschien sie selbst, wie sie sprach und wie die anderen sie sehen würden.

»Die entscheidende Phase hat begonnen«, sagte sie. »Die Maschinen sind unterwegs.«

Nur zwölf Personen würden diese Informationen erhalten und Ebeles Nachricht sehen. Die entscheidenden zwölf. Ebele musste sie rasch informieren. Damit die anderen das Gefühl hatten, bei ihr und dem Mastermind gut aufgehoben zu sein. Weil sie informierten, noch bevor die eigenen Geheimdienste und privaten Sicherheitsdienste der anderen es taten. Bei denen konnte es sich nur mehr um Minuten handeln, bis sie sich die Sache wenigstens genauer ansahen. Die UFOs begannen bereits, auf ersten sozialen Medien als Insider-Tipp zu trenden. In einer Viertelstunde würde das Internet kaum mehr ein anderes Thema kennen. Außer natürlich die Scheidung dieses Reality-Soap-Stars von ihrem Basketballer. Aber auch die würden die Menschen schnell ablösen mit ihren Spekulationen, Vermutungen und Verschwörungstheorien. Und ihren Ängsten.

»Die Vorbereitungen zur Reaktion der Allianz darauf laufen nach Plan. Ab sofort wird die Geschichte der Welt neu geschrieben.«

6

Diesen Himmel über dem Himalaya mussten die Berggötter persönlich gespannt haben.

Pat fühlte sich wie Ötzi, der Mann aus dem Südtiroler Eis. Bevor der Gletscher ihn freigegeben hatte. Obwohl er die komplette Einheitsausrüstung seiner chinesischen Gastgeber trug. Schick sah anders aus. Gegen den eisigen Wind zog er die Kapuze noch tiefer in die Stirn, den Kragen noch höher ins Gesicht.

Vor der bescheidenen Quartieranlage bestaunten schon andere das Panorama. Sie hatten unglaubliches Glück. Selbst während der Saison im Mai und Oktober gaben die Wolken nur an wenigen Tagen einen solchen Blick frei: Am Ende des schattigen Tals leuchtete der Mount Everest in der Morgensonne.

Einen Atemzug lang vergaß Pat seine Kopfschmerzen, die Kurzatmigkeit, den Frust. Während seiner langjährigen Karriere als Auslandskorrespondent hatte er zahlreiche beeindruckende Orte gesehen und Momente erlebt: den Taj Mahal in der nebeligen Morgensonne, ein Tauchgang mit einem Schwarm Pottwalen, Geburten in den unwirtlichsten Gegenden, von der Wüste Gobi bis nach Syrien. Das und noch mehr. Der Anblick des höchsten Berges der Welt würde sich zu diesem Archiv in seinem Gedächtnis, seinem Herzen brennen, das wusste er sofort. So saugte er ihn erst einmal schweigend in sich auf, im Ohr nur das Rauschen des Windes und das Knattern der Gebetsfahnen.

Nach und nach traten immer mehr Kolleginnen und Kollegen vor die Türen und ließen sich von dem Anblick fesseln. Filmten und fotografierten das spektakuläre Panorama.

Benahmen sich wie Touristen, nicht wie Journalisten. Aber was sollten sie auch tun? Saßen hier fest, während die Action woanders ausbrach. Er nestelte sein Telefon hervor, hatte Ambers Bilder direkt auf dem Schirm. Früher wäre er in Washington zum Weißen Haus gerast. In die Menge von Touristen und vielleicht ersten Demonstrierenden und Verschwörungstheoretikern eingetaucht. Hätte atemlose Interviews und Berichte in die Welt gesendet, am Puls des Geschehens, zur Prime Time. Stattdessen stand er hier, abgeschoben in den Himalaya.

Schnaufend wandte er sich an einen ihrer Bewacher und präsentierte ihm sein Telefon mit Ambers Bildern.

»Was ist das?« Der Mann blieb versteinert, er blinzelte nicht mal. Eine Sphinx auf dem Dach der Welt. War zu erwarten gewesen.

Hinter ihnen klatschte ein Betreuer in die behandschuhten Hände. »Meine Damen und Herren, wir müssen los!«, rief er und wies schräg hinter sie.

Pat sah in einiger Entfernung fünf Hubschrauber zwischen den Felsen warten. Sightseeing am Mount Everest? Na, hoffentlich funktionierten die Geräte in dieser Höhe auch wirklich!

7

Der Mond schimmerte durch die dünnen Wolken und warf düstere Schatten auf das ehemalige Industriegebiet im Süden Berlins. In den lang gestreckten Ziegelbauten waren um diese nächtliche Stunde alle Fenster dunkel. Eines der eisernen Tore war zur Seite geschoben und öffnete sich zu einem finsteren Schlund. Davor parkte ein Lastkraftwagen.

Aus dem Schatten löste sich eine wuchtige Silhouette und schob sich auf das Fahrzeug zu. Weitere Schemen tauchten auf, postierten sich neben der Hebebühne des Lkw.

Routiniert setzte der Mann am Steuer des Gabelstaplers die acht Särge auf der Hebebühne ab. Während der Mann daneben die Hebebühne auf Ladeflächenniveau brachte, wendete der Gabelstaplerfahrer und verschwand wieder in dem schwarzen Schlund.

Auf der Ladefläche schoben Sienna und ihre vier Kumpanen die Särge einen nach dem anderen in den Laderaum.

Sie waren gerade fertig, als der Gabelstapler mit der nächsten Fuhre heranrollte. Sienna wischte sich mit dem Unterarm den Schweiß von der Stirn.

»Puh«, stöhnte Khalil. Es war Mai, und das Thermometer war in dieser Nacht bereits auf zweiundzwanzig Grad geklettert. Die erste Hitzewelle des Jahres. Darauf hatten sie gewartet.

Durch die Dunkelheit surrte der nächste Gabelstapler heran und stellte acht weitere Särge auf der Ladeplatte ab.

8

Manu war mit dem Präsidenten fast am Ende des Saals angelangt. Da entdeckte er am Eingang einen Assistenten, der dezent, aber doch entschieden in ihre Richtung eilte.

Gil wandte sich leise an Manu.

»Vor sechs Minuten oder so sind diese Videos also im Netz aufgetaucht?«, fragte er in seinem lang gezogenen Südstaaten-Dialekt. »Und du kennst sie schon?«

»Mehrere Programme haben die Videos sofort entdeckt.«

»Programme deiner Unternehmen.« Gil klang leicht säuerlich.

»Natürlich.«

»Was sind das für Dinger?«, wollte er wissen.

»Ich habe einen begründeten Verdacht«, erwiderte Manu. »Muss aber noch jemanden anrufen.«

Der Assistent hatte sie erreicht. Er flüsterte dem Präsidenten etwas ins Ohr. Gil lauschte unbewegt, dann sah er auf zu Manu. Warf einen schnellen Blick durch den Raum. Auf die sehr bald sehr enttäuschten Sponsoren, die er nun stehen lassen musste.

»Du hattest recht«, sagte er. »Wir müssen los.«

Natürlich hatte Manu recht.

»Wir?«

»Du kommst mit«, sagte der Präsident.

9

Aus der Luft wirkte das Panorama auf Pat noch überwältigender. Mit drei Kollegen kauerte er in der Passagierkapsel des Hubschraubers, der das Basislager hinter sich gelassen hatte und sie in Richtung Mount Everest flog. Unter ihnen wand sich der gefrorene Strom des Rongbukgletschers. Die riesigen Eisspitzen, die auf seiner Oberfläche aufragten, ließen ihn aussehen wie den eingefrorenen Rücken eines gigantischen Drachen.

Völlig gebannt von dem Anblick, hätte Pat Amber fast vergessen. Rasch tippte er eine Nachricht: *Keine chinesischen Infos zu UFOs. Wisst ihr inzwischen mehr?*

Der Helikopter setzte zur Landung auf Felsen weit oberhalb des Gletschers an. Der aufwirbelnde Staub zerstob jegliche Faszination und holte Pat in die kalte Gegenwart zurück.

Er hatte keine Ahnung, ob das Netz hier die Nachricht hinausließ, doch er hoffte auf eine Antwort. So majestätisch das Panorama auch war: Das hier war karrieretechnisch das Abstellgleis, das konnte selbst der glitzernde Schnee nicht schönfärben.

Kaum hatte der Hubschrauber den Boden berührt, liefen vermummte Gestalten auf sie zu und öffneten die Türen. Sie winkten Pat und den anderen, auszusteigen. Eine Minute später hob der passagierlose Hubschrauber in einer Staubwolke wieder ab. Aus einer anderen Richtung landete der nächste und spuckte weitere Journalisten aus. Zehn Minuten später hatten die Helis sämtliche Reporter abgeliefert. Das Knattern der Rotoren verschwand in der Ferne.

Da standen sie, auf einem kleinen Plateau aus Felsen und Geröll. Die wenigen freien Hautstellen in Pats Gesicht brannten, als hätte jemand Eiswürfel draufgelegt.

Weit vor ihnen hatte sich der Mount Everest eine kleine Wolkenhaube auf den Gipfel gesetzt. Links von ihnen erhob sich der steinige graue Berghang. Rechts fiel der Hang auf den Rongbukgletscher ab, der sich nun etwa hundert Meter unter ihnen erstreckte. Obwohl Pat sich nicht bewegte, atmete er schwer. Er fühlte sich alt.

»Willkommen, noch einmal!«, sagte eine weibliche Stimme auf Englisch klar und deutlich direkt in seinem Ohr. Irritiert griff Pat mit den Fäustlingen an seine Anorakkapuze. Anderen um ihn herum ging es ähnlich. »Bravo, Sie haben es geschafft!«

Was geschafft? Pat mochte sich nicht ausmalen, dass er hier hätte hochlaufen müssen.

»Ab jetzt geht es nur mehr bergab.« So laut konnte doch keiner ihrer Führer sprechen, dass Pat es durch die dicke Kapuze und seine Mütze so scharf verstand! »Ich bin Yin und werde Sie die kommenden Minuten führen. Sie tragen übrigens eine Spezialgletscherbrille mit eingebautem Lautsprecher, weshalb Sie mich tadellos verstehen sollten. Hört mich irgendjemand nicht oder schlecht, dann heben Sie bitte die Hand!«

Selbst wenn, wäre es Pat zu anstrengend gewesen. Sein Körper fühlte sich dreimal so schwer an wie sonst. Diese Höhe war eine Plage. Alle Hände blieben unten.

»Vielen Dank, dass Sie unserer Einladung gefolgt sind!«

»Ein Glas Punsch wäre noch nett«, meinte Pat zu seiner Nachbarin, die so tat, als hörte sie ihn nicht.

»Über die gesamte Strecke werden Sie Netz zur Verfügung haben. Sie können die Brille mit Sprachbefehlen steuern. Wir bitten Sie ausdrücklich, mitzufilmen und zu übertragen, gern in Ihren Social-Media-Feeds.«

Und was würde so wichtig werden, dass sie es live senden sollten, ohne vorab zu wissen, worum es sich handelte? Chinesische Propaganda? Pat versuchte, seinen YouTube-Kanal per Sprachbefehl zu erreichen. Gelang tatsächlich. Vorerst aber beließ er es dabei und ging nicht live.

»Sobald die offizielle Pressekonferenz an dem dafür vorgesehen Ort …«

»Was für eine Pressekonferenz?«, fragte Pat, aber niemand hörte ihn.

»… beginnt, werden Sie eine bessere Verbindung vorfinden. Willkommen auf dem Rongbukgletscher am Fuß des Mount Everest.«

Vor Pat begann der Mount Everest zu wackeln, verdoppelte, vervielfachte sich, die Gipfel begannen zu wanken, sich zu bewegen, abzuheben! Pat wurde schwindelig – die Höhenkrankheit! Dann legte sich ein weißer Schleier über das Bild, wirkte wie eine Kamerafahrt über den Gipfel und den Gletscher, die immer höher führte. Er halluzinierte! Immer höher stieg die Perspektive, schien bereits den halben Himalaya zu zeigen! Fuhr Pats Seele schon auf in den Himmel? Dabei glaubte er doch gar nicht an solchen Quatsch! Und wenn, würde er mit Sicherheit in der Hölle landen!

Während am Rand seines Sichtfelds schneefreie Berge auftauchten, grüne Gebirge, Ebenen, erklärte Yins Stimme: »Wir befinden uns auf etwa fünftausendvierhundert Meter Höhe.«

Pat begriff. Seine Spezialgletscherbrille spielte ihm nicht nur Yins Stimme ein, sondern projizierte vor seinen Augen Augmented Reality! Seine vermeintlichen Todesvisionen waren Einblendungen auf den Scheiben der Brille.

In den Animationen war der Himalaya mittlerweile nur mehr

einer von drei weißen Flecken auf dem Globus. Oben war die Arktis dazugekommen, unten die Antarktis. Hinter den transparenten Bildern erkannte Pat nun wieder den realen Mount Everest. Sein Schwindelgefühl legte sich.

Okay, mit dieser Achterbahnfahrt hatten sie definitiv sein Interesse geweckt.

10

Als Tony die Augen aufschlug, war es dunkel. Er wusste nicht, was ihn geweckt hatte oder wie spät es war. Leise hörte er die sanfte Brandung des Indischen Ozeans gegen den kaum zweihundert Meter entfernten Strand des kenianischen Resorts rollen. Er blieb ein paar Sekunden lang liegen, starrte in die Dunkelheit und lauschte den Geräuschen. Der Ruf der Nachtvögel, ein Rascheln im Unterholz nahe seiner Hütte. Das kaum hörbare Flattern des Deckenventilators. Neben sich den Atem der Frau. Cecile.

Er hatte sie am Abend an der Hotelbar kennengelernt. Offiziell sah das Management ungern zu engen Kontakt zwischen Mitarbeitern und Gästen. Aber solange es keine Beschwerden gab …

Sie waren in seiner bescheidenen Unterkunft statt ihrem Hotelzimmer gelandet. Tony schielte zu ihr hinüber. Sie schlief tief. Ihre Haut schimmerte unter einer zarten Schicht Feuchtigkeit.

Er spürte, dass er auf die Toilette musste. Leise stand er auf und schlich hinaus. Anschließend blieb er in dem kleinen Wohnraum. Er wusste, dass er jetzt eine Weile nicht einschlafen würde.

Nackt, wie er war, legte er sich aufs Sofa und griff nach seinem Telefon auf dem Rattantischchen. Wischte durch die Timelines der sozialen Medien.

Gleich die ersten Bilder ließen ihn stocken. Bizarre Flugmaschinen mit sechs Flügeln. Kurze Videos zeigten sie sogar im Flug. Dazu immer ähnliche Texte:

Ufos über China!
Angriff auf Taiwan?
Starten Megadrohnen Geheimprogramm?

Hastig scrollte er weiter. Noch mehr davon. Er wechselte in den Browser zu einer Nachrichtenseite. Auch dort waren die Drohnen bereits das dominierende Thema.

Sein Magen zog sich zu einem Klumpen zusammen. So leise wie möglich erhob er sich, schlich in das winzige Nebenzimmer seiner Unterkunft. Öffnete den Kleiderschrank. Tastete in der hinteren Ecke. Fand die drei Kartons. Durchwühlte den ersten. Fand nicht, wonach er suchte. Als er beim dritten angekommen war, entdeckte er ganz unten, worauf er gehofft – oder besser, wovor er sich gefürchtet – hatte: sein altes Telefon. Durch den Bildschirm zogen sich Risse. Hoffentlich funktionierte es noch.

Er tippte es an. Keine Reaktion. In der Box lag noch das alte Ladekabel. Er steckte es in die Dose neben dem Schrank und das Telefon ans andere Ende. Wartete ein paar Minuten. Tippte erneut auf den Schirm. Endlich erschien das Ladesymbol, eine weitere Minute später der Startbildschirm.

Hastig suchte er den Fotoordner. Darin fanden sich bei dieser Programmversion auch noch die Videos. Ungeordnete Thumbnails. Tausende. Mit fliegenden Fingern wischte er, bis er den entsprechenden Zeitraum erreichte.

Da waren sie. Sieben Jahre alt. Er tippte das dritte an. Das Filmchen sah aus, als wäre es von einem anderen, größeren Bildschirm aufgenommen worden. Ein wenig verzogen und unscharf, farbschwach und am Rand eine dunkle Vignette. Trotzdem war das Motiv darauf eindeutig. Es waren UFOs, wie in den Nachrichten.

Fast dieselben.

Nur sieben Jahre älter.

11

Manu verfolgte die Konversation des Präsidenten mit seinem Team auf den Bildschirmen, die in die Rückseiten der Limousinensitze eingelassen waren.

Das Weiße Haus lag nur wenige Hundert Meter entfernt vom Hotel. Selbstverständlich wurde der Präsident trotzdem gefahren. Schon aus Sicherheitsgründen.

Auf zwei Telefonen gleichzeitig scannte er aus den Augenwinkeln den anschwellenden Wahnsinn in den sozialen Medien. Die UFOs begannen zu trenden. Schon verbreiteten sich die wildesten Spekulationen und Verschwörungstheorien.

Von einem der Rücksitz-Bildschirme erklärte die Außenministerin zu Standbildern aus den UFO-Videos und Satellitenbildern:

»Das sind dieselben Dinger. Also chinesische Flugzeuge?«

»Wir gehen von Drohnen aus«, erklärte der CIA-Direktor aus einem Fenster in einem anderen Bildschirm. »Wir können keine Cockpits erkennen. Chinesische Megadrohnen, unterwegs Richtung Südosten.«

Das Internet dagegen wollte darin partout UFOs sehen, las Manu auf seinen Telefonen. Nun war es so weit: Die Außerirdischen griffen an!

»Chinesische Riesendrohnen Richtung Südosten?«, fragte Amber Fields aus einem zweiten Fenster neben dem CIA-Chef. »Da liegt Taiwan.«

Stille, einen Atemzug lang.

»Was sagt unsere Intel?«, fragte Amber den CIA-Chef.

»Arbeitet daran«, musste dieser gestehen.

»Dann soll sie schneller machen!«, explodierte Gil.

»Unsere Flotte im Südchinesischen Meer wird gerade in Alarmbereitschaft versetzt«, erklärte die Außenministerin. »Jets starten in diesen Sekunden.«

12

Hernán Gonzalez kontrollierte ein letztes Mal die Instrumente der *Super Hornet*. Vor ihm lag die Startbahn der Theodore Roosevelt, Flugzeugträger der Nimitz-Klasse, die größte der US-Navy. Über dreihundertdreißig Meter lang, angetrieben von zwei Westinghouse-Nuklearreaktoren für unendliches Fahren, pflügte sie träge durch die glitzernde Weite des Südchinesischen Meeres. Die Morgensonne warf lange Schatten über das Deck. Neben Hernán bereiteten die grün gekleideten Soldaten das Katapult für den Start vor. Jene in den gelben Westen gaben die letzten Handzeichen. Im Augenwinkel nahm Hernán zwei der begleitenden Schiffe des Kampfverbands wahr. Hinter sich spürte er das Vibrieren der Triebwerke, bereits mit maximaler Startschubkraft, unbändige Kräfte, gerade noch von der Katapultfixierung zurückgehalten. Seit sieben Jahren *Super Hornet*-Pilot, ließ ein Start von einem Flugzeugträger weder Hernáns Puls noch seinen Adrenalinpegel steigen.

Einer der Gelbgekleideten hob den Daumen. In seinem Helm hörte Hernán die Startfreigabe.

Die Beschleunigung drückte ihn tief in den Sitz, als das Katapult und die entfesselten Triebwerke ihn über die Startbahn jagten. Knapp drei Sekunden später war er in der Luft.

Auf dem Deck, das hinter ihm schnell kleiner wurde, bereitete sich Terry auf den Start vor. In ein paar Sekunden würde Hernán ihn an seiner Seite haben. So wie sechs weitere Kameraden. Gemeinsam würden sie den chinesischen Monsterdrohnen schon zeigen, wer die Herren waren. Hernán beschleunigte weiter in den wolkenlosen Himmel hinauf.

13

Kopfschüttelnd nahm Benjamin Rabelt das ausgedruckte Exposé vom Esstisch, auf dem sich noch die leeren Dessertteller, Weingläser, Karaffen und Flaschen drängten.

»Ein Haus in Schweden«, sagte er und blätterte durch die Seiten. »Als Investition und Vorsorge für uns und die Kinder in Zeiten des Klimawandels.« Er schüttelte den Kopf. »Auf Ideen kommt der. Vater soll uns lieber das Geld geben.«

»Ist doch seine Angelegenheit«, meinte Fayola und begann, den Tisch abzuräumen.

»Aber irgendwann unsere«, sagte Ben und legte die Mappe zurück. Sammelte Gläser ein und stellte sie auf den mit den Resten des Abendessens vollgeräumten Küchentresen.

»Das wird hart morgen früh«, bemerkte er mit einem Blick auf die Uhr der Mikrowelle. Fast halb zwei Uhr morgens.

»Allerdings«, sagte Fay und schlichtete Teller in den Geschirrspüler. Bemühte sich, dabei nicht zu klappern, damit die Kinder nicht wach wurden.

Ben umarmte sie. Küsste sie auf den Nacken. »Machen wir das morgen und gönnen uns lieber noch ein paar nette Minuten.«

Fay wandte sich um, fuhr mit einer Hand durch sein dichtes blondes Haar.

Irgendwo brummte es kurz. Und wieder. Eines ihrer Telefone. Um diese Zeit? Fays Haut fand Ben gerade interessanter.

»Wer ist das?«, fragte sie.

»Ist doch egal«, flüsterte Ben.

»Um diese Zeit?«, erwiderte Fay. »Womöglich ist deinen Eltern auf dem Nachhauseweg etwas zugestoßen.«

Er ließ sie los. Ihr Blick suchte das brummende Telefon.

Ben erblickte es am Rand des Küchentresens, hinter einem Stapel schmutziger Dessertteller. Es war Fays Handy. Auf dem Display leuchtete das Foto eines gut aussehenden Schwarzen Anfang fünfzig auf. Ben verzog das Gesicht. Die netten Minuten konnte er vergessen.

Jetzt hatte auch Fay das Gerät entdeckt.

»Manu!«, bemerkte sie verwundert.

Ben überschlug vage die Zeit. An der Ostküste musste es Abend sein. Manu war schon mal für Überraschungen gut. Angesichts seiner und Fays gemeinsamer Geschichte würde er aber einen guten Grund für einen Anruf mitten in der Nacht haben.

Fay nahm den Anruf entgegen.

Auf dem Display erschien Manus Gesicht. Ein Videocall.

Fay begrüßte ihn auf Englisch. »Du weißt schon, wie spät es hier in Bonn ist?«, sagte sie dann.

Manu schien während des Gesprächs zu laufen. Im Hintergrund erkannte Ben die Wände eines Flurs. Sah aus wie das Innere eines noblen alten Hauses in den USA. Dunkelrote Tapeten, weißer Stuck, alte Bilder mit Reitern und Porträts an den Wänden. Schatten anderer Personen.

»Himmel, Fay! Glaubst du, ich würde dich um diese Zeit stören, wenn es nicht wirklich wichtig wäre?« Wie immer sprach Manu sehr schnell: Himmelfayglaubstduichwürdedichumdiesezeitstören.

»Ja«, erwiderte Fay trocken.

»Allerdings«, bekräftigte Ben und meinte einen Moment lang ein Grinsen auf Manus Gesicht zu erkennen.

»Hi, Ben!« Manus Stimme klang angespannt, als er weitersprach: »Es ist aber wirklich wichtig.«

»Wo bist du?«, fragte Fay.

»In Washington«, sagte Manu. »Ich brauche dich als Expertin, Fay. Jetzt. Sofort. Ich habe dir ein paar Bilder geschickt. Schau sie an.«

»Manu …«

»Bitte! Wir haben wenig Zeit. Eigentlich keine.«

Fay eilte an Ben vorbei ins Wohnzimmer. Auf dem Sideboard lag ihr Tabletcomputer. Sie öffnete das Mailprogramm. Neue Nachrichten. Von Manu.

Auf den vier kleinen Standbildchen erkannte sie nicht viel. Blaue Rechtecke, drei davon noch dazu chinesisch untertitelt. Nur unter dem vierten fand sich ein englischsprachiger Titel:

Unbekannte Flugobjekte attackieren Passagiermaschine über chinesischer Küste

»Was ist das?«, flüsterte Ben, der ihr gefolgt war.

Fay zuckte mit den Achseln, tippte das Eckchen an, und das Video startete. Durch einen blauen Himmel raste ein seltsames Flugobjekt mit mehreren Flügeln und diversen Anhängseln auf die filmende Person zu. Ab und zu erkannte Fay den ovalen Rahmen eines Flugzeugfensters. Im Hintergrund aufgeregte Schreie der Passagiere. Dann war das Ding auch schon über das Flugzeug hinweggeschossen. Dahinter tauchten weitere auf, wurden riesig und flogen unter der Maschine der Filmenden hinweg. Monströse Dinger, schwarz, ohne Cockpit oder Fenster, mit sechs Flügeln, wie aus einem Science-Fiction-Film.

»Was soll das?«, fragte Fay Manu.

»Steht doch dabei«, erwiderte Manu ungeduldig. »Der Passagier einer Verkehrsmaschine über dem Südchinesischen Meer hat das Video noch während des Fluges online gestellt. Müsste jetzt etwa eine Viertelstunde her sein.«

Fay musste sich konzentrieren, um alles mitzubekommen. Sie öffnete das nächste Bild. Ein Onlineartikel öffnete sich.

Breaking: Ungewöhnliche chinesische Flugobjekte unterwegs Richtung Süden. Angriff auf Taiwan?

Als Fay die Bilder sah, gefror sie.

»Ernsthaft?«, fragte sie. »Ist das echt?«

»Absolut«, sagte Manu.

»Fuck«, flüsterte Fay. Sie bemerkte, dass ihre Hand leicht zitterte, als sie die nächste Datei öffnete. Satellitenbilder.

»Ich habe dir auch die Satellitenbilder von Globe geschickt«, erklärte Manu. »Einer der größten privaten Satellitenbetreiber der Welt. Die haben Hunderte Satelliten im All, nicht größer als ein Koffer …«

Fay zoomte währenddessen in ein Bild, auf dem mehrere der Fluggeräte auf einem Rollfeld zu sehen waren. Aus einem Hangar daneben ragten die beflügelten Schnauzen von mindestens zwei weiteren Maschinen.

»Damit können sie inzwischen alle drei Stunden eine komplette Ansicht der gesamten Welt liefern«, ratterte Manu weiter. »Vieles davon stellen sie gratis zur Verfügung. Analysen verkaufen sie …«

»Himmel, Manu«, unterbrach sie ihn. »Ich kenne Globe. Wir verwenden ihre Bilder und Analysen.«

»Klar …«

Fay straffte sich. Seit jener Nacht vor vielen Jahren wusste sie, wie der Alarmmodus bei ihr funktionierte – so, wie auch jetzt.

Ihre Gefühle tauchten ab, präzise Beobachtung, kühle Abwägungen und logische Schlussfolgerungen übernahmen.

»Ist es wirklich das, was ich glaube, das es ist?«

»Ich denke, ja«, sagte Manu. »Doch wir zwei sind vermutlich die Einzigen, die sich dessen bewusst sind. Als unabhängige Expertin der UNO musst du das ganz dringend jemandem hier erklären. Ich bin im Weißen Haus.«

»Im Weißen Haus«, ächzte Ben.

»Du machst wohl Witze«, sagte Fay. »Ich bin gerade mal Abteilungsleiterin in der Division Adaption des UNFCCC.«

Erst jetzt bemerkte Fay Nicolas. In Shorts und Schlaf-Shirt stand ihr Sohn in der Tür. Streckte sich und gähnte. Er hatte die schauspielerhafte Attraktivität seines Vaters geerbt, kombiniert mit einem helleren Ton von Fays Teint und ihrem Kraushaar.

»Sagt mal«, beschwerte sich der Vierzehnjährige. »Wisst ihr, wie spät es ist?«

»Das ist unser Text«, meinte Ben. »Für dich, üblicherweise.«

»Sagt mal«, rief Manu aus dem Telefon, »was ist da bei euch los? Fay, konzentrier dich! Ich brauche dich!«

»Das hier ist ernst«, flüsterte Fay Ben zu. »Sehr ernst. Kümmere dich bitte um Nicolas. Ich brauche Ruhe.«

Ben fasste seinen Sohn bei den Schultern und schob ihn in die Küche.

»Wenn du unbedingt um diese Zeit noch hier herumturnen willst, kannst du mir beim Aufräumen helfen«, sagte er und schloss die Tür von außen.

Fay war nun ganz bei Manu.

»Das sind keine Bomber«, sagte sie konzentriert. Ihr war sofort klar gewesen, worum es sich bei den Dingern handelte.

»Nein«, stimmte Manu ihr zu. »Aber die US-Verantwortlichen glauben es womöglich. Das kann zu einer Katastrophe führen. Deshalb brauche ich dich. Dringend!«

»Mich.«

»Du bist eine der renommiertesten Expertinnen auf deinem Gebiet. Und bei der UNO, also neutral. Ich werde dich gleich mit jemandem verbinden, dem du erklärst, was diese Flieger wirklich sind. Ich schicke dir einen Link und melde mich wieder.«

»Wem soll ich erklären …?«, fragte Fay, aber Manu war vom Display verschwunden.

14

In Pats Brille erschienen mit einem Mal geisterhafte Bilder uralter Maschinen auf den Felsen vor dem Mount Everest.

»Als im frühen neunzehnten Jahrhundert Dampfmaschinen erstmals breit industriell eingesetzt wurden«, sagte Yin, »reichte der Rongbuk noch Dutzende Kilometer weiter, und seine Kante befand sich an der Stelle, an der wir heute stehen.«

Pats Blick wanderte hinab zu dem Gletscher, doch dieser lag plötzlich direkt vor ihnen! Die Augmented Reality hatte vor seinen Augen den einstigen Zustand rekonstruiert. Nur schwach sah er dahinter in der Tiefe den eigentlichen Gletscher wie einen diffusen Meeresgrund.

Okay. Beeindruckend!

Auf dem künstlichen Gletscher erschien vor Pat nun auch noch ein Mann in der Mode des frühen neunzehnten Jahrhunderts – hoher Mantelkragen, halsverhüllender Hemdschalkragen, mit dunklen, in die Stirn gekämmten Locken.

Joseph Fourier, erklärte eine Einblendung darunter. *Mathematiker, Physiker, Klimapionier.* Neben dem Kopf war eine altertümliche Illustration der Erde und ihrer Atmosphäre eingeblendet.

»Guten Tag«, erklärte der Mann mit knarrender Stimme und französischem Akzent. »Ich bin Joseph Fourier. Ich entdeckte zu dieser Zeit, dass die Erdatmosphäre unseren Planeten wärmer hält, als wenn er direkt dem Weltall ausgesetzt wäre.«

Fourier und die illustrierte Welt verwandelten sich in Dampfmaschinen, frühe Eisenbahnen, Wälder aus qualmenden Fabrikschloten in Kohleförderungs- und Stahlgewinnungsgebieten des neunzehnten Jahrhunderts.

»Die Entwicklung der Motoren«, fuhr nun wieder Yins Stimme fort, »setzte sich im neunzehnten Jahrhundert – Sie erlauben das Wortspiel – explosionsartig fort. In der zweiten Hälfte des neunzehnten Jahrhunderts kamen die Verbrennungsmotoren dazu.«

Das klang alles interessant und war gut aufgezogen. Pat aktivierte per Sprachbefehl seinen YouTube-Kanal und begann live zu senden. Die Agentur würde automatisch informiert werden. Sein Telefon konnte er bei diesen Temperaturen unmöglich hervorholen. Er probierte, ob er über die Brille auch einen seiner Messenger-Dienste erreichte. Üblicherweise funktionierte das in China nicht.

Hier schon! Wahrscheinlich lasen die Chinesen mit. Und wenn schon. Er schickte keine Geheimnisse raus. Rasch sandte er noch eine Nachricht an Amber: *Check meinen YouTube-Kanal.*

Vor ihm erschienen nun wieder zwei Gestalten, dieses Mal eine Frau und ein Mann.

»Im Jahr 1856 entdeckten die amerikanische Wissenschaftlerin Eunice Newton Foote und 1859 der irische Physiker John Tyndall die Rolle bestimmter Gase in der Atmosphäre dabei, unter anderem Kohlenstoffdioxid – CO_2.«

Plötzlich fuhren über den virtuellen Gletscher altertümliche Autos ohne Dach und manche auch noch mit Lenkstangen statt Lenkrädern.

»Dampfmaschinen hatten inzwischen Industrie und Verkehr revolutioniert, und die aufkommende Autoindustrie befeuerte ab dem Jahrhundertwechsel die CO_2-Produktion zusätzlich.«

Die Autos verwandelten sich in Mammuts und Wollnashörner,

zwischen denen Vorzeitmenschen in Fellen durch eisige Landschaften an Pat vorbeizogen.

Darüber wieder ein Mann mit Namen: *Svante Arrhenius, Chemie-Nobelpreisträger.* Er sprach mit einem eigenartigen Akzent: »Ende des neunzehnten Jahrhunderts überlegte ich bereits, dass niedrige CO_2-Werte die Eiszeiten verursacht haben könnten. Und dass die zunehmende Kohlenutzung die Erde womöglich wärmer machte.«

Eine Grafik zeigte den Anstieg der CO_2-Produktion.

»Um 1900 herum«, fuhr die Sprecherin fort, »produzierte die Verbrennung fossiler Ressourcen etwa zwei Milliarden Tonnen Kohlendioxid jährlich.«

Der virtuelle Gletscher vor Pats Augen begann, sich eigenartig zu verfärben. Als wäre er eine Schwarz-Weiß-Aufnahme.

»Im Jahr 1920 machte der britische Bergsteiger George Mallory dieses berühmt gewordene Foto des Rongbuk.«

Auf dem Gletscherbild leuchtete am Rand der Eismasse ein roter Punkt auf. »Wir stehen hier«, erklärte Yins Stimme. »Seitdem stiegen die CO_2-Emissionen rapide. Und mit dem Klima ging es bergab.«

In Pats Brille blendete das Bild über in eine neuere Aufnahme des Gletschers. Darauf war der Rongbuk deutlich schmaler und lag viel tiefer. Nur der rote Punkt blieb an derselben Stelle wie zuvor, nun weit oberhalb des Gletschers.

Selbst durch seine Kapuze und die Mütze vernahm Pat das Raunen der anderen.

»Diese Aufnahme machte der US-amerikanische Bergsteiger und Filmemacher David Breashears im Jahr 2007.«

Noch mehr Raunen.

»Innerhalb von knapp neunzig Jahren verlor der Gletscher an dieser Stelle etwa einhundert Höhenmeter – ein kleines Hochhaus, wie Sie selbst sehen können – und geschätzt ein Viertel seiner Masse.«

Vor Pats Augen sank die virtuelle Gletscherebene im Zeitraffer bis auf das aktuelle Niveau.

»Wie gesagt, seither geht es bergab«, sagte Chen und wies mit ihrer Hand zu einem breiten Pfad. Sogar Stufen waren da zu sehen. Wahrscheinlich extra für diese Präsentation gebaut. Damit den unerfahrenen Journalisten im Hochgebirge nichts zustieß. »Folgen Sie mir bitte auf diesem Weg.«

15

Als Manu hinter Gil und der Pressesprecherin in den Situation Room hastete, warteten dort bereits mehrere nervöse Regierungsmitglieder, Militärs und andere Behördenchefs. Von Manu nahmen sie kaum Notiz. Nur in einigen Augen entdeckte er die Frage, ob der Zivilist eine Sicherheitsüberprüfung hatte. Dann widmeten sie sich wieder der Batterie von Bildschirmen. Darauf die Drohnenvideos, Satellitenbilder, zugeschaltete Gesichter weiterer Regierungsmitglieder und des Vorsitzenden der Joint Chiefs of Staff.

»Woher kommen diese Dinger?«, fragte der Präsident gefährlich leise. »Wissen wir endlich Genaueres?«

»Shenzhen«, erklärte der CIA-Direktor.

»Das weiß ich, verdammt! Ich meine: Aus welchen Löchern sind die gekrochen? Wie konnte China von der Welt und unseren Diensten im Speziellen unbemerkt ein Dutzend solcher Riesenmaschinen produzieren?«

»Daran arbeiten wir noch«, sagte der CIA-Direktor mit versteinerter Miene.

»Jetzt ist es zu spät«, brüllte Gil. »Ob 9/11, Afghanistanabzug, Wahlbeeinflussung oder tausend andere Dinge – jedes Mal steht ihr und damit wir alle da wie ahnungslose Idioten!« Er nestelte an seinem Kragen.

Auf zwei Monitoren mit Satellitenbildern und Karten markierten rote Punkte die chinesischen Fluggeräte. Sie flogen in zwei Schwärmen, der größere rechts Richtung Südosten, der kleinere nach links Richtung Südwesten.

»Sie haben sich aufgeteilt«, unterbrach der Verteidigungsminister Gils Tirade. »Sieben Maschinen fliegen Richtung Taiwan, drei auf Vietnam zu. Weitere zwei sind noch in dem ursprünglichen Korridor unterwegs, in dem auch die anderen vor der Teilung flogen.«

»Die Theodore Roosevelt kreuzt in der Gegend«, erklärte der Vorsitzende der Joint Chiefs of Staff. »Acht unserer Jets sind seit mehreren Minuten unterwegs, um China unsere Einsatzbereitschaft zu signalisieren.«

»Acht Jets gegen ein Dutzend dieser Megadinger?«, fuhr der Präsident ihn zornig an. »Die fegen unsere Jungs doch aus dem Himmel wie …« Ihm blieben die Worte buchstäblich im Hals stecken. Manu wusste, was Gil dachte. Wenn kein Wunder geschah, würde das hier sein ganz persönliches Waterloo werden.

»Ankunft Küste in fünf Minuten. Starte Countdown«, sagte der Assistent des Generals mit starrem Blick auf die Bildschirme. Die Hälfte der Anwesenden hing jetzt über ihre Telefone gebeugt und flüsterte oder brüllte hinein.

»Wenn wir nicht schnell zuschlagen, ist es zu spät!«, erklärte der Vorsitzende der Joint Chiefs of Staff energisch.

Manu machte zwei Schritte in den Raum hinein und räusperte sich. Gil merkte auf.

»Mister Sanusi hier«, sagte er mit einer Geste zu Manu, »meint, das sei kein Angriff.«

In einer synchronen Bewegung richteten sich aller Blicke auf Manu. Erstaunt, ungläubig, überheblich und verächtlich bis verärgert darüber, dass der Präsident überhaupt auf diesen Einflüsterer hörte.

»Emanuel?«, forderte Gil ihn auf.

»Nein«, sagte Manu und trat in das Zentrum des Raumes. »Zumindest keiner auf ein Nachbarland. Ich wette, es gibt keine chinesischen Truppenbewegungen«, bemerkte er und hob fragend eine Augenbraue.

Der General musterte ihn wütend. Sie waren sich ein paarmal flüchtig begegnet, kannten sich aber nicht näher. Nicht, dass Manu das bedauerte.

»Gibt es?«, fragte Gil nach.

»Nein«, presste der General hervor. »Noch wurden keine beobachtet.«

»Wäre das nicht wahrscheinlich, wenn China einen Angriff auf Taiwan durchführte? Dass wir seit Wochen oder gar Monaten Vorbereitungen beobachten würden?«, fuhr Manu fort. Wenn die Situation nicht so brenzlig wäre, hätte er sie direkt genossen. »Denkt an die Ukraine vor dem russischen Angriff im Februar 2022.«

»Wer weiß, wozu diese Dinger in der Lage sind«, schnauzte der General ihn an. »Vielleicht brauchen die keine anderen Aktivitäten mehr?«

»Worum geht es hier, verdammt?«, fuhr der Präsident dazwischen.

»Mister President«, sagte Manu, »das kann Ihnen jemand anders besser erklären.«

Er griff zum Telefon.

Auf Fays Telefon erschien wieder Manus Gesicht. Die Falte zwischen seinen Augenbrauen war noch tiefer als sonst.

»Ich habe dir einen Link geschickt.«

Fay klickte ihn an. Auf dem Schirm ihres Tablets öffnete sich das Fenster einer Kommunikationssoftware, die ihr nicht bekannt war.

»Das ist eine gesicherte Verbindung«, erklärte Manu. »In den Krisenstab des Weißen Hauses.«

Fay fluchte in sich hinein. Sie war Präsentationen vor wichtigen Persönlichkeiten gewohnt, sprach fließend Englisch. Aber sie saß da in einer einfachen Bluse, in ihrem Wohnzimmer, nach einem langen Tag, einem Gin Tonic und fast einer Flasche Rotwein.

Eine andere Männerstimme klang aus ihrem Laptop: »Denken Sie nicht im Traum daran, Bild- oder Tonaufnahmen von diesem Gespräch zu machen.«

Sicher nicht. So wie sie gerade aussah! Mit der freien Hand zog sie den Ausschnitt ihrer Bluse weiter zu.

»Ich sehe niemanden«, sagte Fay.

»Ist in Ordnung«, erklärte ihr Manu leise über das Telefon.

»In was verwickelst du mich da?«, zischte sie.

Im selben Moment tauchte in einem kleinen Fenster eine Gruppe Menschen in einem schlecht beleuchteten Raum auf. In ihrem Zentrum erkannte Fay tatsächlich den US-Präsidenten. Daneben ein paar Ministerinnen und Minister, drei Männer in Militäruniformen.

»Mister President«, sagte Manu. »Meine Damen und Herren, Fayola Oyetunde-Rabelt vom Klimasekretariat der Vereinten Nationen in Bonn.«

»Was sollen wir mit einer Klimafrau?«, unterbrach ihn eine Reibeisenstimme. Einer der Militärs, ein Typ wie aus dem Bilderbuch. Kantige Gesichtszüge, millimeterkurze weiße Borsten statt einer Frisur. »Das hier ist eine ernste Sache!«

In diesem Augenblick tauchte im Wohnzimmer Joy auf!

»Mama …«, jammerte die Elfjährige.

Herrgott, sie sollte längst schlafen! Hinter ihr erschien wieder Ben und hob ratlos die Schultern.

»Außerdem haben wir unsere eigenen Klimaspezialisten«, bellte der General.

»Ich sehe keinen«, entgegnete Manu.

»Ist sie US-Staatsbürgerin?«, fragte der Militär.

»Ja«, sagte Manu.

Jetzt stand da auch wieder Nicolas! Es war zum Auswachsen.

»Fayola, sprechen Sie«, fordert Gil.

Einem Wutausbruch nahe, wegen der Kinder, aber auch wegen des herablassenden Generals, forderte sie Ben mit einer Geste auf, sich um Nicolas und Joy zu kümmern, während sie sich gleichzeitig bereits voll auf den Bildschirm konzentrierte und zu reden begann, bevor der General sie wieder unterbrechen konnte.

»Guten Abend, Mister President, Ladys und Gentlemen. Diese Fluggeräte – Drohnen, wie es aussieht – sind nicht für einen Angriff gedacht«, erklärte sie.

Ben und die Kinder verfolgten das Gespräch mit immer größer werdenden Augen. Fay warf Ben einen letzten Blick zu. Schnell schob er die Kinder hinaus und schloss die Tür hinter sich.

»Die riesigen, langen Flügel«, fuhr Fay fort, »sind dazu da, sie höher zu tragen als normale Flugzeuge. Sie kennen das von Spionageflugzeugen und Drohnen, die an der Stratosphärengrenze operieren. Sechs Flügel deshalb, weil sie noch mehr Tragfähigkeit in der dünnen Luft benötigen, um schwere Last da hinaufzubringen …«

»Raketen«, unterbrach sie die Reibeisenstimme.

»Mister President«, tönte der General, »müssen wir uns das wirklich anhören? In wenigen Minuten erreichen die Dinger Taiwan und Vietnam!«

»Sie werden nicht angreifen«, sagte die Frau auf dem Monitor, die Emanuel Sanusi ihnen zugeschaltet hatte. Sie hatte ein schlankes Gesicht unter einem Afro, der von einem schwarzen Band über der Stirn zurückgehalten wurde, markante Backenknochen und trug eine schwarze Bluse. »Sie werden weitersteigen!«

»Und was tun?«

»Voraussichtlich noch ein Stück Richtung Äquator fliegen und dort in der Stratosphäre ihr Transportgut verteilen.«

»Wofür? Chemtrails?«, fragte der General höhnisch.

»Das werden Sie sich noch wünschen. Jetzt ist es wichtig …«

»Dass wir endlich reagieren!«, schrie der General jetzt. »Sonst ist Taiwan in wenigen Augenblicken Geschichte, und Vietnam …«

»Es gibt keine anderen militärischen Aktivitäten«, wiederholte Fay. »Die Maschinen werden an Taiwan vorbei beziehungsweise über Vietnam hinweg Richtung freier Ozean fliegen. China hat kaum eine Wahl, was die Flugrouten von einem möglichst südlichen Punkt Richtung Äquator angeht!«

»Aber warum sollten sie ausgerechnet diese Routen über fremden Luftraum wählen?«, erwiderte der General. »China muss damit rechnen, dass wir reagieren, wahrscheinlich militärisch. Dass das hier zu einem ausgewachsenen Krieg führen …«

»Geben Sie uns allen eine Chance«, unterbrach ihn die Frau auf dem Bildschirm, »bevor Sie Ihre Länder womöglich in einen verheerenden Krieg stürzen! Die Maschinen steigen weiter, jede Wette! Und lassen Taiwan und Vietnam buchstäblich links liegen!«

Im Raum war es plötzlich so still, dass Gil meinte, den Herzschlag der Anwesenden zu hören.

»Falls Sie diese Maschinen abschießen wollen«, setzte die Frau nach, »werden Sie noch genug Gelegenheit dafür bekommen. Solche Dinger baut man nicht für einen einzigen Einsatz. Die werden wir ab sofort täglich zu sehen bekommen. Diese Entscheidung können Sie sich also reiflich überlegen.«

»Warum sollte China eine solche Provokation wagen«, entgegnete der General zornig, »wenn nicht für einen Angriff auf Taiwan?! Mister President, die Zeit läuft uns davon!«

»Um unser aller höchste Aufmerksamkeit zu gewinnen«, erklärte die Frau. »Und zwar dafür, was es mit diesen Maschinen vorhat. Die ganze Welt soll hinsehen. Denn wir stehen weder vor einem Angriff auf Taiwan noch auf Vietnam. Sondern vor etwas viel Größerem. Viel, viel Größerem! Wir stehen vor einem Zeitenwechsel.«

»Wenn es nicht um Taiwan oder Vietnam geht«, fragte Gil, »worum geht es denn dann?«

Nüchtern sagte Fay: »China übernimmt die Kontrolle über das Weltklima.«

Die Gesichter im Situation Room erstarrten.

Dann begann der General, lauthals zu lachen.

16

Bergab lief es sich leichter. Trotzdem musste Pat bei jedem Schritt aufpassen. Auch, weil ihm seine smarte Gletscherbrille laufend neue Bilder vor die Nase setzte. Nun wieder eine Grafik.

»Im Jahr 1950 produzierte die Verbrennung fossiler Ressourcen bereits drei Mal so viel CO_2 wie zur Jahrhundertwende«, erklärte Yins Stimme so unbeschwert, als säße sie auf einem Sofa und würde nicht vor ihnen die Treppen hinabsteigen.

Sie hielt, alle anderen taten es ihr gleich. In der Brille tauchte erneut ein älterer Mann in einem Anzug auf, Stil Fünfzigerjahre. Sein Name: *Roger Revelle, Ozeanograf und Klimatologe.* Während neue Bilder der Erdatmosphäre eingespielt wurden, begann er zu sprechen: »Ich zeigte damals, dass die Ozeane das Kohlendioxid nicht, wie bis dahin angenommen, komplett aufnehmen, sondern dieses teilweise in die Atmosphäre wandert und dort verbleibt.«

Hat damals nur kaum jemand drauf gehört, dachte Pat.

Die Farben in der Animation der Atmosphäre wurden intensiver, begannen zu strahlen.

»Und ich sagte voraus«, fuhr Revelle fort, »dass dies in einigen Jahrzehnten profunde Auswirkungen auf das Weltklima haben würde.«

»Die Welt wusste Bescheid«, übernahm Yin wieder, »spätestens seit Mitte der Fünfzigerjahre des vergangenen Jahrhunderts. Wollen wir weiter?«

Seit siebzig Jahren hätten wir die Erderwärmung stoppen können, dachte Pat. Sie setzte ihren Weg fort. Der Tross folgte. Pat folgte. Keuchend.

Im Situation Room unter dem Weißen Haus hingen die Krawatten längst gelockert um die Kragen. Neben den Drohnen waren auf zwei Schirmen jetzt neue Bilder zu sehen: Eis. Ein Gletscher. Gigantische vereiste Berge.

»Das kommt live aus China«, sagte Amber, »vom YouTube-Kanal eines US-amerikanischen Journalisten, der kurzfristig zu einer Präsentation auf dem Mount Everest eingeladen wurde. Auch andere Chinakorrespondenten senden dasselbe auf ihren Kanälen.«

Der Monitor zeigte seltsame Überblendungen. Dick vermummte Gestalten hinter Gletscherbrillen vor ewigem Eis. War das im Hintergrund der Mount Everest? Darüber, halb transparent, das Porträt des Ex-US-Präsidenten Lyndon B. Johnson, über Dokumente gebeugt. Dazu erklärte eine weibliche Stimme mit leichtem Akzent auf Englisch: »... wenige Jahre später, 1965, wies das Wissenschaftliche Beraterkomitee des US-Präsidenten Lyndon B. Johnson die US-Politik in einem Bericht explizit auf die absehbaren Folgen für das Klima hin. US-Politiker wussten Bescheid – spätestens seit 1965.«

»Was, zum ...«, setzte Gil an, ließ es dann aber. An der Stelle des Gesichts eines seiner Vorgänger war soeben eine Grafik erschienen.

»Damals betrug die Kohlendioxidkonzentration in der Atmosphäre rund 320 Teile pro Million – ppm, *parts per million*«, erklärte dazu die Sprecherin.

»Was ist das?«, wollte Gil nun doch wissen, während ein Balken in der Grafik immer höher wuchs.

»Mittlerweile halten wir bei 420 ppm, Tendenz weiter steigend …«

»Auslandskorrespondenten in China«, erklärte Amber. »Auf einer Präsentation am Mount Everest, bei der es um das Klima geht.«

Den Balken ergänzten Zahlen.

»Stand heute«, sagte die Sprecherin, »produziert die Welt zwanzig Mal so viel Kohlendioxid wie im Jahr 1900.«

»Und daran hat China einen enormen Anteil!«, rief Gil.

Ein Assistent flüsterte ihm etwas ins Ohr.

Der Präsident wedelte mit der Hand.

»Machen Sie das leiser, Amber. Unsere Piloten haben Sichtkontakt.«

17

Zuerst hatte Hernán Gonzalez die chinesischen Flugmaschinen nur auf den Instrumenten gesehen. Dann waren sie als dunkle Punkte weit vor ihnen aufgetaucht. Und schnell größer geworden. Hernán versuchte Funkkontakt zu ihnen aufzunehmen. Niemand antwortete.

Nun waren sie gut dreißig Meilen von Taiwans Südzipfel entfernt. Auf der Insel mussten alle Alarmsysteme rot blinken. Die Abwehrsysteme warteten nur mehr auf den Befehl loszuschlagen. Wenn Hernán und seine Mitpiloten dann zu nahe wären, würde es sie womöglich auch erwischen. Für einen Sekundenbruchteil tauchten in seinem Geist Bilder von Einsatzzentralen in Taiwan und dem Weißen Haus auf, in denen Anzugträger mit versteinerten oder auch leicht verschwitzten Gesichtern darauf warteten, dass einer der lang gefürchteten Momente der internationalen Konfliktgeschichte gekommen war.

In Wahrheit, da war sich Hernán sicher, wusste niemand, wie man damit umgehen sollte: losschlagen, bevor die anderen es konnten? Oder warten, ob es tatsächlich ein Angriff war, und riskieren, dass es für eine Abwehr dann zu spät wäre? Ein Krieg um Taiwan konnte der Zündfunken für eine Katastrophe in der gesamten Region sein. Und weit darüber hinaus. Er kam sich vor wie eine Fliege über einem Riesenhaufen Scheiße.

Doch etwas war seltsam. Ein unbestimmtes Gefühl, das Hernán nur schwer in Worte fassen konnte. Während seiner Einsätze hatte er gelernt, auf seine Intuition zu achten. Denn das meiste geschah schneller, als man denken konnte. Und sein Bauchgefühl sagte ihm, dass diese Monstren ihn nicht weiter beachten würden. Vielleicht auch nur, weil sie es nicht nötig hatten.

»Die sind deutlich höher als wir«, erklärte er in sein Mikro. »Und steigen weiter.«

»Ihre Flughöhe?«, verlangte die Kommandozentrale.

»Bereits fünfundvierzigtausend Fuß«, antwortete Hernán. »Ich versuche, an sie heranzukommen. Aber die scheinen mir wenigstens fünfzigtausend Fuß hoch zu fliegen. Eher mehr.«

Fünfzigtausend Fuß, etwa fünfzehntausend Meter, galt als maximale Flughöhe für die *Super Hornet*, die sie im Notfall binnen einer guten Minute erreichen konnte. Bei Bedarf schaffte sie es aber auch höher. Hernán würde sehen, wie weit er kam.

»Außerdem«, sagte er, »wenn sie den Kurs nicht sehr bald ändern, passieren sie die taiwanesische Südküste in etwa vierzig Meilen Entfernung.«

Er und die anderen US-Jets hatten sich zwischen die Drohnen und die Insel gesetzt, die weit unten erkennbar war. Er gab dem Geschwader den Befehl, in einer lang gezogenen Linkskurve auf einen Parallelkurs zu den Drohnen zu gehen und auf deren Höhe zu steigen.

»Noch immer keine Anzeichen für einen Angriff«, sagte er. »Die ziehen schnurgerade Richtung Südosten.«

Sie waren nun auf der Höhe von Kaohsiung an der Südwestküste. Wenn diese Drohnen es auf Taiwan abgesehen hatten, gingen sie es kompliziert an. Hernán spürte, wie seine Nackenmuskulatur sich verkrampfte. Inzwischen saßen da unten alle auf Nadeln, die Finger einen Millimeter über den Knöpfen, die ein Desaster starten könnten. Von der Theodore Roosevelt waren weitere Jets unterwegs.

Bloß diese unförmigen schwarzen Riesendinger mit ihren sechs Riesenflügeln, die sie wie unappetitliche Monsterinsekten aussehen ließen, hielten unbeeindruckt von ihren Begleitern Kurs Richtung Südost. Neben ihnen wirkten die *Super Hornets* nicht wie Hornissen, sondern wie Fruchtfliegen neben bizarren Herkuleskäfern.

In dieser Richtung lagen noch ein paar kleine Inseln. Dahinter kam dann lange nichts außer der Philippinensee.

Fieberhaft suchte sein Blick an den Ungetümen nach Anzeichen für Angriffswaffen oder gar bevorstehende Attacken auf ihn oder die anderen. Deutlich konnte er nun sehen, dass die Flügelpaare in unterschiedlicher Höhe am Rumpf montiert waren. Die vordersten in der Tiefdeckerposition am unteren Rand, leicht nach unten geneigt, die mittleren – länger als die anderen – an der Seitenlinie, die hinteren in einer Hochdeckerposition, etwas nach oben geneigt. Doch weder an den zahlreichen unförmigen Ausbeulungen entlang der sechs schwarz schimmernden Flügel noch am gleich gefärbten Rumpf konnte er etwas erkennen, das ihn auch nur entfernt an Raketen oder andere Waffen erinnerte. Wenn diese Dinger überhaupt Waffen trugen, mussten sie die hinter Klappen verborgen haben. Oder es waren elektronische, welche die Drohnen nie verließen. Aber auf welche Entfernung konnten die wirken? Aus sechzehn Kilometer Höhe oder mehr?

Hernáns Instrumente begannen zu zittern, als er zweiundfünfzigtausendfünfhundert Fuß – sechzehntausend Meter – Höhe erreichte. Die ganze Maschine vibrierte. Hernáns Körper spannte sich, um das Schütteln zu beherrschen. Dabei rechnete er kühl aus, wie lange er die *Hornet* noch einer solchen Belastung aussetzen konnte.

Die Herkuleskäfer flogen schon jetzt geschätzt dreihundert Meter höher. Und stiegen weiter. Dabei hielten sie eine präzise V-Formation.

»Die müssen gewaltige Triebwerke haben«, stellte Hernán fest. Inzwischen war ihm auch klar geworden, warum sie sechs Flügel besaßen, noch dazu so viel länger und breiter als alle, die er je gesehen hatte. Die konnten sie trotz ihrer Größe in diese Höhe tragen. Und womöglich weiter hinauf.

Was wollten sie da oben?

Langsam ließen sie Taiwan hinter sich.

»Gehen Sie auf Betriebshöhe«, befahl das Kommando über Funk, »und folgen Sie den Maschinen in Sichtkontakt, so lange wie möglich.«

18

Martin steuerte den Kleinlaster bedächtig durch Berlins nächtliche Straßen. Khalil hatte sich in den engen Raum zwischen den Sitzen und der Wand zum Laderaum gezwängt. Natürlich benutzten sie auch dieses Elektromodell nur ungern. Autos mit Verbrennermotoren gegen solche mit elektrischem Antrieb auszutauschen, löste weder das Problem der Blechlawinen in den Städten noch die Ressourcenverschwendung durch die Fahrzeugproduktion. Aber in diesem Fall kamen sie nicht drum herum.

Die Straßen waren nicht so leer, wie man es um diese Zeit erwarten würde. Immer wieder entdeckte Sienna in Hauseingängen Obdachlose, da und dort sogar kleine Zelte. Tiere huschten durch das Gebüsch, wahrscheinlich Ratten oder Marder.

Sienna sah die Timeline ihrer Social-Media-Feeds und Nachrichten-Apps durch. Nach den ersten Meldungen stutzte sie. Sie waren voll mit einem einzigen Thema: Über China waren seltsame Monsterdrohnen am Himmel erschienen. Nach dem ersten Scan sah Sienna klarer.

Martin hatte ihre Anspannung bemerkt.

»Ist was?«, fragte er.

Sie hielt das Telefon so, dass er und Khalil es sehen konnten. Martin wurde langsamer, warf einen kurzen Blick auf die Bilder der Drohnen.

»Was ist das?«

»Die Gerüchte reichten von Aliens über einen chinesischen Angriff auf Taiwan, Vietnam oder sonst wen bis hin zu etwas mit Klima. Wahrscheinlich hat China die Dinger in die Luft geschickt. Angeblich fliegen sie höher als jedes normale Flugzeug.«

Sie wischte weiter und landete bei einem Auslandskorrespondenten, der vom Rongbukgletscher berichtete. Zeigte Martin wieder rasch das Display.

»Lass das«, bat er, »ich muss fahren.«

»Okay.« Für einen Moment vertiefte sie sich in die Nachrichten, dann erklärte sie: »Im Augenblick streamen mehrere Auslandskorrespondenten, internationale Medien und Nachrichtenagenturen gleichzeitig von einer kurzfristig angesetzten Präsentation chinesischer Behörden am Rongbukgletscher. Dabei geht es um die Klimafrage und das Versagen des Westens.«

»Passt ja genau zu unserem Thema.«

19

»Bis in die späten Siebzigerjahre fiel der Wissenschaft der Beweis schwer, dass die bereits beobachtbare Erderwärmung menschliche Ursachen hatte«, erklärte Yin in Pats Ohren. »Das nützten die Öl- und Kohleindustrien in einer Propaganda- und Lügenkampagne, die sogar jene der Tabakindustrie übertraf, um Zweifel zu säen, die bis heute bestehen. Obwohl die spürbaren Folgen des Treibhauseffekts seit den Achtzigerjahren immer deutlicher wurden und die wissenschaftlichen Indizien heute eindeutig sind.«

Pat rang nach Atem, der Abstieg zum Gletscher kostete Kraft. Zum Glück legte Yin eine kurze Pause ein.

»Auf der Toronto-Konferenz 1988 versprachen die Regierungen der Industrieländer, ihren Kohlendioxidausstoß bis 2005 um zwanzig Prozent zu reduzieren. Der betrug damals gut zwanzig Milliarden Tonnen. Nun, wir wissen, wie *das* ausging. Einzig Europa konnte seine Emissionen seitdem ein wenig reduzieren. Wenn man es sich schönrechnet.«

Pat blickte hinauf, woher sie gekommen waren. Automatisch blendete die Brille das ursprüngliche Niveau des Gletschers ein. Pat fühlte sich wie unter Wasser. Unter Eis.

Hoffentlich mussten sie das nicht alles wieder hinaufklettern!

»Der weltweite Ausstoß stieg bis 2005 auf über achtundzwanzig Milliarden Tonnen. Kommen Sie, bald haben wir das Ziel erreicht.«

In Pats Brille erschienen erneut Videos von Konferenzen, mit Menschen in Kleidung wie aus seinen Studententagen. Er fühlte sich, als stünde er mitten unter ihnen.

»1992 einigte sich die Weltgemeinschaft auf der Klimakonferenz in Rio des Janeiro mit der Unterzeichnung der Klimarahmenkonvention UNFCCC darauf, eine gefährliche menschenverursachte Störung des Klimasystems zu verhindern, die Klimaerwärmung zu bremsen und ihre Folgen zu verringern, wie es hieß.«

Sie setzten ihren Weg über die Treppen hinab fort.

»Seitdem ist die Erde im Schnitt um null Komma fünf Grad Celsius wärmer geworden«, sagte Yin. »Und um über ein Grad im Vergleich zu vorindustriellen Zeiten.«

»Ich merke hier gerade nichts davon«, grummelte Pat.

Die Truppe hielt an.

In der Augmented Reality war eine Hitzekarte des Globus erschienen. Auf der Nordhalbkugel war sie röter, umso dunkler, je weiter es zum Nordpol ging. Ähnlich stand es um die Antarktis. Im noch orangefarbenen Bereich der nördlichen Hemisphäre auf Pats Brille stach eine weitere rote Fläche hervor: der Himalaya.

»Je nördlicher man misst, desto wärmer wird es«, setzte Yin unbeirrt fort. »Am Nordpol sind es inzwischen drei Grad mehr. Zunehmend können Frachtschiffe und Tanker die früher im Winter zugefrorene Nordpassage nutzen. Im Jahr 1997 …«

»… verpflichteten sich 191 Staaten im Kyoto-Protokoll zu verbindlichen CO_2-Reduktionen.«

Im deutschen Bundeskanzleramt standen inzwischen fast alle Anwesenden vor dem Monitor. Dort lief seit einigen Minuten die Übertragung, zu der sie der Bundeskanzler mitten in der Nacht gerufen hatte.

»Nicht dabei waren natürlich die USA«, erklärte die Sprecherin. »Die Folge: Die Emissionen stiegen weiter. 2008 scheiterte die UN-Klimakonferenz im polnischen Poznan, 2009 der Klimagipfel in Kopenhagen. So ging es immer weiter.«

Während auf dem Bildschirm der Tross bergabwärts zog, stellte der Außenminister einfältig fest: »Da geht es ums Klima.«

Auf anderen Monitoren im Konferenzraum berichteten US-Sender aufgeregt von den chinesischen Drohnen. Satellitenaufnahmen zeigten sie knapp einhundert Kilometer südlich von Taiwan.

»Angesichts dieser Aussichten einigten sich 2015 in Paris 195 Staaten überraschend darauf, die Erwärmung auf eins Komma fünf Grad zu begrenzen«, sagte die Sprecherin zu Bildern vom historischen Übereinkommen in der französischen Hauptstadt. Überblendet wurden sie vom schon bekannten Balken, der weiter in die Höhe wuchs.

»Mit wenig Erfolg: Der CO_2-Ausstoß stieg auf mittlerweile über fünfunddreißig Milliarden Tonnen im vergangenen Jahr. Die Pandemie sorgte nur kurz für einen kleinen Rückgang.«

»Jetzt sind die chinesischen UFOs an Taiwan vorbei«, stellte der Außenminister fest. »Korrigieren die immer noch nicht ihren Kurs zurück Richtung Insel?«

»Dafür überfliegen die anderen bereits Vietnam«, bemerkte der Verteidigungsminister.

Konzentriert starrte Amber auf die Bildschirme mit den Satellitenbildern Südostasiens, auf denen bunte Punkte die Route der verschiedenen Fluggeräte südlich der taiwanesischen Küste und über Vietnam anzeigten. Noch immer spürte sie die Anspannung im Raum, die Luft schien zu vibrieren.

Auf einem benachbarten Monitor liefen Übertragungen aus den US-Jets, die die chinesischen Drohnen begleiteten. Eine

Kamera aus einer der hinteren Maschinen zeigte den Flugverbund, davor und deutlich höher die chinesischen Riesendrohnen.

Kaum jemand achtete noch auf die Übertragung des Streams vom Mount Everest, in dem die Sprecherin gerade erklärte: »… auch die Übereinkommen von Glasgow im Jahr 2021 blieben weitestgehend Lippenbekenntnisse, die tatsächlich umgesetzten Maßnahmen erwiesen sich schon im Vorfeld als zu langsam und zu gering …«

Amber schaltete auf einem Bildschirm Aufnahmen der Überwachungskameras vor dem Weißen Haus zu.

»Da draußen sammeln sich die Journalisten«, sagte sie. »Plus Schaulustige, Demonstranten und Spinner.«

Tatsächlich hatten sich am Zaun vor dem Weißen Haus erste Kamerateams postiert, und aus der kleinen Menge dahinter ragten Transparente.

Welcome the Aliens in Peace!

The End is nigh!

»Woher kommen diese Irren immer so schnell?«, murmelte jemand.

»Die müssen warten«, sagte Gil und wandte sich wieder dem Bildschirm mit Fayola Oyetunde zu. »Sie behaupten ernsthaft, dass China mit diesen Dingern das Weltklima beeinflussen will? Wie?«

»Im Prinzip …«, setzte Fayola an, unterbrach sich dann aber. Anstelle ihres Gesichts erschien ein von Schleierwolken durchzogener Himmel. Darin der Text: *Methoden globaler Temperaturkontrolle in der Klimakrise.* Fays Kopf blieb weiterhin in einem kleinen Fenster rechts unten zu sehen. »Ich habe eine Präsentation dazu«, sagte sie, »mit der ich es Ihnen erklären kann.«

Währenddessen nahm Amber die wachsende Unruhe im Situation Room wahr. Mehrere Assistenzkräfte flüsterten ihren Ministern und dem General ins Ohr.

»Einen Augenblick, bitte«, sagte Amber zu Fay.

Gleich darauf erklärte die Außenministerin: »China hat gerade eine Pressekonferenz angekündigt.«

»Für zehn Uhr Ortszeit«, tönte der General, »das ist dreiundzwanzig Uhr bei uns. Also in dreißig Minuten. Vielleicht sollten wir bis dahin Spekulationen bleiben lassen«, fügte er bissig in Richtung Fayola hinzu.

Amber verdrehte die Augen. Der Kopf der Präsidenten ruckte zwischen dem General und der Frau auf dem Bildschirm hin und her.

»Wenn es wirklich so ist«, drängte der General, »haben wir unsere eigenen Experten. Dafür brauchen wir niemanden von der UNO.«

Gil wandte sich an Fayola: »Danke vorerst, Frau Oyetunde.«

Fay und ihre Präsentation verschwanden, bevor die Frau sich verabschieden konnte. Mal wieder typisch. Ambers Aufmerksamkeit sprang zu dem Monitor mit den Bildern der Außenkameras. Draußen kamen laufend Menschen hinzu. Die Neuigkeiten trieben offenbar immer mehr Leute auf die Straße. Nervöse Polizisten liefen bereits vor den Menschen auf und ab, um sie von dem Zaun fernzuhalten.

Gil wandte sich an Amber: »Wir müssen den Chinesen etwas entgegensetzen. Sag den Journalisten draußen irgendwas, bevor die chinesische PK beginnt. Wir sind informiert, beobachten die Situation … Du weißt schon, Souveränität signalisieren.«

20

Ben blickte auf den leeren Küchentresen. Mit einem Mal war es still in der Wohnung. Die Kinder waren wieder in ihren Zimmern verschwunden. Hinter der Tür zum Wohnzimmer war Fays Stimme verstummt. Durch die geschlossene Tür hatte Ben ein paar Fetzen mitgehört. Aber kein Wort kapiert.

Jetzt war drüben wieder ein Geräusch zu hören. Dann Fay, sehr laut und gut zu verstehen:

»Spinnst du?! Rufst hier mitten in der Nacht an und kippst mich unangekündigt in eine Videokonferenz mit dem Weißen Haus?! Dem! Weißen! Haus! Hast du sie noch alle?!«

Ben ahnte, wem das galt. Er öffnete die Tür einen Spalt weit.

»Himmel, Fay«, hörte er nun Manus Stimme aus dem Telefon, »du hast womöglich gerade einen Weltkrieg verhindert!«

Ben öffnete die Tür weiter. Fay bemerkte ihn. Verdrehte wütend die Augen in Richtung des Telefons. Ben trat näher.

»Du hast dich nicht geändert«, schimpfte Fay ins Telefon. »Du spinnst total!«

Manu lachte lauthals. »Wahrscheinlich.«

Sie nahm das Telefon und wandte es Richtung Ben.

»Sag Hallo zu Ben.«

»Hallo, Ben. Deine Frau war großartig.«

»Ist sie immer«, sagte Ben. »Was treibt ihr zwei da? Weißes Haus … Wollt ihr mich verarschen?«

»Meine Expertise in verschiedenen Feldern ist halt gefragt. Hatte ich dir schon mal erzählt. Geld und Erfolg öffnen viele Türen. Hör mal, ich muss weitermachen. War schön, mit dir zu plaudern.«

»Du kannst doch jetzt nicht …«

»Wir hören uns in Zukunft sicher öfter. Ich meine, dir ist schon klar, was da gerade passiert?«

»Zeitenwende«, bemerkte sie, mehr zu sich selbst.

»Danke noch mal«, sagte er leise. »Das meine ich ernst. Bis bald.«

Weg war er.

Fay starrte auf den Bildschirm des Tablets mit den Bildern der chinesischen Drohnen. Dann zu Ben. Selten hatte er diese entschiedene Frau so verloren gesehen.

Sie nahm ihm das Weinglas aus der Hand. Leerte es in einem Zug.

»Jetzt ist es passiert«, sagte sie. »Das, was wir immer befürchtet haben, wovon wir aber nicht geglaubt haben, dass es wirklich dazu kommt.«

21

Von seinem Platz am Rand beobachtete Manu, wie die Anwesenden im Situation Room in kleinen Gruppen diskutierten, telefonierten oder die Vorgänge auf den Bildschirmen verfolgten: die Route der zwei Drohnengruppen Richtung Südosten und Südwesten.

Einer der eifrigen jungen Assistenten rief für Gil Informationen über Fay auf einen Monitor.

»Fayola Oyetunde«, sagte er, »wie von Ihnen gewünscht.« Der General rückte näher zum Präsidenten.

Der Bildschirm zeigte ein paar Fotos einer jungen Fay. Als Mädchen zwischen einem Paar, das eher wie ihre Großeltern denn wie ihre Eltern aussah. Als Studentin. In einem Labor. Als Vortragende. Als Konferenzteilnehmerin unter einem UNO-Logo. Als Mutter mit zwei kleinen Kindern.

»Zweiundvierzig Jahre alt, geboren in Lagos, Nigeria. Eltern sterben, als sie fünf Jahre alt ist. Sie wächst bei den Großeltern mütterlicherseits auf, wohlhabende Oberschicht. Kommt im Alter von achtzehn Jahren in die USA, studiert Philosophie und Physik in Stanford und am MIT. Arbeitet anschließend als Assistentin am MIT. Spezialisiert sich auf Klimathemen. US-Staatsbürgerschaft. Geht für zwei Jahre ans Potsdam-Institut für Klimafolgenforschung bei Berlin, Deutschland. Lernt in Deutschland ihren heutigen Mann kennen, Benjamin Rabelt, Ingenieur. Wechselt für zwei Jahre zum Weltklimarat nach Genf. Heirat, Kinder. Zunehmende Beschäftigung mit und Veröffentlichungen zu Themen rund um Geoengineering.«

»Ihr Urteil zu den chinesischen Drohnen hat daher einen soliden wissenschaftlichen Hintergrund«, unterstrich Manu die Ausführungen.

Irritiert blickte der Assistent hoch, bevor er fortfuhr: »Vor sechs Jahren der Wechsel ins Klimasekretariat der Vereinten Nationen in Bonn. Eine der angesehensten Expertinnen auf ihrem Feld.«

»Sonst hätte ich sie in solch einer Situation vor diesem Forum nicht um ihre Stellungnahme gebeten«, sagte Manu.

»Ich denke«, wandte sich der General nach einem kurzen Blick auf Manu an den Präsidenten, »es ist höchste Zeit, dass der Zivilist uns verlässt.«

»Er hat immerhin wertvolle Informationen beigesteuert«, erwiderte Gil, bevor er sich an Manu wandte. Doch der kam ihm zuvor.

»Ich wollte gerade zurück zum Dinner«, sagte er. »Die Gäste werden sich schließlich wundern.«

»Du entschuldigst mich bei ihnen«, sagte Gil.

»Mache ich«, sagte Manu. »Sie werden es verstehen.«

Der Präsident nickte. »Wir hören uns.«

Vermutlich schneller, als du glaubst, dachte Manu.

22

Tony schielte ins Schlafzimmer. Cecile hatte sich von der dünnen Decke befreit, doch ihr Atem ging regelmäßig. Er wandte sich wieder seinem Handy zu.

Das Internet spielte verrückt. Die Drohnen waren überall.

Auf dem alten Telefon musste er noch die Nummer der Cutterin haben. Ife. Lange her, dass er an sie gedacht hatte. Er wischte die Drohnenbilder des alten Videos weg und gab bei den Kontakten ihren Namen ein. Fand die Nummer.

Um das damalige Projekt war weit höhere Geheimhaltung betrieben worden als bei anderen Film- und Fernsehproduktionen, in denen Tony mitgespielt hatte. Die Schauspieler hatten nicht einmal das ganze Script gekannt. Nur ihre eigenen Szenen. Hatten laut Vertrag nicht mit anderen darüber sprechen dürfen.

Letztendlich war das aber belanglos gewesen. Der Produzent, dessen Namen Tony nie erfahren hatte, war mit dem Ergebnis unzufrieden gewesen und hatte es zurückgezogen. Tony hatte nie wieder davon gehört. Zu seiner großen Enttäuschung. Er hatte sich viel davon erhofft. Größere Rollen, irgendwann den Durchbruch. Stattdessen war er hier in Kenia im Resort gelandet. Als Animateur.

Ife war eine der ganz wenigen, die damals mehr von dem Film gesehen hatten. Und ihm trotz Verbots Teile davon gezeigt hatte. Die er mit seinem Telefon heimlich mitgefilmt hatte.

Die erste Herausforderung bestand darin, dass Ife nicht gleich wieder auflegte, sobald sie wusste, mit wem sie sprach.

Das Ende ihrer kurzen Affäre war nicht gerade harmonisch verlaufen.

Er warf einen Blick auf die Uhr. Für einen Anruf war es zu früh. Er würde bis zum Morgen warten müssen. Morgen in Lagos. Vormittag in Kenia.

Wie es Ife wohl ergangen war?

Er gab ihren Namen und ein paar weitere Begriffe in die Suchmaschine ein.

Die fand sie sofort. Die ersten Einträge gaben Informationen über verschiedene Filme und TV-Produktionen preis, bei denen sie für den Schnitt verantwortlich gewesen war. Tony stutzte. Alle waren wenigstens sieben Jahre alt. Jüngere Artikel schienen nicht zu existieren.

Am Ende der ersten Seite fand er einen Artikel mit Ifes Foto. Ebenfalls sieben Jahre alt. Er stammte aus einem Onlinemedium der nigerianischen Filmbranche.

Tony rieb sich den Nacken, während er auf die Zeile starrte.

Cutterin stirbt bei tragischem Unfall.

23

Fay starrte in ihr Glas Rotwein. Halb voll. Halb leer.

Alles wirkte, als hätte sie es nur geträumt.

Wahrscheinlich *hatte* sie alles nur geträumt.

Neben ihr saß Ben, in der Hand ebenfalls ein Glas.

»Ich hole mal das Tablet«, sagte sie. »Bald muss diese Pressekonferenz der Chinesen beginnen.«

Im Arbeitszimmer stand der Tabletcomputer, wie sie ihn nach dem abenteuerlichen Gespräch zurückgelassen hatte. Das Mailsymbol zeigte neue Nachrichten. Über zweihundert? Daneben vibrierte ihr Telefon.

Die Nummer kannte Fay nicht.

Das Display war übersät mit Meldungen verpasster Anrufe.

Hundertsiebenundfünfzig.

Hundertsiebenundfünfzig?!

Der Anrufer gab auf.

Hundertachtundfünfzig.

Innerhalb der wenigen Minuten, die sie draußen gewesen war?

Fay griff zum Handy, da begann es schon wieder zu vibrieren. Auch diese Nummer war Fay nicht vertraut.

Sie drückte den Anruf weg.

Überflog die ersten Nummern der eingegangenen Anrufe.

Sie kannte keine einzige davon.

Das Handy vibrierte erneut.

Unbekannte Nummer.

Was, zum Teufel, war hier los?

Fay zögerte. Dann nahm sie das Gespräch an.

»Gina Baley, PDNews«, stellte sich eine weibliche Stimme auf Englisch vor. »Sind Sie die Fayola Oyetunde, die das Weiße Haus bezüglich der chinesischen UFOs beraten hat?«

»Ich …«, stammelte Fay. »Wer … wer behauptet denn so etwas?«

»Haben Sie die Pressekonferenz nicht gesehen?«

»Welche Pressekonferenz?«

»Des Weißen Hauses. Gerade eben. Zu den chinesischen Drohnen.«

»Ich … Wissen Sie, wie spät es hier ist?«

»Offensichtlich sind Sie wach.«

Fay wollte Zeit gewinnen, bis sie wusste, was los war.

»Weil Ihr Anruf mich aufgeweckt hat!«, rief sie empört. Das musste sie nicht spielen. Ihr Ärger war echt. Was dachten sich diese Leute? »Und jetzt gehe ich wieder schlafen! Gute Nacht!«

Sie beendete die Verbindung.

Sie hatte das Telefon noch nicht zurück auf den Tisch gelegt, da vibrierte es schon wieder.

Unbekannte Nummer. Das eskalierte schnell.

24

Martin parkte den Wagen am Platz der Republik. Rechts neben ihnen ragte der Bundestag in den Nachthimmel. Jenseits der Wiese stand der Klotz des Bundeskanzleramts.

Sienna und die zwei anderen sprangen hinaus.

Schon kamen Gleichgesinnte aus dem Wald des Tiergartens herbeigelaufen: insgesamt sechzig Personen in blauen Hosen und Röcken mit weißen T-Shirts.

Der Planet schmilzt, lautete einer der Slogans darauf.

Our Planet is steaming! So am I!, ein anderer.

Auf dem Rücken trugen alle dasselbe Logo: die Weltkugel von zwei Seiten in die liegende Acht des Unendlichkeitssymbols gepackt. Darunter in einfachen Blockbuchstaben: GENERATION CHANGE.

Kaum war die Ladefläche des Transporters geöffnet, hoben die ersten vier einen Sarg heraus und liefen damit auf die Grünfläche. Dann die nächsten vier und wieder die nächsten. Sienna feuerte sie von der Seite her an.

Aus den Gesprächsfetzen der Aktivisten hörte sie immer wieder die Worte »China« und »Drohnen« heraus. Sie, Martin und Khalil waren offenbar nicht die Einzigen, die dem Stream vom Mount Everest gefolgt waren. Die News hatten sich wie ein Lauffeuer in der Community verbreitet.

Im Moment jedoch hatten sie anderes zu tun. Die Ladefläche

des Lkw war fast leer. Sienna lief auf die Wiese. Dort öffneten die Aktivisten die Särge. Im ersten, zu dem Sienna kam, lag der Körper eines Mannes.

»Was ist da auf dem Mount Everest los?«, fragte einer.

»Es geht offensichtlich ums Klima«, erwiderte Sienna. »Da kommt unsere Aktion gerade richtig.«

Khalil, Martin und zwei andere hoben den Körper aus der Holzkiste und schlossen sie.

Aus den Fersen des Mannes ragten zehn Zentimeter lange Stümpfe. Die vier Aktivisten steckten sie in die dafür vorgesehenen Löcher im Sargdeckel. Da stand er nun, der nackte Mann, und starrte den Bundestag an.

»Gibt es schon Infos, was die Chinesen vorhaben?«, fragte ein anderer.

»Gleich beginnt eine Pressekonferenz«, erklärte Martin. »Egal«, erwiderte Sienna. »Wir machen erst einmal weiter.«

Auf den Särgen um sie herum richteten sich nach und nach weitere Figuren auf. Menschen. Tiere. Mit Blick auf den Bundestag oder das Bundeskanzleramt.

Jene, die bereits fertig mit Aufstellen waren, begannen, die Wiese mit weißer Farbe zu besprühen. Der Schriftzug würde riesig und sogar von Flugzeugen und Satelliten aus sichtbar sein.

Falls sie fertig wurden. Noch war keine Polizei zu sehen.

Konnte nicht mehr lange dauern.

Siennas Finger strich über den starren Arm des Körpers auf dem Sarg. Er war eiskalt und ebenso glatt. Auf ihrem Finger blieb farbige Flüssigkeit kleben.

Der Körper hatte zu schmelzen begonnen.

25

Die Pressesprecherin des Weißen Hauses stand hinter dem bekannten Pult vor dem ebenso bekannten ovalförmig eingerahmten Abbild des Weißen Hauses. *Amber Fields,* stellte das Schild auf dem Pult sie vor. Die Stuhlreihen waren trotz der späten Stunde in Washington, D.C., und der sehr kurzfristigen Einberufung überraschend gut besetzt, fand Ben.

Neben ihm schob Fay mit der Fingerspitze den roten Balken unterhalb der Videoaufzeichnung um ein paar Millimeter nach links.

»… zum momentanen Zeitpunkt nicht sagen«, erklärte die Pressesprecherin des Weißen Hauses. Mit einem Fingerzeig forderte sie eine andere Person aus dem Journalistenpulk auf zu fragen.

Eine weibliche Stimme wollte wissen: »Was ist dran an dem Gerücht, dass eine Mitarbeiterin des Klimasekretariats bei den Vereinten Nationen, Fayola Oyetunde, das Weiße Haus in der Sache beraten und einen militärischen Konflikt verhindern haben soll?«

»Das bist du«, bemerkte Ben zu Fay.

»Gerüchte kommentieren wir nicht«, erklärte Amber Fields gelassen. Und zeigte auf die nächste Person, die hoffentlich eine intelligentere Frage stellen würde.

Fay stoppte das Video.

»Wer hat das an die Medien durchgestochen?«, überlegte sie. »Und warum?«

»Die ersten deutschen Journalisten stehen sicher bald vor unserer Haustür«, brummte Ben. Kaum hatte er es ausgesprochen, läutete es.

Wütend lief er zur Tür. Schaltete den Ton der Klingel auf stumm.

Zurück im Wohnzimmer, trat er ans Fenster und lugte durch die Jalousien hinaus, bemüht, dass man ihn von draußen nicht sah. Fay gesellte sich zu ihm.

Vor der Haustür standen tatsächlich zwei Gestalten. Eine davon trug eine Kamera. Die andere drückte auf den Klingelknopf. Gerade hielt hinter ihnen ein Kleinbus mit dem Logo eines Regionalsenders, aus dem zwei weitere Personen stiegen.

»Ich rufe die Polizei«, sagte Ben und suchte sein Telefon.

In einem Fenster im Haus gegenüber sprang das Licht an.

Ein weiterer Wagen spuckte drei neue Gäste aus. Sie traten zu den anderen. Wieder versuchte einer von ihnen die Türklingel.

Ben wählte.

Kurzes Wetterleuchten schien die Straße zu erhellen.

Noch einmal. Und wieder.

Ben begriff: Blaulicht!

Es kam näher.

In Bens Telefon meldete sich eine weibliche Stimme.

»Polizeinotruf. Nennen Sie, wenn möglich, bitte Ihren Namen und Ihre Adresse.«

Die Menschen auf der Straße wandten ihre Aufmerksamkeit vom Haus ab und sahen alle in dieselbe Richtung. Aus der nun ein Polizeiwagen auftauchte.

»Das ging schnell«, stellte Fay fest. »Die Polizei ist schon da.«

»Moment«, stammelte Ben verdutzt in sein Telefon. »Ich …«

Aus dem Wagen unten stiegen zwei Männer und eine Frau in dunklen Jacken.

»Hören Sie«, forderte die Frau in Bens Telefon. »Wenn Sie Hilfe brauchen, sagen Sie etwas, andernfalls geben Sie die Leitung frei.«

Die drei aus dem Polizeiwagen schoben sich an den anderen vorbei und klingelten.

»Verzeihen Sie«, sagte Ben ins Telefon, »Kollegen von Ihnen sind bereits da. Danke!« Damit beendete er die Verbindung.

Da weder er noch Fay auf den Klingelversuch der Beamten vor der Tür reagiert hatten, suchten deren Blicke das Gebäude ab. Einer der Männer zeigte auf das Fenster, hinter dem Fay und Ben standen. Er hatte sie entdeckt.

Der Mann zog etwas aus seiner Tasche und streckte es in die Höhe. Aus der Entfernung konnte Ben nichts erkennen.

Die Frau winkte nun ebenfalls. In der Hand hatte sie ein Telefon. Zeigte auf Fay, dann auf das Handy. Tippte. Hielt es ans Ohr. Wartete.

Fay holte ihr Telefon vom Sofatisch. Stellte es auf laut.

»Petra Kollitzky«, meldete sich eine Frauenstimme, »Deutsches Innenministerium. Frau Oyetunde, bitte legen Sie nicht auf.«

Fay und Ben tauschten einen Blick.

»Wir versuchen Sie seit geraumer Zeit zu erreichen. Die Nachrichten der vergangenen Stunde haben in Berlin für Aufsehen gesorgt. Man hört, dass Sie sogar in Washington Gehör fanden. Der Bundeskanzler würde sich gern mit Ihnen austauschen.«

Fay starrte auf die Frau, dann auf Ben.

»Frau Oyetunde, sind Sie noch dran?«

»Ja«, sagte Fay.

»Das ist bestimmt ein Trick, dich vor ein Mikrofon oder eine Kamera zu bekommen«, flüsterte Ben.

»Jetzt?«, fragte Fay die Anruferin. »Mitten in der Nacht?«

»Die Sache ist ja wohl von einiger Wichtigkeit.«

»Das kann man sagen«, erwiderte Fay.

»Gut. Auf dem Flughafen Köln-Bonn wartet bereits ein Flugzeug, um Sie nach Berlin zu bringen.«

»Wie bitte?«

»Wenn Sie mir nicht glauben«, sagte die Frau, »suchen Sie bitte auf der Website des Innenministeriums eine Kontakttelefonnummer. Die ist um diese Zeit natürlich normalerweise nicht besetzt. Jetzt schon. Und wartet auf Ihren Anruf, um meinen Auftrag zu bestätigen. Ich navigiere Sie durch die Seite zu der Nummer, wenn Sie wollen.«

Fay gab Ben ein Zeichen, den Tabletcomputer zu holen. Er gehorchte. Dann sagte sie zu der Anruferin: »In Ordnung.«

Ben hatte bereits die Homepage des Innenministeriums aufgerufen.

»Ich bin auf der Seite«, erklärte Fay ihrer Gesprächspartnerin.

»In Ordnung«, erwiderte Kollitzky. Drei Fingertipps später hatte Ben die Nummer gefunden. Tippte sie in sein Handy. Drückte den grünen Button.

»Dann rufe ich jetzt dort an«, sagte Fay.

»In Ordnung«, sagte Kollitzky. »Die verbinden Sie zu mir.«

Auf der Straße ließ die Frau das Telefon sinken.

»Willst du wirklich nach Berlin?«, fragte Ben, während aus dem Telefon das Freizeichen ertönte. »Warum können die das nicht per Video machen? Wie das Weiße Haus?«

»Weil es näher liegt? Weil sie sich für so wichtig halten?«

Nach dem zweiten Freizeichen meldete sich eine Stimme: »Deutsches Innenministerium. Frau Fayola Oyetunde?«

»Ja«, sagte Fay.

»Einen Moment, ich verbinde Sie.«

Auf der Straße hob Kollitzky ihr Telefon wieder ans Ohr.

»Kollitzky«, hörte Ben aus seinem Gerät. »Glauben Sie mir jetzt?« Die Frau starrte auf das Fenster, zu Fay. Wusste wohl, was sie sagen würde.

»Ich brauche ein paar Minuten«, meinte Fay. »Und ich will von keinem Journalisten angesprochen werden, wenn ich hinauskomme.«

»Organisieren wir«, sagte Kollitzky. »Bis gleich.«

Fay beendete das Gespräch.

»Kümmerst du dich um die Kinder morgen früh«, sagte sie zu Ben und drückte ihm einen Kuss auf die Wange. »Danke.«

»Sicher«, sagte Ben. Murmelte unhörbar: »Habe ja nichts anderes zu tun.«

SONNENSCHIRM

26

Die Wanderer hatten den Gletscher erreicht. Vor der Kulisse haushoher Eisscherben betraten sie eine eigens errichtete Holzplattform, auf der bereits Kameras und Mikrofone warteten.

Pat fühlte sich, als wäre er seit Stunden unterwegs. Fragte sich, wie das die Bergsteiger schafften, die den ganzen Tag lang auf den Everest hinaufkeuchten.

Hinter jedem der Mikros stand eine Person. Im Gegensatz zu den Ankömmlingen trugen sie dicke schwarze Mäntel und Pelzmützen, die sie schnell als Funktionäre oder Politiker identifizierten. In der Mitte erkannte Pat ein faltiges Gesicht, das Pats Erschöpfung und sein zunehmendes Desinteresse wirkungsvoller vertrieb als die Kälte: jenes des chinesischen Außenministers Lang Chok.

Das war jetzt doch höherrangig als erwartet.

»Willkommen aus dem Himalaya«, hob dieser in stark akzentiertem Englisch an. »Dem dritten Pol, wie er auch genannt wird.«

Pat musste gähnen. Hörte aber zu.

»Die Regierung der Volksrepublik China richtet sich heute an die Weltöffentlichkeit, weil sie bezüglich der Klimakrise ein neues Kapitel aufgeschlagen hat.«

Die Pressekonferenz hatte wohl begonnen.

»Obwohl die Dramatik der Situation und die zu erwartenden

Folgen inzwischen längst bekannt und gut belegt sind«, fuhr der chinesische Außenminister fort, »wird die menschengemachte globale Erhitzung von vielen noch immer nicht ernst genug genommen, teils angezweifelt oder sogar geleugnet. Immer extremere Unwetter, Dürren, Brände, Fluten und das Ansteigen des Meeresspiegels bedrohen Hunderte Millionen Bewohner der Erde, unter anderem von tief liegenden Inseln und Küstengebieten.«

In Pats Brille wurden Nachrichtenvideos der erwähnten Katastrophen eingeblendet. Wahrscheinlich auch auf den Bildschirmen der Welt, die nun zusah.

»In einigen Jahrzehnten werden manche Weltgegenden wegen Hitze nicht mehr von Menschen bewohnbar sein.«

Verdorrte Landschaften waren zu sehen. Tiergerippe.

»Was man von hier nicht behaupten kann«, murmelte Pat. Er hatte schon beim Gehen gefroren, im Stehen wurde ihm nun noch kälter.

Vor seinen Augen erschienen Aufnahmen Flüchtender auf Booten, in Lagern, an Grenzen, gegen Soldaten anrennend. Pat kannte die Bilder aus der Realität. Oft genug hatte er früher von solchen Schauplätzen live berichtet. In dem gezeigten Szenario waren es allerdings nicht nur Menschen aus Subsaharaafrika, Asien oder dem Maghreb. Pat erkannte eindeutig europäische Gesichter. Als würde das bald auch in Europa oder den USA geschehen.

»Hunderte Millionen werden sich auf den Weg in wirtlichere Weltgegenden machen – eine neue Völkerwanderung, deren kleinere Vorboten wir bereits sehen. Nicht nur aus Steppengebieten des Südens, sondern auch aus Teilen Südeuropas und der USA. Die Hitze gefährdet die Nahrungsmittelversorgung zunehmend auch in reichen Ländern.«

Bilder von vertrockneten Feldern gingen über in solche von

abgestorbenen Mischwäldern in den USA und Europa. Feuerwalzen breiteten sich aus, bedrohten Dörfer und Städte. Am Grund ausgetrockneter Flussbetten verendeten Schwärme von Fischen.

»Von der Versauerung der Ozeane gar nicht zu sprechen.«

Auf dem Monitor im Situation Room legten sich Bilder demonstrierender Jugendlicher über den chinesischen Außenminister, während Amber und die anderen weiter dessen Stimme vernahmen.

»Im Zuge der Proteste der Fridays-for-Future-Bewegung 2019 überboten sich die Staaten auf dem Klimagipfel in Glasgow 2021 zwar weltweit wieder einmal mit Versprechen, bis zum Jahr zweitausendfünfzig auf Netto-Null-Emissionen zu kommen …«

»Nicht eure Regierung«, kommentierte Gil, aber auf dem Monitor fuhr Lang Chok bereits fort.

»… um die Erwärmung auf eins Komma fünf Grad zu beschränken. Nichts als leere Worte. Reden wir Klartext: Das Eins-Komma-fünf-Grad-Ziel ist tot. Selbst wenn die derzeit geplanten Programme eingehalten würden – was bisher nie auch nur annähernd der Fall war –, werden die allermeisten Staaten dieses Ziel weit verfehlen. Selbst zwei Grad bis 2050 sind so gut wie nicht mehr zu erreichen.«

Eine Grafik ploppte auf.

»Derzeit befinden wir uns auf dem Kurs zu vier bis fünf Grad plus zum Ende des Jahrhunderts.«

»Drei bis vier Grad nach meinen Quellen«, murmelte Amber. »Ist aber auch zu viel.«

»Machen wir uns nichts vor: Die Verantwortlichen in der westlichen Welt versprechen viel und tun wenig. Sie handeln weiterhin nach dem Motto ›Nach uns die Sintflut‹.«

Gil schnaubte. »Aber ihr seid so viel besser mit euren Kohlekraftwerken!«

»Das hat Folgen, auch für den ›dritten Pol‹, den Himalaya.«

Erneut eine Überblendung: eine Übersichtskarte der Gebirgsregion. Blaue Linien wanden sich daraus. Flüsse, erkannte Amber.

»Er bildet die drittgrößte Eismasse des Planeten und speist Asiens wichtigste Flüsse, vom Jangstse und dem Gelben Fluss in China über den Mekong in Thailand, Laos, Kambodscha und Vietnam, der Irrawaddy in Myanmar, Brahmaputra und Ganges in Bangladesh und Indien bis hin zum Indus in Pakistan und dem Amudarja in Afghanistan, Tadschikistan, Turkmenistan und Usbekistan.«

»Eins Komma drei Milliarden Menschen in Asien leben von diesen Flüssen«, erklärte der chinesische Außenminister auf dem wandfüllenden Bildschirm im großen Büro des indischen Premierministers.

»Und der Großteil davon bei uns!«, schimpfte der indische Premier. Unwillig folgten er und drei Viertel seines Kabinetts plus einiger Militärs den Ausführungen.

»In wenigen Jahrzehnten werden es fast zwei Milliarden sein.«

»Vor allem bei uns«, kommentierte der indische Innenminister bissig. »Chinas Bevölkerung wird sich bis Ende des Jahrhunderts fast halbieren. Indien dagegen wird der mit Abstand bevölkerungsreichste Staat der Erde sein. Wir brauchen das Wasser!«

»Doch das Reservoir, aus dem sie entspringen«, erklärte der chinesische Außenminister, »der Himalaya oder ›dritte Pol‹, schrumpft immer schneller.«

»Wehe, die geben unseren Kohlekraftwerken die Schuld daran!«, rief der Außenminister. »Die chinesische Kohle ist viel schlimmer.«

Die Kamera zog kurz auf, offensichtlich flog sie mit einer Drohne über die Holzplattform und den Gletscher.

»Die Gletscheroberfläche, auf der ich hier stehe, lag vor rund hundert Jahren noch einhundert Meter höher.«

Fotos mit den Beschriftungen *1920* und *Aktuell* zeigten den Unterschied. Die Journalisten auf der Plattform blickten in die Höhe, aus der sie gekommen waren.

»In den vergangenen vierzig Jahren haben die Gletscher ein Viertel ihrer Masse verloren. Seit der Jahrtausendwende beschleunigt sich der Prozess noch.«

Und wieder wurden Grafiken eingeblendet.

»Denn hier steigen die Temperaturen beinahe doppelt so schnell wie im globalen Schnitt. Längerfristig wird sich der Schmelzwasseranteil in den Flüssen halbieren. Und damit eineinhalb bis zwei Milliarden Menschen in Dürren und höchste Wassernot stürzen.«

Die Anwesenden folgten den Ausführungen nunmehr mit versteinerten Mienen. Bilder von Dürregebieten gingen über in Aufnahmen von Fluten an Meeresküsten. Menschen in Not, Ströme von Flüchtenden.

»Gleichzeitig steigen die Fluten an unseren Küsten und werden Hunderte Millionen vertreiben.«

»Das können wir nicht zulassen«, erklärte der chinesische Außenminister, und für ein paar Momente konnte Ebele ihn in ihrer AR-Brille ohne Überblendungen beobachten.

Lang Chok wirkte auf Ebele von der Kälte nicht beeinträchtigt, obwohl er sich keinen dicken Schal bis zur Nase gewickelt hatte und seine Pelzmütze die halbe Stirn freiließ. Wahrscheinlich trug er beheizte Unterwäsche, dachte sie grinsend.

»Wir haben dem verantwortungslosen Treiben der westlichen

Politiker und Unternehmen in den vergangenen Jahrzehnten lange genug zugesehen.«

»Wir nicht«, murmelte Ebele.

»Doch nun müssen wir unsere Bevölkerung und jene der umliegenden Länder vor dessen Folgen schützen.«

»Denkst du also«, meinte Ebele bei sich.

Über Lang Chok erschienen mit einem Mal kleine schwarze Punkte am Himmel, die sich schnell vergrößerten und schließlich als riesige sechsflügelige Drohnen über ihm in der Luft hängen blieben.

»Heute, um sieben Uhr chinesischer Zeit, starteten vom Flughafen Shenzhen insgesamt zwölf Große Drachen.«

Vor Ebeles Augen lieferten die Bordkameras der Drohnen Flugbilder von den gigantischen Maschinen. Beeindruckend. Als hätte sie ein Regisseur für Weltraumschlachten inszeniert.

Fay und Kollitzky verfolgten die Ausführungen des chinesischen Außenministers auf den Bildschirmen in den Rücklehnen der Sitze vor ihnen, Kopfhöhrer über den Ohren. Der Flieger bot auf jeder Fensterseite sieben bequeme Ledersessel hintereinander. Fay und Kollitzky hatten gleich in der ersten Reihe Platz genommen, nur durch den Mittelgang getrennt.

»Diese neu entwickelten Drohnen verteilen nach Erreichen ihrer endgültigen Flughöhe in der Stratosphäre in etwa zwanzig Kilometer Höhe je fünfzig Tonnen feinster Sulfat-, Kalk- und anderer Partikel.«

Fay biss sich auf die Lippen. Bis zuletzt hatte sie gehofft, dass sie sich mit ihrer Geoengineering-These irrte. Wobei die Alternative auch tragisch gewesen wäre. Tausendmal lieber hätte sie sich vor dem Weißen Haus blamiert, vor dem deutschen Kanzler, vor der ganzen Welt.

Die ab sofort eine andere war.

»Ist das deren Ernst?«, fragte Kollitzky auf der anderen Seite des Gangs. Hinter ihr stieg im Ausschnitt des ovalen Flugzeugfensters über dem Horizont ein heller Streifen in den tiefblauen Nachthimmel.

In diesem Moment, Tausende Meter hoch über der Erde, spürte Fay den Boden unter den Füßen nicht mehr. Meinte in die Tiefe zu stürzen. Krallte sich mit beiden Händen an den Armlehnen fest. An den Worten des chinesischen Ministers. Obwohl sie nichts mehr davon hören wollte. Sie hatten es tatsächlich getan!

»Nach vier- bis zehnstündigem Flug wird ein Teil der Maschinen an ihren Startort zurückkehren, umgehend wieder beladen werden und erneut starten. Ein kleinerer Teil der Flotte ist derzeit unterwegs nach Kenia. Als erstes Partnerland der Initiative stellt es eine Basis bei Mombasa zur Verfügung. Von dort erreichen die Transporter die wichtige Äquatorzone schneller und effizienter. Diese wird daher in Zukunft eine bedeutende Rolle spielen. Die Flüge werden ab sofort täglich stattfinden.«

»Natürlich«, stöhnte Fay.

»Die ausgebrachten Partikel verteilen sich im Lauf einiger Wochen weltweit in der Stratosphäre und werden sich dort ein bis zwei Jahre lang halten«, erklärte Lang Chok in Tonys Kopfhörer.

Mombasa. Nur eine gute Stunde mit dem Auto entfernt!

Cecile schlief noch immer. Tony hatte sich zwischenzeitlich in seine winzige Küche verzogen. Neben dem Abwaschbecken stand eine halb leere Rumflasche. Tony trank einen Schluck Kaffee.

Auf dem Bildschirm erschienen Aufnahmen von Vulkanausbrüchen und Aschewolken, die kilometerweit aufstiegen und sich ausbreiteten.

»Im Prinzip ahmen wir damit einen Vulkanausbruch und dessen Emissionen nach«, sagte Lang Chok. »Die Partikel werden die Sonneneinstrahlung auf die Erde wie ein gigantischer Sonnenschirm vermindern. Deshalb nennen wir das Programm auch den Großen Sonnenschirm.«

Grafiken und Temperaturwerte wurden eingeblendet. Tony verstand nichts davon. Aber über die möglichen Auswirkungen wusste er Bescheid. So viel hatte er bei Ife damals mitbekommen.

»Der Große Sonnenschirm«, murmelte er. »Fuck! Wie in dem Film!«

Noch ein Schluck Kaffee. Neben der Untertasse lag sein altes Telefon. Auf dem Screen war das Standbild des sieben Jahre alten Drohnenvideos zu sehen.

»Im ersten Jahr werden wir …«

»… noch geringe Mengen ausbringen«, erklärte der Chinese auf Siennas Telefon. Sie saß auf einem der Särge und hatte den Ton auf laut gestellt. Um sie herum scharten sich Khalil, Martin und ein paar andere.

»Die haben völlig den Verstand verloren«, entfuhr es Sienna.

»Die Dinger sind sicher noch größere CO_2-Schleudern als normale Flugzeuge«, fauchte Martin.

»So können wir deren Wege, Verteilung und Effekte studieren«, sagte der chinesische Außenminister. »Unseren Berechnungen nach werden die derzeit ausgebrachten Mengen die Erderwärmung anfangs etwas verlangsamen.«

»Wahnsinn«, keuchte Sienna, »Bis gestern mussten wir nur gegen die menschengemachte Klimakrise kämpfen! Jetzt haben wir einen Zweifrontenkrieg – gegen die Klimakrise und gegen Geoengineering!«

Aus der Ferne hörte sie Sirenen. Das auch noch!

Die Grafiken auf dem Telefondisplay verwandelten sich in eine animierte Heatmap der Erde.

»Im Lauf der kommenden Jahre wird die Flotte auf über hundert Maschinen anwachsen. In weiteren Schritten werden wir damit die Erwärmung stoppen und nach eingehender Forschung gegebenenfalls die globale Durchschnittstemperatur sogar um null Komma fünf bis ein Grad senken und damit fast auf vorindustrielles Niveau zurückbringen.«

Sienna blickte an der schmelzenden Eisfigur neben sich hoch.

»Fuck!«, fluchte sie und sprang auf. »Damit wird die Aktion hier überflüssig.«

»Buchstäblich«, erwiderte Martin. »Sie ist sogar kontraproduktiv. Die Menschen werden das mit dem Erhitzung-Stoppen nur zu gern glauben. Niemand wird mehr Angst vor einer brennenden und schmelzenden Welt haben.«

Die Sirenen kamen näher.

»Diese Maßnahme werden wir einige Jahrzehnte – ja, Jahr*zehnte* – durchführen – müssen«, erklärte währenddessen der Chinese auf dem Telefon.

»Völlig illusorisch«, sagte Sienna.

»Na ja«, mischte sich Khalil schüchtern ein, »China ist einer der größten CO_2-Verursacher. Da ist es doch gut, wenn sie die Folgen abmildern.«

Die anderen stierten ihn fassungslos an.

»Scherz«, versuchte es Khalil.

»Wir müssen sofort etwas tun!«, rief Sienna. Stieß gegen den schmelzenden Eismann neben ihr. »Statt denen hier!«

Blaues Licht flackerte über die Wiese. Der erste Polizeiwagen bremste am Rand des Rasens.

Sienna tippte bereits auf ihrem Telefon herum. »Ich habe eine Idee!«

Nur kurz sah sie hoch zu Martin: »Die Bullen sind auch schon da. Die Figuren müssen weg, da hast du recht. Räumt sie zurück in den Wagen.«

»Wie bitte?«, stammelte einer der Aktivisten neben ihr.

»Macht endlich!«, forderte Sienna und tippte schon wieder.

»Damit es zu keinen Missverständnissen kommt«, setzte der chinesische Außenminister soeben seine Ansprache fort, »unsere Maßnahmen entbinden die restliche Welt nicht …«

»… davon, die versprochenen Pläne zur Klimarettung weiterhin mit aller Kraft umzusetzen«, verkündete Lang Chok über den Monitor im Situation Room.

»Im Gegenteil: Wir fordern, besonders von den historischen Hauptverschmutzern im Westen …«

»Saukerl!«, rief Gil. »Hauptverschmutzer ist längst China!«

»… die Anstrengungen zu verstärken.«

»Was denn noch alles …«, knurrte der General.

Lang Chok machte eine kurze Pause, ließ den Blick über die anwesenden Journalisten wandern, bevor er fortfuhr:

»Die von den allermeisten Staaten vorgelegten Pläne werden – selbst wenn sie tatsächlich komplett umgesetzt würden, wonach es derzeit nicht aussieht – bei Weitem nicht ausreichen, bis 2050 klimaneutral zu werden.«

»Wo er recht hat …«, murmelte Amber.

»Das habe ich gehört«, zischte Gil. »Dabei plant China nicht einmal 2050, sondern erst 2060 Null-CO_2. Wer im Glashaus sitzt …«

»Zudem«, fuhr Lang Chok auf den Monitoren fort, »versteht die Öffentlichkeit bislang noch viel zu wenig den Umstand, dass in diesen Plänen neben dem Umbau sämtlicher Industrien auf erneuerbare Energien und radikale Ernährungsumstellung auch Technologien zur Entfernung von CO_2 aus der Luft vorgesehen sind.«

Auf dem Gletscher hinter ihm wurden gigantische Maschinen mit Riesenventilatoren eingeblendet.

»Ohne diese Carbon Capture and Storage – CCS – sowie Carbon-Removal-Technologien aber ähneln all diese Pläne eher Fantasyromanen als der Realität. Zumal derartige Technologien nicht ernsthaft in Sicht sind. Die Welt muss also die geplanten Maßnahmen noch schneller umsetzen als vorgesehen, wie auch der Bericht des IPCC von 2022 zeigt. Daher verlangen wir von den bisherigen Hauptverschmutzern im Westen, ihre Anstrengungen zur CO_2-Verminderung noch deutlich zu verstärken.«

»Verlangen?«, fragte der deutsche Außenminister vor den Monitoren im Bundeskanzleramt ungläubig. »Wer glaubt der denn, wer er ist?«

»Wie mittlerweile klar ist«, fuhr der chinesische Minister von den Bildschirmen fort, »genügt Klimaneutralität bis 2050 nicht mehr, um das Eins-Komma-fünf-Grad-Ziel zu erreichen. Wir reden mittlerweile eher von 2030.«

»Na sicher«, höhnte der deutsche Finanzminister.

»So unrecht hat er nicht …«, gab die Klimaministerin zu bedenken und erntete dafür böse Blicke.

Ein Assistent beugte sich zu dem Innenminister herunter und flüsterte ihm ins Ohr. Der schnaubte.

»Das auch noch.«

Auf einem der Monitore wurden Bilder von Überwachungskameras auf dem Platz der Republik eingespielt. An dessen Rand drängten sich ein paar Dutzend Menschen um einen Polizeiwagen, dessen Blaulichter blinkten. Zwei weitere Polizeiwagen kamen gerade ins Bild geprescht.

»Wir haben da draußen eine Sicherheitssituation«, erklärte er den Anwesenden. »Klimaaktivisten.«

»Passt ja«, warf die Klimaministerin ein.

»Aber alles unter Kontrolle«, meinte der Innenminister und wandte sich wieder der Pressekonferenz zu.

»... wichtigsten Maßnahmen dafür sind bekannt«, erklärte dort gerade der chinesische Minister. »Sie müssen nur umgesetzt werden. Die größte menschliche CO_2-Quelle ist die Energieerzeugung. Diese muss viel schneller als bisher geplant CO_2-frei werden: bis 2030 statt bis 2050. Dazu müssen Wind- und Solarenergie sowie grüne Wasserstoffproduktion um ein Vielfaches schneller als von allen westlichen Staaten geplant ausgebaut werden. Ebenso die dafür nötigen Infrastrukturen. Der CO_2-Preis muss ebenfalls um ein Vielfaches höher werden.«

»Vergiss es«, schnaubte der Finanzminister.

»Der Verkehr muss verringert und auf fossilfreie Alternativen wie Bahn und Fahrrad verlagert werden. Als Anreiz müssen die entsprechenden Infrastrukturen massiv ausgebaut und fossile Treibstoffe mindestens doppelt so teuer werden wie heute.«

Der Finanzminister lachte nur mehr spöttisch.

»Steuerliche Vorteile oder gar Subventionierungen klimaschädlicher Verkehrsmittel müssen fallen, ebenso die Steuerbefreiung von Flugtreibstoff, Lokalflughäfen, Dienstwagen- oder Dieselprivilegien und zahlreiche andere in vielen Staaten.«

»Wo er recht hat ...«, murmelte die Klimaministerin.

»Als Sofortmaßnahmen müssen Geschwindigkeitsbegrenzungen auf maximal neunzig Stundenkilometer und mehrere autofreie Tage pro Fahrer fossilgetriebener Fahrzeuge eingeführt werden.«

»Sicher nicht«, schnaufte der Verkehrsminister.

»Ab 2028 dürfen keine Fahrzeuge mit fossilem Antrieb mehr betrieben werden.«

»Okay«, rief der Finanzminister, »müssen wir uns diesen Unsinn noch länger anhören?«

»Der Anteil an energetischen Sanierungen von Gebäuden muss

ebenfalls vervielfacht werden. So wie der Umbau zu fossilfreien Heizsystemen. Beides muss bis 2030 für sämtliche Gebäude abgeschlossen sein. Ab da darf ein Großteil aller Gebäude nur mehr aus Holz gebaut werden.«

Mehrere Zuhörer im Raum schüttelten die Köpfe.

»Undenkbar«, murmelte jemand. »Unverschämt.«

»Zwanzig Prozent des menschengemachten Treibhausgasausstoßes stammen aus der Landwirtschaft. Und siebzig Prozent davon …«

»… aus der Fleischproduktion.« Der chinesische Minister auf den Bildschirmen im Situation Room war noch immer nicht fertig mit seinen Frechheiten. »Wären alle Kühe der Welt ein Staat, wären sie der zweitgrößte Klimaverschmutzer.«

»… nach China!«, schimpfte Gil.

»Fleischproduktion und -konsum in den meisten Staaten weltweit müssen enden. Auch das nicht erst bis 2050, sondern bis 2030.«

»Der will mir mein Steak verbieten?«, tobte Gil. »Und Hunderten Millionen US-Bürgern ihres gleich dazu?«

»Selbstverständlich müssen Rodungen in den Regenwäldern sofort aufhören und groß angelegte Wiederaufforstungen beginnen.«

Ausnahmsweise kommentierte das niemand.

»Wir erwarten von den USA, Kanada und Mexiko, von sämtlichen europäischen Staaten inklusive Russland, der Türkei, von allen Staaten auf der Arabischen Halbinsel, Australien, Neuseeland, Japan, Iran, Brasilien und Argentinien gesetzliche Regelungen für diese Maßnahmen innerhalb der kommenden fünf Wochen. Sollte dies nicht geschehen, werden wir dafür sorgen, dass sie diese Ziele erreichen.«

»Das möchte ich gern sehen«, meinte Gil höhnisch.

»Danke für Ihre Aufmerksamkeit!«

»Herr Minister!«, rief eine Stimme, und aus der Truppe der Reporter vor der Bühne hob sich ein Arm. »Pat Welzer, US-Inter-Press! Was ist mit den Risiken? Sollte so ein Programm nicht von der internationalen Gemeinschaft getragen werden? Und die Forderungen nach verschärften Maßnahmen – welche Konsequenzen konkret drohen Sie an?«

Der chinesische Minister ignorierte das Stimmgewirr der rufenden Journalisten und wandte sich vom Mikrofon ab. Mit langsamen Schritten ging er an die Rückseite der Holzplattform. In einiger Entfernung dahinter schwebte ein Helikopter herbei und wirbelte eine Schneewolke auf. Begleitet von seiner Entourage, stakste der Minister über einen mit einem roten Teppich ausgelegten Holzsteg zu dem Hubschrauber.

»Die sind ja völlig übergeschnappt!«, rief die US-Außenministerin.

»Die übernehmen die Kontrolle über das Klima«, stellte der Innenminister fassungslos fest.

»Und damit die Macht über den gesamten Planeten«, sagte die Außenministerin. »Wir hätten die Dinger gleich abschießen sollen!«

»Dazu dürften wir noch genug Gelegenheit bekommen, so wie ich das verstanden habe«, meinte der Präsident.

»Und dazu noch diese völlig kranken Forderungen!«, rief der Innenminister.

Die Videos der Drohnenflotte auf den anderen Monitoren wirkten mit einem Mal noch viel bedrohlicher.

»Das war keine Pressekonferenz«, sagte der General. »Das war eine Kriegserklärung. Wir müssen sofort Gegenschläge vorbereiten.«

Die Einfachheit des Generals faszinierte Gil immer wieder.

Aber gut, deshalb hatte er ihn im Team – bei einem gewissen Wählerkreis kam das gut an.

»Warum wussten unsere Geheimdienste nichts von alldem?«, fragte Gil wütend. »Ist ja nicht so, dass wir zu dem Thema Geoengineering nicht seit Jahren gebrieft wurden. Was sagen unsere Experten dazu? Ich will eine Zusammenfassung und Einschätzung zum chinesischen Programm auf dem Tisch. Potenzielle Folgen für das US-Klima. Andere Konsequenzen.

Internationale Reaktionen. Eine Stunde max! Die unverschämten Forderungen ignorieren wir erst mal. Von den Chinesen lasse ich mir doch nichts vorschreiben! Kontaktiert die wichtigsten politischen Verbündeten. Die UNO ist zwar ein nutzloser Laberladen, aber in diesem Fall vielleicht hilfreich. Apropos UNO: Woher wusste diese Fay – wie hieß sie noch einmal?«

»Fayola Oyetunde«, half Amber aus.

»Woher wusste diese Fayola Oyetunde, wofür diese Drohnen sind? Hat die UNO womöglich etwas im Voraus erfahren und verschwiegen?«

»Sehr gute Frage!«, bellte der General.

»Die kam über Emanuel Sanusi«, erinnerte ihn Amber.

»Verbindet mich sofort mit ihm«, forderte Gil.

27

Kollitzky nahm die Kopfhörer ab. Wandte sich Fay zu.

»Wie hat China diesen Stunt vorbereitet?«, fragte sie. »Muss man solche Riesendrohnen nicht erst mal testen? Bevor man gleich ein Dutzend losschickt?«

»Das werden wir wohl in den nächsten Tagen erfahren«, meinte Fay. »Sind Sie denn mit dem Thema generell vertraut?«

»Welchem Thema?«

»Geoengineering. Der Versuch, die Klimakrise mit technischen Mitteln zu bremsen oder zu stoppen.«

»Nicht wirklich«, erwiderte Kollitzky.

»Sie haben die Pressekonferenz gesehen«, sagte Fay. »Was denken Sie darüber?«

»Meine Meinung ist hier nicht von Interesse«, gab Kollitzky zurück.

»Haben Sie Kinder?«, fragte Fay.

»Eine Tochter.«

»Wie alt?«

»Sieben Jahre.«

»Meine Tochter ist elf«, sagte Fay. »Was der chinesische Minister gerade verkündete, wird profunde Auswirkungen auf die Zukunft Ihrer Tochter haben. Das muss Sie doch beschäftigen?«

Kollitzky schwieg, doch in ihrem Gesicht arbeitete es.

»Wie finden Sie das chinesische Programm?«, fragte Fay noch einmal.

Kollitzky zögerte. »Ich weiß nicht«, gestand sie schließlich. »Ich glaube, ich finde es ...« Wieder hielt sie inne. »Kann so was überhaupt gut gehen? Gibt es denn keine katastrophalen Nebenwirkungen?«

Fay nickte, schwieg jedoch. Das war die erste Reaktion vieler Menschen.

»Andererseits«, fuhr Kollitzky nachdenklich fort, »wenn damit wirklich die Klimaerwärmung aufgehalten werden kann ... Ehrlich, ich weiß überhaupt nicht, was ich dazu sagen soll! Wäre ja nicht schlecht, wenn wir endlich Ruhe hätten von dem Klimathema!«

Das konnten die Leute jetzt erst recht vergessen, dachte Fay. Die Diskussionen würden hitziger werden denn je. Aber auch diese Reaktion hatte sie bei Diskussionen über das Thema schon gehört.

»Und Sie?«, fragte Kollitzky nun. »Was empfinden Sie dabei?«

»Meine Empfindungen und Gefühle sind zweitrangig«, sagte Fay. »Ich halte mich an das, was ich weiß. Und derzeit weiß ich noch zu wenig über das chinesische Programm, um darüber urteilen zu können. Welche Versuche und Tests sie im Vorfeld angestellt haben. Wie das Programm genau aussehen soll. Wohin die Drohnen fliegen, was sie dort verteilen und wie viel davon. All das müssen wir genauer wissen, um eine Einschätzung treffen zu können.«

»Aber was werden Sie dann im Bundeskanzleramt erzählen?«

28

Siennas Mitstreiter hatten die meisten Särge mit den verstauten Eisfiguren zurück in den Lieferwagen gepackt, während sie und Martin die Polizisten in Diskussionen verwickelten.

»Sehen Sie, fast alles wieder weggeräumt.«

Die Polizisten verfolgten das Treiben mit skeptischen Blicken. Unleugbar luden vier Männer gerade die letzte Kiste in den Lieferwagen.

»Bitte schön«, sagte Sienna. »Alles weg.«

Die Wiese vor dem Bundestag lag verlassen im Zwielicht der frühen Morgendämmerung, als wären die Särge mit den darauf aufgestellten Eisskulpturen nie da gewesen. Nur ein paar weiße unfertige Farblinien wiesen noch darauf hin, dass hier mehr geplant gewesen war.

Ein dunkler Kombi näherte sich fast lautlos. Ein Elektroauto.

»Ausweise«, forderte einer der Polizisten mit fester Stimme. Er und seine Kollegen fühlten sich sichtlich unwohl angesichts der Überzahl an Leuten, die sich jetzt um sie sammelten. Vermutlich machte er deshalb einen auf streng.

Der Wagen wurde langsamer, hielt an. Heraus sprangen vier junge Leute in denselben T-Shirts wie die anderen.

»Hey!«

Zwei von ihnen öffneten den Kofferraum. Begannen den Inhalt an die Anwesenden zu verteilen.

»Nachschub ist unterwegs«, erklärte einer von ihnen.

»Ausweise!«, wiederholte der Polizist noch lauter.

»Später«, sagte Sienna. »Im Augenblick haben wir Wichtigeres zu tun.«

»Jetzt reicht es aber!«, erklärte der Polizist und machte einen Schritt auf Sienna zu. Martin, Khalil und weitere stellten sich zwischen sie.

Wütend hielt der Polizist inne. Griff nach seinem Funkgerät.

Aus dem Tiergarten und Mitte tauchten jetzt Fahrradfahrer auf. Manche mit Lastenrädern, einige in kleinen Gruppen. Die meisten trugen die Generation-Change-Shirts.

»Sie sollten uns eigentlich unterstützen«, sagte Sienna, an die Polizisten gewandt. »Immerhin geht es um die Welt, in der Sie auch leben.«

29

An dem Fundraising-Dinner im Johnston Hotel hatten trotz der Abwesenheit des Präsidenten die meisten Gäste teilgenommen. Manu hatte allen Enttäuschten versichert, dass sie ihre teuren Eintrittskarten erstattet bekämen, wenn sie das wünschten. Vorerst hatte das noch niemand getan. In einem Nebenraum hatte er zudem einen großen Monitor aufstellen lassen, über den Interessierte Chinas Pressekonferenz vom Mount Everest hatten verfolgen können. Einige wenige hatten davon Gebrauch gemacht, andere hatten während des Essens ihre Telefone neben den Tellern liegen gehabt.

Auf dem Monitor lief mittlerweile ein erster Kommentar von Pat Welzer, ehemaliger Starreporter US-amerikanischer Medien. Einst hatten seine Berichte vom Hurrikan Katrina in New Orleans, dem Taifun Hagibis in Japan und anderen Ereignissen, vor allem zu Umwelt- und Klimathemen, Millionen Menschen vor die Bildschirme getrieben. Seine Artikel waren preisgekrönt und hitzig diskutiert worden. Lange her. Mittlerweile war er Korrespondent in China und Südostasien, lieferte nur mehr die Pflicht ab, nicht die Kür. Sein Charisma war dahin.

Als Manu auf einem seiner sicheren Telefone die Nummer aus dem Weißen Haus erkannte, musste er lächeln. Das war noch schneller gegangen, als er gedacht hatte. Er nahm das Gespräch an.

»Mister Sanusi«, sagte die Stimme am anderen Ende. »Ich verbinde Sie mit Präsident Howard.«

Ein kurzes Knacken, dann hörte Manu die bekannte Stimme.

»Emanuel«, begrüßte ihn der Präsident.

»Gil«, erwiderte Manu. »Das waren ja Neuigkeiten.«

»Kann man sagen. Hör mal, hier ist gerade die Hölle los. Ich habe nicht viel Zeit. Sag mir, woher wusste diese Fayola Oyetunde schon vor der Pressekonferenz, wofür die chinesischen Drohnen entwickelt wurden?«

»Ich habe dir doch gesagt, dass sie eine der angesehensten Expertinnen auf dem Gebiet ist.«

»Hast du. Trotzdem. Niemand hatte das auf dem Zettel.«

»Nicht mal eure Geheimdienste …«, konnte Manu sich nicht verkneifen.

»Aber diese UNO-Frau schon«, sagte Gil unwirsch. »Woher kennst du sie überhaupt?«

»Ewig. Lange bevor wir alle wurden, was wir heute sind. Habe über die Jahre immer Kontakt gehalten.«

»Und woher wusste sie jetzt Bescheid?«

»Gil, für eine Expertin ist das nicht so schwierig. Ideen für Geoengineering geistern seit Jahrzehnten herum. Es gibt Hunderte, wenn nicht Tausende Veröffentlichungen mit mehr oder minder absurden Ideen dazu. Darunter solche von Leuten, die sich Gedanken gemacht haben, wie man die Aerosole in die Stratosphäre befördern könnte. Von Riesengeschossen über Raketen bis zu Ballonen ist alles dabei. Natürlich auch Flugzeuge, die so konzipiert sind, dass sie große Materialmengen in dünne Luft befördern können. Und manche Entwürfe sahen halt so ähnlich aus.«

»Und wie schätzt deine Expertin das chinesische Programm ein?«

Manu spitzte die Lippen. Eine interessante Frage wäre wohl

eher gewesen, wie er dazu gekommen war, Fay im Weißen Haus reden zu lassen. Hatte sie die ersten Bilder und Videos gesehen und ihn angerufen, um seine Kontakte wissend, damit Missverständnisse und eine Konfrontation vermieden wurde? Oder hatte Manu die Bilder gesehen und sie als glaubwürdige Expertin hinzugezogen? Woraufhin sich die Frage gestellt hätte: Wie war ein Hedgefondsmanager und Wagniskapitalgeber-Multimultimilliardär wie Manu auf die Idee gekommen, dass es sich bei den Fluggeräten um Geoengineering-Drohnen handelte, um daraufhin eine alte Bekannte bei der UNO anzurufen? Doch solche Fragen stellte Gil nicht.

»Ich habe noch nicht mit ihr gesprochen«, sagte Manu. »Deutsche Medien berichten, dass sie zur Stunde unterwegs ist nach Berlin. Wenn du mich fragst, soll sie wohl der deutschen Regierung ein paar Grundlagen präsentieren.«

»Die deutsche Regierung bekommt bereits ein Briefing von einer der führenden Expertinnen?«, fragte Gil.

Manu grinste in sich hinein. Kaum zu glauben! Und doch so erwartbar. Wie kleine Kinder: Was der hat, will ich auch haben! Und am besten noch früher und größer und toller! Und Manu besaß den Schlüssel dazu. Er durfte das jetzt nicht pushen. Musste den Präsidenten sein Gesicht wahren lassen. Kaum etwas war wichtiger in den höchsten Kreisen der Wirtschaft und Politik: Bloß keine Eitelkeiten kränken! Also dezent.

»Gil, ihr habt eine Menge eigener Expertinnen und Experten. An diversen US-Universitäten gibt es inzwischen zahlreiche Forschungsstellen und -projekte zum Thema Geoengineering.«

»Weiß ich doch. Aber diese Oyetunde. Eine neutrale UNO-Stimme …«

»Das hört sich bei euch sonst anders an, wenn ihr über die UNO redet.«

»Sie könnte uns genauso ihre Einschätzung …«

»Noch vor ihrer Präsentation in Berlin, meinst du? Das wird schwierig.« Er setzte eine minimale Pause, doch bevor Gil sich die Blöße einer offenen Aufforderung oder gar Bitte geben musste, fuhr er bereits fort: »Ich sehe zu, was ich tun kann. Gib mir ein paar Minuten.«

30

In Tonys Bett schlief Cecile tief und fest und bekam nichts davon mit, wie sich die Welt gerade verändert hatte.

Das würde ein Erwachen werden!

Tony ahnte, wohin die meisten Hotelgäste am kommenden Tag einen Ausflug machen wollten. Wenn die Berechnungen der Nachrichtenseiten stimmten, mussten die ersten Drohnen am Nachmittag in Mombasa landen.

Doch seine Gedanken waren bei Ife. Und ihrem plötzlichen Tod nur wenige Wochen nach Ende der Arbeit an dem Geheimprojekt.

Tony hatte den Artikel zweimal gelesen. Ife war etwa eine Woche nach Tonys letztem Kontakt mit ihr von der Straße abgekommen und verunglückt. Offenbar war Alkohol mit im Spiel gewesen. Tony konnte sich nicht erinnern, dass Ife je viel getrunken hätte. Mal ein Glas Wein, doch nie, wenn sie noch hatte fahren müssen.

Er griff nach der Tasse, seine Hand zitterte.

Demnach hatte Ife gar nicht mehr mitbekommen, dass der Film nie veröffentlicht worden war. Als eine der wenigen, die ihn komplett gesehen hatten.

Sicher ein Zufall.

In seinem aktuellen Telefon suchte er nach einem anderen Kontakt von damals.

Mene Odoh. *Nollywood's Creative Source. Actors. Directors. Scriptwriters.*

Und die Adresse in Lagos, Nigeria.

Sie hatten noch ein-, zweimal telefoniert, ein paar E-Mails ausgetauscht, nachdem er Lagos vor vier Jahren verlassen hatte. Der letzte Kontakt war wenigstens zwei Jahre her.

Er musste bis zum Vormittag warten.

Das Video auf seinem alten Handy war zu Ende. Begonnen hatte die Geschichte damals wie die Nachrichten an diesem Morgen.

Ausgegangen war sie anders, als der chinesische Politiker es in seiner Präsentation angekündigt hatte.

Vielleicht würde sich noch jemand anderes dafür interessieren.

Er suchte eine Aufzeichnung der eben gesendeten Pressekonferenz.

Da, am Ende: Einer der Journalisten wagte eine Frage.

Pat Welzer, International Press.

Tony suchte online nach Pat Welzer. Fand zahlreiche Einträge. Musste früher mal ziemlich bekannt gewesen sein.

Hatte Philosophie und Journalismus studiert, für einige der großen Medien wie die *New York Times, Washington Post* und CNN gearbeitet. Seit vier Jahren war er für International Press in China und Südostasien unterwegs.

Tony ließ das Handy sinken. Überschlug seine Möglichkeiten. Irgendeinen Wert musste der Film haben, so geheim, wie er gehalten worden war. Womöglich war das Ganze ja doch noch sein Ticket raus aus diesem Loch. Zurück in die Welt des Films oder wenigstens in die der Nachrichten oder wohin auch immer. Bloß weg von hier.

Er warf erneut einen Blick auf die Angaben auf seinem Handy. Vertrauliche Informationen konnte man über eine Whistleblower-Funktion anonym an International Press senden. Oder direkt an deren Journalisten.

Tony tippte eine kurze Nachricht. Schickte sie ab. Er schlüpfte zurück ins Bett. Vielleicht wollte Cecile später noch mit ihm frühstücken. Oder anderes.

Schlafen konnte er nicht mehr.

31

Aus dem kleinen Flugzeug musste Fay nur ein paar Stufen hinab auf die Landebahn steigen. Die Berliner Morgendämmerung begrüßte sie nahezu wolkenlos, aber windig. Wenige Meter entfernt wartete bereits ein Hubschrauber, dessen Rotorblätter sich lautstark zu drehen begannen. Daher der Wind!

»Ernsthaft?«, fragte Fay ihre Begleitung. »Gibt es hier keinen S-Bahn-Anschluss?«

Kollitzky verdrehte die Augen. »Im BKA wartet man auf uns«, sagte sie knapp.

»Solange die Verantwortlichen nicht verstehen, dass auch solche Prozesse nachhaltig werden müssen, wird sich nichts ändern.«

Kollitzky zog es vor, so zu tun, als hätte sie nichts gehört.

Für einen Moment erwog Fay, die Fahrt zu verweigern. Voll schlechten Gewissens ließ sie sich schließlich zu dem Helikopter schieben. Sie hielt sich die Jacke vor der Brust zu und klemmte die Tasche mit dem Laptop unter den Arm. Beim Einsteigen spürte sie ihr Telefon in der Jackentasche vibrieren. Sie nestelte es hervor, der Wind wirbelte ihre Jacke hoch.

Manu.

Fay schnaubte. Sie setzte sich auf einen der hinteren Sitze und überließ es Kollitzky, die Tür zu schließen. Auch durch das nun gedämpfte Knattern verstand sie Manu nur mit Mühe.

»Ich kann jetzt ganz schlecht«, rief sie.

»Bist du schon in Berlin gelandet?«, fragte er. Woher wusste er davon? »Vermutlich«, setzte er sofort nach, ohne ihre Antwort abzuwarten. »Der Lärm im Hintergrund: Sitzt du in einem Hubschrauber? Das heißt, du bist schon auf dem Weg zum Kanzler. Und bevor du fragst – nicht nur deutsche Medien berichten bereits, dass du dem Weißen Haus …«

Kollitzky war eingestiegen, und der Hubschrauber hob ab.

»Das habe ich mitbekommen«, zischte sie. »Steckst da etwa du …«

»Ich bitte dich, Fay, was denkst du von mir?«

»Nur das Schlechteste.«

Fay hörte ihn lachen. Der Hubschrauber stieg höher, legte sich schräg und nahm Tempo auf. Fay spürte die Bewegungen in ihrem Magen.

»Du hast einen gewaltigen Eindruck hinterlassen im Weißen Haus«, sagte Manu. »Die haben mitbekommen, dass du die deutsche Regierung briefen sollst. Und fragen sich – wie soll ich sagen –, warum du das nicht bei ihnen tust? Nachdem du heute schon einmal so hilfreich warst.«

Obwohl sie angeschnallt war, klammerte Fay sich mit einer Hand am Türgriff fest.

»Erstens, Manu, haben sie mich nicht gefragt. Im Gegenteil, als ich eine Präsentation anbot, würgte mich dieser Soldat ab. Zweitens, wann, bitte schön, sollte ich das machen? Drittens haben sie selbst genug Experten.«

»Das habe ich Gil – äh, dem Präsidenten – auch gesagt … Aber du weißt ja, wie diese Leute sind.«

Fay hatte das trotz des Lärms genau gehört. Keine Sekunde glaubte sie, dass Manu den US-Präsidenten vor ihr versehentlich bei der Kurzform seines Vornamens genannt hatte. Manu und seine Spielchen.

»Gil …«, sagte sie nur, auch wenn es ihr zuwider war, weil

Manu genau darauf wartete. Sie wusste, dass er mit seinen Hedgefonds und Wagniskapitalunternehmen Milliarden gemacht hatte, sehr viele Milliarden. Genau genommen war er einer der reichsten Menschen der Welt. Dass er den US-Präsidenten beriet, war ihr in den vergangenen Stunden klar geworden. Aber dass er sich so dicht am Zentrum der Macht bewegte …

»Okay«, seufzte er theatralisch, »ich bin Großspender des präsidialen Wahlkampfs und einiger Charitys seiner Frau. Und im Hintergrund hört er manchmal auf mich, wenn es um technologische oder wirtschaftliche Fragen geht.«

»Und jetzt möchtest du ihm als kleines Goodie die exklusive Einschätzung einer UN-Expertin liefern?«

»Ich will gar nichts«, entgegnete Manu, »Gil will.«

»Und wie stellst du dir das vor? Soll ich hier aus dem Heli, der mit mir gerade in einem Tempo über Berlin jagt, dass ich gleich kotze, was erzählen? Oder erwartest du, dass ich den Piloten umdirigiere in die US-Botschaft, um dort …«

»Läge gleich um die Ecke vom Bundeskanzleramt«, meinte Manu. »Denkst du denn …?«

»Vergiss es! Ich bin Wissenschaftlerin, keine Politikerin oder Diplomatin! Absurd genug, dass ich in diese Sache verwickelt bin. Hier in Berlin allein hätten sie Dutzende Klimawissenschaftlerinnen und -wissenschaftler, am Potsdam-Institut für Klimafolgenforschung und an anderen Stellen, die sie schneller und einfacher für eine Präsentation hätten holen können. Aber nein, wegen deiner überfallartigen Aktion und eines darauffolgenden Medienlecks gibt es da plötzlich eine scheinbar prominente UNO-Expertin aus Bonn, unter der man es nun natürlich nicht macht! Mein internationaler Hintergrund und womöglich meine Nationalität beziehungsweise Hautfarbe tun am Ende vermutlich ihr Übriges. Ich finde das alles, ehrlich gesagt, absurd …«

»Aber du machst mit«, unterbrach Manu sie trocken. »Du

hättest ja auch Nein sagen können. Zu mir. Zum Weißen Haus. Zu Berlin.«

»Himmel, Manu, dreh mir nicht das Wort im Mund um. Wenn man als Wissenschaftlerin in so einer Situation gefragt wird, dann antwortet man!«

»Natürlich. Was sonst?«

Sie sollte das Gespräch einfach beenden. Er kannte sie zu gut.

»Wäre es für dich in Ordnung, wenn dein Briefing vor der deutschen Regierung auch in den US-Krisenstab oder zum Präsidenten übertragen würde?«, fragte er.

»Wie bitte?!«

Kollitzky verfolgte ihre Unterhaltung mit wachsendem Befremden. Fay wusste nicht, ob sie Fetzen von Manu aus dem Telefon verstand oder nicht. Angesichts des in die Kabine dringenden Rotorenlärms wohl nicht.

»Manu, vor der deutschen Regierung werde ich wohl auf Deutsch präsentieren. Wie viel versteht dein Gil davon?«

»Das bekäme man geregelt«, sagte Manu.

»Außerdem, was werden die Deutschen davon halten, wenn da plötzlich jemand …«

»Nicht jemand – der US-Präsident und seine wichtigsten Mitarbeiter. Enge Verbündete der Deutschen. Ich habe dich bloß gefragt, ob es dich stören würde.«

»Verdammt! Es ist mir völlig egal! Wenn du nicht bald Ruhe gibst, sage ich am Ende wirklich noch Nein!«

»Ich geb ja schon Ruhe. Alles klar! Viel Erfolg!«

In Fays Ohren rauschte es, und sie begriff, dass er die Verbindung beendet hatte. Stattdessen hörte sie nur mehr das Rattern der Rotoren.

Der spinnt, dachte sie. Der spinnt einfach nur! Sie sollte seine Anrufe nicht mehr entgegennehmen. Ihre Gedanken verloren sich bei dem Blick auf die nächtlichen Straßen Berlins unter ihr.

32

Auf Ambers Telefon erschien Emanuel Sanusis Nummer.

»Sie macht es«, erklärte er ansatzlos. »Ihr müsst euch nur um eine Zuschaltung kümmern.«

Amber zeigte Gil durch den Situation Room einen erhobenen Daumen.

»Danke, Emanuel«, sagte sie.

»Bevor du auflegst«, beeilte er sich zu sagen, »ihr seid jetzt natürlich gerade in heftigsten Diskussionen. Wie sollen die USA auf das chinesische Programm und die Forderungen reagieren? Sollt ihr einen Stopp fordern? Gegenmaßnahmen androhen, Wirtschaftssanktionen, womöglich sogar militärische? Den Rest der Welt auf eure Seite bringen – wobei ihr noch gar nicht wisst, welche das eigentlich ist? Oder ist Geoengineering vielleicht gar keine so schlechte Idee – bloß nicht in Händen der Chinesen? Gibt es andere Mittel und Möglichkeiten?«

Er machte tatsächlich eine kurze Pause in seinem Redestakkato. Bei Emanuel war Amber sich in solchen Momenten nie ganz sicher, ob nicht am Ende die Verbindung abgebrochen war. Doch er fuhr fort und hatte jetzt umso mehr die Aufmerksamkeit seiner Zuhörerin: »Findet danach so bald wie möglich ein wenig Zeit. Es gibt da etwas, das solltet ihr euch ansehen.«

33

Vor dem Bundeskanzleramt tauchte das Blaulicht mehrerer Einsatzwagen die rund dreihundert Demonstrierenden in flackerndes Licht. Laufend strömten von allen Seiten weitere Menschen herbei. Sienna ballte die Linke zur Faust. Es war die richtige Idee gewesen, über soziale Medien und Messenger-Dienste zuerst die Berliner Nachtschwärmer zu aktivieren, die noch in den Clubs der Stadt unterwegs gewesen waren. Die Anwesenden hingen über ihren Telefonen und benachrichtigten weiterhin alle, die sie um diese Uhrzeit noch oder schon erreichen konnten.

Über Lautsprecher forderten die Bullen, den Platz sofort zu räumen, doch noch waren sie in der Unterzahl. Aus der Ferne hörte Sienna die Sirenen weiterer Einsatzfahrzeuge.

Ein paar Leute hatten eine große Musikanlage aufgestellt und drehten die Lautstärke hoch, um die Durchsagen der Polizei zu übertönen. Aus den Boxen schallte »Let the Sunshine In«.

Sienna hielt das Mikrofon in der Rechten, bereit, das Kommando für die Aktion zu übernehmen. Nach einem letzten Blick über die Menge gab sie einem der DJs ein Zeichen, und er drehte die Musik leiser.

»Und los!«, rief Sienna, und ihre Stimme schallte über den Platz.

Auf ihr Kommando hin öffneten sich über den Köpfen der Anwesenden Hunderte Regen- und Sonnenschirme.

Einige Leute hatten ihre eigenen mitgebracht, für die anderen hatte Sienna einen Kombi voller Schirme organisiert und diese unter den Demonstrierenden verteilt. Auf viele der Schirme hatten sie kurzfristig Parolen gesprüht:

Klimaschutz statt Sonnenschirm!

Let the sunshine in!

Das Klima ist kein Spielzeug!

Und mehr.

Ein Chor aus Hunderten Kehlen skandierte: »Stoppt den Sonnen-schirm! Stoppt den Son-nen-schirm!«

»Und zu!«, rief Sienna.

Auf ihr Kommando hin klappten alle Schirme zu. Es klang, als hätte ein Riesenvogel mit den Flügeln geschlagen. Im nächsten Moment wurden die Schirme aufs Neue geöffnet. Um beim nächsten »Stopp« wieder geschlossen zu werden.

Stoppt! Den! Son-nen-schirm! Auf. Zu. Auf. Zu. Klack! Flapp! Klack! Flapp!

Der DJ legte passende Instrumentalmusik darunter. Sienna kam sich vor wie in einem Musical!

Und nicht mehr, dachte sie im nächsten Moment ernüchtert. Es war eine Show, ein Riesentheater. Das am Ende des Tages nichts bewegen würde. Wie all die anderen Aktionen der vergangenen Jahrzehnte. Eigentlich müssten sie längst radikalere Maßnahmen setzen. Viel radikalere!

Rasch schob sie den Gedanken zur Seite. Das hier war immerhin besser als nichts. Sie tauchte wieder ein in die Musik, den Rhythmus, die Stimmung.

Zugegeben, die Idee mit den Schirmen hatte sie kurzerhand vom Umbrella Movement geliehen, den Demokratieprotesten in Hongkong 2014. Diese Referenz hatte sie in ersten Postings auf ihren diversen Feeds auch schon kommuniziert. Schnell schoss sie mit ihrem Telefon noch ein paar Bilder und Videos, um sie zu posten. Kombiniert über all ihre Social-Media-Konten, kam sie als eine der weltweit bekanntesten Klimaaktivistinnen auf über zwanzig Millionen Follower.

»Auf. Zu. Klack! Flapp!« begann gerade, um die Welt zu gehen. Die Likes und »Geteilt«-Zahlen stiegen im Sekundentakt.

Aus den Augenwinkeln sah Sienna nun weitere Blaulichter. Keine Streifenwagen mehr, sondern kleine Mannschaftsbusse. Gleichzeitig schwoll der Strom herbeieilender Demonstrierender an. Als erfahrene Aktivistin konnte Sienna die Menge ganz gut abschätzen. Sie mussten inzwischen fünfhundert sein, und mit jeder Minute wurden sie mehr. Die Durchsagen der Polizei waren unter dem Chor der Demonstrierenden längst nicht mehr zu hören. Mal sehen, wer hier die Oberhand behielt.

»Stoppt! Den! Son-nen-schirm!«

Auf. Zu. Klack! Flapp!

34

Die Hubschrauber flogen Pat und die anderen Journalisten zurück ins Basislager. Kaum verließen sie die Maschinen, fragte Pat einen ihrer Begleiterbewacher entschieden: »Ich will die Anlagen des Großen Sonnenschirms besuchen. Und über die Drohnen aus der Nähe berichten.« Er hatte leise gesprochen, trotzdem hatten die Kollegen es mitbekommen und scharten sich um ihn. Wann war er so nachlässig geworden?

»Sie werden verstehen«, antwortete der Mann, »dass diese Anlagen von höchster Bedeutung für die nationale Sicherheit Chinas sind und wir dort keine Ausländer zulassen können.«

»Diese Anlagen sind von höchstem Interesse für die *internationale* Sicherheit«, entgegnete Pat. »Die Weltgemeinschaft hat ein Recht auf Aufklärung.«

»Holen Sie bitte Ihre Sachen aus den Quartieren«, erwiderte der Mann. Er zeigte auf die Geländewagen, mit denen sie gekommen waren und die vor dem Frühstücksgebäude aufgereiht standen. »Ihr Rücktransport nach Lhasa startet in zehn Minuten.«

Pat zog sein Telefon hervor, obwohl seine Finger dabei elendiglich froren.

»Ich zeichne dieses Gespräch auf«, erklärte er dem Mann. »China will uns keinen Zugang zu den Anlagen des Großen Sonnenschirms gewähren. Woher sollen wir wissen, dass dort nicht etwas ganz anderes geplant oder bereits umgesetzt wird?«

»Wenn Sie sich nicht beeilen, müssen Sie zu Fuß nach Lhasa gehen«, erklärte der Mann ungerührt und wandte sich ab.

Bei den Betreuern würde er nicht weiterkommen. Vermutlich wussten sie nicht mehr als er selbst. Waren bloß zum Überwachen und Organisieren abgestellt. Mit dem Auftrag, Fragen an sich abprallen zu lassen. Antworten würde er mal wieder selbst suchen müssen.

Genervt stapfte Pat in sein karges Zimmer. Auf der Fahrt nach Lhasa würden sie stundenlang ohne brauchbares Internet sein. Schnell checkte er noch einmal sein Telefon.

Die Nachrichtenkanäle waren voll von den Drohnen und der Pressekonferenz. Die Agentur schickte Fragen. So wie diverse Kollegen und Freunde aus verschiedenen Ecken der Welt. Eine Weiterleitung vom Whistleblower-Kontakt der Agentur war auch eingegangen.

Die Fragen der Agentur würde er auf dem Weg nach Lhasa abarbeiten, soweit es ihm möglich war. Die Chinesen hatten ihnen keine weiteren Informationen überlassen. Keine Handouts, nicht mal Propaganda zum Großen Sonnenschirm, nichts. All seine Kontakte stellten dieselben Frage wie er im Basislager: Konnte er die Anlagen und Drohnen besichtigen?

Aus Neugier schaute er kurz in die Whistleblower-Weiterleitung.

Chinas Großer Sonnenschirm ist nur der Anfang. Jemand will viel Schlimmeres. Das Ende der Welt, wie wir sie kennen. Mehr nicht über diesen Kanal, nur persönlich …

Die Spinner waren also auch schon unterwegs. Pat tippte die Nachricht weg. Für so etwas hatte er weder Zeit noch Nerven.

35

Fay kannte das Berliner Regierungsviertel, im Kanzleramt gewesen war sie jedoch noch nie. Nun sah sie vor sich eine große, noch dunkle Fläche, das musste der Tiergarten sein. Aus seiner linken Hälfte ragte die Siegessäule mit der goldenen Viktoria an ihrer Spitze empor. Rechts vor dem Park entdeckte Fay den Hochbautenkomplex des Potsdamer Platzes, nicht weit entfernt, am östlichen Rand, das Stelenfeld des Denkmals für die ermordeten Juden Europas, dahinter die US-Botschaft, in die Manu sie hatte lotsen wollen. Jetzt erspähte sie auch das berühmte Brandenburger Tor mit der Quadriga obendrauf, das aus der Hubschrauberperspektive kleiner als erwartet wirkte. Etwas links davon ragte hinter dem Park die Glaskuppel des Bundestags in den Himmel und noch einmal ein Stück weiter links das Bundeskanzleramt. »Waschmaschine« nannten es manche Berlinerinnen und Berliner spöttisch, hatte man Fay bei einer Stadtführung einmal erklärt.

Auf der großen Grünfläche zwischen Bundestag und Bundeskanzleramt meinte sie eine Bewegung zu erkennen. Sie verengte die Augen. Dort schienen Hunderte Menschen zu stehen! Wo kamen die um diese Zeit her? Und was wollten sie da? Von Seiten des Tiergartens und des Bundestags strömten immer mehr Pünktchen auf die bunte Menge zu. Dann war sie schon darüber hinweggeflogen.

Der Hubschrauber setzte jenseits der Spree auf einer Grünfläche zur Landung an. Dort wartete eine Limousine. Kaum hatte der Helikopter die Räder aufgesetzt, sprang Kollitzky hinaus. Sie hielt die Tür für Fay auf, die ihre Laptoptasche umklammerte, mit der anderen Hand ihr Haar vergeblich gegen den Rotorensturm zu schützen versuchte und zu der Limousine eilte.

Auf einer schmalen Brücke überquerten sie die Spree direkt Richtung Kanzleramt. Die Fahrt dauerte keine Minute. Im Wagen prüfte Fay ihre Frisur, den Sitz ihrer Kleidung. Der Wagen hielt unter einer Art Vordach und ließ seine Passagiere aussteigen. Ein Komitee von zwei Frauen in Kostümen und zwei Männern in Anzügen erwartete sie.

»Willkommen«, sagte eine der Frauen. »Bitte folgen Sie uns.«

Mit dem Fahrstuhl fuhren sie zwei Etagen abwärts. Einer der Männer bat Fay um ihren Laptop, damit er ihn im Konferenzzimmer anschließen konnte. Zögerlich überließ sie ihm das Gerät.

In einem fensterlosen Raum, den ein lanzettförmiger Konferenztisch mit sechzehn Stühlen dominierte, erwarteten sie der deutsche Kanzler und einige Mitglieder seiner Regierung. Von in die Wände eingelassenen Bildschirmen auf der linken Seite des Raumes sahen mehrere Gesichter zu. Die Monitore in der rechten Wand waren auch eingeschaltet, doch auf ihnen prangte nur die deutsche Flagge.

Während des Flugs hatte Fay sich noch einmal die Personalien aller Regierungsmitglieder angesehen, nachdem sie festgestellt hatte, dass sie keineswegs sattelfest war. So erkannte sie jetzt die Umwelt- und Klimaministerin, den Außenminister, den Wirtschaftsminister, den Innenminister. Weitere waren auf großen, in eine Wand eingelassenen Bildschirmen zugeschaltet.

Der Bundeskanzler erhob sich.

»Thomas Dedak«, stellte er sich vor. »Danke, dass Sie so schnell und unkompliziert gekommen sind.«

Der Kanzler stellte die übrigen Kabinettsmitglieder vor, auch jene auf den Bildschirmen.

»Wir haben noch ein paar Extragäste«, erklärte er dann und wies auf die Wand mit den Flaggen. Die Bilder sprangen um, und Fay wäre fast ein Fluch über die Lippen gekommen. Auf den Monitoren erschien der Situation Room. Der Krisenstab des Weißen Hauses war zugeschaltet. Auf einem Bildschirm wurde exklusiv Präsident Gilbert Howard eingespielt.

Manu! Wie hatte er das nun wieder angestellt?!

»Sie hatten vor einigen Stunden ja schon das Vergnügen«, erklärte Dedak auf Englisch. »Willkommen, Mister President. Ladies, Gentlemen.«

»Mrs. Oyetunde«, sagte Gilbert Howard. »Schön, Sie wiederzusehen. Thomas, es ist einfach fantastisch, dass unsere großartigen Nationen das gemeinsam hinbekommen haben.«

»Ich denke, es ist ein gutes Zeichen, dass sich unsere beiden Länder der Bedeutung des Moments bewusst sind, der eine starke, gemeinsame Antwort erfordert.«

Ja, lobt euch nur gegenseitig. Immerhin konnte Fay sich nicht beklagen, dass Manu sie nicht gefragt hätte. Innerlich verfluchte sie ihn. Wobei … nicht nur. Irgendwie faszinierte sie das Spektakel auch.

»Für unsere Special Guests sollten wir die Präsentation auf Englisch halten, Mrs. Oyetunde«, sagte Dedak.

Damit hatte sich dieses Problem auch gelöst.

Die Anwesenden nahmen ihre Plätze wieder ein. Einige setzten Kopfhörer auf. Offenbar waren nicht alle firm im Englischen. Oder zumindest in den Fachbegriffen. Auch gut.

Fay nahm auf einem Stuhl am unteren Ende des Tisches Platz, wo ihr Laptop eingestöpselt auf sie wartete. Hinter ihr senkte sich eine große Leinwand herab. Fay rief die Startfolie ihrer Präsentation auf. Ließ den Blick über ihre Zuhörer im Konferenzraum und auf den Bildschirmen gleiten.

Verrückt war das alles!

DAS JAHR OHNE SOMMER

36

Das Jahr hatte ungewöhnlich kalt begonnen in Albany, New York. So war es bis ins Frühjahr hinein geblieben. Auf den Feldern fand kaum ein Spross den Weg durch die Erdkrume. Und wenn doch, prügelten Kälte, sintflutartige Regengüsse aus finstersten Wolken und Hagelstürme sie zu Boden und verhinderten nahezu jedes Wachstum. So sahen die Felder selbst jetzt, im Juli, aus wie das unrasierte Kinn eines alten Mannes. Da ein längeres Haar, dort ein kürzeres und dazwischen viele welke Stoppel.

Eliah Brown stand mit seiner Frau und den fünf Kindern am Feldrand. Ihre Leiber zitterten vor Kälte, obwohl sie warme Winterjacken trugen und darunter alles, was sie an Kleidung besaßen. An diesem Morgen hatte zum wiederholten Mal Reif die kümmerlichen Ähren überzogen. Und aus dem Himmel schwebten vereinzelte Schneeflocken herab. Mitten im Sommer!

Brown fasste eine der verhungerten Ähren, wischte die Eiskristallschicht ab und inspizierte die winzigen Körner. Es war zum Verzweifeln.

»Diese Ernte ist verloren«, sagte er mit hohler Stimme.

»Wovon werden wir leben?«, fragte seine Frau.

Eliah Brown antwortete nicht.

»›Eighteen hundred and froze to death‹ oder ›1816, das Jahr ohne Sommer‹ führte in zahlreichen Weltgegenden zu ungewöhnlichsten Wetterlagen, von Sommerfrost bis hin zu Riesenfluten«, erklärte Fay, während sie den Blick über die Runde gleiten ließ.

Nach dem kurzen Ausschnitt eines Dokumentationsfilms über Eliah Browns Familie und der Präsentation alter Stiche und Zeitungsausschnitte aus den USA präsentierte sie auf der Leinwand kolorierte chinesische Federzeichnungen, auf denen nur mehr Dächer und die Köpfe von um ihr Leben schwimmenden Rindern aus den Wassermassen ragten. Menschen mit großen Strohhüten ruderten auf schmalen Booten zu anderen, die auf den versinkenden Hütten kauerten. Die Kamera zoomte in die Gesichter der Verzweifelten, die der Künstler zu grotesken Fratzen verzogen hatte – gefletschte Zähne, zerrauftes Haar, die Augen von Menschen und Rindern quollen aus den Höhlen.

»Infolge des Extremwetters kam es zu schweren Hungersnöten«, fuhr Fay fort.

Durch eine verdorrte Schweizer Landschaft zog eine ausgezehrte Großfamilie in Lumpen. Sie klopften an die Tür eines heruntergekommenen Bauernhofs. Eine kaum minder miserable Figur öffnete ihnen.

»Bitte«, flehte ein Mann aus der Bettlertruppe den Bauern an, »habt Mitleid …«

»Habe ich«, antwortete der Mann in der Tür. »Trotzdem habe ich kein Brot mehr.«

»Aber die Kinder …«

»Ich kann euch nicht helfen«, erwiderte der Bauer und schlug die Tür vor den Bittstellern zu.

Schnitt in das Innere einer Kirche, in der sich hagere, gebeugte Gestalten drängten und der Predigt des Pfarrers lauschten. Eine Einblendung erklärte: *Baden (Deutschland), 1816.*

»Bei uns auch?«, bemerkte der Wirtschaftsminister überrascht.

»Die Menschen flehten zu Gott«, setzte Fay fort, »er möge die

Katastrophe beenden, deren Ursache sie nicht kannten. Wie sollten sie auch. Diese lag ein Jahr zurück …«

In Fays Video war nun eine tropische Insel zu sehen. Auf einem palmengesäumten Strand versammelten sich die leicht bekleideten Einwohner und blickten beunruhigt zum Gipfel des Berges, der sich hinter dem Dschungel erhob. Aus seiner Kuppe stiegen dichte graue Wolken aus Rauch und Asche. Immer wieder zitterte unter ihren Füßen die Erde und ließ die feinen Sandkörner vibrieren. *Sumbawa, Indonesien, 1815,* erklärte eine Einblendung.

»… und hatte sich Zehntausende Kilometer entfernt ereignet«, sagte Fay. »Für viele der Betroffenen buchstäblich am anderen Ende der Welt.«

Unter den nackten Füßen der Insulaner auf dem Bildschirm zitterte erneut der Sand, während über ihre Köpfe ein bedrohliches Grollen zog und ihnen Panik in die Gesichter trieb.

»Schon seit geraumer Zeit war auf der Insel Sumbawa im indonesischen Archipel der Vulkan Tambora aktiver geworden. Schließlich, Mitte April …«

Die Bergkuppe explodierte in Gelb, Rot, Orange, Schwarz, schleuderte gewaltige Brocken glühenden Gesteins in die schwarze Aschewolke. Drei riesige Feuersäulen stiegen in den Abendhimmel und vereinten sich zu einer einzigen, noch mächtigeren, als wollte das Innere der Erde mit dem Äußersten des Himmels direkt in Kontakt treten. Die Luft selbst schien zu schmelzen. Die Menschen am Strand hörten einen trommelfellzerreißenden Lärm, bevor sie nichts mehr hörten und Staub, Asche und giftige Gase in einem pyroklastischen Strom mit einer Geschwindigkeit von bis zu siebenhundert Stundenkilometern die Berghänge hinabraste und alles auf seinem Weg, ob Pflanzen, Tiere, Gebäude oder Menschen, vernichtete, verbrannte, verglühte. Wenige Minuten später war von dem Dorf Tambora nichts mehr übrig.

»… kam es zur Eruption«, sagte Fay. »Von den Nachbarinseln

aus beobachteten entsetzte Bewohner dieses – Zitat – ›Inferno aus flüssigem Feuer‹.«

Fay bemerkte die betroffenen Gesichter im Publikum. Die Bilder wirkten.

Schnitt. Auf der Terrasse einer kolonialen Residenz saßen ein paar Männer in der Kleidung britischer Soldaten und Kaufleute der Zeit: *Sumatra, 2600 km entfernt, April 1815.*

»Noch im über zweitausendsechshundert Kilometer entfernten Sumatra soll der damalige Oberbefehlshaber der britischen Streitkräfte in der Region, Stamford Raffles, der Begründer des modernen Singapur, den fernen Donner gehört und für Kanonenschläge angreifender holländischer Truppen gehalten haben.«

Auf einer Nachbarinsel blickten die Menschen in den Himmel über Tambora, aus dem es dichte Ascheflocken schneite. In der Ferne sahen sie einen Tsunami auf ihre eigene Küste heranrollen.

»In unmittelbarer Folge starben auf Sumbawa und den umliegenden Inseln Zehntausende durch den Ausbruch, durch Tsunamis und Hungersnöte.«

Aus einer anderen Perspektive sahen die Anwesenden nun dicke graue Aschewolken aus einem Krater quellen und kilometerhoch in den Himmel steigen.

»Die Eruption hatte gewaltige Mengen Staubs und Schwefelverbindungen in die Atmosphäre geschleudert.«

Auf der Leinwand erschien eine Grafik des Globus, über dessen Oberfläche die globalen Luftströme aktiviert waren.

»Wir sehen hier die innertropische Konvergenzzone über dem Äquator«, dozierte Fay, »in der heiße Luft aufsteigt und in den nördlich und südlich davon gelegenen Hadley-Zellen in Richtung der kühleren Pole zieht und wieder absinkt, was auf der Nordhalbkugel zu Nordost-Passatwinden und auf der Südhalbkugel zu Südost-Passatwinden führt, bevor sie sich in den instabileren Westwindzonen der Ferell-Zellen noch einmal aufwärmt und über den eisigen Polen endgültig absinkt, wo sie Ostwinde antreibt, die als kühle Luft langsam wieder Richtung Äquator streben. Dort beginnt der Kreislauf von Neuem.«

In diesen Strömen verbreitete sich nun von einem schwarzen Fleck auf einer südostasiatischen Insel aus nach und nach Grau und raubte dem Globus die Farbe.

»Die globalen Luftströme in der Atmosphäre verteilten dieses Material im Lauf der folgenden Monate wie einen Schleier über die ganze Erde …«

Die Weltkugel verwandelte sich zu einer Heatmap. Zahlreiche Regionen unter dem Schleier verfärbten sich von Gelb zu Grün oder Blau.

»… und kühlte weite Regionen vor allem im Norden um etwa zweieinhalb Grad ab. Als Folge kam es weltweit zu den bereits beschriebenen Extremwetterereignissen, wenn auch in unterschiedlicher Ausprägung. Nicht alle waren negativ.«

»Was sollte dabei denn Gutes herauskommen?«, fragte eine Stimme von den Monitoren.

Überraschend wurden auf der Leinwand mehrere glühende Sonnenuntergangsgemälde William Turners eingeblendet. »So hielten etwa Maler die spektakulären Sonnenuntergänge fest.« Turners Gemälde wurden abgelöst von einer kargen Landschaft. Am Rand eines Feldwegs lag der Kadaver eines verhungerten Pferdes. Über den Weg näherte sich ein Mann in der Mode jener Zeit auf einem klobigen hölzernen Laufrad.

»Wegen des Pferdemangels erfand Karl von Drais aus Baden den Vorläufer des Fahrrads, während …« Das gemalte Porträt einer blassen Frau mit aschblondem Haar erschien. »… am Genfer See Mary Godwin, spätere Shelley, in Gesellschaft unter anderen Percey Shelleys, ihres späteren Mannes, und Lord Byrons nicht zuletzt durch die ungewöhnlich kalten und regenreichen Tage zu *Frankenstein oder Der moderne Prometheus* inspiriert wurde.«

Fays Bilder wanderten zurück zu der verschleierten Erde.

»Die Veränderung der Reflexionsstärke von Körpern, die nicht selbst leuchten, nennt man Albedomodifikation. Das versucht China nun zu erreichen.«

Auf dem Bildschirm flogen Spezialflugzeuge hoch über der Erdoberfläche und stießen aus mehreren Düsen grau-gelbfarbenen Rauch aus. Die Kamera zoomte auf ein erneutes Bild des Globus samt Luftströmungen. Kleine schwarze Punkte hinterließen darin ihre grau-gelben Farbstreifen. Nun verteilte sich das Gemisch wie zuvor die Asche des Vulkans über die ganze Welt.

Der Große Sonnenschirm. Oder etwas Ähnliches.

»Wenn wir den Ausführungen in der Pressekonferenz glauben dürfen, allerdings in einem weit geringeren Maße als bei Tambora. Andere Vulkanausbrüche der jüngeren Vergangenheit geben da eine bessere Orientierung.«

Es folgte ein weiteres Kurzvideo von gigantischen Rauchwolken über einem Vulkan.

»Der Ausbruch des Pinatubo auf den Philippinen im Jahr 1991 kühlte die globale Durchschnittstemperatur in den Folgemonaten um etwa ein halbes Grad ab. Die durch den Ausbruch entstandenen Aerosolwolken in der Stratosphäre hielten sich etwa drei Jahre lang. Und China setzt ja – zumindest laut Pressekonferenz – derzeit auf Erforschung, anschließend auf Stabilisierung des Status quo und erst langfristig auf die Wiederherstellung des vorindustriellen Niveaus.«

Die Heatmap des Globus färbte diesen in etwas kühlere Farben.

»Danke für Ihre Aufmerksamkeit.«

Doch die Aufmerksamkeit der Anwesenden galt nicht länger Fay. Der Kanzler fragte als Erster: »Was ist da draußen los?«

37

Cecile löste sich von Tony und stieg aus dem Bett. Ließ etwas mehr Luft vom Deckenventilator über seinen nun auch verschwitzten Körper ziehen.

»Kommst du mit zum Frühstück?«, fragte sie.

»Darf ich nicht. Ich kann dir hier etwas anbieten. Rührei, Granola, ein Brötchen? Frische Früchte, Kaffee, Tee, O-Saft?«

»Danke, einen Kaffee.«

Sie verschwand in der Dusche.

Tony zog die Shorts über. Bereitete zwei Espresso zu.

Auf den Nachrichtenseiten des Internets gab es nur ein Thema.

Beim Kaffeetrinken überlegte Tony, wie er Cecile möglichst rasch und doch freundlich hinauskomplimentieren konnte. Währenddessen wischte sie nebenbei über ihr Telefon. Entdeckte nach und nach die Schlagzeilen.

»Hast du das schon gesehen?«, fragte sie ihn.

»Ja, verrückt, nicht?«

»Allerdings! Die ganzen Chemikalien. Wer weiß, was die für Nebenwirkungen haben!«

»Noch verrückter ist, dass ein paar von den Dingern heute Nachmittag in Mombasa landen werden.«

»Hier? In Kenia?« Ihre Augen wurden groß.

»Scheint ein Partnerstaat in der Aktion zu sein. Und in Mombasa ist die Basis.«

»Wow! Heute Nachmittag, sagst du?«

»Heißt es in den Medien.«

»Dann weiß ich ja schon, was ich am Nachmittag machen werde! Bietet das Hotel Touren nach Mombasa an?«

»Nicht zu den Drohnen. Noch nicht.«

»Gibt es einen Bus? Oder könnt ihr mir einen Mietwagen besorgen?«

»Ich vermute, du bist nicht die Einzige mit der Idee. Mich würden die Dinger auch interessieren. Ich rede mit der Managerin. Vielleicht organisieren wir kurzfristig etwas.«

Sie stellte die Espressotasse ab.

»Danke. Jetzt bin ich hungrig.« Ihre Hand schob sich in seine Shorts. »Sehen wir uns heute Abend?«

»Vielleicht ja schon früher«, sagte er, »sobald ich weiß, wie wir nach Mombasa kommen. Ich gebe dir Bescheid.«

Sie küsste ihn zum Abschied flüchtig. Er sah ihr nach, wie sie durch den Tunnel aus Palmenwedeln und anderem Grün in Richtung Gästeanlage lief.

Auf seinem Telefon gab es keine wesentlichen Neuigkeiten. Dieser Journalist hatte sich nicht zurückgemeldet. Der Gedanke an Ifes Tod ließ Tony nicht los.

Er wählte Menes Nummer.

»Lange nichts gehört«, begrüßte sie ihn. »Wie geht's denn an der Ostküste? Einiges los bei euch.«

»Kann man sagen. Deshalb rufe ich an.«

»Dass du einfach nur Hallo sagen wolltest, habe ich auch nicht angenommen.«

»Erinnerst du dich an das Projekt Optimum, für das du mich vor ein paar Jahren vermittelt hast?«

»Diese Kommunikation hat vor wenigen Sekunden einen Alarm ausgelöst«, erklärte eine von Ebeles Assistentinnen. Mit ihr im Raum befanden sich vier Frauen und vier Männer im Alter von achtundzwanzig bis zweiundvierzig Jahren. Top ausgebildet, mehrsprachig, durchtrainiert, trugen sie schwarze Hosen, langärmelige T-Shirts und Augmented-Reality-Brillen, über die sie den laufenden Nachrichtenstrom analysierten und ihre Kommunikation erweiterten. Monitore oder Computer benötigte diese Einsatzzentrale nicht mehr. Die Anwesenden bewegten sich frei im Raum. Manche standen oder gingen, andere saßen.

Ebele bekam von der Assistentin die Daten in den gemeinsamen virtuellen Sehraum gespielt.

»Der Anrufer gehört zum Zirkel.«

Sie rief das Porträt eines Mannes auf: gut aussehend, braun gebrannt, Ende dreißig. Das kunstvoll verstrubbelte dunkelblonde Haar und der Fünftagebart verliehen ihm das Aussehen eines Freizeitabenteurers.

»Tony Vermaak«, erklärte die Assistentin. »Südafrikaner. Gelegenheitsschauspieler, Fremdenführer, auch mit sonstigen Unternehmungen selten erfolgreich. Derzeitiger Aufenthalt Kenia, wie es scheint. Hatte vor sieben Jahren eine Nebenrolle im Projekt Optimum.«

Ebeles Aufmerksamkeit richtete sich jetzt ganz auf sie.

»Löste seitdem aber kaum Meldungen im System aus«, sagte die Assistentin, nachdem sie ein Profil mit einer Liste an Informationen aufgerufen hatte. »Und wenn, waren sie harmlos.«

»Warum stuft die AI den Kontakt dann jetzt als dringlich ein?«

»Er telefoniert mit jemandem in Lagos. Mene Odoh besitzt eine Agentur für die Vermittlung von Kreativen in der nigerianischen Filmbranche. Sie vermittelte ihn damals an Projekt Optimum.«

Bilder einer schwarzen Mittvierzigerin. Knallroter Lippenstift.

Über dem runden Gesicht trug sie das Haar geglättet, schulterlang mit Seitenscheitel.

Parallel dazu spielte bereits der Ton des Gesprächs in Ebeles AR-Brille. Mene Odohs Stimme sagte:

»Optimum ... vage. Hilf mir.«

»Vor sieben Jahren«, antwortete Vermaaks Stimme. »Du hast, glaube ich, auch ein paar andere Castmitglieder vermittelt. Die Produktion hat ziemliches Tamtam um die Geheimhaltung gemacht. Und am Schluss wurde dann nichts draus.«

»Das passiert öfter in unserem Geschäft«, meinte Mene.

»Aber bei Optimum hatten sie alles abgedreht. Der Film war quasi fertig, als die Produktion die Reißleine zog. Ist nie erschienen.«

»Auch das kommt vor. Aber ich glaube, jetzt erinnere ich mich. Habe keine Ahnung, worum es darin ging.«

»So sollte das auch sein«, murmelte Ebele.

»Weil sie es niemandem erzählt haben«, fuhr Vermaak fort. »Wie gesagt, mächtige Geheimniskrämerei. Selbst wir als Darsteller erfuhren nichts, nur das, was wir in unseren jeweiligen Szenen zu tun hatten. Nicht einmal mit den anderen durften wir darüber reden.«

»Dann solltest du das jetzt auch nicht tun«, zischte Ebele.

»Auch nicht völlig ungewöhnlich«, sagte Mene. »So, jetzt habe ich es gefunden.« Sie hatte also in ihrem Computer nachgesehen, während sie telefonierten. »Optimum. Ja, ich habe acht Schauspielerinnen und Schauspieler vermittelt.«

»Weißt du, wer produziert hat?«, fragte Tony. »Script geschrieben? Regie geführt? Technik? Tricks?«

»Besser nicht«, bemerkte Ebele.

Kurzes Schweigen, während Mene wohl ihre Unterlagen durchsah. »Nein«, erwiderte sie schließlich. »Aber den Regisseur musst du doch kennengelernt haben.«

»Nein. Meine Szenen drehte nur ein Kameramann. Ayo, den Nachnamen nannte er nicht.«

»Ayo«, dachte Mene laut nach. »Kenne ich nicht.«

»Bekam seine Anweisungen über Telefon.«

»Schräg.«

»Kannst du mir die Namen und Kontakte der anderen Darsteller geben, die du vermittelt hast?«

»Lass es«, murmelte Ebele.

»Nein«, sagte Mene. »Wozu brauchst du die?«

Ebele nickte zufrieden.

»Ich möchte sie etwas fragen«, erklärte Tony. Schob nach: »Natürlich habe ich die Namen nicht von dir.«

»Ein paar davon vertrete ich gar nicht mehr. Oder sie sind raus aus dem Business.«

»Umso besser. Bitte. Wenigstens ein paar.«

»Lass es!«, flüsterte Ebele.

Mene seufzte vernehmlich.

»Ich habe noch drei. Aber du hast sie nicht von mir.«

»Natürlich nicht.«

»Hast du etwas zu schreiben?«

Ebele hörte den Mann kramen, bevor er sich wieder meldete: »Schieß los!«

Während Mene die Namen und Telefonnummern aufzählte, sinnierte Ebele: »Mene Odoh – war sie damals nicht die Affäre des Regisseurs?«

In ihrem Gesichtsfeld erschienen Fotos der Künstleragentin aus Überwachungskameras mit einem großen Mann bei Unterhaltungen, Küssen, Sex. Auf einigen sah man die auffällige Lücke zwischen seinen beiden oberen Schneidezähnen.

»Ja«, erklärte Ebeles Assistentin. »Während seiner letzten sieben Monate.«

»Wusste sie, woran er arbeitet?«

»Aufnahmen haben wir keine«, sagte die Assistentin.

»Sie wusste nicht einmal, dass sie ein paar Schauspieler für sein aktuelles Projekt vermittelt hatte.«

»Nicht, dass wir es mitbekommen hätten.«

»Haben wir ihr Apartment und das Büro noch im Blick?«

»Sie hat sich nie auffällig verhalten oder geäußert«, sagte die Assistentin, »deshalb nicht mehr komplett. Im Lauf der Jahre gingen einige Kameras kaputt. Wir haben sie entfernt, aber nicht ersetzt. Machen wir bei nächster Gelegenheit.«

38

Gil wandte den Blick von den Demonstrierenden draußen ab und den Gesichtern der deutschen Regierung zu.

»Die Frage ist«, sagte er, »wie stoppen wir das chinesische Programm?«

»Ist die Frage nicht vielmehr«, formulierte der Wirtschaftsminister, »wollen wir überhaupt, dass China das Programm stoppt? Es gäbe unseren Industrien mehr Zeit bei der Umstellung auf Zero-CO_2.«

»Genau vor diesem *Moral Hazard* hat China schon gewarnt«, sagte die Klimafrau. »Und Forderungen gestellt. Der Westen darf sich unter dem Großen Sonnenschirm nicht ausruhen, sondern muss seine Maßnahmen noch verschärfen.«

Der Minister verzog den Mund. »Das wollen wir doch erst einmal sehen«, schob er hinterher. »Die Russen und Araber werden auch wieder mehr Öl fördern, wetten?«

Der Präsident selbst ergriff das Wort: »Danke, Mrs. Oyetunde, für die Ausführungen. Was mich als Erstes interessiert: Könnte China den Weltthermostat auch weiter runterdrehen?«

Die Klimafrau zögerte nicht mit einer Antwort. »Noch wissen wir zu wenig über das Programm. Nicht mit der gegenwärtigen Anzahl von Drohnen, so viel ist sicher. Langfristig wäre so etwas theoretisch möglich – abhängig von der Aerosolmenge, die das chinesische Programm in der Stratosphäre ausbringt. Allerdings«, fügte sie hinzu und blickte dabei kurz nach unten auf ihren Laptop, »halte ich das aus mehreren Gründen für unwahrscheinlich.«

»Und die wären?«

»Erstens – und das ist ein generelles Problem des Programms, das für die gesamte Welt gilt – können wir dank moderner Klimamodelle ganz gut allgemeine Voraussagen für den Globus treffen. Vielleicht kurz zur Wiederholung, wie Klimamodelle funktionieren.«

Statt der Heatmap erschien jetzt ein Globus, über den sich ein Gitternetz zog. Aus diesem wuchsen zahllose Quadrate in den Himmel. »Vereinfacht gesagt, teilen wir dabei die Erdoberfläche und die Atmosphäre darüber in Zellen von etwa zweihundert Kilometer Seitenlänge. Diese bilden jeweils eine Einheit in dem Modell. Genauer wird es vorerst nicht, detailliertere Programme sind derzeit noch in Entwicklung. Über diese Einheiten hinweg können die Modelle mittlerweile ganz gut Voraussagen treffen. Auch wenn einige Aspekte, wie etwa die Wolkenbildung, noch immer eine große Herausforderung und mit vielen Unsicherheiten behaftet sind.«

Das Bild vergrößerte sich in ein paar Gitterwürfel über Indien.

»Deutlich schlechter bis gar nicht prognostizieren können wir, was innerhalb dieser Einheiten passiert, also spezifisch regionale Veränderungen betrifft.«

Die Animation flog nun durch die gewürfelte Luft Richtung Osten.

»Schon das, was China jetzt vorhat«, fuhr die Frau fort, »könnte das regionale Wetter deutlich verändern. Und nicht unbedingt in denselben Zustand zurückversetzen wie vor der Erderwärmung. Dazu ist das System zu komplex und spielen zu viele andere Faktoren mit. Etwa die Versauerung und Erwärmung der Meere. Wir wissen tatsächlich nicht genau, was passiert, wenn die

Atmosphäre sich nun langsamer erwärmt, die Meere allerdings noch so warm und versauert sind wie derzeit. Das Ganze ist ein gigantisches Experiment mit regionalen Risiken.«

»Also auch in China?«, fragte der deutsche Kanzler nach.

»Selbst in China, ja«, bestätigte sie. »Aber wer wird es dort wagen, sich zu beschweren?«

»Soll heißen«, ergriff Gil das Wort, »China kann die Klimaveränderung nicht wirklich als Waffe verwenden, weil sie nicht genau zielen kann?«

»Genau«, sagte die Klimafrau. »Es kann mit diesem Programm zum Beispiel nicht gezielt den Himalaya kühlen, was in der Pressekonferenz als großer Aufhänger verwendet wurde.«

»Mit anderen Programmen schon?«

»Mit keinem, das in den vergangenen Jahren ernsthaft diskutiert wurde oder realisierbar wäre.«

»Das hätte man von diesem auch angenommen.«

»Doch, es war eines der meistdebattierten Konzepte«, widersprach Fay.

»Sie sagten etwas von mehreren Gründen.«

»Das waren schon mehrere: die Unfähigkeit, genau zu zielen. Die daraus folgenden regionalen Konsequenzen, die zu politischen Konflikten führen könnten. Stellen Sie sich vor, das Muster des Monsuns in Indien ändert sich dadurch, und Indien erlebt schwere Fluten, Dürren und Hungersnöte. Die Beziehungen zwischen China und Indien sind ohnehin kompliziert genug.«

»Könnte man das dem Programm eindeutig zuschreiben?«

»Teilweise. Attributionsforschung ist ein jüngerer Zweig der Klimawissenschaft, erlaubt uns aber heute bereits bis zu einem gewissen Grad zu klären, wie weit die Klimakrise für bestimmte Wetterphänomene wie Stürme, Starkregen oder anderes verantwortlich ist. Oder eben nicht. Das wäre hier dann ebenso möglich.«

»Das könnte China also ganz schön auf den Kopf fallen«, sagte Gil.

»Vergleichbare Simulationen wurden bereits in den Klimamodellen durchgeführt«, fuhr die Klimafrau fort. »Die meisten kommen zu dem Ergebnis, dass ein vorsichtiger Eingriff dieser Art zumindest zellenübergreifend keine bis wenige drastische Wetterveränderungen zur Folge hätte. Was heißt, dass also wahrscheinlich auch auf regionaler Ebene die Extremwetterereignisse nicht häufiger oder stärker würden, als es durch den Treibhauseffekt ohnehin der Fall wäre.«

»Aber es sind nur Modellrechnungen«, meinte Gil.

»Ja. Und vorsichtig zu sein liegt durchaus in Chinas Interesse. Es liegt, wie übrigens die USA, Europa, Japan und einige andere auch, in jener Klimazone, in der sich in den vergangenen Jahrhunderten die erfolgreichsten Volkswirtschaften herausgebildet und behauptet haben.«

»Sie meinen, weiter südlich ist es zu heiß und weiter nördlich zu kalt?«

»Zeigen zumindest diverse Studien. Im Übrigen gehen andere Studien davon aus, dass langfristig nördlichere Breitengrade sehr wohl wirtschaftlich vom Treibhauseffekt profitieren könnten oder zumindest am wenigsten negativ betroffen wären: Russland, Kanada, Skandinavien ...«

»Ich dachte, die Klimakrise trifft Russland ebenso schlimm wie uns, oder noch schlimmer?«, mischte sich der Außenminister ein. »Wenn der Permafrost schmilzt, zerstört das dort die gesamte Infrastruktur. Dazu Waldbrände, noch verheerender als in den vergangenen Jahren und so weiter.«

»Kurz und mittelfristig, ja. Was die langfristig ...«

»Das ist aber nicht die offizielle Haltung der UNO-Klimasekretariats oder des Weltklimarats ...«, unterbrach sie die deutsche Klimaministerin.

»Die Diskussionen gehen hier auseinander«, gestand Fay ihr zu, »aber langfristig könnte man sich auf die Veränderungen vorbereiten. Was glauben Sie, warum Russland selbst vor dem Ukrainekrieg bestenfalls Lippenbekenntnisse zur Bekämpfung der Klimakrise abgegeben hat? Schon seit mehr als einem Jahrzehnt baut Russland seine Häfen und seine Militärpräsenz in arktischen Regionen massiv aus. Die Nordpassage würde das ganze Jahr über für Schiffe befahrbar, Sibirien zur Kornkammer. Schon jetzt rücken die russischen Ackerfelder jedes Jahr weiter Richtung Norden. Bereits 2021 gab Russland bekannt, nahe Wladiwostok eine neue Großstadt schaffen zu wollen – Sputnik. Den Namen mögen sie wohl. Weil die Gegend so attraktiv ist? Nein – weil sie es werden könnte. Während beträchtliche Teile Chinas in schwüles, subtropisches oder gar tropisches Klima rutschen würde. Das will China aber sicher nicht. Daher werden sie mit den Temperaturveränderungen sehr behutsam umgehen – meine Einschätzung.«

»Das heißt«, folgerte die deutsche Klimaministerin, »auch bei uns würde es im Wesentlichen so bleiben, wie es ist.«

»Die Temperaturen – ja. Vieles andere nicht, weil das Programm nicht darauf abzielt, wie etwa die weitere Versauerung der Meere, Veränderungen, die nicht durch die steigenden Temperaturen hervorgerufen werden, sondern durch erhöhten CO_2-Gehalt in der Luft et cetera. Schwer einzuschätzen ist zum Beispiel auch die Auswirkung der reduzierten Sonneneinstrahlung auf Ernteerträge. Weniger Sonne, geringeres Pflanzenwachstum, weniger Ertrag.«

»Den hätten wir aber bei weiterer Erwärmung auch«, gab die Klimaministerin zu bedenken.

»In vielen Gebieten, ja.«

Gil unterdrückte ein Seufzen. Die ganzen Unwägbarkeiten gingen ihm auf die Nerven. Wie sollte er die Nation in Sicherheit wiegen, wenn selbst die Fachleute nichts Genaues sagen konnten? Andererseits spielte die Angst der Menschen den Mächtigen in die Hände. Das Rezept war denkbar einfach. Den Feind ausmachen. Stellung beziehen. Stärke demonstrieren, die Bereitschaft, bis zum Äußersten zu gehen. Es war an der Zeit für ein Vieraugengespräch mit dem General.

39

Tony saß bei seinem dritten Kaffee und versuchte erneut den letzten Namen auf Mene Odohs Liste. Die ersten beiden hatte er erreicht. Sie hatten sich kaum an das Projekt erinnert, nur kleine Statistenrollen gespielt. Die Geheimhaltung damals hatte sie deshalb auch weder besonders überrascht noch interessiert.

Diesmal meldete sich eine Männerstimme. Tony erklärte kurz, worum es ging.

»Tut mir leid«, sagte der Mann, »da kann ich auch nicht helfen. Ich hatte eine Minirolle. Einen Tag. Kann mich an nichts mehr erinnern.«

Tony beendete das Gespräch.

Mit dem Finger streifte er über das Display und die neuesten Nachrichten. Es gab kein anderes Thema. Europa war inzwischen aufgewacht und begann zu erfassen, was geschehen war. Dieser Journalist, an den er geschrieben hatte, hatte noch einmal einen kurzen Beitrag vom Mount Everest gesendet. Sein letztes Posting besagte, dass er nun auf dem Weg zurück nach Lhasa sei und wegen des schlechten Netzes vorerst nicht weiter berichten könne.

Tony prüfte seinen Posteingang. Nichts. War Tony nicht deutlich genug gewesen?

Es hatte eine Tote gegeben. Musste nichts mit dem Projekt zu tun haben, aber wenn doch?

Er wischte auf dem alten Telefon zurück zu dem Video.

Dann also so.

Er machte zwei Screenshots der alten Drohnen. Übertrug sie auf sein neues Telefon.

Suchte das Video des Singapore-Airlines-Passagiers. Machte zwei weitere Screenshots der aktuellen Drohnen.

Lud als Nächstes die Bilder in den Whistleblowerkanal des Journalisten. Schrieb dazu:

Check das! Erstes Bild: Screenshot der chinesischen Drohnen heute.
Zweites Bild: sieben Jahre alt.
Mehr nur persönlich.

Senden.

40

»In unseren Briefings zu Geoengineering«, sagte der US-Minister für Homeland Security, »wurde immer wieder betont, dass der plötzliche Abbruch von Maßnahmen wie dem Großen Sonnenschirm katastrophale Folgen hätte.«

»Das bezieht sich auf Thesen über den sogenannten Termination-Schock«, erwiderte Fay. »Man muss sich das ein wenig wie einen Druckkochtopf vorstellen. Das Prinzip funktioniert so.«

Sie rief eine Grafik mit zwei Linien auf: Eine war grau und stieg langsam an; eine zweite stieg etwas versetzt von der grauen ebenfalls an, links noch blau gefärbt, mit wachsender Höhe aber zu Gelb und Orange wechselnd.

»Die graue Linie ist der CO_2-Gehalt in der Atmosphäre«, erklärte sie. »Wie wir wissen, steigt dieser seit rund hundert Jahren durch menschliche Emissionen extrem an. Die orangefarbene Linie ist die durchschnittliche Globaltemperatur und folgt mit Verzögerung dem CO_2-Gehalt.«

Weiter rechts in der Grafik verbreiterten sich die Linien. Der orange Streifen wurde rot und nach rechts, je höher er stieg, dunkelrotbraun.

»Diese Streifen zeigen die berechnete Entwicklung für die kommenden Jahrzehnte, je nachdem, wie stark wir die CO_2-Emissionen reduzieren.« An jener Stelle, wo sich die beiden ansteigenden Linien zu Streifen verbreiterten, setzte sich nun zusätzlich eine schwarze Linie waagrecht unterhalb der Felder fort. »Jetzt zieht China mit seinem Großen Sonnenschirm hier quasi eine Decke ein.«

Eine Legende dazu erklärte *Solar Radiation Management*. Direkt darunter und parallel dazu verlief zudem die orangefarbene Temperaturlinie.

»Die orangefarbene Linie stellt daher die Temperatur der kommenden Jahrzehnte dar.« Mit ihrem Pointer wies Fay auf den steigenden und sich intensivierenden roten Streifen. »Währenddessen steigt jedoch der CO_2-Gehalt der Atmosphäre vorerst noch für ein paar Jahrzehnte weiter an. Selbst wenn wir die Beschlüsse von Paris umsetzen. Wonach es derzeit nicht annähernd aussieht, wie in der chinesischen Pressekonferenz richtig festgestellt wurde. Wenn nun, sagen wir, in zwanzig Jahren das Programm plötzlich beendet wird ...« – in der Grafik brach die schwarze »Sonnenschirm«-Linie abrupt ab, wenig später begann die orangefarbene Temperaturlinie, die bis dahin direkt darunter verlaufen war, steil anzusteigen – »... endet seine abschirmende Wirkung innerhalb von ein bis zwei Jahren.«

Nach zwei Jahren erreichte die Linie das rote Feld der ohne Sonnenschirm erwarteten Temperaturen.

»Die Temperaturen holen nun in kürzester Zeit nach, was sie zwanzig Jahre lang nicht konnten.«

Wiederum zwei Jahre später hatte die Linie das Feld nach oben durchstoßen und stieg nun oberhalb des ursprünglichen Bereichs von drei bis vier Grad plus in den dunkelbraunsten.

»Und diesen Schwung nimmt sie quasi mit, sodass die Erwärmung dann nicht nur rasend schnell geschieht, sondern womöglich auch noch über jenes Maß hinausschießt, das es ohne Sonnenschirm erreicht hätte.«

In ihrer Präsentation folgten rasche Schnitte: in Zeitraffer verdorrende Landschaften, abschmelzende Gletscher, vertrocknende

Getreidefelder, bis auf das hautüberzogene Skelett schrumpfende Tierleichen, Sturmfluten, wandernde Menschenmassen.

»So die Annahme. Fauna, Flora und menschliche Gesellschaften hätten noch weniger Chancen, sich an die schnellen Veränderungen anzupassen, als sie es jetzt schon haben. Man nennt das den Termination-Schock.«

41

Auf der Fläche zwischen dem Deutschen Bundestag und dem Bundeskanzleramt hatten die Hundertschaften der deutschen Polizei keine Chance, die Demonstrierenden abzudrängen. Sienna schätzte deren Zahl inzwischen auf wenigstens zweitausend. Immer mehr Blaulichter rasten herbei. Über ihren drehten Hubschrauber ihre Kreise.

Die Durchsagen der Polizei gingen in dem Lärm aus skandierten Sprüchen, Musik, Zack-Flapp, Sirenen und Rotorengeknatter unter.

Auch Fernsehteams und andere Medienleute mit ihren Kameras waren mittlerweile vor Ort. Sienna filmte immer wieder mit ihrem Telefon mit. Um die Kurzvideos umgehend in den sozialen Medien zu verteilen.

»Verlassen Sie umgehend den Platz!«, hörte Sienna zwischendurch einmal.

Niemand gehorchte. Von ihrer erhöhten Position auf einem der großen Lautsprecher aus konnte sie jedoch erkennen, dass sich die Polizisten mit Helmen und Schilden an zwei Seiten der Demonstrierenden zu breiten Fronten schlossen und formierten. Dann begannen sie langsam vorzurücken. Die Demonstrierenden versuchten auszuweichen, wurden aber immer weiter zusammengeschoben.

Dann flogen die ersten Knüppel.

Nicht alle auf dem Feld waren erprobte Aktivisten. Als sich im nächsten Moment Schwaden von Pfefferspray auf die Wehrlosen verteilten, brach Panik aus. Während weite Teile der Demonstrierenden noch ihre Schirme auf- und zuschlugen, nutzten jene an den Polizeifronten sie zum Schutz vor den Sprühstrahlen der Sprays. Durchsagen forderten erneut dazu auf, das Gelände sofort zu räumen. Doch dazu bestand vorerst keine Chance mehr. Aus ihrer Position beobachtete Sienna zunehmend wütend das Chaos. Filmte mit ihrem Telefon in alle Richtungen. Veröffentlichte die Clips. Sie wusste, dass diese Bilder einen Teil ihres Publikums aktivieren würden. Gleichzeitig meldete ihr Telefon immer mehr Nachrichten. Sienna überflog sie bestenfalls, die meisten drückte sie weg. Über den Köpfen der Demonstrierenden erkannte sie die Silhouetten von Knüppeln, die schwungvoll abwärtssausten, auftauchten, wieder zuschlugen. Durchsagen plärrten aus Megafonen, kaum zu verstehen. Mitten in der Menge stiegen Rauchwolken hoch. Mehr Geschrei. Immer noch Musik und Parolen aus anderen Richtungen. Vermischten sich mit Schmerzens- und Panikschreien.

Eigentlich sollten diese Polizisten mit ihnen für ihrer aller Überleben demonstrieren!

Gleichzeitig erkannte sie aber auch, dass die vom Tiergarten und dem Brandenburger Tor eintreffenden Demonstrierenden die Polizei zunehmend von hinten einschlossen. Die frühe Morgenstunde warf nun ein verändertes Licht auf die Szenerie. Berlin war in einer anderen Welt erwacht als jener, in der es gestern Abend schlafen gegangen war. Wie es schien, gefiel die vielen nicht.

Auf ihrem Telefon traf die erste Anfrage eines TV-Senders für eine Diskussionsrunde ein. Darum musste sie sich später kümmern.

Während sich die behelmten Polizisten langsam in ihre Richtung durchprügelten und -sprühten, fuhr Sienna zornig mit ihren Anfeuerungen fort:

»Stoppt! Den! Son-nen-schirm!«

Zack! Flapp!

42

»Wir müssen demnach das chinesische Programm stoppen, bevor es seine Wirkung entfalten kann«, sagte die US-Außenministerin. »Wie lang bleibt uns dafür?«

Konzentriert beobachtete Amber die Übertragung und machte sich Notizen.

»Das hängt von den Mengen ab«, antwortete Fayola, »die China ausbringt. Angesichts der derzeit angekündigten reden wir vorerst eher von Jahren als von Monaten. Ihnen bleibt also ein wenig Zeit zur Diskussion und Entscheidungsfindung.«

»Alternativ könnte man das Programm laufen lassen«, meinte der US-Innenminister – in beiden Räumen wurde Raunen laut, von dem er sich nicht irritieren ließ, »müsste China aber dazu bringen, es durch andere Staaten beobachten zu lassen. Mittelfristig müsste es in ein global gesteuertes Programm übergehen.«

»Das wird China nicht zulassen«, sagte der US-Verteidigungsminister. »Sonst hätte Lang Chok das bereits in der Pressekonferenz angeboten oder eine solche Idee wenigstens angedeutet. Ich habe nichts dergleichen heraushören können.«

»Laufen lassen kommt nicht infrage!«, protestierte die deutsche Klimaministerin. »Die Technologien sind viel zu wenig erforscht! Wir haben keine Ahnung, was die praktischen Konsequenzen anbelangt!«

»Vielleicht hat China heimlich geforscht«, gab Fayola zu bedenken. »Falls dem so ist – und ich gehe davon aus –, wird man uns in den kommenden Monaten einige Informationen geben. Ich bin weder Politikerin noch Diplomatin, aber ich denke, auch China wird ein Interesse daran haben, möglichst viele Unterstützerstaaten für den Großen Sonnenschirm zu gewinnen. Vertrauen in so ein Programm vermittelt man nur durch ein Mindestmaß an Transparenz.«

Recht hatte sie, dachte Amber. Doch im Situation Room wuchs die Anspannung.

»Diese Debatte läuft gerade in eine völlig falsche Richtung«, rief die Außenministerin. »Wir können China nicht die Kontrolle über das Weltklima überlassen. Da geht es gar nicht um das Klima! Das ist eine politische Machtfrage!«

»Wie würde man ein solches Programm, sollte man es langfristig durchführen, denn beenden?«, fragte der deutsche Kanzler.

Fayola spulte die bisherige Grafik bis zu dem Moment vor Beginn des Termination-Schocks zurück. Die schwarze Linie des Großen Sonnenschirms lief weiter, direkt darunter die orangefarbene Linie der kontrollierten Temperatur.

»Man müsste den Gehalt an CO_2 und anderen Treibhausgasen in der Atmosphäre laufend messen, ebenso wie die Temperatur. Gleichzeitig muss man die weltweiten Maßnahmen gegen die Emissionen beobachten und in die Klimamodelle einspeisen.«

In der Grafik begann sich der graue Streifen der CO_2-Werte zu senken. Bald folgte die dunkelrote Linie des Temperaturverlaufs ohne Sonnenschirm. Zwischen den 2050er- und 2070er-Jahren durchkreuzten sie die schwarz-orangefarbene Linie nach unten.

»Sobald sich die Treibhausgaswerte in der Atmosphäre verringern, beginnt man schrittweise, die Aerosolschicht des Großen Sonnenschirms sozusagen zu verdünnen.«

Amber beobachtete, wie die schwarze »Sonnenschirm«-Linie sich zu einem dunklen Grau färbte.

»Dadurch schwächt sich dessen kühlende Wirkung ab. Dieser Prozess würde voraussichtlich ebenfalls über mehrere Jahrzehnte laufen.«

Der graue CO_2-Streifen hatte sich gegen null bewegt. Die Temperaturlinien vereinten sich in den 2080er-Jahren bei etwa einem halben Grad unter der aktuellen Temperatur und liefen ab da als eine unregelmäßig gewellte Linie fast waagerecht.

»Immer unter der Voraussetzung«, fügte Fayola hinzu, »dass wir bis 2050 tatsächlich mehr oder minder klimaneutral sind.«

»Das ist Irrsinn!«, rief die Klimaministerin. »Dieses Programm müssten wohl mindestens die nächsten fünfzehn bis zwanzig Regierungen unserer beider Länder beobachten, mitbetreiben, was immer. Bei vollen Legislaturperioden. Ganz egal, ob Linke, Rechte, Liberale oder Radikale. Ebenso wie die chinesischen Regierungen der kommenden zwei bis drei Generationen!«, rief sie aufgebracht. »Sie alle müssten es konsequent weiterführen, finanzieren, mit Rohstoffen versorgen, weiterentwickeln. Generationen! Noch unsere Enkel müssten dieses Programm weitertragen.« Sie wedelte mit der Hand durch die Luft. »Wenn nur eine chinesische Regierung auf die Idee kommt, es nicht betreiben zu wollen, oder eine russische oder indische plant, es zu zerstören, oder das Geld dafür ausgeht oder die Rohstoffe – dann trifft die gesamte Welt der Termination-Schock! Das ist doch völliger Wahnsinn! Nennt mir bitte jemand auch nur *ein* globales Projekt auf dieser Welt, das vor hundert Jahren eingeführt wurde und seitdem ohne Unterbrechung läuft!«

Für ein paar Atemzüge herrschte Stille. Im Situation Room. Auf den Bildschirmen.

Dann sagte Fayola: »Die Erderwärmung?«

43

Beständig fuhren die Geländewagen Richtung Norden. Lhasa würden sie erst am nächsten Morgen erreichen. Mit Pat im Wagen saßen zwei chinesische Fahrer, ein Ägypter, ein Argentinier, ein Kanadier und ein Spanier. Ihre Sitze in dem Geländewagen konnten sie nur um ein paar Zentimeter nach hinten kippen. Es würde eine lange Fahrt werden.

Nach den anfänglichen Unterhaltungen hatten sie sich über ihre Laptops gebeugt. Jene, denen während des Fahrens dabei übel wurde, starrten zum Fenster hinaus. Pat gehörte nicht dazu. Sporadisch checkte er seine Mobiltelefone, doch die meiste Zeit hatten sie in dieser Steinlandschaft keinen Empfang. In den wenigen Momenten dazwischen bekam Pat mit, dass die ersten Maschinen in China bereits wieder gelandet waren. Eine nigerianisch-amerikanische Klimawissenschaftlerin des UNFCCC in Bonn, die sich mit Geoengineering-Konzepten auskannte, hatte wohl das Weiße Haus zu den Drohnen beraten und mitgeholfen, dass es zu keiner militärischen Eskalation gekommen war.

Mit einem Mal hatte er wieder Netz.

Und eine neue Nachricht eines Spinners auf dem Whistleblowerkanal. Derselbe wie beim letzten Mal.

Diesmal schickte er Fotos.

Pat hatte nichts Besseres zu tun. Er lud die Daten, bevor das Netz wieder fort war, und öffnete das erste Bild.

Es wirkte unscharf und verzerrt, aber das Motiv war eindeutig: die chinesischen Drohnen, in einer Aufnahme aus dem Passagiervideo.

Er öffnete den zweiten Anhang.

Auf dem zweiten Bild dieselbe Maschine aus einer anderen Perspektive. Eine Perspektive, die das Passagiervideo nicht bot, das erkannte Pat sofort.

Woher hatte der Absender dieses Bild?

Er zögerte.

Tony saß aufgeregt über sein Telefon gebeugt.

Der Journalist hatte geantwortet! *Sieben Jahre alt? Woher haben Sie das?*

Die Fotos hatten gewirkt.

Hastig tippte Tony: *Ich war dabei. Mehr nur persönlich.*

Wartete.

Falls der Typ darauf ansprang – sollte Tony ihn um Geld fragen?

Neue Nachricht.

Dabei? Sieht von einem Monitor abfotografiert aus.

Tony überlegte. Der Mann traute ihm nicht. Verständlich. Am besten ehrlich bleiben.

Ist es. Heimlich. Wg. Geheimhaltung.

Keine Antwort. Diese Warterei zwischen den Nachrichten ging Tony auf die Nerven. Wahrscheinlich hatte der Reporter im Himalaya eine schlechte Netzverbindung. Oder es war dieser Whistleblowerkanal, der über sieben verschlüsselte Ecken lief und alles verlangsamte. Oder …

Noch zu wenig Info, dass ich den Weg auf mich nehmen würde. Wo entstanden die Bilder?

Tony fluchte lautlos. Wie weit sollte er gehen? Aber er verstand den Mann auch. Immerhin hatte er ihn an der Angel. Ein bisschen Zucker konnte er ihm noch geben.

Lagos. Nigeria. Mehr endgültig nur persönlich.

Persönlich? Wo sind Sie?

Der Kerl war im Himalaya unterwegs. Chinakorrespondent. Würde er den Weg auf sich nehmen?

Nähe Mombasa.

Wieder warten. Tony starrte in den grünen warmen Morgen hinaus.

Dann wird es schwierig.

Wie befürchtet. An wen konnte er seine Infos noch weitergeben? Tony dachte nach.

Ein Kollege hier in der Nähe?

Angespannt wartete Tony auf die Antwort. Als nach ein paar Minuten keine kam, bereitete er sich einen weiteren Kaffee zu. Noch immer keine Antwort, nachdem er ihn getrunken hatte.

Hatte er Pat Welzer mit diesem Vorschlag also doch vertrieben.

44

Auf den Monitoren im Situation Room brach als Erster der deutsche Kanzler das Schweigen.

»Ihre Einschätzung, Frau Oyetunde?«

»Über die Wissenschaft habe ich sie in groben Zügen informiert«, sagte Fay. »Die Frau Ministerin thematisierte politische Entscheidungen – das ist Ihr Gebiet, meine Damen und Herren.«

Der Kanzler nickte.

»Und was sagt die Wissenschaft zu den Forderungen nach verstärkten Maßnahmen des Westens?« Er nickte einem der Assistenten zu. Auf zwei Monitoren war die Passage aus der Pressekonferenz zu sehen, in der Lang Chok erklärte »... Technologien aber ähneln all diese Pläne eher Fantasyromanen als der Realität. Zumal, da derartige Technologien nicht ernsthaft in Sicht sind.«

»Er hat hier einen Punkt«, meinte Fay. »Wenn man ehrlich ist, stehen unsere Chancen, auf unter eineinhalb Grad zu bleiben, miserabel.«

»Aber die Experten ...«, wandte der Kanzler ein.

»Haben immer wieder darauf hingewiesen, wie schwierig es wird«, sagte Fay. »Viele da draußen wollten das bloß nicht hören. Deshalb schummelt man sich Technologien in die Szenarien, auf die wir nur hoffen können.«

»So einfach ist es nicht«, mischte sich die deutsche Klimaministerin wieder ein. »Wir haben immer noch eine Chance ...«

»Bei allem Respekt, Frau Ministerin«, unterbrach Fay sie, »aber sehen wir der Realität ins Auge: Deutschland schafft es seit Jahrzehnten nicht, seine selbst gesteckten Ziele zu erreichen. Entgegen allen vollmundigen Ankündigungen. Selbst nicht nach Paris 2015, nicht nach Fridays for Future, der Coronakrise und dem Ukrainekrieg. Die USA sowieso nicht. Und sie sind dabei nicht allein. Kein großer Industriestaat tut es.«

Sie klickte ihre Präsentation zurück zu der Grafik mit den Szenarienkurven. Zeigte mit einem Laserpunkt nacheinander auf die verschiedenen Linien.

»Hier müssten wir sein. Hier sind wir. Hier behaupten wir, dass wir hingehen. Aber hier gehen wir hin. Hören wir auf, uns in die Tasche zu lügen. Solange die Politik nicht wesentlich stärker die Wirtschaft in die Verantwortung nimmt, wird nicht genug passieren.«

»Die Wirtschaft wird jetzt schon über Gebühr belastet«, mischte sich der Wirtschaftsminister ein.

»Die Wirtschaft hat jahrzehntelang blockiert, verschleiert, desinformiert, gelogen«, erwiderte Fay. »Jetzt bekommen wir alle die Rechnung präsentiert.«

»Schuldzuweisungen führen uns nirgendwohin«, warf der Kanzler ein.

»Das sind keine Schuldzuweisungen«, erwiderte Fay bestimmt, »sondern Fakten. Wir alle kennen inzwischen die Berichte und Reportagen, die detailliert erklären, wie das mit gewaltigem Lobby- und Desinformationsaufwand bis hin zu glatten Lügen betrieben wurde. Über Verantwortungsabschiebung von der Industrie auf die einzelnen Bürgerinnen und Bürger, wie etwa mit dem Großmachen der Idee des individuellen CO_2-Fußabdrucks durch eine Kampagne von British Petrol – BP.« Sie schüttelte den Kopf, zwang sich, ruhig zu bleiben. »*Losing Earth* von Nathaniel Rich wäre nur einer der Klassiker dazu. Haben Sie hoffentlich gelesen?«

»Ich kann nicht alles …«

»Nicht alles, aber das Wichtigste sollten sie …«

»Die Vergangenheit führt uns jetzt nirgends hin«, unterbrach die Umweltministerin sie. »Wir haben es mit genug Gegenwart und bedrohlicher Zukunft zu tun.«

»Das Ernährungsthema?«, fragte der Kanzler. »Fleischproduktion und -konsum müssen stark reduziert werden, in weiten Teilen der Welt nahe null sinken.«

»So schnell könnten wir unsere Landwirtschaft nicht …«, rief jemand aus dem Weißen Haus dazwischen.

»Natürlich könnte man«, unterbrach ihn Fay. »Wenn man wollte! Mit entsprechenden Förderungen wären wir in wenigen Jahren dort.«

»Die Landwirtschaft vielleicht«, bemerkte der deutsche Landwirtschaftsminister höhnisch. »Aber die Verbraucher und Verbraucherinnen? Wenn sie denen ihren Sonntags-, Montags- und Jedentagsbraten wegnehmen?«

»Ihre Gesundheit wird es den Verbrauchern und Verbraucherinnen danken.«

»Was ist mit Fleisch aus dem Reagenzglas?«, fragte der Kanzler.

»Kann man noch nicht abschließend sagen«, meinte Fay. »Derzeit liegt der Ressourcenverbrauch dafür nicht so weit unter normalem Fleisch. Die Wissenschaft ist klar. Verkehr und Fleischproduktion wären zwei der wirksamsten Hebel für schnelle, starke Erfolge.«

Als sie nichts mehr sagte und auch von sonst niemandem eine Meldung kam, nickte der Kanzler nachdenklich.

»In Ordnung. Vielen Dank, Frau Oyetunde, für Ihre Expertise.«

Fay verstand. Sie erhob sich, stöpselte ihren Laptop aus und klappte ihn zu. Währenddessen erschienen bereits die Anzugträger, die sie in den Raum begleitet hatten, um sie nun wieder hinauszuführen.

45

»Schon wieder ein Alarm von diesem Vermaak«, erklärte eine von Ebeles Assistentinnen.

»Was ist es diesmal?«, wollte Ebele wissen.

»Ein Nachrichtenaustausch. Der Empfänger ist ein gewisser Pat Welzer, US-Journalist …«

»… der bei der chinesischen Pressekonferenz vor versammeltem Weltpublikum eine Frage stellen wollte«, gab Ebele zu verstehen, dass sie sich an den Reporter erinnerte.

»Und sich nun mit den restlichen Auslandskorrespondenten auf dem Weg zurück nach Lhasa und dann weiter nach Peking befindet«, fuhr die Assistentin fort. »Er wurde über den Whistleblower-Kontakt seiner Agentur kontaktiert.«

»Da sind wir drin?«

»Nein. Aber bei Vermaak. Der Journalist allein wäre noch nicht so besorgniserregend«, sagte die Assistentin. »Hingegen das, was Vermaak ihm geschickt hat. Seltsame Fotos.«

Sie spielte Ebele die Bilder der Drohnen ins Sichtfeld.

Ebele erstarrte.

»Woher, zum Teufel, hat er die?«

Diese Bilder sollte niemand außer ihnen besitzen.

Niemand.

»Hat Welzer darauf reagiert?«

»Sehr interessiert.«

»Dann müssen wir handeln. Ich will ab sofort persönlich über alle Bewegungen und Aktionen der beiden informiert werden«, sagte sie kühl. »In Echtzeit. Wir brauchen Augen und Ohren direkt bei ihnen.«

»Vermaaks Mobiltelefon haben wir bereits. Wir bemühen uns um weitere Quellen«, sagte die Assistentin. »Bei Welzer ist es schwieriger, solange er in China ist. Sobald er das Land verlässt, kommen wir auch an ihn leichter ran.«

Ebele nickte.

»Setzt die beiden auf Alarmstufe Purpur«, sagte sie.

»Die höchste«, bemerkte die Assistentin.

»Ist ja nicht das erste Mal«, sagte Ebele. »Die Teams müssen jederzeit zur finalen Aktion bereit sein.«

46

Kaum hatte die Klimafrau den Raum verlassen, sagte Gil zum deutschen Kanzler: »Danke für die Zuschaltung. Ich denke, zunächst werden wir jeweils gesondert die Lage diskutieren und in Kürze eine starke gemeinsame Antwort des Westens liefern. Müssen. Wir dürfen China in dieser Sache keinesfalls das Steuer überlassen.«

»Da sind wir einer Meinung«, bestätigte der Kanzler.

Das deutsche Kabinett verschwand von den Monitoren im Situation Room.

Einen Moment lang warteten alle darauf, wer zuerst das Wort ergriff. Mussten Gil die Initiative überlassen. Der sie übernahm.

»Wir haben in der Vergangenheit bereits Briefings zu Geoengineering erhalten«, begann er, »die alle immer sehr theoretisch waren. Der Tenor lautete in den letzten Jahren zunehmend, dass man wenigstens dazu forschen müsse.«

»Inzwischen fließen weltweit Hunderte Millionen Dollar oder mehr in diese Forschung«, erinnerte der Finanzminister, »ein nicht unbeträchtlicher Teil davon hier in den USA.«

»Noch eine Sache, worauf die Briefings auch immer wieder hingewiesen haben ...«, mischte sich nun die Außenministerin ein. »Bis auf wenige Ausnahmen wie das Düngen der Meere mit Eisenspänen, um das Algenwachstum zu fördern, gibt es keine echten internationalen Abkommen, rechtlich verbindliche Regeln oder Verbote von Geoengineering. Obwohl das Thema per Definition zwangsläufig globale Auswirkungen hat, hat man nie eine globale Compliance geschaffen. Den Bruch internationalen Rechts kann man China daher nicht vorwerfen.«

Leider, dachte Gil und ergriff wieder das Wort. »Meiner Ansicht nach stehen wir als Erstes vor der Frage: Können wir uns angewandtes Geoengineering grundsätzlich vorstellen?« Er blickte in die Runde und sah einige überraschte Gesichter.

»Soll heißen«, sagte der Finanzminister, »wenn ein US-Team mit Forschungsergebnissen zu uns gekommen wäre, die zeigen, dass ein derartiges Programm unter kalkulierbaren Risiken durchführbar wäre: Hätten wir es umgesetzt?«

»Genau«, sagte Gil. »Ganz grundsätzlich: Können wir uns Geoengineering dieser Art prinzipiell als Strategie vorstellen, um die gröbsten Folgen des Treibhauseffekts in den kommenden Jahrzehnten abzuwehren?«

Er erhob sich und ging um den Konferenztisch herum, ohne die Anwesenden dabei aus dem Blick zu lassen.

»Denn wenn wir der Ansicht sind, dass Geoengineering grundsätzlich eine gute Idee ist, stellt sich nicht die Frage, wie wir das chinesische Programm stoppen. Sondern nur, wie wir das Programm unter unsere oder wenigstens internationale Kontrolle bekommen.« Sein Blick verharrte für einen Moment auf dem General, bevor er fortfuhr: »Wenn wir *Solar Radiation Management* dagegen für falsch halten, aus welchen Gründen auch immer, dann stellt sich die Frage, wie wir den Großen Sonnenschirm zuklappen, bevor er richtig aufgespannt wurde.«

Die Außenministerin nestelte sichtlich unwohl am Kragen ihres Blazers. Auch Homeland Security gefiel das Framing der Debatte offensichtlich nicht. Die anderen Gesichter blieben so schwer lesbar wie die Körper darunter, obwohl Gil sie nur zu gut kannte. Wahrscheinlich ging es ihnen wie ihm selbst: Sie wussten es nicht. Hatten sich noch keine Meinung gebildet. Gehofft, irgendwie drum herumlavieren zu können, wie immer, wenn es ums Klima ging. Bis vor wenigen Stunden war Geoengineering reine Theorie gewesen und schien noch Jahre, wenn nicht Jahrzehnte entfernt. Doch nun standen sie schneller als gedacht vor dieser Brücke. Und mussten entscheiden: überqueren oder sprengen?

47

Sienna spürte die Knie der Polizisten in ihren Kniekehlen, im Kreuz und auf Schultern und Genick. Mindestens zwei von den Bullen stützten sich mit vollem Gewicht auf sie. Das Tränengas brannte in Augen und Hals, sie bekam kaum Luft. Knüppelhiebe trafen ihre Arme, Beine, sogar den Kopf. Hatten die komplett die Kontrolle über sich verloren?

Sie fand sich weiß Gott nicht zum ersten Mal in einer solchen Situation wieder. Aber heute war es besonders schlimm.

»Ernsthaft? Ihr verteidigt die Typen, die eure Umwelt zerstören?«, brüllte sie, soweit ihr röchelnder Hals es zuließ, »und prügelt jene, die euch helfen wollen, sie zu retten?«

»Schnauze!« und ein paar weitere Schläge waren die einzige Antwort.

Aus den Augenwinkeln sah Sienna rennende Polizistenstiefel, dann wieder Turnschuhe oder Birkenstocks. Ein paar Gleichgesinnte waren ebenfalls unter Knäueln von Uniformierten mit Visierhelmen und Knüppeln begraben. Irgendwo filmten sicher Demonstrierende mit ihren Telefonen. Konsequenzen für die Prügelpolizisten würde es wie üblich keine geben. In Sienna wuchs mit der Hilflosigkeit die Wut. Sie spürte, wie sich etwas um ihre Handgelenke hinter ihrem Rücken schloss. Die hatten sie tatsächlich gefesselt! Zwei Hände unter ihren Achseln zerrten sie hoch.

»Ihr kämpft hier gegen die Falschen!«, schrie sie gegen die gesichtslosen Visiere an. »Kapiert ihr das nicht?!« Deutete mit dem Kopf zum Kanzleramt und dann in den Himmel. »Da unten sitzen eure Gegner! Da oben fliegen in Zukunft die chinesischen Drohnen, die euer Klima bestimmen werden! Gegen die müsst ihr euch wehren! Nicht gegen uns!« Sie stemmte sich gegen den Polizisten, der sie vorwärtsschob. »Wenn demonstrieren nicht reicht – was müssen wir tun, damit ihr es versteht?«

»Halt endlich die Schnauze!«, bellte einer der Männer, und fremde Hände zerrten sie durch die Menge fort.

48

+ + Eilmeldung: Indonesien, Saudi-Arabien signalisieren vorsichtige Unterstützung für Chinas Großen Sonnenschirm + +

»Das kommt gerade aus Djakarta und Riad«, sagte Amber.

Über den TV-Bildschirm im Oval Office flimmerten die Nachrichtenbilder und -ticker.

»Kann nicht sein«, entfuhr es der Außenministerin, sie klang fassungslos. »Ohne die Konsultationen mit uns abzuwarten?«

»Vor allem verdammt schnell«, bemerkte Homeland Security bissig. »Die PK der Chinesen ist kaum eine Stunde her.«

»Klar mögen die Saudis den Schirm!«, schimpfte die Außenministerin. »Jetzt können sie weiter ihr Öl aus der Erde pumpen.«

Und der Rest der Welt es nur zu gern verbrennen und CO_2 in die Atmosphäre blasen, dachte Amber. Täte er das nicht, stünden die Pumpen in der Wüste schnell still.

Auf dem Bildschirm war ein Sprecher des saudischen Königshauses zu sehen, der sich an Journalisten wandte.

»… sehen als gangbaren Weg, die möglichst schnelle Umstellung auf erneuerbare Energien mit möglichst wenigen negativen Folgen zu bewältigen. Zu diesem Zweck hat Saudi-Arabien, wie bekannt, bereits in den vergangenen Jahren begonnen, Milliarden in die Entwicklung und den Bau von Anlagen zur Gewinnung erneuerbarer Energien, wie etwa grünen Wasserstoff, zu investieren. Saudi-Arabien bekennt sich weiterhin zu dem eingeschlagenen Weg und wird diese Projekte mit unvermindertem Tempo fortführen …«

»Na sicher«, polterte der General. »Und bis dahin kassieren sie weiter die Petrodollars.«

Amber schaltete den Ton auf stumm, während der Nachrichtensender zu Bildern einer indonesischen Regierungssprecherin wechselte.

»Ich finde das Tempo auch erstaunlich«, sagte sie.

»Wir haben noch nicht mal ein Statement abgegeben«, maulte die Außenministerin.

»Weil du nur motzt«, unterbrach sie Gil, »statt an einem zu arbeiten.«

Beleidigt verstummte die Ministerin und biss von ihrem Beef-Sandwich ab.

»Die Reaktionen kamen tatsächlich schnell«, sagte Gil.

»Fast, als hätten die sie schon in der Schublade liegen gehabt«, meinte Amber.

»Vorgefertigte Statements für den Fall, dass China mit *Solar Radiation Management* beginnt?«, fragte Homeland Security. »Und wofür noch alles?«

»Oder sie wussten Bescheid«, sagte Amber.

»Die Saudis auch?«, zweifelte Homeland.

+ + Eilmeldung: Brasilien »erhebt keine Einwände« gegen Chinas Programm + +

»Was, zum Teufel …«, entfuhr es dem General.

»Und die wussten auch Bescheid?« Nun klang Homeland schon spöttisch. »Die sind einfach schneller entschlossen als wir.«

»Mach den Ton an«, forderte Gil.

»Nach Indonesien und Saudi-Arabien hat sich ein weiterer Staat zumindest nicht gegen Chinas Großen Sonnenschirm ausgesprochen. Brasilien«, erklärte die Nachrichtensprecherin, »›begrüßt ausdrücklich die Initiative Chinas, die notwendigen Klimaschutzmaßnahmen der kommenden Jahrzehnte durch flankierende Maßnahmen abzusichern‹.«

»Flankierende Maßnahmen«, murmelte die Außenministerin.

»Indonesien, Brasilien, zwei der größten Staaten der Erde, stellen sich hinter China. Und damit gegen uns«, donnerte der General. »Saudi-Arabien! Das ist ein Putsch!«

»Wir haben uns noch nicht geäußert«, gab Amber zu bedenken.

»Wie sollen wir uns schon äußern«, rief die Außenministerin. »Wir können nicht dafür sein! Schon allein, weil es China ist!«

»Und weil ein solches Programm zu gefährlich ist«, fügte Homeland hinzu.

»Da gehen die Meinungen wohl auseinander«, wandte Amber ein.

Wofür sie von Homeland einen giftigen Blick erntete.

»Das bekommt ein kritisches Momentum«, fuhr Amber fort. »Drei gewichtige Staaten des globalen Südens stellen sich hinter China. Wenn wir …«

»Wer sind die schon«, unterbrach Homeland sie trotzig.

»… nicht gegensteuern«, ließ Amber sich nicht beirren, »wird das Weitere ermutigen. Wir sollten ebenfalls eine Stellungnahme abgeben. Und zwar schnell.«

49

Das Sonnenlicht fiel schräg durch die hohen alten Industriefenster und überzog die Pläne und Modelle von Energiespeichergeräten mit einem verzerrten Gittermuster.

Sie arbeiteten an einem chemischen Speicher. Bestimmte Materialien verwandelten sich durch Wärme in andere, etwa Borsäure zu Boroxid. Dabei ging Wasser verloren. Das Boroxid speicherte die Energie für Monate. Die Wärme konnte von Industrieabwärme oder Solaranlagen kommen. Das Boroxid ließ sich in Tanks lagern. Benötigte man die Energie, drehte man den Prozess einfach um. Man fügte Wasser zum Boroxid, worauf dieses sich unter Abgabe der Wärme wieder zu Borsäure verwandelte. Die man unter Wärmeeinfluss wiederum in den Energiespeicher Boroxid verwandeln konnte. Immer wieder. Ben wollte jedoch mit anderen Materialien arbeiten. Etwas Neues wagen.

Durch die großen Fenster blickte man auf der einen Seite auf den weitläufigen Parkplatz, auf der anderen Seite über eine schmale Wiese in den Wald. Dazwischen lag der revitalisierte Industriekomplex am südlichen Rand Bonns, in dem heute Start-ups, Digitalagenturen und Eventorganisatoren ihren Sitz hatten.

Mit der Fernsteuerung ließ Ben die Rollläden so weit herab, dass sie ihre Arbeit ohne Lichtspiele betrachten konnten. An den Wänden hingen Pläne, Renderings und Plakate früherer Entwürfe und der wenigen tatsächlich realisierten Produkte.

Mit den zwei Frauen und drei Männern seiner Entwicklungsabteilung beugte er sich über die neuesten Vorschläge. Seit drei Jahren tüftelten sie nun an dem Projekt. Endlich hofften sie, es zur Serienreife zu bringen.

Ben hatte sein Telefon neben sich auf dem Tisch liegen, aber auf lautlos gestellt, um sich auf die Besprechung konzentrieren zu können. Als er das Display aufleuchten sah und die Nummer erkannte, musste er die Runde unterbrechen.

»Das muss ich annehmen«, entschuldigte er sich bei den anderen und wanderte in eine Ecke des weitläufigen Raums.

»Ben«, begrüßte ihn die wie immer überschwänglich freundliche und dynamische Stimme Thorben Rauschs. »Wie geht's euch?«

»Danke«, antwortete Ben freundlich. »Wir reden gerade über die neuesten Entwicklungen bei Projekt Lambda. Ich glaube, jetzt haben wir es.«

Thorben rief schon mal gern zwischendurch an, um sich nach dem Fortschritt seiner Investments zu erkundigen. Aber heute hatte Ben dabei kein gutes Gefühl.

»Das ist prima, Ben. Wirklich prima! Mensch, du hast sicher auch die Nachrichten gesehen. Was die Chinesen da machen! Irrsinn, nicht? Und deine Frau! Wahnsinn, gratuliere! Sag ihr ganz liebe Grüße. Also, das wird ja immense Auswirkungen auf unser Business haben, meinst du nicht? Energiespeichersysteme, Smart Storage, da wird sich eine Menge tun, das müssen wir unbedingt zeitnah besprechen. Kannst du morgen? Sagen wir, um zehn Uhr vormittags?«

Thorben gab niemandem Zeit, lange nachzudenken. Eigentlich hatte er eben auch keine Frage gestellt.

»Sicher«, sagte Ben. »China hat klargemacht, dass der Westen mit Klimaschutz jetzt ernst machen muss. Beste Voraussetzungen für uns.«

50

Pat betrachtete das zweite Bild noch einmal genau. Nein, aus den Passagiervideos stammte es definitiv nicht. Und andere Aufnahmen aus dieser Nähe gab es da draußen noch keine. Das Bild konnte tatsächlich sieben Jahre alt sein.

Rasch blickte er sich um. Die Kollegen im Transporter schienen mittlerweile zu schlafen.

Pat wandte sich leise an den Beifahrer.

»Von Lhasa fliegen wir zurück nach Peking?«, fragte er.

»Ja«, antwortete dieser. Er war ein durchtrainierter Kerl, einen halben Kopf größer als Pat.

»Ich bin sehr dankbar für diese großzügige Einladung und Organisation der Reise«, erklärte Pat. Immer höflich bleiben, das war wichtig in diesem Land. »Aber ich muss dringend woanders hinfliegen. Können wir das von hier aus organisieren?«

»Ein anderer Flug ist nicht vorgesehen«, sagte der Mann. »Aber es steht Ihnen selbstverständlich frei zu fliegen, wohin Sie möchten.«

»Meine Verbindung ist leider sehr schlecht. Haben Sie oder der Wagen vielleicht eine bessere, über die man das arrangieren könnte?«

Natürlich hatten sie. Die Frage war, ob Pat sie würde nutzen dürfen. Wahrscheinlich nicht.

»Tut mir leid«, sagte der Mann. »Damit werden Sie warten

müssen, bis die Netzqualität wieder besser ist. Wenn wir uns Lhasa nähern, sollte das der Fall sein.«

»Das ist morgen früh.«

»Wo möchten Sie denn hin?«

»Indien«, log Pat.

»Ich bedauere«, sagte der Chinese. »Ich kann Ihnen da nicht helfen.«

Pat lehnte sich zurück. Sein Blick bohrte sich wieder in die mittlerweile hereingebrochene Nacht, in der nur die roten Lichter der Wagen vor ihnen und ihre eigenen Scheinwerfer leuchteten.

Eine ganze Weile starrte er durch die Seitenscheibe in die Dunkelheit. Im Glas spiegelte sich gespensterhaft sein Gesicht. Da leuchtete das Display des Telefons in seiner Hand auf.

Sie waren wieder im Einzugsbereich eines Mobilfunknetzes.

Ohnehin musste er seine Idee noch klären. Er textete der Agentur. Irgendjemand war immer in Bereitschaft. Für dieses Budget müsste die oder der Betreffende die Entscheidungskompetenz besitzen.

Dringend! Brauche Freigabe für Lhasa – Mombasa.

Er wusste nicht einmal, wie er dorthin kommen würde. Sicher nicht direkt. Wahrscheinlich mindestens zweimal umsteigen.

Die Antwort kam schneller als erwartet.

Wofür?

Pat schrieb zurück, solange er Netz hatte:

Großer Sonnenschirm.

Wir schicken Katisha aus Kairo.

Ich war auf der Pressekonferenz. Mein Follow-up.

Katishas Region. Das sind die Regeln.

Scheiß auf die Regeln! Meine Story!

Unsere. Fahr nach Peking. Wir brauchen jemanden dort.

Verflucht! Immer diese Korinthenkacker mit ihren Sparmaßnahmen und Regeln, Regeln, Regeln! Vor zwanzig Jahren hatte man als Journalist noch arbeiten können! Er sollte es wie die meisten seiner früheren Kollegen machen: in eine lukrative PR-Stelle bei einem Konzern wechseln. Auf einer mittleren Sprosse der Corporate-Leiter der Rente entgegenspazieren. Kein Mensch wollte heute mehr echte Journalisten!

Da entdeckte er von dem geheimnisvollen Bilderversender eine neue Nachricht.

Ich wette, die Chinesen lassen Sie die Anlagen und Drohnen nicht besichtigen.

Leicht zu gewinnende Wette.

In China keine Chance ranzukommen. Meine Vermutung: Sie versuchen es hier. Schon einen Flug von Lhasa gesucht?

Pat starrte auf den Schirm. Jetzt hatte der Unbekannte seine Aufmerksamkeit. Schrieb am anderen Ende etwa eine Kollegin oder ein Kollege, der Pats Gedankengänge am ehesten nachvollziehen konnte? Bevor er antworten konnte, folgte eine weitere Nachricht:

19:00 Lhasa-Gonggar (LXA)
21:05 Chengdu-Shuangliu (CTU)
Sichuan Airlines
Zwischenstopp
02:20 Chengdu-Shuangliu (CTU)
07:10 Addis Ababa Bole International Airport (ADD)
Ethiopian
Zwischenstopp
09:00 Addis Ababa Bole International Airport (ADD)
11:20 Jomo Kenyatta International (NBO)
Ethiopian

ODER

07:00 Lhasa-Gonggar (LXA)
17:00 Mombasa Moi International Airport (MBA)
Sunrise Air, Private Jet Mitfluggelegenheit ($ 4.120,-)
Anm.: noch – könnte in Kürze sehr begehrt sein.

Da hatte er wohl recht. Mit Sicherheit wollten jetzt einige möglichst schnell nach Mombasa. Die andere Variante: zweimal umsteigen, einmal in China, einmal in Äthiopien. In Kenia wäre Pat erst übermorgen.

Auf jeden Fall gab sich da jemand richtig Mühe, um ihn in Mombasa zu treffen.

Die Privatjet-Option hatte er nicht bedacht. Spezialagenturen vermittelten immer wieder freie Restplätze. Pat hatte nicht erwartet, dass es aus Lhasa Abflüge gäbe. So wäre er bereits morgen Nachmittag dort.

Ich checke das.

Muss bis morgen Mittag Bescheid wissen, ob Sie kommen.

Pat wechselte noch einmal in die Konversation mit der Agentur:

Neue Infos. Muss nach Mombasa. Dringend!

Teile deine Info mit Katisha. Sie kann sie weiterverfolgen.

Pat musste sich zusammenreißen, in dem Wagen nicht laut zu fluchen. Ohne weitere Nachricht beendete er die Diskussion.

Er hatte noch eine Idee.

Die Drohnenfotos. Da draußen gab es offensichtlich Leute, die sich mit diesen Dingern auskannten. Vielleicht konnte jemand von ihnen etwas zu den geheimnisvollen Fotos sagen.

51

Die vier schwarzen SUVs verschwanden in der Garage unter der grandiosen viktorianischen Villa nahe dem Dupont Cercle. In diese Wohngegend der Reichen und Schönen Washingtons hatte Emanuel Sanusi den Präsidenten, die Mitglieder der Regierung, die Zeit und Lust hatten, und auch Amber eingeladen. Er empfing sie am Ausgang der unterirdischen Garage, die an eine hell erleuchtete Schwimmhalle ohne Becken erinnerte.

Ein geräumiger Fahrstuhl brachte sie in die erste Etage. Durch die Fenster erahnte Amber einen parkartigen Garten im beginnenden Morgengrauen. Die benachbarten Villen verschwanden hinter dichten Kronen alter Bäume. Zeitgenössische Kunst verlieh den alten Gemäuern eine Note Modernität. Sie setzte sich fort in dem großzügigen Salon, in den Manu sie führte. Nur die Stuckdecken und vertäfelten Wände wiesen auf die Vergangenheit des Gebäudes hin. Design und Muster im Raum verstreut stehender, modernster Sitzmöbel und Tischchen sowie die Kunst an den Wänden signalisierten, dass es hier um die Zukunft ging. Wo auf den Beistelltischen früher vielleicht Coffeetable-Bildbände und Lifestylemagazine gelegen hätten, verteilten sich stattdessen Brillen und Virtual-Reality-Sets.

»Willkommen in der Washingtoner Niederlassung der BB2-Stiftung«, erklärte Manu.

»BB2?«, fragte Gil.

»Bedeutet nichts, und das ist Absicht«, erklärte Manu. »Als ich die Stiftung vor zwölf Jahren gegründet habe, wollte ich, dass sie in Ruhe arbeiten kann. In den offiziellen Unterlagen werde ich nicht einmal als Stifter genannt.«

Mit einer Geste bat Manu die Anwesenden, sich zu setzen. Sie ließen sich auf den Stühlen aus undefinierbaren Materialien nieder. Nur Amber blieb nahe einer Wand stehen, so wie Manu in der Mitte des Raums.

»Die Ereignisse des heutigen Tages waren absehbar«, hob er an. »Wie in der chinesischen Pressekonferenz leider richtig erklärt, ignorierte der Westen, allen voran die USA, die drohende Klimakatastrophe oder leugnete sie gar und verhinderte oder verzögerte deshalb die notwendigen Veränderungen um Jahrzehnte. Und selbst jetzt tut er noch viel zu wenig.«

Amber hörte die Außenministerin missmutig schnauben.

»Mir war spätestens seit dem zweiten Irakkrieg klar, dass die USA und die Welt ihren Kurs raus aus fossilen Brennstoffen nicht schnell genug ändern würden. Dass irgendwann der Punkt kommen würde, an dem wir alternative Möglichkeiten zur Verfügung haben müssen, um eine Katastrophe zu verhindern.«

Er griff zu einem der Virtual-Reality-Sets.

»Klar war auch, dass andere ebenfalls auf diese Gedanken kommen würden. Vermögende Privatpersonen, Bewegungen, Staaten. Und dass die USA sich nicht ausreichend auf den möglichen Moment vorbereitet hätten, an dem andere als Erste die Initiative ergreifen würden.« Er setzte das VR-Set auf, während er fortfuhr: »Ich bitte Sie, ebenfalls je eines der Virtual-Reality-Sets aufzusetzen, um Sie in diese neue Welt einzuführen.«

Amber legte eines der Geräte an.

Sie fand sich weit über der Erdoberfläche wieder! Nach und nach erschienen auch die anderen in diesem Himmel. Durch den mit einem Mal die riesigen chinesischen Drohnen an ihr vorbeischossen! Amber zuckte zusammen. Sie hinterließen einen gelblichen Schleier, der sich um sie verteilte. Tief unter sich entdeckte sie Indien und die Inselkette der Malediven.

»Das chinesische Programm hat eine ganz neue geopolitische Situation geschaffen«, erklärte der virtuelle Manu.

Mittlerweile trieben sie über die gelb-orangefarbene Sahara. Südlich davon die tropischen Regenwälder. Und weiter auf den Atlantik hinaus. Amber fühlte leichten Schwindel.

»Die Frage ist«, sagte Manu, »was können die USA China entgegensetzen?«

Sie hatten die karibischen Inseln erreicht und steuerten auf Florida zu. Dort näherten sie sich wieder der Erdoberfläche.

Cape Canaveral, erkannte Amber.

Von den Anlagen des Weltraumbahnhofs starteten gewaltige Drohnen und Raketen. Rasten donnernd auf Amber und die anderen zu. Schossen an ihnen vorbei. Hinterließen einen ähnlichen Nebel wie die chinesischen Drohnen.

»Ein eigenes US-Programm«, sagte Manu. »In den Kreisen, die sich damit beschäftigen, nennt man so etwas …«

»Counter-Geoengineering«, fiel ihm Gil ins Wort, während sie sich weiter gen Cape Canaveral senkten. »So weit wurden wir in der Vergangenheit durchaus gebrieft.«

»Aber es wurde nichts unternommen.«

»Im Jahr 2022 installierte das Weiße Haus eine agenturübergreifende Arbeitsgruppe …«, entgegnete die Außenministerin, wurde aber von Manu unterbrochen.

»Arbeitsgruppe!«, rief er. »Wer nicht mehr weiterweiß, bildet einen Arbeitskreis. Die Erstellung eines solchen Counter-Geoengineering-Programms, kurz CG, würde ein paar Jahre dauern, bis es startbereit ist.«

Unter ihnen erkannte Amber mittlerweile einzelne Rollfelder und Gebäude.

»Private Initiativen wie BB2 forschen und entwickeln bereits seit geraumer Zeit das Know-how dazu.«

Die Animation setzte Ambers Füße auf ein Rollfeld, mitten zwischen dort geparkte gigantische, langflügelige Drohnen.

»Wenn wir uns an das Apolloprogramm erinnern«, sagte Manu, »bin ich optimistisch, dass die USA ein CG innerhalb von fünf Jahren am Start haben können.«

Staunend legte Amber den Kopf ins Genick, die monströsen Maschinen um sich herum musternd.

Das ist nur eine Animation, rief sie sich in Erinnerung.

Aber sie verfehlte ihre Wirkung nicht.

Manu wanderte unter einer der Drohnen durch, wo jetzt wieder die mannshohe Erdkugel mit dem gelben Schleier erschien.

Daneben warteten zwei Gestalten auf sie: eine junge Frau mit Pagenkopf und modischer Brille, neben ihr ein bärtiger Mittdreißiger mit Haarkranz.

»Zu möglichen Szenarien haben sich kluge Köpfe bereits Gedanken gemacht. Professorin Lilith Backlin, Professor Bengt Eriksson«, stellte er die beiden vor.

»Ein Vorteil ist der geringe Interessenunterschied bezüglich des Temperaturziels«, übernahm die virtuelle Professorin. Amber fragte sich, ob die zwei komplett künstlich in diese Animation gebastelt oder von irgendwoher in den virtuellen Raum zugeschaltet worden waren. »Das erleichtert vieles.«

Lilith tippte gegen das China auf der virtuellen Erdkugel und zauberte daneben ein Thermometer in die Luft, dessen Anzeige stieg und fiel.

»China möchte die Erwärmung verlangsamen und längerfristig stoppen. Vielleicht sogar auf vorindustrielles Niveau zurückbringen.«

Nun tauchte Professor Bengt auf der anderen Seite des Globus in die USA. Ein zweites Thermometer erschien. Zeigte dieselbe Entwicklung wie jenes bei China.

»Dieselben Interessen haben die USA«, erklärte er dazu. »Beide wollen weder eine deutliche Erwärmung noch eine starke Abkühlung.«

Über der Erdkugel verteilten die chinesischen Drohnen weiterhin ihre Ladung.

»Szenario eins: Die USA befürworten Geoengineering, wollen aber die Kontrolle darüber. Oder diese zumindest nicht China allein überlassen. Sie wünschen sich bilaterale oder internationale Kooperation. Dazu brauchen sie Verhandlungsmasse.«

Nun hoben auch in Cape Canaveral wieder rot-blaue Drohnen ab.

»Also ein eigenes Programm.«

Die verteilten Nebel vermischten und verdichteten sich in der Atmosphäre, bis Amber unter der Eintrübung die Erdoberfläche kaum noch erkannte.

»Damit die Erde nicht überkühlt«, erläuterte Lilith, »muss sich China mit den USA auf ein gemeinsames Vorgehen einigen.«

»Szenario zwei«, sagte Bengt, »die USA lehnen Geoengineering ab. Dann muss man China dazu bringen, sein Programm zu beenden oder wenigstens einem Moratorium zuzustimmen. Die Gegenstrategie dafür ist kritischer.«

Mit ein paar raschen Handbewegungen zoomten die Professorin und ihr Gesprächspartner in den nordamerikanischen Kontinent.

Fabrikschlote. Gas- und Kohlekraftwerke. Raffinerien. Riesige Rinderherden im Mittleren Westen. Staus von Autos und Lastkraftwagen, aus deren Auspuffen es rauchte. Riesige Industrieanlagen mit gewaltigen kühlturmartigen Konstruktionen, aus denen ebenfalls Wolken stiegen.

»Indem wir wieder mehr Treibhausgase ausstoßen?«, fragte Gil.

»Genau«, meinte Bengt.

»Kommt international sicher gut«, sagte Amber. »Und China hat ausdrücklich davor gewarnt.«

»So oder so«, mischte sich die Außenministerin ein, »wir stehen vor einer Art neuem Kalten Krieg. Nur diesmal mit Klimawaffen.«

Gil wandte sich an Manu und nickte in Richtung der Professoren. »Ihr und andere habt also schon geforscht?«, wollte er wissen.

»Die Drohnen hast du gerade gesehen. Die Pläne liegen in den Schubladen. Wir müssen nur loslegen.«

»Fünf Jahre bis zur Umsetzung, sagst du?«

»Vielleicht sogar nur drei bis vier. Vorausgesetzt, die Finanzierung steht. Wir können sofort loslegen.«

Darum ging es hier also, begriff Amber: Business. Big Business! Worum sonst?

»Von welchen Summen sprechen wir?«

»Hängt von der Dimension des Programms ab. Für die fünf Jahre dreißig Milliarden Dollar. Untere Grenze.«

»Wow«, rief der Finanzminister.

»Ja, nicht?«, meinte Manu. »Das sind nicht einmal fünf Prozent des aktuellen Verteidigungsbudgets. Ein echtes Schnäppchen.«

So hatte der Finanzminister das nicht gemeint. Aber Emanuel Sanusi hatte recht. Amber fragte sich, ob hier gerade ein neues Wettrüsten beschlossen wurde. Mit gänzlich neuen Waffen. Und ein neuer militärisch-industrieller Komplex geschaffen wurde.

TURBULENZEN

52

Die Schüsse schreckten Fay hoch. Draußen war es dunkel. Menschen schrien. Sekundenlange Salven blitzten durch die Finsternis. Fay kauerte sich in eine Ecke der Hütte. Ein fünfjähriges Mädchen in der Hölle. Wo waren ihre Eltern? Draußen mehr Schreie. Wütende Männer bellten Befehle. Panische Frauen, Männer, Kinder brüllten in Todesangst.

Ein Schatten huschte durch die behelfsmäßige Tür. Packte Fays dünnen Arm. Zerrte sie mit sich.

»Komm mit! Schnell!« Es war einer der älteren Jungen aus dem Dorf. Der Sohn von Freunden ihrer Eltern.

In den Blitzlichtern der Maschinenpistolen erkannte Fay nur Schnappschüsse der Ereignisse. Menschen wurden zusammengetrieben. Stürzten unter den Schüssen in Haufen übereinander.

Den Rest der Nacht versteckten sie sich in den Sümpfen. Am nächsten Morgen kehrte Manu noch einmal vorsichtig an den Dorfrand zurück. Oder was davon übrig war. Die meisten Hütten waren nur mehr verbrannte, in sich zusammengefallene Ruinen. Auf den Wegen dazwischen lagen überall Leichen. Erwachsene, Alte, Kinder. Er irrte zwischen ihnen umher, bis er die seiner Eltern und Geschwister fand. Und Fays Eltern …

Manu erzählte ihr erst sehr viel später, was er gesehen hatte. Was geschehen war.

Sie beide gehörten zu der Handvoll Überlebender jener Nacht.

Fay wusste bis heute nicht, wie Manu sie aus dem Massaker herausbekommen hatte. Glück vermutlich.

Große Unternehmen aus Amerika und Europa wollten damals auf dem Land des Dorfes im Nigerdelta Öl fördern. Die Folge: ein jahrzehntelanger Krieg der übermächtigen Ölkonzerne aus dem Norden und ihrer korrupten Helfer in den nigerianischen Eliten und Behörden gegen die Fischer und Bauern aus den Sümpfen entbrannte. Sein prominentestes Opfer war der Schriftsteller Ken Saro-Wiwa, den das Regime 1994 hinrichten ließ. Die Bewohner wehrten sich gegen die Vertreibung. Wollten Frieden. Oder wenigstens Ersatz. Geld.

Stattdessen kamen die Bewaffneten. Immer öfter. Drohten.

Aber auch die Helfer, die Aktivisten aus Lagos und anderen Gegenden. Wie Fays Eltern. Gebildete Leute aus wohlhabenden Familien, die das Spiel nicht mehr mitmachen wollten. Die gegen die Machthaber, die Korruption, die eigenen Eltern revoltierten.

Bis zu jener Nacht.

An die Fay kaum mehr eine bewusste Erinnerung hatte. Später, während des Studiums in den Vereinigten Staaten, hatte sie ein paar Jahre lang eine Therapeutin besucht. Erst danach konnte sie ihren Eltern verzeihen, sie mitgenommen zu haben.

Fay war fünf gewesen, Manu fünfzehn. Er brachte Fay nach Lagos. Zu den Eltern von Fays Mutter. Sie lebten in der anderen Welt. Der Welt der reichen Leute, die Geschäfte machten und in sauberen Häusern lebten. Das war die Welt, an die Fay sich erinnerte. In der sie aufwuchs. Bis sie nach der Schule zum Studium in die USA ging. Ihre Großeltern finanzierten alles.

Auch Manu. Den sie nie wirklich akzeptierten, was Fay aber erst später verstand.

Seine Herkunft. Ärmer. Das falsche Volk.

Aber für die Rettung ihrer Enkelin revanchierten sie sich. Bezahlten sein Schulgeld. Manu blieb nicht lange in Lagos, nur vier

Jahre. Als sich während der Schulzeit in Lagos sein außerordentliches mathematisches Talent und seine Intelligenz herausstellten, bezahlten sie auch sein Studium am MIT und in Stanford.

Fays Großeltern erlebten noch mit, wie er in seinen frühen Zwanzigern die ersten Millionen machte. Und ihnen ein Vielfaches von dem zurückzahlte, was sie ihm einst gegeben hatten.

Beide hielten anfangs regelmäßig Kontakt. Über die Jahre wurde er loser. Manchmal hörten sie ein halbes Jahr lang nichts voneinander. Dann war er plötzlich wieder da. So wie in dieser Nacht damals.

So wie heute.

»Die Vereinigten Staaten verurteilen das chinesische Geoengineering-Programm Großer Sonnenschirm scharf.«

Kollitzkys Stimme riss Fay aus ihren Erinnerungen. Sie richtete sich auf und stellte ihren Laptop so auf den Tisch zwischen ihren beiden Sitzen am Zugfenster, dass Fay dem Video der Pressekonferenz zusehen konnte.

»Die USA verurteilen das Vorgehen Chinas und Kenias scharf als gravierenden Angriff auf das Weltklima und die internationale Sicherheit«, erklärte darin die Sprecherin des Weißen Hauses den Medienvertretern im Briefing Room. »Präsident Gilbert Howard fordert China und Kenia auf, das Geoengineering-Programm sofort zu stoppen. Ein derartig massiver Eingriff in das globale Klima betrifft nicht nur China und Kenia, sondern sämtliche Staaten der Welt. Die Konsequenzen solcher Maßnahmen sind nicht erforscht, die Risiken nicht absehbar. China und Kenia können derartige Maßnahmen nicht im Alleingang in Kraft setzen. Sollten solche Programme in Erwägung gezogen werden, kann dies nur in Abstimmung mit der internationalen Staatengemeinschaft geschehen.

Sollten China und Kenia das Programm nicht umgehend stoppen, werden die Vereinigten Staaten in Zusammenarbeit mit der internationalen Staatengemeinschaft entsprechende Reaktionen beschließen. China und Kenia werden für ihr Handeln die volle Verantwortung übernehmen müssen.«

Fay sah hoch.

»Eine wirklich scharfe Verurteilung klingt für mich anders«, sagte sie zu Kollitzky, die ihren Laptop wieder drehte und darauf zu tippen begann.

Vor den Fenstern des ICE flitzten typisch deutsche Felder vorbei. Kollitzky hatte Fay den Rückflug im Jet angeboten, doch Fay hatte ausgeschlagen. Mit der Bahn schafften sie die Strecke von Berlin nach Bonn innerhalb von viereinhalb Stunden. Missmutig hatte Kollitzky die Fahrt organisiert.

Fay hatte auf ihrem Laptop mittlerweile die schriftliche Version der US-Stellungnahme gefunden.

»›Angriff auf die internationale Sicherheit‹ – was soll das überhaupt heißen? Wo haben wir denn internationale Sicherheit? Besonders interessant finde ich diese Passage: ›Sollten solche Programme in Erwägung gezogen werden, kann dies nur in Abstimmung mit der internationalen Staatengemeinschaft geschehen.‹ – Lese ich das falsch, oder erklärt das Weiße Haus hier eigentlich: Kann man schon machen, aber nicht ohne uns?«

»Sieht so aus, als wollten sie sich alle Optionen offenhalten«, meinte Kollitzky. »Wer weiß, vielleicht haben die USA selbst bereits etwas in Entwicklung.«

»Es gibt bislang nur wissenschaftliche Papiere und Modellierungen, aber so gut wie keine groß angelegten Experimente im Feld«, erklärte Fay. »Die wären in westlichen Demokratien schwer heimlich durchzuführen. Sehr weit können die USA also mit einer eventuellen Entwicklung noch nicht sein.«

Auf ihrem Bildschirm leuchtete eine neue Nachricht auf.

+ + Eilmeldung: Europäische Union fordert sofortigen Stopp von Geoengineering und internationale Konferenz + +

»Das ist also koordiniert«, stellte Fay fest. »Zuerst die USA, jetzt die EU.« Sie überflog die Stellungnahme.

»Fast wortgleich mit jener der USA«, sagte Kollitzky, die sie auf ihrem Laptop gelesen hatte.

»Sie mussten reagieren«, meinte Fay, »nach den positiven Stellungnahmen aus Indonesien, Saudi-Arabien und Brasilien. Ich kann es immer noch nicht glauben! Indonesien!«

»Das Land hat sich China in den vergangenen Jahren angenähert ...«, erinnerte sie Kollitzky.

»Aber doch sehr verhalten. Und Saudi-Arabien!«

»Hat schon die 9/11-Terroristen finanziert, die Sanktionen der USA und EU gegen Russland im Ukrainekrieg nicht mitgetragen und so weiter ...«, bemerkte Kollitzky lapidar.

»Brauchten aber US-Waffen.«

»Davon haben sie inzwischen wohl genug.«

»Brasilien!«

»Mitglied der BRICS-Staaten«, fuhr Kollitzky im selben Ton fort, »Brasilien, Russland, Indien, China, Südafrika ...«

Als ob Fay das nicht wüsste.

»Was ist mit Ihrer Stellungnahme?«, fragte Kollitzky. »Wird sich das Klimasekretariat der UNO auch dazu äußern?«

Fay verdrehte die Augen. Sie streckte Kollitzky ihr Telefon entgegen. Der Schirm war bedeckt von Dutzenden Nachrichten, die sie allein in den vergangenen Minuten erhalten hatte.

»Da meinen wohl viele, ich sei die Pressestelle des Klimasekretariats.«

Dann entdeckte sie die Nachricht der Leiterin ihrer Gruppe. Sie wollte Fay umgehend in ihrem Büro sehen, sobald sie zurück in Bonn wäre.

Und noch eine neue Nachricht war da. Sie kannte den Absender nicht, aber irgendwo hatte sie den Namen schon einmal gehört.

Pat Welzer.

Wo war das gewesen? Dann hatte sie einen Verdacht. Sie suchte online eine Aufzeichnung der chinesischen Pressekonferenz. Ganz am Ende, als die Journalisten Fragen stellen wollten. Da war er.

Im Lauf der vergangenen Stunden hatten Hunderte europäischer Journalisten Fay kontaktiert. Sie wollte nicht mit ihnen sprechen. Der Typ dagegen war immerhin zum Mount Everest eingeladen worden.

Oder täuschte hier jemand nur vor, dieser Journalist zu sein? Spam? Phishing?

Sie öffnete die Mail.

Ein kurzer Text und zwei Bilder. Neue Perspektiven von den chinesischen Drohnen.

Liebe Frau Oyetunde,
ich bin Pat Welzer und war als Korrespondent der Medienagentur International Press in Peking zu der Pressekonferenz der chinesischen Regierung am Mount Everest eingeladen. Kurz darauf kontaktierte mich ein Informant und sandte mir die Bilder im Anhang zu. Angeblich seien diese aber nicht aktuell, sondern sieben Jahre alt. Ich habe das überprüft: Aus den derzeit im Internet kursierenden Videos stammen sie nicht. Woher dann? Ich dachte, Sie als Expertin hätten dazu vielleicht eine Idee?
Mit freundlichen Grüßen, Pat Welzer

Fays Herzschlag hatte sich während des Lesens beschleunigt.

Sieben Jahre alt!

Falls das stimmte. Fay beschlich ein ganz unangenehmes Gefühl.

53

Schon zwei Kilometer vor dem Flughafen von Mombasa musste der Bus seine Fahrt verlangsamen. Wenige Minuten später kam er nur mehr im Schritttempo voran.

Ebele schaute immer wieder einmal in den Stream aus den Datenbrillen von Tony Vermaaks Überwacherin. Sie hatten die Frau schnell in das Hotel eingeschleust, in dem er arbeitete. Drei weitere folgten ihnen mit einigem Abstand in einem unauffälligen Pkw.

Nebenbei konnte Ebele immer noch andere Dinge erledigen, Nachrichten checken, die sicherheitsrelevanten Meldungen prüfen, mit ihrem Team reden.

Tony saß auf dem Beifahrersitz und unterhielt sich mit dem Fahrer.

Die General-Managerin des Hotels war eine clevere Person. Vor dem Frühstücksraum hatte sie am Morgen ein kleines Plakat aufstellen lassen:

Drone-Watching!
Abfahrt 14:00 Uhr
Verfolgen Sie persönlich die ersten Landungen der Großer-Sonnenschirm-Drohnen am Flughafen Mombasa.
$ 90 p. P. Snack inklusive, Anmeldung im Freizeit-Center

Die schon produzierten täglichen Hotel-News mit sämtlichen Programmangeboten, die alle Gäste morgens auf ihren Frühstückstischen in Form eines gefalteten A4-Blattes fanden, hatte sie kurzerhand einsammeln, um das Drone-Watching ergänzen und neu verteilen lassen. Nicht wenige Gäste hatten erst dadurch von den Neuigkeiten erfahren.

Als Folge hatte das Hotel kurzfristig zwei große Busse mit je sechzig Sitzplätzen organisiert. Im vorderen saß Tony und griff nun zum Mikrofon.

Der Fahrer beugte sich zu ihm und flüsterte ihm etwas zu.

»Liebe Gäste«, sagte Tony daraufhin in sein Mikro, »wie es scheint, wollen wir heute Nachmittag nicht als Einzige zum Flughafen. Aber keine Sorge, unsere Fahrer sind mit den Routen vertraut und werden über Nebenstraßen den Stau umfahren. Wir werden rechtzeitig ankommen.«

Wenige Minuten später rumpelte der Bus über eine staubige Schotterstraße und ließ hinter sich eine Staubwolke aufsteigen, die den zweiten Bus verschluckte.

Ebele blieb in der Übertragung. Ein wenig neugierig war auch sie auf die Livebilder der ersten Mombasalandungen. Auch wenn sie die aus verschiedensten anderen Quellen beziehen konnte. Sämtliche internationalen Journalisten, die nah genug gewesen waren, hatten sich bei der Veröffentlichung von Kenias Kooperation auf den Weg nach Mombasa gemacht, um erste Berichte zu liefern.

Eine Viertelstunde später hielt der Bus auf einer Straße entlang der Rollfelder, die von jenen nur durch einen Maschendrahtzaun getrennt war. Dort warteten bereits weitere Autos und Busse. Auch ein paar Medienteams hatten sich mit ihren Sendewagen platziert.

»Sie können hier nun aussteigen«, erklärte Tony. »Bitte bleiben Sie in der Nähe des Busses. Das Betreten des Flughafengeländes ist selbstverständlich strengstens verboten.«

Aufgeregt plappernd verließen die Gäste den Bus. Die meisten drängten sich in den Schatten, den er warf. Auch Ebeles Brillenträgerin gesellte sich dazu. Die Uhr zeigte kurz vor halb fünf Uhr nachmittags.

Das Hotel hatte für Getränke und Proviant gesorgt, die Tony und die anderen mitgereisten Hotelangestellten verteilten. Eine attraktive Enddreißigerin nahm eine angelaufene Flasche kalten Mineralwassers und legte sie an ihren Hals.

»Habt ihr gut hingekriegt«, sagte sie lasziv lächelnd zu Tony.

Zwei Kollegen verteilten die hoteleigenen Ferngläser. Von denen es nicht genug gab. Sie rangen allen das Versprechen ab, sie mit den anderen zu teilen.

»Hier«, sagte Tony und reichte Cecile ein Fernglas. »Mein eigenes. Vielleicht lässt du mich später auch kurz durchschauen.«

Sie probierte es sofort aus.

In der Menge fühlte Tony sich wohl. Sicher. Seit er von Ifes Tod gelesen hatte, bekam er den Gedanken nicht aus dem Kopf, dass dies mit Projekt Optimum zu tun haben könnte. Völliger Unsinn natürlich, da ging seine Fantasie mal wieder mit ihm durch. Man sollte nicht alles glauben, was man dachte.

Tony wandte sich seinem Handy zu. Über den Tag hinweg hatten mehr und mehr Menschen online Seiten und Social-Media-Accounts eingerichtet, über die man die Flugrouten der Drohnen in Echtzeit verfolgen konnte. Sie speisten sich aus mehreren Quellen. Einige der kommerziellen Satellitenbetreiber hatten aktuelle Bilder für die Allgemeinheit freigegeben. Vereinzelt gelangen Flugpassagieren Aufnahmen, auch wenn man nicht immer sicher sein konnte, dass es sich bei den winzigen Punkten am Himmel tatsächlich um die Drohnen handelte. Getrackt wurden, soweit möglich, auch die Flüge US-amerikanischer Jets, die von

Flugzeugträgern im Südchinesischen Meer und Militärbasen auf der Arabischen Halbinsel starteten. Sie verfolgten die Drohnen, wenn auch in deutlicher geringerer Flughöhe.

Gerüchte sprachen auch von US-amerikanischen und anderen Spionageflugzeugen, die in der Lage waren, über längere Strecken so hoch wie die Drohnen zu fliegen. Ob tatsächlich welche davon den Drohnenkurs verfolgten, blieb vom Pentagon allerdings unbestätigt. Auf den öffentlich zugänglichen Satellitenbildern hatte sie noch niemand entdeckt.

Die Route des größeren Flottenteils hatten die Tracker bereits zuverlässig abgebildet. Die acht waren von ihrer chinesischen Basis zuerst Richtung Südosten gestartet, bevor sie Richtung Süden gedreht hatten. Über dem Südchinesischen Meer waren sie dann etwa bis zum vierten Breitengrad geflogen. Dort hatten sie in einer weiten Schleife gewendet. Die Ersten waren bereits gelandet. Die chinesische Basis war weiträumig abgesperrt. Schaulustigen waren trotz Topobjektiven nur relativ schlechte Fotos der landenden Maschinen gelungen. Sieben befanden sich noch in der Luft. Die Angaben der Tracker hatten sich in den letzten Stunden als sehr präzise erwiesen.

Für Mombasa kündigten sie die ersten Maschinen binnen der nächsten zehn Minuten an.

Die Rollfelder des Flughafens waren entlang einer Südwest-Nordost-Achse ausgerichtet. Die Tracker zeigten den Anflug von Nordosten an.

Tony war nicht der Einzige, der sein Telefon konsultierte. Die Mehrheit der Männer im Publikum wirkte mittlerweile wie Wasservögel, die ihren Schnabel kurz nach unten tauchten, bevor sie aufmerksam wieder in die Höhe starrten und die Umgebung musterten.

Die Frauen hatten längst begriffen, wohin sie schauen mussten, und warteten auf dunkle Punkte über dem Horizont.

Tony sprang noch einmal in den Bus. Im Armaturenbrett hatte er seine Kamera verstaut. Auch wenn er in den vergangenen Jahren vermehrt mit dem Telefon fotografiert hatte, konnte es Aufnahmen mit einem anständigen Objektiv nicht ersetzen.

»Da kommt eine!«, rief eine aufgeregte Stimme. Alle Köpfe wandten sich in dieselbe Richtung. Auch in die Gruppen bei den anderen Bussen und Autos kam Bewegung. Ferngläser wanderten vor Gesichter, über fast jedem Kopf wuchs ein Mobiltelefon in den Nachmittagshimmel.

Tony machte seine Kamera bereit. Sie konnte Fotos schießen und filmen. Das Objektiv vergrößerte das Bild auf dem kleinen Monitor an der Rückseite um ein Vielfaches mehr, als es sein Handy gekonnt hätte.

So sah er bereits mehr als einen schwarzen Punkt. Wie ein schwarzer Stern hing das Ding in der Luft. An den Seiten blitzten die Positionslichter auf. Bald erkannte Tony erste Konturen. Ab und zu drückte er ab oder filmte kurz.

Unter den aufgeregten Kommentaren des Publikums wurde der Stern größer. Bald erkannte Tony mit freiem Auge erste Details.

Die Dinger waren tatsächlich riesig. Ihre ausfahrbaren Fahrwerke bestanden aus unzähligen Rädern. Irgendwann einmal hatte Tony Bilder des größten Transportflugzeugs der Welt gesehen, eine im Ukrainekrieg zerstörte russische Antonow. Diese hier waren noch gewaltiger.

Der Lärm der Triebwerke wurde lauter.

Die Drohnen immer größer.

Noch nie hatte Tony derart gewaltige Fluggeräte gesehen. Sie kamen ihm plumper vor als auf den Videos. Mit den sechs Flügeln wirkten sie wie urzeitliche Ungetüme oder wie aus einem Science-Fiction-Film. Die cockpit- und damit gesichtslose Schnauze verstärkte die unheimliche Wirkung noch.

Langsam senkte sich die erste Drohne Richtung Rollfeld.

Schon bei normalen Flugzeugen staunte Tony jedes Mal aufs Neue, dass sich diese riesigen, tonnenschweren Metalldinger in der Luft halten konnten. Umso mehr bei diesem Monster. Aus seinem Blickwinkel schien es fast zu schweben.

Die Triebwerke dröhnten mitten in Tonys Kopf, als die Räder auf der Landebahn aufsetzten.

So also sah die Ankunft eines neuen Zeitalters aus.

54

Für die Suche nach Sunrise Air in Lhasa benötigte Pat eine halbe Stunde. Immer wieder fuhren sie durch Netzlöcher. Zwei Kollegen hockten über ihre Laptops gebeugt, die Gesichter ins blasse Licht der Bildschirme getaucht. Die anderen schliefen fest. Fahrer und Beifahrer starrten unbeirrt auf die roten Heckleuchten der SUVs vor ihnen. Eine weitere halbe Stunde verschlang die Registrierung bei der Mitflugvermittlungsagentur.

Hoffentlich war der Platz nach Mombasa noch frei.

Hoffentlich deckte Pats Kreditkarte die Summe.

Während sich auf seinem Bildschirm das Laderädchen drehte, hatte Pat viel Zeit zum Nachdenken. Er versuchte, die Konsequenzen des chinesischen Programms zu verarbeiten. Online türmten sich bereits Reaktionen, Interpretationen, Kommentare. Pat hatte nur wenige laden und überfliegen können. Er selbst hatte das Gefühl, dass er den ganzen Umfang der Geschehnisse und ihrer Folgen nicht richtig erfassen konnte. Vielleicht, weil er noch zu wenig darüber wusste.

Dabei war er sogar live bei der Erstpräsentation dabei gewesen. Vielleicht aber war das Unternehmen so gewaltig, so umwälzend, auch so unvorhersehbar, dass es in seiner Gänze nicht zu begreifen war.

Er versuchte, sich die Aerosolschicht vorzustellen, die von den Drohnen in der Stratosphäre geschaffen wurde. Der Große Sonnenschirm. Konnte man die Drohnen dort oben sehen? Von hier unten, von der Erde aus? In der Pressekonferenz hatte Lang Chok nichts dazu gesagt. Wie würde sich das Programm regional auswirken? Monsune zeitlich verschieben? Stürme, Dürren, Fluten verstärken oder abschwächen? Was geschah mit den Teilchen, wenn sie nach ein paar Jahren zurück auf die Erde sanken? Waren sie da harmlos?

Zahlungsbestätigung.

Auf seinem Handydisplay bot ihm die Vermittlungsplattform an, das Ticket direkt auf das Telefon zu laden oder es per E-Mail zu empfangen. Pat versuchte die Direktladevariante. Das Netz war gerade besser. Wenige Sekunden später bestätigte das Handy den Download.

Er beugte sich nach vorn und sprach den Beifahrer leise an, um die anderen nicht zu wecken.

»Ich werde morgen in Lhasa nicht mit nach Peking fliegen.«

Der Beifahrer wandte sich kurz um, musterte ihn.

»In Ordnung«, sagte er. »Bleiben Sie in China, oder verlassen Sie das Land?«

»Ich verlasse das Land mit einem Direktflug.«

Das hieß, dass sie sich nicht weiter um seine Überwachung kümmern mussten.

Der Beifahrer nickte. Er holte sein Telefon hervor und begann ein Gespräch auf Chinesisch, von dem Pat nur Fetzen verstand. Höchstwahrscheinlich teilte der Chinese jemandem seinen Plan mit. Wahrscheinlich würden sie jetzt prüfen, wohin er wollte.

Hoffentlich erwartete ihn am Flughafen Lhasa keine unangenehme Überraschung. Es wäre nicht das erste Mal, dass Sicherheitskräfte oder Agenten in Zivil Pat an seiner Arbeit hinderten.

Auf seinem Telefon erschien eine Nachricht.

Von Fayola Oyetunde.

Er hatte nicht damit gerechnet, dass sie antwortete.

*Lieber Pat Welzer, interessante Bilder, *falls* sie echt sind.*
Sieben Jahre alt? Meine Vermutung wäre: Prototypen.
In diesem Fall wäre es sehr spannend, woher die Bilder stammen. Haben Sie mehr?
MfG, Fayola Oyetunde

Bevor er wieder die Netzverbindung verlor, tippte Pat als Antwort nur einen schnellen Satz:

Danke, ich halte Sie auf dem Laufenden.

55

Der UN-Campus in Bonn war eine Ansammlung denkmalgeschützter Bauten aus der Zeit, als Bonn die Hauptstadt der alten Bundesrepublik geworden war, und Neubauten, die nach dem Umzug der Regierung und des Bundestags nach Berlin ab 2006 über die Jahre hinweg entstanden waren. Für die meisten Bauten hatten sich die verschiedenen Architekten an den funktionalen Gebäuden aus den Sechzigerjahren des zwanzigsten Jahrhunderts orientiert, die mit ihrem Bauhaus-Nachfolgestil weite Teile des ehemaligen Bonner Regierungsviertels prägten.

Mittlerweile beherbergten sie an die tausend UN-Mitarbeiter aus aller Welt.

Als Fay das Zimmer der Direktorin betrat, wartete Dila Tüzem auf ihrem Chefinnensessel hinter dem Schreibtisch.

Herrschaftsgeste. Fay ahnte, was kommen würde.

»Frau Dr. Oyetunde«, begrüßte sie Fay. »Nehmen Sie Platz.«

Fay setzte sich auf einen der Gästestühle vor dem Schreibtisch.

»Da hat das Klimasekretariat dank Ihnen heute ja einige Aufmerksamkeit bekommen.«

»Die Hauptaufmerksamkeit bekommt wohl der Große Sonnenschirm«, erwiderte Fay. »Ich wurde kurzfristig konsultiert. Zu kurzfristig, um mich abzustimmen.«

»Das verstehe ich. Beim nächsten Mal dann. Falls Zeit genug ist.«

Kein Anschiss? Das war es?

»Wir haben inzwischen eine Pressemeldung mit der Reaktion des Klimasekretariats vorbereitet«, erklärte die Direktorin. »Sie geht in diesen Minuten hinaus.«

Ohne sie mir vorher zu zeigen, dachte Fay. Aber gut, weder gehörte sie zum Direktorium, noch arbeitete sie in der Medienabteilung.

»Zudem haben die Vereinten Nationen für übermorgen eine Sondersitzung des Sicherheitsrats wegen des chinesischen Programms einberufen. Dort sind auch wir gefragt. Sie sind ja inzwischen bei einigen Playern gut eingeführt. Wir fliegen morgen von Frankfurt. Ein Shuttle holt uns hier um sieben Uhr morgens ab.«

New York! Ben würde sich nicht freuen.

56

Vor dem Hotel wartete Tony am Bus, während die Gäste ausstiegen. Viele dankten ihm für die Organisation, manche drückten ihm sogar ein kleines Trinkgeld in die Hand, das er routiniert in seinen Taschen verschwinden ließ. In Gedanken war er bei seinem Nachrichtenaustausch mit dem Journalisten. Vielleicht sprang dabei sogar richtig Geld für ihn heraus. Und Publicity. Die er zu mehr Geld machen konnte. Was immer dafür sorgte, dass er all das hier hinter sich lassen konnte. Ein Neustart.

In seiner Hosentasche vibrierte das Telefon. Eine Nachricht.

Er zog es dezent hervor.

Von Pat Welzer!

Komme. Treffen morgen später Nachmittag?

Tonys Herz hüpfte fast in seinen Hals. Kurz vergaß er seine Gäste und tippte eine Antwort. Dann steckte er das Telefon wieder weg und lächelte die nächsten Touristen an.

Celine stieg als eine der Letzten aus dem Bus. Sie grinste.

»Was treibst du am Abend? Wirst du dich um deine Gäste kümmern?«

»Du meinst, eine ganz bestimmte?«, erwiderte er bestens gelaunt. »Liebend gern. Wir können den Abend mit einem Drink an der Bar einläuten.« Er lächelte noch einmal. »Oder bei mir.«

57

»New York?«, fragte Ben. »Morgen früh?«

»Sehr früh«, sagte Fay. Neben den Kindern waren auch Bens Eltern aufgetaucht. Sie hatten bereits von Fays Auftritten aus den Medien erfahren.

»Ich will auch nach New York!«, rief Nicolas. »Nike, Gap, Urban …«

»Du hast Schule«, stoppte Fay seine Shoppingfantasien.

»Aber du sollst nicht fliegen«, erklärte Joy. »Wegen dem Klima.«

»Aber ich muss, Schatz.«

»Aber du sagst doch immer …«

»Ich weiß, Joy, aber dieser Termin ist wirklich sehr wichtig.«

»Das behaupten immer alle von ihren Terminen«, sagte Nicolas, während er mit blitzschnellen Fingern auf seinem Telefon wischte und tippte.

Ben konnte sich ein Grinsen nicht verkneifen.

»Er hat da einen Punkt«, sagte er.

»Den kannst du dann mit ihm diskutieren, wenn ich weg bin«, sagte Fay.

»Da«, sagte Nicolas und präsentierte Fay stolz das Telefondisplay mit einer Grafik. »Die Luftfahrt verursacht gut drei Prozent des weltweiten CO_2-Ausstoßes.«

»Stimmt«, sagte Fay und wischte mit dem Finger über das

Display: Nicolas hatte ihr eine Übersicht über die wichtigsten vom Menschen abhängigen CO_2-Quellen präsentiert. Fay fand rasch, wonach sie suchte.

»Und da, schau du«, zeigte sie auf eine Zeile weiter oben. »Der globale Datentransfer verursacht laut dieser Statistik rund vier Prozent der CO_2-Emissionen. Dein stundenlanges Tik-Tokken, Online-Daddeln und Videos-Gucken ist noch klimaschädlicher als mein Fliegen.«

Nicolas blickte sie verdutzt an.

»Aber …«

»Im Übrigen«, setzte Fay nach, »wenn du eine saubere Umwelt willst, vielleicht fängst du mal bei deinem Zimmer an.«

Joy prustete los.

»Was heißt dieses chinesische Klima-Engineering denn nun für unser Haus in Schweden?«, fragte Bens Vater. »Wird es dort jetzt nicht mehr wärmer?«

»Ernsthaft, Karsten?«, fragte ihn Fay. »Ist das jetzt dein größtes Problem? Dass du mit deiner Investition auf die Klimakrise gewettet hast und verlieren könntest?«

»Ich meine ja nur …«, maulte Karsten.

»Ich muss jetzt packen«, sagte Fay und ließ alle stehen.

Ben folgte ihr.

»Thorben hat mich heute angerufen«, sagte er. Er wusste, dass sie ihm bei dieser Nachricht trotz ihres Stresses zuhören würde.

»Was wollte er?«, fragte sie. »Gibt er die nächste Finanzierungsrunde frei?«

»Ich hoffe es«, sagte Ben. »Natürlich ging es auch um die Neuigkeiten über den Großen Sonnenschirm. Er war ganz aufgeregt. Was das für die Umweltbranche bedeutet. Und unser Business sowieso. Er will das morgen gleich mit mir besprechen.«

»Das ist doch wunderbar«, sagte Fay. Sie mochte Thorben nicht. Aber sie akzeptierte, dass er die verrückten Ideen ihres

Mannes finanzierte und respektierte. Mit manchen seiner Unternehmungen hatte er gewaltigen Erfolg, wenn auch nicht mit Bens. Bisher. »Er hat natürlich recht. Dieses Programm wird alles umkrempeln, auch und gerade im Bereich Umwelttechnologien.«

Sie lächelte verschmitzt und drückte ihm einen kurzen Kuss auf die Lippen. »Trotzdem bekommst du morgen die Kinder aus dem Bett, machst Frühstück und bringst sie zur Schule.«

58

»Das ist völliger Wahnsinn«, erklärte Sienna, während ihr Blick zwischen den TV-Kameras und ihrem Gesprächspartner hin und her sprang. »Wir haben nicht die geringste Ahnung, welche Auswirkungen diese Technologie auf unsere Umwelt haben wird.«

»Die Klimamodelle zeigen, dass bei einer vorsichtigen Anwendung weniger negative Auswirkungen zu erwarten sind als bei einem Fortschreiten der Klimakrise«, entgegnete Professor James Best. Der große, hagere Mann mit Vollbart, Haarkranz und kariertem Sakko war dem Fernsehpublikum als führender Forscher in Sachen Geoengineering vorgestellt worden.

Sienna warf die Arme in die Luft.

»Klimamodelle!«, rief sie, »Wie wollen die das berechnen?!«

»Deren Ergebnisse verwenden Sie aber gern, um die Folgen der Klimakrise zu dramatisieren«, erwiderte der Professor.

»Glauben wir denn wirklich, dass jetzt noch irgendjemand Klimaneutralität zu erreichen versucht?«

»China fordert es. Und wir gewinnen Zeit.«

»Die wir nicht haben!«, rief Sienna. »Im Pariser Abkommen steht, dass wir das Klimaneutralitätsziel bis 2050 – was ohnehin zu spät ist, wie wir inzwischen wissen – nur dann erreichen, wenn wir schnell Möglichkeiten einsetzen, um CO_2 in großem Maß aus der Atmosphäre zu entfernen.«

»Weltweit arbeiten Start-ups an Direct-Air-Capture-Technologien«, warf der Professor ein. »Erste Testanlagen stehen bereits, etwa auf Island.«

»Die sind lächerlich«, empörte sich Sienna. »Um auf diese Weise etwas zu erreichen, müsste man Hunderttausende derartige CO_2-Sauger aufstellen. Millionen! Viel einfacher wäre es, Wälder zu pflanzen, Mangroven, wieder mehr Moore zu schaffen, Tang, Seegras, Sie kennen die Maßnahmen. Allein, wenn man ab sofort nur mehr mit Holz bauen würde, wäre das Problem weitgehend gelöst. Holz ist eine großartige CO_2-Senke.«

»Sie müssen der Realität ins Auge sehen«, forderte James. »Wie der chinesische Minister richtig feststellte, ist das Eins-Komma-fünf-Grad-Ziel tot. Wahrscheinlich auch das Zwei-Grad-Ziel. Unsere Strategie muss sich in Zukunft viel stärker von der Verhinderung oder Abmilderung der Erwärmung hin zur Anpassung an die Folgen der Erwärmung wenden. Und Geoengineering ist vielleicht eines der wirksamsten Mittel zu Anpassung.«

»Anpassen«, höhnte Sienna, »auf die Idee kann auch nur ein Europäer oder US-Amerikaner kommen, für den Anpassung einen etwas wärmeren Sommer bedeutet. Erzählen Sie diese Anpassungsidee mal den Bewohnern pazifischer Inseln. Die können sich nicht anpassen. Die werden überflutet. Punkt.«

»Genau das möchte das chinesische Programm verhindern.«

»Von pazifischen Inseln habe ich in der Pressekonferenz nichts gehört.«

»Fangen wir vielleicht ganz vorne an«, meinte der Professor. »Wie definieren Sie Geoengineering?«

»In seinem fünften Sachstandsbericht von 2013 definiert der Weltklimarat Geoengineering als ›eine breite Gruppe von Methoden und Technologien, die darauf zielen, vorsätzlich das Klimasystem zu ändern, um die Folgen des Klimawandels abzumildern‹«, zitierte Sienna. »Zu unterscheiden ist es von Versuchen regionaler Wetterbeeinflussung wie Cloud Seeding, bei dem man lokal Regen verhindern oder erzeugen will. Wobei die Grenzen fließend sind.«

»Bauen mit Holz fällt für mich klar unter Methode und Technologie«, sagte der Professor. »Bewusstes Aufforsten und Anlegen von Mooren ist auch eine Methode, vorsätzlich das Klima zu ändern beziehungsweise die Folgen des Klimawandels abzumildern. Ist demnach alles Geoengineering.«

»Ist es nicht«, widersprach Sienna. »Dies sind laut Weltklimarat Maßnahmen zum Klima*schutz*.«

»Manche Methoden, um das Klimasystem zu ändern und die Folgen des Klimawandels abzumildern, sind also Geoengineering«, bemerkte der Professor, »aber andere sind Klimaschutz? Wo ist der Unterschied?«

»*Solar Radiation Management*, wie der Große Sonnenschirm, verlangsamt oder stoppt die Erwärmung. Dagegen holen Aufforstungen und neue Moore Kohlenstoff aus der Luft und verringern so …«

»Sie wiederholen sich. Was erreicht man mit Aufforstung? Dasselbe wie mit SRM: Verlangsamung oder gar Stopp der Erwärmung.«

»Natürlich, aber …«

Der Professor wandte sich an das Publikum.

»Seit bald zweihundert Jahren schrauben wir Menschen am Klima herum. Zuerst unbewusst, später wissentlich, aber ignorant, haben wir mittels Treibhausgasausstoß die Atmosphäre aufgeheizt – eine Methode, das Klimasystem zu ändern. Ich halte mich da strikt an die Definition des Klimarats. Wir betreiben seit bald zweihundert Jahren Geoengineering.«

»Sie verdrehen hier …«, begann Sienna, doch der Professor ließ sich nicht unterbrechen und fuhr fort.

»Und jetzt, da wir endlich die Zusammenhänge und Mechanismen in diesem System zu verstehen beginnen und sogar zu unserem Nutzen einsetzen könnten, jetzt wollen Sie noch auf Jahrzehnte hinaus nur das negative Geoengineering fortsetzen und das positive verhindern?«

»Das ist doch …!«

»Das ist unterlassene Hilfeleistung! Ja, ich wiederhole mich: Wir betreiben seit bald zweihundert Jahren Geoengineering. Die Frage ist längst nicht mehr, *ob* wir es in Zukunft betreiben sollen, sondern *wie*!«

59

Als Pat aufwachte, war es draußen bereits hell. Vor dem Fenster zogen unverändert die steinigen Hügel und Berge des Himalayas vorbei. Erste Ansiedlungen tauchten auf.

»Aufwachen«, sagte der Beifahrer knapp. »In zehn Minuten erreichen wir den Flughafen.«

Pat dehnte sein steifes Genick, während er bereits das Telefon hervorholte. Es war kurz vor sieben Uhr. Genug Zeit, den Flieger zu erreichen. Wenn sich niemand dazwischenstellte.

Endlich hatten sie wieder ein brauchbares Funknetz. Er texte der Agentur in dürren Worten von seinem nächsten Reiseziel.

Keine Kostengenehmigung, kam als Antwort. Darüber würde er später mit ihnen diskutieren.

Organisiert mir wenigstens einen Fixer, schrieb er. Pat war schon öfter in Kenia gewesen, aber in vielen Ländern der Welt war es von Vorteil, in manchen auch notwendig, jemanden bei sich zu haben, der die regionalen Gepflogenheiten im Detail kannte und Kontakte besaß, die Pat als Ausländer nie bekommen würde.

Auf deine Kosten, lautete die prompte Antwort.

Mistkerle!

In Ordnung! Unter Vorbehalt!

Er überflog die Nachrichten. Der Große Sonnenschirm war weiterhin das dominierende Thema. Viele neue Bilder und Videos der Drohnen, die meisten von kenianischen Journalisten und

Korrespondenten, die es rechtzeitig nach Mombasa geschafft hatten. Sowie zahllose von Schaulustigen, darunter wohl etliche Touristen. Weitere Stellungnahmen von Politikern, Wissenschaftlern und Klimaaktivisten. Pat würde sie bis zum Abflug genauer studieren. Vielleicht stand in dem Privatjet sogar Internet zur Verfügung. Wahrscheinlich, aber nur gegen enorme Extragebühren.

Der Flughafen Lhasa war eine überschaubare Anlage in L-Form, an deren beiden Flügeln insgesamt etwa zwei Dutzend Verkehrsmaschinen Platz fanden. Der Bus hielt vor dem allgemeinen Eingang.

Im Freien passte die Temperatur wieder zum Panorama. Bei knapp über null Grad und scharfem Wind schlüpfte Pat sofort in den Anorak, den er für die wenigen Meter bis zum Eingang nur über die Schulter geworfen hatte.

Sobald alle Journalisten aus den SUVs gestiegen waren, erklärte einer ihrer chinesischen Bewacherbegleiter: »Die Maschine nach Peking startet in drei Stunden von Gate drei. Bis dahin können Sie in der Lounge warten. Jene unter Ihnen mit anderen Destinationen wissen, wohin sie müssen, oder wenden sich an die Information. Wir wünschen Ihnen eine gute Reise.«

Das klang fast zu einfach. Jene unter ihnen. War Pat nicht der Einzige, der kurzfristig umdisponiert hatte?

Im Gebäude wanderten fast alle Richtung Lounge.

Pat suchte Hinweise auf seinen Flug. Vergeblich. Also zur Information.

Eine freundliche Mitarbeiterin erklärte ihm, wo er die Maschine der Sunrise Air finden würde. Er würde zu Fuß ein paar Meter hinaus auf das Rollfeld gehen müssen. Boarden konnte er allerdings erst in zwanzig Minuten. Von den anderen Journalisten war noch niemand bei der Information aufgetaucht. Pat hatte sie aus den Augen verloren. Im Inneren des Gebäudes herrschte bereits überraschend lebendiger Betrieb. Der Großteil des Publikums wirkte wie Alpintouristen bei der An- und Abreise.

Pat lief zum nächstgelegenen Restaurant und holte sich einen Kaffee.

Nachdem er den Becher geleert hatte, passierte er die Sicherheitskontrolle und ging zum angewiesenen Ausgang. Vor der Tür standen zwei Typen in Security-Uniformen. Machten keinen Schritt zur Seite, als Pat sich näherte.

»Ticket, Pass«, forderte der größere.

Pat präsentierte beides. Der Mann studierte das Telefon mit dem e-Ticket und das Dokument, starrte Pat ausdruckslos an, dann gab er ihm beides zurück.

»Was haben Sie in der Tasche?«

Pat öffnete sein Gepäck. Der Mann wühlte es durch.

»Ihre Maschine fliegt nach Kenia«, sagte er, »dafür haben Sie die falsche Kleidung mit.«

»Ich weiß«, sagte Pat freundlich, »aber danke für den Hinweis. Diese war für den Aufenthalt hier im Himalaya. Dort werde ich mir andere besorgen.«

Der Mann gab ihm die Tasche zurück. Pat presste die Kleidung wieder hinein und zog den Reißverschluss zu.

Der Mann trat einen Schritt zur Seite. Er zeigte auf einen kleinen Jet etwa fünfzig Meter entfernt auf dem Rollfeld.

»Der dort. Gute Reise.«

Unbehelligt spazierte Pat zu dem Flieger, dessen Treppe heruntergeklappt war. Am Eingang empfing ihn ein sportlicher Mittdreißiger in Pilotenuniform.

»Willkommen! Ich bin Juri, der Copilot.«

Das Innere der Maschine war mit Holz und Leder ausgestattet. Auf beiden Seiten des Mittelgangs reihten sich hintereinander acht sehr bequem aussehende Sitze. Fünf davon waren besetzt. Drei davon mit Chinesen. In einem saß eine Frau, die Pat auf Ende fünfzig schätzte und vielleicht aus einem der Länder des Goldenen Dreiecks stammte. Den fünften hatte ein Mittvierziger in Beschlag genommen, weiß, dessen Hemd unter dem knapp sitzenden Sakko über dem Bauch spannte. Dem Anzug nach US-Geschäftsmann, vermutete Pat. Die Chinesen und die Frau behandelten Pat wie Luft, als er vorbeiging, der Geschäftsmann nickte ihm kurz zu. Juri wies Pat ein Sitz ganz hinten zu.

»Gibt es an Bord Wi-Fi und Internet?«, fragte Pat.

»Sunriseair«, erwiderte Juri. »Sie brauchen kein Passwort. Aber eine Kreditkarte.«

Natürlich.

»Wie viel?«

»Zweihundertfünfzig US-Dollar für unbegrenzte Nutzung.«

Konnte Pat sich noch überlegen. Wahrscheinlich würde er in den sauren Apfel beißen. Vielleicht ließ die Agentur ihn Spesen abrechnen. Wahrscheinlich nicht.

In den folgenden Minuten betrat noch ein Passagier die Maschine. Chinese, Tibeter, schwer zu sagen. Er wurde schräg vor Pat gesetzt.

Juri klappte die Tür zu.

»Wir sind komplett«, verkündete er. »Bitte schnallen Sie sich an. Wir starten in fünf Minuten.«

Sowohl der Sitz vor als auch der neben Pat blieben frei. Wenig Gelegenheit für Unterhaltungen. Umso besser. Ein lang vermisster Jagdtrieb hatte ihn erfasst. Er hatte einiges zu tun.

60

Das Piepen des Weckers hieb in Bens Gehirn wie ein Nagel, der mit jedem Schlag tiefer in das Stück Holz getrieben wurde, als welches er sich fühlte.

Er hatte ihn absichtlich so hingestellt, dass er und Fay aufstehen mussten, um ihn abzustellen. Einmal aus dem Bett, war die Versuchung geringer, sich einfach umzudrehen und weiterzuschlafen.

Ben fluchte leise und rappelte sich hoch.

Fay blickte ihn übermüdet aus dem Bett an.

Sie hatten gerade einmal drei Stunden geschlafen.

Zwanzig Minuten später warf Fay letzte Blicke in die Kinderzimmer. Nicolas und Joy raubten die gestrigen Ereignisse nicht den Schlaf. Oder sie waren zu erschöpft. Sie gab Ben einen Kuss und wünschte ihm viel Erfolg für den Termin bei Thorben. Dann verließ sie das Haus, den Rollkoffer im Schlepptau. Unterwegs in die neue Welt, jene des Großen Sonnenschirms.

Ben bereitete das Frühstück zu, dann trieb er die Kinder aus dem Bett.

Um Punkt zehn Uhr morgens stand er in der Königsallee vor dem Düsseldorfer Büro von Rausch Equity. Jemand hatte mit einer Spraydose »Geld« vor den Namen Rausch gesetzt. Musste vergangene Nacht gewesen sein. Üblicherweise ließ Thorben das Schild sofort reinigen oder austauschen. Vier- bis fünfmal pro Jahr.

Thorben begrüßte ihn so energiegeladen wie immer. Bei ihm waren eine ernste junge Frau im Businesskostüm und ein ebenso seriöser junger Mann im Anzug. Thorben drängte Ben gleich in den Besprechungsraum.

»Setz dich, setz dich! Wie geht's? Hast du dir schon Gedanken gemacht? Was treibt Fay? Ganz oben angekommen, was? BKAmt, Weißes Haus!«

»Sie fliegt gerade nach New York.«

»Klasse! Super! Kaffee? Tee? Wasser?«

Thorben warf sich in einen der Eames Lounge Chairs.

»Setz dich schon!«

Ben ließ sich auf einem der Stühle nieder, die sich um einen Eames-Sofatisch scharten.

»Kaffee, bitte.«

Die junge Frau verschwand aus dem Zimmer.

»Kommen wir gleich zur Sache«, sagte Thorben. Der junge Mann neben ihm klappte eine Mappe auf und reichte sie Thorben. Der studierte sie kurz.

»Genau«, sagte er dann und sah wieder zu Ben auf. »Drei Millionen brauchst du, um Lambda weiterzuentwickeln. Mensch, wir haben da in den vergangenen drei Jahren schon mal drei reingesteckt!«

Ben horchte auf. Er war hier, um noch mehr Geld zu bekommen und keine Beschwerden über bereits investiertes zu kassieren.

»Das hatten wir im Businessplan so vereinbart«, erinnerte ihn Ben.

»Natürlich! Klar! Aber drei Millionen, Mensch! Langsam müssen wir mal Ergebnisse sehen!«

Ben hasste es, wenn er bei solchen Gesprächen zu schwitzen begann!

»Wir haben die Erstzulassung durch den TÜV«, sagte er. »Das ist im Businessplan der Trigger für die zweite Runde.«

Die junge Frau kam mit einem Tablett herein und verteilte die vollen Kaffeetassen auf dem Tisch.

»Richtig, richtig!«, rief Thorben. Klappte die Mappe zu. »Aber der Vertrag sieht auch Ausnahmen vor, bei außergewöhnlichen Bedingungen.«

»Ausnahmen? Was für … außergewöhnliche Bedingungen haben wir denn?«

»Exakt. Bild an.«

Auf einer der großen weißen Wände erschien ein großes Bild einer chinesischen Drohne. Hingebeamt.

»Die Dinger werden sämtliches Business um den Klimawandel komplett verändern.«

»Ja«, meinte Ben, »China fordert vom Westen noch stärkere Anstrengungen. Wir sollten also so schnell wie möglich …«

»China fordert viel, wenn der Tag lang ist«, unterbrach ihn Thorben. »Ben, ich will nicht lange drum herum reden: Lambda ist erst mal tot.«

Ben blinzelte. Das hatte Thorben gerade nicht gesagt.

»Gestern war ein Zeitenwende-Moment«, erklärte Thorben. »Wir leben in einer neuen Welt! Wir können nicht weitermachen wie bisher! Das musst du begreifen. Neue Verhältnisse verlangen neue Konzepte! Neue Ideen! Andere werden das auch sehr schnell begreifen. Und haben auch tolle neue Ideen! Ich sag dir was: Fahr nach Hause und setz dich mit deinen Leuten zusammen. Denkt drüber nach, was diese neue Welt für euer Business bedeutet. Für euren Ansatz. Und wenn ihr was habt, dann kommt ihr damit her, und wir sprechen darüber.«

»Aber wir brauchen das Geld, sonst …«

»Wie gesagt, Ben. Außerordentliche Zeiten erfordern außerordentliche Maßnahmen! Neues Geld kann ich euch erst geben, wenn mich eure neuen Konzepte überzeugen.« Er sprang auf. »In Ordnung! Hat mich wahnsinnig gefreut, dich zu sehen! Gutes

Gespräch. Sehr gut!« War schon auf dem Weg zur Tür, Ben am Ellenbogen mitschiebend. »Viel Erfolg! Wir sehen uns!«

Gleich darauf stand Ben vor der Bürotür im Flur.

Thorben hatte soeben die dringend benötigte Finanzierung für die nächsten zwei Jahre gestoppt. Noch nicht entzogen. Aber gestoppt. Wie eine leere Hülle lief er die Treppen hinab.

Neue Konzepte. Was für neue Konzepte? Sie arbeiteten an chemischen Energiespeichersystemen für den Ausstieg aus den fossilen Energien. Ihre Ideen waren vielversprechend. Genau das, was die Welt gerade brauchte. Wenn Thorben absprang, konnte er den Laden dichtmachen. Allein würde die Bank ihn nie weiterforschen lassen. Wollte Thorben ihn bloß erpressen und seinen Anteil erhöhen? Beim Verlassen des Gebäudes blieb sein Blick noch einmal an dem Türschild hängen. Ein bitteres Lächeln sprang auf seine Lippen. Wer immer das geschrieben hatte, hatte so recht.

GELDRausch Equity.

61

Pat fuhr hoch, in seinen Ohren das dezente Rauschen des Flugzeugs. Vor dem Fenster des kleinen Jets blauer Himmel. Unter ihnen ließen sie Land hinter sich, vor ihnen das Meer. Sie befanden sich fast über dem Indischen Ozean.

Pat blickte auf die Uhr. Er war während des Steigflugs eingenickt und hatte fast vier Stunden geschlafen.

Er rieb sich die Augen und zog seinen Laptop hervor. Meldete sich für das On-Board-Wi-Fi an. Zweihundertfünfzig Dollar.

Der Flugbegleiter hatte bemerkt, dass Pat aufgewacht war, und fragte ihn, was er essen und trinken wolle. Pat bestellte ein Sandwich, Mineralwasser und Kaffee.

Zuerst scannte er die aktuelle Nachrichtenlage. Der Große Sonnenschirm beherrschte weiterhin sämtliche Meldungen. Einige weitere Staaten hatten sich dafür oder dagegen ausgesprochen. Die Frontlinien zeichneten sich erwartbar ab: Die meisten Staaten des globalen Nordens äußerten sich kritisch. Viele im Süden begrüßten das Programm. Fix war nun auch: Bereits am nächsten Tag sollte eine UNO-Konferenz in New York beginnen.

Pat checkte sein Mailkonto und Botschaften auf seinen Social-Media-Konten. Nichts Spannendes. Er stieß auf Fayola Oyetundes Nachricht zu dem angeblich sieben Jahre alten Drohnenfoto, das er ihr geschickt hatte.

Ein Prototyp, meinte sie. Falls Bild und Zeitangaben stimmten.

Pat öffnete das Bild noch einmal. Daneben eines der zahlreichen, die mittlerweile online zu finden waren. Jeder, der es rechtzeitig zu den ersten Landungen nach Mombasa geschafft hatte, flutete das Internet mit Fotos.

Er machte sich daran, die Aufnahmen miteinander zu vergleichen. Die Perspektiven waren nicht ganz die gleichen, doch die Drohne auf der angeblich alten Aufnahme schien Pat ein wenig schnittiger. Aufregender. Tatsächlich wie ein Prototyp, wie bei Autos, bei denen die Vision der Designer noch nicht durch Komiteeentscheidungen der Erbsenzähler verwässert worden war. Körper und Flügel etwas schmaler und länger. Die Ausbuchtungen proportionierter, nicht so plump wie bei den nun fliegenden Modellen. Mit roten Kreisen markierte er die Stellen.

Er begann, sich in einem Dokument Notizen zu machen. Ein kurzer chronologischer Ablauf der Korrespondenz mit dem geheimnisvollen Informanten. Dann kopierte er die Nachrichten und die Fotos in das Dokument.

Wo entstanden die Bilder?, hatte er gefragt.

Lagos. Nigeria, war die Antwort gewesen.

Nun aber sollte Pat nach Mombasa kommen. Was war das für ein Typ? Und warum Lagos? Wenn die Bilder in Kenia produziert worden waren, wo die chinesischen Dinger jetzt landeten, hätte das doch mehr Sinn gemacht. Er tippte seine Gedanken in Stichworten in das Dokument. Steckte Nigeria auch in der Sache mit drin? China hatte in den vergangenen Jahren massiv in Afrika investiert. Verschiedene Staaten des Kontinents finanziell abhängig gemacht. Vielleicht war Kenia zur Teilnahme gezwungen worden. Andererseits: Viele afrikanische Staaten gehörten zu den weltweit am schlimmsten von der Klimakrise betroffenen und bedrohten. Angesichts der jetzt schon zahlreichen Unterstützungserklärungen für den Sonnenschirm aus dieser Weltgegend waren vielleicht keine großen Überredungskünste oder gar

Erpressungen nötig gewesen. Dass sich diese Staaten der chinesischen Klimaherrschaft – und damit auch der politischen Abhängigkeit – auf Gedeih und Verderb auslieferten, schien sie nicht zu kümmern.

Mit einem Mal erinnerte er sich an eine andere Nachricht der vergangenen Stunden. Rasch suchte er online noch einmal ein Kurzporträt von Fayola Oyetunde. Hatte er sich doch richtig erinnert. Zwar war sie seit Jahren US-Staatsbürgerin und lebte in Deutschland. Aber das Licht der Welt erblickt hatte sie in Nigeria.

Er hatte ihr nicht geschrieben, dass das Bild, welches er ihr geschickt hatte, angeblich in ihrem Geburtsland entstanden war. Wenn er ihren Lebenslauf richtig las, war sie zu diesem Zeitpunkt längst US-Bürgerin gewesen. Sollte er sie trotzdem darüber informieren?

Konnte er bei anderer Gelegenheit immer noch. Erst einmal wollte er mit dem Informanten reden. Oder der Informantin.

MOMBASA

62

Aus der Luft sah Mombasa aus wie alle Großstädte in Schwellen- und Entwicklungsländern: ein ausufernder Moloch, durchzogen von Straßenadern, die an großen Slumflächen sofort in Kapillaren übergingen oder überhaupt verschwanden, während sie als mäandernde Verschlingungen und penible Raster bessere Wohngebiete und Geschäftsviertel versorgten.

Der Flughafen wirkte aus dieser Perspektive wenig eindrucksvoll. Zwei parallel liegende Rollfelder, daneben die üblichen Gebäude – Terminal, Hangars. Nun konnte Pat auch erste Flugzeuge erkennen. Sein Interesse galt nur einer Sorte.

Neben einem Hangar am Rand des Komplexes entdeckte er schließlich die erste Drohne. Dunkel und unförmig hockte sie da, von hier oben deutlich weniger beeindruckend als auf den Videos.

Der Jet legte sich in eine Kurve, Pat verlor die Drohne aus den Augen.

Ein paar Minuten später setzte der Jet auf. Nach zehn weiteren Minuten hatte er endlich seine Parkposition erreicht. Die Drohne stand am entgegengesetzten Ende des Flughafens. Pat hatte sich bereits abgeschnallt, er konnte es kaum erwarten, mehr herauszufinden. Noch vor den anderen drängte er sich an den Ausgang und ging die Treppenstufen hinab.

Was für ein Unterschied! Bei drei Grad über null hatte Pat am Morgen den Jet bestiegen. Bei gefühlten vierzig Grad verließ er ihn nun in Mombasa. Zu warm, selbst wenn man den aufgeheizten Asphalt des Rollfelds berücksichtigte, betrug die Höchsttemperatur der Stadt im langjährigen Mittel für Mai doch nur etwa dreißig Grad. Vielleicht war der Große Sonnenschirm tatsächlich keine so schlechte Idee.

Am Ausgang wartete ein schlaksiger Mann mit einem iPad vor seiner Brust, auf dem Pats Name stand.

»Hi, ich bin Pili«, stellte er sich vor. Der Fahrer. »Ich bringe Sie zu Ihrem Termin. Darf ich Ihr Gepäck nehmen?«

Sein Großgepäck mit der chinesischen Kälteausrüstung hatte Pat im Wagen gelassen, er ging mit dem Flieger nach Peking. So reiste er mit leichtem Handgepäck. Wenn auch dem völlig falschen: Thermounterwäsche, Wollpullover und Daunenanorak. Bei Gelegenheit würde er sich ein paar T-Shirts und eine leichtere Hose besorgen. Für den Moment mussten die Jeans und das vorletzte verbliebene Shirt genügen.

»Danke«, meinte Pat. »Ist nicht schwer.«

Seine Ausrüstung behielt er lieber bei sich.

»Als Erstes wollen Sie sicher die Drohnen sehen«, sagte Pili. »Dafür haben wir noch kurz Zeit. Dann müssen wir los zu Ihrem Termin.«

Der Fahrer führte ihn zur Aussichtsplattform des Flughafens.

»So voll war die wahrscheinlich noch nie«, stellte Pat fest.

Die Drohne stand weit entfernt. Teile des Hangars und andere Flugzeuge behinderten den Blick zusätzlich.

»Auf der Fahrt kommen wir dann noch näher ran«, erklärte Pili. Er schielte auf sein Handy. Zeigte Pili die Landkarte mit den Linien des Flugtrackers.

»Aber Start und Landung sieht man von hier gut. Und in vier Minuten wird wieder eine erwartet.«

Sein Blick richtete sich gegen Nordosten. Auch die anderen Schaulustigen wandten sich in die Richtung. Einige hatten Ferngläser dabei. Erste Finger zeigten in die Richtung. Rufe: Da! Sie kommt! Die meisten hielten ihre Mobiltelefone über den Köpfen bereit.

Auch Pat zog seines hervor.

Zuerst sah er nur die Lichter. Dahinter erschien nach und nach die zerfaserte Kontur der Sechsflüglerin. Rasch vergrößerte sich der Fleck. Zwischen dem aufgeregten Geschnatter der Schaulustigen hatte Pili sich geschickt bis an die Brüstung vorgedrängt, Pat folgte ihm dichtauf.

Er begann, mit seinem Telefon zu filmen.

»Pat Welzer, am Flughafen Mombasa. Ich verfolge live die Landung einer der ersten Drohnen des Großen Sonnenschirms!«

Schwenkte kurz auf sich und die Umstehenden, um sein Gesicht vor die Kamera zu bringen.

»Hunderte Schaulustige sind gekommen, um das Spektakel ebenfalls zu sehen und wie ich mitzufilmen.«

Schwenk zurück auf die Drohne, die mittlerweile gut zu erkennen war.

»Ein gewaltiges Ding!«, rief er, tatsächlich zunehmend beeindruckt von den Ausmaßen der Drohne. »Sie nähert sich uns wie ein außerirdisches Flugobjekt, für das sie anfangs gehalten wurde.«

Langsam und gemächlich schien sie zur Landung anzusetzen. Die unzähligen Räder aufzusetzen.

»Wirkt dabei fast würdevoll, wie eine neue Königin der Lüfte, die sich ihrer Bedeutung bewusst ist – das Symbol einer neuen Ära, was heißt einer, mindestes zwei: Mit seinem Geoengineering-Programm hat China die Welt in eine neue Phase im Kampf gegen die Klimakrise katapultiert und die USA im Wettstreit um die globale Vorherrschaft vorerst deutlich auf die Plätze verwiesen.«

Als sie in ihrer finsteren, bizarren Größe auf dem Rollfeld an ihnen vorbeischoss, vermittelte sie die ganze weltverändernde Macht, die von ihr ausging.

Ein paar Sekunden später war sie am Ende des Rollfelds angelangt und verschwand hinter der anderen Drohne.

»Was für ein Schauspiel, in der Tat!«, rief Pat und nahm sich wieder selbst ins Visier der Kamera. »Zahlreiche Neugierige sind gekommen, um einen Blick darauf zu erhaschen.«

Er wandte sich an den Mann neben ihm. Ein schwerer Mittfünfziger in weißem Hemd.

»Ich bin von International Press«, erklärte er ihm. »Sie sind heute gekommen, um die Drohnen des Großen Sonnenschirms zu sehen?«

»Ja«, bestätigte der Mann.

»Was halten Sie von dem Programm?«

»Was soll ich sagen? Fühlt sich komisch an. Irgendwie. Andererseits, wenn es hilft …«

Die Leute neben ihnen hörten neugierig zu. Manche drängten sich hinter dem Interviewten ins Bild.

»Hilft? Wofür? Wogegen?«

»Na, gegen den Klimawandel. Bei uns wird es immer heißer. Das kann so nicht weitergehen.«

»Danke!«

Pat wandte sich an eine Frau daneben, die neugierig zugesehen hatte.

»Möchten Sie etwas zu den Drohnen und dem Großen Sonnenschirm sagen?«

»Keine Ahnung«, sagte sie. »Kommt das im Fernsehen?«

»Vielleicht. Oder im Internet. Sind Sie von hier?«

»Ja.«

»Und, was halten Sie von Klimadrohnen?“

»Keine Ahnung«, sagte sie. »Steckt da die Regierung dahinter?«

»Auch«, erwiderte Pat.

»Tja, dann«, sagte die Frau. »Was soll ich davon halten? Stopft sich irgendwer die Taschen voll damit, denke ich.«

Interessante Perspektive.

»Danke.«

»Ich finde es gut«, mischte sich ein Mann ein. Pat schwenkte das Handy in seine Richtung.

»Sie finden den Großen Sonnenschirm gut?«, fragte er.

»Natürlich«, sagte er. »Irgendetwas musste man ja tun gegen die Klimakatastrophe. Es heißt, Länder wie unseres werden besonders darunter leiden. Obwohl wir gar nicht schuld an dem Schlamassel sind. Die Leute hier haben ohnehin genug andere Sorgen. Jetzt haben sie eine weniger.«

Pat beendete die Übertragung. Die Menge der Schaulustigen begann sich aufzulösen und strömte in das klimatisierte Flughafengebäude zurück.

»Die Nächste kommt erst in drei Stunden«, sagte Pili. »Und wir müssen los zu Ihrem Termin.«

Pili fuhr einen verbeulten SUV koreanischer Produktion. Er steuerte den Wagen über die Straße, die am nächsten am Drohnengelände vorbeiführte.

»Ganz schön bewacht«, stellte Pat fest. Auch hier würde es schwer sein, ganz nah ranzukommen.

Auf der Fahrt erklärte ihm Pili, was er bislang über die Start- und Landebasis des Großen Sonnenschirms in Kenia herausgefunden hatte. Pat blätterte dabei in dem Dossier, das Pili für ihn zusammengestellt hatte. Der Moi International Airport lag etwa zehn Kilometer westlich von Mombasa und fünfhundert Kilometer südöstlich von Nairobi und war der zweitgrößte des Landes. Laut gemeinsamer chinesisch-kenianischer Presseerklärung würden dort fürs Erste nur vier Sonnenschirmdrohnen operieren und den regulären Flugverkehr nicht beeinträchtigen.

»Das wird eine neue Sehenswürdigkeit für die Touristen«, meinte Pat. Eine erst 2017 eröffnete moderne Bahnlinie verband die Hauptstadt Nairobi mit der zweitgrößten Stadt Kenias. »Gebaut von einem chinesischen Vertragspartner.«

»Der Hafen von Mombasa ist der wichtigste in Ostafrika«, fügte Pili hinzu. »Immer wieder war die Rede davon, dass China ihn zur Tilgung kenianischer Schulden übernehmen könnte.«

»Und auf einmal macht das alles Sinn«, sagte Pat. »Ein perfektes Logistik-Drehkreuz, um die notwendigen Rohstoffe für den Sonnenschirm herbeizutransportieren.«

Er studierte die Bilder, die Pili von den nunmehr als Teil des Sonnenschirms bekannten Anlagen in die Unterlagen gepackt hatte. Hallen und Containerlagerplätze, die bislang für normale Cargolager gehalten worden waren. Ein Hangar. Abgeschirmt lediglich von zwei Linien Maschendrahtzaun, den Stacheldrahtrollen krönten.

»Sieht nicht nach gewaltigen Sicherheitsvorkehrungen aus«, bemerkte Pat.

»Meine Partner checken das gerade noch genauer«, sagte Pili. »Aber da ist schon mehr. Kameras überall. Die Zäune stehen unter Hochspannung. Wer die angreift, wird gegrillt. Zwischen den Zaunlinien versteckte Fußfallen, womöglich sogar Minen. Seit der Pressekonferenz gestern auch sichtbar schwer bewaffnetes Personal überall. Chinesen.«

»Wie konnten die das unbemerkt vorbereiten?«

»Teile der kenianischen Regierung waren wohl seit Jahren eingeweiht«, sagte die Stimme des Fahrers in dem zerbeulten Geländewagen vor ihnen. »So konnten die notwendigen Ausbauten und Materiallieferungen unter anderen Vorwänden getarnt durchgeführt werden.«

Sie folgten dem Journalisten und seinem Chauffeur mit ausreichend Abstand. Auf diesen staubigen Straßen würde niemand auf eine noch zerbeultere Familienkutsche achten. Um welchen Wagen es sich handelte, hatten sie von ihren Auftraggebern kurz zuvor erfahren. Die Mikrofone im Wageninneren hatten sie auf dem Flughafenparkplatz angebracht, während der Fahrer den Reporter abgeholt und auf das Aussichtsdeck begleitet hatte. Der Auftrag war einfach: beschatten, abhören, filmen, die Aufnahmen in Echtzeit an die angegebene anonyme Adresse übertragen, sich bereithalten, auf Befehl einzugreifen.

Entlang der einfachen Straße Richtung Norden, über die sie dem Geländewagen folgten, verliefen sich die Slums Mombasas zunehmend in einer staubigen Ebene voll trockener Büsche und Bäume. Ab und zu zweigten Schotterpisten davon ab, manchmal sogar eine asphaltierte Straße mit noch mehr Schlaglöchern als jene, auf der sie fuhren. Ein paar Kilometer rechts von ihnen lag die Küste. Gelegentlich wiesen an den Kreuzungen Straßenschilder auf Beach Resorts & Spas mit fantasievollen Namen hin.

Nach einer guten halben Stunde erschienen wieder erste Hütten, Häuser, Rohbauten und Bauruinen, die sich langsam zu einer Ortschaft verdichteten. Kleine Läden, Werkstätten, Imbisse und Restaurants säumten nun die Straße.

Der Geländewagen vor ihnen verlangsamte seine Fahrt.

Pili hielt vor einem Restaurant, das erkennbar für Touristen und wohlhabende Einheimische gedacht war. Rare. Hieß das etwas auf Kenianisch, oder bedeutete es einfach das englische »selten«? Helle Designertische und Stühle, dezenter Kolonialkitsch.

»Da ist es«, sagte Pili. »Soll ich mitkommen?«

Pat runzelte die Stirn. Wie kam er darauf, dass Pat ihn dabeihaben wollte? Hoffte er auf ein freies Abendessen?

»Danke«, sagte er, »ich komme zurecht.«

»In Ordnung. Ich warte da vorne.«

Pat überprüfte noch einmal die Namens- und Ortsangabe in der Nachricht des unbekannten Informanten. Dann stieg er aus. Der SUV entfernte sich langsam.

Pat steuerte das Lokal an.

Um diese Zeit war der Laden gut besucht. Das erwartete Publikum. Er sah sich nach einer einzelnen Person um. Mann oder Frau. Wusste er nicht.

Auf der Rückseite des Gebäudes lag eine Terrasse mit weiteren Tischen im Schatten dicht belaubter tropischer Bäume. In der einsetzenden Dämmerung wirkte es dort fast schon finster. Auf den Tischen flackerten Kerzen in Windgläsern. Dahinter erkannte Pat die benachbarten Gebäude zwischen den Bäumen nur bruchstückhaft, wie überall in dem Ort ein- oder zweistöckige Bungalows. Ein gepflegter Schwarzer in Chinos und Poloshirt eilte ihm entgegen.

»Einen Tisch?«, fragte er.

»Danke«, antwortete Pat. »Ich werde erwartet.«

Wenn er wüsste, von wem. Und ob die Person wirklich gekommen war.

An einem der Tische auf der Terrasse erhob sich ein Mann. Mittelgroß, halblanges blondes Haar und Dreitagebart. Er winkte. Meinte er ihn? Als Pat die Hand zum Gruß hob, bedeutete ihm der Mann, zu ihm an den Tisch zu kommen.

»Dort hinten«, klärte Pat den Kellner auf und schob sich an ihm vorbei.

Auf dem Weg zu dem Tisch nahm Pat so viel wie möglich in sich auf. Er schätzte den Typ auf etwa vierzig. Er sah auf verwahrloste Weise gut aus. Hemd, dunkle Hose.

»Pat Welzer«, begrüßte ihn der Mann und streckte ihm eine Hand entgegen. »Ich bin Tony Vermaak.«

Pat ließ sich gegenüber von Tony nieder. Auf dem Tisch standen eine Flasche Wasser, ein Teller mit Brot und Nüssen und ein Highball-Glas mit klarer, perlender Flüssigkeit und einer Zitronenspalte darin.

»Was wollen Sie trinken? Sie müssen erschöpft sein.«

»Was trinken Sie?«

»Gin Tonic.«

Tony winkte einen Kellner herbei, der mit einer Speisekarte kam.

»Mineralwasser, bitte«, bestellte Pat. Er legte die Karte beiseite und musterte Vermaak. Der nahm nervös einen Schluck von seinem Gin Tonic.

»Was haben Sie für mich?«, fragte Pat.

»Kein Small Talk«, bemerkte Tony und stellte sein Glas ab. »Auch gut.«

»In meinem Job erlebt man viele Wichtigtuer und Quatschköpfe.«

»Trotzdem sind Sie gekommen.«

»Sie schreiben, Chinas Sonnenschirm ist nur der Anfang. Wovon?«

»Etwas Unvorstellbarem. Ich habe es erst kapiert, als ich die ersten Bilder der chinesischen Drohnen sah.«

Tony beugte sich vertraulich vor und stützte sich auf seinen Ellenbogen ab.

»Vor etwa zehn Jahren war ich aus Südafrika für einen Job nach Nigeria gekommen. Nigeria beherbergt das afrikanische Hollywood, auch bekannt als Nollywood. Natürlich besetzen die überwiegend Schwarze. Aber für manche Rollen brauchen sie auch Weiße. Durch Zufall geriet ich da hinein, eine Talent-Agentin sprach mich in einer Bar an. Ich wurde nicht reich, kam aber irgendwie durch.« Pat wollte etwas über die Prototypen wissen. Er war kurz davor, Tonys Lebensbericht abzubrechen, als dieser fortfuhr: »Vor sieben Jahren vermittelte die Agentin mir eine kleinere Rolle in einem Projekt, das von Beginn an seltsam war.«

»Seltsam inwiefern?«

Tony schmierte hastig seine Kehle mit Gin Tonic, bevor er fortfuhr: »Extreme Verschwiegenheitsklauseln und Geheimniskrämerei. Ich bekam nur die Scripts für meine Szenen. Durfte mit niemandem darüber sprechen. Stellte sich heraus, dass alle dieselben Bedingungen hatten. Alle kannten nur ihre Szenen, über die sie mit den anderen nicht sprechen durften, es sei denn, man spielte in einer gemeinsam. Niemand kannte das gesamte Projekt. Niemand wusste, worum es in dem Film ging.«

»Werden Sie später erfahren haben«, meinte Pat ungeduldig, »sobald der Film erschien.«

»Das tat er nie.«

»Weshalb?«

»Angeblich waren die Produzenten unzufrieden mit dem Ergebnis.«

»Kann vorkommen. Sie haben also nie erfahren, worum es in dem Film ging? Und deshalb bestellen Sie mich hierher? Wegen eines vor Jahren nicht erschienenen Films?«

Pat wollte aufstehen.

Tony tippte das Mobiltelefon an, das neben seinem Glas lag. Nicht das neueste Modell, das Display zersprungen.

»Ich hatte ein gutes Verhältnis zu der Cutterin«, erklärte er. »Sie war eine der wenigen, die das ganze Ding gesehen hat. Musste das Material schließlich zusammenschneiden. In einem speziellen Studio. Einmal konnte sie mich einschleusen. Das war keines der üblichen billigen Nollywood-Studios in den entsprechenden Gegenden. Wirkte wie ein Privatanwesen mit eigenem Schnittraum im Keller. Tipptopp ausgestattet, besser als die Studios der Nollywoodleute.«

»Sie strapazieren meine Geduld«, sagte Pat. »Und meine Zeit.«

Der Kellner brachte Pats Wasser. Tony bestellte noch einen Gin Tonic. Pat nahm einen Schluck, während Tony auf seinem Handy tippte und wischte. Ein Video startete. Darauf flogen die sechsflügeligen Maschinen, von denen Tony ihm ein Bild geschickt hatte, durch einen wolkigen Himmel. Die Aufnahmen wirkten wie von einem Bildschirm abgefilmt. Wie das erste Foto, das Tony ihm geschickt hatte.

»Die chinesischen Drohnen«, stellte Pat fest.

»Eine Szene aus dem Film«, sagte Tony.

»So sehen Flieger in Science-Fiction-Filmen schnell mal aus«, meinte Pat.

»Und sieben Jahre später fliegen dieselben Maschinen durch unser reales Leben?«, fragte Tony ungeduldig. »An diesen Zufall glaube ich nicht.«

Pat auch nicht. Obwohl er solche Zufälle erlebt hatte. »Woher haben Sie die Bilder, wenn niemand den Film kannte?«

»Wie gesagt, ein gutes Verhältnis zur Cutterin. Dass ich bei ihrer informellen Vorführung mit meinem damaligen Telefon Teile mitfilmte, hat sie nicht bemerkt.«

»Wenn das alles ist …«

»Wenn das alles wäre, hätte ich Sie nicht kontaktiert«, unterbrach Tony ihn. Tippte, wischte.

Zeigte einen Onlineartikel. Jemand war in Lagos bei einem Verkehrsunfall gestorben.

»Wenige Wochen nach Einstellung des Projekts starb die Cutterin auf mysteriöse Weise«, erklärte Tony.

»So mysteriös klingt das aber nicht«, widersprach Pat, der den Artikel überflog. »Sonst noch etwas?«

Tony wischte erneut.

Ein weiteres Video.

Das Gesicht eines Mannes. Nass, die Haare klebten am Kopf. Gischt hüllte ihn ein. Dunkelheit. Schwamm er? Der Mann rang nach Luft. Um seinen Kopf schwirrten Tropfen und Schneeflocken. Ein jüngerer Tony, kürzeres Haar, erkannte Pat endlich. Schien zu ertrinken.

»Das bin ich«, erklärte Tony und leerte sein Glas. »In einer meiner Szenen. Ich spiele einen …«

Tonys Kopf explodierte in einer roten Wolke.

Bevor Pat begriff, was geschah, fiel Tonys lebloser Körper auf den Tisch. Von seinem Hinterkopf fehlte die Hälfte. Daneben lagen Reste des zersplitterten Gin-Tonic-Glases. Wie unter Wasser hörte Pat Schreie anderer Menschen um ihn herum. Pats eigener Körper wurde zu einem Bündel Reflexe. Ohne dass Pat nachdenken musste, warf er sich auf den Boden, während ein zweiter und dritter Schuss die Gläser und Teile der Tischplatte zerfetzten.

Tonys Beine hingen unter der Tischplatte schlaff vom Stuhl. Rund um sich sah Pat nur mehr laufende Füße oder Gesichter anderer Gäste, die sich zu Boden geworfen hatten.

Ein Schuss schlug neben ihm in den Boden. Pat rollte sich auf die andere Seite. Wollte den Tisch umkippen, doch Tonys Leiche lag zu schwer darauf. Von der Tischkante tropfte ein rotes Rinnsal.

Was, zum Teufel, hatte Tony ihm zeigen wollen?

Pat brauchte dieses Telefon. Es musste noch auf dem Tisch liegen.

Aus den Augenwinkeln nahm er einen Mann wahr, eher intuitiv als bewusst, der sich anders als die anderen verhielt. Ruhiger, angstfrei. Er kam auf den Tisch zu.

Pat wuchtete sich auf die Knie, die Tischplatte auf Augenhöhe. Tonys fast kopfloser Rumpf. Ein Blutlache als Tischtuch. Darin Tonys beide Telefone. Pat packte sie.

Wie ein Tier auf allen vieren kämpfte er sich Richtung Restaurant. Achtete nicht mehr auf den anderen Mann. Suchte Deckung hinter Stühlen und Tischen. Schob währenddessen Tonys glitschige Telefone in seine Hosentaschen. Panische Gäste stolperten über ihn, fielen ihm in den Weg. Noch ein Schuss. Neben Pat sprangen Splitter aus dem Holzboden. Er hastete weiter. Erreichte den weit offenen Durchgang in das Lokal. Auch im Inneren des Restaurants herrschte Panik. Gäste verbarrikadierten sich hinter umgestürzten Tischen, rannten Richtung Toiletten, auf die Straße. Eine der gläsernen Schiebetüren zersplitterte in tausend Teile, die sich wie Hagelkörner über das Chaos verteilten.

Pats Gedanken rasten. Wenn der Schütze Tony auf der Terrasse getroffen hatte, musste er auf der Rückseite des Restaurants Position bezogen habe. Dann sollte Pat vor dem Restaurant auf der Straße sicherer sein. Falls dort nicht weitere Killer warteten.

Er erreichte die Bar. Ein Blick hinaus. Dort raste im Rückwärtsgang Pilis SUV herbei.

Pat sprintete los. Der SUV hielt mit quietschenden Reifen. Die Beifahrertür flog auf.

»Steigen Sie ein!«

Pat warf sich in den Wagen. Bevor er die Tür schließen konnte, stiegen Staubwolken von den durchdrehenden Reifen auf, als Pili beschleunigte.

Über die Straße jagte ein großer dunkler Geländewagen auf sie zu. Pili drehte den Motor hoch, wendete in einer Staubwolke und raste los.

»Was ist da drin passiert?«, rief er. »Ich hab Schüsse gehört.«

Was für ein Fahrer! Jeder andere hätte sich aus dem Staub gemacht.

»Jemand hat diesem Tony den Kopf weggeblasen, in dem Moment, als er mir alles erzählen wollte.«

Pat tastete seine Hosentaschen nach den Telefonen ab. Waren noch da.

»In dem Augenblick, in dem er zur Sache kommen will? Das muss eine verdammt wichtige Sache sein.«

»Offensichtlich«, sagte Pat und verrenkte sich, um nach hinten zu sehen. Da war eine Staubwolke und darin der dunkle Schatten des Geländewagens. »Wer immer das war, muss unsere Unterhaltung mitgehört haben.«

In halsbrecherischen Manövern versuchte Pili, die Verfolger abzuhängen.

»Und hat bis zum letzten Moment gewartet.«

»Würde ich auch«, sagte Pat. »Falls der Mann nichts zu verraten hat, würde sein vorzeitiger Tod vielleicht schlafende Hunde wecken.«

Sie rasten über eine schmale Staubstraße mit wenig Verkehr, als Pat über das Motorheulen hinweg Schüsse zu hören meinte.

»Sieht so aus, als hätte er etwas zu verraten gehabt. Und jetzt? Wohin sollen wir?«

»Erst einmal die dahinten loswerden!«

Sie kamen in dichter besiedeltes Gebiet. Auch der Verkehr aus Motorrädern, Lastwagen und einfachen Pkw wurde enger.

»Ich hoffe, das zahlt sich aus«, rief Pili und beschleunigte noch stärker, »und Sie haben wenigstens irgendetwas erfahren.«

»Leider nicht.«

Pili bremste. Der Wagen wurde langsamer.

»Ich denke schon«, sagte Pili und jagte seinen Ellenbogen brutal in Pats Gesicht.

Der Schmerz raubte Pat fast das Bewusstsein.

Gleichzeitig sprang sein Instinkt an.

Pilis Unterarm lag über seiner Kehle, sodass er keine Luft mehr bekam. Der Wagen rollte aus, Pili beugte sich über Pat und fingerte nach seinen Hosentaschen.

Pat stieß die Finger in Pilis Augen.

Mit einem Schrei fuhr der Mann zurück, eine Hand über dem Gesicht. Neben ihnen kam der dunkle Geländewagen zu stehen.

Pats Fuß stieg über den Schalttunnel und trat auf das Gaspedal. Gleichzeitig donnerte Pat die Faust auf Pilis Nase. Der Wagen machte einen Satz und raste los. Mit einer Hand hielt Pat sich am Lenkrad fest, mit dem freien Arm streckte er sich über Pili hinweg und öffnete die Fahrertür. Pili war nicht angeschnallt. Pat stieß ihn hinaus, doch Pili konnte sich am Türrahmen festhalten. Pat versuchte währenddessen, irgendwie auf den Fahrersitz zu klettern, ohne den Fuß vom Gaspedal und die Hand vom Lenkrad zu nehmen. Der Wagen schlingerte über die gesamte Straßenbreite. Pat hieb wieder auf Pili ein, der ins Wageninnere zurückzugelangen versuchte, während eine Hand noch immer seine Augen bedeckte. Pat schaffte es auf den Fahrersitz. Wechselte die Füße auf dem Gaspedal. Schlug mit der freien Hand auf Pilis, die sich am Türrahmen festklammerte. Drängte ihn mit seinem Körper immer weiter hinaus.

Dann war Pili plötzlich weg. Der Fahrtwind drückte die Tür lose zu. Pat beschleunigte weiter. Schnallte sich hektisch an.

Im Rückspiegel sah er nur eine Staubwolke, darin erneut den Schemen des Geländewagens. Aus seinen Fenstern ragten links und rechts zwei dunkle Schatten. In den Händen hielten sie halbautomatische Waffen. Mündungsfeuer, Knattern, Löcher in Pats Windschutzscheibe wuchsen zu Spinnennetzen, bevor das Glas ihm in Tausend Splittern entgegenregnete. Er verriss das Steuer, der Wagen geriet ins Schleudern, begleitet vom Lärm der Maschinenpistolen überschlug er sich, Pat schwerelos und gleich darauf tonnenschwer, als er sein Kopf gegen das Dach geschleudert wurde, Schulter und Arm gegen die Tür, die Beine gegen das Armaturenbrett, wieder leicht im Raum, der nächste Aufschlag, schwarz.

63

Ebele sah in ihrer AR-Brille den umgestürzten Geländewagen nur aus der Ferne durch die AR-Brille des Teamleaders. Um das Auto herum hektische Menschen.

Der Einsatzleiter vor Ort zoomte offensichtlich mit seiner eigenen Brille in das Geschehen. Im Fahrersitz hing der Körper des Reporters schlaff kopfüber im Sicherheitsgurt. Zu dem Wagen liefen erste Menschen, darunter Kinder.

»Holt euch das Telefon!«, befahl sie.

»Die Polizei ist bereits da«, antwortete der Teamleader. Im Hintergrund hörte Ebele Sirenen.

»Dann beeilt euch!«, forderte Ebele. »Mit ein paar Polizisten werdet ihr fertig!«

Pats Kopf fühlte sich doppelt so groß an wie sonst. Sein ganzer Körper schmerzte. Besonders die Fesseln um seine Schultern und den Bauch. Langsam begriff er, dass er kopfüber in den Sicherheitsgurten hing. In seinen Augen und Schläfen pulsierte das Blut. Er wandte den Kopf hin und her. Erst jetzt bemerkte er die Stille um ihn herum. In seinen Ohren sirrte nur ein hoher Ton. Durch ihn hindurch hörte er ein leises Heulen, das lauter wurde. Näher kam. Eine Sirene. Vor seinen Augen tanzten Lichter und dunkle Scheiben. Dazwischen Füße. Jemand beugte sich zu ihm.

Fragte, wie es ihm ging. Griff ihm an den Hals. Pat wusste nicht, wie es ihm ging. Er bewegte die Finger, Hände, Arme, Beine. Schien alles zu funktionieren. Zwischen den fremden Gliedmaßen suchte sein Blick nach dem schwarzen Geländewagen. Stand der dahinten? Stiegen Personen aus? Hektisch stützte Pat sich am Autodach unter sich ab. Fühlte sich mit einem Mal gefangen. Fragte sich, wie er sich kopfüber hängend aus dem Sicherheitsgurt befreien sollte, ohne sich das Genick zu brechen. Hände fummelten an ihm herum, hielten ihn, fingerten am Gurt. Mit einem Mal wurde er schwer und plumpste herab. Jemand stützte seinen Kopf und die Schultern. Die Beifahrertür war nicht zu öffnen, doch die Scheibe zerstört. Pat krabbelte aus dem Wrack. Die Schwarzgekleideten aus dem Geländewagen kamen näher. Schwere Waffen in den Händen. Mehrere Personen stützten Pat, bestürmten ihn mit Fragen. Pat zeigte auf die schwarz gekleideten Männer und brüllte: »Sie sind bewaffnet! Sie haben einen Mann getötet! Jetzt wollen sie mich!«

Die Umstehenden sahen sich erschrocken um. Entdeckten die Männer. Stoben auseinander. Verschwanden zwischen den Häusern und Baracken am Straßenrand. Schüsse ertönten. Pat kauerte sich hinter dem umgestürzten Wagen nieder.

Von hinten kam ein Polizeiwagen mit quietschenden Reifen zum Stehen. Die Uniformierten rissen die Türen auf. Blieben dahinter in Deckung. Schossen auf die Angreifer. Pat drückte sich so flach auf den Boden wie möglich, während die Geschosse über ihn hinwegpfiffen oder mit lauten metallischen Geräuschen in die Karosserien von Pats Wagen und des Polizeiautos einschlugen. Pat hörte einen der Polizisten laut über Funk Hilfe anfordern.

Immerhin hatten die Polizisten die Angreifer gestoppt. Die hatten sich hinter Häuserecken verzogen. Die Schüsse wurden weniger. Durch die Löcher in der Karosserie, in denen einst die

Scheiben gesessen hatten, sah Pat mit einem Mal, wie die Männer wieder auftauchten. Zu dem Geländewagen liefen. Hineinsprangen. In einer Staubwolke verschwanden.

Pat glaubte keine Sekunde daran, dass sie abhauten. Sie würden gerade so weit fahren, wie sie mussten, um die Polizei zu vermeiden und ihn im Auge zu behalten.

Das Sirren in seinen Ohren ließ nach. Pat tastete seine Taschen nach seinem Handy ab. Er brauchte so schnell wie möglich die Nummer der Botschaft.

Ebele sah in ihrer AR-Brille einige der Teammitglieder.

»Behaltet Pat Welzer unter Dauerüberwachung. Holt euch Vermaaks Telefon, wann immer möglich, ohne dass ihr erwischt oder erkannt werden könntet. Seht zu, dass wir Welzers Telefon abhören können. Über Phishing und andere Maßnahmen kommen wir womöglich nicht so schnell ran. Versucht es physisch. Falls er in ein Krankenhaus gebracht wird. Vielleicht kommt ihr dort an sein Telefon.«

»Wir bleiben dran«, bekräftigte der Teamleader. »Vier von uns sind bereits unterwegs zu Tony Vermaaks Quartier.«

»Gut«, sagte Ebele. »Sie sollen vor allem nach Datenträgern suchen, auf denen er Videos speichern konnte: ein altes Telefon, ein Computer, ein USB-Stick, ein Laptop, eine Festplatte.«

64

In der Maschine nach New York erkannte Fay wenigstens zwanzig Personen auf der Reise zur UN-Konferenz anlässlich Chinas Geoengineering-Programm. Politiker. Klimaexperten. Lobbyisten.

Da sitzen wir, dachte sie. Langstreckenflüge waren zwar weniger klimaschädlich im Verhältnis zu Kurzdistanzen, weil die größte Umweltverschmutzung während Start und Landung entstand. Je kürzer der Flug, desto größer der Anteil der Mehrbelastung von Start und Landung. Trotzdem. Und Fay mittendrin.

Wenigstens musste sie nicht bei Dila und weiteren Führungskräften sitzen. Die flogen Business Class. So wie zwei Drittel der anderen, die sie kannte.

In Fays Gehaltsklasse reichte es nur zu Economy. Vorteil: Sie verbrauchte nur einen Bruchteil von Dilas CO_2-Emissionen. Und: Sie konnte fast den gesamten Flug durchschlafen, statt sich unterhalten zu müssen.

Nachteil: Fluglinien und Passagiere mussten noch immer nicht ausreichend CO_2-Kompensationen zahlen.

Trotz allem genoss sie den Anflug auf den John F. Kennedy International Airport. Und die anschließende Fahrt in die Stadt. Auch für sie war New York weiterhin einer jener Orte, die die Welt verbanden. Selbst wenn es eine Welt war, die an ihr Ende gekommen schien.

Oder wo sie begann. Wo Menschen aus verschiedensten Kulturen aufeinandertrafen. Und im besten Fall aus der Vereinigung ihrer Unterschiede etwas Neues schufen.

Von unterwegs rief sie Ben an.

»Ich bin gut angekommen. Wie geht es den Kindern? Wie lief dein Termin? Verdoppelt Thorben die zweite Runde?«

»Den Kindern geht es gut«, sagte Ben. »Und Thorben ist ein Arsch.«

Oh weh.

»Sag ich doch immer«, versuchte Fay einen Scherz, freute sich aber nicht darauf, was jetzt wahrscheinlich kam.

»Er hat die Finanzierung gestoppt«, erklärte Ben.

»Aber ihr habt die Zulassung …«

Sie wusste nicht, über wen sie sich mehr ärgerte: Thorben oder Ben. Sein naiver Optimismus war zuweilen erfrischend, aber manchmal nervte er sie.

»Außerordentliche Ereignisse«, sagte Ben. »Darf er. Leider. Der Große Sonnenschirm geht wohl als solches durch.«

»Und jetzt?«

Würde er vielleicht anfangen, pragmatischer zu denken? Immerhin hatte er Kinder.

»Sollen wir neue Konzepte für die neuen Zeiten entwerfen.«

Er klang spöttisch und böse.

»Was für Konzepte?« Bloß nicht! Ben würde gleich völlig neue Spinnereien entwickeln, in die er dann wieder verlorene Jahre investieren konnte. »Ihr habt Konzepte. Sie müssen nur umgesetzt werden. Jetzt schneller als je zuvor.«

»Habe ich ihm auch gesagt.«

»Das tut mir leid«, sagte sie trotz ihrer Enttäuschung. »Was wirst du tun?« In einer weiteren Phase voll überbordenden Selbstmitleids konnte sie ihn definitiv nicht gebrauchen.

»Was schon?«, schnaubte Ben. »Neue Konzepte ausarbeiten.

Kostet uns wieder Wochen. Oder Monate. Und dann kann er sich an nichts mehr erinnern.«

»Aber ohne Finanzierung habt ihr keine Monate …«

»Ich weiß …«

»Ihr schafft das. Mal sehen, wie sich die nächsten Tage entwickeln. Vielleicht ändert er seine Meinung dann ganz rasch.«

»Kann man nur hoffen. Und du? Hattest einen guten Flug?«

»Alles bestens. Wir sind jetzt gleich am Hotel.«

»Dann einen schönen Tag noch. Kuss.«

»Kuss! Auch an die Kinder!«

Nachdenklich steckte Fay das Telefon weg. Sie hatte sich in Ben wegen seiner Verrücktheit und Ideen verliebt, wegen seiner Hartnäckigkeit, seine Energie. Er war wie eine Sprühkerze gewesen. Die mittlerweile jedoch einen immer längeren verbrannten Faden zurückließ. Es wurde Zeit, dass diese Kerze ein echtes Feuer entfachte, sonst würde am Ende nichts davon übrig bleiben.

Das Hotel lag nur ein paar Blocks vom Hauptquartier der Vereinten Nationen entfernt. Auf dem Weg dorthin geriet der Kleinbus, der sie, Dila und ein paar andere fuhr, in einen Stau.

»Verfluchte Demonstranten!«, schimpfte der Fahrer. Beim Vorbeifahren sahen sie in der East 44th und 45th Menschenmassen, über deren Köpfen Schirme auf- und zuklappten. Transparente forderten »Stoppt den Großen Sonnenschirm«, »Verbietet Geoengineering!« und »Spielt nicht mit dem Klima!«.

»Vor dem chinesischen Konsulat auf der anderen Seite von Manhattan derselbe Mist!«, knurrte der Taxifahrer. »Am liebsten würden die wohl ganz New York blockieren und alles verbieten: Autos, den Großen Sonnenschirm!«

»Finden Sie den Sonnenschirm gut?«, fragte ihn Fay.

»Keine Ahnung! Immerhin tun die Chinesen etwas, das wirkt, im Gegensatz zu diesen Tagedieben da draußen!«

Er ballte eine Faust in Richtung der Demonstrierenden.

»Was soll der Mist?!« Jetzt kam er richtig in Schwung. »Mit Schirmen viel Wind machen, sich an Straßen oder Bilder kleben – als ob das irgendwas ändern würde! Glauben dadurch, dass sie mächtig was getan hätten! Einen Scheiß haben sie! Sind bloß eingebildete Schnösel, die sich für wahnsinnig wichtig halten! Die sollen uns einfache Menschen unsere Arbeit machen lassen! Irgendjemand muss die nämlich machen!«

»Aber so weitermachen wie bisher können wir auch nicht«, wandte Fays Nachbarin ein.

»Warum haben Sie dann nicht die U-Bahn genommen?«, fragte der Fahrer. »Sie gefallen mir! Behaupten, etwas fürs Klima zu tun, fliegen aber für eine Konferenz kreuz und quer über den Globus und lassen sich hier rumchauffieren, um ihren Fuß nicht zum gemeinen Volk in die U-Bahn setzen zu müssen.«

Fay kniff die Lippen zusammen. Leider hatte er nur zu recht. Auch ihre Nachbarin schwieg beschämt. Den Rest der Fahrt zogen es alle vor zu schweigen.

Das Hotel war ein neueres Gebäude. Die meisten Zimmer hatten Glaswände bis zum Boden. Von ihrem Zimmer im neunten Stock sah Fay in Büros benachbarter Wolkenkratzer und auf tiefer liegende Bitumendächer mit Wassertürmen. Der Raum war winzig. Rund um das Bett blieb ein Meter bis zur Glaswand an einer Seite, einem schmalen Brett, das als Ablage und Arbeitsplatz dienen konnte auf der zweiten und einem winzigen Schrank an der dritten freien Seite. Ihr Koffer würde nach dem Auspacken nur unter dem Bett Platz finden.

Auf dem Bett lag ein Kuvert mit ihrem Namen darauf. Ein Willkommensgruß des Hotelmanagements. Dachte sie, bis sie ihn öffnete und las.

Einladung für

Frau Fayola Oyetunde
zum exklusiven Pre-Opening der Ausstellung
»Tandines«
von
Emilia Balotti
Einlass: Heute, 20.00 Uhr
Solomon R. Guggenheim Museum
1071, 5th Ave, NY 10821

Darunter ein handschriftlicher Zusatz:

Würde mich freuen!
Manu

Der spinnt, dachte Fay wieder einmal, und musste lachen.

Ganz abgesehen davon hatte sie nur Kleidung für ihre Arbeitstage bei der UNO gepackt. Nicht für Abendgalas an Manus Seite mit der New Yorker High Society.

Sie warf die Karte auf das Bett zurück und öffnete ihren Koffer. Dann erkundete sie, wie viel Platz der Schrank ihrem Gepäck gewährte.

An der Stange mit den Haken darin hingen zwei Abendkleider. Darunter standen zwei Paar hochhackige Abendschuhe.

Der Zimmerservice hatte den Schrank nicht einmal gereinigt!

Fay kannte sich nicht aus mit solchen Sachen, aber beide Roben sahen ungewöhnlich teuer aus für ein Hotel wie dieses.

Genervt wollte sie die Dinger herausreißen, als sie eine Notiz daran entdeckte:

Für heute Abend.
Der Wagen holt dich um 19:15 Uhr ab.
Bis später, Manu

65

Immer wieder hob Pat den Blick von dem mehrseitigen Ausdruck. Durch das verschmierte Fenster der Polizeistation auf der spärlich beleuchteten Straße hielt er Ausschau nach dem schwarzen Geländewagen. Wenigstens wachten zwei Polizisten vor dem Gebäude.

Pat beendete die Lektüre seines Aussageprotokolls und verlangte nach einem Stift, als eine Limousine vor der Station bremste. Pat fuhr zusammen. Der Polizist ihm gegenüber griff nach seiner Waffe.

Aus dem Wagen stieg ein groß gewachsener, schlanker Weißer in einem salbeifarbenen Leinenanzug. Er sprach mit den Polizisten vor der Tür. Dann öffnete sich die Tür.

»Alfred Townsend«, stellte sich der Mann vor. Zeigte einen Ausweis so, dass auch Pat ihn sehen konnte. »Die US-Botschaft in Nairobi hat mich geschickt.«

»Pat Welzer«, sagte Pat und sprang auf. »Das ging aber schnell aus Nairobi.«

»Glück«, sagte Alfred. »Ich hatte in Mombasa zu tun. Was ist passiert?«

Pat schilderte in kurzen Worten die Ereignisse. Nur das Detail mit Tonys Telefonen, die er an sich genommen hatte, unterschlug er. So wie er es auch bei seiner Aussage vor dem Polizisten getan hatte.

Dabei drückte er Alfred den Ausdruck in die Hand. Der überflog ihn, während er Pat zuhörte.

»Klingt, als hätten Sie ordentlich Schwein gehabt«, erklärte er schließlich.

Er wandte sich an den Polizisten.

»Kann ich ihn mit nach Mombasa nehmen?«, fragte er.

»Wenn er seine Aussage unterschreibt«, antwortete dieser. »Sie deckt sich mit denen anderer Zeugen.«

»Ich muss Tony Vermaaks Wohnung finden und nachsehen, ob er dort noch mehr Informationen hatte«, sagte Pat.

»Wir wissen, wo er wohnte«, meinte der Polizist. »Aber Sie können da jetzt nicht hin. Außerdem kam wohl schon jemand vor Ihnen auf die Idee. Als unsere Männer hinkamen, hatte jemand das Innere seiner Unterkunft bereits völlig verwüstet.«

»Trotzdem.«

»Vergessen Sie's«, sagte der Polizist. »Dort ist nichts. Außerdem ist das ein Tatort. Für Zivilisten gesperrt.«

Pat linste aus dem Fenster auf die düstere Straße. Um die wenigen Straßenlampen flatterten große Insekten.

»Sind Sie allein?«, fragte er Alfred.

»Mein Fahrer wartet im Wagen«, sagte Alfred. »Weshalb?«

»Wenn die Typen es noch einmal versuchen? Wir brauchen bewaffneten Geleitschutz. Die Polizei oder einen Sicherheitsdienst.«

»Wohin?«

»Nachdem ich hier nicht weiter recherchieren kann? Nach Mombasa.«

Alfred erwog den Einwand.

»Er hat recht«, sagte er zu dem Polizisten. »Jemand von Ihnen muss uns begleiten.«

»Das wird schwierig«, sagte der Polizist. »Wir können nicht einfach …«

»Es wird sich bestimmt eine Möglichkeit finden«, sagte Alfred. »Vielleicht ein paar Kollegen, die gerade nicht im Dienst sind und einen lukrativen Begleitauftrag übernehmen wollen?«

Der Polizist nickte nachdenklich. Sah auf die Uhr.

»Mein Dienst endet in zwanzig Minuten. Der von meinen beiden Kollegen da draußen auch. Dann könnten wir das übernehmen.«

Alfred grinste Pat an.

»So lange können wir warten, oder?«

66

Sienna schaute in meist rote Augen und verschwollene Gesichter. Die Nachwirkungen des Tränengases gestern. Und weiterer Demonstrationen heute. In dem kleinen Souterrainclub hatten sich etwa dreißig Generation-Change-Mitglieder versammelt. Die Luft war so erhitzt wie die Stimmung.

»Seht euch an!«, rief Sienna. »Statt mit uns gegen Klimakollaps und Geoengineering-Wahnsinn zu demonstrieren, prügeln sie euch grün und blau!«

»Schweine!« – »All cops are bastards!« – »Genau!«, kamen die wütenden Antworten zurück.

Nebenbei scannte Sienna auf ihrem Telefon laufend die Schlagzeilen und ihre Nachrichten. Immerhin wurden ihre laufenden Proteste auf allen Kanälen prominent erwähnt. Allen voran Sienna selbst.

»Wir haben es lang genug auf die friedliche Art versucht!«, rief nun Martin. »Aber sie wollen es nicht verstehen. So erreichen wir einfach nichts.«

»Genau!« – »Was meinst du damit?« – »Aber keine Gewalt!«

»Wir müssen deutlicher werden!«, erklärte Sienna. »Uns an Straßen oder Bilder kleben, Reifen aufstechen, das ist doch alles Firlefanz! Außerdem trifft es die Falschen. Damit bringen wir nur die Öffentlichkeit gegen uns auf, statt sie für uns zu gewinnen!«

»Die Möglichkeiten des einzelnen Autofahrers sind gering«, rief Martin. »Die Möglichkeiten des Vorstandsvorsitzenden eines Ölkonzerns oder einer globalen Bank sind gewaltig! Wir müssen gegen diese eigentlichen Täter aktiv werden. Die Chefs von Öl- und Gaskonzernen! Kohle! Finanziers! Autokonzern-CEOs!«

»Aber die beginnen ohnehin auf Elektro umzustellen«, wandte Khalil ein.

»Elektroautos retten nicht das Klima«, wandte Sienna ungeduldig ein, »sie retten nur die Autoindustrie! Und führen bloß zu neuen Ausbeutungen, Ressourcenverschwendung und Umweltschäden! Lithiumgewinnung statt Ölbohrungen. Seltene Erden statt Gas. Um nichts besser!«

»Privatjets!«, rief Martin. »Fleischindustrie-Bosse!«

»Und natürlich müssen wir jetzt auch gegen das chinesische Geoengineering vorgehen«, erinnerte Sienna.

»Was sollen wir denn dagegen tun?«, fragte Khalil.

»Das muss ich mir noch überlegen. Konzentrieren wir uns zuerst auf die alten Übeltäter. Damit die nicht glauben, sie können unter dem Scheiß-Sonnenschirm so weitermachen wie bisher.«

In Siennas Nachrichtenkonten trudelten weiter Anfragen von TV-Stationen zu Interviews und Diskussionssendungen über den Sonnenschirm ein.

»Aber China hat doch gefordert …«, setzte Khalil an.

»Wie naiv bist du denn?«, fuhr Sienna ihn an. »Glaubst du wirklich auch nur eine Sekunde, dass sich irgendjemand daran halten wird? Vergiss es! Außerdem gehen Aktionen gegen die bisherigen Täter schneller, dafür haben wir bereits Vorbereitungen getroffen.«

»Ihr habt was?!«, fragte eine irritierte Stimme.

67

Vor Alfreds Limousine blinkten Blaulichter, während sie durch die Nacht rasten. Hinter ihnen auch. Immer wieder wandte Pat sich um, ob der schwarze Geländewagen ihnen folgte. Doch da blendeten ihn nur die Scheinwerfer und Blaulichter der Polizeiwagen. Nicht wirklich Polizeiwagen – die Polizisten fuhren in ihren Privatautos, verbeulte Schüsseln, auf deren Dächern sie Einzelblaulichter mit Magnet gestellt hatten.

Auf der Rückbank neben ihm saß Alfred und betrachtete das alte Drohnenbild, das Tony an Pat gesandt hatte.

»Aus einem Filmprojekt also?«, fragte er.

»Behauptete er«, meinte Pat.

»Wie kommen die chinesischen Drohnen in ein nigerianisches Filmprojekt?«, fragte Alfred.

»Das konnte ich ihn nicht mehr fragen«, sagte Pat und entzog Alfred wieder den Blick auf das Display.

»Und woher wussten die Mörder, dass dieser Tony sich mit Ihnen treffen wollte? Und wo? Und konnten sogar ihren Fahrer einschleusen?«

»Die Fragen bereiten mir auch Kopfzerbrechen«, antwortete Pat. »Sie müssen Tony überwacht haben.«

»Wie lange schon? Seit sieben Jahren?«

Pat zuckte mit den Schultern.

»Oder Sie werden überwacht«, meinte Alfred.

»Von wem?«

»Den Chinesen?«

»Ich prüfe meine Telefone und Computer regelmäßig«, entgegnete Pat.

Alfred hob die Augenbrauen und lächelte ihn mitleidig an.

»Außerdem«, sagte Pat, »weshalb sollten die Chinesen Tony wegen alter Bilder von Prototypen umbringen, deren Weiterentwicklungen längst da draußen herumfliegen?«

»Auch wahr«, gab Alfred zu.

Pat wischte durch die aktuellen Nachrichten.

Die Schlagzeilen gehörten dem Großen Sonnenschirm und der am nächsten Tag beginnenden Konferenz bei den Vereinten Nationen in New York. Tausend Spekulationen, keine Informationen. China hatte nichts über das Programm preisgegeben.

»Ihnen ist klar, dass ich unsere Dienste über dieses Bild und die Vorfälle informieren werde«, bemerkte Alfred währenddessen.

»Ist mir klar«, erwiderte Pat.

Pat gab Tonys vollen Namen bei Google ein, dazu die Begriffe Agentin, Film und Lagos.

»Aus dem Bild könnten wir vielleicht wertvolle Erkenntnisse gewinnen«, hakte Alfred nach.

»Was habe ich davon?«

»Dass Sie Ihrem Land einen Dienst erweisen. Dem Land, das Ihnen gerade einen Dienst erweist.«

Zusammenarbeit mit Geheimdiensten gehörte nicht zu Pats Jobbeschreibung oder Berufsethos.

Gleich die ersten Zeilen der Suchergebnisse brachten ähnliche Ergebnisse. Pat tippte noch auf die zweite Ergebnisseite. Auch dort wurde ihm mehrheitlich eine Person vorgeschlagen: *Mene Odoh, Nollywood's Creative Source.*

»Sie haben das Bild gesehen«, sagte Pat. »Das muss vorerst genügen.«

Alfred seufzte: »Vielleicht überlegen Sie es sich noch.«

»Vielleicht«, sagte Pat, ohne vom Display aufzusehen.

Er durchstöberte bereits die Homepage von Mene Odohs Agentur. Jede Menge gut aussehender, meist junger Gesichter und Körper, einige Charakterköpfe. Fast alle Schwarze. Ein Dutzend Europäer und Asiaten.

Tony fand er nicht.

Pat rief einige der verlinkten Seiten auf. Überwiegend gehörten sie zu Onlinemedien, die über die nigerianische Filmindustrie berichteten. Besetzungslisten, Castingagenturen und Ähnliches. Die angezeigten Artikel waren drei Jahre alt und älter. Darunter fand er einige mit Informationen darüber, wer wen vermittelt hatte. In zwei noch älteren Artikeln aus regionalen Societypublikationen über Mene Odoh und ihre Agentur wurde Tony ebenfalls erwähnt. Einer zeigte ihn sogar auf einem Foto mit einer Schar anderer Agenturkünstlerinnen und -künstler, um Mene Odoh im Zentrum vereint. Eine Zeit lang war er wohl tatsächlich einigermaßen im Geschäft gewesen.

Pat kehrte zurück auf die Homepage von Nollywood's Creative Source.

Kontaktdaten vorhanden.

Hier in Kenia war es fast Mitternacht. In Lagos demnach kurz vor zehn Uhr abends. Spät, aber nicht zu spät, wenn es dringend war. Pat wählte die Nummer.

Nach dem dritten Freizeichen meldete sich eine weibliche Stimme vom Tonband: »Willkommen bei Nollywood's Creative Source. Hier sind gerade alle bei der Arbeit. Bitte hinterlassen Sie Ihren Namen, Ihr Anliegen und Ihre Telefonnummer, wir rufen zurück. Oder schicken Sie uns eine E-Mail.«

»Mein Name ist Pat Welzer, ich bin Journalist für internationale Medien. Ich würde gern mit Ihnen über Tony Vermaak sprechen. Bitte melden Sie sich bei mir.«

Er nannte seine Telefonnummer und seine E-Mail-Adresse.

Dann kopierte er den Kontakt und übertrug ihn in das Adressbuch seines Telefons. Er würde es später noch einmal versuchen.

Zu gern hätte er Tonys Telefone hervorgeholt und versucht, ob er darauf zugreifen konnte. Das war ihm neben Alfred jedoch zu riskant.

Zwei Nachrichten wollte er noch schreiben. Er begann zu tippen. Sobald er sie verschickt hatte, sagte er zu Alfred: »Sie bekommen das Bild. Wenn Sie mir noch eine Sache organisieren.«

Hundert Meter vor dem schwarzen Geländewagen hielten die drei Autos mit Journalisten, seinem Begleiter und den Polizisten in einer kaum beleuchteten Straße an einem vergitterten Tor.

»Ein Strandhotel«, erklärte der Beifahrer nach einem Blick auf das Navigationssystem.

»Es ist zwei Uhr morgens«, bemerkte der Teamleiter. »Kommen die da jetzt noch rein?«

Da öffnete sich bereits das Gitter. Die drei Wagen verschwanden in der Auffahrt. Der Geländewagen fuhr langsam zu dem Tor, das sich jedoch schon wieder schloss. Die roten Hecklichter der drei Autos verschwanden hinter den Büschen und Palmstämmen entlang der gewundenen Zufahrt in die Anlage.

Ein Schild auf der mannshohen Mauer neben dem geschlossenen Tor trug die Aufschrift *Sunny Beach Resort*.

Der SUV rollte langsam weiter.

»Kameras?«, fragte der Teamleiter. Gemeinsam suchten die vier Insassen das Tor und die Mauer nach Überwachungskameras ab.

»Dort«, zeigte einer auf eines der Kästchen, die man in der Dunkelheit nur mit routiniertem Blick erkannte. »Und dort.«

»Dann müssen wir versuchen, von der Strandseite hineinzugelangen«, sagte der Teamleiter. »Runi, du bleibst hier«, befahl er, »und beobachtest den Eingang. Brille aktiv.«

Der Angesprochene sprang ohne weitere Bemerkung von der Rückbank ins Freie und postierte sich im Schatten eines Baumes gegenüber dem Resorteingang. Der Geländewagen beschleunigte. Zweihundert Meter weiter fanden sie einen Zugang zum Strand. Der Teamleiter und der Beifahrer stiegen aus.

»Du fährst zurück zu Runi«, befahl der Teamleiter dem Mann hinter dem Steuer. Im Laufschritt machten sie sich auf den Weg über den Sand.

Der Boden war tief. Im Licht des Mondes sah er, dass große Haufen aus dunklen Fetzen den gesamten Strand bedeckten. Getrocknetes Seegras, begriff er. An der Kante zum Wasser lagen ein paar einfache Fischerboote im Sand.

Sie hatten das Resort noch nicht erreicht, als er Runis Stimme im Headset hörte.

»Wagen nähert sich von links.«

Der Teamleiter klinkte sich in das Sichtfeld von Runis AR-Brille. Auf der Straße entlang der Resortmauer näherten sich Scheinwerfer. Als der Wagen vorbeirollte, erkannte der Teamleiter, was Runi im selben Moment erklärte: »Sicherheitsdienst.«

Die Seite des SUV zierten zwei breite orangefarbene Streifen und der Schriftzug *Security.* Runis Blick folgte den roten Hecklichtern, bis sie am Ende der Resortmauer in jener Straße verschwanden, aus der der Fahrer mit dem Geländewagen erst kurz zuvor zu Runi zurückgekehrt war.

»Kommt in eure Richtung«, warnte Runi, den Blick wieder auf den Eingang des Resorts gerichtet. »Umrundet die Anlage wahrscheinlich über den Strand.«

»Sehe ich durch deine Brille«, erwiderte der Teamleiter. »Wir sind fast da. Bis er hier ist, sind wir drin.«

»Noch unten bleiben«, forderte der Fahrer des Securitywagens von Pat. Kurz vor der Ausfahrt zum Strand hatte er die Lichter ausgeschaltet und gewendet. In der Dunkelheit fuhr er unbeleuchtet in Schritttempo zurück Richtung Straße. Hielt an der Kreuzung. Bog langsam in die finstere Straße und entfernte sich in gemächlichem Tempo von dem Resort. Den Blick immer im Rückspiegel, wie Pat aus seiner Position im Fußteil hinter den Vordersitzen sah.

»Der Geländewagen bleibt vor dem Eingang«, erklärte der Fahrer. »Niemand folgt uns. Sie können sich aufrichten.«

Pat entfaltete sich auf die Rückbank und schnallte sich an, während der Fahrer beschleunigte. Pat wandte sich noch einmal um. Die Straße hinter ihnen blieb leer.

Er prüfte sein Telefon auf Neuigkeiten. Eine Nachricht von Amber.

Nachricht erhalten. Bilder und Infos an Dienste weitergegeben. Hast recht: Mord wg. Prototypen macht keinen Sinn. Aber warum dann? Halte dich auf dem Laufenden. Pass auf dich auf!

Pat tippte rasch eine Antwort.

Unterwegs nach Lagos. Kann ich dort bei Bedarf Unterstützung bekommen?

68

Auf der 5th Avenue am Central Park stauten sich die Autos. Ihr Wagen glitt lautlos ein paar Meter voran, dann hielt er wieder. Manu hatte eine Elektrolimousine geschickt.

Fay liebte den Trubel der New Yorker Straßen. Um diese Uhrzeit kam der Wagen nur langsam voran. Fay musste an den Fahrer denken, der sie vom Flughafen zum Hotel gebracht hatte. Sie hätte die U-Bahn zum Guggenheim nehmen können. Sie erkannte ein Deli wieder, in dem sie schon eingekauft hatte, als sie hier gelebt hatte. Sonst hatte sich viel verändert. Sie sah mehr Fahrradfahrende auf den Straßen als noch vor einigen Jahren.

Der Chauffeur wechselte bald von der 5th Avenue zur Madison. Nachdem Fay sich erst einmal sattgesehen hatte, prüfte sie ihr Telefon ein letztes Mal auf Nachrichten. Für den Rest des Abends wollte sie davon ihre Ruhe haben.

Die meisten interessierten sie nicht. Dieser Journalist mit den Drohnenbildern hatte jedoch eine neue geschrieben.

Fay öffnete sie. Die war länger.

Wieder waren Drohnenbilder dabei. Mit roten Markierungen. Dazu ein Text, in dem er Unterschiede zwischen den Drohnen beschrieb. Die angeblich alten Drohnen sahen tatsächlich ein wenig anders aus. So genau hatte Fay sie beim ersten Mal gar nicht analysiert. Ihre Prototyptheorie könne also stimmen, meinte er. Danach folgte ein noch längerer Text.

Nachdem Fay ihn gelesen hatte, fing sie gleich noch einmal von vorn an. Die Geschichte klang zu unglaublich. Er hatte noch ein Foto mitgeschickt. Ein Selfie. Mit blauen Flecken und Abschürfungen im Gesicht. Waren das dazwischen Sommersprossen oder Blutspritzer? Die Geschichte dazu klang wie aus einem Abenteuerroman. Inklusive zweier Toter und mehrerer Verletzter. Sein Informant war vor seinen Augen erschossen worden. Gerade als er reden wollte. Wegen Prototypen, deren Weiterentwicklungen inzwischen die ganze Welt kannte?

Was, zum Teufel? Konnte sie dieser Räuberpistole glauben?

Er schrieb weder, wo er nun war, noch, was er vorhatte. Rasch versuchte sie, in kenianischen Onlinemedien etwas über den Vorfall zu finden. Nach einigem Stöbern stieß sie auf zwei nur wenige Stunden alte, ähnlich lautende Meldungen. Ein südafrikanischer Sportlehrer und Hotelanimateur war bei einem Zwischenfall nahe Mombasa ums Leben gekommen. Vielleicht hatte das ja mit den Schilderungen des Journalisten zu tun. Er selbst hatte bislang nichts darüber berichtet.

Gedankenverloren steckte sie das Telefon weg und starrte wieder auf die Straße. Sie hatte gar nicht mitbekommen, dass sie mittlerweile direkt Richtung Central Park fuhren. Das Museum musste gleich da vorn sein. Der Wagen bewegte sich nur mehr im Schritttempo.

»Ich steige hier aus«, sagte Fay zu dem Fahrer. Ein paar Schritte zu Fuß würde sie in ihren Stöckelschuhen schaffen.

Draußen herrschte ein warmer Maiabend. Auf den Bürgersteigen tummelten sich Spaziergänger, Menschen, die von der Arbeit kamen, und Touristen, die wahrscheinlich den Central Park oder das Metropolitan Museum of Art besucht hatten. Was für eine aufgeregte und doch friedliche Welt das hier war! Ihre Gedanken schweiften ab zu der Nachricht des Journalisten aus Kenia. Sie wusste nicht, was sie mit der Geschichte anfangen sollte.

Vor dem Eingang zum Museum drängte sich eine Traube von Menschen in festlicher, meist dunkler Abendkleidung. Beim Näherkommen erkannte Fay viel Schwarz, viel japanisches Plissee, viele Brillengestelle mit dicken schwarzen Rahmen, viel sehr roten Lippenstift an den Frauen. Dazwischen aber auch immer wieder farbliche Kontrapunkte, als nutzten manche Besucher bewusst den Hintergrund der überwiegend dunkel Gekleideten als perfekte Grundierung für besonders bunte und schillernde Kostüme. Das hier war erkennbar das Publikum einer exklusiven Kunstausstellungseröffnung und nicht das eines Opernabends.

Fay selbst hatte sich für das schlichte Etuikleid entschieden, das auf den ersten Blick schwarz schien, je nach Lichteinfall aber – sehr dezent – in verschiedenen Tönen von Dunkelgrün bis Violett schimmerte. Sie hatte das Etikett recherchiert, da sie den Namen nicht kannte. Eine der gerade heißesten Designerinnen der Stadt, wie sie herausgefunden hatte. Es passte perfekt. Wie auch immer Manu das angestellt hatte. Die Schuhe dazu waren von gleicher Qualität.

Anfangs hatte sich Fay über Manus gönnerhafte Geste geärgert. Dann hatte sie sich gedacht: Was soll's? Wann würde sie das nächste Mal zu einer Gala ins Guggenheim kommen?

Die Alternative wäre ein Abend mit ein paar Kollegen in einem mittelmäßigen Restaurant und anschließendem Barbesuch gewesen, der nach dem langen Tag bald geendet hätte.

So stand sie jetzt im Getümmel und ließ sich langsam zum Eingang des Museums treiben. Schoss ein paar Fotos mit ihrem Telefon.

Zeigte am Empfang ihre Einladung und wurde eingelassen.

Im Gebäude verteilten sich die Anwesenden etwas lockerer als vor der Tür.

»Da bist du!«

Manu kam mit ausgebreiteten Armen auf Fay zu.

Seine Gesichtszüge waren etwas schärfer geworden. In seinen kurz geschnittenen Haaren kräuselten sich erste graue. Der Smoking schmiegte sich perfekt an seine schlanke Athletenfigur. Und hatte doch etwas Besonderes, das Fay nicht auf den ersten Blick identifizieren konnte. Sicher Maßarbeit.

In ihren Schuhen war sie so groß wie er.

Kurze Umarmung, angedeutete Küsschen.

»So schnell sieht man sich wieder«, sagte er und ließ den Blick über sie streichen.

»Das war ein Scheiß-Stunt, den du da vorgestern Nacht abgezogen hast«, schimpfte Fay.

»Gib zu«, grinste er, »es hat dir Spaß gemacht.«

Sie konnte ihr Grinsen haarscharf unterdrücken. Böse jedoch sah sie sicher nicht aus.

»Danke für die Einladung«, sagte sie. »Und für das Outfit.«

»Gern. Lass uns hinübergehen«, sagte er und zog sie sanft in die Halle unterhalb des spiralförmigen Ausstellungsbereichs. Von der Decke hingen eigenartige Skulpturen aus Textilien, Holz und Kunststoff. Fay meinte menschliche und tierische Figuren darin zu erkennen und dann wieder doch nicht. Von den sich aufwärtswindenden weißen Geländern betrachteten erste Gäste ebenfalls die Kunstwerke oder blickten hinab auf den Ameisenschwarm, der aus dem Foyer in die Ausstellung strömte.

Manu entdeckte jemanden in der Menge, zeigte auf die Frau, wie Politiker es gern taten, und steuerte Fay in die angegebene Richtung.

Fay erkannte sie wieder, aus den Medien – aber auch von den Übertragungen aus dem Situation Room gestern Nacht.

Amber Fields, die Pressesprecherin des Weißen Hauses.

Begrüßung, erneutes Vorstellen.

»Sie haben uns sehr geholfen«, sagte Amber Fields.

»Bedanken Sie sich bei Manu«, entgegnete Fay freundlich.

Schon stieß noch jemand zu ihrer Gruppe. Begrüßte Fields, dann Manu. Ein paar Minuten später hatte Fay ein Dutzend weiterer US-Honoratioren kennengelernt. Die meisten kannten Fay aus den Nachrichten. Daran hatte sie kaum gedacht. Sie gratulierten ihr zu ihrer Beraterfunktion. Nun begriff sie, dass sie hier selbst so etwas wie eine kleine Berühmtheit darstellte.

Einige Politiker und Wirtschaftsgrößen seien nicht wegen der Ausstellung hier, erklärte ihr Manu in einer stillen Sekunde, doch die Extrakonferenz wegen des Großen Sonnenschirms hatte sie kurzfristig in die Stadt gebracht.

»In Wahrheit wird das heute und morgen wie Davos«, sagte er. Meinte damit das exklusive jährliche Treffen von Spitzenpolitikern, Milliardären und anderen Big Shots in den Schweizer Alpen. »Nur ohne die Berge.«

Einige der Anwesenden würden bei den Verhandlungen der kommenden Tage eine Rolle spielen. Fay schenkte allen ihre Aufmerksamkeit, offene Ohren und ein Lächeln. So weit war sie mit dem internationalen Parkett vertraut. Wenn auch nicht auf dieser Ebene. Neben Manu jedoch fühlte sie sich komfortabel in der Situation. Er schien nicht nur integriert, sondern gefragt.

Die Eröffnungsrede der Museumsdirektorin hatte kaum begonnen, als Fay Manu sanft am Arm in Richtung des Spiralaufstiegs zog.

»Schauen wir uns die Ausstellung an«, sagte sie.

Sie ließen die Stimmen hinter sich. Auf der Spirale waren sie jetzt zwei unter wenigen anderen. Gemächlich gingen sie die leichte Steigung aufwärts. Für Stöckelschuhe war diese Rampe nicht gemacht, stellte Fay missmutig fest.

Die Bilder ähnelten den hängenden Skulpturen aus dem Atrium. Auf den ersten Blick wirkten sie abstrakt, und doch schienen gleichzeitig gegenständliche Elemente darin enthalten zu sein. Betrachtete man sie näher, löste sich der Widerspruch nie ganz auf. Ein raffiniertes Spiel mit der Wahrnehmung der Betrachtenden.

»Was wird das?«, fragte sie. »Du stellst mich hier sämtlichen Big Playern der kommenden Tage vor. Womöglich der kommenden Jahre. Wer ist noch alles da?«

Manu grinste.

»Ein paar Europäer, Brasilianer, Indonesier, Saudis, Nigerianer, Ägypter, noch einige. Du wirst sie auch noch kennenlernen.«

»Weshalb ich?«

»Du weißt so gut wie ich, dass es bei solchen Gesprächen immer von Vorteil ist, wenn man sich schon einmal gesehen hat. Wenn man den offiziellen Rang der anderen kennt. Aber auch den inoffiziellen. Und dass solche Gespräche oft jemanden im Hintergrund benötigen, der diskret vermitteln kann. Weshalb nicht du?«

»Ich bin Wissenschaftlerin, keine Diplomatin.«

Manu lachte.

»Diplomatisch bist du tatsächlich nicht!«

»Und ich bin keine Schachfigur.«

Jetzt lächelte er sie verschmitzt an.

»Nein. Das bist du auch nicht. Und wenn, höchsten die Königin.«

Fay räusperte sich. »Spar dir das Gesülze«, sagte sie dann. »Verrate mir lieber, wie du so schnell von den Drohnen wusstest.«

»Open Intelligence«, meinte Manu. »Eines meiner Unternehmen spielt weltweit ganz vorn mit. Seine Programme finden so etwas binnen Sekunden, sobald es da draußen im Internet ist.«

»Und woher wusstest du, wofür sie konstruiert sind?«

»Himmel, Fay, wir haben doch schon während deines Studiums über solche Konzepte spekuliert. Und später immer wieder.«

»Du hast nicht spekuliert«, erinnerte sie sich. »sondern, wie üblich, gesponnen. Am besten gleich einen Thermostat für die

Erde zu bauen, meintest du, den man nach Belieben höher oder tiefer drehen könnte, wie eine Klimaanlage.«

»Wäre doch super«, lachte Manu. »Am besten für jede Region, wie sie es braucht oder am liebsten hat.«

»So funktioniert das Klima aber nicht«, entgegnete Fay.

»Noch nicht, Kleingeist«, spöttelte Manu, »noch nicht. Wie auch immer«, lenkte er auf ihr ursprüngliches Gespräch zurück, »ich habe eins und eins zusammengezählt.«

»Eins und eins«, spottete sie zurück.

Jetzt grinste er sie an.

»Zugegeben, ich finanziere einige Unternehmen, die sich intensiver mit der Materie beschäftigen. Da tauchten solche Entwürfe wie die chinesischen Drohnen auch schon mal auf.«

»Du investierst in Geoengineering?«, fragte Fay überrascht. »Davon hast du nie erzählt.«

»In Forschung«, wiegelte Manu ab. »Ist als Thema nicht so populär, aber irgendjemand muss es ja tun.«

»Muss«, lachte sie. »Wenn du investierst, dann deshalb, weil du dir davon Profit versprichst.«

»Zugegeben«, lächelte Manu. »Ich gehe davon aus, dass die Wetter- und Klimabeeinflussung einer der lukrativsten Geschäftszweige der kommenden Jahrzehnte wird.«

Fay musterte ihn. In Geschäftsdingen hatte Manu immer einen herausragenden Riecher besessen. Sonst wäre er nicht so erfolgreich geworden.

»Möchtest du einsteigen?«, fragte er. »Expertinnen wie dich brauchen wir dringend. Wenn sie so gut vernetzt sind wie du« – er grinste – »noch dringender. Falls du in den nächsten Tagen Zeit findest, zeige ich dir gern ein wenig davon.«

»Zeigen kannst du es mir gern«, sagte sie.

»New York statt Bonn, falls du möchtest«, lockte Manu weiter. »Oder San Francisco, Seattle, wohin immer du magst.«

»Sagt mal, ihr zwei Turteltäubchen«, unterbrach Amber Fields ihre Unterhaltung. Fay hatte sie nicht kommen gehört. »Interessiert euch die Rede gar nicht?«

Amber tat den letzten Schritt auf die beiden zu, um in ihren Kreis zu treten. Sie wirkten sehr vertraut miteinander. Mussten sie sein. Sonst hätte Manu sie nicht in die höchst heiklen Situationen der vergangenen Tage als Beraterin geholt.

»Ich besitze einige Arbeiten der Künstlerin«, erwiderte Manu, »ich darf schwänzen.«

»Verstehe ich, bei dieser reizenden Begleitung«, sagte Amber. »Woher kennt ihr euch eigentlich?«

»Noch aus Kindheits- und Jugendtagen«, antwortete Manu.

In Fays Gesicht meinte Amber für einen Moment einen Gemütsschatten wahrzunehmen.

»In Nigeria?«, fragte sie Fay.

»Ja«, antwortete Fay mit offener Miene. »Aber auch danach.«

»Wie du dich vielleicht erinnerst, hat Fay in den USA studiert«, sagte Manu, »und besitzt längst die US-Staatsbürgerschaft.«

»Ich weiß«, sagte Amber und lächelte Fay an. »Darf ich deine charmante Begleitung kurz etwas fragen?«

»Soll ich euch allein lassen?«, fragte Manu.

Amber überlegte einen Sekundenbruchteil, bevor sie antwortete: »Nicht nötig. Du bist so tief mit drin und kennst dich in der Materie aus, wie deine Präsentation gestern zeigte.«

Amber zog ihr Telefon hervor.

»Sie sind die Expertin«, sagte Amber zu Fay, »deshalb eine Frage. Streng vertraulich.«

»Selbstverständlich«, erwiderte Fay.

Amber bedachte Manu mit einem strengen Blick. »Das gilt auch für dich.«

Sie rief auf dem Telefondisplay ein Foto auf.

Ein Drohnenbild mit roten Markierungen, die Pat ihr geschickt hatte.

»Das hat mir ein alter Bekannter zukommen lassen«, erklärte Amber. »Journalist, war bei der chinesischen Pressekonferenz auf dem Mount Everest dabei.«

Sie sah, wie Fay eine Braue hochzog, sie wirkte überrascht.

»Er bekam das Bild kurz nach Erscheinen der ersten Passagiervideos dieser Linienmaschine von einem unbekannten Informanten, der behauptet, es sei sieben Jahre alt. Ich habe es überprüft. Zu dem Zeitpunkt, als Pat – so heißt der Bekannte – es erhielt, existierten online nur die Videos von den Passagieren des Linienflugs. Dieses hier nicht. Meine Frage: Was meinen Sie dazu?«

Wortlos holte Fay ihr Telefon hervor. Rief die Drohnenbilder des Journalisten auf.

Zeigte sie Amber und Manu.

»Mir hat er sie auch geschickt«, sagte sie.

Amber war völlig überrascht.

»Kennen Sie ihn?«

»Nein«, entgegnete Fay. »Ich vermute, die Berichterstattung über mich …«

Manus Blicke sprangen neugierig über die Displays in den Händen der Frauen.

»Das sind nicht die chinesischen«, stellte er fest.

»Nein«, sagte Fay. »Ist aber auch deutlich markiert«, fügte sie spöttisch hinzu. »Auf die ersten Fotos schrieb ich ihm, dass es Prototypen sein könnten.«

»Von Ihnen kam diese Idee«, sagte Amber.

Fay erzählte ihr knapp von der ersten Nachricht des Reporters. Und der zweiten. Von dem Überfall. Und dem Toten. Einen Moment schien sie zu zögern. »Der nun tote Informant«, fuhr sie fort, »behauptete auch, dass der Sonnenschirm nur der Anfang sei. Und jemand etwas viel Schlimmeres plane.«

Amber musterte Fay mit der Art Blick, die ihrem Gegenüber das Gefühl gab, dass man vor ihr nichts verbergen konnte.

Fay hielt ihm stand.

»Ich habe dieselbe Nachricht bekommen«, erklärte Amber.

»Schlimmer als der Sonnenschirm?«, fragte Manu. »Mehr sagte er nicht?«

»Nein.«

»Ist er in Sicherheit?«, fragte Manu. »Diese Schilderungen klingen dramatisch. Braucht er Hilfe?«

»Ich habe mich erkundigt«, sagte Amber. »Die Botschaft in Kenia hat ihm jemanden zur Unterstützung geschickt.«

»Prototypen also?«, fragte Manu. Streckte die Hand nach Fays Telefon aus. »Darf ich?«

»Eine Vermutung«, sagte Fay, »mehr nicht.«

Sie reichte es ihm.

»Wer ist der Typ noch mal?«, fragte er. »Und wo ist er?«

Er wischte und tippte auf dem Display von Fays Handy. Betrachtete das Bild noch einmal genauer.

»Pat Welzer heißt er«, sagte Amber. »Wo er genau ist, hat er nicht geschrieben.«

»Ist es okay, wenn ich mir die Bilder schicke?«, fragte Manu. »Ich würde sie von meinen Leuten analysieren lassen. Vielleicht finden die mehr darüber heraus. Wobei«, fügte er hinzu, »Chinas Drohnen flogen zu dem Zeitpunkt schon, als dieser Informant offenbar ermordet wurde. Weshalb ihn also wegen alter Bilder von Prototypen umbringen?«

»Wegen Schlimmerem«, sagte Fay.

»Aber was sollte das sein?«, fragte Amber.

69

»Wir haben ihn verloren«, erklärte der Teamleiter Ebele, die ihn durch den Stream der AR-Brille eines seiner Teammitglieder sah. Sie saßen in ihrem Wagen, in einer dunklen Straße.

»Der Typ, der ihn an der Polizeistation abgeholt hatte, ist Mitarbeiter der US-Botschaft und hatte gerade in Mombasa zu tun. CIA, vermute ich, wegen der Drohnen da, aber der Check läuft noch. Saß etwa eine Stunde in dem Resort herum, bevor er wieder fuhr. Bloß Welzer war nicht bei ihm. Wir haben das Resort gecheckt. Ein paar Kameras montiert. Alles nicht schwer, viele Gäste haben die derzeit nicht. Falls er noch da sein sollte, sehen wir ihn spätestens morgen früh.«

»Findet ihn«, sagte Ebele. Ihre Leute wussten, dass eine solch kurze, ruhige Forderung gefährlicher war als jeder Tobsuchtsanfall eines anderen Chefs.

»Ja«, erwiderte der Teamleiter nur.

70

Absteige, anders konnte man das »Hotel«, in dem ihm Alfred mitten in der Nacht ein Zimmer besorgt hatte, nicht nennen. Trotz der angeblichen vier Sterne.

Jedoch besser als nichts. Ein vorsichtiger Blick aus dem Fenster. Nichts Auffälliges zu entdecken.

Immerhin hatte er sich endlich Tonys Blut abwaschen und in saubere Kleidung schlüpfen können.

Und versucht, Tonys Telefone zu entsperren. Erfolglos.

Danach hatte er ein paar Stunden geschlafen wie ein Toter.

Nachdem Pat sein kärgliches Frühstück auf dem Zimmer beendet hatte, scrollte er auf seinem Laptop durch die News. Bis der Computer einen Videoanruf meldete.

Mene Odoh.

Pat richtete sich auf, strich sich mit der Hand über das Haar und nahm den Anruf an.

»Danke, dass Sie sich melden!«

In dem Fenster auf seinem Bildschirm erschien das Gesicht einer Frau Mitte vierzig, an den Ohren auffällig großer und bunter Schmuck. Auf dem Kopf ein gebundenes Tuch, auch bunt.

»Was ist mit Ihnen passiert?«, fragte sie, auf seine Verletzungen hinweisend.

Mene Odoh hätte sich selbst als Schauspielerin versuchen können, dachte Pat, bei ihrem Aussehen. Im Hintergrund an den

Wänden erahnte er Bilder, Mene Odoh und Personen, die wie Schauspieler, Produzentinnen und Regisseure aussahen, auf roten Teppichen, bei Partys, mit Trophäen in den Händen.

»Sie haben wegen Tony angerufen?«

Pat hatte nicht mehr darüber nachgedacht, wie er das Gespräch führen sollte. Würde die Agentin Angst bekommen, wenn er mit der Tür ins Haus fiel, und schweigen? Oder würde es sie erst recht zum Reden bewegen?

»Hatten Sie in letzter Zeit Kontakt mit Tony?«

Sie blickte misstrauisch.

»Weshalb?«

»Wir haben Pat Welzer wieder!«, erklärte eine von Ebeles Assistentinnen. »Ein Videocall mit Mene Odoh.« In deren Kommunikationsgeräten waren sie seit Beginn des Projekts Optimum.

»Stream«, befahl Ebele. Sie bekam die Bilder in ihre AR-Brille gespielt.

»Ich habe ihn gestern in der Nähe von Mombasa getroffen«, erklärte der Journalist seiner Gesprächspartnerin. »Bei seinem derzeitigen Arbeitsplatz. Er erzählte von einem Filmprojekt vor ein paar Jahren. Das seltsam abgelaufen sei.«

Die Agentin hörte dem Journalisten zu. Ebele ebenfalls.

»Mit sehr hoher Geheimhaltung«, fuhr Pat fort, als Mene Odoh nichts sagte. Und als sie immer noch stumm blieb: »Nach der Fertigstellung ist es aber nie erschienen. Die Produktion zog es zurück.«

Mene Odohs Blick verriet Ebele, dass sie genau wusste, wovon er sprach. Aber nicht wusste, ob sie mit ihm darüber sprechen sollte.

»Und Tony hat nicht genug über dieses Filmprojekt erzählt?«, fragte sie, Spott in der Stimme. »Überraschung! Wenn doch die Geheimhaltung so hoch war.«

Tony. Dieser Reporter suchte Schwierigkeiten.

Jetzt zögerte er.

»Wir versuchen, ihn zu orten«, nutzte eine von Ebeles Assistentinnen die Pause. »Scheint eine gute Verschlüsselung zu verwenden. Wird schwierig.«

»Tony« – gestand Pat schließlich – »ist tot.«

Er beobachtete die Wirkung der Nachricht auf Mene ebenso aufmerksam wie Ebele. Menes eben noch spöttisch-freundliche Züge sackten herab.

»Was ist geschehen?«

»Ein Unfall«, log er.

Klar. Denn wenn er ihr die Wahrheit erzählte, dachte Ebele, würde die Agentin schweigen.

»Oh Gott!« Mene bekreuzigte sich und starrte vor sich hin.

»Er hat mit Ihnen gesprochen, stimmt's?«, versuchte Pat diesen Moment ihrer Erschütterung zu nutzen.

Geschickt, dachte Ebele.

Mene nickte leicht, womöglich unbewusst.

»Er rief mich gestern Morgen an«, antwortete sie abwesend.

»Weshalb?«, fragte Pat leise, als sie wieder verstummte.

»Zuerst sprachen wir kurz über das chinesische Klimaprogramm«, fuhr sie fort. »Tun im Augenblick ja alle. Er arbeitete wohl ganz in der Nähe der Basis in Mombasa.«

»Ja. Was sagte er dazu?«

»So etwas wie ›erstaunlich‹ oder ›verrückte Zeiten‹. Ich kann mich nicht genau erinnern.«

»Das war's?«

»Ja. Und sonst?«

Sie fing sich langsam. Noch nicht genug, um in ihre vorherige Skepsis zurückzufallen. Sah wieder zu Pat auf.

»Projekt Optimum«, sagte sie.

»Lass es«, flüsterte Ebele.

»Das, worüber er wohl auch mit Ihnen gesprochen hat«, fuhr Mene fort. »Er wollte wissen, wer damals produziert hatte, Regie geführt, Technik.« Sie zuckte mit den Schultern. »Ich konnte ihm das auch nicht beantworten. Es stimmt, es gab noch mehr Geheimnistuerei darum als um manch andere Projekte.«

»Aus gutem Grund«, murmelte Ebele.

»Tony erzählte davon«, bestätigte Pat. »Können Sie sich daran erinnern, worum es in dem Film ging?«

Sie schüttelte den Kopf. »Ich bekam ein Briefing für bestimmte Anforderungen an Schauspielerinnen und Schauspieler. Ich konnte Tony und acht andere Castmitglieder vermitteln. Deren Namen wollte Tony dann.«

»Haben Sie ihm die gegeben?«

»Hat sie«, murmelte Ebele. »Nicht besonders klug von ihr.«

Die Agentin betrachtete den Reporter nachdenklich.

»Ja«, sagte sie nach einer kurzen Pause.

»Warum wollte er die Namen?«, fragte Pat.

Wieder Schulterzucken bei Mene.

»Das hat er nicht gesagt.«

»Ich brauche diese Namen.«

»Die kann ich Ihnen nicht geben.«

»Tony haben Sie sie auch gegeben.«

»Er war bei dem Projekt dabei. Es waren Kollegen.«

»Weshalb wollte er die Namen haben?«

»Keine Ahnung.«

»Sie konnten ihm also gar nicht helfen?«

Mene betrachtete Pat nachdenklich.

»Ich habe die Namen nicht von Ihnen«, sagte Pat. »Tony kann sie mir gegeben haben.«

»Was wollen Sie denn überhaupt damit?«

»Weiß ich noch nicht. Was wollte Tony? Wahrscheinlich die Personen sprechen. Vielleicht hat er das sogar getan.«

»Weshalb interessiert Sie das alles? Weshalb hat Tony mit Ihnen darüber geredet?«

»Er hatte wohl trotz der Geheimhaltung Teile des Projekts erfahren, die über seine Szenen hinausgingen.«

Wie, das hätte Ebele zu gern gewusst. Sie tippte auf die Cutterin, mit der Tony ein Verhältnis gehabt hatte. Wenn das stimmte, hatte vor sieben Jahren jemand geschlampt.

»Was er kannte, erinnerte ihn an das chinesische Klimaprogramm«, sagte Pat.

»An den Großen Sonnenschirm?«, fragte Mene erstaunt.

Pat nickte.

Die Agentin zog die Stirn in Falten, offenbar verarbeitete sie die Information.

»Ein Science-Fiction-Film vielleicht«, sagte Pat.

»Der von einem ähnlichen Programm handelt«, dachte sie laut weiter, »und Tony war der Ansicht, dass man ihn jetzt vielleicht doch noch veröffentlichen sollte. Nach dem Motto ›Wir haben es schon vor sieben Jahren vorausgesehen‹.« Bei dem Gedanken kehrte Leben in sie zurück. »Richtig vermarktet könnte das ein Hit werden!«

Warum hatte sich Tony dann aber so rasch an einen Journalisten gewandt?, dachte Ebele – was Pat wohl auch gerade durch den Kopf ging, wenn er ein guter Journalist war. Doch sie mochte die Richtung, in die Mene das Gespräch steuerte.

»Vielleicht hoffte er, von den anderen Schauspielerinnen und Schauspielern mehr über die Produktion zu erfahren«, mutmaßte Pat. Ihm gefiel Menes harmlosere Interpretation offensichtlich auch. Machte sie gesprächiger. »Und die Produzenten. Nach sieben Jahren würden viele die Geheimhaltung nicht mehr so ernst nehmen. Noch dazu, wenn womöglich eine Chance zur Veröffentlichung bestand. Sind die Schauspieler an den Einnahmen beteiligt?«

»Nein. Aber natürlich könnte es der Bekanntheit von manchen helfen. Tony selbst hatte zwar nur eine Nebenrolle, aber eine recht große, wenn ich es richtig verstanden habe. Und zwei, drei der anderen von mir vermittelten auch.«

Nun schien sie Blut geleckt zu haben.

»Sollen wir der Sache gemeinsam auf den Grund gehen?«, fragte er.

»Bingo! So finden wir ihn wieder«, sagte Ebele zu einer ihrer Assistentinnen. »Es wird Zeit, die Sache einzuhegen, bevor sie außer Kontrolle gerät.«

Pat brauchte dringend einen Flug nach Lagos. Der Flughafen Mombasa war ihm zu riskant. Womöglich warteten dort Tonys Killer.

Er befragte einige seiner Apps. Wozu gab es diese Dinger, die einem alle möglichen Routen mit allen denkbaren Verkehrsmitteln zusammensuchten? Er könnte auch noch mal einen Privatjet nehmen. Von Lhasa nach Mombasa war er ja auch nicht Linie geflogen.

Eine App schlug ihm einen Flug von einem kleinen Flughafen südlich von Mombasa vor: Ukunda. Von dort würde es nach Nairobi gehen. Umsteigen und dann direkt nach Lagos. Gegen zehn Uhr abends wäre er dort.

Wieder einmal kontaktierte er die Agentur.

DRINGENDST! Informant in Drohnengeschichte gestern nahe Mombasa vor meinen Augen von Unbekannten erschossen. Wollte eben erzählen. Irgendetwas stimmt hier GAR NICHT!!! Brauche Budgetfreigabe für Flug Mombasa – Lagos.

Die Botschaft hatte die Agentur zwar informiert, aber Pat wollte denen ein bisschen Dampf machen. Die Antwort ließ nicht lange auf sich warten.

Bist du ok?

Könnte ich sonst schreiben? Muss nach Lagos!!!

Mehrere Minuten vergingen, während derer Pat aus dem Fenster auf ein paar grüne Büsche unter Palmen starrte.

Wenn nichts rauskommt, zahlst du, sagt der Chef.

Ich nehme das als OK.

Spinner, dachte Pat. Er buchte die Flüge. Als Nächstes suchte er nach einem Quartier in Lagos. Besser privat, dachte er und checkte Airbnb. Schickte Anfragen an drei Apartments. Dann rief er beim Empfang an. Er brauchte eine Fahrt nach Ukunda.

Bevor Pat das Gebäude verließ, suchte er das Areal nach beiden Seiten hin genau auf Anzeichen von Beobachtern ab. Nachdem er niemanden entdecken konnte, stieg er schnell in den einfachen Wagen, der nicht als Taxi gekennzeichnet war.

Er machte sich auf der Rückbank klein, während der Chauffeur durch dicht besiedeltes Gebiet nach Südwesten fuhr. Er passierte eine Brücke und setzte die Tour durch das Stadtgebiet fort. Auf der gesamten Strecke fielen Pat keine Verfolger auf. Aber wenn sie geschickt genug waren, konnten da natürlich trotzdem welche sein. Mehrere Wagen, die sich abwechselten, Drohnen, ihm fiele da schon etwas ein. Schließlich gelangten sie an eine Wasserfront.

»Und jetzt?«, fragte Pat verdutzt. »Wo sind wir?«

»Fähre«, antwortete der Mann. Tatsächlich lag vor ihnen ein Schiff, wie ein Kind es zeichnen würde, an allen möglichen Stellen wucherte der Rost durch die blaue Bemalung. Auf der offenen Ladefläche drängten sich bereits Hunderte Menschen. Die meisten bunt bekleidet, manche trugen große Ballen undefinierbaren Inhalts auf dem Kopf.

Mit diesem Seelenverkäufer sollten sie den Sund überqueren? Der Fahrer steuerte den Wagen rücksichtslos zwischen den Menschenmassen hindurch auf das Schiff. Zwischen all den Körpern hindurch konnte Pat nicht mehr feststellen, ob ihnen noch ein Wagen gefolgt war. Soweit ihm das durch die Autofenster möglich war, suchte er den Himmel nach Drohnen ab. Entdeckte keine.

Je tiefer sie in den Trubel gerieten, desto unwohler fühlte sich Pat. Falls ihn doch jemand gefunden hatte, gab es in dem eingezwängten Wagen nicht die geringste Chance zur Flucht. Er überlegte, ob er für die restliche Überfahrt wenigstens aussteigen und sich geduckt in der Menge verstecken sollte. Was vermutlich nicht so einfach war. Er schien auf dem ganzen Schiff der einzige Passagier mit heller Hautfarbe zu sein.

Sobald der Fahrer den Motor abgestellt hatte, kühlte die ohnehin schwache Klimaanlage nicht mehr. Der Fahrer öffnete die Fenster. Von draußen drangen Lärm und Hitze ins Wageninnere, vermischt mit allen möglichen Gerüchen. Schweiß, Tiere, Lebensmittel, die von den Passagieren transportiert wurden, Diesel. Der Fahrtwind erreicht sie kaum.

Als sie am gegenüberliegenden Ufer anlegten, war Pat durchgeschwitzt. Immerhin sprang bei der Fahrt die Klimaanlage wieder an.

Wieder die Blicke durch die Heckscheibe. Langsam fühlte Pat sich etwas sicherer.

Eine halbe Stunde später erreichten sie den Ukunda Airstrip. Passende Bezeichnung, Flughafen wäre deutlich übertrieben gewesen. Er bestand aus einer besseren Baracke. In deren Inneren fiel Pats Blick zuerst auf eine weiße Wand, von der große Fetzen abblätterten. Ein Beamer projizierte einen Predigersender darauf, in dem ein aufgeregter Priester in bunter Kleidung in einem Glaspalast vor einer riesigen Menschenmenge herumsprang.

Einziger Zuseher in dem Raum war ein gelangweilter, verschwitzter Typ in Pseudouniform, der hinter einem abgewetzten Schalter hockte und einen Rosenkranz betete. Als Pat auf das Rollfeld hinaussah, verstand er, warum.

71

Mene steuerte ihr Auto um eines der riesigen Schlaglöcher auf der ohnehin kaum asphaltierten Straße. Hier schien kein Gebäude fertig gebaut, am Straßenrand stapelten sich Schrott und Müll. Kabel waren kreuz und quer über die Masten, Straßen und Häuser gespannt, hingen da oder dort in offenen Enden herab, vereinten sich an anderer Stelle zu gigantischen Knoten. Die meisten Verkehrsteilnehmer waren zu Fuß, mit Fahrrädern oder Motorrädern unterwegs. An der übernächsten Kreuzung kam sie in ein besseres Viertel.

Die Häuser waren halbwegs frisch gestrichen, die Bürgersteige vorhanden und sauber, der Kabelsalat kein ganz so wirres Netz vor dem Himmel, mehr Autos in besserem Zustand unterwegs.

Ein paar Straßen weiter hielt sie vor einem breiten Metalltor. Links und rechts des Tors starrten zwei Überwachungskameras auf sie herab. Dahinter ragte eine fensterlose Halle empor. Ein buntes Schild auf dem Tor erklärte: Sudano Studios.

Sie hatte ihren Besuch schon vor Tagen angekündigt. Die Sicherheitsleute vor den Bildschirmen im Wärterhäuschen dahinter kannten ihre Nummer. Das Tor öffnete sich.

Dahinter lag ein betonierter Parkplatz mit mehreren Dutzend Autos und noch mehr Mopeds und Motorrädern.

In der Halle des Filmstudios herrschte geschäftiges Treiben. Zwei Sets waren aufgebaut und beleuchtet, umgeben von Technik und Kameras, darin tummelten sich mehrere Personen. Mene sah keine roten Lichter, die eine gerade laufende Aufnahme signalisiert hätten.

Sie kannte das Studio und den Weg.

An offenen Türen zu Räumen voller Kostüme und Requisiten vorbei, und geschlossenen, an denen Namen standen, gelangte sie in die Maske. Mehrere Personen saßen vor Spiegeln an der Wand und wurden geschminkt.

»Hallo, Lisha!«, begrüßte sie eine der Frauen vor dem Spiegel.

»Mene! Da bist du ja!«, antwortete Lisha, eine bildhübsche Endzwanzigerin.

Mene begrüßte auch die anderen, drei kannte sie vom Sehen.

Dann setzte sie sich auf den freien Stuhl neben Lisha.

»Ich wollte dir die gute Nachricht persönlich überbringen«, sagte sie. »James besetzt dich für *Die Sonne sind wir.*«

Lisha sprang auf und fiel Mene um den Hals.

»Das ist fantastisch! Vielen Dank! Wann geht es los?«

»Sobald der Dreh hier fertig ist, nächste Woche.«

Die Frau, die Lisha geschminkt hatte, bat sie, sich wieder zu setzen, damit sie weitermachen konnte.

»Ich kann es gar nicht fassen«, freute sich Lisha, zurück auf ihrem Stuhl. »Das ist so großartig!«

»Wo ich schon da bin«, sagte Mene, »habe ich noch eine kurze Frage.«

»Schieß los«, sagte Lisha. »Geht es um noch ein Projekt?«

»Ja«, sagte Mene, »aber um ein altes. Erinnerst du dich, vor sieben Jahre habe ich dir eine Minirolle vermittelt …«

»Das waren die meisten meiner damaligen Rollen. Dutzende in einem Jahr oder noch mehr.«

»Ich weiß. Aber an den Job erinnerst du dich vielleicht. Da war viel Geheimnistuerei. Und dann ist der Film nie erschienen.«

Lisha dachte nach.

»Ich glaube«, sagte sie schließlich, »ich weiß, welchen du meinst. Das war wirklich eine Minirolle.«

»Weißt du denn noch, worum es darin ging?«

»Ich hatte ein paar kurze, textlose Szenen als Mutter mehrerer Kinder und Hausfrau. Einmal saßen wir um einen Tisch vor einem Greenscreen und aßen. Ein anderes Mal spazierten wir vor einem Greenscreen.«

»Was wurde später in den Greenscreen einmontiert?«

»Keine Ahnung. Haben sie nicht gesagt.«

»Und in dem Film, worum ging es da?«

»Weiß ich nicht, wir durften ja nicht mal mit den anderen über unsere eigenen Szenen sprechen.«

»Hat dich das nicht gewundert?«

Lisha zuckte mit den Achseln.

»Nein. Geheimhaltung haben wir ja öfter. Wenn auch nicht so krass. Außerdem hattest du uns entsprechend gebrieft.«

»Weil der Auftrag so lautete«, erklärt Mene. »In Ordnung, danke. Die anderen Kollegen am Set kanntest du nicht?«

»Nein. Weshalb willst du das alles wissen?«

»Nur so. Ich muss weiter. Den *Die Sonne sind wir*-Job müssen wir dann noch feiern!«

»Auf jeden Fall!«

Mene verabschiedete sich von den Anwesenden.

»Gut, wieder einmal hier gewesen zu sein.«

72

Fay frühstückte im Hotel mit Dila. Zum UNO-Hauptquartier liefen sie zu Fuß. Für sie war ein Platz auf der Gästegalerie des norwegischen Saals reserviert. Fay ließ sich nieder und verfolgte das Eintreffen anderer Gäste. Vorne, auf der Sitzungsebene, trudelten erste Teilnehmer ein. Sie ließen sich gleichfalls auf den roten Stühlen der Zuschauer nieder, wirkten routiniert und konzentriert. Wie Fay waren sie sich des Umstands bewusst, dass die Sitzung öffentlich war. Und auch wenn nicht die ganze Welt zusah, sie hätte es tun können. Außer ein paar Politik-Afficionados würde allerdings niemand dem Spektakel folgen. Eben weil es öffentlich war, würde es hauptsächlich zu medienwirksamen Aussagen oder Aktionen wie Walk-outs kommen. Niemand erwartete in dieser Sitzung eine Entscheidung oder Resolution. China als ständiges Mitglied konnte sowieso alles mit einem Veto verhindern.

Das Herzstück des Saals, ein Geschenk des Staates Norwegen an die UNO, bildete der runde Tisch unterhalb des riesigen Wandgemäldes des norwegischen Künstlers Per Krohg. Eigentlich ein offener Ring, wie ein rundes Hufeisen, saßen daran die Vertreter der Mitglieder des Sicherheitsrats – jene der fünf ständigen Mitglieder USA, Russland, China, Großbritannien und Frankreich sowie jene der zehn nichtständigen Mitglieder. In zwei weiteren ringförmigen Reihen blauer Stühle dahinter nahmen die Mitarbeiter der Delegierten Platz.

Links und rechts des runden Tisches boten je drei Reihen roter Stühle Besuchern Sitzgelegenheiten, die nicht Mitglieder des Sicherheitsrats waren. Oberhalb davon schimmerten die Glasbänder der Fenster vor den Dolmetscherkabinen.

Gegenüber der Stirnwand wuchsen auf einer schrägen Ebene weitere Reihen roter Stühle für Gäste empor, die sich nach einer trennenden Holzbalustrade in den grünen Stühlen der Besuchergalerie fortsetzten.

Die Reihen füllten sich. Schließlich trafen die Vertreter des Sicherheitsrats ein.

Für einige Staaten war die Situation dramatisch genug, um den Auftritt nicht den Spitzendiplomaten ihrer Länder bei der UNO zu überlassen. Der britische Premierminister erschien ebenso wie der französische Präsident. Dass Russland nur seinen UNO-Repräsentanten schickte, lag daran, dass der russische Präsident und der Außenminister seit dem Ukrainekrieg Reisen in den Westen mieden. Ein Restrisiko bestand, wegen Kriegsverbrechen verhaftet zu werden. Für China erschien der zuständige UN-Diplomat. Eigentlich ein Affront. Doch das Signal der Regierung in Peking war klar: Lasst ihr ruhig eure Regierungschefs diskutieren – für uns ist der Große Sonnenschirm Fakt.

Von den nichtständigen Mitgliedern – zu diesem Zeitpunkt Algerien, Chile, Finnland, Honduras, Kasachstan, Katar, Mali, Nigeria, Südkorea und Thailand – waren weitere vier Regierungschefs und drei Minister erschienen.

Algerien, Mali und Nigeria hatten das chinesische Programm bereits begrüßt. Katar fand es »interessant«. Die USA, Frankreich, Großbritannien und Finnland hatten einen sofortigen Stopp gefordert, dabei aber Hintertüren offen gelassen: Man müsse solche Technologien zuerst testen, international zusammenarbeiten und so weiter.

Die übrigen Sicherheitsratsmitglieder hatten noch nicht öffentlich Stellung bezogen. Gerüchteweise neigten auch Algerien, Honduras und Katar dem chinesischen Programm zu.

Sowohl was die Stimmenanzahl als auch die vertretene Bevölkerungsgröße betraf, schienen die Befürworter in der Überzahl.

Nachdem der Präsident die Sitzung eröffnet und die Tagesordnung bekannt gegeben hatte, erteilte er der US-Vertreterin das Wort. Diese forderte erneut einen Stopp des Großen Sonnenschirms, was Fay nicht überraschte.

Als Nächstem wurde dem Vertreter Nigerias das Wort erteilt, Muhamadar Ndenge. Er räusperte sich hörbar.

»All diese Diskussionen sind hinfällig«, sagte er. »Wir haben vor wenigen Stunden Informationen erhalten, die die Situation in gänzlich neuem Licht erscheinen lassen.«

TERMINATION

73

15 Jahre Großer Sonnenschirm: Chinesischer Retter der Welt!

So verkündete es das gigantische Transparent oberhalb der Tribüne mit hunderten Zuschauern.

»Auf der Tribüne entlang des Rollfelds mit seinen Start- und Landebahnen, acht an der Zahl«, erklärte der amtliche Sprecher der weltweiten Übertragung, »haben sich Granden der Partei und leitende Verantwortliche des Großen Sonnenschirms versammelt. An ihnen vorbei rollt das erste offizielle Exemplar der dritten Generation Drohnen: die ›Fenghuang‹, nach dem bekannten Vogel aus der chinesischen Mythologie benannt.«

Sie waren noch gigantischer als die zweite Generation der »Großen Libellen«, von denen einige auf weiter hinten liegenden Positionen warteten, die ihrerseits die erste Generation der »Großen Drachen« übertroffen hatten – jene schwarzen Ungetüme, die Chinas Weltherrschaft über das Klima etabliert hatten.

»Als erste Generation fliegen die Fenghuang ausschließlich mit grünem Wasserstoff«, fuhr der Sprecher fort. Eigentlich waren sie inzwischen fast waagrecht startende Raketen mit Flügeln.

Chang Song – wie das Etikett auf seiner Brusttasche verriet –

verfolgte den historischen Moment so gebannt wie die fünfzig anderen Operatoren im Kontrollzentrum des Großen Sonnenschirms, in dem die Übertragung des Festakts auf dem wandfüllenden Bildschirm an der Front des Saales lief.

Die Operatoren saßen in sechs Reihen hinter ihren Computern, wie man es aus Filmen über Raketenstarts der NASA kannte. Songs Platz war in der fünften und letzten Reihe.

Die rot blinkenden Lichter auf zweien seiner vier Bildschirme nahm Song zuerst nur aus den Augenwinkeln wahr. Irritiert wandte er sich seinem Kontroll-Board zu.

»Was blinkt da?«, fragte sein Nachbar.

»Signalisiert eine abweichende Route einer der einfliegenden Drohnen«, erwiderte Song angespannt. »Sicher wieder ein Fehlalarm.«

»Und jetzt setzt die erste Fenghuang zum Start an!«, berichtete der Sprecher von dem großen Monitor aufgeregt.

»Das Gerede hätten sie uns hier drin ersparen können«, maulte Songs Nachbar. »Lenkt bloß ab.«

»In einigen Sekunden wird sie bereits verschwunden sein und ihre Mission in der Stratosphäre antreten«, begeisterte sich der Sprecher. »Die Offiziellen werden die Tribüne verlassen, und wenige Minuten darauf wird bereits wieder eine Große Libelle landen.«

»Wegen der ich eben den Alarm erhalten habe«, bemerkte Song. Kurz wandte er den Blick eine Reihe nach vorn zu Cheng Lan. Auch auf ihren Bildschirmen sah Song rotes Blinken. Gerade wandte Lan sich zu ihm um. Ihre Blicke kreuzten sich, ein kurzes Nicken, dann begannen beide, ihre Instrumente zu prüfen.

Ein Bildschirm zeigte Song eine Landkarte, auf der eine grün gestrichelte Linie die vorgesehene Route der Drohne GL-263/3 markierte. Zahlen entlang der Route signalisierten ihm, dass sie noch etwa sechs Minuten vom Flughafen entfernt war.

Knapp neben der grünen Linie wies eine rote pulsierende Linie auf die Abweichung hin.

»Und?«, fragte Songs Nachbar. »Das blinkt immer noch.«

»Die Abweichung beträgt bislang nur zwanzig Meter«, entgegnete Song. »Eigentlich fast im Toleranzkanal. Auch die Höhe weicht nur wenige Meter von der üblichen ab.«

»Weshalb blinkt es dann?«

Song zögerte, bevor er antwortete: »Sie ist zu früh dran. Eigentlich ist sie an dieser Position erst in zwei Minuten vorgesehen. Und es gibt einen Grund dafür.«

Er zeigte auf den Monitor, der in einer Spalte die Geschwindigkeit anzeigte. Rot.

»Im Landeanflug sollte die Drohne nur mehr mit etwa dreihundert Stundenkilometer unterwegs sein, wie du weißt«, sagte Song.

»GL-263/3 fliegt mit über sechshundert Stundenkilometern!«, rief sein Nachbar.

»So etwas üben wir regelmäßig«, beschwichtigte ihn Song. »Zweimal hatte ich das sogar im aktiven Dienst. Im ersten Fall regelte die KI die Sache. Im zweiten habe ich, wie vorgesehen, die Automatisierung deaktiviert, die Drohne manuell durchstarten und danach von der KI sicher auf den Boden bringen lassen.«

Song klärte per Headset mit Lan das Prozedere und informierte seine Vorgesetzte Li Mei. Gleichzeitig gab er die Befehle an die KI, die Drohne auf Kurs und Geschwindigkeit zurückzubringen.

Auf dem großen Frontmonitor erhob sich die erste offizielle Fenghuang in die Lüfte.

Die KI informierte Song in rot glühender Schrift:

Kein Fehler im Kurs von GL-263/3. Kurs wird nicht korrigiert.

»Was, zum …«, flüsterte Song. Er leitete die Deaktivierung des Autopiloten ein, um manuell zu übernehmen.

Seine Tastendrucke blieben auf den Bildschirmen ohne Reaktion. GL-263/3 flog mit unverminderter Geschwindigkeit auf den Flughafen des Großen Sonnenschirms zu.

»Was ist los?!«, fragte Songs Nachbar, nun besorgt. »Bei dieser Geschwindigkeit bleiben dir noch zweieinhalb Minuten. Landen kannst du die GL-263/3 nicht mehr.«

»Weiß ich doch!«, herrschte Song ihn an. »Das Durchstartmanöver kenne ich.« Gleichzeitig informierte er Mei und Lan über die widerspenstige KI.

»Mein Monitor zeigt das nicht an«, erklärte Lan über das Headset. Mei war von ihrem Platz in der ersten Reihe bereits unterwegs zu ihm.

Auf dem Frontmonitor applaudierten die Offiziellen der steil steigenden und verschwindenden Fenghuang.

»Nicht?«, fragte Song verwundert, während seine Finger über die Tastatur flogen, bevor er die kleinen Steuerknüppel auf seinem Dashboard übernahm.

Wie bei den altertümlichen Computerspielen seiner Kindheit hielt Song das Kügelchen des Sticks zwischen Daumen und Zeigefinger der rechten Hand, während seine Linke am Schieberegler die Geschwindigkeit drosselte.

Vierhundertfünfzig Stundenkilometer. Anflugwinkel anpassen. Ein paar Meter nach links.

Das linke Fenster auf seinem zentralen Bildschirm zeigte den Blick aus der Front-Bordkamera der Drohne. Klein war dort bereits die Landebahn zu erkennen, die GL-263/3 ansteuern sollte. Nummer drei von acht. Von Nummer eins war soeben Fenghuang eins gestartet. Auf zwei und vier warteten bereits zwei Große Libellen auf ihre Starts. Auf fünf und sieben zwei weitere Fenghuangs. Auf sechs und acht wurden in wenigen Minuten noch zwei Libellen erwartet.

Die Flugroute von GL-263/3 auf seinem Bildschirm wurde

von verschiedenen Systemen gemessen und dargestellt. Die Bordinstrumente zeigten sie auf Kurs. Anhand der Bordkamerabilder konnte Song aber feststellen, dass sie leicht daneben lag. Derzeit würde sie auf Runway Nummer eins landen beziehungsweise durchstarten müssen. Die Bahn war immerhin gerade frei geworden, falls Song GL-263/3 nicht mehr auf die drei bekommen sollte. Allerdings würde rasch die nächste Fenghuang zum Start anrollen.

Das Radar der Bodenstation zeigte sie dagegen auf Kurs zu Landebahn Nummer sechs, wo eine Fenghuang rollte.

»Was ist da los?«, fragte Mei, die sich jetzt neben Song über die Armaturen beugte. Sie hatte die widersprüchlichen Angaben gesehen.

»Keine Ahnung«, gestand er. »Auf welche Koordinaten soll ich mich verlassen? Die Bilder der Bordkamera? Den Bodenradar? Was sagt die KI?«

»Auf Sicht«, sagte Mei gefasst, aber doch so laut, dass sich nun einige Köpfe zu ihnen drehten. »Hinüber! Ignoriere sämtliche Instrumentenanzeigen und flieg auf Sicht! Landebahn drei!«

Auf dem Frontmonitor applaudierten die Offiziellen der verschwundenen Fenghuang hinterher.

Song drückte den Joystick, schob den Geschwindigkeitsregler. GL-263/3 reagierte nicht. Laut Bordkamera hielt sie weiterhin auf Landebahn eins zu.

»Start auf der eins stoppen«, befahl Mei in ihr Headset den zuständigen Operatoren. Song konzentrierte sich nur mehr auf die Bordkamerabilder der GL-263/3. Trotz seiner Manöver mit Joystick und Geschwindigkeitsregler änderte sich nichts am Verhalten der Maschine. Sie war zu schnell. Sie war ein paar Meter zu tief. Sie blieb auf Kurs zu Landebahn eins.

»Durchstarten!«, rief Mei. Jetzt hatte sie die Aufmerksamkeit des ganzen Raumes. Auch wenn sich die Gesichter rasch wieder den Monitoren zuwandten. Immerhin hatten sie alle gerade Maschinen bei Start, Flug, »Saat«, Anflug oder Landung zu überwachen.

»Tribüne evakuieren!«, brüllte Mei nun in ihr Headset. »Sofort!«

Auf dem großen Frontmonitor des Raumes konnte man die überraschten Gesichter der Offiziellen sehen, die sich gerade gegenseitig die Hände schüttelten und zum Start der ersten Fenghuang gratulierten.

»Evakuieren!«, wiederholte Mei. »Jetzt!«

Soldaten stürmten auf die Offiziellen zu. Drängten sie in Richtung der Treppen. Einige der Funktionäre wehrten sich empört oder verärgert. Andere blickten mit großen Augen in jene Richtung, aus der die landenden Drohnen anflogen. GL-263/3 musste für sie mittlerweile mit freiem Auge erkennbar und auch zu hören sein. Nun begannen alle zu laufen.

»Verdammt«, murmelte Song. »Diese Bilder werden in die ganze Welt übertragen!«

»Oder nicht mehr«, flüsterte sein Nachbar.

»Hoffentlich sehen das nur mehr wir hier im Kontrollraum«, sagte Mei.

Funktionäre, Militärs, Soldaten drängten die Stufen der Tribüne hinab. Eine Gestalt stolperte, noch eine, riss andere mit. Ein Menschenknäuel kugelte die Stufen hinunter, bis es von dem zusammengeschobenen Pulk jener darunter gestoppt wurde.

Song erfasste das Chaos nur in der Unschärfe, als Hintergrund seiner Monitore, in denen GL-263/3 direkt auf den Tumult zuschoss.

Meis Hand krallte sich um seine, zerrte sie nach rechts, nach rechts! Die Bordkamera von GL-263/3 zeigte unveränderten Kurs.

Auf den Treppen der Tribüne rappelten sich die Gestürzten

mühselig hoch. Manche rannten bereits, andere halfen noch ihren Nachbarn, bevor sie hochblickten und Arme und Hände, die sie schon unterstützt hatten, losließen, um selbst Reißaus zu nehmen.

»Kann nicht sein«, stammelte Mei, »kann nicht sein.«

Vielleicht noch zehn Sekunden bis zur Landung, die keine Landung sein würde.

Neun.

Die KI tat nichts.

Das Bodenradar zeigte nach wie vor den falschen Kurs.

Mei riss an Songs Hand.

Sechs.

Fünf.

Nun sah Song die Tribüne bereits durch die Bordkamera der GL-263/3. Ein paar Menschen lagen noch am Fuß der Treppen oder hatten sich dort gerade hochgekämpft. Andere rannten mit einigem Abstand von der Holzkonstruktion und um ihr Leben.

Drei.

Niemand sonst im Raum außer Song, Lan und Mei sah die Perspektive der Bordkamera. Sie verfolgten die Panik neben der Tribüne, die noch immer auf den großen Frontmonitor übertragen wurde.

Eins.

Ein Feuerball verschluckte die Tribüne und Runway Nummer eins auf dem Monitor vor Fay, die in dem großen Besprechungsraum des Climate Control Centers der UNO in Bonn saß. Er breitete sich aus auf das Feld neben der Tribüne und umwallte dort die Flüchtenden, während er auf der anderen Seite Runway Nummer zwei erreichte, wo soeben eine Große Libelle zum Start rollte.

Unter »Oh mein Gott!«- und »Lieber Himmel!«-Rufen der Zuschauer im CCC-Besprechungsraum verschwand die Megadrohne in der rot-orangen Wolke. Diese walzte weiter auf die leere Runway drei zu, auf der GL-263/3 hätte landen sollen.

Fay verfolgte das Inferno auf den Monitoren so fassungslos wie die anderen.

»Hoffentlich verliert der Feuerball auf der leeren Landebahn seinen Schwung«, flüsterte jemand.

Da platzte aus dem Inneren der Feuerwalze eine neue Wolke, so mächtig wie die erste, wucherte in allen Farben – Rot, Schwarz, Orange, Blau, Grün, Gelb – über die ursprüngliche hinaus. Stürzte sich wie eine Megawelle über den ersten Feuerschwall, trieb ihn an und beschleunigte hin zu Runway vier.

Verhüllte die dort startbereite Große Libelle.

Im großen Besprechungsraum des CCC stöhnten mehrere Stimmen auf. Im nächsten Moment explodierte der Feuersturm ein weiteres Mal. Die Wucht trieb die Feuerwalze auf Runway fünf, auf dem eine Fenghuang zum Start beschleunigte. Gleich darauf schien sie auf der Feuerwelle zu reiten wie eine Surferin. Die Flammenzungen leckten an ihrem Heck. Fraßen sich Meter für Meter vor.

Die Schnauze der Maschine hob ab. Der einzige Teil, den Fay noch sah.

Dann war sie in der Luft.

An ihrer Stelle dehnte sich eine neue Feuerkugel aus. Flog weiter, bevor sie sich in unzählige flammende Trümmer zerlegte, die wie ein Meteoritenschwarm Richtung Boden schossen.

»Jetzt rächt sich, dass China den Großen Sonnenschirm nie vom Climate Control Center der UNO oder anderen internationalen Institutionen kontrollieren ließ«, bemerkte jemand im Raum.

»Dank Medienberichten und Spionageaufnahmen wissen wir ohnehin, wie die Anlage aussieht«, meinte ein anderer.

Der Meteoritenregen ging über zwölf geparkte Große Libellen nieder.

»Die brennenden Trümmer werden ein paar weitere Große Libellen beschädigen oder zerstören«, mutmaßte jemand.

»Wir können nur beten«, sagte Fay, »dass sie die unterirdischen Lager für die Aerosol-Vormaterialien absturz- und bombensicher gebaut haben.«

»Betanken und Beladen abbrechen!«, brüllte jemand in dem Kontrollcenter. Dutzende Stimmen schrien durcheinander. Song saß zitternd an seinem Pult. Auf dem großen Frontmonitor tobte ein Flammenmeer. Bis jetzt war niemand auf die Idee gekommen, die Übertragung der Bilder in das Kontrollzentrum abzubrechen.

»Hoffentlich wird das nicht immer noch global gesendet«, stöhnte sein Nachbar.

Auf dem rechten Ende des Großbildschirms prasselte ein Feuerregen auf ein Dutzend geparkte Drohnen nieder.

»Das ist ein Desaster«, murmelte Mei. »Die meisten übrigen Drohnen werden gerade aufgeladen.«

»Sie sind immer noch mit den unterirdischen Tanks verbunden, aus denen sie ihren Treibstoff und die Ladungen bezogen haben?«, fragte Songs Nachbar panisch.

»GL-288/3 umleiten!«

»Reagiert nicht!«

»GL-408/3 umleiten!«

»Reagiert nicht!«

Auf den Bildschirmen von Songs Kolleginnen und Kollegen blinkte es überall rot. Die zwei nächsten Großen Libellen im Anflug reagierten ebenso wenig auf die Kommandos der KI wie auf den manuellen Override der Operatoren.

»GL-288/3 Kurs auf Tower!«, hörte Song eine Stimme in dem Gebrüll.

»Umleiten!«, schrie eine andere. »Umleiten!«

Auf dem Frontmonitor fetzten brennende Trümmer durch die Außenhüllen einiger geparkter Drohnen wie Hagelkörner durch Laub. Drei der Fluggeräte fingen Feuer. Bei einer Drohne knickte das linke Fahrwerk weg. Sie neigte sich zur Seite, stützte sich auf den Spitzen ihrer mittleren Flügel ab. Diese begannen sich zu verbiegen, bis auch die Spitzen des vorderen Flügelpaares den Boden erreichten. In dieser Lage stabilisierte sich der riesige Körper der Maschine. Ein weiterer brennender Metallfetzen durchschlug den mittleren Stützflügel. Mit einem Zittern gab er nach und brach. Der Vorderflügel tat es ihm gleich. Der Rumpf donnerte auf den Grund. An dem gebrochenen Mittelflügel züngelten Flammen empor. Breiteten sich rasch aus. Der Rumpf zerbarst in zwei Teile. Das Feuer raste in sein Inneres und weiter die Tankschläuche und die Beladungsschächte entlang.

»Tower evakuieren!«

Song saß da wie gelähmt. Der Tower erhob sich direkt über ihnen. Zwanzig weitere Kolleginnen und Kollegen saßen dort.

Fieberhaft begann Song, auf seinen Computern nach Bildern von Außenkameras zu suchen, die ihm mehr Klarheit verschaffen konnten, wie es um die Route von GL-288/3 stand.

Da sah er auf dem großen Frontmonitor, wie sich die Start- und Landebahnen fünf, sechs und sieben unter den flammenden Trümmern um mehrere Meter anhoben, als hätte jemand darunter einen gigantischen Ballon aufgeblasen.

Dabei platzten sie auf wie trockene Haut. Auf ihr hüpften die brennenden Drohnenteile wie Kiesel auf einem Trampolin.

Übersät von Rissen und Spalten, sackten die Landebahnen zurück. Gleichzeitig warf ein schwerer Stoß Song fast aus seinem Stuhl. Das gesamte Kontrollzentrum bebte. Song klammerte sich an seinen Armlehnen fest. Sein Stuhl wurde an die Rückwand geschleudert. Mehrere Kolleginnen und Kollegen landeten auf dem Boden.

»Das macht die Katastrophe komplett«, ächzte Mei. »Das Feuer ist über die Tankschläuche der Drohnen und die Ladeschächte in die unterirdischen Lager vorgedrungen. Treibstoff und Schwefelverbindungen. Ein Desaster.«

Im allgemeinen Lärm ging eine Stimme fast unter.

»Impact GL-288/3 zwanzig Sekunden. Neunzehn. Achtzehn.«

Niemand hörte mehr zu. Die Anwesenden versuchten, wieder auf die Beine zu kommen oder sich festzuhalten. Die Erschütterungen schwächten sich ab. Auf dem Frontmonitor atmeten die Landebahnen ein weiteres Mal ein. Und wieder aus.

»Sieben. Sechs! Fünf!«

Die Druckwelle der unterirdischen Erschütterungen war diesmal nicht so stark wie beim ersten Mal. Song bemerkte nur ein leises Zittern des Bodens unter sich.

Dann wurde es finster.

Ungebremst rasierte die Große Libelle den Tower über dem Kontrollzentrum des Großen Sonnenschirms ab. Dabei rissen sämtliche Flügel von der linken Drohnenseite. Noch bevor sie den Boden erreicht hatte, zersprang sie wie ein Feuerwerk in Hunderte große und kleine Feuerbögen, die sich über das Gelände verteilten. An der Stelle des Towers erhob sich eine schwarze Rauchsäule.

»Das ist eine Katastrophe«, flüsterte der indische Außenminister. »Das kommt davon, wenn man sich einmal auf China verlässt.«

Auf dem wandfüllenden Monitor in seinem Büro sah der Flughafen des Großen Sonnenschirms aus wie ein Schlachtfeld. Einige umliegende Gebäude brannten, aus anderen quollen schwarze Rauchwolken. »Auf diesem Flughafen kann keine der Drohnen mehr landen. Wissen wir, wie viele sie gerade in der Luft haben?«

Blickwechsel. Assistenten im Hintergrund wischten hektisch über Tabletcomputer oder redeten in ihre Headsets.

Auf dem Bildschirm explodierten zwei weitere geparkte Drohnen.

Ein Assistent flüsterte dem Verteidigungsminister etwas ins Ohr.

»Noch siebenundsechzig, wenn unsere Berechnungen stimmen«, erklärte der Minister. »Plusminus ein oder zwei.«

»Zwei Drittel der Flotte«, stöhnte der Außenminister. »Wo wollen sie die runterbringen? Ich wette, dafür hat China keinen Plan. Mombasa ist nicht groß genug.«

»Nach noch unbestätigten Intelligence-Informationen haben sie die Kontrolle über zumindest einige Maschinen verloren«, erklärte der Verteidigungsminister.

»Wie kann so etwas geschehen?«, wollte der Premierminister wissen.

»Entweder handelt es sich um ein Totalversagen der Programme«, sagte der Verteidigungsminister, »oder jemand hat diese Katastrophe absichtlich herbeigeführt.«

»China muss doch für ausreichend Absicherung gesorgt haben!«

Vom Bildschirm waren leise die aufgeregten Stimmen eines Moderatorenduos aus Frau und Mann zu hören. Eine Große Libelle schoss von oben heran und stürzte weit neben den Landebahnen auf eine gigantische Halle. Sie durchschlug die Decke, verschwand in einem neuen Glutball, der die Hallenwände in alle vier Himmelsrichtungen umdrückte. Eine weitere schwarze Rauchsäule stieg aus dem Gelände empor.

In den Flammen darunter vermeinte der Außenminister Gerippe Dutzender Drohnen zu sehen.

»Das war eine der Montagehallen für die neuen Fenghuangs«, stellte er tonlos fest.

»Das kann kein Zufall sein«, meinte der Premierminister, »und kein einfaches Programmversagen.«

74

Die Bilder auf der Monitorwand im Situation Room des Weißen Hauses sahen aus wie aus einem Katastrophenfilm, in dem ein Meteorschauer die Erde zerstörte. In raschen Schnittfolgen stürzten Große Libellen und Fenghuang in und neben das Gelände des Großen Sonnenschirms. Durch den Rauch war am Boden kaum mehr etwas zu erkennen. Die CIA-Direktorin, eine in der Agentenpraxis gehärtete Mittvierzigerin in einem schlichten grauen Kostüm, spielte Satellitenbilder dazu ein.

Aus der Übersicht war die ganze Katastrophe ersichtlich.

»In den folgenden Stunden stürzten sämtliche zu diesem Zeitpunkt in der Luft befindlichen Maschinen des Großen Sonnenschirms in die Anlagen rund um das Rollfeld des Großen Sonnenschirms«, erläuterte sie. »Sowie in die zwei etwas abseits liegenden Fertigungs- und Montagehallen.«

»Stürzten?«, fragte die Präsidentin. Ihre Züge erinnerten frappant an die spanische Schauspielerin Penelope Cruz.

»Wohl eher: wurden hineingeschossen«, sagte die CIA-Direktorin. »Am Anfang sah es noch nach möglichem Programmversagen aus. Auch wenn das von Beginn an eher unwahrscheinlich schien. Spätestens, als die ersten Maschinen strategisch wichtige Anlagen außerhalb der Runways zerstörten, wurde klar, dass es sich um einen Anschlag handelt. Jemand muss die kompletten Steuerungssysteme übernommen haben.«

»Opferzahl?«, fragte die Präsidentin.

»China gab noch keine bekannt«, sagte sie. »Schätzungen belaufen sich derzeit irgendwo zwischen einer hohen dreistelligen bis zu einer niedrigen vierstelligen Zahl. Die meisten Systeme sind weitgehend automatisiert.«

Die Drohneneinschläge auf dem Bildschirm hatten gestoppt. Stehen blieben die Bilder der Verwüstung. Brennende Häuserblocks, Hallen, Dutzende Rauchsäulen. Hunderte Feuerwehrwagen und -leute, die gegen die Flammen kämpften.

»Weiß man bereits, wer dahintersteckt?«

»Nein. Bekannt dazu hat sich niemand. Viele kommen nicht infrage: Terroristen. Entweder innerchinesische, damit hat China bekanntermaßen seit mehreren Jahren zunehmende Probleme. Oder Klimaaktivisten. Wäre, weiß Gott, nicht der erste Sabotageversuch gegen Geoengineering und den Großen Sonnenschirm. Aber ob die einen oder die anderen die Mittel für einen solchen Angriff haben? Das braucht jahrelange Vorbereitung und viel Geld für die besten Hacker der Welt. Selbst unsere Leute haben es bis heute nicht geschafft, so tief in die Systeme einzudringen.«

»Was sollten sie dort auch?«, meinte die Präsidentin. »Den Großen Sonnenschirm zu zerstören, liegt nicht in unserem Interesse. Überhaupt nicht.«

»Zur Not, um ihn zu schützen«, sagte die CIA-Direktorin. »Etwa in so einer Situation. Vielleicht hätten unsere Leute die Eindringlinge zurückschlagen können, wären sie in den Systemen gewesen. Bleiben nicht viele übrig als mögliche Urheber. Eigentlich nur Russland.«

»Russland?«, zweifelte die Präsidentin. »Die haben den Großen Sonnenschirm doch immer unterstützt.«

»Offiziell«, erwiderte die CIA-Direktorin. »Gleichzeitig haben sie ihn benutzt, um mehr Öl und Gas zu fördern als je zuvor.

Trotz aller Warnungen Chinas, unter dem Schutz des Sonnenschirms die Bemühungen um eine CO_2-Reduktion nicht zurückzuschrauben.«

»Da war Russland nicht das einzige Land.«

»Allerdings nicht«, bestätigte die CIA-Chefin. »Und das wird jetzt zum Problem. Zu einem ganz großen.«

Die Bilder der Katastrophe in China waren um die ganze Welt gegangen. Fay nahm sie als Ausgangpunkt für ihre Präsentation aus dem UNCCC in Bonn.

Die teilnehmenden Staatschefs, Wirtschaftsführenden und NGO-Leitenden saßen über den Globus verstreut in ihren Büros, Häusern, Hotels. Die meisten trugen Augmented-Reality-Brillen oder -Linsen, nur ganz wenige nutzten noch Bildschirme.

In einem kleinen Kreis rechts oben in ihrem Gesichtsfeld oder auf den Bildschirmen sahen sie Fay mit ihrem Salz-und-Pfeffer-Kurzhaarschnitt, darunter die Einblendung: Fayola Oyetunde. Chief Director UNCCC.

»Was in den vergangenen Stunden geschah, war dramatisch genug«, erklärte Fay ihrem Publikum. »Und doch ist es nichts im Vergleich zu dem, was uns bevorsteht, wenn wir nicht umgehend und sehr entschieden handeln!«

Sie spielte die Ausschnitte der Pressekonferenz ein, die die chinesische Regierung vor einer Stunde gegeben hatte.

»Die chinesischen Behörden melden die praktisch völlige Zerstörung des Großen Sonnenschirms. Vernichtet sind die in den letzten Jahren eigens ausgebauten Start- und Landebahnen in Shenzhen und in Mombasa.«

Bilder des trümmerübersäten Großflughafens, durch dessen Fläche sich große und ein Netz feinerer Risse zogen, die an einigen Stellen in haustiefen Kratern mündeten. Militär und Feuerwehrleute bemühten sich immer noch um letzte brennende Trümmer.

»Diese können laut chinesischen Angaben aufgrund der Schäden durch die unterirdischen Explosionen in den Tank- und Ladungslagern frühestens in zwei Jahren wieder betriebsbereit sein«, fuhr Fay fort.

Sie wechselte zu Bildern der Parkplätze, auf denen verbrannte Drohnengerippe lagen wie die verkohlten Überreste von Dinosauriern. Unter und neben einigen von ihnen öffnete sich der Boden zu zerrissenen schwarzen Löchern, durch die ganze Lastwagen passten. Andere Bilder zeigten metertiefe Einbrüche auf dem Rollfeld vom Durchmesser ganzer Häuser.

»Schwerer wiegt die völlig zerstörte Infrastruktur zur Betankung und Beladung der Drohnen mit den Aerosolvorläuferstoffen.«

Sie wiederholte Videos, die den ersten Moment der unterirdischen Explosionen zeigten.

»Diese waren unterhalb des Rollfelds verbaut und miteinander verbunden. Dadurch konnte sich das Feuer darin fortsetzen.«

Die Runways, gespickt mit brennenden Drohnenwracks und deren zertrümmerten Einzelteilen, wölbten sich mehrere Meter hoch und brachen in weitverzweigte Spalten auf, bevor sie zurückfielen und an manchen Stellen zu mehrere Meter tiefen Kratern einbrachen.

»Diese in vollem Umfang wiederaufzubauen, wird vier Jahre dauern, sagen die chinesischen Verantwortlichen. Ich betone: vier Jahre – merken Sie sich das, es wird noch sehr wichtig.«

Sie zoomte auf einige der verkohlten Gerippe.

»Zudem«, setzte Fay fort, »sind sämtliche Drohnen zerstört. Sowohl jene der zweiten Generation, die Großen Libellen, als auch die bereits produzierten und ausgelieferten Fenghuang.«

»Was ist mit der ersten Generation, den Großen Drachen?«, fragte der britische Premier.

»Die letzten Exemplare wurden vor zwei Jahren ausgemustert und seitdem zerlegt und recycelt.«

Fay blendete neue Bilder ein: zerstörte Hallen, in denen sich verbogene und verkohlte Metallkonstruktionen ineinander verwickelten, als hätte ein Riese Mikado gespielt.

»Zerstört wurden auch die Montageanlagen der Drohnen. Sowohl der Fenghuang als auch der letzten Großen Libellen.«

Aufstöhnen im Publikum.

Bilderwechsel, weitere Ruinen.

»Mit den abstürzenden Drohnen quasi kaputtbombardiert wurden auch einige der wichtigsten Zulieferbetriebe.«

Fay ließ die Bilder stehen, bevor sie fortfuhr:

»Kurz: Für eine teilweise Wiederaufnahme des Programms rechnet China mit mindestens drei Jahren. Für die volle Wiederaufnahme bis zu fünf.«

»Das heißt?«, fragte die spanische Ministerpräsidentin.

Fay spielte eine Animation der Erde mit dem Großen Sonnenschirm ein, der ihn als gelblicher Schleier umhüllte. Von China und Kenia aus flogen Scharen winziger schwarzer Punkte Richtung Äquator und hinterließen dort kleine gelbe Wolken, die von den globalen Luftströmen über dem Globus verteilt wurden.

»Die Partikel halten sich ein bis zwei Jahre in der Atmosphäre. Danach sinken sie wieder zur Erde. Deshalb musste das chinesische Programm laufend nachliefern.«

Die wabernden Bewegungen setzten sich fort, doch mit einem Mal fehlte etwas: die schwarzen Pünktchen und ihre kleinen gelben Wolken über dem Äquator.

»Ab sofort«, erklärte Fay, »verteilen die zuvor gut hundert Drohnen des Großen Sonnenschirms keine Aerosole mehr in der Stratosphäre.«

Auf dem Bildschirm verblasste der gelbliche Schleier. Jahreszahlen daneben gaben den Zeitrahmen an. Zwei Jahre später war der Schleier weitgehend verschwunden.

»In etwa zwei Jahren wird die kühlende Wirkung des großen Sonnenschirms komplett verschwunden sein.«

»China braucht drei bis fünf Jahre bis zu einem Neustart«, erinnerte der mexikanische Präsident. »Macht also eine Lücke von gerade mal ein bis drei Jahren. In der noch dazu einiges geschehen wird. Außerdem haben wir inzwischen zahllose klimastabilisierende Maßnahmen und andere Geoengineering-Programme weltweit laufen.«

»Aber keines«, unterbrach Fay, »hält die Sonnenstrahlung von der Erde ab und verhindert damit die Erwärmung. Die anderen Programme dienen vor allem dazu, CO_2 zu binden oder aus der Atmosphäre zu filtern, die Übersäuerung der Meere zu stoppen und so weiter.«

»Auch das hält die Erwärmung im Zaum.«

»Leider nicht wirklich«, widersprach Fay. »Erstens sind all diese Programme immer noch nicht wirklich ausgereift und effizient. Sie binden – oder entziehen der Atmosphäre – nur einen Bruchteil des CO_2, der notwendig wäre, um bis 2050 Null-CO_2 zu erreichen. Wenn man einmal davon absieht, dass 2050 ohne Großen Sonnenschirm sowieso um mindestens zwei Jahrzehnte zu spät gewesen wäre.«

Ein Tortendiagramm zeigte das Problem. Von der gesamten roten Torte wurde ein schmales Stück herausgeschnitten. Darauf stand eine Zahl: 12 %.

»Und das Problem wurde über die vergangenen fünfzehn Jahre, seit der Große Sonnenschirm gestartet wurde, buchstäblich größer.«

Die rote Torte wuchs wieder zusammen zu einer dicken Scheibe. Dann schrumpfte sie beträchtlich.

»Das wäre die CO_2-Menge gewesen, die man vor fünfzehn Jahren aus der Atmosphäre hätte entfernen müssen«, erklärte Fay.

Über die Torte blendete sie Videos von Öl- und Gasfeldern, Containerschiffen, Autos, Flugzeugen, rauchenden Kaminen in einem Dächermeer.

»Als China den Großen Sonnenschirm etablierte, forderte es vom Westen, seine Anstrengungen zur CO_2-Reduktion zu beschleunigen. Dreimal dürfen Sie raten, was geschah.«

Fay wartete nur symbolisch auf eine Antwort.

»Wir alle wissen, was tatsächlich geschah. Anstatt weiter alles daranzusetzen, CO_2 zu vermeiden und wenigstens bis 2050 klimaneutral zu werden, lehnte sich die Welt zurück. Wieder einmal. Und blies mehr CO_2 in die Atmosphäre als in den Jahrzehnten davor.«

»Nicht alle!«, protestierte der deutsche Kanzler. »Die meisten europäischen Staaten reduzierten ihren CO_2-Ausstoß weiter.«

»Aber weniger als geplant«, erinnerte ihn Fay. »Nicht zuletzt dadurch, wie sie es schon in den 1990er- bis 2020er-Jahren getan hatten: Sie verlagerten CO_2-intensive Industrien nach China und in andere aufstrebende Staaten mit geringeren Klimaauflagen. Dort stiegen die Emissionen entsprechend an. Und andere, wie die USA, ganz zu schweigen von China, Indien, Nigeria, Brasilien und weiteren Wachstumsnationen, steigerten ihren CO_2-Ausstoß weiterhin deutlich und machten damit Europas unzureichende Einsparungen mehr als wett.«

Der animierte Globus verwandelte sich in eine Heatmap.

»Dies war der Zustand beim Start des Großen Sonnenschirms.« Die Heatmap verfärbte sich im Zeitraffer: Die dunkelrot gefärbten Pole hellten sich zu Hellrot und schließlich zu Gelb auf, während auch der Rest der Welt in kühlere Farben tauchte. »Und das war die Wirkung des Großen Sonnenschirms«, erläuterte Fay. »Ende vergangenen Jahres war die Welt im Schnitt um ein Fünftelgrad kühler als vor dem Großen Sonnenschirm. Hätten wir uns bemüht, CO_2 wie vorgesehen stärker zu reduzieren, wäre es sogar fast ein Drittelgrad gewesen.«

Mit einem Mal verfärbte sich die Welt wieder in den rotorangenen Zustand von zuvor. Rasch wurden die Pole noch dunkler, und auch auf der restlichen Welt blieben immer weniger gelbe oder orangefarbene Flecken übrig. Eingeblendete Zahlen in verschiedenen Regionen bezifferten die jeweilige Erhitzung. Am Nordpol etwa fünf Grad. Mitteleuropa und Teile der USA: zwischen zwei und drei Grad. In äquatorialen Gegenden ein bis vier Grad.

»Das hingegen wäre die Entwicklung ohne den Großen Sonnenschirm gewesen«, sagte Fay. »Ein veritables Desaster. Und die Ursachen für diese potenzielle Entwicklung sind weiterhin vorhanden und aktiv. Bloß«, sie spielte noch einmal die Animation des verschwindenden Sonnenschirms ein, »dass der Schutz davor in spätestens zwei Jahren verschwunden ist.«

»Sie wollen sagen …«, setzte die US-Präsidentin an, doch Fay ließ sie nicht ausreden.

»Ich will sagen, dass uns ein Termination-Schock droht.«

Fay hielt inne. Aus dem Publikum schlug ihr angespannte Stille entgegen.

»Die unterdrückte Hitzeproduktion ist noch da«, erklärte sie. »Und wird jetzt mit Schwung zurückkehren. Und nicht nur das. Die meisten Experten gehen davon aus, dass es dabei sogar zu einer Art überschießender Gegenbewegung kommen wird.«

Die globale Heatmap färbte sich noch dunkelroter.

Nordpol: plus sechs Grad. Mitteleuropa: plus vier Grad. Nigeria: plus fünf Grad.

Auf der Heatmap stiegen die Werte weiter. Eine laufende Zahl zeigte allerdings auch den Zeitrahmen an. Jahre.

»Natürlich und zum Glück«, erklärte Fay, »wird das nicht

über Nacht geschehen. Aber relativ schnell. Innerhalb weniger Jahre wird die Erhitzung schon mal einiges Versäumtes aufholen. Und das wird genügen, um einige wichtige Kipppunkte auszulösen: schmelzende Pole und Gletscher, Auftauen des Permafrosts … Sie kennen das Programm.«

Wieder machte sie eine kleine Pause, um ihre Worte wirken zu lassen.

»Sie alle wissen, was das bedeutet.«

»Dass wir endgültig am Arsch sind«, sagte Sienna dumpf. Sie verfolgte die Präsentation mit ein paar Mitstreitenden in ihrem Londoner Büro. Eine Veteranin und ein Veteran, wie Sienna Ende dreißig, die anderen noch in ihren Zwanzigern.

»Wie lange bleibt uns?«, fragte der mexikanische Präsident.

Fay zuckte mit den Schultern.

»China wird die angegebene Zeit von mindestens vier Jahren zum Wiederaufbau benötigen«, sagte sie. »Da bis zum Start des neuen Sonnenschirms die Wiedererhitzung schon eingesetzt haben wird, muss das Programm noch mächtiger werden, als es war. Ohne den Sonnenschirm sind wir am Ende! Ob wir wollen oder nicht, jetzt brauchen wir noch mehr massives Geoengineering! Und trotzdem muss die Welt sofort radikale Maßnahmen setzen.«

»Allerdings«, kommentierte Sienna.

»Für Autos, auch Lastkraftwagen, mit Verbrennungsmotoren muss sofort eine Kilometerbeschränkung eingeführt werden. In der Folge muss ihre Benutzung binnen des kommenden Monats komplett verboten werden.«

»Vergiss es«, murmelte Sienna, während sie die Reaktionen einiger Politiker und Wirtschaftsbosse hörte.

»Völlig undenkbar.«

»Nicht umsetzbar.«

»Die halbe Lkw-Flotte auch bei uns im Norden – noch Verbrenner.«

»Disagree!«

»Sie spinnen ja! Dann haben wir einen Volksaufstand. Und kollabierende Volkswirtschaften. Hunderte Millionen Menschen in Afrika und Asien setzen nach wie vor auf Verbrenner!«

»Weil der Norden«, fuhr Fay unbeirrt fort, »als er auf E- und Wasserstoffautos umstieg, ihnen seine ausgemusterten Benziner und Diesel angedreht hat, statt sie aus dem Verkehr zu ziehen. Im Übrigen sind auch im Norden noch Dutzende Millionen Verbrenner unterwegs. Wenn wir das nicht tun, erleben wir einen Klimaschock. Binnen weniger Jahre. Dann haben Sie einen echten Volksaufstand. Gegen den ist das Verbieten von Verbrennern ein Kindergeburtstag.«

»Vergessen Sie es!«

»Sag ich doch«, wisperte Sienna.

»Ich liefere Ihnen hier die Fakten«, sagte Fay nun lauter. »Natürlich können Sie auf überlaufende Staudämme noch ein paar Sandsäcke stapeln. Umso schlimmer wird die Flutwelle, wenn der Damm doch endgültig bricht.«

»Mit solchen bescheuerten Vergleichen ist uns nicht geholfen!«, wütete die US-Präsidentin. »Sie müssen diese Entscheidungen ja nicht bei Ihrer Bevölkerung durchsetzen!«

»Nein, das wäre Ihre und Ihresgleichen Aufgabe gewesen«, erwiderte Fay kühl. »Und zwar schon vor fünf, zehn, fünfzehn, dreißig Jahren.«

»So ist es«, schimpfte Sienna.

»Außerdem müssen sämtliche Kohle- und Gaskraftwerke in den kommenden Monaten außer Betrieb genommen werden. Eigentlich ein Wahnsinn, dass es die noch gibt.«

Ungläubiges Kopfschütteln, spöttisches Grinsen, wieder ein »Vergessen Sie's«, »Die spinnt«.

»Dasselbe gilt für die Fleischproduktion …«

»Ich habe genug davon«, fuhr der britische Premier dazwischen. »Das ist doch alles völlig unrealistischer Quatsch. Undurchsetzbar.«

»Er hat recht!«

»Keine Chance!«

»Das erklären Sie seit Jahrzehnten!«, rief Fay und hielt kurz inne. »Wenn Sie es nicht tun, sind die Folgen ziemlich klar absehbar«, fuhr sie ruhiger, aber entschieden fort. »Schon nächstes Jahr werden die Sommer in Europa, Nordamerika und China deutlich wärmer sein. In zwei Jahren noch wärmer. Selbst in Ländern wie Deutschland oder Polen werden wir Dürren erleben und Ernteverluste von bis zu fünfzehn Prozent, womöglich mehr. Dasselbe gilt für weite Teile Nordamerikas und Chinas. In Indien und anderen Gebieten werden sich die Monsunmuster, -mengen und -zeiten ändern, wodurch es zu verheerenden Fluten einerseits und Dürren andererseits kommen wird. Geschätzter Ernteverlust bis zu siebzig Prozent! Milliarden werden hungern, womöglich verhungern. Weil Sie Angst haben wegen Volksaufständen, falls man Verbrennungsmotoren verbietet und die Fleischproduktion beendet: Sie wissen schon, dass die meisten Revolutionen durch Brotpreiserhöhungen ausgelöst wurden? Genau die werden Sie in Ihren Ländern erleben, wenn in zwei Jahren Teile der Ernten ausfallen. Und erst in drei oder vier Jahren! Die Wut der Bevölkerung wird Sie hinwegfegen! Im besten Fall. Im schlimmsten landen Sie unter der Guillotine! Mir scheint, Ihnen ist der Ernst der Lage noch immer nicht klar!«

»Ist er nicht«, bemerkte Sienna in ihrem Büro zu den anderen Anwesenden. »War es nie.«

Fay schlug mit der Hand auf den Tisch.

»Vor fünfzehn Jahren, beim Start des Großen Sonnenschirms, waren die Zeichen bereits an der Wand: Waldbrände ungesehenen Ausmaßes in Kalifornien oder Australien, Fluten, Dürren selbst in Mitteleuropa, der Krieg in Syrien, der inzwischen als erster Klimakrieg gilt. Damals dachten viele trotzdem noch, dass wir Jahrzehnte hätten, um die Katastrophe abzuwehren. Und vielleicht hätten wir das auch gehabt, wenn wir uns angestrengt hätten! Haben wir aber nicht, im Gegenteil! Nun reden wir jedoch nicht mehr von Jahrzehnten. Sondern vom kommenden Jahr!«

»Vielen Dank für Ihre Ausführungen«, sagte der deutsche Kanzler.

»Ich bin noch längst nicht fertig«, entgegnete Fay.

»Ich glaube, wir haben genug gehört«, sagte der Kanzler. »Sie sind für die Wissenschaft zuständig, wir für die politischen Maßnahmen.«

»Aber ich habe noch nicht alle notwendigen Maßnahmen …«

Sienna hörte Fays Stimme nur mehr sehr leise.

»Die haben sie einfach abgedreht«, sagte Sienna fassungslos zu ihren Mitstreitenden. »Die wollen nicht verstehen, und sie werden, wie immer, nicht ausreichend handeln.« Sie blickte entschieden in die kleine Runde. »Ab sofort müssen wir das tun.«

»Die fahren uns an die Wand!«, wütete Fay.

»Die müssen sich erst einmal an die Lage gewöhnen«, versuchte Ben sie zu beschwichtigen.

»Dafür haben wir keine Zeit mehr!«, widersprach Fay. »Es ist wie bei allen anderen Krisen der vergangenen Jahrzehnte: Zaudern, Verschleppen, Feigheit und Inkompetenz, immer alles zu spät und dann aktionistisch! Und wie üblich wird es im Desaster enden.« Sie warf sich auf die Couch. »Nicolas und Joy anrufen«, befahl sie.

Von der Scheibe auf dem Sofatisch aus öffnete sich das Holo.

Die Luftsäule oberhalb der Scheibe schien leicht zu zittern, wie an einem heißen Sommertag.

»Was willst du denn jetzt mit den Kindern?«, fragte Ben.

Im Holo erschien zuerst Joys halb transparentes Schulterporträt. Sie blickte schlecht gelaunt.

»Mom! Was ist denn jetzt schon wieder?«

Gleich darauf tauchte neben ihr Nicolas auf. Er saß an einem Arbeitstisch.

»Mom, Dad. Joy, du auch da?«

»Kümmer dich um deinen Kram«, erwiderte seine Schwester.

»Hattest du heute nicht deinen Krisentermin?«, fragte Nicolas seine Mutter.

»Deshalb wollte ich mit euch sprechen«, sagte Fay. »Sie werden es nicht hinkriegen. So, wie sie es seit Jahrzehnten nicht hinbekommen.«

»Wer? Was?«, fragte Joy. »Wovon redest du?«

»Mom hatte heute doch so einen UNO-Termin mit einigen Staatschefs«, erklärte Nicolas.

»Nicht ›so einen‹«, widersprach Fay. »Teilgenommen haben die US-Präsidentin, die meisten Regierungschefs der EU-Staaten, von Japan und auch anderen Teilen der Welt. Über neunzig insgesamt. Es ging darum, ob vor allem die westliche Welt und die aufstrebenden Staaten im Süden, wie Indien, Nigeria und Brasilien, gewillt sind, den drohenden Termination-Schock zu verhindern.«

»Davon gehe ich aus«, sagte Nicolas.

»So doof kannst nicht mal du sein«, warf Joy ein.

»Joy, bitte«, unterbrach Fay sie. »Die Sache ist ernst.«

»Ich weiß das, seit ich ein Kind bin!«, fuhr ihre Tochter sie an. »So wie du auch!«

»Aber sie müssen doch …«, meinte Nicolas, »sonst …«

»Ihre Vorgänger hätten auch müssen«, unterbrach ihn Joy

wütend. »So wie deren Vorgänger. Und haben trotzdem nie annähernd genug getan.«

»Und so wird es jetzt auch wieder enden«, sagte Fay. »Darauf verwette ich nach dem heutigen Termin alles.«

»Du hast doch selbst immer mitgemacht«, warf Joy ihr vor. »›Geoengineering koordinieren‹ … Unfassbar! Statt dass ihr euch damals angestrengt hättet, Treibhausgase zu verringern, als es noch möglich gewesen wäre!«

»Mom«, unterbrach Nicolas sie, »die Zerstörung des Großen Sonnenschirms ist gerade mal zwei Tage her. Die müssen erst aus ihrer Schockstarre kommen.«

»Das hat dein Vater auch gesagt«, meinte Fay. »Aber ich habe lange genug mit Politikern zu tun, um zu wissen, was kommt. Wie geht es euch in Madrid?«, fragte sie Nicolas.

»Gut, danke, weißt du doch. Mellie und die Kinder sind wohlauf. Ich sichte gerade Angebote aus Mumbai, Los Angeles und Djakarta. Aber das weißt du ja auch.«

»Und bei dir Joy? Paris?«

»Wie soll es schon gehen?«, erwiderte Joy mürrisch. »Das Studium ist fast fertig, falls du wissen willst, ob ihr mir mehr Unterhalt zahlen sollt. Danke, nein, ich komme selbst zurecht. Danach gehe ich wahrscheinlich nach Rom. Vielleicht auch Afrika, um von dort zu berichten. Könnte ja buchstäblich heiß werden.«

Fay biss die Zähne zusammen und holte tief Luft.

»Ich weiß, was ich gleich sagen werde, klingt lächerlich, verrückt, unglaublich. Aber ihr müsst ernsthaft darüber nachdenken. Und es wird nicht viel Zeit bleiben. Freundet euch bitte mit dem Gedanken an, dass ihr bereits kurzfristig in den Norden zieht. Vergesst Mumbai, Los Angeles, Djakarta, Rom oder gar Afrika. Die sind verloren.«

Die Kinder blickten ihr wortlos aus dem Holo entgegen. Ben neben ihr runzelte die Stirn, wollte etwas sagen. Fay fuhr fort:

»Schon in zwei bis drei Jahren werden wir zwei bis drei Grad mehr Durchschnittstemperatur auf dem Globus haben. Mit allen Katastrophen, die eine so schnelle Erhitzung mit sich bringt. China rechnet mit einem Teil-Neustart des Großen Sonnenschirms in frühestens drei Jahren. Bis dahin sind wahrscheinlich die ersten Kipppunkte erreicht, und der neue Sonnenschirm wird nicht mehr ausreichend wirken. Wenn er überhaupt so schnell fertig wird. Wer immer hinter dem Angriff steckt, hat wahrscheinlich eine langfristige Strategie und weitere Aktionen geplant.«

»Russland bestreitet bislang, etwas damit zu tun zu haben«, sagte Nicolas.

»Es ist letztlich egal, wer dafür verantwortlich ist«, beharrte Fay, »Russland, Anti-Geoengineering-Terroristen, sonst wer. Wer auch immer es war, hat sein Ziel erreicht. Langfristig werden die nördlicheren und weiter südlichen Hemisphären – Russland, Kanada, das südliche Südamerika, Südaustralien, Tasmanien, Neuseelands Südinsel, irgendwann womöglich sogar Arktis und Antarktis, die attraktivsten Klimazonen für Menschen werden. Ihr müsst euch überlegen, wo davon ihr in Zukunft leben wollt.«

Jetzt ließ Ben tatsächlich die Kinnlade fallen.

Joy und Nicolas starrten sie aus dem Holo an, Nicolas' Mund öffnete und schloss sich wie der eines Fisches.

»Ich habe euch ja gewarnt«, sagte Fay, »dass ich lächerlich, verrückt, unglaublich klingen werde.«

»Das meinst du nicht ernst«, flüsterte Nicolas.

»Klar meint sie das ernst!«, blaffte Joy. »Und wem erzählt sie es? Uns! Hast du gar keine Skrupel, deine Familie so bevorzugt zu behandeln?! Das muss doch die ganze Welt erf…«

»Himmel, Joy«, unterbrach Fay sie nun wütend, »was denkst du denn, das ich tun werde? Aber das muss ich kommunikativ ordentlich vorbereiten, damit es auch gehört und verstanden wird!«

»So wie deine bisherigen Warnungen und Aktivitäten im UNCCC?«, höhnte Joy. »Na, dann sind echt alle verloren.«

»Und ihr?«, fragte Nicolas. Seine Stimme klang, als wollte er Fay aufziehen. »Wohin wollt denn ihr?«

»Das ist eine gute Frage«, sagte Fay.

Bens Mund stand noch immer offen.

75

Die Schatten huschten durch den nächtlichen Wald. In Siennas altmodischen Nachtsichtlinsen erschienen die fünf Gestalten neben ihr immer noch in Grün. Jede von ihnen trug einen großen Rucksack und schwere Taschen in den Händen.

Vor ihnen tauchten zwischen den senkrechten Baumstämmen die waagrechten Röhren einer Pipeline auf. Sienna und die anderen stellten Taschen und Rucksäcke daneben ab. Sofort machten sie sich mit schnellen und kontrollierten Bewegungen an die Arbeit. Jeder Handgriff saß. Sie mussten die verschiedenen Pakete nur mit ein paar Kabeln verbinden. Auf einem analogen Wecker stellte Sienna die Zeit ein.

Die ganze Aktion hatte nicht länger als drei Minuten gedauert. So leise und unauffällig, wie die sechs gekommen waren, verschwanden sie wieder in der Finsternis.

Der Feuerball wuchs Dutzende Meter über den Wald hinaus, wie die Bilder einer Überwachungskamera auf einem nahen Aussichtsturm zeigten. Fay verfolgte die Berichterstattung über den Anschlag in ihren AR-Linsen. Die Bilder wechselten zu einer weiteren Explosion auf einer Wiese. Und noch eine, zwischen Feldern.

»Ein Jahr nach der Zerstörung des Großen Sonnenschirms

greifen immer mehr ›Klimarettungsgruppen‹, wie sie sich nennen, zu radikalen Mitteln, um das Ende fossiler Brennstoffe zu erzwingen«, erklärte die Stimme der Nachrichtensprecherin zu Bildern brennender Trümmer und kleinerer Brände im Umkreis der Explosionen. »Die Terroranschläge auf die TransNord-Pipeline in Deutschland und Polen sind nur die jüngsten einer Reihe gewalttätiger Attacken auf Einrichtungen fossiler Energiebetreiber.« Bilder Siennas bei Demonstrationen und Aktionen wurden eingeblendet, Mugshots. »Verdächtigt werden Mitglieder der Gruppe Generation Change rund um die seit einem halben Jahr untergetauchte Sienna Banks.« Zurück zu Aufnahmen der zerstörten Pipeline. »Die TransNord-Betreiber rechnen mit einer Reparaturzeit von mehreren Wochen. Durch Anschläge auf andere Pipelines in den vergangenen Tagen und den klimabedingten Ausfall mehrerer Wasserkraftwerke kann es in Teilen Mitteleuropas zu Energieknappheit kommen.«

»Übertragung aus«, flüsterte Fay, und die Bilder verschwanden aus ihrem Gesichtsbereich. Der Bus von der Grand Central Station zum UNO-Hauptsitz in der 42nd Street hielt mit einer Durchsage des Fahrers: »Wegen Demonstrationen endet die Linie heute hier. Bitte alle aussteigen!«

Unter den mürrischen Rufen und dem Schimpfen der anderen Fahrgäste verließ Fay den Bus und fand sich sofort im Tumult der Demonstrierenden wieder.

»Schnellster Weg in das UN-Hauptquartier«, forderte sie von ihren Smart-Lenses.

Die Linsen spielten ihr einen Pfeil ins Gesichtsfeld.

»Durch den Polizeikordon, der Maßnahmengegner und -befürworter trennt«, erklärte der Text unterhalb des Pfeils.

Fay folgte der Anweisung und stieß nach ein paar Dutzend Metern auf die Polizisten. Sie zeigte ihre Ausweiskarte. Die Uniformierten winkten sie durch.

Vor ihr wuchsen in einiger Entfernung die Glastürme der UN empor, während links und rechts die Polizisten, die wie Soldaten geschützt und bewaffnet waren, Schwierigkeiten hatten, die verfeindeten Parteien voneinander getrennt zu halten.

Zu Fays Linker drängten sich die Maßnahmengegner. Über ihren Köpfen ein Meer von US-Flaggen, viele Baseballkappen und Cowboyhüte. Dazwischen immer wieder große, rauchende Grillstationen, auf denen riesige Steaks brutzelten, über denen Plakate verkündeten: *Ich töte für ein Steak!*, *Finger weg von meinem Steak*! oder *Mein Steak ist meine Freiheit!* Zahlreiche Maßnahmengegner standen an der Absperrung zur anderen Straßenseite hin und rissen demonstrativ mit ihren Zähnen große Stücke aus den angekokelten Fleischlappen, die sie genüsslich zerkauten.

Von gegenüber schallte, unterstrichen von gleichlautenden Transparenten: »Fleisch ist Mord!« – »Eure Rinderfürze killen uns alle!«

Zwischen den Maßnahmengegnern auf der linken Seite ragten hier und dort gigantische Lastkraftwagenkabinen mit verchromten Auspuffrohren empor. Von denen neben den US-Flaggen Transparente wie *Trucker für Freiheit!* oder *Gegen die Öko-Diktatur!* wehten.

Auf der gegenüberliegenden Seite hatten Klimagruppen einige Auspuffrohre so umgebaut, dass sie wie schwere Waffen aussahen – Raketenwerfer und überdimensionierte Revolver. Aus diesen feuerten sie über die Polizisten hinweg Blumen auf die Maßnahmengegner. Fay geriet unter einen dieser Blumenschauer, und für einen Moment musste sie lächeln. Bis die andere Seite rohe Steaks und Kohlestücke zurückwarf.

76

+ + EILMELDUNG: Super-Taifun »TILI« trifft in Südwestchina auf Land + + Bedroht Großer-Sonnenschirm-Baustelle + +

Nachdem Tili in den vergangenen Tagen Teile der nördlichen Philippinen und Taiwan heimgesucht hat, erreichte er heute die südchinesische Küste von Hongkong bis Quanzhou. Besonderes Augenmerk gilt dem Schutz der Baustelle des neuen »Großen Sonnenschirms«, dessen Wiederherstellung nach der Zerstörung vor zwei Jahren ohnehin bereits unter deutlichen Verzögerungen leidet. In den betroffenen Gebieten der Philippinen forderte der Sturm bislang dreitausend Tote, mehrere Zehntausend Menschen werden nach Überflutungen und massiven Erdrutschen, die ganze Dörfer begruben, noch vermisst. In manche Gebiete konnten die Retter bisher nicht vordringen. Auch in Taiwan ist die Zählung der Opfer nicht abgeschlossen, schon jetzt sind es mehr als eintausend. Der Sachschaden beträgt nach ersten Schätzungen Dutzende Milliarden Dollar. In der südchinesischen Provinz Guangdong wurden die Sicherheits- und Schutzmaßnahmen verschärft. Aus einigen Küstenregionen wurden mehrere Millionen Menschen evakuiert und in Notlager gebracht. In anderen wurde die Bevölkerung aufgefordert, ihre Häuser und Wohnungen nicht zu verlassen.

Noch einmal prüfte Tseng Hao, wie der Name auf seinem Schutzhelm besagte, die Verankerungen des Krans. In der Vorhut des Sturms knatterte sein Regenschutz.

Auf der mehrere Quadratkilometer großen Baustelle für den neuen Großen Sonnenschirm tummelten sich Hunderte Sicherheitsleute wie Hao. Sie montierten Vertäuungen für Kräne, Baumaschinen und -fahrzeuge. Zurrten Dächer auf halb fertigen Gebäuden zusätzlich mit dicken Drahtkabeln fest.

Die Dächer waren besonders gefährdet. Durch die Holzgerippe der Rohbauten konnte der Sturm mit seiner ganzen Wucht wüten und die Dächer von allen Seiten angreifen. Im letzten Moment versuchten einige Montageteams nun sogar, Teile der Dächer abzutragen, sodass der Wind weniger Angriffsfläche finden würde.

Manche Gebäude waren mit Fassaden verkleidet, aber noch ohne Fenster. Die Öffnungen wurden mit Holztafeln und -brettern abgedichtet, damit der Orkan keinen Eingang in die Bauten fand und dort womöglich die teilmontierten Anlagen zerstörte.

»Keine Ahnung, wer das Projekt geplant hat«, rief Hao seinem Nachbarn zu. »Empfindlichere Innenausbauten wie nichttragende Innenwände montiert man doch erst, sobald die Fassade wetterdicht ist! Dann sind sie bei einem Unwetter wie diesem besser vor Schäden gesichert.«

Hao sprang in den Caddy zu seinen drei Kollegen, sie fuhren weiter zu einem der halb fertigen Hangars. Unterwegs passierten sie mehrere Teams, die mit schweren Baggern und Lastkränen auf den künftigen Start- und Landebahnen und den Flächen dazwischen Öffnungen mit Stahlplatten verschlossen. Zum Teil waren die Löcher allerdings so groß wie ein Volleyballfeld.

Sie erreichten die Hangars. Deren Wände standen bereits, die Dächer waren fertig. Nur die riesigen Tore fehlten noch. Schon jetzt fuhr der Sturm durch die gigantischen Öffnungen in die ansonsten fast geschlossenen Bauten und prallte mit seinem geballten Druck gegen Wände und Decken. Sie konnten nur beten, dass die kleineren Öffnungen für Lüftungen, Klimaanlagen und die Türen ausreichend Ausweichmöglichkeiten für die Luftmassen und damit eine Druckentlastung boten. Ein weiteres Problem stellten die Kräne neben den Hallen dar, die sie nicht mehr rechtzeitig hatten abbauen können.

Die Teams in den Hangars waren immerhin noch einigermaßen vor den Böen geschützt. Hao und seine Kollegen überprüften die Maßnahmen und fuhren weiter.

Draußen kippte ein Windstoß ihren Caddy fast um. Eine Funkdurchsage beorderte sie zur Rückkehr in die Einsatzzentrale. Der Sturm werde schneller stärker als erwartet, erklärte die Stimme. Alle Personen auf dem Gelände sollten sofort die für sie vorgesehenen Schutzräume oder die Einsatzzentrale aufsuchen.

Die nächste Bö warf ihren Caddy um. Hao wurde aus dem Gefährt geschleudert. Sofort war er klitschnass. Der Wind rollte ihn ein paar Meter über den Boden. Hao versuchte, sich festzuhalten, spreizte Arme und Beine, blieb schließlich liegen. Der Taifun zerrte an seiner Kleidung, seinem Helm. Auf die Schutzbrille prasselte der Regen ein. Hao sah keine zwei Meter weit und selbst da nur durch Wasserschlieren. In seinem Radius entdeckte er keinen seiner drei Kollegen aus dem Caddy. Nach dem nächsten Gischtschub verbesserte sich die Sicht.

Das Fahrzeug lag etwa zehn Meter entfernt auf der Seite. Der Wind schob es ruckweise weiter. Jetzt sah Hao auch die anderen. Wie er lagen sie flach auf dem Boden und bemühten sich, dem Wind möglichst wenig Angriffsfläche zu bieten.

Hao beschloss, in ihre Richtung zu robben. Doch kaum hob er den Kopf, schlüpfte der Wind unter ihn und schob ihn ein Stück weiter weg. Hao presste sich flach auf den Beton. Einer der Kollegen gab ihm ein Handzeichen. Zeigte hinter Hao. Dort lag etwa fünfzig Meter entfernt ein Rohbau, ein großer Gitterwürfel, neben dem ein paar Container standen, in denen die Bauarbeiter tagsüber ausruhen oder die Abschnittsleiter ihre Pläne studieren konnten.

Die anderen Kollegen stemmten sich hoch auf Hände und Knie. Sofort wurden sie vom Wind erfasst und umgeworfen oder wie ein Segelschlitten über den Beton geschoben.

Hao richtete sich auch ein wenig auf. Der Wind packte ihn und schleifte ihn über den Boden. Hao sah, wie sich von seinen Händen die Haut ablöste. An den Knien ging seine Hose in Fetzen, danach die Haut. Hao ließ sich fallen und vom Wind in Richtung der Container rollen. Mit Händen und Füßen versuchte er notdürftig, den Kurs zu steuern. Er musste weiter nach rechts. Zum Glück öffnete sich die Tür nicht zur Sturmfrontseite des Containers, sondern seitlich.

Hao klammerte sich an die Profile des Containers, bis er die Türklinke erreichte. Mühsam stemmte er die Tür gegen den Wind auf und zwängte sich durch den Schlitz hinein. Kaum war er drin, schlug der Taifun die Tür mit einem lauten Knall wieder zu.

Hao ließ sich auf den Boden fallen und rang nach Luft.

Er rollte sich zur Seite, rappelte sich auf. Inspizierte seine Hände. Auf den Handflächen war nicht viel heile Haut übrig. Das meiste war von der Reibung verbrannt oder heruntergefetzt worden. Er wandte den Blick ab. Seine Knie sahen aus wie nach einem Fahrradunfall. Er blickte aus dem Fenster. Der Regen peitschte dagegen, Hao konnte wenig erkennen.

Der Container war spartanisch eingerichtet. Schreibtisch mit Computer, Stuhl, Regale. An jeder Seite hatte er ein kleines Fenster. Hao packte den Stuhl, stemmte sich gegen die Tür, öffnete sie weit genug, dass jemand hindurchschlüpfen konnte, und klemmte den Stuhl in die Öffnung. Da tauchte auch schon die erste Hand in der Tür auf, dann eine Gestalt. Der Kollege stieg über den Stuhl und brachte sich in Sicherheit. Zwei Minuten später waren auch die beiden anderen da. Sie schlossen die Tür. Blickten sich an.

»Ist das ein sicherer Platz?«, fragte einer.

»Hoffentlich«, sagte ein anderer.

»Nicht offiziell«, klärte Hao sie auf. Sein Blick wanderte von einem Fenster zum nächsten. Er stützte sich auf den Schreibtisch, fuhr gleich wieder zurück. Die verletzten Hände!

Das Heulen des Sturms, das Klatschen der Wassermassen, als schleuderte jemand den Inhalt ganzer Swimmingpools auf einmal auf sie, die Kraft, mit welcher der Taifun an der Blechbüchse zerrte – Hao kam sich sehr klein und hilflos vor.

Durch die Fenster des Containers konnte Hao immer weniger erkennen. Vorwiegend Regenböen in graufarbenen Abstufungen. Die Anlage und ihre Gebäude waren verschwindende, wiederauftauchende, wieder verschwindende Silhouetten.

In ihrer wackligen, ächzenden Kiste konnten sie nur zusehen und hoffen. Der Sturm tobte jetzt mit voller Gewalt. Hinter dem Fenster an der Schmalseite des Containers, die der Tür gegenüberlag, schwankte in einiger Entfernung der Umriss eines Krans bedenklich über einem Hangar.

Hao bemerkte am unteren Rand des Hangardachs eigenartige Bewegungen. Mochten aber auch nur Regenschwaden sein. Dann wuchs der Schatten. Im nächsten Moment bog sich das Dach wie der Deckel einer Konservendose halb auf. Auch die andere hatten es gesehen, ein kollektiver Schreckensschrei ging durch den Container.

Das Dach fiel zurück, bäumte sich erneut auf, flatterte ein paarmal, dann schälte es sich weiter von den Wänden, bevor es abriss und im Grau verschwand.

Hinter Hao fluchten zwei seiner Kollegen. Er lief zu dem Fenster in der Tür. Dort kugelte etwas über das Rollfeld. Schweres Baugerät! Die Stahlseile, mit denen es am Boden verankert worden war, mussten sich gelöst haben oder waren gerissen. Es purzelte voran, bevor es auf zwei weitere traf. Das erste stoppte es, wankte. Kippte. Rutschte nun weiter über das Rollfeld, gefolgt von jenem, das es angestoßen hatte.

Die Wassermassen aus dem Himmel wurden so dicht, dass Hao wieder nur mehr Grau sah. Er verlor die verirrten Baugeräte aus den Augen. Sein Blick sprang zur Silhouette eines Krans, der neben den Rippen eines Rohbaus heftig schwankte und sich im Wind drehte. Da löste sich ein Schatten vom Arm des Krans. Der Haken! An den Stahlseilen schlenkernd, verlieh er den Bewegungen des Arms noch mehr Schwung. Wirbelte gegen den Arm selbst, schlug hart auf, bevor er sich zurück in die Luft drehte und den Kranarm mit sich zu ziehen schien. Langsam, ganz langsam neigte sich der Kran, dann plötzlich kippte er in die Streben des Rohbaus und schlug eine nach der anderen durch wie die Hand eines Karatekämpfers einen Stapel Bretter.

Jetzt entdeckte Hao noch mehr Silhouetten von Baufahrzeugen, sie rutschten und kollerten über die Landebahnen. Eines sprang mit einem Mal hoch, es war wohl gegen ein Hindernis geworfen worden, von dem es abprallte, und schlug ein paar Meter daneben wieder auf den Boden. Schien darin zu versinken, bis es stecken blieb und nur mehr zur Hälfte herausragte.

Neben ihm stöhnte ein Kollege auf. Der Bagger war auf eine der Abdeckungen für die Bodenöffnungen gestürzt. Die Stahlplatten hatten standgehalten. Waren wohl verbogen. Vielleicht würde ein wenig Wasser durch Spalten und Ritzen dringen, die sich dabei gebildet hatten, aber einen großen Wassereinbruch würden sie weiterhin verhindern.

Dann verschwand die Maschine im Boden. Fast zeitgleich riss

der Sturm daneben tonnenschwere Metallplatten fort wie vertrocknetes Herbstlaub. Nur schemenhaft konnte Hao ihren Flug verfolgen, bevor sie auf andere Fahrzeuge, Kräne oder Rohbauten trafen und einschlugen wie Schrapnelle. Zwei wirbelten direkt auf sie zu.

77

Fassungslos verfolgte Fay die Bilder aus Shenzhen im Dunkel ihres Schlafzimmers. Ben lehnte neben ihr und sah über seine eigenen Linsen dasselbe.

»Das war es dann«, bemerkte er tonlos. »Und jetzt?«

»Jetzt müssen wir alles dafür tun, dass die gesamte Weltgemeinschaft entweder das chinesische Programm so schnell wie möglich wieder mit aufbaut oder doch ein eigenes schafft – in Rekordzeit.«

»Der vergangene Sommer war bereits zwei Grad wärmer als im Schnitt der vergangenen Jahre«, erinnerte Ben sie. »Bis ein neues Programm steht, egal von wem, werden sämtliche Kipppunkte endgültig überschritten werden. Das weißt du so gut wie ich.«

»Gleichzeitig müssen wir sofort sämtliche Treibhausgasquellen stoppen …«

»Die Idee kam beim letzten Mal ja schon so gut an«, bemerkte Ben bissig.

»Vielleicht ist den Verantwortlichen die Dringlichkeit nun endlich bewusst geworden«, erwiderte Fay. »Die Wetterkatastrophen dieses Sommers und ihre Folgen für die Nahrungsmittelversorgung selbst in unseren Breiten sollten dabei helfen.«

»Dein Wort in Gottes Ohr.«

»Vor allem müssen wir die Kinder endlich dazu bringen, in den Norden zu ziehen.«

»Dazu müsste Joy überhaupt erst mal mit uns reden«, sagte Ben.

In der Reportage aus China blinkte ein blaues Licht. Darunter ein breites Männergesicht mit großen Augen und trotzigen Lippen sowie ein Name: *Wassily Semijow.*

»Was, zum ...«, murmelte Fay. »Der russische Klimaminister ruft gerade an. Was will der?«

»Du bist Direktorin des UN Climate Control Centers. Über Shenzhen reden, was sonst?«

»Außerhalb des Protokolls? Russland ist seit der immer noch ungeklärten ersten Zerstörung des Großen Sonnenschirms nach wie vor Hauptverdächtiger. Mit dem spreche ich sonst nur bei offiziellen Terminen. Und umgekehrt.«

Fay nahm das Gespräch an.

»Herr Minister«, begrüßte sie ihn mit unterkühltem Ton. »Ich nehme an, es geht um die Ereignisse in Shenzhen.«

»Entschuldigen Sie bitte die nächtliche Störung«, sagte Wassily. »Um Shenzhen geht es ... indirekt.«

»Es ist spät, Herr Minister. Worum geht es direkt?«

»Die Folgen von Shenzhen. Sie wissen so gut wie ich, dass ein Termination-Schock nun nicht mehr zu verhindern ist. Die Welt wird sich in Rekordtempo weiter erwärmen. Und – reden wir nicht drum herum – Russland kann neben Kanada und Skandinavien einer der großen Profiteure dieser Entwicklung werden. Dazu brauchen wir die besten Experten und Politiker der Welt in Sachen Anpassung an die globale Erwärmung. Zu denen Sie gehören. Wir wollen, dass Sie Russland dabei helfen, sich auf die anstehenden Veränderungen vorzubereiten. Geld spielt keine Rolle. Nennen Sie Ihren Preis.«

Fay war den Ausführungen des Ministers mit zunehmend schmaler werdenden Augen gefolgt.

»Ernsthaft?«, antwortete sie. »Russland ist wohl für die Katastrophe verantwortlich, und jetzt soll ich Ihnen auch noch dabei helfen, sie zu versilbern?«

»Vergolden«, sagte der Minister mit einem angedeuteten Lächeln. »Auch wenn wir *nicht* dafür verantwortlich sind. Zumindest nicht allein. Nicht für hundertfünfzig Jahre Vollladen der Atmosphäre mit Treibhausgasen. Und schon gar nicht für die Zerstörung des Großen Sonnenschirms. Nicht für die erste, und einen Taifun werden Sie uns wohl nicht auch noch in die Schuhe schieben wollen?«

»Da muss ich nicht nachdenken«, sagte Fay. »Meine Antwort lautet Nein. Gute Nacht, Herr Minister.«

Sie beendete das Gespräch, bevor der Mann weiterreden oder sich auch nur verabschieden konnte.

»Ein Jobangebot aus Russland?«, fragte Ben.

»Die Leiche ist noch nicht kalt, und schon kämpfen die Erben um das Vermögen«, fauchte Fay. »Geld spielt keine Rolle, hat er gesagt. Verbrecher!«

»Du hast den Kindern schon in den vergangenen zwei Jahren gesagt, sie sollen in den Norden. Aber wir können hier nicht einfach weg. Was wäre mit meinen Eltern? Also, was tun wir?«

»Wir versuchen weiterhin, die Katastrophe zu verhindern«, sagte Fay entschlossen. »Oder sie wenigstens abzumildern. Dafür haben wir noch ein paar Optionen.«

78

Vier Männer in dunklen Anzügen und mit Sonnenbrillen verließen die Villa im modernistischen Stil und musterten dabei die Umgebung in alle Richtungen. Unmittelbar hinter ihnen eilte ein einzelner Mann, ebenfalls in dunklem Anzug, dessen Schnitt jedoch unverkennbar von einem exklusiven Maßschneider stammte. Vier weitere Schwarzgekleidete folgten ihm zu der Luftlimousine – ein schwarzer Zylinder mit kurzen Flügeln und einem Dutzend kleiner, senkrecht stehender Propeller. Einer der Leibwächter öffnete die Tür des Fluggeräts, der Mann im Maßanzug sprang federnden Schrittes hinein. Zwei Leibwächter folgten. Der Türhalter schloss dieselbe.

Mit leisem Rauschen löste sich die Limousine vom Boden. Im nächsten Moment explodierte an ihrer Stelle ein Feuerball, der die zurückgebliebenen Leibwächter verschluckte.

Wenige Sekunden später verwandelte sich das Feuer in schwarzen Rauch, durch den glühende Trümmer zu Boden stürzten.

»Diese Bilder einer Überwachungskamera seiner Villa«, erklärte die Stimme der Nachrichtensprecherin, »zeigen den Augenblick, in dem vor zwei Stunden der Vorstandsvorsitzende der United British Dutch Petrol UBDP, Jannis Tonden, durch einen Terrorangriff starb.«

Reglos starrte Sienna auf den altmodischen Monitor. Sie hockte mit einer Frau und einem Mann ihres Alters sowie fünf

Mittzwanzigern in einem kleinen Häuschen an der bretonischen Küste. Vor dem Fenster regnete es.

Die Bilder auf dem Bildschirm sprangen zurück zu dem Moment, als der Leibwächter die Limousinentür hinter Janis Tonden schloss. In Zeitlupe stieg das Fahrzeug auf. Dann verlangsamte sich die Aufzeichnung zu einer raschen Abfolge von Standbildern. Bis am oberen Bildrand ein spitzer Schatten ins Bild ragte.

Auf dem nächsten Bild war ein unterarmgroßer Zylinder neben der Limousine zu erkennen. Das darauffolgende Bild zeigte die Limousine bereits wie in einer Explosionszeichnung zerlegt. In ihrem Inneren hatte sich ein kleiner Feuerball gebildet.

»Wie auf den Standbildern erkennbar wird, verwendeten die Attentäter eine altmodische Panzerabwehrwaffe.«

Die Aufnahmen der Überwachungskameras wurden abgelöst von Polizeifotos Siennas.

»Fuck …!«, entfuhr es ihr.

»Als Verdächtige in dem Fall sucht die Polizei nach Sienna Banks, langjährige Anführerin der Klimabewegung Generation Change und einigen ihrer Mitstreitenden, die sich zu zahlreichen Anschlägen auf fossile Energie-Infrastrukturen wie Pipelines oder Raffinerien sowie CO_2-produzierende Industrien bekannt haben. Die Gesuchten werden darüber hinaus auch mit Morden an zwei Unternehmerinnen und einem Manager dieser Branchen in Verbindung gebracht und gelten zusammen mit anderen Klimaaktivistinnen und -aktivisten nach wie vor zum Verdächtigenkreis rund um die Zerstörung des Großen Sonnenschirms.«

»Wie kommen die auf so was!?«, rief eine der jungen Aktivistinnen.

»Ein Set-up«, meinte der ältere Mann neben Sienna.

»Da will uns jemand loswerden«, fügte einer der jungen Männer hinzu.

»Aber ihr wart doch hier«, stellte die junge Frau fest. »Die meiste Zeit zumindest. So wie wir.« Die anderen quittierten die Bemerkung mit irritierten Blicken.

»Was wir erst einmal beweisen müssten«, sagte der Mittvierziger neben Sienna. »Nicht einfach, wenn man seit bald zwei Jahren alles daransetzt, unter dem Radar zu bleiben und keine Spuren zu hinterlassen.«

»Ganz zu schweigen von der Legende mit dem Großen Sonnenschirm, die immer noch herumgeistert«, meinte Sienna.

»Das ist bloß russische Lügenpropaganda«, sagte der Mann düster.

»Die werden uns jagen wie Freiwild«, flüsterte Sienna.

79

Die Männer und Frauen redeten aufgebracht auf die Grenzbeamten ein. Etwa hundert hatten sich hinter den Schranken versammelt. Links und rechts der Grenzgebäude, über denen die deutsche Flagge wehte, streckte sich in beide Richtungen ein vier Meter hoher Stacheldrahtzaun in die Landschaft, vor dem sich ein mehrere Meter tiefer und breiter Graben befand.

Auf der französischen Seite strömten mehr und mehr Menschen jeden Alters auf die Grenze zu.

»Gut drei Jahre nach der Zerstörung des Großen Sonnenschirms und ein Jahr, seitdem Taifun Tili dessen Wiederaufbau endgültig zunichtemachte, haben mit dem heutigen Tag Belgien, Deutschland, Tschechien und Polen die angekündigten Grenzsperren umgesetzt«, erklärte Joy der vor ihr schwebenden Minidrohne. »Sie setzen sich damit über die Personen- und Warenverkehrsfreiheit der Europäischen Union hinweg.« Sie wies auf den Stacheldrahtzaun. »Eine Barriere, wie sie vor einigen Jahrzehnten Europa in Ost und West teilte, trennt den Kontinent seit heute in Süden und Norden.«

Hinter ihr kam es zu Handgreiflichkeiten zwischen den vordersten Reihen der Menschenmassen und den Grenzbeamten. Geschrei brandete auf. Andere Wandernde wichen ins Gelände aus. Kippten lange, breite Bretter über den Graben vor dem Zaun. Versuchten mit großen Zangen, Löcher in den Maschendraht zu schneiden. Andere stützten Leitern auf den Brettern ab. Kletterten hinauf. Warfen große Decken über die Stacheldrahtrollen.

»Die verheerenden Dürren in Portugal, Spanien, Frankreich, Italien und auf dem Balkan trieben allein seit dem Herbst geschätzt fünf Millionen Menschen Richtung Norden«, erklärte Joy. »Entlang der ›Klimaschranke‹, wie sie von den Südländern genannt wird, sehen wir heute überall koordinierte Aktionen von Klimaflüchtenden, deren Menschenrechte und Rechte als EU-Bürger von den Nordländern mit Füßen getreten werden.«

Aus dem Meer von Köpfen, das sich entlang der Grenzabsperrung drängte, ragten Transparente in verschiedenen Sprachen, die Reisefreiheit, Klimagerechtigkeit und Zukunft forderten.

»Unterstützt werden sie dabei von Klimaaktivistinnen und -aktivisten, die für die Reisenden Wasser, Nahrung und medizinische Versorgung bereithalten.«

Erste Rauchwolken stiegen zwischen den Menschen auf.

»Die deutschen Grenzbeamten setzen nun Tränengas ein!«, reportierte Joy und lief ein paar Schritte ins Gelände, um den nahenden Schwaden auszuweichen.

»Im Europäischen Parlament in Brüssel kam es heute Morgen schon zu tumultartigen Szenen«, erklärte sie und spielte Bilder davon in ihren Stream. »Europa steht vor der ultimativen Zerreißprobe, und wie es aussieht, wird sie diese nicht bestehen. Auch aus dem UN Climate Control Center in Bonn gibt es zu den Ereignissen keinen Kommentar.«

»Verdammt, Joy«, murmelte Fay, die den Bericht von der deutsch-französischen Grenze in ihrem Büro auf ihren Smart-Lenses verfolgte, »was sollen wir denn dazu sagen? Das ist eine europäische Angelegenheit.«

Hinter Joy verhärteten sich die Kämpfe zwischen den deutschen Grenzern und den Flüchtenden, die deutlich in der Überzahl waren.

»Und das ist erst der Anfang«, berichtete Joy weiter. »Ähnliche Bilder sehen wir in diesen Monaten überall, wo sich einst gemäßigte Klimazonen in trockene Savannen und heiße, dürre- und flutgeplagte Subtropen verwandelt haben. Russland hat begonnen, einen vergleichbaren Grenzwall gegen die zunehmende Migration aus China und anderen, südlicher liegenden asiatischen Staaten zu errichten.« Sie spielte die entsprechenden Bilder in ihren Feed. »Nationale Maßnahmen gegen den Termination-Schock haben ebenso versagt wie das Climate Control Center der UNO. Nun sehen wir die Folgen.«

Sie duckte sich, als es hinter ihr knallte. Wandte sich hastig um. Die Drohnenkamera weitete den Blick auf die Zusammenstöße an der Grenze. Menschen versuchten in Panik, von den Grenzbalken zu fliehen, doch die von hinten Nachrückenden verhinderten es.

»Die Deutschen geben Warnschüsse ab!«, rief Joy. »Das eskalierte schnell!«

»Himmel, Joy!«, fluchte Fay. »Sieh zu, dass du da wegkommst!«

Hinter ihrer Tochter war in den Wolken des Tränengases kaum mehr zu erkennen, was dort geschah.

»Die Menschen sind verzweifelt«, berichtete Joy weiter, ohne sich von der Stelle zu bewegen, während die Nebel immer näher kamen, »weil sie keine Hoffnung mehr auf das angedachte US-amerikanisch-europäische Geoengineering-Programm haben, das den Großen Sonnenschirm ersetzen soll.«

Dann hüllten die Schwaden Joy ein, und Fay hörte sie ihre letzten Sätze nur mehr husten: »Und das hier … ist erst … der Anfang!«

80

+ + EILMELDUNG: US-Senat lehnt Finanzierung des geplanten EU-US Solar Radiation Management Programms ab + +

In einer zehnstündigen Sitzung verweigerte die republikanische Mehrheit im US-Senat der Regierung von Präsidentin Olina Candez das vorgeschlagene Budget für die Planung und Umsetzung eines gemeinsam mit der EU vorgesehenen Solar Radiation Management Programms, ähnlich dem vor drei Jahren zerstörten chinesischen Großen Sonnenschirm.

Der »Globale Hitzeschild«, so der Arbeitstitel, sollte nach der Zerstörung des Großen Sonnenschirms vor drei Jahren und den erneuten Verzögerungen durch den Taifun Tili, der den Wiederaufbau um wenigstens weitere drei Jahre verzögert, die zu erwartenden dramatischen Folgen eines Termination-Schocks abmildern und als Alternative zum chinesischen Programm dienen.

»Die Regierung will ihre jahrelangen Versäumnisse in der Klimapolitik auf dem Rücken der US-Steuerzahler abladen«, erklärte der republikanische Mehrheitsführer, Senator Jim Dooney, Arkansas. »Wir werden nicht zulassen, dass sie die Staatsschulden um Hunderte Milliarden in die Höhe treibt, um den Europäern und dem Rest der Welt eine Klimaanlage zu finanzieren. Stattdessen sollte sie mehr Geld einsetzen für Maßnahmen zugunsten amerikanischer Bürgerinnen und Bürger.«

Klimaschutzministerin Kira Benygthon warf den Republikanern vor, die Vereinigten Staaten vorsätzlich »in die Klimahölle zu führen«.

Einige europäische Staaten hatten ihre Teilnahme und Finanzierung von dem maßgeblichen Budgetbeitrag der USA abhängig gemacht. Mit der Ablehnung durch den Senat steht das Projekt nun vor dem Aus oder wird sich zumindest um Jahre verzögern.

»Bis zu einer tatsächlichen Umsetzung könnte es nun zu spät sein«, warnte EU-Ratspräsident Heritaike. »Die ersten Auswirkungen der rapiden Erwärmung nach der Zerstörung des Großen Sonnenschirms spüren wir weltweit bereits deutlich. Wir müssen jetzt rasch handeln!«

US-Präsidentin Candez will weiter für das Projekt kämpfen.

»Das war es dann wohl endgültig«, sagte Ben.

»Ton aus«, befahl Fay.

Das Holo der News stand noch vor ihnen im Wohnzimmer.

»Du hast es schon vor drei Jahren prophezeit«, erinnerte er sich. »Ich hätte nicht gedacht, dass sie es so weit kommen lassen.«

»Sie haben es immer so weit kommen lassen«, sagte Fay mit rauer Stimme.

Sie starrte auf die Bilder aus dem US-Senat und den europäischen Staatskanzleien, von Journalistinnen und Reportern, die vor Ort berichteten. Demonstrationen von Menschen, die gegen die Errichtung eines neuen *Solar Radiation Management* kämpften. Demonstrationen von Befürwortern. Demonstrationszüge, die in den Straßen mehrerer Städte aufeinanderstießen, Polizisten und Soldaten in schwerer Montur zwischen sich zerrieben, von ihnen nicht mehr getrennt werden konnten, sich ineinander verkeilten, bevor sie im Rauch der Tränengasgeschosse und brennenden Barrikaden verschwanden.

Am oberen Rand des Holos leuchtete eine rote Linie auf. Anruf. Darunter wurde in Blau ein Name eingeblendet: *Serena Dubois, Secretary of Climate Affairs, Canada.*

»Erlaubt sich da jemand einen Scherz?«, fragte Ben.

»Blauer Text«, erwiderte Fay. »Verifizierter Kontakt.«

»Schon. Aber kennst du sie?«

»Klar. Von ein paar Konferenzen. Und einem längeren Gespräch vor drei Jahren. Habe ich dir damals erzählt«, sagte Fay. »Annehmen.«

Die Nachrichtenvideos im Holo wurden von einer schlanken Mittfünfzigerin in cremefarbenem Hosenanzug abgelöst.

»Serena«, begrüßte Fay die kanadische Ministerin. »Ich vermute, du hast auch eben die Nachrichten gesehen.«

»Hallo, Fay, ja, habe ich. Deshalb melde ich mich.«

»Ich fürchte, das UN Climate Control Center kann jetzt auch nicht mehr viel tun«, sagte Fay. »Nur mit den anderen Projekten fortfahren. Doch das wird nicht genügen. Das weißt du.«

»Weiß ich. Deshalb wollte ich mit dir reden. Du erinnerst dich natürlich an ein bestimmtes Gespräch, das wir vor drei Jahren geführt haben, nachdem wir beide die Reaktionen der westlichen Regierungen auf die Zerstörung des Großen Sonnenschirms nicht ausreichend fanden.«

»Selbstverständlich erinnere ich mich.«

»Es ist Zeit, deine Idee umzusetzen. Wärst du bereit, das federführend für uns zu tun?«

81

»Zwei Jahre nach der Ablehnung des US-amerikanisch-europäischen Geoengineering-Programms, das als Ersatz für Chinas Großen Sonnenschirm dienen sollte«, erklärte Joy in ihre Kamera, »verfolgen verschiedene Akteure unterschiedliche Strategien, um mit dem sich beschleunigenden Termination-Schock umzugehen.«

Sie spielte Aufnahmen von Bauarbeiten an einem riesigen Hafen ein. »Zuletzt berichtete ich aus Russland, das seine Häfen entlang der Nordpassage massiv ausbaut. Parallel dazu« – sie spielte Videos aus Südsibirien ein – »bereitet es sich auf die wärmeren Bedingungen in Landesteilen vor, die bis vor Kurzem noch unwirtlich kalt waren, aber in wenigen Jahren die neue Kornkammer der Welt bilden könnten. Kanada trifft ähnliche Anpassungsvorbereitungen.« Bilder ausgedehnter Siedlungsbauten in unberührter Natur erschienen. »Nachdem das UN Climate Control Center den Klimakollaps nicht verhindern konnte, wechselte seine ehemalige Leiterin Fay Oyetunde in das Lager der Anpasser und nahm das lukrative Angebot an, das kanadische Programm CanAdapt zu leiten.« Zu Bildern von Fay mit kurzen schwarzgrauen Haaren erklärte Joy: »An dieser Stelle eine Disclosure – sie ist auch meine Mutter.« Joy wechselte zu neuen Bildern.

»Heute aber besuche ich die Familie Gerber in Norddeutschland. Genauer möchte sie ihren Aufenthaltsort nicht genannt wissen.«

Joy ließ ihre Minidrohnenkamera über die Familie und deren Haus im Hintergrund schwenken. Die Eltern mit entschlossenen Zügen und drei Teenager – ein Mädchen und zwei Jungen.

»Familie Gerber folgt einem Trend, der seit nunmehr zwei Jahren immer mehr Anhänger findet: Autarkie.«

Die Mutter zeigte auf das Dach des Hauses hinter ihnen. »Wir haben Solarpaneele und Erdwärme«, sagte sie. Mit einem Schnitt landeten sie im Inneren des Gebäudes. »Zudem haben wir hier neueste Speichertechnologie«, führte der Vater weiter aus. »Die Systeme sind inzwischen so weit ausgereift, dass wir ohne Anschluss an das allgemeine Energienetz auskommen.«

Wieder vor dem Haus. Dort parkten ein Kleinbus und ein Pick-up. »Unsere Autos können wir damit ebenso aufladen, wie sie als Speicher dienen.«

Die Eltern Gerber hinter dem Haus.

»Hier haben wir unseren eigenen Brunnen«, erklärte der Vater. »Das Wasser wird hochgepumpt von unserem eigenen Strom.«

Die Mutter griff nach einem altmodischen Brunnenschwengel.

»Kann man zur Not immer noch mit Hand pumpen«, sagte sie zufrieden.

»Diese Konzepte sind zwar nicht neu«, erläuterte Joy ihren Zuschauern, »immer populärer werden aber die damit einhergehenden sozialen Entwicklungen.«

Sie spielte vorgefertigte Aufnahmen in ihren Stream. Darin arbeiteten die Familie Gerber und ein paar weitere Personen an einem Hochstand mit Ausblick über die Umgebung.

»Hier sorgen wir für unsere Sicherheit«, erklärte dazu Vater Gerber. »Der Staat tut da viel zu wenig.«

In einem Zwischenschnitt schossen die Teenager auf leere Konservendosen, die mit pfeifenden Geräuschen von ihren Podesten flogen.

»Die Gerbers bilden mit Familien aus ihrer Nachbarschaft sogenannte Freiheitsverbünde.«

»Wir haben hier immer mehr Flüchtlinge aus dem Süden«, erklärte Vater Gerber. »Wir können nicht alle retten. Ich meine Spanien, Frankreich, Italien, Österreich – hallo? Das sind Wirtschaftsflüchtlinge, die sollen zu Hause bleiben und ihre eigenen Länder am Leben halten.«

»Die Prognosen«, sagte Joy, »erwarten für Ihre Region hier in fünf bis zehn Jahren ähnliche Verhältnisse wie für jene Gebiete, deren ehemalige Bewohner Sie hier fernhalten wollen.«

»Das glaube ich nicht«, erwiderte Vater Gerber. »Das ist reine Angstmacherei.«

»Genau das dachten viele Südeuropäer vor wenigen Jahren auch noch« entgegnete Joy. »Inzwischen wandert die Hitzegrenze jedes Jahr Dutzende Kilometer nordwärts. Sind da solche Maßnahmen wie Ihre überhaupt sinnvoll? Müssten Sie sich nicht selbst darauf vorbereiten, den Ort hier in den kommenden Jahren verlassen zu müssen? Viele aus der Umgebung denken bereits an einen Umzug nach Schweden, Norwegen, Finnland, in die baltischen Staaten, ja sogar nach Russland, solange die Länder ihre Grenzen wenigstens für Qualifizierte noch offen lassen. Russland bereitet sich ja bereits sehr professionell auf die Folgen des Termination-Schocks vor.«

»Sollen wir und unsere Kinder etwa auch davonlaufen?«

»Sie würden also auf andere schießen?«, fragte Joy.

Mutter Gerbers Antwort kam prompt: »Wenn es nicht anders geht.«

82

Der Fahrtwind auf dem Waggondach wirbelte durch Siennas schwarz gefärbtes Kurzhaar. Die altmodische einfache Sonnenbrille schützte ihre Augen. Ihre faltigen Hände suchten Halt auf dem rauen Metall, wie jene Hunderter weiterer Passagiere, die keinen Platz im Inneren gefunden hatten. So sah der Zug aus, als trüge er selbst eine stoppelige Frisur. Vor ihr kauerte eine Familie mit drei Kindern, hinter ihr eine Gruppe Jugendlicher. Das Rattern der Räder auf den Schienen und der Fahrtwind machten Unterhaltungen unmöglich. So dösten sie vor sich hin oder starrten in die Landschaft.

Auf beiden Seiten und hinter ihnen breitete sich die norditalienische Tiefebene aus. Eine gelbbraune Steppe, vereinzelt durchsetzt von halb verdorrten Bäumen. Entlang der Bahnlinie verfielen die Häuser. Neben den wenigen noch bewohnten türmten sich verrostete, halb zerlegte oder zerstörte Güter aller Art. Ersatzteillager, Tauschware. Nicht mehr gebrauchte Hinterlassenschaften. In der blauen Ferne vor ihnen erhoben sich die Alpen.

Zwei der Jugendlichen blickten Sienna verstohlen an.

»Du erinnerst mich an wen«, versuchte einer schließlich, den Lärm des Zuges zu überbrüllen.

Sienna zuckte nur mit den Schultern. Wandte sich ab.

»Du ähnelst Sienna Banks!«, rief er. »Hat dir das schon mal jemand gesagt?«

»Höre ich öfter«, erwiderte Sienna.

»Gefährliche Ähnlichkeit!«

Sienna verdrehte die Augen.

»Was soll ich machen? Mich operieren lassen?«

Der Junge grinste.

»Wohin wollt ihr?«, fragte sie.

»Schweden, wenn möglich«, rief er.

Sienna nickte. Das Gespräch verstummte.

Der Zug verlangsamte sich. Eine größere Ansammlung von Häusern und Ruinen tauchte vor ihnen auf. An einer verwitterten Straße, die parallel zur Bahnlinie verlief, entdeckte Sienna ein verblichenes Ortsschild: Gemona.

Der Zug bremste weiter, als er sich dem Bahnhof näherte. Sienna hob eine Hand vor den Mund, in einer Geste, als dächte sie nach. Verdeckte damit ihre untere Gesichtshälfte. Sah sich unauffällig um, ohne den Kopf allzu sehr zu bewegen.

Auf den Bahnsteigen drängten sich Hunderte Menschen. Nur wenige von ihnen würden in oder auf den Waggons Platz finden. Als er einfuhr, rannten die ersten bereits mit und versuchten aufzuspringen. Jene unglücklicheren Passagiere, die bisher auf den Trittbrettern oder den Kupplungen zwischen den Waggons gereist waren, versuchten, sie abzuwehren und fortzustoßen.

»Weshalb hält der hier?«, fragte die Mutter vor Sienna. »Aussteigen will bestimmt niemand. Und aufsteigen kann auch niemand.«

Der Zug fuhr nur mehr im Schritttempo. Die allgemeine Aufregung war nun so groß, dass Sienna ihre suchenden Blicke nicht länger beherrschen musste. Aufmerksam scannte sie den Himmel um sich herum, die Menschen auf den Bahnsteigen. Fand den Blick des Mannes am anderen Ende des Waggondachs. Der zuckte nur mit den Schultern und schüttelte stumm den Kopf.

Die dunkelblaugrün vermummten Gestalten stiegen so schnell

aus dem Schatten des Bahnhofsgebäudes hoch und schossen auf sie zu, dass Sienna sie erst sah, als sie in ihren Jetpacks schon fast das Waggondach erreicht hatten. Die Menschen um sie herum schrien auf. Diejenigen auf den Bahnsteigen versuchten zu flüchten oder suchten Schutz unter Vorsprüngen. Die anderen auf den Dächern des Zuges kauerten sich zusammen, die Hände über den Köpfen. Eltern warfen sich schützend über ihre Kinder.

Intuitiv drückte sich auch Sienna auf das Dach. Ihr Partner am anderen Ende dagegen blieb aufrecht stehen und damit zwischen all den anderen gut sichtbar. Drei der fliegenden Polizisten steuerten direkt auf ihn zu.

Der Mann fasste hinter seinen Rücken. Im nächsten Moment krümmte er sich zusammen. Drückte die Hände gegen die Ohren. So wie die Passagiere um ihn herum. Griff dann doch noch einmal hinter seinen Rücken.

Den Rest sah Sienna nur mehr aus den Augenwinkeln. Auch auf sie flogen drei der Gestalten zu, während vier weitere in Warteposition ein paar Meter entfernt schwebten. Sienna ließ sich von dem Waggondach gleiten und klammerte sich an der Dachkante fest, während der Mann am anderen Ende sich aufbäumte, als aus seiner Brust rote Fontänen schossen. Die Pistole flog in weitem Bogen aus seiner Hand in die panische Menge auf dem Bahnsteig. Einer der Polizisten in Warteposition raste hinterher. Bei der Landung schlug er mehrere Personen zur Seite, die entweder nur im Weg standen oder die Waffe an sich nehmen wollten.

Sienna ließ sich auf den Bahnsteig fallen. Blickte sich hastig um. Die drei Vermummten waren jetzt direkt über ihr, zwei weitere kamen ihnen zu Hilfe. Wiederum zwei sicherten die andere Seite des Zuges.

»Sienna Banks!«, übertönte eine metallische Stimme das Geschrei der Menschen. »Geben Sie auf!«

Sienna zögerte kurz, dann duckte sie sich, schob sich über die Bahnsteigkante und schlüpfte unter den Zug. Robbte auf dem Bauch über die Schwellen und kantigen Steine. Schlug sich Ellenbogen und Knie auf. Den Kopf an. Sah nur schemenhaft die Stiefel der gelandeten Polizisten neben ihr auf dem Bahnsteig.

»Sienna Banks, Sie haben keine Chance! Kommen Sie heraus!«

Ein Stück vor ihr tauchten drei Paar Stiefel zwischen Bahnsteigwand und Zugrädern ins Gleisbett. Im nächsten Augenblick lagen die Polizisten ein paar Meter vor Sienna auf dem Bauch, die Pistolen direkt auf ihren Kopf gerichtet.

»Fuck!«, zischte sie. »Hier unten können nicht einmal Zeugen mitfilmen.« Sie wandte sich um. Hinter ihr waren auch schon zwei. Die Geschosse, die ihre Beine, Schultern, Gesicht und Schädel durchschlugen, spürte sie nicht mehr.

83

Nicolas brachte die Kaffeetassen auf einem Tablett zu dem Gartentisch, an dem Fay, ihre Pilotin und Nicolas' Frau warteten. Die drei Kinder tollten mit zwei Hunden über die weitläufige Wiese, an deren Rand ein Hydrokopter mit der Aufschrift *Can-Adapt* parkte.

»Wer hätte gedacht, dass wir einmal Kaffee trinken, der in Utah angebaut wird«, sagte Nicolas. Aus dem schmalen Jungen war ein gut genährter Familienvater geworden.

»Ich«, sagte Fay, »spätestens, seit Taifun Tili vor zehn Jahren dem Großen Sonnenschirm endgültig den Garaus gemacht hat.«

»Und er schmeckt sogar okay«, beteuerte Nicolas.

»Und selbst wenn nicht«, bemerkte Fay, »welche Wahl hätten wir? Lateinamerikanischen oder afrikanischen gibt es so gut wie keinen mehr. Das dortige Klima ist längst zu heiß und trocken.«

Sie kostete, verzog das Gesicht.

»Habt ihr euch gut eingelebt, Mara?«, fragte sie Nicolas' Frau.

»Ja, danke«, sagte Mara mit einem Blick auf die fröhlichen Kinder. »Es ist anders hier auf dem Land, als es in Toronto war. Lauter. So viele Hunde, Sägen, Glocken.«

»Dein neuer Job, gefällt er dir?«

»Sehr anspruchsvoll«, sagte Mara, »aber auch sehr spannend.«

»Dein typisches Understatement«, lachte Fay. »Vor zehn Jahren, nach dem Kollaps des Großen Sonnenschirms, hatte Kanada vierzig Millionen Einwohner. Heute sind es siebzig!«

»Ja«, bestätigte Mara, »unser Lager hier bekommt jeden Tag Hunderte Neuzugänge.«

Sie spielte Bilder des völlig überfüllten Lagers in Fays Smart-Lenses. »Trotz der Barriere. Wir bemühen uns so gut wie möglich, sie erstzuversorgen und dann weiterzuschicken.«

»Ausreichend Landfläche hat Kanada ja zur Verfügung«, bemerkte Nicolas.

»Digitalspezialisten, Biotechnologinnen und Influencer eignen sich leider nur bedingt zum Errichten von Blockhütten mit simplen Äxten und Sägen, zum Urbarmachen und Pflügen von Feldern mit mehr oder minder ihren bloßen Händen«, bemerkte Mara. »Mehr können wir ihnen aber nicht zur Verfügung stellen. Und bis der Permafrostboden aufgetaut ist und urbar gemacht werden kann, vergehen noch ein paar Jahrzehnte.«

»Biotechnologinnen eventuell«, meinte Fay. »Aus dem Permafrost tauen nicht nur möglicherweise gefährliche alte und weniger alte Krankheitserreger wie Anthrax auf, sondern auch potenzielle Heilorganismen, wie wir erst in den vergangenen Monaten festgestellt haben.«

»Oh, wusste ich nicht.«

»Sind noch frühe Studien, sieht aber vielversprechend aus«, sagte Fay.

»Frage an die Insiderin«, warf Nicolas ein. »Gibt es neue Entwicklungen in der Regierung bezüglich der Initiative der US-Nordstaaten, sich mit Kanada zu einer neuen Union zu vereinen?«

»Du weißt, dass ich dazu nichts sagen kann«, erwiderte Fay.

»Die Lage ist volatil. Der Süden der USA, von Kalifornien bis Florida, sind inzwischen Failed States, ähnlicher dem Guatemala der 2010er-Jahre. Von dort kann zu viel in die Nordstaaten überschwappen.« Sie erhob sich. Die Pilotin tat es ihr gleich.

»Danke für den Kaffee«, sagte Fay. »Ich muss weiter. An die Grenze.«

»Habe schon gehört«, sagte Nicolas, »dass es schwierig ist.«

»Kann man sagen«, bestätigte Fay.

»Kinder!«, rief Mara. »Verabschiedet euch von Oma!«

Die drei stürmten herbei und umarmten Fay.

»Bye, Oma! Kommst du bald wieder?«

»Mache ich«, sagte Fay, »sobald ich kann.«

Auf dem Weg zum Hydrokopter fragte Fay ihren Sohn: »Hast du etwas von Joy gehört?«

»Schon seit ein paar Wochen nicht. Ist sicher in irgendwelchen Krisengebieten unterwegs. Zuletzt hat sie von dem Taifun berichtet, der Kiribati endgültig von der Landkarte gelöscht hat, und dann von den Zusammenstößen der zwei ›Märsche der Millionen‹ in der Türkei und auf dem Balkan, jenem von der Arabischen Halbinsel und jenem aus Bangladesh und Indien.«

»Habe ich gesehen.«

Aus dem startenden Hydrokopter winkte sie den Kindern auf der Wiese, deren Arme zum Abschied fröhlich durch die Luft schwenkten, während die Hunde um sie herumsprangen.

Eine Stunde später näherte sich der Hydrokopter dem Gebiet von Osten. Aus dieser Höhe war die US-kanadische Grenze nur eine dunkle Linie in der Landschaft.

Dann gingen sie tiefer. Nördlich wie südlich der Linie sah Fay nun die dunklen, bewegten Flecken. Im Süden waren sie eher formlos, oval, in alle Richtungen ausfasernd, am dichtesten zur Linie hin. Die Flecken nördlich der Linie schienen konzentrierter, organisierter. Parallel zur Grenze bildeten sie fast rechteckige Felder, hinter denen weitere, deutlich kleinere Felder lagen, die ein Netz feinerer Linien verband.

Die südlichen formlosen Felder wogten immer wieder auf die Grenzlinie zu, wo sie abzuprallen und zurückzuschwappen schienen, wie Wellen. Je näher der Hydrokopter kam, desto mehr ähnelte die Szenerie einem pointillistischen Gemälde, das zum Leben erwacht war. Die bewegten Felder und Flecken setzten sich aus Hunderten, ja, Tausenden kleinen Punkten zusammen. Als der Hydrokopter tiefer sank, erkannte Fay nach und nach einzelne Menschen.

Allein am und um den Grenzübergang entlang des Highway 59 in der endlosen, menschenleeren Ebene von Minnesota nach Winnipeg drängten sich auf einer Seite Hunderttausende Flüchtende aus den USA, Mexiko und anderen lateinamerikanischen Ländern. Auf der anderen Seite versuchten kanadisches Militär und Milizen, sie aufzuhalten.

In diesem Abschnitt bestand die kanadische Barriere aus vier Linien gehärteten Stacheldrahtzauns, jede sieben Meter hoch. Zwischen den äußeren Abschnitten lagen tiefe Gräben, teilweise gefüllt mit Wasser aus jüngsten Regenfällen. Zwischen den mittleren Zäunen ragte acht Meter hoch eine Wand aus Stahl und Beton empor, ebenfalls gekrönt von Stacheldraht und Glassplittern. Über allem flogen kleine Drohnen Dauerpatrouille.

Dort versuchte so gut wie niemand, die Barriere zu überqueren. Der Ansturm konzentrierte sich auf den schmalen Durchlass entlang der Straße, dessen schweren Metalltore gerade geöffnet wurden, um gewaltige Trucks hindurchzulassen.

»Noch näher ran«, forderte Fay die Pilotin auf.

»Von oben nähert sich soeben ein Hydrokopter von CanAdapt«, schilderte Joy die Situation atemlos in die Minidrohnen, die etwa einen Meter vor ihrem Gesicht schwebten, »während hier auf dem Boden die Verzweifelten und Wütenden einen neuen Versuch starten, den Durchlass für ein paar Trucks für einen Grenzbruch zu nutzen.«

Die Drohnen schwenkten ihre Kameraperspektiven über den Tumult rund um Joy.

»Noch wagt die kanadische Regierung nicht, bewaffnete, autonom selbstfeuernde Drohnen einzusetzen«, erklärte sie. »So wie es etwa Russland oder Nordeuropa an ihren Klimagrenzen bereits tun.«

In ihren Stream spielte sie Aufnahmen autonomer Kampfdrohnen ein, die an den genannten Grenzen offenbar wahllos in Menschenmassen feuerten. »Dabei sind, wie wir hier sehen können, vor allem US-Bürger häufig schwer bewaffnet und scheuen sich nicht länger, diese Waffen gegen die Drohnen und selbst gegen kanadische Grenzschützer einzusetzen.«

Rund um Joy drängten Hundertschaften bewaffneter Zivilisten in teils martialischer Montur Richtung Grenzdurchlass. Irgendwoher drang das Knattern von Schüssen. Joy fuhr zusammen, dann herum. Mehr Schüsse. Nun sah sie den Hydrokopter, der sich vielleicht noch fünfzehn Meter über der Grenzstation befand, taumeln.

Durch die gewölbten Gläser des Cockpits verbreiteten sich Risse über die ganze Scheibe. Noch mehr Schüsse. Das kleine Fluggerät schien von mehreren schweren Windböen geschüttelt, obwohl die Luft völlig still war.

»Aus der Menge wird auf den Hydrokopter geschossen!«, schilderte Joy aufgeregt. »Das gab es bislang noch nicht!«

Durch die Luft drang das Zischen von Rauchgasgranaten. Gleichzeitig krümmten sich die meisten Menschen um Joy zusammen. Joy auch.

»Tränengas«, keuchte sie und hielt sich die Ohren zu. »Und offensichtlich Sonarwaffen!«

Die Menschen um sie herum versuchten, sich in Sicherheit zu

bringen. Konnten vor Schmerzen gekrümmt jedoch kaum gehen. Einige ballerten wild mit ihren halbautomatischen Waffen Richtung Grenzübergang, auf die Drohnen, den trudelnden Hydrokopter. In dessen Kabine waren zwei menschliche Konturen zu erkennen. Dann explodierte das durchsichtige Cockpit in einem Splitterregen.

Die KI-Programme ihrer Kameradrohnen zoomten das offene Cockpit heran und spielten die Bilder in Joys Stream.

»Oh, mein Gott!«, stieß sie hervor, als sie ihre Mutter darin erkannte.

Joys Kameradrohne hielt auf die Szene, zoomte noch näher hinein. Übertrug live, wie der Hydrokopter in die Menge vor dem Grenzbalken einschlug. Wie der Wasserstoff aus dem Tank ihn in einen riesigen Feuerball verwandelte, der auch die Menschen im Umkreis von zehn Metern noch verschluckte.

84

Der alte Mann verschanzte sich hinter dem umgestürzten Tisch. Joy ließ ihre Kameramikrodrohnen aus verschiedenen Perspektiven um ihn herumsummen. In ihren Smart-Lenses sah sie sehr genau, wie er mit dem Gewehr auf sie und die Truppe zielte, die hinter der schiefen Gartenhütte am anderen Ende des Grundstücks in Deckung gegangen war. Mit ihren inzwischen sechzig Jahren war sie weitaus die Älteste der Gruppe und die einzige Frau. Mit ihren Brandnarben an Armen, Händen und im Gesicht auch die am stärksten vom Leben gezeichnete.

Über dem Krachen der tauenden Eis-Erde und dem Donnern der hinter ihm in die Tiefe stürzenden Brocken und Hausteile war die Stimme des Alten kaum zu hören.

»Verschwindet!«, brüllte er. »Ich komme nicht mit!«

»Sie müssen das Gelände sofort verlassen«, rief der Anführer des Evakuierungsteams in sein Megafon. »Es kann jeden Moment zu einem Erdrutsch kommen!«

Drei von Joys Mikrodrohnen kreisten um das Evakuierungsteam. Gesteuert von künstlicher Intelligenz, der Joy nur ab und zu per Gedanken kurze Anweisungen gab.

Sorgfältig beobachteten die anderen Anwesenden das Umfeld, bereit, jeden Moment zu dem nahen EProp zu fliehen, sollte der Boden unter ihren Füßen nachgeben.

Noch spannten sich links und rechts von ihnen die Wälder

Sibiriens vom Horizont im Osten zum Horizont im Westen. Nur wenige Meter vor ihnen dagegen schien die Welt in dem ohrenbetäubenden Lärm an der Kante zu enden, über die das verwitterte Holzhaus des alten Mannes zu stürzen drohte.

In ihren Smart-Lenses sah Joy auch die Perspektive aus Sicht der Drohnenkameras, die über der Rückseite des Hauses schwebten.

Hinter dem Haus tat sich ein Abgrund auf.

Zweihundert Meter tief fiel die grau-schwarz zerklüftete Wand ab. Ein unendliches Band von Osten nach Westen, als wäre der gesamte Kontinent hier abgesackt. An manchen Stellen flossen Wasser und Schlamm, von anderen brachen massive Stücke ab und stürzten samt kleiner Wälder in die Tiefe. Als würde ein schwarzer Gletscher kalben. Selbst durch das Summen der E-Motoren und Propeller des EProp hörte Joy den Lärm.

Dahinter erstreckte sich eine tief zerklüftete Landschaft in Grauschwarz. Als hätten Riesen in einer gigantischen Sandkiste Hunderte Meter hohe Schlammburgen gebaut, kreuz und quer Bäume darübergeworfen, die darauf wie Zahnstocher wirkten, und danach alles mit Wasser übergossen.

Tiefe Flussbetten und Rinnsale durchschnitten kegel- und dünenförmige Formationen. Dazwischen lagen vereinzelt kreisrunde Seen mit Durchmessern von einigen Dutzend bis einigen Hundert Metern. Überall tropfte, rann, rutschten Schlamm und Baumleichen.

Die Hinterfront des Hauses war bereits in die Tiefe gestürzt. Die Kameras filmten in die kippenden, rutschenden, stürzenden Innereien des aufgerissenen Gebäudes.

»Haut ab!«, befahl der Teamleiter.

Unter ihren Füßen begann die Erde zu zittern.

»Wir müssen hier weg!«, rief der Pilot.

In dem moosigen Erdgrund bildeten sich erste Risse. Joys fliegende Kameras filmten automatisch alles mit.

»Einen Versuch noch«, forderte der Teamleiter. »Macht ihr den EProp schon mal startbereit.«

Joy und der Pilot liefen zu dem EProp, der einige Meter weiter hinten geparkt stand, von Bäumen vor den Schüssen des alten Mannes geschützt. Der Teamleiter und die zwei Rettungsmitarbeiter blieben noch hinter der Hütte.

Das Wohnhaus kippte nun immer weiter über die Kante. Der Tisch, hinter dem sich der Mann verschanzt hatte, rutschte zur Seite. Der Mann ruderte mit den Armen, verlor die Flinte, versuchte, den Tisch zu halten, dann sich selbst, bevor er langsam Richtung Abgrund glitt.

»Jetzt!«, rief der Teamleiter. »Starten und Rettungsleinen lösen!«, befahl er dem einen Retter. Dieser lief daraufhin nach hinten zu dem EProp. Der andere folgte dem Teamleiter zu dem alten Mann.

Der Pilot hatte bereits die Triebwerke angeworfen. Kaum war der Retter an Bord, stieg das Fluggerät schräg über dem Haus in die Höhe.

Der Pilot steuerte den EProp direkt über die zwei Teammitglieder auf dem Boden, die den alten Mann erreicht hatten. Die meisten Einrichtungsstücke des Hauses stürzten jetzt in die Tiefe. Teile der Seitenwände folgten.

Joys Kameradrohnen entfernten sich ein paar Meter, damit der Luftsog und die Trümmer sie nicht erfassten.

Der Retter im EProp ließ an der Winde bereits das Bergungsseil mit den Rettungsschlingen hinab.

Der Teamleiter und sein Helfer legten die Schlinge zuerst dem alten Mann um die Brust. Jetzt rutschte auch der Rest des Hauses auf den Abgrund zu. Langsam verformte es sich, knickte, splitterte, das verbliebene Dach barst. Teamleiter und Helfer sicherten sich an dem Seil und zeigten dem Helfer im EProp einen erhobenen Daumen. Keinen Moment zu früh. Unter ihnen löste sich wie in

Zeitlupe das gesamte Grundstück, auch jene Stelle, auf der gerade noch der EProp gestanden hatte, und ließ die drei mit den Beinen in der Luft hängen. Während die Winde sie langsam in den EProp zog und dieser an Höhe gewann, polterte unter ihnen ein Brocken Erde von der Größe eines halben Dorfes in die schlammige Tiefe.

Mit einem Gedanken beorderte Joy ihre Kameradrohnen zu sich. Wie ein Schwarm Kolibris huschten sie durch die noch offene Seitentür des EProps und ließen sich auf den dafür vorgesehenen Halterungen an Joys Rucksack nieder.

»Verdammt!«, fluchte der Teamleiter, nachdem sie alle ins Innere des EProps gerobbt waren. An den alten Mann gerichtet polterte er: »Sie hätten uns alle fast umgebracht! Schauen Sie doch, wie es da unten aussieht.«

Er schob ihn in einen der Stühle und schnallte ihn an. Der Alte sagte nichts, während der EProp binnen Sekunden auf dreitausend Meter Höhe stieg und auf achthundert Stundenkilometer Richtung Süden beschleunigte.

»Zweihundert Meter ist der Abbruch allein in den vergangenen sechs Monaten nordwärts gewandert«, erklärte der Teamleiter. »Sie mussten da weg!«

»Ich habe mein Leben lang dort gewohnt«, blaffte der Alte. »War nie woanders. Warum musste ich jetzt weg?«

Der Teamleiter aktivierte die Augmented-Reality-Simulationen in den Fenstern des EProp. Über die zerklüftete Mondlandschaft unter ihnen legten sich Bilder unendlicher Wälder.

»Ja«, erklärte der Teamleiter, »so sah es hier früher aus. Aber das ist vorbei!«

In den Scheiben erschienen alte Aufnahmen eines kleinen Areals in der Taiga. Inmitten weiter Wälder klaffte ein Krater von etwa einem Kilometer Länge und mehreren Hundert Metern Breite, dessen Inneres an die Landschaft erinnerte, über die sie dahinschossen.

»Vor siebzig Jahren sah so nur der Batagaika-Krater aus«, erklärte der Teamleiter. »Schon in den Sechzigerjahren des zwanzigsten Jahrhunderts hatten Rodungsarbeiten dem Areal jene Baumschicht genommen, die es vor direkter Sonneneinstrahlung schützte. In der Folge taute der Permafrostboden, und ein über hundert Meter tiefer Krater entstand, der damals schon so zerklüftet und flüssig aussah wie jetzt halb Sibirien: Kryokarst.«

»Ich will das nicht hören«, knurrte der Alte.

»Sie müssen, damit Sie es verstehen«, sagte der Teamleiter. »Nachdem Sie all unsere Versuche in den vergangenen Jahren verweigert haben.«

»Wer ist diese Frau mit ihren komischen Dingern?«, fragte er mit einer Geste zu Joy. »Was tut sie hier?«

»Ich mache einen Film über die Anpassung an die globale Erwärmung«, erklärte Joy. »Und über meine Mutter.«

»Ihre Mutter Fay Oyetunde war eine der wichtigsten Klimaforscherinnen der Vergangenheit«, erklärte der Teamleiter. »Deshalb darf sie hier mit dabei sein.«

»Oyetunde«, blaffte der Alte. »Klingt nicht russisch. Sie sehen auch nicht so aus. Aus welchem Land war Ihre Mutter?«

Joy nickte versonnen.

»Im Lauf ihres Lebens? Aus vielen. Nigeria, Vereinigte Staaten, Deutschland, Kanada.«

Mit einem Mal klang er sanft: »Sie müssen sie sehr geliebt haben, dass Sie einen Film über sie machen.«

»Später«, sagte Joy. »Zu spät.«

Der Mann nickte. Dann sagte er: »Über mich wird nie jemand einen Film machen.«

»Ich mache gerade einen«, meinte Joy aufmunternd. »Über Sie, über meine Mutter.«

Der Alte sah auf. Die Idee gefiel ihm. Joy zeigte aus dem Fenster.

»Sehen Sie da hinunter«, sagte sie. »Meine Mutter und ihre Kolleginnen haben das alles so vorausgesagt.«

»Sie erinnern sich an Chinas Großen Sonnenschirm, der vor fünfunddreißig Jahren zerstört wurde«, sagte der Teamleiter.

»Kaum«, grummelte der Alte.

»Wenige Jahre nach seinem abrupten Ende bildeten sich nach großflächigen Waldbränden in mehreren Gebieten der Taiga und bald auch der nördlicher gelegenen Tundra ähnliche Krater wie jener von Batagaika. Sie waren die Einfallstore für den großflächigen Aufbruch des unterirdischen ewigen Eises.« Auf den Smart-Scheiben des EProps spielte er eine Animation ab, die das Geschilderte zeigte.

»Bald hielten selbst bewaldete Gebiete nicht mehr stand. An den Kraterwänden brachen sie samt Bäumen einfach immer weiter ein. So wie heute Ihr Haus.«

»Meine Mutter und ihre Kolleginnen warnten schon vor Beginn des Großen Sonnenschirms und nach seiner Zerstörung davor, dass eines Tages weite Teile Sibiriens so aussehen könnten wie die damals vergleichsweise winzige Bodensenkung des Batagaika-Kraters. Und dass, wenn das geschehen sollte, die Unmenge im Permafrostboden gebundenen Methans und Lachgases das Weltklima unumkehrbar aufheizen würden. Unklar waren damals bloß Ausmaß und Tempo, falls es dazu käme. In den Klimamodellen hat man den Effekt zudem lange unterschätzt.«

»Inzwischen sind wir klüger«, meinte der Teamleiter. »Und passen uns entsprechend an.«

Unter ihnen erstreckte sich weiterhin der dunkle, zerklüftete, fließende und tropfende Kryokarst.

Eine Stunde später und siebenhundert Kilometer weiter südlich begann sich die Landschaft zu verändern. Statt zerklüfteten Schlamms wellte sich unter dem EProp eine sanfte Hügellandschaft. Hier gedieh junger Wald, über andere Hänge erstreckten sich Getreidefelder und Obstplantagen.

»Sehen Sie«, sagte der Teamleiter zu dem alten Mann, »so wird es eines Tages auch dort aussehen, woher wir Sie evakuiert haben.«

»Bis dahin bin ich tot«, gab der Alte zurück.

Auf der einen oder anderen Hügelspitze sah Joy moderne Städtchen, verbunden durch neue Straßen, auf denen Elektroautos und Wasserstoff-Lkw fuhren.

Der Teamleiter nannte ein paar Ortsnamen. »Entstanden in den vergangenen Jahren! Der wirtschaftliche Aufstieg Russlands verlief noch bemerkenswerter und schneller als jener Japans oder Südkoreas in der zweiten Hälfte des zwanzigsten Jahrhunderts oder Chinas während der ersten Jahrzehnte des einundzwanzigsten Jahrhunderts – Staaten, die heute in Chaos, Bürgerkriegen, Sezessionen und Bedeutungslosigkeit versunken sind.« Dazu spielte er Bilder von Straßenkämpfen, vertrockneten Landschaften und verelendeten Menschen ein.

»Schalten Sie das ab!«, forderte der Alte. »Ich kenne die Nachrichten.«

»Während wir«, blendete der Teamleiter die Bilder zwar aus, ließ sich aber nicht bremsen in seinem Versuch, dem Alten seine Evakuierung schmackhaft zu machen, »in den kommenden Jahrzehnten auch die Gebiete, die wir in der vergangenen Stunde überflogen haben, kultivieren und nutzen werden.«

In der diesigen Ferne vor ihnen wuchsen Silhouetten von Wolkenkratzern aus der Landschaft. Über mehrere Kameras, die Joy an der Außenseite des EProps montiert hatte, fing sie die Atmosphäre ein. Noch sahen sie aus wie kleine Stifte, doch je näher sie kamen, desto deutlicher wurde das Ausmaß der Stadt.

»Sputnik Vier«, erklärte der Teamleiter. »Eine der jungen sibirischen Millionenstädte.«

Ein paar Minuten später landete der EProp in einer Vorstadt aus hübschen Einfamilienhäusern.

»Ihr neues Zuhause«, erklärte der Teamleiter.

Als der alte Mann aus dem Flieger stieg, warteten bereits mehrere Erwachsene und Kinder vor einem der Häuser. Joy ließ ihren Kolibrischwarm folgen.

»Opa!«, begrüßten sie ihn, »Papa!«, und stürmten auf ihn zu. Nun konnte der widerborstige Alte seine Tränen nicht länger zurückhalten.

»Hier ist es viel zu warm«, grummelte er.

»Hier ist es viel besser«, bemerkte einer der zwei Erwachsenen, die ihn untergehakt hatten und zu dem Haus führten. »Du wirst dich wohlfühlen.«

»In diesen Häusern? Eines sieht aus wie das andere!«

»Sei den Leuten hier dankbar, dass sie dich gerettet haben!«, forderte einer der jungen Männer aus dem Empfangskomitee. Und wandte sich an den Teamleiter.

»Er meint es nicht so.«

Zwei Verwandte bedankten sich bei den Rettern.

»Nicht der Rede wert«, sagte der Teamleiter. »Wir müssen wieder los. Da draußen warten noch Zehntausende auf ihre Evakuierung und ein neues Zuhause.«

Sie stiegen in den EProp. Joy folgte ihnen, ihren Kolibrischwarm im Schlepptau.

85

Zu Schostakowitschs Melodien saßen in den Straßen St. Petersburgs die Menschen vor den Cafés, Touristen bestaunten die prunkvollen Paläste und Kirchen vergangener Jahrhunderte, vereinzelt bahnten sich selbstfahrende Taxis lautlos ihren Weg oder flogen Elektrotaxis über die Dächer.

Der Blick aus einem davon offenbarte die ganze Pracht der Stadt. Goldene Kirchendächer blitzten in der Nachmittagssonne, das Wasser der Newa glitzerte.

»Begrüßen Sie das neue Jahrhundert in St. Petersburg!«, empfahl eine Frauenstimme, während die Bilder wieder in die Straßen und zu den zahllosen Sehenswürdigkeiten wechselten. Winterpalast, Katharinenpalast, Eremitage, Isaakskathedrale …

»Genießen Sie den Jahreswechsel im milden Klima der historischen Hauptstadt des russischen Kaiserreichs!«

Unter den anschwellenden Geigen Schostakowitschs wurden Aufnahmen kunstvoll arrangierter Speisen auf den Tellern von Sternerestaurants, Gläser voll prickelnden Champagners abgelöst von spektakulär zerklüfteten Waldlandschaften. Durch sie zogen Herden von Wisenten, Hirschen, in den Ästen der Bäume spielten Elstern und Bienenfresser.

Ein Paukenschlag unterstrich den nächsten Szenenwechsel. »Oder, wenn es Sie in die Natur zieht, finden Sie atemberaubende Szenerien in den Naturparks Nordsibiriens.«

Ein Segelschiff jagte zu entfesselten Orchesterklängen schräg im Wind durch die Wellen, die Frauen und Männer an Bord trugen leichte Pullover und genossen die steife Brise im Haar und auf der Haut. Begeistert zeigte ein Passagier in die Ferne. Gleich darauf sprangen gewaltige Grauwale aus dem Meer und ließen sich in weißer Gischt zurück ins Wasser fallen.

»Segeln Sie durch die Nordostpassage und entdecken Sie die Naturwunder des Nordmeers.«

Flugaufnahmen, die knapp über unendliche Weizenfelder und Blumenwiesen dahinschossen, zwischen denen idyllische, kreisrunde Seen in der Sonne glitzerten.

»Bis hin zu den sanften Landschaften des östlichen Sibiriens mit seinen Seen …«

Der Flug glitt in eine futuristische Stadt mit weitläufigen, parkähnlichen Wohngebieten und wenigen grünen Wolkenkratzern.

»… und den modernsten, lebenswertesten Städten der Welt.«

Zum romantischen Ausklang der Musik erklärte die begeisterte Frauenstimme: »Willkommen im blühenden Russland, willkommen im Jahr 2100!«

SAFE HEAVEN

86

Fay hörte keinen Hauch im norwegischen Saal des UN-Sicherheitsrats, nachdem der Film geendet hatte. Dessen Schlussbild leuchtete auf der Leinwand: das blühende Russland des Jahres 2100. Zumindest in der Fantasie der Filmemacher. Wer immer das war.

In Fays Kopf summte es. Je länger die Vorführung gedauert hatte, desto dringender ihr Bedürfnis, den Saal zu verlassen. Ihre Neugier hatte schließlich gesiegt.

Wie die übrigen Anwesenden benötigte sie jetzt einige Sekunden, um aus dem abenteuerlichen Bildrausch aufzutauchen und wieder in der Gegenwart anzukommen. Doch im Gegensatz zu den anderen war Fay dazu noch in eine mögliche Version ihrer persönlichen Zukunft geworfen worden. Und die ihrer Kinder. Hatte ihren angeblichen Tod gesehen.

Dila beugte sich aus dem Nebenstuhl zu ihr und flüsterte, was Fay dachte: »Wie kommen du und deine Kinder in diese Geschichte?«

Fay schüttelte den Kopf, brachte schließlich nur zwei leise Worte hervor: »Keine Ahnung.«

Noch wussten weder die Delegierten noch die Gäste wie Fay, was sie von der eben gesehenen Präsentation halten sollten. Jahrzehnte einer möglichen Zukunft innerhalb von dreißig Minuten. In teils spektakulären, oft erschreckenden Bildern dargestellt.

Die Verwirrung nützte Muhamadar für seinen Einsatz:

»Willkommen im blühenden Russland!«, las er den Spruch auf dem Großmonitor vor. »Willkommen im Jahr 2100.«

Im Saal kam Raunen auf.

»Dieses Szenario«, fuhr Muhamadar fort, »wurde uns vor wenigen Stunden zugespielt. Es zeigt eindeutig die Pläne russischer Oligarchen, Investoren und der russischen Regierung für die Zukunft.«

Das Raunen der Vollversammlung wurde lauter.

Aber was haben Joy und Nicolas und ich darin zu suchen?, fragte sich Fay zunehmend aufgebracht. Sie spürte Hitze in ihr Gesicht steigen.

»Lüge«, rief der russische Vertreter, Wasilij Kordchiev, in sein Mikrofon.

Muhamadar ließ sich nicht beirren.

»Deshalb unterstützt die russische Regierung wohl das chinesische Geoengineering-Programm. Nur um es später zu Fall zu bringen und den Termination-Schock zu seinem eigenen langfristigen Vorteil auszunutzen!«

Fay konnte nur mit einem Ohr zuhören. Wer hatte Joy, Nicolas, ihre Familie in dieses Szenario hineingebastelt? Und warum?

»Das ist eine dreiste Lüge!«, rief Wasilij noch lauter.

»Russland hat sich in der jüngeren Vergangenheit nicht gerade durch Zuverlässigkeit und Friedfertigkeit ausgezeichnet«, bemerkte Muhamadar spitz. »Und wir haben eindeutige Beweise. Diese werden zurzeit auch den weltweiten Medien vorgestellt und online veröffentlicht.«

Das Geschrei riss Fay aus ihren wirbelnden Gedanken.

»Ich verlange ein Ende dieser Unverschämtheit«, fuhr der Russe den Nigerianer an.

Andere forderten ihn lautstark zum Schweigen auf.

»Beenden Sie diese Verleumdungen!«, rief Wasilij. »Herr Vorsitzender, entziehen Sie dem Delegierten das Wort!«

Muhamadar blickte den Vorsitzenden fragend an.

Fays rotierende Gedanken kamen zu keinem Ergebnis. Sie sollte sich vorerst auf die Diskussion hier im Saal konzentrieren.

Als der Vorsitzende nichts sagte, fuhr Muhamadar fort: »Das Werbevideo am Schluss dürfte als Erstes produziert worden sein«, erklärte er. Auf dem Monitor erschienen Codes. »Das hier verstehen die wenigsten von uns, aber IT-Experten können daraus einwandfrei ablesen, dass diese Schlusspassage des Videos bereits vor acht Jahren produziert wurde.«

Er spielte noch einmal ein paar der Szenen aus St. Petersburg ab. »Einige dieser Sequenzen sind Archivmaterial, das man schon seit Jahren in diversen Onlinevideoarchiven kaufen kann.«

Der Monitor wechselte zu Nachrichtenmeldungen in mehreren Sprachen, die sich rasch abwechselten. Der Inhalt war immer ähnlich:

Sputnik: Russland plant komplett neue Stadt in Sibirien

Hervorhebungen zeigten, dass die meisten Meldungen aus dem September 2021 stammten. Es folgten weitere aus den Folgejahren:

Pläne für neue Stadt Sputnik in Sibirien konkreter

»Sind das auch Lügen?«, rief Muhamadar dem russischen UN-Botschafter zu. »Was ist damit, dass der damalige Verteidigungsminister Sergej Schoigu mehr neue Städte in Sibirien vorschlug, um die Region attraktiver zu machen? Auch Lügen?«

»Sie verbreiten hier Propaganda«, antwortetet Wasilij nun gelassener.

Muhamadar wandte sich an den Saal: »Es ist ja ganz offensichtlich, warum Russland wirklich neue Städte in Sibirien bauen will! Nicht, um die Region attraktiver zu machen. Sondern um sich auf die kommende Erhitzung der Erde vorzubereiten, von der Russland, und Sibirien im Besonderen, langfristig profitieren möchten!«

»Russland soll wohl mal wieder als Sündenbock dastehen«, sagte Wasilij. »So durchschaubar.«

»Nachdem das Werbevideo für das ›blühende Russland‹, wie wir gesehen haben, bereits mehrere Jahre alt ist, liegt es auf der Hand. Der Plan besteht schon länger. Das Video wurde von den Urhebern des Plans hergestellt, um die politischen Entscheider und potenzielle Partner zu gewinnen.«

»Und wenn!«, erwiderte Wasilij, »Vorbereitung auf das sich ändernde Klima ist kein Fehler, sondern vernünftig!«

»Sie geben es also zu!«, rief jemand anderer.

»Das ist ein Komplott«, entgegnete der Russe vehement.

»Dann aber kam das chinesische Programm dazwischen«, fuhr Muhamadar fort. »Erderhitzung gestoppt, alles bleibt beim Status quo. Damit drohten Russlands blühende Aussichten« – er legte satten Spott in die letzten zwei Worte – »für die Zukunft zu verdorren.«

Er spielte erneut andere Szenen ein. Von den abstürzenden Drohnen während der Fünfzehnjahresfeier des Großen Sonnenschirms, wie das Flugfeld nach und nach in gigantischen Feuerbällen verschwand. Von der Zerstörung der Baustelle durch den Taifun. Von Flüchtlingsströmen Richtung Norden, von Schlachten an Grenzbollwerken in Kanada, Russland, Mitteleuropa.

»Deshalb musste das Szenario überarbeitet werden.«

Das konnte nur in den vergangenen Tagen geschehen sein, begriff Fay, seit dem Start des Großen Sonnenschirms. Nachdem ihre Gespräche mit dem Weißen Haus und der deutschen Regierung bekannt geworden waren. Waren die der Grund, sie und ihre Familie da hineinziehen?

»Wie kann Russland weiterhin von der Klimakatastrophe profitieren?«, fuhr Muhamadar fort. »Wie kann man deren Verlauf aufrechterhalten? Ja, vielleicht sogar beschleunigen? Dafür muss das *Solar Radiation Management* Chinas zerstört werden. Aber nicht gleich! Warum, das wurde in dem Film sogar erklärt. Ziemlich sicher wird es unter dem Großen Sonnenschirm in den kommenden Jahren zu nachlassendem Engagement bei der Reduzierung von CO_2 kommen, allen Beteuerungen zum Trotz. Moral Hazard, wir alle kennen das Problem. Und die Folgen der Zerstörung des Programms werden umso schlimmer sein.«

»Aber der Film zeigt es doch«, unterbrach ihn Wasilij. »Der auftauende Permafrost wäre eine Katastrophe für Russland. Und nicht die einzige.«

»Mittelfristig, ja«, gestand Muhamadar ihm zu, »langfristig nicht, wie wir gesehen haben! Diverse wissenschaftliche Studien gehen davon aus, dass nördliche Weltgegenden langfristig von der Erderhitzung profitieren könnten.«

»Die Verwerfungen und Katastrophen bis dahin auch im Norden«, flüsterte Fay Dila zu. »Das hat dieses Szenario allerdings beschönigt oder gleich ausgelassen.«

»Andere Studien sehen das aber ganz anders!«, widersprach jemand aus dem Saal.

»Diese arbeiten teilweise mit anderen Annahmen«, widersprach Muhamadar, »Sie bedienen damit nicht zuletzt das westliche Narrativ, dass die Klimakatastrophe für alle Menschen negative Auswirkungen hat. Diese Behauptung nützt aber besonders jenen Ländern der nördlichen Hemisphäre, die auch heute für sie optimale Klimabedingungen vorfinden und diese erhalten wollen. Wie etwa China mit dem Himalaya.«

Er spielte wieder Bilder des »blühenden Russlands« ein.

»Das sehen manche Russen wohl auch so«, setzte er fort, »und hätten diese Klimabedingungen lieber bei sich, weiter nördlich.«

Das Raunen im Saal war längst zu einem wilden Durcheinander von Stimmen angeschwollen.

»Unerhört!«

»Verbrecher!«

»Wahnsinn!«

… schallte es nun durch den Saal.

»So eine Schweinerei!«

»Blödsinn …« Wasilijs Stimme ging in dem Durcheinander längst unter.

Der Vorsitzende bat um Ruhe. Niemand hörte auf ihn.

»Wir fordern eine Unterbrechung der Sitzung!«, rief Muhamadar.

Erleichtert klopfte der Vorsitzende auf sein Mikrofon.

»Die Sitzung ist unterbrochen!«

Amber war mit Gil auf dem Weg in den Beratungsraum neben dem Sitzungssaal, als Gil sein Telefon hervorzog.

Er sah die Nummer, zögerte einen Augenblick. Dann nahm er das Gespräch an.

»Manu, ich habe gerade keine Zeit. Hier ist die Hölle los.«

Emanuel Sanusi. Amber hörte die Stimme aus dem Telefon nur leise, verstand aber, was sie sagte.

»Ich habe die Übertragung gesehen«, sagte Manu. »Du solltest dir ein paar Minuten nehmen. Es gibt neue Entwicklungen, die du kennen musst, bevor ihr wieder zusammenkommt. Die den USA einen entscheidenden Verhandlungsvorteil gegenüber China verschaffen könnten.«

»Was soll das sein?«

»Nicht am Telefon. Wir benötigen fünf Minuten in einem ruhigen Raum.«

»Du bist hier?«

»Unten. Sagt mir, wohin ich kommen soll.«

»Das kann nicht warten?«

»Nein. Die Vereinigten Staaten haben die Chance auf einen massiven strategischen Vorteil in den kommenden Verhandlungen. Den musst du natürlich kennen, bevor du in die Sitzung gehst.«

Gil dachte eine Sekunde nach.

»In Ordnung«, sagte er dann. »Jemand bringt dich her.«

»Fabelhaft. Bis gleich.«

Er wandte sich an den US-Gesandten bei der UNO, der sie begleitete.

»Wir brauchen einen Raum.«

Der nickte und sagte bloß: »Folgen Sie mir.«

Sie mussten nicht weit gehen. Der Gesandte führte sie durch ein paar Flure.

Auf einem davon stand eine Tür offen. Ein paar der Personenschützer verschwanden in dem Raum. Dann winkten sie dem Präsidenten einzutreten.

Beim Verlassen des Saals spürte Fay die Blicke zahlreicher Anwesender auf den roten Bänken. Auch auf der Besuchergalerie hatten sie einige erkannt. Zeigten in ihre Richtung, tuschelten miteinander.

»Ich muss das jetzt trotzdem noch mal fragen«, sagte Dila neben ihr. »Weshalb bist du in diesem Film?«

»Ich habe keine Ahnung«, wisperte Fay zurück. »Es müssen Montagen sein. Deepfake. Mit modernen Programmen ist das innerhalb weniger Stunden erledigt. Wenn Teile der Filme wirklich erst gerade zusammengestoppelt wurden, haben sie mich vielleicht wegen der Berichte im Weißen Haus und dem Bundeskanzleramt eingebaut.« Wütend schüttelte Fay den Kopf. »Und auch noch meine Familie mit hineinzuziehen!«, zischte sie.

»Meine Kinder! Ich will mir gar nicht ausmalen, wie viele Menschen diesen Film in den kommenden Stunden, Tagen, Wochen sehen werden! Wie viele keinen Unterschied machen werden zwischen Szenario und Realität! Wie viele glauben werden, dass ich eine Rolle darin spiele!«

»Nun«, meinte Dila, »eine Rolle hast du zumindest gestern gespielt. Hier hat sie jemand weitergesponnen.«

»Vorteilhaft werde ich auch nicht gerade dargestellt«, bemerkte Fay. »Eine Rabenmutter, deren Tochter sie verachtet. Und am Schluss bringen sie mich sogar um. Als wollte mich jemand beschädigen.« Sie hatten den Saal mittlerweile verlassen.

»Ich muss zu Hause anrufen und meine Familie vorwarnen«, erklärte sie Dila. »Wenn sie nicht ohnehin schon alles gesehen haben.«

Martin, Khalil und einige andere Mitglieder von Generation Change diskutierten aufgeregt in dem Kellerlokal, während Sienna stumm daneben saß und online erste Aufzeichnungen des eben präsentierten Films suchte.

»Alles in Ordnung?«, wandte sich Khalil ihr zu. »Es ist so ungeheuerlich, was sie dir in diesem Film unterstellen. Und dann mit dir machen.«

Sienna richtete sich auf.

»Es war ja nicht ich«, erwiderte sie hart, »sondern eine fiktive Figur in irgendjemandes kranker Fantasie.«

Nun gesellte sich auch Martin zu ihnen.

»Trotzdem beschäftigt es dich«, sagte er. »Das sehe ich.«

»Ach Quatsch! Höchstens, weil ich in dieser Geschichte ganz offensichtlich stellvertretend für die gesamte Klimabewegung stehe. Die schlecht gemacht und als ein Haufen brutaler Extremisten dargestellt wird.«

»Ist ja nicht so, dass wir darüber nicht schon diskutiert hätten«, wandte Martin ein.

»Schon«, gestand ihm Sienna zu, »aber nur diskutiert.«

»Für mich klang das nach mehr als nur Gedankenspielen«, beharrte Martin.

»Ja, meine Güte!«, brauste Sienna auf. »Vielleicht habe ich über manche Dinge nachgedacht, die dieses irre Szenario gezeigt hat. Pipelines zu sprengen oder so. Aber es zeigt auch, wie weit das tatsächlich gehen und wozu es führen könnte ...«

»Wir haben immer gesagt, keine Gewalt«, wandte Khalil alarmiert ein.

»Gegen Dinge kann man keine Gewalt ausüben«, widersprach Martin.

Khalil sah ihn verwundert an.

»Komm nicht wieder mit dem sophistischen Quatsch!«, fuhr Sienna Martin an. »Wenn du Gewalt ausüben willst, steh dazu!«

»Auf jeden Fall hat das Szenario die Risiken des Großen Sonnenschirms sehr eindrücklich gezeigt«, sagte Khalil in dem Versuch, das Thema zu wechseln. »Ich hoffe, das sehen die bei der UNO in China jetzt ein.«

Martin lächelte ihn mitleidig an. »Du bist so unglaublich naiv.«

Als Amber hinter Gil und der Außenministerin in den fensterlosen Raum trat, stand dort Emanuel Sanusi mit Muhamadar Ndenge an einem Besprechungstisch.

»Mister Ndenge«, sagte Gil und verbarg seine Überraschung nur schlecht. Er warf Manu einen verärgerten Blick zu.

Manu nickte Gil fast unmerklich zu: Das ist schon richtig so, wir brauchen ihn hier.

Widerwillig winkte Gil die Personenschützer hinaus. Amber schloss die Tür.

»Ich habe es eilig«, sagte Gil brüsk.

»Ich komme gleich zur Sache«, erwiderte Manu. »Eine Gruppe von Staaten des globalen Südens wusste um meine guten Verbindungen zu dir und um meine Arbeit in Sachen Klimakrise. Sie baten mich um Vermittlung.«

»Vermittlung worin?«

»Sie wollten sich nicht länger auf leere Versprechungen der Industriestaaten in Sachen Klimakrise verlassen. Deshalb haben sie in den vergangenen Jahren heimlich ebenfalls ein Geoengineering-Programm vorbereitet. Dieses …«

»Wie bitte?!«, rief Gil. »Ein zweites Programm?! Wollt ihr mich auf den Arm nehmen?!« Beugte sich zu Amber, zischte ihr zu: »Und unsere Dienste wussten wieder von nichts!«

Zurück zu Manu und Muhamadar: »Von wem ist das Programm?«

Sein Blick fiel auf Muhamadar. »Nun, ein Mitglied dieser Allianz scheint ja wohl klar zu sein: Nigeria. Und die anderen? Wie sieht das Programm überhaupt aus?«

»Es stand kurz vor dem Start«, erklärte nun Muhamadar. »So wie wir alle wurde die Allianz nun von Chinas Initiative überrascht.«

»Und wir jetzt von dieser! Schicken die auch Drohnen hoch? Wie haben Sie das unbemerkt hingekriegt?«

»Keine Drohnen«, unterbrach ihn Manu. »Die Ausgestaltung ist im Augenblick auch egal. Das Entscheidende ist: Diese Staatenallianz …«

»Wer gehört denn jetzt dazu?«, beharrte die Außenministerin.

»… ist nun besorgt, dass China dieses zweite Programm zu verhindern versuchen wird«, fuhr Manu fort. »Womöglich sogar militärisch.«

»Klar«, sagte die Außenministerin. »Plötzlich wäre China nicht mehr das einzige Land mit so einer Maßnahme. Aber …«

»Die Allianz ist China politisch und militärisch nicht gewachsen«, setzte Manu entschieden fort. »Sie lässt daher fragen, ob die Vereinigten Staaten das Programm politisch unterstützen würden.«

»Und militärisch wohl auch«, meinte Gil.

»So weit wird es nicht kommen«, sagte Manu.

»Dazu müssten wir wissen, wer dazugehört. Nordkorea? Iran?«, fragte die Außenministerin höhnisch in Richtung Muhamadar. Der zuckte mit keiner Wimper.

»Lasst uns einmal über das Wesentliche sprechen«, appellierte Manu an Gil, »und dann über die Details.«

»Wann«, fragte dieser bissig, »wäre diese Allianz auf die Idee gekommen, uns zu informieren beziehungsweise um Unterstützung zu fragen, wenn es das chinesische Programm nicht gegeben hätte? Oder hätte sie auch einfach losgelegt, so wie China?«

»Selbstverständlich«, erklärte Muhamadar, »hätte die Allianz die Weltöffentlichkeit und die Vereinten Nationen vorab informiert.«

»Entscheidend ist, dass die USA als politische Schutzmacht dieses Programms nun ein Gegengewicht zu Chinas Großem Sonnenschirm in der Hand hätten«, sagte Manu, »und China damit an den Verhandlungstisch zwingen können. Erinnere dich an die Diskussionen über Counter-Geoengineering gestern Morgen.«

»Dazu müsste ich endlich mal wissen, wie das Programm aussieht«, sagte Gil ungeduldig.

»Und vor allem, aus welchen Staaten diese Allianz besteht«, fügte die Außenministerin hinzu.

Muhamadar sah auf die Uhr.

»Wie das Programm aussieht, werde ich gleich im Anschluss im Plenum präsentieren, so viel Zeit haben wir jetzt nicht mehr. Und zu den Mitgliedern: In der Allianz finden sich Indonesien, Brasilien, Saudi-Arabien, die Vereinigten Arabische Emirate …« – Gils Augen und die der anderen wurden immer größer – »… Ägypten, Nigeria, Indien und Bangladesch.«

»Wer hat die denn alle zusammenbekommen?«, fragte Gil. Die USA, Kanada, Europa – sie alle ließen sich von denen an der Nase herumführen? Unfassbar.

»Ein paar weitere Staaten werden sich wohl anschließen, sobald es öffentlich gemacht wird«, fügte Muhamadar hinzu.

»Indien«, meinte Gil. »Chinas Intimfeind in der Region. Heikel.« Er musterte den Nigerianer misstrauisch. »Weshalb haben Sie alle so schnell Chinas Programm unterstützt?«

»Wir können schlecht gegen ein Geoengineering-Programm sein«, erwiderte Muhamadar, »wenn wir selbst eines starten möchten.«

»Wann will diese Allianz das Programm öffentlich machen?«, fragte Gil.

»Gleich im Anschluss«, erwiderte Muhamadar. »Als Antwort auf das russische Szenario.«

»Unabhängig davon, ob die USA es unterstützen?«

»Lieber«, sagte Muhamadar, »wäre der Allianz natürlich diese strategische Partnerschaft. Oder, für den Beginn, wenn die USA das Programm nicht sofort ablehnen, sondern sich neutral, abwartend oder interessiert äußern würden.«

»Danke für die Information«, sagte Gil. »Ihnen und den Mitgliedern der Allianz ist klar, dass ich das nicht jetzt und hier entscheiden kann. Dazu müssen wir wenigstens Ihre Präsentation abwarten.«

Fay lief gedankenverloren durch die Flure, als sie sah, wie der US-Präsident einen Raum verließ und mit einem Schwarm seines Teams, das davor gewartet hatte, um die nächste Ecke verschwand.

Ihr Telefon vibrierte. Dila.

»Es geht weiter«, sagte sie. »Sie kommen wieder herein.«

Fay machte sich auf den Weg. Sie hatte die Tür, aus der die Präsidententruppe eben gekommen war, gerade erreicht, als sie beinahe mit einem Nachzügler zusammengestoßen wäre.

»Manu?!«

»Fay, hallo! Welch schöne Überraschung!«

»Was tust du hier? Kam aus dem Raum nicht eben der US-Präsident?«

»Ja«, sagte Manu. »Ich musste den diplomatischen Backchannel spielen.«

»Für wen?«

»Wirst du gleich im Sicherheitsrat erfahren«, sagte er.

»Geheimniskrämer«, beschwerte sie sich. »Von Geheimnissen habe ich gerade genug!«

»Du meinst das verrückte Szenario da drinnen eben, mit dir in der Hauptrolle?«

»Diese Saukerle, wer immer das war! Joy und Nicolas mit hineinzuziehen!«

»Wissen sie es schon?«

»Ich habe sie noch nicht erreicht.«

Manu schüttelte nachdenklich den Kopf.

»Ich werde mich mal umhören«, sagte er. »Jetzt beeil dich. »Die Sitzung geht weiter.«

87

Gebannt hockte Pat auf dem Sessel an dem Gate des Flughafens Nairobi, von dem sein Flug nach Lagos starten sollte, und starrte auf seinen Tabletcomputer, die Kopfhörer in den Ohren. Gleichzeitig flogen seine Finger über die Tastatur des Laptops zu seiner Rechten. So viele Kanäle wie möglich!

Im Norwegischen Saal diskutierte das Publikum noch aufgeregt, als die Vertreter des Sicherheitsrats ebenso agitiert aus dem Besprechungssaal zurückkehrten und ihre Plätze einnahmen.

Noch aber hing Pats Blick an Ambers Nachricht, die vor ein paar Sekunden auf dem Tablet aufgepoppt war:

Geplanter Termination-Schock. War das die Story, die dein Informant erzählen wollte?

Der Gedanke war Pat auch schon gekommen. Aber nur kurz.

Er wollte eben antworten, als im Norwegischen Saal der Vorsitzende mehrmals um Ruhe bat, bevor er dem Delegierten Nigerias, Muhamadar Ndenge, erneut das Wort erteilte.

»Wir haben die russischen Pläne gesehen!«, rief Muhamadar.

»Lüge!«, unterbrach ihn der russische UN-Botschafter erneut. Das Raunen im Saal wurde wieder lauter.

»Deshalb«, setzte Muhamadar fort und klopfte gegen das Mikrofon, um sich Aufmerksamkeit zu verschaffen, »deshalb startet eine Allianz aus Staaten des globalen Südens in diesen Minuten ein eigenes Programm, um die Erderwärmung zu stoppen: Safe Heaven.«

Der Tumult im Saal verstummte, als auf dem Großmonitor Bilder eines Flughafens gezeigt wurden, über dessen Rollfeld die Luft zitterte. Mehrere große Transportflugzeuge rollten zu ihren Startbahnen. Die Überraschung saß.

»Die russischen Machenschaften zeigen, dass Chinas Programm allein zu verletzlich ist«, erklärte Muhamadar. »Ja, dass es förmlich zu Plänen wie den russischen einlädt! Besonders unter einer weiteren beschleunigten Erhitzung würde der globale Süden extrem leiden! Das können wir nicht zulassen! Daher benötigen wir ein Back-up.«

Auf dem Monitor startete soeben eine der Transportmaschinen. Am hinteren Rumpf entdeckte Pat ungewöhnliche Ausstülpungen, Öffnungen und auspuffartige Rohre.

»Safe Heaven wird seit sechs Jahren vorbereitet. Es sollte ohnehin dieses Jahr starten. Ganz offensichtlich haben sowohl China als auch die Safe-Heaven-Allianz dieselben Schlüsse gezogen: Wenn wir uns auf die klimaschützenden Maßnahmen des Westens verlassen, sind wir verloren! Deshalb müssen wir mit dieser – zugegebenermaßen radikalen – Lösung unser Schicksal in die eigenen Hände nehmen.«

Die Zwischenrufe flogen wild durcheinander. Einige Personen applaudierten.

Pat bemerkte, dass ihm der Mund offen stand. Rasch schloss er ihn.

»Die Ziele des Programms gehen einen Hauch weiter als jene Chinas. Die Flüge sollen von Beginn an mehr sein als Experimente. Sie sollen bereits nach dem ersten Durchgang die weitere Erhitzung stoppen.«

Eine weitere Maschine startete.

»Wir fordern den Westen auf, das Programm zu unterstützen. Um die notwendige Zeit zu gewinnen, das Klima zu retten, als Alternative zum chinesischen Programm und zum Schutz gegen russische Ambitionen, das Weltklima für seine eigenen Zwecke zu kapern.«

»Wenn hier jemand das Klima kapert, dann ja wohl ihr!«, rief der Russe.

Pats Blick flog über die zwei Bildschirme, die verschiedene Ansichten und Ausschnitte der Anwesenden zeigten. Diese Ankündigung würfelte das globale Machtgefüge erneut völlig durcheinander. Und das binnen Tagen!

»Wer gehört dieser Allianz an?«, fragte eine Stimme, was wohl alle im Raum brennend interessierte. So wie auch Pat.

»Danke für diese Frage«, meinte Muhamadar. »Am besten beantworten sie die Operationsbasen des Programms. In der Reihenfolge von der Tag-Nacht-Grenze an sind das …«

Über die Bilder startender Flugzeuge vor verschiedenen Hintergründen wurden Namen eingeblendet, während Muhamadar sie verlas:

»Djakarta, Indonesien.

Dhaka, Bangladesh.

Kochi, Indien.

Dubai, Vereinigte Arabische Emirate.

Riad, Saudi-Arabien …«

Mit jedem eingeblendeten Namen wurden die Reaktionen der Anwesenden im Norwegischen Saal lauter. Niemand hatte mit einer solchen Anzahl gerechnet. Und Muhamadars Aufzählung war noch nicht zu Ende.

»Kairo, Ägypten.

Lagos, Nigeria.

Sao Paolo, Brasilien.«

Pat traute seinen Augen nicht.

Lagos? Sein heutiges Ziel?

Schon wieder tauchte die Stadt in der Geschichte auf. Tony wollte dort die Prototypen der Drohnen gesehen haben. Zumindest in einem Film.

Im Tumult des Publikums hörte er Muhamadars Stimme kaum mehr.

»Mit einigen weiteren führen wir gerade Gespräche«, erklärte dieser ruhig. »Alle anderen sind herzlich eingeladen, sich daran zu beteiligen.«

Doch Pats Gedanken überschlugen sich längst in eine andere Richtung. Warum hätte Tony wegen Bildern von Prototypen sterben sollen, deren Nachfolger bereits für alle sichtbar unterwegs waren? Auch Ambers Vermutung war falsch. Ihr musste er noch antworten.

Fay lauschte ebenso fassungslos wie alle anderen. Aber auch neugierig. Der Nigerianer zeigte normale Transportflugzeuge. Im Lauf der Jahre hatte Fay verschiedenste Ideen gesehen, die meinten, mit solchen Maschinen *Solar Radiation* betreiben zu können.

»Das Programm der Safe-Heaven-Allianz funktioniert technisch vorerst anders als das chinesische«, erklärte Muhamadar.

Ein weiterer Transporter startete. In der Unschärfe des Hintergrunds ahnte man wenigstens ein Dutzend weitere in der Startwarteschlange dahinrollen. »Wir verwenden herkömmliche Transportmaschinen. Diese wurden mit Verteiltechnik ausgestattet und mit Spezialcontainern beladen. Diese enthalten verschiedene Materialien.«

»Jetzt bin ich gespannt«, flüsterte sie Dila zu. »Wie hoch sie ihr Material bringen: Flughöhe? Dort wirkt es kaum. Oder bis in die Stratosphäre?«

Über den startenden Maschinen wurde eine transparente schematische Grafik eines großen Flugzeugs im Querschnitt eingeblendet. In seinem Innern drängten sich zahlreiche Boxen, dunkelgrau eingefärbt.

»Einerseits sogenanntes Lofting-Material. Wir kommen sofort dazu, wofür das Lofting-Material dient.«

»Alles klar«, murmelte Fay.

»Andererseits Aerosole wie beim chinesischen Programm, um die Sonneneinstrahlung zu reduzieren.«

Das Flugzeug hob die Schnauze in die Höhe. Illustrierte Wolken signalisierten den Steigflug. Eine sich rasend schnell ändernde Zahl daneben zeigte die Flughöhe an. Vor einem hellblauen Hintergrund, der die startenden realen Maschinen im Hintergrund verschwinden ließ, legte es sich schließlich wieder in die waagrechte Flugposition.

14.000 m/46.000 ft.

»Im Gegensatz zu den chinesischen Neuentwicklungen erreichen herkömmliche Transportmaschinen eine Verkehrshöhe von etwa zwölftausend Meter. Bei Bedarf bis zu vierzehntausend Meter, wenn auch die Belastung für das Material dann höher ist. Aber das ist die optimale Höhe für Safe Heaven.«

Das Flugzeug verkleinerte sich deutlich. Der Himmel darüber wurde bleicher. Weit, weit darüber erschien der Schriftzug *Stratosphäre.* Daneben eine Zahl: *20.000 m/65.600 ft.*

»Wie die Welt dank des chinesischen Programms bereits weiß, wirkt *Solar Radiation Management* jedoch am besten ab der Stratosphäre, also zwanzig Kilometer und höher.«

Ein Pfeil mit zwei Spitzen zwischen *Stratosphäre* und dem Flugzeug demonstrierte den Abstand.

»So hoch kommen unsere Maschinen nicht. Aber es gibt einen Weg, die Aerosole trotzdem in die nötige Höhe zu befördern.«

Mit einem Mal verschwand die Grafik. An ihrer Stelle erschienen Flugaufnahmen gigantischer Rauchwolken. Aus Vulkanen und Waldbränden, wie Fay gleich darauf sah.

»Auftritt: Studien zur Vulkan- und Klimaforschung der vergangenen Jahre. Kurz: Vulkane stoßen eine Menge Materialien aus. Bei manchen Ausbrüchen werden diese hoch in die Atmosphäre geschleudert. Ebenso tragen manche Waldbrände Emissionen bis in die entsprechende Höhe.«

Über die Bilder legte sich erneut eine Grafik. Diesmal von einer Waldlandschaft, aus der ein Vulkan ragte. Sowohl aus dem Wald als auch aus dem Vulkan waberten hohe Rauchsäulen. Sie stießen an einen waagrechten blauen Schriftzug: *Atmosphäre.* Dort verteilte sie sich zu einer breiteren dunkelgrauen Wolke. Noch einmal so hoch wie die Säule darüber las Fay in einem helleren Schriftzug: *Stratosphäre.* Noch weiter oben war eine symbolische Sonne eingeblendet.

»Besagte Forschung zeigte, dass in dieser Höhe die Sonnenstrahlung plötzlich richtig wirksam wird.«

Von der symbolischen Sonne wellten sich gelbe Strahlen auf die dunkle Wolke. Ihr Grau bekam eine dunkelrote Note.

»Die Sonne heizt bestimmte Bestandteile der Wolke auf, und diese erhitzen damit die Umgebungsluft. Und was tut warme Luft?«

In der Grafik begann die rotgraue Wolke, langsam zu steigen.

»Warme Luft steigt auf. Und diesen Effekt machen wir uns zunutze.«

Währenddessen hatte die rotgraue Wolke den Schriftzug Stratosphäre erreicht.

Auf dem Screen, um den sich Sienna und die anderen wieder gesammelt hatten, wechselte das Bild zurück zu der Grafik mit dem Flugzeug. Am Heck bildete sich eine dunkle Wolke.

Gleichzeitig leerten sich die ersten Container im Inneren der Maschine.

»Bekommen wir jetzt endgültig Chemtrail?«, ätzte einer von Siennas Mitstreitern.

»Pssst!«, herrschten ihn die anderen an.

»Unsere Flugzeuge bringen praktisch eine solche Mischung aus – einerseits Lofting-Material, wie beispielsweise Ruß …«

»Ruß?!«, lachte Sienna verzweifelt. »Ihr wollt noch mehr Dreck in die Luft blasen?!«

Während das Flugzeug seinen dunklen Rauchstrahl ausspie, stieg in einigem Abstand dahinter die sich ausbreitende Wolke Richtung Stratosphäre.

»Der und seine Umgebungsluft werden erhitzt, steigen auf und nehmen dabei alles mit, was sich zu diesem Zeitpunkt noch dort befindet. Deshalb mischen wir unter die Lofting-Materialien auch jene Aerosol-Vorläuferstoffe, die noch länger in der Stratosphäre verbleiben sollen und die Sonneneinstrahlung abschwächen.«

Auf der Höhe des Schriftzugs *Stratosphäre* verteilte sich ein gelblicher Schleier, während das Flugzeug viel weiter unten seine dunkle Spur zog, die nach und nach emporstieg.

»Das Lofting-Material hält sich gewöhnlich nur ein paar Tage, höchstens wenige Monate in dieser Höhe«, erklärte Muhamadar, »danach sinkt es langsam zurück zur Erde. Deshalb ist seine erhitzungsbremsende Wirkung auch kurzfristiger und schwächer. Die Aerosole dagegen bleiben, wie beim chinesischen Programm, etwa zwei Jahre in der Stratosphäre und können währenddessen die Sonneneinstrahlung reduzieren.«

»Wie beim chinesischen Programm?!«, tobte Sienna. »Zusätzlich zum chinesischen Programm! Ich fasse es nicht!«

Der gelbliche Schleier in der Grafik war stabil. Ein paar der gelben Wellen, die von der symbolischen Sonne ausgingen, prallten daran ab und wanderten zurück in die Höhe.

»Deshalb«, Muhamadar blendete eine Tageslicht/Nachtlicht-Karte der Erde ein, »finden die Flüge jeweils nur während des Tages statt, solange die Sonne ihre hebende Kraft einsetzen kann. Jetzt gerade also in Nigeria, wo aber bald die Sonne untergeht, und in Brasilien. Und ab morgen, beginnend mit Djakarta, an allen acht Basisstationen. Der erste Durchgang soll acht Wochen dauern, um die heißeste Zeit des Jahres zu nutzen.«

Je länger er gesprochen hatte, desto lauter waren die Diskussionen im Saal geworden und immer häufiger die Zwischenrufe anderer Delegierter.

Muhamadar ließ sich davon nicht beirren.

»Da dieses Programm nicht zuletzt den reichen Staaten des Nordens den Allerwertesten rettet«, fuhr er fort, »verlangen wir außerdem einen Schuldenerlass für die siebzig ärmsten Staaten des globalen Südens – die Liste reichen wir nach – und einen Finanzierungsbeitrag des Nordens zu Safe Heaven in Höhe von vierzig Milliarden Dollar jährlich.«

Auf das Lauterwerden im Saal reagierte Muhamadar mit: »Für den Norden sind das Peanuts.«

»Nicht der Schuldenerlass!«, rief jemand.

»Selbst der«, erwiderte Muahamdar ruhig, doch kaum jemand hörte ihn noch in dem Lärm.

Schließlich verschaffte sich der Vorsitzende Gehör.

»Die Sitzung wird erneut unterbrochen!«

»Tja«, fand Martin als Erster seine Sprache wieder und grinste Khalil abschätzig an. »So viel zu ›Ich hoffe, das sehen die bei der UNO in China jetzt ein‹. Von wegen. Statt gegen ein Geoengineering-Programm kämpfen wir jetzt gegen zwei. Und ein Geschäft wollen die auch noch daraus machen.«

Kaum verließ die US-Delegation den Saal, hatte Gil bereits das Telefon in der Hand, während er schimpfte: »China verlangt trotz Sonnenschirm verschärft Anstrengungen zur CO_2-Vermeidung, diese Safe-Heaven-Allianz – was für ein Name! – fordert Schuldenerlass und vierzig Milliarden jährlich. Sind die alle größenwahnsinnig geworden? Wer glauben sie denn, dass sie sind?!«

Er tippte auf das Display, während sie durch die Flure in die Büros der Delegation eilten.

»Wen rufst du an?«, fragte Amber.

»Manu«, erwiderte er. »Wegen dieser Allianz.«

Sie hatten die Büros erreicht, schlossen die Türen hinter sich. Jetzt waren die Gespräche sicherer zu führen. »Ich stelle dich auf laut«, sagte Gil zu Manu. »Amber und die Außenministerin sind bei mir.«

»Hi«, hörte Amber nun deutlich Manus Stimme.

»Wir werden uns nicht von vornherein dagegenstellen«, erklärte Gil. »Dafür ist Safe Heaven für uns ein zu günstiges strategisches Instrument gegen China. Aber wir können es auch nicht bedingungslos unterstützen. Wir brauchen eine gründliche Untersuchung des Programms durch US-Experten, bevor wir Genaueres sagen können. Wäre die Allianz dazu bereit?«

»Ihr könnt das auch gleich mit der Allianz besprechen«, sagte Manu, »aber ja, mit so einer Reaktion haben sie gerechnet. Ein exklusives US-Team würden sie gewiss zulassen. Einem internationalen Team unabhängiger Expertinnen und Experten unter Führung der UNO würden sie jedoch dieselben Zugänge gewähren wie einem US-Team. Und die USA würden auf die Weise signalisieren, dass sie in der Sache nicht nur ihre eigenen Interessen verfolgen, sondern die der ganzen Welt.«

»Könnte man ja beides machen«, überlegte Gil.

»Das haltet so, wie ihr wollt«, meinte Manu. »Eure Ansprechpartner sind fürs Erste Muhamadar Ndenge und der indonesische Präsident, derzeit Vorsitzender der Safe-Heaven-Allianz. Ich stehe gern weiter beratend zur Verfügung, aber meine Mission als Vermittler ist erfüllt. Ab hier übernehmt ihr.«

Fay hatte mit Dila schon fast das Gebäude verlassen, als sie von hinten ihren Namen hörte.

Es war Amber Fields. Sie stellte sich kurz bei Dila vor.

»Ich weiß, wer Sie sind«, antwortet diese nur. »Freut mich.«

Amber wandte sich an Fay: »Haben Sie eine Sekunde?« Und zu Dila: »Darf ich kurz?«

Dila nicke säuerlich.

»Wir sehen uns im Hotel«, sagte sie zu Fay und ging weiter.

»Sie mag es nicht, dass ich nicht mit der Chefin reden möchte«, bemerkte Amber schmunzelnd zu Fay.

»Worüber möchten Sie denn mit mir reden?«

»Über unseren gemeinsamen Freund.«

»Manu?«

Amber lachte auf.

»Pat. Welzer. Und seine Nachrichten der vergangenen Tage.«

»›Chinas Großer Sonnenschirm ist nur der Anfang‹«, zitierte Fay. »›Jemand will viel Schlimmeres‹.«

Amber nickte.

»Sie denken«, sagte Fay, »dass er damit womöglich den russischen Termination-Schock-Plan gemeint hat?«

»Liegt nahe, oder?«, erwiderte Amber. »Habe ich ihm geschrieben. Aber noch keine Antwort erhalten.«

»Gut möglich«, überlegte Fay. »Schlimm wäre eine solche Entwicklung auf jeden Fall. In diesem Szenario wird sie unverschämt beschönigt. Selbst wenn sich Russland und Kanada optimal vorbereiten, werden mehrere Generationen dramatische Verwerfungen erleben. Auch dort wird es Hunderttausende Tote geben, womöglich Millionen.«

»Sie haben sich eingehender damit beschäftigt«, meinte Amber, plötzlich misstrauisch.

»Gehört zu meinem Job«, erwiderte Fay, »auf einem sehr abstrakten Niveau. Hauptsächlich mathematische Formeln über Schadenswahrscheinlichkeiten und -höhen, Bruttoinlandsproduktverlust oder -wachstum, Opferzahlen et cetera. Keine Szenarien.«

»Was könnte er sonst gemeint haben?«

»Wenn ich das wüsste!«, rief Fay. »Viel schlimmer kann es doch kaum kommen. Das eben gesehene Szenario beschönigt ja nicht nur die Entwicklung im Norden. Das Desaster im Süden zeigt es gleich gar nicht. Die Überflutung zahlreicher Großstädte weltweit, da die meisten an Küsten liegen. Ganz zu schweigen von diversen Inselstaaten, die verschwinden werden. Dass weite Landstriche für Menschen zu heiß und unbewohnbar werden. Betrifft in diesem Fall womöglich Hunderte Millionen.«

»Die daraus folgenden Völkerwanderungen wurden gezeigt«, wandte Amber ein.

»Ich würde zu gern wissen, was ich in diesem Stück zu suchen habe«, sinnierte Fay.

»Das verstehe ich«, sagte Amber. Fasste in die Tasche ihres Blazers, als ihr Telefon vibrierte.

»Eine Nachricht von Pat«, sagte sie.

»›Informant muss mit Schlimmeres etwas anderes gemeint haben als geplanten Termination-Schock‹«, las sie leise vor. »›Wenn Szenario tatsächliches internes russisches Demo-Video, können Szenen der Zerstörung des Großen Sonnenschirms erst in den vergangenen Tagen entstanden sein. Nach Bekanntwerden des Sonnenschirms. Informant behauptet aber, Prototypenaufnahmen waren sieben Jahre alt. Muss also ein anderer Film sein. Und damit etwas anderes Schlimmes.‹«

Amber und Fay wechselten einen Blick.

»Wo er recht hat …«, sagte Amber.

»… ist damit, dass es ein anderer Film sein müsste. Könnte trotzdem dasselbe Szenario sein. Das damals schon jemand inszeniert hat.«

»Oder doch etwas anderes.«

»Oder etwas anderes.«

88

Ebele prüfte über ihre AR-Brille die Perspektiven der Überwachungskameras. Schlaf- und Wohnzimmer, Schrankraum mit begehbarer Garderobe, Arbeitszimmer, Küche, noch ein Zimmer. Einer der Männer stellte sich im Schlafzimmer vor dem Bett ins Bild und erklärte: »Mit Mene Odohs Wohnung sind wir fertig. Jetzt gehen wir zu ihrem Büro hinunter ins Erdgeschoss.«

Das zweite Studio besuchte Mene auf dem Nachhauseweg von einem anderen Termin. Es lag in einem weniger guten Viertel als jenes, in dem sie Lisha getroffen hatte.

Die meisten Gebäude hatten hier ein bis drei Stockwerke und schienen sich in irgendeiner Phase des Baus oder Verfalls zu befinden. Das Filmstudio lag am Ende einer der schmalen Straßen, deren Zustand wie so viele in dieser Stadt zwischen »vielleicht einst asphaltiert«, »vom Regen größtenteils weggespült« und »Staubpfad« lag. Eine übermannshohe Mauer verbarg es vor neugierigen Blicken. Am Eingang des Geländes wachte ein gelangweilter Sicherheitsmann in einem Häuschen neben einem breiten Metalltor.

Mene beugte sich aus dem offenen Wagenfenster und rief ihm ihren Namen zu. »Ich möchte zu Adeola!«

Das Metalltor schob sich zur Seite. Dahinter öffnete sich ein staubiger Platz voller Autos, Requisiten und Müll vor einer betongrauen Halle.

Das Innere war überraschend freundlich und instand gesetzt. In der von zahlreichen Scheinwerfern erleuchteten Halle waren drei Sets aufgebaut, durch die Dutzende Menschen wuselten. Schauspielerinnen und Schauspieler, Kamera- und Tonleute, anderes technisches Personal. Ein Set war ein luxuriöses Wohnzimmer, ein weiteres eine weitläufige Küche, das dritte ein großzügiges Schlafzimmer.

Auch hier kannte Mene ihren Weg. Hinter den Sets fanden sich mehrere abgesonderte Räume mit Loungegruppen und Catering, Schminkplätzen und Kleiderstangen voller Kostüme.

Als sie den Cateringraum betrat, begrüßten gleich mehrere Personen Mene freudig. Sie wechselte mit allen ein paar Worte, bevor sie sich an Adeola wandte, eine hochgewachsene, schlanke Schönheit mit auffallend großen Augen. Sie stellte ihr dieselben Fragen wie Lisha. Die Antworten waren ähnlich unergiebig. Bis auf die letzte. »Kanntest du andere Leute auf dem Set?«

»Damals nicht«, sagte Adeola. »Einem bin ich allerdings ein paar Wochen später auf einem anderen Set wiederbegegnet. Ein Produktionsassistent. James Irgendwas. Nwadike, glaube ich.«

»Kenne ich nicht.«

»War nur Produktionsassistent«, meinte Adeola. »Außerdem hatte er keine lange Karriere. Er starb kurz darauf.«

»Der Arme! Woran denn?«

»Überdosis, glaube ich.«

»Schrecklich.«

»Weshalb fragst du das alles?«

»Ach, nur so«, erklärte Mene, bereits im Fortgehen. »Wir sehen uns!«

89

»Ben, Mensch!«, rief Thorben ins Telefon, »Das ist doch völlig verrückt, was hier abgeht, findest du nicht? Jetzt drehen die da noch so ein Programm auf! Hör mal, das ändert ja wieder alles! Da müssen wir noch mal reden! Morgen, um zwei?«

»Aber wir haben noch keine …«

»Super, dann bis morgen!«

Fay lief die wenigen Blocks vom UNO-Hauptquartier zu Fuß in das Hotel. Versuchte dabei, das Gesehene und Gehörte zu verarbeiten. Über das Szenario mit ihr und ihrer Familie war sie mittlerweile hauptsächlich wütend. Ihr größtes Problem dabei war vielleicht, dass sie ihren Zorn gegen niemanden konkret richten konnte. Die Urheber blieben vorerst unbekannt, auch wenn vage irgendwelche Russen genannt worden waren. Sorgen bereitete ihr, wie ihre Familie mit der Geschichte in den kommenden Stunden, Tagen, Wochen umgehen würde.

Endlich erreichte sie Ben. Er hatte schon alles gesehen. Es den Kindern erzählt.

»Joy findet es cool. ›Ich bin jetzt also berühmt?‹, hat sie gefragt«, erklärte Ben. »Ich habe versucht, ihr ein wenig zu erklären, aber …«

»… sie ist wohl noch zu jung dafür«, vollendete Fay den Satz.

»Nicolas ist sowieso happy«, fuhr Ben fort. »Die Followerzahlen auf seinen Social-Media-Konten explodieren.«

»Dann ist ja alles bestens«, sagte Fay sarkastisch.

Sie beendete das Gespräch und versank wieder in Gedanken.

Safe Heaven konnte sie inzwischen rationaler betrachten. Theoretisch mochte das vorgestellte Programm funktionieren. Praktisch würde sich das weisen. Die Dimensionen mussten riesig sein. Hunderte Flugzeuge. Das Material. Wie hatte die Safe-Heaven-Allianz das unbemerkt vorbereitet? Seit sechs Jahren, hatte Muhamadar Ndenge erklärt. Ohne undichte Stellen. Fast unvorstellbar.

Immer wieder wischte sie dazwischen über ihr Telefon. Musste achtgeben, dass sie nicht in andere Passanten lief. Wollte erste Schlagzeilen zu dem Szenario sehen. Bislang kam sie wenigstens in keiner vor.

Dafür fluteten wieder Nachrichten, Mails und Anrufe von Freunden, Kollegen und Medienvertretern ihre Messenger-Konten.

Eine ließ Fay anhalten.

Sie kam von Sienna Banks.

Fay trat in den Schutz einer Hausmauer und las.

Scheint, als hätten wir gemeinsame Freunde. Will sagen Feinde. Irgendeine Ahnung, weshalb ausgerechnet wir in diesem Machwerk von Video auftauchen – und so schlechtgemacht werden?

Die Klimaaktivistin hatten die Filmemacher zur Terroristin gemacht. Es fühlte sich für Fay eigenartig tröstlich an, dass sie eine Leidensgenossin in der Sache hatte. Jemanden, der ihre Gefühle verstand.

Keine Ahnung, antwortete sie. *Falls ich etwas erfahre, sage ich Bescheid.*

Die Antwort kam prompt: *Danke. Ich auch. Wichtiger: Sie müssen diese Wahnsinnigen stoppen! Großen Sonnenschirm UND Safe Heaven!*

Darauf antwortete Fay nicht. Sie setzte ihren Weg fort.

Als sie um die Ecke in ihre Zielstraße bog, entdeckte sie vor dem Hotelportal eine Traube von Journalisten.

Erst als die ersten sie erspähten, begriff sie, auf wen sie warteten.

Rasch zückte sie ihr Telefon, warf die Kamera an und filmte die auf sie einstürmende Horde. Jetzt keine Schwäche zeigen! Aber durchaus Gefühle.

»Mrs. Oyetunde, weshalb spielen Sie in diesem Szenario mit?«

»Mrs. Oyetunde, kannten Sie den Film vorher?«

»Mrs. Oyetunde …«

Fay hatte sich zum Hoteleingang hindurchgedrängt. Nun wandte sie sich um.

»Ich kannte das heute vorgestellte Szenario nicht«, erklärte sie kühl, um dann mehr Energie in ihre Stimme zu legen. »Ich weiß nicht, warum meine Person und, noch schlimmer, meine Familie darin als handelnde Charaktere verwendet wurden – meiner Meinung nach übrigens schlecht einmontiert und dargestellt.« Noch einen Hauch empörter: »Ich verwehre mich aufs Entschiedenste dagegen, mit dem Film oder den darin dargestellten Handlungen in irgendeiner Form in Verbindung gebracht zu werden.« Danach fuhr sie ihre Emotionen ein wenig herab und straffte sich noch einmal. »Ihr Job bei den Medien wird es sein herauszufinden, wer dahintersteckt. Ich wünsche Ihnen dabei viel Erfolg.«

90

Gil und sein Team hatten sich in die Räumlichkeiten der US-Vertretung bei der UNO zurückgezogen. Von mehreren Bildschirmen nahmen die Vertreter des Nationalen Sicherheitsrats an der Besprechung teil.

Auf anderen Bildschirmen waren Aufnahmen der chinesischen Drohnen, verschiedener Transportflugzeuge und Satellitenaufnahmen zu sehen.

»Wir werden uns bei der Informationsbeschaffung zum Großen Sonnenschirm und Safe Heaven natürlich nicht auf UNO-Teams verlassen«, erklärte Gil. »Ich möchte wissen, wie diese Programme unbemerkt so weit entwickelt werden konnten. Unsere Geheimdienste …«

»… haben trotz all ihrer technischen Gadgets wieder einmal versagt«, stellte Amber nüchtern fest. Erntete dafür böse Blicke von einigen Teilnehmenden, die der Vorwurf direkt betraf.

»Das werden sie jetzt mit aller Kraft wiedergutmachen«, sagte Gil, an die Führungskräfte von CIA, NSA und den Raumfahrt- und Satellitenaufklärungsdiensten gerichtet. Eine unangenehme Schärfe lag in seiner Stimme, als er weitersprach: »Nicht wahr, meine Damen und Herren?«

LAGOS

91

Als Pat kurz nach dreiundzwanzig Uhr die Ankunftshalle des Flughafens Lagos betrat, herrschte weniger Aufregung, als er erwartet hatte für einen Flughafen, von dem die ersten Flieger des Safe-Heaven-Klima-Engineeringprogramms gestartet waren und ab morgen täglich dutzendfach abheben sollten. Die meisten Passagiere eilten Richtung Ausgang, an der Empfangsbarriere warteten Freunde, Verwandte, Fahrer mit Namensschildern. In einigem Abstand dahinter entdeckte Pat drei Kamerateams, die Interviews führten. Rasch senkte er den Kopf und wandte sich ab. Erhaschte trotzdem ein paar Wortfetzen der nächststehenden Gruppe.

»Was halten Sie von Safe Heaven?«, fragte eine Journalistin einen mittelalten Mann in blau schimmerndem Anzug.

»Ich habe immer noch nicht genau verstanden, wozu das dient«, sagte der Mann. »Gehört das jetzt zu diesem chinesischen Sonnenschirm?«

»Nein«, erklärte die Journalistin. »Safe Heaven ist ein eigenes Programm.«

»Die chinesischen Drohnen sehen cooler aus«, sagte der Mann. »Groß. Eindrucksvoll. Aber das hier?« Er zuckte mit den Achseln. »Normale Flugzeuge halt. Die fallen nicht einmal auf zwischen den anderen. Das wird bald niemanden mehr interessieren.«

Dann war Pat außer Hörweite.

Vor dem Flughafen beobachtete er die Schlange wartender Taxis. Ließ ein paar andere Passagiere einsteigen. Scannte aus den Augenwinkeln das Areal. Dann nahm er einen Wagen. Gab dem Fahrer eine Adresse an. Als dieser losfuhr, wandte Pat sich um und prägte sich die Wagen hinter ihnen genau ein.

Er setzte sich schräg, den Blick nach hinten gerichtet.

Kaum hatten sie das Flughafengelände verlassen, wurde der Verkehr dicht. Pat hatte Mühe, die Autos zu unterscheiden.

Als Klimaanlage genügten dem Fahrer offene Fensterschlitze, durch die der Fahrtwind und die Gerüche der Stadt in den Wagen strömten. Schwül, heiß, süß, hin und wieder Urin und Verwesung.

Phasenweise kamen sie nur im Schritttempo voran. Unter diesen Umständen konnte Pat keine möglichen Verfolger ausmachen. Die große Blechschlange schob sich gleichmäßig träge durch den Abend, nur oberflächlich bewegt von Mopeds und Motorrädern jeglicher Bauart, die durch die Ritzen und Spalten zwischen den Autos wuselten wie Parasiten durch Hautfalten. Auf manchen hockten drei oder vier Leute.

»So dauert das ja ewig«, meinte Pat.

»Das ist der Verkehr in Lagos«, erklärte der Fahrer. »Chaotisch.«

Weiter vorn beobachtete Pat, wie ein Mann in Anzug aus einem Taxi stieg, in einer Hand einen Aktenkoffer, mit der anderen winkend. Der Chauffeur gestikulierte ihm aus dem Fenster aufgeregt hinterher. Eines der Motorräder hielt an, und der Mann hockte sich auf den Sozius. Mit halsbrecherischer Geschwindigkeit und wilden Schlenkern schoss das Gefährt zwischen den Autos davon.

Nach einer halben Stunde blieben ein dunkler SUV und eine graue Mittelklasselimousine als mögliche Verfolger übrig.

»Machen wir bitte einen kleinen Umweg«, sagte er zum Fahrer. »Biegen Sie an der nächsten Kreuzung rechts ab, danach noch ein paarmal, bevor Sie wieder in Richtung der Adresse fahren.«

»Wird aber teurer«, sagte der Fahrer nur, als wäre er derlei gewöhnt.

»Ist klar«, bestätigte Pat.

Der Fahrer folgte den Anweisungen. Bei der Kreuzung bog er ab. Der SUV fuhr weiter. Die Limousine bog gleichfalls ab. Beim nächsten Manöver des Fahrers blieb sie auf derselben Route wie das Taxi. In diesen Seitenstraßen herrschte weniger Verkehr.

Pat fluchte innerlich.

Als der Fahrer an der nächsten Kreuzung erneut die Nebenstraße nahm, fuhr die Limousine geradeaus.

Pat atmete auf. Er entdeckte auch keine auffälligen Motorräder.

Zwei Straßen weiter sah er wieder den SUV hinter ihnen.

»Wir haben ein Problem«, sagte er zu dem Fahrer. »Glauben Sie, Sie werden das Auto hinter uns los? Den SUV?«

Er sah die zusammengekniffenen Augen des Fahrers im Rückspiegel.

»Wenn Sie ein Problem haben«, sagte er, »steigen Sie besser aus. Ich will keine Schwierigkeiten.« Er bremste in der Straße, die von erleuchteten Buden, Läden und billigen Wohnhäusern gesäumt wurde.

»Die haben Sie schon«, sagte Pat. »Besser, Sie hängen den Wagen ab. Ich zahle den dreifachen Tarif.«

»Wie soll ich das hinkriegen, bei diesem Verkehr?«

Pat legte den Tragegurt seiner Reisetasche über eine Schulter, sodass er über die Brust spannte, den Gurt der Computertasche über die andere. Derart vorbereitet, stieg er aus dem Auto, winkte den Motorradfahrern zu und warf dem empörten Fahrer zehn US-Dollar durchs Fenster.

Schon im nächsten Moment hielt ein Motorradfahrer neben

ihm, wie alle anderen ohne Helm, und fragte auf Englisch mit starkem Akzent: »Wohin?«

Pat nannte die Adresse, während er sich bereits auf den hinteren Teil des Sitzes schwang.

»Festhalten!«, rief der Fahrer und beschleunigte. Pat suchte Halt, fand ihn an zwei kleinen Griffen neben seinem Gesäß. Das Gewicht der Reisetasche riss ihn fast von dem Bike, als der Mann einen Slalom zwischen den Autos vor ihnen hinlegte. Hinter ihnen setzte lautes Hupen ein.

Als Pat sich umwandte, sah er den SUV, der, halb über den Bürgersteig rasend, rücksichtlos kleine Verkaufstische und Buden abrasierte. Panische Passanten, Rad- und Motorradfahrer brachten sich mit Sprüngen in Sicherheit.

»Wir haben Begleitung!«, brüllte Pat dem Fahrer ins Ohr. »Von der Sorte, die wir loswerden müssen!«

Der Mann wandte sich kurz um, erblickte den SUV. Übersah dabei einen Wagen, der vor ihnen ausscherte. Im letzten Moment konnte er ihm ausweichen. Wieder schleuderte es Pat fast vom Sitz. Sie rasten durch zwei weitere Gassen.

In der dritten schien der SUV abgehängt. Den Fahrer kümmerte das nicht. Im Höllentempo kehrte er auf eine heller beleuchtete, breitere Straße zurück. Setzte dort seinen Slalom in der Blechlawine fort. Pat klammerte sich an die Griffe und schickte ein Stoßgebet gegen Himmel. Trotz des Fahrtwinds war er schweißgebadet. Von ihren Verfolgern entdeckte er immerhin keinen mehr.

Zwanzig Minuten später setzte der Fahrer Pat vor der gesuchten Adresse in einem der besseren Wohnbezirke von Lagos ab.

An der Tür des neuer wirkenden fünfstöckigen Apartmenthauses erwartete ihn ein fröhlicher Mittdreißiger.

»Wole«, stellte er sich vor und ließ Pat ein.

»Wir haben wegen der Wohnungen geschrieben. Und wegen der anderen Dinge.«

Er ging am Treppenaufgang vorbei durch einen Hausflur an vier Wohnungstüren vorbei. Die fünfte Tür bestand aus Metall und trug die Aufschrift *Garage.*

Dahinter tat sich ein mäßig beleuchtetes Treppenhaus auf. Pat folgte Wole eine Etage tiefer.

Die Garage war gut gefüllt mit meist gepflegten Mittelklasselimousinen, dazwischen auch ein paar teurere Wagen, meist europäischer Herkunft. Hier unten herrschten mindestens vierzig Grad und eine Luftfeuchtigkeit jenseits der achtzig Prozent. Zwischen den Autos lagen schon mal Papierfetzen oder leere Plastikflaschen. Es roch nach Müll und Benzin.

Der unterirdische Komplex war größer, als Pat erwartet hatte. Wole schien weder von der feuchten Hitze noch den Gerüchen beeindruckt. Pats T-Shirt klebte an seiner Haut.

Ein Geräusch aus der Dunkelheit – ein Kratzen, vielleicht Scharren, wie Schritte – ließ Pat zusammenschrecken. Nervös suchte er die Ursache, sah aber nur flirrende Insekten, die gegen die jämmerlich flackernden Kellerlichter anflogen.

»Die Sache mit dem Telefon ist geklärt«, sagte Wole. »Wird am Morgen geliefert.«

Eine fette Ratte sprang vor ihnen über den Beton und verschwand unter einem Auto. Pat musste sich von diesem Schreckmoment erholen, bevor er antwortete: »Sehr gut.«

Nach fünf unendlichen Minuten im Zwielicht zwischen Autos, Stützpfeilern und nächtlichen Geräuschen steuerte Wole auf eine Metalltür zu.

»Wir sind jetzt zwei Häuser weiter«, erklärte er.

Das Apartment lag im vierten Stock. Bevor sie eintraten, bat Pat Wole, drinnen das Licht nicht anzuschalten.

In der Finsternis konnte er nicht viel erkennen. Die Wohnung wirkte einfach, aber sauber. Wohnzimmer mit Küchenecke, Schlafzimmer, Bad.

Und die Klimaanlage war eingeschaltet!

»In Ordnung?«, fragte Wole.

»Passt«, sagte Pat. »Die Fahrt und die Sache mit dem Telefon sind mit der Miete für die andere Wohnung abgegolten?«

»Wie ausgemacht«, sagte Wole. »Ich wünsche Ihnen einen schönen Aufenthalt.«

Nachdem Wole die Tür hinter sich geschlossen hatte, ging Pat noch einmal die Fenster ab und lugte nach draußen.

Licht aus einigen anderen Fenstern beleuchtete schemenhaft eine halbwegs gepflegt wirkende Gartenanlage – Büsche, Palmen. Eine Weile starrte er nervös auf die Silhouetten draußen, meinte immer wieder Bewegungen zu entdecken, die sich dann doch als Schattenspiele entpuppten. Schließlich zog er den Vorhang zu.

Er holte Tonys Telefone aus der Hosentasche. Versuchte mit ein paar verschiedenen Zahlenkombinationen, die Verschlüsselung zu knacken. Erfolglos.

In der Küchenecke fand er eine Lade mit drei ineinandergestapelten Kochtöpfen. Er legte die Telefone unter den mittleren Topf und schloss die Lade.

Er würde vorsichtig bleiben müssen.

92

Fay betrat ihr Hotelzimmer und schleuderte die Schuhe von den Füßen, als ihr Telefon vibrierte.

Die Nummer hatte sie erst vor zwei Tagen eingespeichert, nachdem ihr im Guggenheim eine Menge Visitenkarten zugesteckt worden waren. Jemand, der das Ohr des US-Präsidenten und des deutschen Kanzlers hatte, war ein begehrter Kontakt.

Amber Fields. Die Pressesprecherin des Präsidenten.

Fay meldete sich.

»Ich komme gleich zum Punkt«, erklärte Amber. »Es geht um die Besetzung der internationalen Safe-Heaven-Expertenkommission. Die erste Station der Untersuchung soll nach Lagos führen.«

Fay trat ans Fenster und starrte auf New Yorks Dächer und Wolkenkratzer im Abendlicht.

»Wir finden, Sie wären ein fabelhaftes Mitglied«, sagte Amber. »Sie sind Expertin in dem Bereich. Sie sind geborene Nigerianerin. Mittlerweile aber auch schon lange US-Bürgerin. Leben seit Jahren in Deutschland. Arbeiten für die Vereinten Nationen. Sie sind eine Frau. Mehr Haken bei den Soll-Punkten als Sie kann man kaum haben.«

Sie machte eine Atempause, bevor sie fragte: »Können Sie sich vorstellen, Mitglied der UNO-Safe-Heaven-Kommission zu sein?« Gab Fay einen weiteren Atemzug Zeit, das Gehörte abzuwägen, bevor sie fortfuhr: »Vielleicht sogar in einer führenden Position.«

93

»Lagos?«, fragte Ben schläfrig und versuchte, seinen Ärger zu verbergen. Fays Videocall hatte ihn aus dem Schlaf gerissen. In Bonn war es drei Uhr morgens. Er saß im bläulichen Licht des Displays in ihrem Ehebett.

»Ich hätte sonst auch hier noch wenigstens ein, zwei Tage zu tun gehabt«, sagte sie.

»Wie lange wirst du bleiben?«

»Kann ich noch nicht sagen. Wir verhandeln gerade mit der Safe-Heaven-Allianz, welche Standorte wir in der ersten Runde noch besichtigen werden.«

»Soll das heißen …«

»Gut möglich, dass ich noch ein, zwei Wochen unterwegs bin«, erklärte sie. »Vielleicht kann ich zwischendurch einmal kurz zu Hause vorbeischauen.«

»Vorbeischauen.«

»Ben, die Welt steht vor dem größten Umbruch seit Jahrzehnten. Vielleicht seit Jahrhunderten.«

»Und du mittendrin.« Er bemerkte, wie böse er klang.

»Ja«, sagte sie entschieden. »Und weder werde ich mir diese Chance nehmen lassen, noch die Verantwortung von mir schieben.«

»Ich bin stolz auf dich«, versuchte er eine halbherzige Entspannung der Diskussion.

»Wie geht es den Kindern mittlerweile?«

»Sie schlafen.«

»Das hoffe ich doch.«

»Sie finden das alles weiterhin eher auf- als besorgniserregend.«

»Ist vielleicht besser so.«

»Thorben will mich morgen wieder sprechen.«

»Weshalb?«

»Keine Ahnung. Hoffentlich, um die Finanzierung nun doch fortzusetzen. Angesichts der neuen Entwicklungen.«

»Das wäre schön. Ich wünsche dir viel Erfolg. Sorry für den späten Anruf. Geh wieder schlafen!«

Das war alles, was sie dazu zu sagen hatte?

»Danke! Dir auch«, sagte er kühl.

»Ich melde mich morgen vor dem Abflug noch mal. Gute N…«

Den Rest hörte Ben nicht mehr, weil er bereits auf *Beenden* getippt hatte.

Er stellte das Telefon auf stumm und legte es mit dem Display nach unten auf den Nachttisch. Streckte sich im Bett aus und schob die Decke bis zu den Hüften hinab. Ihm war viel zu heiß! Schlafen konnte er jetzt nicht mehr.

94

Mene stand an der Kaffeemaschine ihres Büros und schlürfte ihr Frühstück – einen doppelten Espresso –, als die Türglocke läutete. Ihre Assistentin war noch nicht da.

Auf dem Bildschirm der Gegensprechanlage sah sie einen Boten im Eingang des Gebäudekomplexes stehen. Er hielt ein kleines Paket vor die Kameralinse. Mene öffnete die Haustür.

»Was ist das? Von wem?«

Der Mann streckte ihr das Ding entgegen. Darauf stand die Adresse ihres Büros. Absender: Pat Welzer. Ohne Adresse oder andere Kontaktdaten.

Der Bote ließ sie auf seinem Telefon unterschreiben und händigte ihr das Paket aus.

Kaum war er fort, öffnete sie es.

Darin fand sie ein einfaches Tastentelefon.

Sie tippte eine davon an.

Das kleine Display leuchtete auf.

Sie trank den Kaffee aus und überlegte.

Dann tippte sie das Telefonsymbol an. In den Kontakten fand sie einen einzigen Namen: Pat Welzer.

Sie zögerte einen Augenblick, dann wählte sie.

Nach dem dritten Freizeichen meldete sich die Stimme, die sie von der Sprachnachricht und dem Videotelefonat kannte.

»Pat Welzer. Danke, dass Sie angerufen haben. Dieses Telefon ist eine Vorsichtsmaßnahme, die ich als Journalist öfter verwende. Lassen Sie uns vorerst nur auf diesem Weg kommunizieren.«

»Vorsichtsmaßnahme wogegen?«, fragte Mene beunruhigt. »Wo sind Sie?«

»Vorsichtsmaßnahme für«, erwiderte er. »Für Sie. So weiß niemand, dass Sie mit mir kommunizieren. Und worüber. Irgendjemand wollte diesen Film damals geheim halten. Und will es vielleicht heute noch.«

Mene überdachte die Antwort.

»Ich habe schon begonnen, ein wenig nachzuforschen«, erklärte sie nach einer kurzen Pause.

»Wie?«, fragte Pat.

»Leute fragen«, sagte sie. »Zwei der Schauspielerinnen, die ich damals vermittelt habe.«

»Mit denen ich auch schon gesprochen habe?«

»Ich weiß nicht, mit wem Sie gesprochen haben.«

»Die Namen, die Sie mir gegeben haben. Haben Sie etwas erfahren?«

»Nein. Die eine wusste gar nichts. Weder so richtig, worum es in ihren Szenen ging, weil sie vor dem Greenscreen gedreht haben. Noch kannte sie Namen von anderen am Set. Die andere konnte sich bloß an einen Kollegen erinnern, weil sie ihn wenige Wochen später auf einem völlig anderen Set wiedertraf.«

»Könnte der etwas wissen?«

»Und wenn, hätten wir nichts davon. Er starb kurz darauf.«

»Wie bitte?!«, rief Pat, immer noch müde nach der Nacht in dem nach Mottenkugeln riechenden Bett. Beherrschte sich sofort. »Woran?«, setzte er nach einem Atemzug fort. »Wusste sie das?«

»Überdosis, meinte sie. Wusste es aber nicht sicher.«

»Nannte sie den Namen?«

»James Nwadike.«

Auf seinem Laptop suchte Pat sofort nach dem Namen.

»Wann war das?«

»Habe ich nicht gefragt. Wenige Wochen nach dem Engagement meiner Klientin. Weshalb ist das wichtig?«

»Weiß ich noch nicht«, erwiderte er, während er die Suchergebnisse auf dem Bildschirm seines Laptops überflog. »Fragen stellen«, sagte er. »Journalistenangewohnheit.«

»Langsam machen Sie mich nervös«, sagte Mene. »Dieses komische Telefon. Ihre Aufregung, als ich von dem Toten erzählt habe …« Sie hielt einen Moment inne. »Sie … Sie denken doch nicht …? Tony ist tot. Jetzt ist da ein zweiter Toter.«

»Ich denke gar nichts«, sagte Pat. »Ich sammle Informationen.«

Auf dem Laptop hatte er eine sieben Jahre alte Meldung aus einem regionalen Medium in Lagos gefunden: die Todesanzeige von James Nwadike, dreiundzwanzig Jahre alt. Todestag: 8. September. Eine Woche nach dem Tod der Cutterin, von der Tony gesprochen hatte.

»Tony starb bei einem Unfall, sagten Sie«, hörte er Menes Stimme wie durch Watte. »Der Junge an einer Überdosis.«

»Mit sieben Jahren Abstand«, erinnerte Pat.

Von der Cutterin wollte er ihr vorerst nichts erzählen.

»Ich habe online eben eine Todesanzeige gefunden«, erklärte er Mene. Nannte ihr das Todesdatum. »Die Eltern heißen Taya und Abeni. Denken Sie, wir können die finden und etwas fragen?«

»Wozu das?«, fragte Mene.

»Fragen«, erklärte Pat erneut. »Berufskrankheit.«

»Ich sehe mal, ob ich etwas herausfinde«, sagte Mene und beendete das Gespräch.

Während der Unterhaltung war in ihr zunehmend ein unangenehmes Gefühl gewachsen, dem sie nachgehen wollte. Sie tippte in den Computer einen Namen: Ogba Bulus. Und ein drittes Wort: Tod.

Sofort erschienen auf dem Bildschirm Artikel mit Todesmeldungen. Alle stammten vom selben Tag vor sieben Jahren. Mene öffnete den erstbesten.

Unter dem großen Foto eines grinsenden Mannes mit einer auffälligen Lücke zwischen den oberen Schneidezähnen las sie:

Regisseur überraschend verstorben.

Am 3. September starb völlig unerwartet der bekannte Filmregisseur Ogba Bulus im Alter von 49 Jahren.

Die Aufzählung seiner bekanntesten Produktionen überflog sie nur. *Er hinterlässt eine Frau und drei Kinder.*

Sie starrte kurz auf den Bildschirm. Dann gab sie die Namen der Eltern des toten Produktionsassistenten ein und überflog die Ergebnisse der Suche.

Ebele verfolgte in ihrer AR-Brille, wie Mene ein paar Minuten später Pat zurückrief.

»Die Eltern leben in Lagos«, erklärte Mene dem Journalisten. »Der Vater führt eine kleine Handelsgesellschaft.«

Ebele konnte nicht verstehen, was der Mann in das Telefon sagte. Auf jeden Fall antwortete Mene daraufhin: »Ich kann es versuchen.« Sie beendete das Gespräch und tippte eine Nummer von dem Bildschirm ab. Wählte. Wartete. Jemand schien sich gemeldet zu haben, denn Mene sagte: »Soka Logistic, wir haben eine Botensendung für Sie. Sind sie heute in Ihrem Büro?«

Hörte kurz zu, sagte »Danke« und beendete das Gespräch.

Wählte erneut, Ebele konnte die Nummer nicht sehen.

»Der Vater ist in seinem Büro«, sagte sie. Wartete. »Was soll das bringen?«, fragte sie. Wartete wieder. »Wenn Sie meinen. Ich kann in einer Stunde dort sein.« Sie nannte ihm eine Adresse in einem der besseren Stadtviertel. »Bis dann.«

Mene legte das Telefon ab.

»Du hast das gehört«, sagte Ebele zu einer ihrer Assistentinnen. »Schickt ein Team zu dieser Adresse. Dann finden wir Pat Welzer. Und dieses Mal sollen sie sich professioneller anstellen als jene gestern Abend.«

Mene hatte noch ein paar Minuten Zeit, bevor sie losmusste. Gedankenverloren starrte sie einige Atemzüge lang aus dem Fenster. Dann verließ sie die Wohnung und nahm den Fahrstuhl zu den Storage-Räumen im Keller.

Zu jedem Apartment gehörte ein abschließbares, vier Quadratmeter kleines Kämmerchen, in dem man Zeug abstellen konnte. Mene hatte dort in einem Regal ältere Arbeitsunterlagen gelagert, ein paar Klamotten, die sie nicht mehr trug, zum Weggeben jedoch zu schade fand, Werkzeug, ein paar kaputte oder veraltete technische Geräte – Staubsauger, Kaffeemaschine, Computerkabel –, die sie aber nicht, wie die meisten anderen Bewohner von Lagos, einfach auf die Straße werfen wollte, ein paar kleine Einrichtungs- und Dekorationsstücke, zwei Koffer, drei Reisetaschen und mehr.

Sie musste ein wenig kramen, bis sie hinter einem Stapel leerer Verpackungskartons eine schuhschachtelgroße Box fand. Seufzend setzte sie sich auf die Werkzeugbox und öffnete die Schachtel.

Darin lagen durcheinander zwei schöne Kugelschreiber, die bunte Hülle eines Mobiltelefons mit Ogbas Gesicht darauf, drei vergilbte Magazine der nigerianischen Filmbranche, eines mit Ogba auf der Titelseite, ein Schlüsselanhänger in Form der Comicfigur Iron Man, eine kleine Herrenhandtasche, ein billiges Metallarmband, ein Notizbuch, ein Ladekabel, zwei Minilautsprecher, die man mit dem Mobiltelefon verbinden konnte, drei zerlesene Kriminalromane. Die Reste einer längst vergessenen Affäre. Weshalb hatte sie den Krempel überhaupt aufgehoben? Ihre Finger strichen über das eine oder andere Teil, weckten Erinnerungen. Untersuchten das lächerliche Handtäschchen, dem sie seine Leere schon anfühlte, bevor sie es öffnete. Drehten den kindischen Schlüsselanhänger. Flippten durch die alten Branchenmagazine. Neben Ogba erkannte sie andere Gesichter. Die Seiten des Notizhefts waren leer.

So saß sie für ein paar Minuten einfach nur da. Ihre Gedanken wanderten in der Zeit zurück, mäanderten zu anderen Erinnerungen. Schließlich legte sie die Dinge wieder in die Box und stellte diese kurzerhand auf die anderen leeren Verpackungen. Bei Gelegenheit musste sie das Gerümpel hier unten wirklich einmal entsorgen.

95

Thorben hatte das Türschild am Eingang reinigen oder austauschen lassen. Er empfing Ben in Gesellschaft zweier Mitarbeitender.

»Das sind doch lauter Verrückte!«, polterte er los, sobald sie in den Lounge Chairs saßen. »Noch ein Programm! Safe Heaven! Schöner Name, immerhin! Muss man ihnen lassen! Habe ich schon gesagt, dass das noch einmal alles ändert? Habe ich! Deshalb sitzen wir hier. Was denkst du, Ben, wird da draußen jetzt passieren?«

»Ich denke …«

Thorben sprang auf, begann, um den Tisch herumzulaufen.

»Ich sage dir, was passiert! Zuerst haben die Chinesen erklärt, dass sie das Klima stabilisieren. Hast du die Aktienkurse von Big Oil seitdem verfolgt?!« Seine Arme flatterten wie Flügel bei dem Versuch, heftige Schwankungen darzustellen. »Von den Zulieferbetrieben der fossilen Energieindustrie?! Die sind förmlich explodiert! Zehn Prozent Plus in zwei Tagen! Was sagt uns das?«

»Dass …«

Sein Zeigefinger spießte Ben fast auf, als hätte er schon die richtige Antwort gegeben, und Thorben wolle dies allen zeigen.

»Genau! Die Märkte scheißen auf die Forderungen der Chinesen, sich noch mehr anzustrengen! Sie sind überzeugt, dass die Welt wieder mehr Öl und Gas fördern wird! Viel mehr! Jetzt kann man ja wieder! Unter dem Schutz des Großen Sonnenschirms! Weshalb weiter CO_2 sparen? Der Schirm wird es schon richten! Moral Hazard! Und dann kommt diese Safe-Heaven-Allianz und liefert sogar noch ein Back-up! Bääääng!«, wischte sein Arm durch die Luft. »Zehn weitere Prozent aufwärts für die fossilen Aktien! Moral Hazard zur Potenz!«

»Aber China und die Safe-Heaven-Allianz haben gewarnt …«

Thorben warf die Arme hoch, blickte wie zum Gebet in den Himmel.

»Und die Märkte sagen, dass die Welt diese Warnung nicht ernst nehmen wird. Weißt du, wie es den Aktien der erneuerbaren Energien in den letzten Tagen erging?«

Ben hatte eine Ahnung.

»Die Märkte haben nicht immer …«

Thorben ließ einen Arm fallen, als wäre er mit einem Mal gelähmt.

»Wuuusch!«, rief er. »Aber so was von abgestürzt! Das Geld flieht aus Investitionen in Erneuerbare und allem, was mit Klimawandel zu tun hat! Das passiert da draußen gerade! Der Ausstieg aus den fossilen Energien wird abgesagt! Oder zumindest um Jahrzehnte verzögert! Seien wir ehrlich, kein Mensch wird in den kommenden Jahren weiterhin so viel Geld in diese Branchen schütten, wie man vor einer Woche noch gehofft hat! Ihr gehofft habt!«

Die Fäuste in die Hüften gestemmt baute er sich vor Ben auf, der in seinem Stuhl immer weiter zusammengesunken war. »Sorry, mein Junge, aber dein Business wird es schwer haben! Sehr schwer, fürchte ich. Um ehrlich zu sein, glaube ich nicht, dass es unter diesen Umständen überhaupt eine Chance hat! Deshalb muss ich die Reißleine ziehen. Tut mir echt leid! Aber ich muss auch an meine anderen Geschäftspartner denken!« Er reichte Ben die Hand, die dieser reflexartig ergriff, worauf Thorben ihn fast aus dem Stuhl zog, obwohl Ben sich bereits erhob. »Ich wünsche dir trotzdem viel Erfolg«, sagte er und ließ Bens Hand schon wieder los. Stürmte Richtung Tür. »Die Details regelt Luis mit dir in den nächsten Tagen! Fristen, zurückzuzahlende Summen, du weißt schon. Viel Glück!«

96

Pat wies den Fahrer an, zwei Straßen vor dem Ziel langsamer zu werden und im Schritttempo an der Adresse vorbeizufahren. Er hatte bei dem Limousinendienst einen möglichst alltäglichen, unauffälligen Wagen bestellt. So waren sie in einem weißen Mittelklassemodell aus Korea unterwegs. Die Straße war eine zweispurige in gutem Zustand, saubere Bürgersteige, gesäumt von mehrstöckigen Apartment- und Geschäftsgebäuden, die einen ordentlichen Eindruck machten. Um diese Tageszeit war der Verkehr in dieser Gegend nicht so dicht.

»Da ist es«, sagte der Fahrer, als sie einen sechsstöckigen Bau mit verspiegelter Fassade passierten. Im Schatten der nach hinten versetzten Eingangsnische entdeckte er eine Frau in blauem Rock und weißer Bluse, deren Gesicht er sofort erkannte. Mene Odoh wartete bereits auf ihn. Pat ließ den Fahrer trotzdem weiterfahren. Aufmerksam suchte er dabei die Umgebung ab. Außer Mene standen keine Menschen gelangweilt in Hauseingängen, parkten keine dunklen SUVs oder Karossen wie jene, die ihn am Vorabend verfolgt hatten.

Trotzdem bat er den Fahrer: »Drehen wir noch eine Runde von der anderen Seite.«

Der Mann fuhr bis zum übernächsten Block, wendete dort, und sie wiederholten die Tour. Wieder entdeckte Pat nichts Auffälliges.

»In Ordnung«, sagte Pat, »lassen Sie mich aussteigen.«

Auf der Straße glühte die Sonne, die Luft war dennoch schwül. Pat beeilte sich auf dem Weg über den Bürgersteig in den Schatten des Eingangs.

In natura wirkte Mene noch attraktiver als auf dem Bildschirm. Sie hatte einen festen Händedruck.

»Gehen wir hinein ins Kühle«, sagte sie nach der Begrüßung. Auf dem Weg durch die Drehtür warf Pat noch einmal einen Blick über die Schulter.

Die Lobby war angenehm temperiert.

»Wir müssen in die zweite Etage«, erklärte Mene.

Sie nahmen den Fahrstuhl.

»Sie haben seltsame Methoden«, sagte sie zu ihm. »Sollte ein – noch dazu westlicher – Reporter momentan nicht eher vom Flughafen über die Safe-Heaven-Flieger berichten?«

»Das tun genug andere«, entgegnete Pat. »Ich finde das hier interessanter.«

Das Büro von Soka Logistic lag am Ende des düsteren Flurs. Mene klingelte.

Ein gebeugter Mann von Pats Größe, vielleicht sechzig, öffnete die Tür. Müde sah er Mene an. Pat musterte er misstrauisch.

»Taya Nwadike?«, fragte Mene, und als er nickte, stellte sie Pat und sich vor: »Wir arbeiten an einer Übersicht verstorbener Kreativer in der nigerianischen Filmbranche der vergangenen zehn Jahre und wollten Sie fragen, ob Sie uns kurz ein wenig über Ihren Sohn erzählen möchten.«

Der Alte sah sie aus feuchten Augen überrascht an.

»James?«, fragte er.

»Ich denke«, sagte Mene, »auch er hat ein kleines Erinnerungsstück verdient.«

Das Büro bestand aus zwei Räumen. Die Wände waren vollgestellt mit Regalen voller Ordner und Bücher, die nach älteren Katalogen aussahen. In beiden Zimmern stand jeweils ein großer Schreibtisch mit Computer und Stapeln von Ordnern, Papieren und weiteren Katalogen. Hinter jenem im zweiten Raum hatte sich eine kleine Frau in Tayas Alter erhoben.

»Meine Frau Abeni«, sagte er. »Die zwei wollen etwas über James schreiben.«

»Was wollen Sie über James schreiben?«, fragte sie verwundert.

Mene legte ihr Telefon auf den Tisch.

»Ist es in Ordnung, wenn ich das Gespräch aufnehme? Dann kann ich besser alle Informationen sammeln.«

»In Ordnung«, sagte Abeni.

»Was können Sie uns denn über seine Tätigkeit erzählen?«, fragte Mene. »Wir wissen, dass er Produktionsassistent bei zahlreichen Filmen und Serien war. Woran arbeitete er zuletzt?«

»Setzen Sie sich doch«, sagte Abeni. »Tee?«

»Gern«, sagte Mene. Pat schloss sich ihr an.

Taya verschwand im Vorderzimmer.

»Zuletzt«, wiederholte Abeni nachdenklich. »Ich glaube, an einer Serie. Irgendetwas mit Trommeln. Genau erinnere ich mich nicht mehr.«

Sie starrte kurz ins Leere.

»Er war ein fleißiger Junge«, sagte sie. »Die Polizei behauptete, er starb an einer Überdosis Drogen. Mein James hat nie Drogen genommen. Sicher nicht.«

»Das glaube ich Ihnen«, sagte Mene mitfühlend. »Hatte er neben der Serie noch eine Produktion? Oder davor? Einen Film?«

»Über seinen Job davor redete er nicht viel. Durfte er nicht, die wollten wohl nicht, dass vorab etwas durchsickerte.«

Mene und Pat wechselten einen Blick.

»Er sagte nicht, worum es ging?«, fragte Pat.

Taya brachte den Tee.

»Nein«, sagte er, während er die Gläser vor ihnen auf den Tisch stellte. Er setzte sich zu ihnen.

»An eines kann ich mich erinnern«, entfuhr es ihm. »Einmal erzählte er aufgeregt, dass er am Set kurz den Regisseur gesehen hatte.«

»Weshalb aufgeregt?«, fragte Mene und musste feststellen, dass ihr Magen zu drücken begann.

»Der war wohl recht bekannt. Aber man sah ihn nie dort.«

»Wer war das denn?«, fragte Mene und versuchte, ihre Unruhe zu verbergen.

Taya spitzte die Lippen. Dann schüttete er den Kopf. »Kann mich nicht mehr an den Namen erinnern. James zeigte mir ein Bild von ihm.«

Pat blickte Mene fragend an. Sie verdrehte die Augen.

»In Nollywood gab und gibt es Hunderte Regisseure«, erklärte sie. »Nicht einmal ich kenne alle.«

»Er ist ohnehin tot«, sagte Taya. »Wie James. Er starb wenige Tage vor ihm, davon erzählte James noch.« Menes Magen krampfte sich zusammen, während Taya fortfuhr: »Vielleicht erinnere ich mich deshalb an den Mann.«

»Wenige Tage …«, setzte Mene an, unterbrach sich jedoch und griff nach ihrem Telefon. Hielt es fester als notwendig, um ihr Zittern zu kontrollieren. Tippte, wischte. Auf dem Display erschien das Porträt eines Mannes, dessen breites Grinsen einen auffälligen Spalt zwischen den zwei mittleren oberen Schneidezähnen präsentierte.

»Das ist er!«, sagte Taya. »Respekt, Sie kennen Ihre Branche.«

Menes Lippen und Hals waren mit einem Mal trocken wie Sandpapier. Sie umklammerte das Telefon mit beiden Händen und drückte diese auf ihren Schenkel.

»Danke«, sagte sie mit einer Stimme, die um eine Oktave tiefer klang als zuvor. Sie räusperte sich, bevor sie in normaler Tonlage weitersprechen konnte: »Das war schon sehr interessant. Aber erzählen Sie doch noch mehr von James. Wie kam er überhaupt in das Filmgeschäft?«

Sie lehnte sich zurück, um entspannter zu wirken.

Abeni begann zu erzählen.

»Was war das da drinnen?«, fragte Pat, sobald sie das Büro von Soka Logistic verlassen hatten. Mene war noch immer ganz blass.

Sie hatten den Fahrstuhl fast erreicht, als sie endlich antwortete.

»Ogba Bulus«, sagte sie mit dieser seltsam tiefen Stimme. »So hieß der Regisseur.«

»Da sehen Sie, was dieser Besuch gebracht hat!«, sagte Pat aufgeregt. »Wir kommen voran. Der Regisseur! Das ist eine Schlüsselfigur!«

Die Lifttür öffnete sich, als Mene erklärte: »Ich hatte eine Affäre mit ihm.« Und fügte hinzu: »Zu der Zeit, als er starb.«

Pat starrte sie an.

Die Tür schloss sich wieder. Im letzten Augenblick schob Pat den Fuß in den Spalt. Sie stiegen in den Lift, während Pat fragte: »Und Sie wussten nicht, woran er arbeitete?«

Mene schüttelte den Kopf.

»Er hat sich strikter an die Geheimhaltung gehalten als Tony.«

»Sie wussten nicht einmal, dass Sie für seinen Film Schauspieler vermittelt hatten?«

»Ich hatte keine Ahnung davon«, sagte sie, selbst ungläubig.

»Woran starb er?«

»Herzinfarkt.«

»Tut mir leid«, sagte Pat.

»Muss es nicht«, sagte Mene, nun wieder gefasster. »Das zwischen uns war nichts Ernstes.«

»Das kam mir eben aber anders vor«, meinte Pat.

Sie durchquerten die Lobby.

»Mir werden das langsam zu viele Tote in dieser Geschichte«, sagte sie. »Auch wenn es bei Ogba ein natürlicher Tod war. Es ist nur« – sie zögerte – »die zeitliche Nähe zu James Nwadikes Tod. Keine Woche Abstand. Und Sie mit Ihren Sicherheitsvorkehrungen. Na ja«, sagte sie und klopfte auf ihre große Handtasche, »ich kann mich auch wehren.«

Auf Pats fragenden Blick hin öffnete sie die Tasche einen Spalt weit. Zwischen dem Kram im Innern entdeckte Pat den Griff einer kleinen Pistole.

»Habe ich immer dabei«, erklärte sie.

Pat ging nicht weiter darauf ein, seine Gedanken kreisten um die Toten. Was würde Mene erst sagen, wenn sie von der Cutterin wüsste?

»Hatte Ogba Bulus Familie?«, fragte er stattdessen.

»Eine Frau, drei Kinder.«

Als er nicht antwortete, blickte sie ihn an.

»Ja, ich bin nicht stolz darauf«, meinte sie.

»Ich habe nichts gesagt«, erwiderte Pat schulterzuckend.

Sie traten hinaus in die schwüle Hitze.

»Und jetzt?«, fragte Mene.

»Wusste seine Frau von Ihrer Affäre mit ihm?«

97

»Thorben hat endgültig den Stecker gezogen«, sagte Ben.

Hinter Fay erkannte Ben auf dem Laptop das geschäftige Treiben eines Flughafens.

»Weshalb?!«, fragte sie, eine Hand an dem Knopf im Ohr.

»Moral Hazard. Seit dem Start des Großen Sonnenschirms sind die Aktien fossiler Industrien in die Höhe geschossen. Alles, was mit erneuerbarer Energie und dergleichen zu tun hat, ist abgestürzt. Der Start des Safe-Heaven-Programms hat diese Entwicklung noch verstärkt. Er sagt, der Ausstieg aus den Fossilen ist erst einmal vorbei. Oder zumindest um Jahrzehnte verschoben. Trotz Chinas Forderungen. Jetzt würden wieder auf Teufel komm raus Öl und Gas verheizt werden. Investitionen in Systeme für erneuerbare Energien werden nicht mehr genug einbringen.«

»Dieser Mistkerl!«

»Ohne Thorbens Geld können wir zusperren. Morgen bin ich bei der Bank. Aber wenn sie von Thorbens Rückzug hören, sind sie auch draußen. Das war's dann.«

»Was ist mit deinen Eltern?«

»Will ich nicht. Außerdem haben sie ihr Geld gerade in das Haus in Schweden gesteckt, du erinnerst dich. Für das der Klimawandel jetzt abgesagt wurde. Tolle Investition!«, meinte er sarkastisch.

Fay beugte sich noch näher an die Kamera ihres Computers, der auf ihren Knien stand.

»Und wenn du Manu fragst?«

Ben kniff die Lippen zusammen, bevor er antwortete: »Das haben wir oft genug besprochen. Ich will Manus Geld nicht.«

»Er würde es dir sicher geben.«

»Keine Geldgeschäfte mit Freunden und Bekannten.«

Sie lehnte sich zurück.

»Wie du meinst. Ich muss boarden. Und du musst den Termin bei der Bank vorbereiten.«

98

Pat musste sich bemühen, die Witwe des Regisseurs nicht unverhohlen anzustarren. Vor ihrer Ehe mit ihm war sie Schauspielerin gewesen und sah nach wie vor aus wie eine Schönheitskönigin.

Die Villa ihres neuen Ehemannes lag in einem der exklusivsten Viertel der Stadt.

»Milliardär«, hatte Mene Pat erklärt. Sie hatte nicht nachsehen müssen. Die Hochzeit war vor zwei Jahren durch alle nigerianischen Medien gegangen, ebenso wie mehrere Homestorys über das Anwesen. Sie hatten Glück, Sade Kabiru überhaupt anzutreffen.

»Die meiste Zeit des Jahres verbringt sie in Europa, den USA oder sonst wo«, hatte Mene erklärt. »Je nach Jahreszeit und Partykalender.«

Durch die Glasfront des Wohnzimmers blickte man direkt auf das Meer. Rechter Hand senkte sich die orangefarbene Sonne langsam dem Horizont zu. Durch den dichten Nachmittagsverkehr hatten sie über zwei Stunden bis hierher benötigt.

Sade saß in einem Nichts von Kleid auf dem Sofa, die Beine übereinandergeschlagen, einen Arm über der Rückenlehne ausgestreckt.

»Er hatte mir schon lange nichts mehr von seiner Arbeit erzählt«, erklärte sie. »Ich habe ihn nicht viel gesehen. Er war entweder auf dem Set oder bei einer seiner Gespielinnen.« Sie zuckte mit den Schultern. »Mir nur recht. So hatte ich meine Ruhe.«

»Er hatte doch sicher Unterlagen seiner Arbeit zu Hause«, sagte Pat. »Notizen, Entwürfe, Ideen.«

»Habe ich nach seinem Tod alles entsorgt«, sagte sie abfällig. »Papiere, Notizblöcke, Computer, Festplatten, Sticks. Was sollte ich mit dem Zeug? War ja nicht so, dass er damit einen Oscar gewann.«

»Alles?«, fragte Mene. »Hat vielleicht jemand anderes etwas? Produzenten, mit denen er arbeitete?«

»Vielleicht. Müssen Sie dort fragen.« Mit einem Mal musterte sie Mene von oben bis unten. »Waren Sie auch eine von denen?«

Ihre Blicke trafen sich. Mene hielt stand, meinte aber, ein mitleidig-spöttisches Zucken in Sades Mundwinkel wahrgenommen zu haben. Schließlich sagte Sade schulterzuckend: »Das ist sieben Jahre her. Was sollten die heute damit anfangen?«

Sie hatten die Drohne auf einem Straßenlicht in der Nähe der Einfahrt zu der Villa des Milliardärs platziert. Dort hockte sie wie eine große Spinne und sendete ihre Bilder direkt in Ebeles Brille. Selbst dem aufmerksamen Blick des Reporters war sie schon den ganzen Tag entgangen. Auf der Straße hatte die Dämmerung eingesetzt.

»Sie kommen raus«, sagte der Teamleiter. Die Beschatter hatten ihre Wagen eine Straße weiter geparkt.

Das Auto der Künstleragentin rollte durch das schmiedeeiserne Tor. Ein Stadtplan blendete in Ebeles rechtes Gesichtsfeld. Darin ein rot leuchtender Punkt.

»Sollen wir zugreifen?«, fragte der Teamleiter.

»Erst, wenn wir seine Unterkunft kennen«, sagte Ebele. »Womöglich hat er die Telefone nicht bei sich, sondern dort.«

99

»Mittlerweile werden erste Details darüber bekannt«, erklärte die Moderatorin auf dem Display von Siennas Tabletcomputer, »wie die Großprojekte Großer Sonnenschirm und erst recht Safe Heaven über Jahre unbemerkt aufgebaut werden konnten. Hunderte Journalisten haben sich in den vergangenen Tagen auf diese Geheimnisse gestürzt.«

Die Studiokamera schwenkte zu einem Moderator vor einem großen Touchscreen, auf dem er wie bei einer Wahlberichterstattung mit einer Handbewegung eine Weltkarte auftauchen ließ.

»Bislang haben wir keine offiziellen Informationen«, erklärte er, »aber die Verteilung des Programms auf zehn Basen scheint die Geheimhaltung vereinfacht zu haben. Viele befinden sich in Ländern mit autoritären politischen Systemen. Politische und wirtschaftliche Macht liegt dort im Allgemeinen in denselben Händen. So konnten Regierungschefs, die in Personalunion Mitbesitzer der größten Fluglinien, Flughäfen, Rohstoffförderer und -verarbeiter …«

»… und Klimakiller sind«, bemerkte Sienna bissig.

»… einfacher verschachtelte Systeme zahlloser Firmen, Briefkastenfirmen und Scheinfirmen schaffen.«

Mit einem Wischen rief er ein Diagramm Dutzender miteinander verbundener Kästchen mit Firmennamen auf.

»Von ihnen wurden die Flieger als Cargomaschinen gekauft und betrieben, oft als Leerflüge, während ihr Inneres nach und nach diskret für die kommenden Anforderungen umgebaut wurde.«

»Das ist interessant«, murmelte Sienna. »In diesen Firmen finden wir womöglich Verantwortliche, gegen die wir direkte Aktionen starten können.«

»Wer sich fragt, wie so etwas unbemerkt bleiben konnte, erinnere sich daran, dass allein während des ersten Covid-Pandemiewinters Zehntausende Leerflüge unterwegs waren, um den Fluglinien ihre Start- und Landeslots zu erhalten.«

»Was für ein Wahnsinn«, stöhnte Sienna.

»Um wie viel einfacher war das erst mit den Schein-Transportmaschinen von autoritären Systemen, die ihre Pseudotransportfirmen untereinander hin und her fliegen ließen. Noch dazu bei dem massenhaften Luftverkehr in Nicht-Pandemiezeiten.«

»Irre«, bemerkte Martin.

Bildwechsel zu Bergwerken und Bergen pulvriger Materialien in Gelb, Weiß, Schwarz, Braun. Raffinerien, Containerschiffe, lange Züge.

»Dasselbe betrieben sie wohl für Abbau, Verarbeitung und Transport der notwendigen Materialien wie Schwefel, Kalk, Ruß und anderen. Auch hier wieder der Vorteil, dass etwa Schwefel ein Abfallprodukt der Öl- und Gasförderung sowie -produktion darstellt. Eine der Hauptzutaten musste die Allianz kaum auf dem Weltmarkt besorgen, sondern konnte sie weitgehend selbst herstellen. Mittlerweile wurden mindestens sechsundzwanzig Abbau- und Lagerplätze des Programms weltweit identifiziert. Sicherlich werden das noch mehr.«

Und die Unternehmen hatten keine Ahnung, fragte sich Sienna im Stillen.

»Die Geschäftsführer und Mitarbeiter der einzelnen Einheiten, von Entwicklung bis zu Produktion, hatten ersten Interviews zufolge keinerlei Kenntnis über das eigentliche Programm«, fuhr die Moderatorin fort, als hätte sie Siennas Gedanken gehört. »Sie lieferten an irgendwelche Zwischenhändler, deren Endkunden sie nicht kannten. Die komplexen Lieferketten der modernen Welt eignen sich ausgezeichnet für Verschleierungen, wenn man sie entsprechend gestaltet und benutzt.«

Sienna ächzte nur mehr.

»Dass da niemand dahinterkam, kann ich mir kaum vorstellen«, meinte Martin.

»Noch einfacher war es für Chinas Großen Sonnenschirm«, erklärte die Moderatorin auf Pats Laptop. Natürlich hatte er den groß angekündigten Bericht live verfolgen müssen, sobald er auf der Heimfahrt davon in seinem News-Alert gelesen hatte. Einen kleinen Stich hatte es ihm schon versetzt, dass er an den Enthüllungen nicht beteiligt gewesen war. Aber er glaubte immer noch, selbst einer großen Geschichte auf der Spur zu sein. Heute waren sie ein Stück weitergekommen. Auch wenn die Witwe des Regisseurs ein Reinfall gewesen war. Morgen würden sie einige seiner ehemaligen Projektpartner besuchen.

Er lag auf dem Sofa der gemieteten Wohnung, den Computer auf den Schenkeln, die einzige Lichtquelle in der dunklen Wohnung.

Statt der Sprecherin erschienen jetzt Satellitenbilder. Ähnliche hatte Pat in den vergangenen Tagen öfter gesehen. Diese zeigten eine Reihe von Hallen in einem weitläufigen Industriegebiet neben dem Flughafen, von dem die Drohnen des Sonnenschirms seit einigen Tagen starteten.

»Das ist die Produktionsanlage des chinesischen Flugzeugzulieferers Goldener Drache«, fuhr die Sprecherin fort. »Tatsächlich liefert sie Bauteile für Rumpf und Flügel der ersten modernen chinesischen Verkehrsmaschinen. Wie man sieht, werden sie, wie der Rest der Welt, mittlerweile mehr oder minder durchgehend von Satelliten beobachtet.«

Es folgten die ersten Satellitenbilder, nachdem die Drohnen aus den Hallen gerollt waren und auf dem Rollfeld standen.

»Tatsächlich wurden dort aber auch die zwölf bisher im Einsatz befindlichen Drohnen gebaut.«

»So einen Stunt ziehst du auch nur in einer Diktatur durch«, murmelte Pat.

Die Einblendung eines chinesischen Sprechers löste die Satellitenbilder ab. Seine Erklärungen in chinesischer Sprache wurden von einem Synchronsprecher ins Englische übersetzt: »Mehr Fluggeräte konnten wir mit den vorhandenen Kapazitäten nicht unbemerkt herstellen. Aber für den Beginn sind es genug, und nun, da wir das Programm nicht mehr im Verborgenen vorantreiben müssen, werden es schnell mehr werden.«

Auf dem Bildschirm war nun eine Pressekonferenz der Chinesen zu sehen.

»Es war nicht einfach, von Satelliten und Spionagefliegern unbemerkt zu bleiben«, erklärte der chinesische Sprecher, »aber es gelang uns für ausreichend Testflüge, um das Programm fertigzustellen.«

»Na«, meinte Pat zu sich. »Wenn ihr meint, dass das genügt …«

Das Bild wechselte zurück zu der Moderatorin.

»Weiterhin verweigert China Medien, Diplomaten und Vertretern internationaler Organisationen den Zugang zu der Anlage«, erklärte sie, »weshalb die meisten Angaben der chinesischen Offiziellen nicht überprüft werden können.«

Es dorthinein schaffen und dann exklusiv berichten, was hinter den Kulissen wirklich abläuft, das wär's, dachte Pat – als ihn Schraubstöcke um Arme und Beine auf das Sofa pressten und eine große Hand seinen Mund zudrückte.

100

»Kein Wort«, zischte eine Stimme neben Pats Ohr.

Als Nächstes spürte er einen winzigen Stich in seinem Gesäß. Er trat um sich. Versuchte, die Hand vor seinem Gesicht zu beißen. Dann spürte er, wie sein Körper ihm nicht mehr gehorchte. Seine Gliedmaßen hingen schlaff herab wie die einer Gliederpuppe. Wut brandete in ihm auf und gesellte sich zur Panik, die in ihm tobte, doch er war nicht mal in der Lage, die Hand zur Faust zu ballen. Ein Zustand, der ihn halb wahnsinnig machte. Die Fäuste um seine Arme hoben ihn hoch und trugen ihn zum Bett.

Sie legten ihn auf den Rücken. In den dicken Kissen lag Pats Kopf erhöht. Verzweifelt versuchte er, sich zu bewegen. Sein Körper war ein großer Sack voll Watte.

Im nächsten Moment schob ihm ein Schwarzer in dunkler Funktionskleidung einen Trichter in den Mund. Pat meinte, würgen zu müssen, doch nicht mal das brachte er zustande. Dann schüttete der Fremde aus einer Flasche eine Flüssigkeit in den Trichter. Sie rann widerstandslos durch Pats Mund und Rachen, als besäße er keinen Kehlkopf oder Schluckmuskeln. Whisky.

»Ihre Lieblingssorte«, sagte der Mann. Hielt die Flasche schräg, sodass ein beständiger Strahl in den Trichter lief.

Bis sie leer war.

Gleich darauf hatte er eine zweite volle Flasche in der Hand.

Leerte sie gleichfalls in Pats wehrlosen Körper.

»In dem Whisky sind zudem mehrere Packungen Schlafmittel aufgelöst«, erklärte ihm der Mann, während er eine dritte Flasche vor Pats Gesicht kippte. »Spätestens nach dieser Flasche haben Sie eine garantiert tödliche Dosis Alkohol und Schlafmittel in sich. Jemand müsste rechtzeitig die Ambulanz rufen, die Sie zum Magenauspumpen in ein Krankenhaus bringt. Und zwar schnell.«

Der Inhalt der Flasche gluckste währenddessen durch den Trichter und Pats Hals.

»Das könnten wir sein«, fuhr der Mann fort. »Wenn Sie uns sagen, wo die Telefone sind.«

Er zog den Trichter aus Pats Mund.

Wie sollte er etwas sagen? Er war doch völlig gelähmt! Tausend Gedanken wirbelten durch seinen Kopf. Sollte er etwas sagen? Endlich versuchte er es.

Zu seiner Überraschung kamen Töne aus seinem Mund. Viel Sinn machten sie nicht. Pat bemühte sich.

»Um da Opf. Üch.«

Er verdreht die Augen Richtung Kochecke. Immerhin das ging.

»Das geht deutlicher«, sagte der Mann und verengte die Augen.

»I Laae.«

»Laae?«, fragte der Mann.

»Laaa-de.«

»Lade?« Der Mann blickte in die Richtung, in die Pat seine Augen gerollt hatte. Pat schloss die Lider. Er fühlte sich mit einem Mal unendlich müde.

Hörte, wie jemand sich in der Küche zu schaffen machte und die Schublade herausriss.

Er durfte jetzt auf keinen Fall einschlafen.

Pat öffnete angestrengt die Augen.

Ein zweiter Mann erschien in seinem Gesichtsfeld.

Präsentierte dem ersten Tonys Telefone. Die Szene begann, sich vor Pat zu drehen. Das ganze Zimmer wirbelte mit ihm herum!

Er musste die Augen schließen!

Der Schwindel ließ nach. Angenehmer. Sein Körper wurde wohlig warm. Bewegen konnte er noch immer nicht mal ein Fingerglied.

Ihr habt die Telefone. Ruft die Rettung.

Ich darf jetzt nicht einschlafen.

Keinesfalls.

101

Sienna schnellte nach vorn, noch näher an den Bildschirm heran. Wie Martin, Khalil und sechs andere hockte sie in der großen WG-Küche zwischen Essensresten und halb leeren Flaschen vor ihrem Laptop. Seit Stunden recherchierten sie die ehemaligen Tarnfirmen, unter deren Deckmantel Safe Heaven aufgebaut worden war und nun betrieben wurde. Draußen schimmerten erste Anzeichen der Morgendämmerung am schwarzblauen Himmel.

Schnell kopierte Sienna den Artikel auf dem Bildschirm in ihr Recherchedokument, bevor sie sich an Martin wandte.

»Sieh mal hier.«

Martin wandte sich ihr mit roten Augen zu. »An die meisten werden wir schwer rankommen«, sagte er. »Die leben in den Safe-Heaven-Ländern. Da müssten wir erst einmal hin.«

»Manche leben nicht mehr«, sagte Sienna. Sie deutete auf eine Liste, die sie erstellt hatte. »Ich habe mittlerweile von neun Firmen das Führungspersonal ausfindig machen wollen. In den Suchergebnissen tauchen natürlich verschiedenste Meldungen dazu auf. Allein bei den Unternehmen hier fand ich Todesmeldungen zu sechs ehemaligen führenden Managerinnen und Managern, die im Lauf der vergangenen vier Jahre starben, obwohl sie noch keine fünfzig Jahre alt waren. ›Überraschend‹ und ›unerwartet‹ sind häufige Formulierungen, die verwendet werden. Kommt dir das auch viel vor?«

Martin studierte die Liste. Zuckte mit den Schultern.

»Keine Ahnung«, sagte er schließlich. »Wie viele Mitarbeitende hatten die Firmen denn? Hunderte? Tausende? Wäre es dann ungewöhnlich?«

»Dutzende? Dann wäre es auffällig«, meinte Sienna.

»Ich weiß nicht, ob es Statistiken zu ungewöhnlich früh verstorbenem Führungspersonal in Unternehmen gibt«, sagte Martin. »Ich check das mal bei meinen.«

102

Auf dem Telefon, das Pat ihr geschickt hatte, war es halb elf Uhr morgens. Die Anrufliste zeigte zwölf vergebliche Versuche. Mene probierte es zum dreizehnten Mal.

Wieder landete sie auf der Mailbox.

Sie packte ihre Autoschlüssel und fuhr los.

Eine halbe Stunde später parkte sie vor dem Gebäude, an dem sie Pat am Vorabend abgesetzt hatte.

»Airbnb«, hatte er ihr erklärt. »Im vierten Stock, nach hinten zur Gartenanlage raus.«

Sie versuchte mehrere Klingeln, bis jemand sie einließ. Nahm den Fahrstuhl in den vierten Stock. Lief den Flur ab. Geschlossene Türen, hinter denen sie nichts hörte.

An der letzten hielt sie. Und bewegte sich nicht mehr.

Das Schloss war beschädigt, der Türrahmen an einigen Stellen abgesplittert. Die Tür stand einen schmalen Spalt offen.

Mene zögerte. Lauschte. Hörte nichts. Leise schlich sie Schritt für Schritt bis zum Fahrstuhl zurück. Dort wählte sie die Nummer der Polizei.

Die Sanitäter schoben die Rollbahre aus der Wohnung. Pats Körper war bis zum Hals mit einem Laken bedeckt. Über sein Gesicht spannte sich eine Atemmaske. Seine Hautfarbe unterschied sich kaum von dem Laken. Darunter wanden sich mehrere Schläuche hervor, die an verschiedenen Beuteln mit Flüssigkeit hingen, die man auf Pats Brust und Bauch platziert hatte. Er roch nach Erbrochenem.

Eine Ärztin lief neben der Bahre her.

»Wie geht es ihm?«, fragte Mene. Ihre Stimme zitterte. Sie wollte sich auf der Bahre abstützen, doch die Ärztin schob ihre Hand weg. Zwei Polizisten versuchten, Mene fernzuhalten, doch sie drängte sie zur Seite.

»Ich habe die Polizei informiert!«, rief sie. Sie reckte die Schultern, um sich aufzurichten, dabei fühlte sich ihr Körper knochenlos an vor Angst. »Sagen Sie mir, wie es ihm geht.«

»Schlecht«, sagt die Ärztin leise, als hätte sie Sorge, dass Pat sie trotz seines Zustands hören könnte. »Wir bemühen uns.«

»Gestern Abend schien er noch so zuversichtlich«, erklärte Mene mit bebender Stimme, während sie die Ärztin begleitete. Schüttelte den Kopf. »Drei Flaschen Whisky …«

»Und Dutzende Schlaftabletten«, sagte die Ärztin. »Genug, um einen Elefanten zu killen. Ein Wunder, dass er überhaupt noch am Leben ist.«

Ein Polizist baute sich vor Mene auf.

»Sie müssen uns noch ein paar Fragen beantworten«, sagte er.

103

»Es tut mir leid«, sagte Ben vor der versammelten Mannschaft, nachdem er ihnen die schlechte Nachricht mitgeteilt hatte. »Ich verstehe alle, die jetzt ihre Sachen packen und nach Hause gehen. Es gibt hier nichts mehr zu tun.«

Regen klopfte gegen die Industriefenster. Überzog sie mit einem durchsichtigen Wasserfall.

»Aber das stimmt doch nicht!«, rief einer der jungen Ingenieure. »Es gibt mehr zu tun als je zuvor! Wir müssen jetzt nur durchhalten!«

»Sag das dem Rausch«, erwiderte Ben. »Und der Bank. Sorry, ich habe alles versucht.«

»Wir rackern uns hier sei Jahren den Arsch ab«, beschwerte sich ein anderer. »Immer hieß es, das Geld kommt. Das große Geld kommt noch! Und jetzt das?«

Hängende Köpfe.

Einige begannen, miteinander zu reden. Was man denn jetzt tun werde. Doch noch versuchen weiterzumachen? Andere schoben ratlos ihren Kaffeebecher oder Stifte von einer Seite zur anderen. Einige zischten einen Fluch oder Ausdrücke der Enttäuschung. Gerade eine neue Wohnung bezogen. Kredit aufgenommen. Und jetzt? Einer klappte tatsächlich seinen Laptop zu und verließ den Raum. Dann tat es ihm ein Zweiter gleich. Die anderen verfolgten ihr Tun mit unsicheren Blicken. Sollten sie jetzt wirklich gehen, wie Ben es gesagt hatte? Eine Dritte packte ihre Jacke von der Lehne ihres Stuhls, warf sie sich über die Schulter und sagte beim Hinausgehen: »Man sieht sich.«

Die Verbliebenen schauten ihr betreten nach. Kneteten die Hände. Mieden Bens Blick. Was weit schlimmer war, als wenn sie ihrem Ärger und ihrer Enttäuschung Luft gemacht hätten.

»Wirklich«, sagte Ben. »Ihr könnt gehen für heute. Details der Abwicklung und den Sozialplan besprechen wir in den kommenden Tagen.«

Hinter den nassen Fenstern verschwamm die Landschaft.

104

Die Maschine landete am frühen Nachmittag in Lagos. Fay war zuletzt vor sechs Jahren zum Begräbnis ihrer Großmutter hier gewesen. Die schwüle Wärme der Luft, das Durcheinander der Sprachen und die Gerüche betteten sie dennoch sofort in diese Welt ein, als wäre sie nie fort gewesen. Sie riefen aber auch jene Erinnerungen wach, die diese Gesellschaft für sie auf ewig zu gefährlich sumpfigem Boden machen würden.

Die anderen Mitglieder des UNO-Teams kamen aus zwölf verschiedenen Ländern und von sechs unterschiedlichen Standorten. Einige waren bereits eingetroffen. Andere würden im Lauf des Tages und morgen folgen.

Fay wurde von einer Limousine abgeholt. Natürlich Verbrennungsmotor. Noch taten sich die Länder der Safe-Heaven-Allianz schwer bei der Umsetzung ihrer Klimaziele.

Aber dazu hatten sie jetzt ihr Programm. Bei Bedarf würde wohl auch Nigeria, entgegen aller Beteuerungen, dem Moral Hazard nachgeben und CO_2-vermeidende Maßnahmen verzögern. Warum sollte es diesmal anders sein? Warum sollte es hier anders sein?

Fay hatte das Land zwar vor über zwanzig Jahren verlassen und war nur mehr selten zurückgekehrt. Doch die Haltungen und Denkweisen der Menschen hatte sich nicht maßgeblich geändert. Noch immer dominierten Familien- und Clanwesen – und damit

Nepotismus und Korruption – über Demokratie und Nachhaltigkeit. An Öl- und Gasproduktion verdienten sich einige weiterhin eine goldene Nase. Davon würden sie nicht so schnell lassen.

Sie prüfte ihre neu empfangenen Nachrichten. Unzählige, wie immer in den vergangenen Tagen. Das musste sie in den Griff bekommen. Sie überflog die Absender und Betreffs.

Eine von Ben fiel ihr sofort auf. Dann waren da zwei von Amber Fields. Mit dem Titel: DRINGEND! Mittendrin stach ihr noch ein Name ins Auge: Sienna Banks.

Der Reihe nach. Zuerst Ben.

Bank sagt NEIN. Es ist vorbei.

Verdammt!

Sie wählte seine Nummer.

»Es tut mir so leid«, sagte sie, als er abhob. Sie wusste, dass es sinnlos war, ihm noch einmal Manu als Finanzier vorzuschlagen.

»Ja«, erwiderte er nur. »Bist du gut angekommen?«

»Auf dem Weg vom Flughafen ins Hotel. Wie geht es den Kindern?«

»Nic ist beim Sport, Joy in der Geigenstunde.«

»Was wirst du jetzt tun?«

»Weiß ich noch nicht. Noch einmal nach Investoren suchen. Was sonst?«

»Ich melde mich später noch einmal«, sagte sie, »wenn die Kinder zurück sind.«

Fay legte auf und öffnete die erste Nachricht von Amber Fields.

Soeben über interne Kanäle erfahren: Pat Welzer in Lagos im KH! Lebensgefahr! Angeblich Suizidversuch. Nachdem er mir gestern Abend (Lagoszeit) dies geschickt hatte.

Die zweite Nachricht lautete:

Weitergeleitet:
Hi, Amber! Der Prototypenfilm wird immer verdächtiger. Dank Ex-Agentin des erschossenen Schauspielers hier in Lagos, Mene Odoh, nach seiner Cutter-Freundin gestern zwei weitere Tote in Zusammenhang mit dem Projekt entdeckt: einen Produktionsassistenten. Und den Regisseur! Beide vor sieben Jahren binnen weniger Tage gestorben (angeblich Überdosis und Herzinfarkt). Zur selben Zeit wie Cutterin! Irgendetwas stinkt hier gewaltig! Machen morgen weiter. Evtl. Botschaftsunterstützung denkbar?

Fay wählte Ambers Nummer. Die Pressesprecherin meldete sich nach dem zweiten Freizeichen.

»Was ist das für eine Geschichte mit Pat Welzer?«, fragte Fay.

»Wir wissen es noch nicht genau«, sagte Amber. Sie klang aufgewühlt. »Angeblich hat Pat drei Flaschen Whisky und Dutzende Schlaftabletten geschluckt. Er war zwar einem guten Tropfen nicht abgeneigt, aber nie derart depressiv oder verzweifelt, dass er so etwas tun würde.«

»Die Botschaft in Abuja ist informiert, nehme ich an«, sagte Fay, während sie die Nachricht von Sienna Banks öffnete. »Können die mehr erfahren?«

»Sind schon dabei. Die Mittel sind natürlich begrenzt.«

»Die haben da doch sicher ein paar Spezialisten.«

Sie wollte bei einem Telefonat, von dem man nie wusste, wer dabei mithörte, nicht offen von Geheimdiensten oder US-Agenten reden, die doch in jedem größeren Land stationiert waren.

»Alle haben derzeit Wichtigeres zu tun«, sagte Amber, die verstanden hatte. »Der Große Sonnenschirm, Safe Heaven. Da kann sich niemand von denen um einen vermeintlich suizidalen

Reporter kümmern. Das landet bei einem jungen Konsularbeamten.«

Fay überflog indessen Siennas Nachricht. Eine wirre Erklärung zu Safe Heavens Struktur, dazu Organigramme und eine Namensliste.

»Einen Augenblick« sagte sie. Las die wichtigsten Punkte von Siennas Nachricht noch einmal. Sie begann mit:

Als Leiterin der UNO-Prüfdelegation für Safe Heaven solltest du dir das ansehen: Bei Recherchen zu den bisher bekannten Safe-Heaven-Tarnfirmen entdeckten wir auffällig viele Sterbefälle unter führenden Managern während der vergangenen sieben Jahre. Anbei eine Liste mit Namen der Personen und Firmen. Ist noch nicht in den Medien, wird es aber wohl bald sein.

Fay zögerte, dann erzählte sie Amber davon.

»Noch mehr Tote im Zusammenhang mit den Geoengineering-Programmen«, stellte sie anschließend fest. Das Chaos auf den Straßen, durch die es quälend langsam voranging, verstärkte Fays Unbehagen.

»Vielleicht wollte da jemand etwas ausplaudern«, sagte Amber, »und wurde zum Schweigen gebracht. Würde erklären, warum das Projekt nicht vorzeitig aufflog. Vielleicht gab es etwas Ähnliches bei Pats Prototypenfilm.«

»Das würde tote Regisseure, Cutterinnen und Produktionsassistenten vor sieben Jahren erklären«, meinte Fay. »Allerdings weniger den Schauspieler bei Mombasa gestern, als die chinesischen Drohnen schon bekannt waren. Und noch weniger Pat Welzer gestern Abend, als auch Safe Heaven bereits gestartet war. Was sollte jetzt noch geheim zu halten sein?«

Mene Odoh.

Fay suchte die Frau online. Fand sie. Wählte die Nummer ihrer Agentur. Als Mene abhob, stellte Fay sich vor und erklärte, woher sie von Pat wusste.

»Er kennt sogar jemanden im Weißen Haus?«, fragte Mene ungläubig. »Davon hat er mir gar nichts erzählt.«

»Ich würde gern etwas mehr über die Toten rund um den Prototypenfilm wissen«, sagte Fay. »Den Schauspieler, die Cutterin, den Produktionsassistenten, den Regisseur. Hätten Sie …«

»Welche Cutterin?«, fragte Mene.

»Eine Kurzzeitfreundin des ermordeten Schauspielers. Von ihr hatte er den Film.«

»Tony? Wieso ermordet?!«

Ihre Stimme klang aufgeregt. Offenbar hatte der Journalist ihr nicht die ganze Wahrheit gesagt.

»Hat Pat Welzer das nicht erzählt? Tony Vermaak wurde vor seinen Augen erschossen. Als er mehr über den Film erzählen wollte.«

»Dieser …«, setzte Mene an, verbiss sich jedoch den Rest. »Und was hat es mit der Cutterin auf sich?«

»Starb vor sieben Jahren.«

»Lassen Sie mich raten. Irgendwann zwischen Ende August und Mitte September.«

»Ja.«

»So wie die anderen beiden.«

»Womöglich müsste man die Todesfälle in der nigerianischen Filmbranche aus diesen Tagen einmal genauer untersuchen«, sagte Fay. »Hätten Sie heute noch kurz Zeit für mich?«

105

Fay bekam die Tür von einer attraktiven Frau ihres Alters geöffnet. Mene Odoh war ihr sofort sympathisch.

Ihr Büro lag im Erdgeschoss eines luxuriösen Apartmenthauses.

»Sie haben Pat Welzer heute gefunden?«, fragte Fay, sobald sie sich in ihrem Besprechungszimmer auf der Sofagruppe niedergelassen hatten. An den Wänden hingen Bilder von Mene in schillernder Runde.

»Noch habe ich nichts weiter gehört, wie es ihm geht«, sagte sie. Und fügte leise hinzu: »Ob er überhaupt noch lebt.«

»Ich auch nicht«, sagte Fay. »Ich denke, wäre er gestorben, hätte mir seine Bekannte im Weißen Haus schon Bescheid gegeben.«

»Ich bin ziemlich sauer auf ihn«, gab Mene zu. »Weil er mich über Tonys Tod belogen und mir nichts über die tote Cutterin erzählt hat. Er wusste schon, dass diese Sache gefährlich ist, als er mich zum ersten Mal anrief! Und hat mich trotzdem mit hineingezogen.«

»Die Toten vor sieben Jahren starben überwiegend an natürlichen Ursachen. Vielleicht ist das alles ein dummer Zufall, und er hat sich da in etwas verrannt.«

»Und Tony? Und jetzt er selbst?«

»Vielleicht war es tatsächlich ein Suizidversuch.«

»Zu viele Zufälle.«

Mene selbst jedoch saß hier unbehelligt und gesund, dachte Fay, obwohl sie Pat in den vergangenen Tagen geholfen hatte. Sie sagte aber nichts, um sie nicht noch mehr zu beunruhigen. Vermutlich hatte Mene ohnehin schon Ähnliches gedacht.

»Wo könnte man weiterforschen?«, fragte Fay. »Zuletzt sind Sie auf den verstorbenen Regisseur gestoßen, wenn ich es richtig verstanden habe?«

»Ich habe ihn gekannt«, sagte Mene. Biss sich auf die Lippen, bevor sie weitersprach: »Weil ich damals gerade eine Affäre mit ihm hatte.«

»Sie hatten was?!«

»Ich wusste zu jener Zeit nichts von dem Film«, erklärte Mene nervös. »Ogba redete tatsächlich kein Wort darüber. Hätte mich auch nicht sonderlich interessiert. Ich traf ihn nicht, um über das Filmgeschäft zu reden. Das muss ich ohnehin den ganzen Tag.«

»Kommen wir über ihn vielleicht weiter?«

»Gestern Nachmittag waren wir bei seiner Witwe. Wir fragten nach Hinterlassenschaften. Sie hat alles weggegeben. Zeigte sich betont desinteressiert. Wir sollten es bei seinen Geschäftspartnern probieren, meinte sie. Oder seinen Gespielinnen.« Das letzte Wort dehnte sie maliziös.

»Versuchte sogar, mich zu beleidigen. ›Waren Sie auch eine von denen?‹, fragte sie mich frech.« Mene grinste. »Vielleicht hat sie es mir angesehen. Manchmal spürt man so etwas.«

Fay Gedanken überschlugen sich. »Hat er Ihnen denn etwas hinterlassen?«, überlegte sie.

Mene schüttelte den Kopf. »Er hatte etwas Kram bei mir liegen, den ich nach seinem Tod erst mal in eine Kiste gepackt und vergessen habe. Steht immer noch in meinem Keller.«

»Haben Sie wieder einmal hineingesehen?«

»Habe ich«, gestand Mene. »Nur nutzloser Kram. Muss ich dringend entsorgen.«

»Kann ich es trotzdem mal sehen?«

»Wenn Sie möchten. Aber, wie gesagt, da ist nichts.«

Sie erhob sich.

»Bin gleich zurück.«

»Im Keller?«, fragte Ebele alarmiert, die Bilder der Überwachungskamera in Menes Besprechungszimmer vor Augen. »Haben wir dort eine Kamera?«

»Nein«, gestand die zuständige Assistentin.

Ebele zischte wütend.

Da kehrte Mene bereits mit einem größeren Schuhkarton in das Wohnzimmer zurück. Stellte ihn vor Fay auf den Tisch, öffnete ihn.

»Das sieht allerdings unspektakulär aus«, bemerkte die UNO-Frau, als sie zwei Stifte, eine Telefonhülle und ein kleines rotes Teil auf den Tisch legte, das Ebele als Schlüsselanhänger in Form einer Comicfigur erkannte.

Als Nächstes blätterte sie durch ein Notizbuch mit ausschließlich leeren Seiten.

»Hat nicht gesprüht vor Einfällen«, meinte Fay. Nahm die Magazine zur Hand. Auf einem Titelblatt der tote Regisseur.

»Mehr ist von ihm nicht übrig«, bemerkte Ebele. »Traurig.«

Fay drehte die Telefonhülle in den Händen, die in vergilbten Farben das Konterfei des Regisseurs abbildete.

»Tolles Teil«, sagte Fay.

»Ein Geschenk von mir.«

»Passt heute wahrscheinlich auf kein Gerät mehr«, meinte Fay. Legte es ab, griff zu der kleinen Comicfigur, von deren Kopf ein dünnes, kurzes Kettchen und der Schlüsselring hingen.

»Iron Man«, erkannte sie.

»Ogba hat immer davon geträumt, eine große Superheldenverfilmung in Hollywood realisieren zu dürfen«, erklärte Mene. »Völlig illusorisch, selbstverständlich. Er war selbst in Nigeria als Regisseur nur oberer Durchschnitt.«

»Auch ein Geschenk?«

»Nicht von mir. Keine Ahnung, woher er den hatte. Ich fand den Anhänger bei dem Notizbuch, das er bei mir in einem Regal hatte liegen lassen.«

»Ohne Schlüssel daran?«

»Nicht, soweit ich mich erinnere.«

»Wozu braucht man einen Schlüsselanhänger, wenn man keinen Schlüssel daran hängt?« Nachdenklich spielte Fay mit dem Teil herum. Da war ein Schlitz zwischen Kopf und Körper. Vielleicht konnte man den Kopf drehen. Fay versuchte es.

Mit einem Mal hatte sie den Kopf in der Hand.

Aus dem Rumpf ragte ein Metallvorsprung.

»Ein USB-Stick«, erkannte Mene überrascht.

Sie tauschten Blicke.

»Haben Sie einen Laptop hier?«, fragte Fay.

Mene lief in einen Nebenraum und kam mit einem Laptop zurück.

Der Stick passte noch.

Mene klickte das Symbol an, sobald es auf dem Bildschirm erschien.

Passwort.

Mist.

»Haben Sie eine Idee, welche Passwörter Ogba verwendete?«, fragte Fay.

»Keine Ahnung.«

»Versuchen Sie das häufigste Passwort der Welt«, schlug Fay vor. »Eins, zwei, drei, vier, fünf, sechs. Einfach die Zahlen.«

Mene tippte sie ein.

Falsches Passwort.

»Sein Geburtsdatum?«

Fay tippte eine Zahlenkombination ein.

Ergebnislos.

Dieselben Zahlen in anderer Reihenfolge.

Vergeblich.

»Die Namen seiner Kinder. Kannten Sie die?«

Mene tippte.

Falsches Passwort.

Auch nach den nächsten Versuchen.

»Ihren Namen«, schlug Fay vor.

Mene probierte es.

Falsches Passwort.

»Mist«, flüsterte Fay. »Wie hieß das Projekt?«

»Optimum«, sagte Mene.

»Darf ich?«, fragte Fay und griff nach dem Laptop. Mene drehte ihn so, dass Fay leichter tippen konnte.

Fay schrieb »Optimum«.

Falsches Passwort.

»Hm«, machte sie. »Einen Versuch noch. Dann weiß ich auch nicht mehr weiter.«

»Mumitpo«.

Ein Fenster sprang auf. Darin nur eine Datei.

Optimum_fin.mov

Fay atmete tief durch.

»Da ist er«, flüsterte sie.

Sie klickte die Datei an.

106

Riesige Triebwerke feuerten einen glutroten Strahl. Gewaltige Räder, hintereinander aufgereiht, acht an der Zahl auf der einen Seite des Fahrwerks, acht auf der anderen, setzten sich in Bewegung. Ebenso viele am Ansatz des gegenüberliegenden Flügelpaars im Hintergrund. Zwei Fahrwerke mit je zwölf Rädern unterhalb des hinteren Flügelpaars. Vier Räder vorn unter der Schnauze. Eine rundliche, breite, cockpitlose Front, die an den Kopf chinesischer Riesensalamander erinnerte. Raste über die Rollbahn, hob sich langsam. Dann lösten sich auch die vielen Räder schwerfällig vom Grund. Die flammenden Düsen donnerten vorbei und trugen das sechsflügelige Monstrum in den Morgenhimmel.

Auf der Startbahn rollte die nächste Maschine in Startposition.

Die chinesischen Drohnen des Großen Sonnenschirms, erkannte Fay.

Oder etwas, das sehr ähnlich aussah. Wie auf den Fotos, die Pat ihr geschickt hatte.

»Das … das ist sieben Jahre alt?«, rief Fay.

»Was ist das?«, fragten aufgeregte Militärs und Politiker im Film-Weißen-Haus. »Ein Angriff auf Taiwan?«

Diskutierten Satellitenbilder, erste Videos, Berichte und Flugrouten.

»Das ist ja so, wie ich es erlebt habe!«, staunte Fay. Manche

Passagen stellte Fay auf Schnellvorlauf, schaltete aber häufig wieder zurück zum Normaltempo, um Gespräche wenigstens im Ansatz zu verstehen.

In einer Pressekonferenz stellte China das Programm vor. Hier hieß es »Der rettende Sonnenschirm«. Es folgten Reaktionen von Politikern aus der ganzen Welt. Forderungen nach sofortigem Stopp, aber auch Zustimmung. Das Ganze sah viel professioneller aus als das zusammengestoppelte Szenario in New York. Wie ein richtiger Spielfilm mit echten Schauspielern in Rollen von Klimaaktivisten, Wissenschaftlern … Und dann – traute Fay ihren Augen nicht!

In einem Schnipsel aus einer Nachrichtensendung stand hinter einem Bündel Mikrofone eine Frau, die ihr verblüffend ähnlich sah. Der Textstreifen darunter erklärte: Fayola Oyetunde, Director Adaptation, UNFCCC.

»Wir fordern eine internationale Geoengineering-Konferenz«, erklärte die Fay in dem Film. Kein Deepfake.

»Was mache ich da drin?!«, rief sie. »Schon wieder!«

Die Geschichte wurde wie in einem Thriller erzählt: Der US-Präsident und sein Team im Weißen Haus trafen sich mit fremden Politikern in Hinterzimmern und versuchten, Verbündete gegen China zu finden, Klimaaktivisten gingen gegen den Sonnenschirm auf die Straßen, Polizeitruppen tauchten sie in Rauchwolken, eine Wissenschaftlerin – Fay! – erklärte mithilfe kunstvoll animierter Präsentationen.

Wie in einem Thriller bekamen die Figuren eine Portion Privatleben und Emotionen verpasst. Die Filmemacher hatten selbst Schauspieler-Look-alikes von Ben und den Kindern eingebaut! Fay, die ihnen in einem Wohnzimmer zu erklären versuchte, was geschah. Fay, die mit Ben in der Küche über das weitere Vorgehen diskutierte.

»Ich glaube das nicht«, murmelte Fay.

Dazwischen dramatische Flugbilder der Drohnen: von allen Seiten, Nahaufnahmen, durch den Bildausschnitt schießend. Und die kaum sichtbaren Schleier, die sie in der Stratosphäre hinterließen. Kampfjets und Spionageflugzeuge anderer Nationen begleiteten und beobachteten sie. Satellitenbilder, Heatmaps und Landkarten, anhand derer die fiktive Fay erklärte.

»Als hätte jemand das Drehbuch für die Ereignisse der vergangenen Tage geschrieben«, sagte Mene.

»Vielleicht ist es das«, sagte Fay nachdenklich.

Auch im Film fand eine UN-Konferenz in New York statt. Bei der ein indonesischer Vertreter ein Szenario präsentierte, wie sie es wirklich gesehen hatten: die Zerstörung des chinesischen Programms, Termination-Schock, am Ende des Jahrhunderts die Erde um fünf Grad wärmer, zugunsten Russlands, Skandinaviens und Kanadas.

»Das kann doch nicht sein«, flüsterte Fay.

Wie zuletzt der Nigerianer in New York präsentierte hier nun der Indonesier sein Programm.

»Global Air Condition?«, wiederholte Fay entnervt. »GAC?«

Sogar die Argumente waren dieselben: Versagen des Nordens. Back-up für den Süden.

Wie in New York ließ die Safe-Heaven-Allianz internationale Kontrolle durch ein UN-Team zu. Schon in der nächsten Szene traf dieses in Sao Paolo ein. Leiterin der Delegation: Fay.

»Nicht zu fassen«, murmelte sie.

In schnellen Schnitten konnte sie verfolgen, wie ihre filmische Doppelgängerin gemeinsam mit den anderen Teammitgliedern Anlagen und Flugzeuge besichtigte. Fotos machte, Materialproben nahm, Mitarbeitende befragte. Eingeblendete Untertitel erklärten: Sao Paolo. Djakarta. Kochi.

Vor Ort schütteten Fay und die anderen Teammitglieder Hände der nationalen GAC-Vertreter, zeigten sich zufrieden.

»Sorry«, sagte Fay, »aber ich kann nicht glauben, dass dieser Film zufällig vorweggenommen hat, was gerade passiert.«

»Ein gutes Gespür«, sagte eine Stimme vom Eingang her, »hattest du immer schon.«

Überrascht wandten sie sich um.

Auch wenn Fay die Stimme schon vorher erkannt hatte.

»Dieser Film war eine Präsentation«, erklärte Manu und betrat den Raum. Er lächelte.

»Was tun Sie hier?!«, rief Mene panisch und sprang auf.

Fay stoppte den Film.

»Die Tür war nicht abgesperrt«, sagte Manu.

»Emanuel Sanusi«, löste Fay die Situation auf, während sie sich erhob. »US-Milliardär mit nigerianischen Wurzeln.«

Mene nickte. »Die meisten hier kennen seine Erfolgsgeschichte. Was … was wollen Sie von uns?«, stotterte sie. Dann lief sie an ihm vorbei in den Vorraum. Fay hörte, wie sie einen Schlüssel im Schloss umdrehte. Sie selbst starrte Manu unverhohlen an bei dem Versuch zu verstehen, was er hier machte. Wie er hergekommen war.

Mene erschien wieder in der Tür, als Manu sagte: »Zugegeben, eine aufwendige Präsentation.« Er machte zwei Schritte auf Fay und den Laptop zu. »Aber es galt, anspruchsvolle Personen zu überzeugen.«

»Die Führungsriege der heutigen Safe-Heaven-Allianz«, sagte Fay, um Ruhe bemüht.

Manu nickte.

»Ich war – und bin – überzeugt davon, dass wir ein solches Programm brauchen«, erklärte er. »Allein konnte ich es nicht durchziehen. Das war keine Frage des Geldes, sondern der Umsetzung. Ich benötigte die Start- und Landebasen an den geografisch geeigneten Orten. Mehrere davon. Also musste ich Partner gewinnen. Ein Vorteil in praktisch allen Ländern der Region ist, dass im Gegensatz zu westlichen Demokratien politische und wirtschaftliche Eliten personell deckungsgleich sind. Das hielt den Kreis der zu Gewinnenden und Einzuweihenden klein.«

Mene kam zögerlich näher.

»Und für diesen kleinen Kreis gleich einen ganzen Nollywoodfilm?«, fragte sie.

»Das sind sehr verwöhnte Leute«, sagte Manu. »Einige davon die verwöhntesten der Welt. Die lassen sich Schloss Versailles nachbauen. Planen Marsmissionen. Mit einer Power-Point-Präsentation brauchen Sie denen nicht zu kommen. Außerdem funktionieren Visualisierungen immer besser als dürre Worte, Emotionen und spannende Geschichten besser als bloße rationale Erklärungen. Also beschloss ich, die Idee in einem Film zu präsentieren. Und Nollywood ist günstiger als Hollywood. Das Budget blieb unter dreißig Millionen.«

»Sehr viel Geld für hier«, sagte Mene, »Aber gut gemacht. Muss man neidlos anerkennen.«

»Danke«, sagte Manu. »Hat auch funktioniert.«

»Einiges wüsste ich aber schon gern«, sagte Mene. Würde sie ihn nach den Toten fragen?

»Bitte.«

»In diesem Film gibt es ein Programm, das dem Großen Sonnenschirm frappierend ähnelt. Bis hin zum Design der Drohnen. Wie konnten Sie das damals schon wissen?«

»Ich hatte Kenntnis von dem chinesischen Programm«, erklärte Manu. »Ich habe es sogar ein wenig mit angestoßen.«

»Wie bitte?!«, rief Fay. »Mit China?!«

»Ich fand die Idee grundsätzlich gut. Ich mochte bloß den Umstand nicht, dass China allein eine solche Machtposition innehaben sollte.«

»Du bist seit Langem US-Bürger«, gab Fay zurück. »Hast deine Karriere und dein Vermögen überwiegend in den Vereinigten Staaten gemacht. Weshalb kein US-Programm aufziehen?«

»Zu viele Bedenkenträger. Demokratische, internationale Mitsprache. Zu lange Entscheidungswege. Misstrauen gegen jemanden, der nicht in den USA geboren wurde. Und noch dazu Afroamerikaner ist.«

Besonders mit dem letzten Argument machte er bei Fay einen schmerzhaften Punkt. Trotzdem …

»Stattdessen einen Haufen Despoten und Kleptokraten zusammenbringen und bändigen?«, fragte Fay. »Und über Jahre bei der Stange halten?«

»Diese Leute haben ein gemeinsames Ziel: als große Herrscher in die Geschichte einzugehen.«

»In diesem Film kommt bereits vor«, sagte Fay, »was wir gerade erst in New York erlebt haben. Ein Vertreter der Allianz präsentiert vor dem UN-Sicherheitsrat ein Szenario, das die Zerstörung des chinesischen Programms dramatisiert, worauf es zu einem Termination-Schock kommt. Am Ende geht darin vor allem Russland als Profiteur der Entwicklung hervor. Dieses Szenario nutzt die Safe-Heaven-Allianz im Film, um ihr eigenes Programm zu starten. Wusstest du von diesem Szenario denn auch vorab? Weil es ebenfalls von dir stammt?«

»Ja und nein«, antwortete Manu. »Dass sich nicht nur Russland auf Änderungen durch die Erderhitzung vorbereitete, war schon damals kein Geheimnis. In den vergangenen Jahrzehnten investierte Russland Milliarden in den Ausbau von Infrastruktur im Norden. Dieses Szenario hat demnach einen sehr realen Hintergrund.«

»War aber eine Fabrikation der Safe-Heaven-Allianz«, rief Fay, »um den Start von Safe Heaven zu rechtfertigen?!«

»Nicht ganz. Den Neujahr-2100-Spot haben tatsächlich russische Unternehmer vor ein paar Jahren produziert. Ebenfalls als Projektpitch.«

»Und woher kanntest du den?«

»Ein russischer Geschäftspartner erzählte mir an einem feuchtfröhlichen Abend in Moskau davon. Als es noch solche Abende gab, lange vor dem Ukrainekrieg. Ein sehr reicher Mann. Er war stolz auf die Voraussicht seiner Landsleute, wollte mit investieren. Auf mein Nachfragen besorgte er mir später eine Kopie.«

»Aber der Rest war von dir? Die Zerstörung des Großen Sonnenschirms, die folgenden Ereignisse?«

»Es machte die Bedrohung deutlich.«

»Und wenn jemand früher dahintergekommen wäre als wir jetzt?«, fragte Mene. »Und die Geschichte hätte veröffentlichen wollen?«

So versuchte sie es also, begriff Fay.

»Wir etablierten Geheimhaltungsmechanismen«, erklärte Manu. »Soviel ich weiß, gab es aber keine Sicherheitslücken.«

»Allein rund um dieses Projekt haben wir drei Tote gefunden, die vor sieben Jahren binnen weniger Tage starben«, sagte Mene. »Plus einem ehemaligen Schauspieler vor ein paar Tagen, der einem Journalisten davon erzählen wollte. Der nun auch im Krankenhaus liegt und um sein Leben kämpft.«

»Klimaaktivisten haben zudem auffällige Todesfälle im Umfeld von Safe-Heaven-Firmen entdeckt«, sagte Fay.

Manu schüttelte den Kopf.

»Davon weiß ich nichts. Ich hoffe, meine Geschäftspartner ließen sich nicht zu irgendetwas hinreißen.«

Fay schwankte zwischen dem Bedürfnis, Manu zu glauben, und der wachsenden Sorge, dass er sehr genau wusste, was geschehen war. Es zumindest in Kauf genommen hatte. Oder gar angeordnet. In diesem Fall hätte sie es nicht länger mit jenem

Mann zu tun, den sie für seine Visionen bewundert, wenn auch für seine Spinnereien und Exzentrik belächelt hatte, sondern mit einem skrupellosen Irren. Den sie nicht zu weit provozieren wollte.

»Ich habe eine Frage«, sagte sie. »Warum ich?«

Manu schenkte ihr sein freundlichstes Lächeln.

»Für einen spannenden Film benötigte ich glaubhafte Figuren. Deshalb verwendete ich teilweise reale Personen. Du erfülltest als eine von ganz wenigen alle wichtigen Kriterien: angesehene Klimawissenschaftlerin, Herkunft aus dem globalen Süden, lebt aber im Norden, Job bei einer globalen Organisation, Mutter, noch mehr.«

»Du bist unglaublich«, sagte Fay eisig. Ihre Fassungslosigkeit hatte sich während seiner Erklärungen zunehmend in Wut verwandelt. In Wut und wachsende Angst.

»Mistkerl!«, entfuhr es ihr. »Die Kinder mit hineinzuziehen! Schon in dem russischen Szenario! Mich bringst da darin überhaupt gleich um! Was habe ich dir getan?!« In ihrem Zorn hätte sie ihm am liebsten eine geknallt. »Was für einen Mist hast du dir denn noch ausgedacht?«, schimpfte sie und drückte auf den Play-Button, um das Video fortzusetzen.

Auf dem Bildschirm tauchte ausgerechnet wieder ihre Doppelgängerin auf, in einer Reihe mit den anderen Mitgliedern des internationalen Kontrollteams. Gemeinsam liefen sie das Gate eines Flughafens entlang. Dazu erklärte die Erzählerstimme: »Nachdem sie ihre Kontrollen durchgeführt hatten, flogen die Mitglieder des UN-Teams zurück nach Hause.«

Die Bilder einer Passagiermaschine blendeten über in Cargomaschinen von Safe Heaven, die ihre Fracht in den Himmel entließen.

»Nachdem die Kommission ihre Ergebnisse präsentiert hatte, lief die globale Klimaanlage weiter.«

»Und das war's«, sagte Manu. »So wie ihr in ein paar Tagen nach Hause fliegen und eure Erkenntnisse präsentieren werdet.«

»Inklusive dieses Films?«, fragte Fay eisig.

»Wenn du es für notwendig hältst.«

COOL

107

Es war Anfang Juli, und vor dem alten Mann hatte sich der Mittagshimmel dunkelgrau über die Weizenfelder gelegt, die sich von Horizont zu Horizont erstreckten.

»Das sieht nicht gut aus, Bob«, brummte er zu der jüngeren Version seiner selbst auf dem Beifahrersitz. »Ein Hurrikan fehlt uns jetzt gerade noch.«

»Es gab keine Warnung, Dad«, meinte sein Sohn.

Der Alte steuerte den RAM Pick-up auf den Randstreifen und mühte seine vierundneunzig Kilogramm aus dem Wagen.

Ein Windbö packte ihn und warf ihn gegen die Karosserie.

»Wow!«

Der Alte schlug die Tür zu, bevor der Wind es tat. Schnüffelte. Er musste seinen speckigen Stetson mit einer Hand auf den Kopf drücken, damit die heftigen Windstöße ihn nicht davontrugen.

Für das ungeübte Auge sah das Feld aus, wie ein Weizenfeld Anfang Juli aussah. Die Halme standen einigermaßen und unregelmäßig unregelmäßig hoch. An manchen Stellen etwas schütter. Das Blassgrün der Pflanzen ging in einigen Bereichen bereits in ein helles Beigegelb über.

Seine alten Hände, denen man trotz aller modernen Maschinen die Arbeit im Freien ansah, griffen nach einer Ähre und drückten sie leicht zwischen den Fingern.

»Ein Drama«, murmelte er. »Das ergibt vielleicht dreißig

Prozent des letztjährigen Ertrags. Wenn überhaupt.« Er ließ die Ähre los.

»Jede Wette, daran sind diese Irren mit ihren Klimaspielereien schuld«, meinte Bob, der zu ihm aufgeschlossen hatte. »Und unsere Regierung unterstützt den Wahnsinn auch noch.«

Das Ding schoss einige Meter vor ihnen ins Feld, hinterließ zwischen den Ähren ein pfannengroßes Loch und verschwand mit einem dumpfen Geräusch im Boden.

»Hast du das gesehen?«, fragte Bob erschrocken.

»Was war das?«, fragte sein Vater.

Ein weiterer Brocken fiel vom Himmel und schlug noch ein Loch in das Feld.

Nun klang es auch hinter ihnen, als werfe jemand große Steine auf die Straße.

Und dann einen aufs Auto.

»Verdammt!«, brüllte der Alte. Sie rannten zurück in Richtung Wagen. Immer mehr faustgroße weiße Kugeln schlugen um sie herum ein. Trommelten auf die Ladefläche des Pick-ups. Trafen mit hässlich knirschenden Geräuschen die Scheiben.

Hinter sich hörte der Alte ein unschönes Krachen, gefolgt von einem Aufschrei. Als er sich umwandte, fiel sein Sohn bereits zu Boden.

»Bob!«

Der Alte vergaß den Stetson und packte seinen Sohn an den Schultern. Wollte ihn hochzerren. Um ihn herum hagelte es immer mehr von den Trümmern. Einige kleiner, wie Hühner- oder Wachteleier, manche um einiges größer, prallten sie vom Boden ab, wie ein eigenartiger Tanz. Bob wog über hundert Kilo und bewegte sich nicht.

»Junge! Steh auf!«

Sein Sohn reagierte nicht.

Der Alte zerrte Bob durch den Dreck und über die Hagelkugeln, Körner konnte man das nicht mehr nennen, zum Wagen. Zwei streiften seine Schultern. Eine dritte traf hart seinen Arm. Endlich erreichte er den Wagen. Das Haar und Gesicht seines Sohnes waren blutverschmiert. Der Alte riss die Beifahrertür auf. Wollte Bob hineinhieven. Zu schwer.

Verzweifelt blickte er sich um. Dann versuchte er, Bob unter den Wagen zu schieben und zu rollen. Ein heftiger Schlag auf den Rücken raubte ihm den Atem. Er rang nach Luft, verzog das Gesicht vor Schmerzen.

Er durfte nicht länger hier draußen bleiben. Bens Kopf und Rumpf lagen schon geschützt unter der Bodenplatte.

Er selbst plagte sich keuchend auf den Beifahrersitz. Die Windschutzscheibe war von Rissen durchzogen. Doch noch hielt sie dem Bombardement stand. Es wirkte, als säße er im Innern einer Trommel während eines Schlagzeugsolos.

Über den Feldern gingen die Geschosse nun in einer solchen Dichte nieder, dass er keine zehn Meter weit sah. Und was er dort sah, war kein Feld mehr. Flach geprügelt lagen die Ähren unter einer weißen Kugelschicht.

Er ließ die Tür offen, auch wenn einige der Eisbrocken ins Innere des Wagens fielen. Er wollte Bob da draußen nicht völlig allein lassen. Die Beine seines Sohnes ragten immer noch in sein Gesichtsfeld. Bewegungslos. Daneben schlugen die Hagelbrocken ein. Würde schlimme Prellungen geben. Aber nicht mehr. Hoffte der Alte. Bis ein babykopfgroßes Stück die Wade traf. Der Hosenstoff riss auf und gab eine fingerlange Wunde frei, aus der sofort Blut quoll und sich in Schlieren über die nasse Haut verteilte.

Der Alte stöhnte auf. Dass er nicht gleich daran gedacht hatte! Er packte die Gummischutzmatte unter seinen Füßen und hielt sie sich über den Kopf. Solchermaßen bedeckt stieg er erneut aus. Versuchte mit seinen Füßen, Bens Beine unter den Wagen zu bekommen. Ein Brocken traf die Matte und brachte ihn aus dem Gleichgewicht. Aber nur kurz. Dann hatte er auch Bens Beine in Sicherheit gebracht. Noch immer regte er sich nicht. Reagierte nicht. Eine Bö erfasst die Gummimatte. Schlug sie einmal um und dem Alten mitten ins Gesicht. Ein brutaler Schlag traf seine Schulter, in der krachend etwas zu Bruch ging. Auf seinen Kopf trommelten zwei, drei, vier Golfbälle. Der Alte hatte die Orientierung verloren, versuchte, die Matte wieder über den Kopf zu ziehen. Etwas riss ihm das linke Ohr halb ab. Er klammerte sich an den Türrahmen. Spürte einen Schlag gegen den Schädel. Hörte ein Splittern. Platzen. Glitt an der Karosserie entlang zu Boden. Spürte nicht mehr, wie sein Körper und schließlich der aufgesprungene Kopf auf dem Boden aufschlugen.

108

Nervös tippte der Mann hinter der Tankstellenkasse auf das Kartenlesegerät. Der Kunde vor ihm gestikulierte hektisch, schrie: »Jetzt machen Sie schon!«

Die Warteschlange hinter ihm war auf dreißig Menschen angewachsen. Die an der Nachbarkasse gleichfalls. Von hinten drängten weitere Kunden heran.

»Funktioniert auch nicht«, erklärte er dem Mann vor ihm genervt.

Von weiter hinten aus der Reihe hörte er jemanden schimpfen: »Geht da heute noch etwas weiter?«

»Wir haben nicht den ganzen Tag Zeit! Es ist schon wieder Starkregen angesagt, und ich muss meine Kinder noch abholen!«

Der Kassierer wandte sich an seine Kollegin hinter der anderen Kasse.

»Bei dir auch nichts?«

»Scheißdinger«, zischte sie. Laut genug, dass es die Kundinnen und Kunden hören konnten. Sollten wissen, dass nicht sie daran schuld waren, sondern die Kassen. Oder die Software. Oder die Verbindung zu den Servern. Oder was immer.

Draußen vor den Zapfsäulen wurden die Schlangen auch länger. Ungeduldige Fahrer stiegen bereits aus ihren Autos, blickten suchend in Richtung des Tankstellengebäudes. Stritten mit anderen.

»Tut mir leid«, sagte der Kassierer zu dem Kunden vor ihm. »Aber unser Kassensystem ist momentan ausgefallen. Sie müssten bitte bar bezahlen.«

»Das tut mir jetzt für Sie leid«, erwiderte der Kunde höhnisch. »Ich habe kein Bargeld dabei.«

Der Kassierer wandte sich an seine Kollegin. »Ich kann hier nicht einmal sehen, wie viel er überhaupt getankt hat oder was er bezahlen muss.«

»Ich auch nicht«, sagte sie. »Ich rufe die Zentrale an.«

In schnellen Schnitten flackerten über den Großbildmonitor Bilder von Tankstellen, vor denen lange Schlangen von Autos warteten oder die völlig ausgestorben waren. Eine hochschwangere Frau schwer atmend auf dem Beifahrersitz eines SUV, während ihr Mann hektisch den Zündschlüssel drehte, bevor er aus dem Wagen sprang, um die Kühlerhaube lief, seiner Frau hinaushalf und sie sich, von ihm gestützt, Schritt für Schritt vorwärtskämpfte. Ein am Straßenrand gestrandeter Viehlaster, auf dessen vergitterter Ladeplattform Rinder brüllten. Ein verwirrter Mann im Krankenhauskittel, der aus einem Krankenwagen stolperte.

»... scheinen mittlerweile Tankstellen in über vierzig Ländern betroffen«, erklärte eine Nachrichtensprecherin. »Die Softwarelieferanten beteuern, an der Behebung der Störungen zu arbeiten. Auf einen Zeitpunkt wollen sie sich nicht festlegen.«

Videos überfüllter Lkw-Parkplätze an Autobahnraststellen, die Staus reichten kilometerlang auf die Autobahnausfahrten und Pannenstreifen. Wechselten zu Bildern von Zapfsäulen, um die Bänder gewickelt waren mit der Aufschrift »Außer Betrieb«. Tankstellengebäude, an denen große handgeschriebene Schilder verkündeten: »Derzeit kein Tanken möglich!« Manche auf Englisch, »No Gas«. Und in anderen Sprachen.

»Solange die Zahlungssysteme der betroffenen Tankstellen nicht funktionieren, bleiben diese geschlossen«, erklärte die Nachrichtensprecherin. »Bis dahin müssen die Fahrer von Autos mit Verbrennungsmotoren auf die wenigen Tankstellen ausweichen, deren Systeme noch intakt sind. In Deutschland sind das derzeit nur mehr …«

Der Leiter des Krisenstabs stoppte das Video.

»… nur mehr einige kleinere Betreiber«, sagte er.

Am großen Konferenztisch im Bundeskanzleramt saßen der Regierungschef, der Innenminister, der Wirtschaftsminister, der Verteidigungsminister, der Präsident des Bundesamts für Bevölkerungsschutz und Katastrophenhilfe und noch einige andere mehr oder minder zuständige Politiker und Beamte.

»Über achtzig Prozent der deutschen Tankstellen sind seit etwa sieben Stunden lahmgelegt«, fuhr der Krisenstableiter fort. »Im Wesentlichen sind das jene der großen Ketten, die ihre Software von wenigen Anbietern beziehen. Deren Systeme wurden gehackt.«

Er spielte eine Weltkarte auf den Monitor, auf der die Ländergrenzen eingezeichnet waren.

»Nicht viel anders sieht es in zahlreichen anderen Ländern aus.«

Nacheinander leuchteten die USA, Kanada und Mexiko rot auf, dann die europäischen Staaten, viele asiatische Staaten und Australien. Nur in Afrika zeigten sich weniger rote Flecken.

»Alle betroffenen Softwarehersteller haben bereits zugegeben, gehackt worden zu sein. Angesichts des Ausmaßes können wir unglückliche Zufälle oder verantwortungslose Script-Kiddys ausschließen. Das hier ist eine groß angelegte, konzertierte Attacke.«

»Wissen wir, von wem?«, fragte der Kanzler.

»Bislang nicht«, sagte der Krisenstableiter. »Aber praktisch alle großen Länder sind betroffen, wenn auch in unterschiedlichem Ausmaß: USA, China, Indien, Japan. Selbst klassische Terrornester im Nahen Osten und Asien. Wenn auch zum Teil weniger, was aber eher an den dort generell miserablen Umständen liegt. Keine Informationen haben wir aus Nordkorea.«

»Wir gehen also nicht von einem kriegerischen Angriff aus?«

»Von den nicht betroffenen Staaten haben wohl nur wenige die Mittel und Möglichkeiten, einen derart großen Angriff durchzuführen.«

»Ist der Aufwand denn so groß?«, fragte der Innenminister. »Ein paar gute Hackerteams, die sich ordentlich vorbereiten dürfen? Was kann das kosten? Ein paar Millionen? Meinetwegen ein paar Dutzend Millionen? Das ist doch in vielen Staatsbudgets drin, wenn man es unbedingt will. Und bei Nordkorea sowieso.«

»Aber was hätten sie davon?«, fragte der Krisenstableiter.

»Natürlich ermitteln alle fieberhaft in jede Richtung«, erklärte der Außenminister. »Auch in diese.«

»Und wenn es kein kriegerischer Akt ist?«, fragte der Kanzler. »Würden Kriminelle das so groß anlegen? Dann schon eher ein Terrorakt.«

»Nicht unbedingt«, meinte der Krisenstableiter. »Könnte auch eine Ransomwareattacke sein, die aus dem Ruder gelaufen ist. Gab es schon.«

»Warum ist so etwas überhaupt möglich?!«, rief der Kanzler. »Haben die Unternehmen immer noch nicht begriffen, wie wichtig Cybersicherheit ist?«

»Wir müssen die Tankstellen wieder zum Laufen bringen«, erklärte der Präsident des Bundesamts für Bevölkerungsschutz und Katastrophenhilfe. »Können wir sie nicht zwingen, den Treibstoff abzugeben? Ohne Bezahlung.«

»Nicht so einfach«, erklärte der Innenminister. »Wir können Notverordnungen erlassen. Aber das müsste juristisch sehr gut vorbereitet sein und geht nicht über Nacht. Vor allem die Frage der Entschädigung müsste geklärt sein.«

»Ganz zu schweigen vom Aufwand des Personals vor Ort«, fügte der Krisenstableiter hinzu. »Die müssen alles händisch machen. Das ist in diesem Ausmaß nicht organisierbar. Zumindest nicht so schnell.«

»Himmel!««, rief der Innenminister. »Das wissen wir doch inzwischen aus früheren Krisen. Alle Entschädigungen sind billiger als ein Kollaps!«

»Haben wir denn für so etwas keine Notfallpläne in den Schubladen?«, fragte der Verteidigungsminister.

»Nein«, sagte der Krisenstableiter.

Auf dem Heimweg aus dem Büro radelte Fay Richtung Supermarkt, als sie auf dessen Parkplatz ungewöhnlich viele Menschen sah. Viele schoben überquellende Einkaufswagen vor sich her. Kunden, die den Markt verließen, drängten gegen den Strom jener, die zum Einkaufen hineinwollten. Jemand nahm sich einfach ein Paket Nudeln und Klopapier aus einem vollen Wagen und wollte sich damit davonmachen. Die Bestohlene packte ihn am Arm, brüllte. Der Mann wollte sie abschütteln, Umstehende griffen ein. Die Situation nutzten wiederum andere, um sich an weiteren gefüllten Einkaufswagen zu vergreifen. Erste Fäuste flogen. Fay trat fester in die Pedale und ließ die Szenen hinter sich.

Zu Hause stellte sie das Fahrrad in der Garage neben die von Ben und den Kindern.

Alle drei hockten im Wohnzimmer auf verschiedenen Teilen der Sitzgruppe über ihren Smartphones und Tablets.

»Euch auch einen schönen Abend«, sagte sie, als bei ihrem Eintreten niemand auch nur den Kopf hob.

»Es ist ein Terrorangriff«, sagte Ben, den Blick weiterhin auf sein Tablet fixiert.

»Das ist noch nicht klar«, widersprach Nicolas, ebenfalls ohne den Blick zu heben. »Vielleicht sind es Trittbrettfahrer. Und überhaupt, selbst wenn«, jetzt hob er den Kopf und sah Fay an, »ist es kein Terroranschlag, sondern eine Klimarettungsaktion.«

»Menschen könnten sterben«, entgegnete Ben scharf. »Das ist kein Aktionismus mehr!«

Fay warf sich neben Ben auf das Sofa, schielte auf seinen Bildschirm, holte aber gleichzeitig ihr eigenes Smartphone hervor.

»Menschen sterben auch jetzt«, erwiderte der Vierzehnjährige trotzig, »durch Dürren, in Fluten, durch Bürgerkriege und all die anderen katastrophalen Folgen der Erderhitzung. Weil viel zu wenig getan wird, um sie zu stoppen!«

Ein paar Tipper und Wischer später hatte Fay die Neuigkeiten auf dem Display.

Über ein Video, in dem zahlreiche Aufnahmen rauchender Autoauspuffe zusammengeschnitten worden waren, lief langsam ein Text von unten nach oben, wie bei einem Filmabspann.

Unterhalb des Videos fand sich der Text zusätzlich im Posting.

Mit Fahrzeugmotoren haben wir schon viel zu lange die Atmosphäre aufgeheizt. Jeder Auspuff ist der Lauf einer Pistole, der auf Menschen feuert. Auf Menschen im Hier und Jetzt und in der Zukunft. Damit muss Schluss sein. Die angepeilten Ausstiegsdaten für Verbrennungsmotoren sind viel zu spät! Die neu gestarteten Geoengineering-Programme werden sie weiter verzögern, da machen wir uns nichts vor! Der Moral Hazard ist zu groß! Deshalb müssen wir jetzt entschieden handeln! Wir fordern einen kompletten Stopp des Gebrauchs von Privatautos mit Verbrennungsmotoren innerhalb der nächsten zwei Jahre. Privatwagen mit mehr als 44 kW/60 PS Leistung müssen spätestens in einem halben Jahr stillgelegt sein. Bis dahin muss es, ab sofort, massive Beschränkungen geben: Privatwagen dürfen über die gesamte Wagenflotte eines Staates maximal fünfzig Kilometer pro Woche pro Auto fahren. Lkw mit Verbrennern auf fossiler Basis müssen binnen vier Jahren aus dem Verkehr gezogen werden. Die vierzig Staaten mit dem höchsten Bruttosozialprodukt werden die restlichen Staaten mit einem halben Prozent ebendieses BSPs pro Jahr bei der Umstellung unterstützen. Sämtliche Staaten werden diese Verordnungen innerhalb der nächsten vierundzwanzig Stunden erlassen und strengstens durchsetzen. Wer das tut, dessen Tankstellen geben wir wieder frei. Macht euch keine Hoffnungen, dass ihr die Blockade allein behebt. Die heruntergefahrenen Systeme sind so gründlich korrumpiert, dass sie nur nach Freigabe wieder hochfahren können. Versuche, Programmblockaden zu umgehen, werden bestraft. Und glaubt nicht, dass ihr mit Lippenbekenntnissen davonkommt und weitermachen könnt wie bisher, sobald die Tankstellen wieder laufen. Bei Bedarf haben wir noch ganz andere Maßnahmen vorbereitet. Und ihr seht, dass wir können, wenn wir wollen.

Im Übrigen denkt schon einmal darüber nach, wie ihr das ebenso deutlich schneller hinbekommt mit Kohle- und Gaskraftwerken, dem Fleischkonsum, Zement- und Aluminiumherstellung und den anderen Energiefressern, die noch immer überwiegend aus fossilen Quellen befeuert werden. Sonst nehmen wir uns die als Nächstes vor.

Also los, an die Arbeit! Die Zeit läuft.

»Bislang können unsere Dienste die Hacks und das Video nicht zurückverfolgen«, sagte der FBI-Direktor.

Zum Briefing durch den Krisenstab im Oval Office hatten sich der US-Präsident, der FBI-Direktor und die zuständigen Minister versammelt.

»An Tag drei des Hacks konnten bislang nur zwei Zahlungssysteme von Tankstellenketten neu aufgesetzt werden. In über dreißig Bundesstaaten kommt es wegen Lieferschwierigkeiten in vielen Supermärkten zu ersten leeren Regalen. Und vereinzelt zu Plünderungen.«

»Dagegen muss radikal vorgegangen werden!«, polterte der Präsident.

»Auch in diversen Industrien kommt es zu ersten Produktionsdrosselungen oder -stopps«, erklärte der Minister für Homeland Security und spielte Bilder auf die Monitore ein. Überfüllte Lkw-Parkplätze. Dutzende bis Hunderte riesiger Containerfrachtschiffe, die sich vor Häfen stauten. Leer gefegte Fertigungshallen. »Zunehmend bleiben Trucks stehen und können nicht mehr liefern. Die Bilder von den Schlangen an den Tankstellen sind inzwischen ja allgegenwärtig. Und von den Demonstrationen auch.«

»Wir sind nicht schuld daran!«, schimpfte der Präsident. »Das sind diese verdammten Öko-Terroristen!«

»Das vermitteln wir in der Kommunikation ohnehin«, sagte einer der Pressesprecher. Rief Nachrichtenschnipsel auf die Bildschirme. »Zum Teil kommt die Botschaft auch an. Aber vielen ist es gleichgültig, *warum* sie nicht mehr zur Arbeit kommen oder ihre Kinder nicht mehr zur Schule bringen können.«

Die Medienberichte über gewalttätige Demonstrationen in zahlreichen Großstädten auf den Bildschirmen sahen definitiv nicht schön aus.

»Warum hat China die Probleme wieder im Griff?«, fragte der Präsident wütend. »Sind deren IT-Leute so viel besser als unsere? Oder ihre Cybersecuritymaßnahmen?«

»Das ist allerdings bemerkenswert«, sagte die Außenministerin. »China war von Beginn an wesentlich schwächer betroffen. Inzwischen funktioniert dort alles wieder. Wenn Sie mich fragen – und einige unserer Analysten –, könnte das noch einen anderen Grund haben.«

»Und zwar?«

»Es stecken gar keine Öko-Terroristen hinter der Attacke. Wir haben von Beginn an daran gezweifelt. Das ist für all diese Gruppierungen einfach eine Nummer zu groß.«

»Sie meinen …«

Er nickte dem CIA-Direktor zu.

»Wenn der Kollege vom FBI sagt«, erklärte dieser, »dass wir die Hacks nicht zurückverfolgen können, hat er recht. Aber erste Spuren gibt es. Sie führen auf Server, die chinesische Hacker-Gruppen in der Vergangenheit verwendet haben.«

»Sie glauben ernsthaft, China steckt dahinter?!«

»Noch ist es zu früh für solche Aussagen. Hacker arbeiten oft über Server in aller Welt, um Spuren zu verwischen oder falsche zu legen.«

»Warum hätten sie dann auch chinesische Systeme angegriffen?«

»Um uns eben genau das glauben zu machen – dass China nicht hinter dem Angriff steckt.«

»Aber weshalb sollte China generell so eine Attacke fahren?«

»Bei der Vorstellung des Großen Sonnenschirms forderte China vom Westen verschiedene, bei uns kaum durchsetzbare Maßnahmen, um den potenziellen Moral Hazard zu unterbinden.«

»Glatte Erpressung«, schnaufte der Präsident.

»Dieser Ansicht waren viele«, sagte der CIA-Direktor, »weshalb nichts geschah. In den sechs Wochen seit dem Start des Großen Sonnenschirms hat kein großer Industriestaat des Westens auch nur einen Finger in dieser Richtung gerührt.«

»Solchen Erpressungen werden wir nicht nachgeben«, sagte der Präsident. »Sorgen Sie dafür, dass das ein Ende hat. Sonst haben wir in einer Woche eine Revolution da draußen und sind außerdem als Staat handlungsunfähig!«

»So lange wird es nicht mehr dauern«, bemerkte Homeland Security.

109

Der Regen prasselte gegen die Glaswand im dreiundzwanzigsten Stockwerk des Wolkenkratzers, hinter der ein Mann im teuren Anzug stand und in die finsteren Wolken über Frankfurt blickte.

»Na, Bernd«, meinte einer der drei anderen Anzugträger, die an dem Besprechungstisch saßen. »Suchst du in den Wolken die Antwort auf die Zinsfrage?«

Statt etwas zu entgegnen, zog Bernd sein Telefon hervor und begann das Unwetter zu filmen. Auf seinen Bildschirm fokussierte er eine tiefgraue Wolkenformation über dem Stadtrand, aus der eine trichterartige Spitze nach unten ragte.

»Seht euch das an«, sagte er nur, während er filmte, wie die Spitze sich weiter Richtung Boden wand wie ein gekreiseltes Seil, während der Trichterteil an ihrem oberen Ende immer breiter wurde.

Nun gesellten sich auch die anderen drei neugierig zu ihm.

»Ist das …?«, setzte einer von ihnen an. Bernd beendete den Satz, als die Wolkenspitze auf den Boden traf und dort so, wie ein Bohrer aus Holz Späne aufwirbelte, den Vorort in ein staubiges Karussell verwandelte: »… ein Tornado.«

»Fuck!«, flüsterte sein Nachbar. »Bei uns?«

Der Saugrüssel des Wirbelsturms verbreiterte sich, musste schon zwei Häuserblocks breit sein, schien sich dabei in die Erde zu fressen.

»Ich dachte, so etwas gibt es nur in den USA.«

»Ab und zu bei uns auch«, sagte Bernd. »Allerdings selten in dieser Größe.« Mit zwei Fingern auf seinem Telefondisplay vergrößerte Bernd die Szene. »Wenn überhaupt.«

»Ach, du liebe Scheiße«, entfuhr es Bernds anderem Nachbarn. »Da fliegen ja ganze Dächer und Autos durch die Luft!«

»Kommt der in unsere Richtung?«, fragte der vierte nervös.

Tatsächlich hatte die senkrechte Walze während ihres Wortwechsels bereits die halbe Strecke vom Punkt ihres Landfalls zu ihnen zurückgelegt.

Die Bilder auf dem Display verwackelten, als Bernd sein Gleichgewicht suchte. Sein Nachbar stützte sich an der Glaswand ab. Das Hochhaus schwankte im Wind.

»Verdammt!«, fluchte Bernds Nachbar. »Müssen wir hinunter?«

»So ein Gebäude ist gebaut, um Stürme auszuhalten«, erklärte Bernd. »Wird vielleicht etwas wackelig. Aber dafür sitzen wir in der ersten Reihe.«

»Ich weiß nicht«, meinte sein Nachbar und zog sich ein paar Schritte zurück. Der schwarze Luftschlauch war vielleicht noch einen Kilometer entfernt und näherte sich schnell.

»Der radiert da unten ganze Straßenzüge aus!«, rief Bernds anderer Nachbar. »Ich denke, wir sollten hier weg. Schnell!«

»Wohin?«, fragte Bernd. »Willst du im Fahrstuhl stecken bleiben?«

Nun konnten sie mit freiem Blick sehen, wie ganze Häuser in dem Wirbel verschwanden, eine wilde, Dutzende Meter hohe Spirale von Trümmern, Gebäudeteilen, sogar Autos auf sie zuflog. Immer heftiger schwankte das Gebäude. Alle hielten sich nun irgendwo fest, an Fensterstreben, dem Tisch, dem Türrahmen. Selbst durch die dicken Scheiben hörten sie ein Rauschen wie von einem großen Wasserfall.

»Ich hau ab!«, erklärte der Mann an der Tür. Draußen war es fast so dunkel wie in der späten Dämmerung.

»Der zieht an uns vorbei«, sagte Bernd.

Vor der Glaswand schossen große und kleine Schatten durch die Luft.

Nun war es fast so dunkel wie in einer bewölkten Nacht.

Ein dumpfer Knall ertönte, gleich darauf noch einer. Gefolgt von immer heftiger werdendem Prasseln, als ließe jemand Bleikugeln auf eine Metallplatte fallen, dazwischen auch mal Golfbälle und zunehmend Kanonenkugeln. Steigerte sich zu Dauerfeuer.

Mit einem Knall verwandelte sich eine der Glaswände in ein Spinnennetz von Rissen. Gleich darauf die nächste. Nun sprang auch Bernd von der Scheibe zurück, stieß gegen den Besprechungstisch. Filmte unbeirrt weiter. Das Heulen des Sturms und die nächsten Einschläge übertönten die panischen Schreie von Bernds Partnern. Glaswand um Glaswand verwandelte sich unter dem Trümmer-Bombardement in klein fragmentierte Rissmuster.

Ein armgroßes Metallstück durchschlug eine der Glaswände und hinterließ ein kopfgroßes Loch. Es krachte neben Bernd auf den Boden und überschlug sich unter dem Tisch, bis die Wand an der anderen Raumseite es aufhielt. Der folgende Windstoß brachte einen Schwall Wasser mit sich, der Bernd das Telefon aus der Hand schlug und ihn von oben bis unten durchnässte. Hektisch tastete Bernd nach dem Telefon, während er sich gleichzeitig auf den Weg zur Tür machte, mit beiden Händen entlang der Tischkante nach Halt suchend.

In eine zweite Glaswand riss ein sesselgroßes Betonteil ein Loch und zertrümmerte das Sideboard an der benachbarten Wand. Durch das Loch folgte eine Druckwelle von solcher Wucht, dass sie Bernd zu Boden warf. Kreischend gab die Glaswand nach und verteilte sich als Splitterhagel im Raum. Nun drang die volle Wucht des Tornados hinein, wo sie auf Bernd, die Möbel und restlichen Glasfassaden traf. Quietschend, knarrend, schreiend gaben eine nach der anderen der schieren Gewalt nach. Bernd klammerte sich mit seinen blutigen Händen an ein Bein des schweren Metalltischs, während der Sturm ihn an den Rand des Raumes zerrte, den keine Glaswände mehr begrenzten. Für die tobende Naturgewalt, die kein Außen oder Innen mehr trennte, war der teure, schwere Designertisch nicht einmal ein Blatt Papier. Mitsamt Bernd saugte sie ihn aus dem dreiundzwanzigsten Stock in die Finsternis.

110

Auf dem Bildschirm vor Fay und ihrem Team waberten über eine Weltkarte Felder in verschiedensten Farbtönen: Blau, Lila, Gelb, Orange, Rot. Die dunkelroten Bereiche konzentrierten sich in einer breiten Linie entlang des Äquators, mit Ausbeulungen nach Indonesien, Südindien, der Arabischen Halbinsel, Ägypten, Nigeria und Nordbrasilien. Von diesen roten Zonen aus verteilten sich orangefarbene Schlieren, Wirbel und Flecken in die angrenzenden Weltregionen, im Norden bis auf die Höhe Chinas, des Mittelmeers, der Südstaaten der USA, im Süden bis Argentinien, dem Kongo und Nordaustralien. Noch weiter nördlich und südlich liefen sie in gelbe Gebiete aus, bevor diese zu blassblauen und an den Polen zu helllila Regionen wurden.

»Wir verfolgen das jetzt seit Tagen«, sagte der Assistent. »Und unseren Analysen nach wird es immer deutlicher.«

Neben der Weltkarte war ein senkrechter Balken eingeblendet, in dem sich die Farben von Dunkelrot an der Basis bis Helllila an der Spitze wiederholten. Dazu Zahlen, deren Werte sich nach oben hin verringerten.

»Sieben Wochen seit dem Start des Großen Sonnenschirms und gut sechs Wochen nach Beginn von Safe Heaven ist das Material von der Atmosphäre in die Stratosphäre aufgestiegen. Wir können langsam beobachten, wie die globalen Luftströme die Aerosole verteilen. Und damit besser messen und abschätzen, welche Konzentrationen sie wo in der Stratosphäre haben werden und wie stark der kühlende Effekt sein wird.«

»Das sind hohe Werte«, bemerkte Fay und zeigte auf die orangefarbenen Gebiete. »Zu hoch.«

»Wir vereinen Daten aus zwölf verschiedenen Satellitenmesssystemen in Echtzeit, von der NASA über Copernicus bis hin zu privaten Betreibern«, erinnerte der Assistent. »Die stimmen.«

»Aber das kann nicht sein«, sagte Fay. »Das ist sieben Mal so hoch wie geplant. Und das Safe-Heaven-Material der vergangenen drei Tage ist noch nicht einmal komplett aufgestiegen. Da kommt also noch einiges dazu. Das hieße ja …« Sie führte den Satz nicht zu Ende. Ihre Miene verriet, dass sie die Bedeutung der Nachricht längst begriffen hatte.

»Im Internet werden die Daten seit Tagen zunehmend diskutiert«, sagte der Assistent. »Vorläufig noch in Insiderzirkeln. Ist aber nur mehr eine Frage von Stunden, bis das Ganze richtig öffentlich wird.«

»Zu hohe Werte? Wie viel zu hoch?«, fragte der US-Präsident, den Blick gebannt auf den Bildschirm mit der bunten Weltkarte und den farbigen Balkengrafiken gerichtet.

»Beim Start von Safe Heaven gab die Allianz bekannt, im Lauf der geplanten acht Wochen etwa zwei Millionen Tonnen SO_2 in die Stratosphäre transportieren zu wollen«, erklärte Fay.

Auf den Bildschirmen vor ihr hatten sich Staatsoberhäupter und Minister von über dreißig Ländern eingefunden. Kleine Textfelder am unteren Fensterrand stellten sie vor. So wie auch Fay: Fayola Oyetunde, Director UN Climate Control Center, UNCCC.

»Unsere Messungen gehen davon aus«, sagte sie, »dass es allein in den ersten vier Wochen mindestens das Siebenfache gewesen sein könnte.«

»Das Siebenfache?«, rief der französische Umweltminister.

»Dazu kommt, was in der fünften Woche seit dem Start hochgebracht wurde«, sagte Fay, »aber noch nicht komplett in die Stratosphäre aufgestiegen ist. Und jeden Tag addiert sich etwas dazu.«

»Das Material ist sicher von Safe Heaven? Nicht vom Großen Sonnenschirm?«

»Ja. Aus Spektralanalysen einiger Satellitensensoren können wir die Zusammensetzung des eingesetzten Materials weitestgehend bestimmen. Der ganz überwiegende Teil stammt von Safe Heaven.«

»Die angeblich geplanten zwei Millionen Tonnen von Safe Heaven sollten die Erwärmung des kommenden Jahres stoppen«, erinnerte sich der Präsident. »Was bewirkt die siebenfache Menge? Eine Abkühlung? Um wie viel?«

»Die meisten Modellierungen ergeben«, sagte Fay, »dass die Effizienz eines solchen Programms mit steigender Menge verteilten Materials nachlässt. Soll heißen: Doppelt so viel Aerosol bringt nicht doppelt so viel Abkühlung, sondern vielleicht nur eineinhalbmal so viel. Sicher ist das aber nicht.«

»Wovon müssen wir bei den aktuellen Werten ausgehen, wenn sie jetzt stoppen?«

»Ein bis eineinhalb Grad Abkühlung im Laufe der kommenden Monate.«

»Das klingt nicht so dramatisch. Das wäre etwas weniger als vor der Industrialisierung. Da wollen wir ohnehin langfristig hin.«

»Aber nicht binnen weniger Monate.«

»Und wenn Safe Heaven die acht Wochen vollmacht?«

»Mehr Abkühlung, mit der entsprechenden Verzögerung von ein paar Wochen. Zwei Grad, womöglich drei. Wir modellieren gerade.«

Sie rief Bilder von Wolken auf.

»Leider wird ausgerechnet die Funktionsweise der Junge-Schicht, also der Stratosphären-Aerosol-Schicht, bislang schlecht verstanden. Ebenso wie die Wolkenbildung, weshalb diese in den Klimamodellen zu großen Unsicherheiten in Bezug auf diese Aspekte führt. Denn die absinkenden Aerosole werden als Wolkennuklei dienen und daher die Wolkenbildung verstärken. Und damit die Abkühlung.«

»Wie ungenau?«

»Um ehrlich zu sein: Sämtliche wissenschaftlichen Papiere zum Thema enthalten sehr viel ›könnte‹ und ›möglicherweise‹.«

»Zwei Grad klingen auch noch nicht so schlimm«, murmelte noch einmal jemand anderer.

Fay hob die Augenbrauen.

»Zwei Grad mehr oder weniger können in der Natur über Leben oder Tod entscheiden«, sagte sie. »Wenn Ihre Körpertemperatur langfristig um zwei Grad fällt, sterben Sie.«

Niemand sagte etwas darauf.

»Bis vor wenigen Wochen fürchtete sich die Welt vor zwei Grad Erwärmung bis 2050 und deren katastrophalen Folgen«, fuhr Fay fort. »In die andere Richtung wäre das nicht anders. Der Ausbruch des Tambora 1815, der zum ›Jahr ohne Sommer‹ 1816 führte, kühlte manche Weltgegenden geschätzt um zwei bis zweieinhalb Grad ab.«

»Und jetzt stehen wir womöglich vor solchen zwei Grad. Weltweit. Oder drei oder vier?!«

»Ein bis zwei scheinen mir fast sicher.«

»Das ist doch absurd!«, erregte sich der britische Premier. »Wie soll man auf einer solchen Basis Entscheidungen treffen?«

»Unter großer Unsicherheit handelt man tendenziell besser übervorsichtig als zu entspannt«, gab Fay zurück.

»Entscheidungen fällt die Politik«, schnappte der Premier.

»In den letzten Tagen gab es Meldungen über ungewöhnliche Wetterkatastrophen in verschiedenen Teilen der USA, aber auch anderen Weltgegenden«, wandte sich der Präsident an Fay. »Könnten die Aerosolmengen daran schon schuld sein?«

»Das müssen sich die Attributionsforscher ansehen«, sagte Fay. »Es könnten genauso gut noch Folgen der bestehenden Klimakrise sein. Oder des Aufeinandertreffens der bestehenden Krise mit der neuen. Die heben sich nicht unbedingt gegenseitig auf. Vergleichbare Extremwetterereignisse erlebten wir auch in vergangenen Jahren, ehe die Programme begannen.«

»Für unsere Regierung wäre das sehr unangenehm, wenn sich herausstellt, dass mit Safe Heaven etwas nicht stimmt«, sagte der Präsident. »Immerhin haben wir unser ganzes politisches Gewicht in das Programm geworfen. Und Safe Heaven gibt uns ein Instrument, um dem chinesischen Sonnenschirm etwas entgegenzusetzen.«

»Ich bin keine Politikerin«, sagte Fay. »Aber die Fakten sind klar. Safe Heaven sollte sofort gestoppt werden.«

»Diese Mistkerle!«, tobte der US-Präsident im Oval Office, von wo aus sie die Konferenzschaltung verfolgt hatten. »Holen sich unseren politischen und militärischen Schutz, um uns hinters Licht zu führen! Die machen uns vor der ganzen Welt lächerlich! Das müssen wir sofort stoppen! Was heißt stoppen! Bestrafen!«

»Noch gibt es von keiner Seite offizielle Stellungnahmen dazu«, sagte Homeland Security. »China etwa hat noch keine Bedenken wegen irgendwelcher Werte geäußert. Die wären doch die Ersten, die etwas sagen würden, wenn eine Abkühlung drohen würde. Wenn Geoengineering in Verruf geräte.«

»Aber die Gerüchteküche im Internet brodelt«, entgegnete die Außenministerin.

»Die brodelt immer«, meinte der Stabschef, »zu jedem Thema.«

»Haben wir endlich einen Kontakt zum Vorsitzenden der Allianz?«, fragte der Präsident.

»Noch nicht«, sagte die Außenministerin. »Ist angeblich in einem nicht unterbrechbaren Termin.«

»Nicht zu sprechen für den Präsidenten der Vereinigten Staaten?!«, rief der Stabschef.

»Er meldet sich so bald wie möglich«, erklärte die Außenministerin.

»Das ist unverschämt«, meinte der Stabschef. »Gefällt mir nicht.«

»Wir müssen versuchen, das diskret zu klären«, sagte der Präsident, »bevor es noch klarere Daten oder offizielle Stellungnahmen gibt. Falls Safe Heaven tatsächlich deutlich mehr Aerosol als angekündigt in die Stratosphäre gebracht hat, müssen sie das sofort beenden. Oder eine sehr gute Erklärung haben.« Er wandte sich an Fay auf dem Monitor. »Kann es eine geben?«

»Dass das ausgebrachte Material nicht die Wirkung im erwünschten Ausmaß zeigt«, antwortete Fay, »und sie deshalb mehr ausbringen müssten. Wobei ich nicht wüsste, wie sie das in der kurzen Zeit feststellen wollen. Aber vielleicht setzen sie Methoden ein, die sie uns nicht mitgeteilt haben.«

»Was an sich schon ein Vertrauensbruch wäre«, warf die Außenministerin ein. »Die Allianz hatte volle Transparenz zugesagt.«

»Warum könnte die Wirkung geringer ausfallen?«, lenkte der Präsident das Gespräch zurück zum Thema.

»Noch nie in der Menschheitsgeschichte hat jemand ein Vorhaben in diesen Dimensionen durchgeführt. Und das nach zu wenig praktischer Forschung, meiner Ansicht nach zumindest. Obwohl, vielleicht hat uns die Allianz auch da etwas vorenthalten. Vielleicht treten Effekte auf, die niemand vorhergesehen hat. Einer der meistdiskutierten in dem Zusammenhang ist, dass die Aerosole sich schneller zu größeren Tröpfchen zusammenklumpen als erwartet und daher eine geringere kühlende Wirkung haben und wesentlich rascher zur Erde sinken. Andere Gründe können die Orte sein, an denen das Material in die Atmosphäre gebracht wird. Oder die Höhe. Oder die Jahreszeit. Bei Safe Heaven hängt viel davon ab, wie hoch das Lofting-Material das Ausgangsmaterial für die Aerosole trägt. Vielleicht waren die Erwartungen hier zu hoch gesteckt. Oder es kommt durch das Lofting-Material zu verstärkter Verklumpung. Oder die globalen Luftströme reagieren anders auf die Erhitzung des Lofting-Materials, als es die Modelle voraussagten. Oderoderoder. Wobei«, beeilte sie sich hinzuzufügen, als die Außenministerin sie unterbrechen wollte, »ich anstelle der Safe-Heaven-Allianz dann erst einmal mit dem weiteren Ausbringen aufhören würde, um herauszufinden, wie man das Problem lösen kann. Sonst wäre das Ganze eine gewaltige Energie- und Ressourcenverschwendung.«

»Wir müssen sofort mit der Allianz sprechen«, wiederholte der Präsident, »und darüber, wie wir uns eine Zusammenarbeit in Zukunft vorstellen.«

111

Der indonesische Präsident erschien als Letzter in dem virtuellen Besprechungsraum. Das vierzehnköpfige Führungsgremium der Safe-Heaven-Allianz war damit komplett.

»Ich bitte um Verzeihung für die Verspätung«, sagte er, »ich musste dem US-Präsidenten noch mitteilen lassen, dass ich gerade unabkömmlich in einer Sitzung bin.«

Ebele stand allein zwischen den Sitzobjekten in der weißen Arbeitslounge.

»Das wird ihn nicht amüsiert haben«, lachte der Inder.

»Wahrscheinlich nicht«, sagte der Indonesier.

»Wenn er wüsste, was noch kommt.«

Vierzehn ernste Gesichter, zehn davon Männer.

»Verehrte Anführer«, sagte Ebele, »die Zeit ist gekommen, der Welt Safe Heaven in seiner ganzen Pracht vorzustellen. Sie kennen das Material. Sie haben es mitgestaltet und mitbeschlossen. Es wird Zeit, dass auch Ihre Abteilungen für Öffentlichkeitsarbeit es kennenlernen. Sämtliche notwendigen Unterlagen werden in diesen Sekunden in den entsprechenden Clouds freigeschaltet. Die Teams haben zwei Stunden Zeit, sich damit vertraut zu machen. Um vierzehn Uhr Greenwich Mean Time wird der erste Teil auf den geplanten Kanälen der Weltöffentlichkeit vorgestellt. Danach wird die Welt nicht mehr sein wie zuvor.«

112

Langsam und regelmäßig drehte sich der Globus auf dem Großbildschirm im Oval Office. Neben dem Präsidenten waren auch mehrere Kabinettsmitglieder und Mitarbeitende anwesend.

Über die Landschaften und Meere legten sich Linien. Die nationalen Staatsgrenzen Anfang der 2020er-Jahre. Dazu das Gitternetz der Längen- und Breitengrade.

»Das ist die Welt Anfang des einundzwanzigsten Jahrhunderts«, erklärte eine Sprecherstimme. »In ihr existieren arme Länder« – über praktisch alle Staaten Afrikas, viele lateinamerikanische und südostasiatische Länder legte sich ein Schleier in verschiedenen Rottönen – »ein bisschen wohlhabendere« – einige lateinamerikanische und asiatische Länder färbten sich orange bis gelb, selbst über Russland und mehrere osteuropäische Staaten wie Moldawien legte sich ein blassgelber Ton – »und wohlhabende bis reiche.« Nun überzogen Grüntöne in verschiedener Intensität zahlreiche Staaten der Nordhalbkugel sowie Australien. Auch in den roten und gelben Arealen leuchteten vereinzelt grüne Flecken oder Punkte: der größte Teil der Arabischen Halbinsel, Singapur, Brunei, weitere Inseln.

»Wie wir sehen«, fuhr der Sprecher fort, »liegt die ganz überwiegende Mehrzahl der wirtschaftlich erfolgreichsten Staaten zwischen dem dreißigsten und sechzigsten Breitengrad, fast alle davon im Norden. Im Süden ist es Australien. Argentinien gehörte zu besseren Zeiten auch schon einmal fast dazu. Wenn wir jetzt noch jene Länder weglassen, die vor allem in den letzten Jahrzehnten durch Spezialaspekte wie Rohstoffreichtum, im Besonderen fossile Brennstoffe, oder durch besondere Geschäftsmodelle, vorrangig Steuerfreiheit, kreative Angebote für Vermögensverwaltung et cetera, in diese Kategorie aufgestiegen sind« – auf dem Globus verschwanden die grünen Markierungen über der Arabischen Halbinsel, Brunei, Singapur und den anderen Inselchen – »dann sehen wir ein eindeutiges Muster. Oder eigentlich: einen Gürtel. Den Gürtel der ökonomisch erfolgreichsten Volkswirtschaften der Erde.«

Der animierte Globus entfaltete sich zu einer Karte mit einer noch besseren Übersicht auf diesen Gürtel.

»Worauf basiert deren Erfolg?«, fragte der Sprecher. »Politische Verhältnisse können es nicht sein. In den entsprechenden Staaten finden wir von Demokratien über Monarchien und Kleptokratien bis zu Diktaturen alle politischen Systeme. Historische Vorteile scheiden auch aus. Dem Westen könnte man einen Vorsprung aus ein paar Jahrhunderten Kolonialismus zuschreiben, und das wird auch oft getan. Doch erstens hatten viele westliche Staaten keine nennenswerten Kolonien, höchstens kleine und die über keinen langen Zeitraum – man denke an Norwegen, Schweden, Finnland, selbst Deutschland und die meisten osteuropäischen Staaten.

Spätestens bei China oder Südkorea passt diese Erklärung nicht mehr, sie hatten in der Neuzeit nie längerfristig Kolonien, wenn man bei China von Tibet absieht.

Japanische Kolonialisierungsversuche in China und anderen Teilen Asiens Mitte des zwanzigsten Jahrhunderts dauerten gerade ein paar Jahre – zu kurz, um von einem Kolonialreich zu sprechen, aus dem Japan langfristig Vorteile bezogen hätte.

Wenn also weder Politsysteme noch Geschichte beziehungsweise Kolonialismus verantwortlich für den heutigen Erfolg sind, was dann?«

»Versuchen wir es mit etwas anderem: Temperatur und Klima.«

Im deutschen Bundeskanzleramt hatten sich mittlerweile der Kanzler und fünf Regierungsmitglieder vor dem großen Monitor versammelt. Eben kam noch eine Staatssekretärin dazu.

Auf der Weltkarte im Monitor erschien in den roten Gebieten nahe dem Äquator der Schriftzug *Tropische Zone:* Teile Afrikas südlich der Sahara, Indonesien und die umliegenden Inselstaaten, das nördliche Lateinamerika.

»Entlang des Äquators finden wir die Tropen«, setzte die Sprecherstimme ihre Ausführungen fort. »Und eine Häufung der ärmsten Länder der Welt.«

Nördlich davon, in den orangefarbenen Regionen, erklärte eine Einblendung *Subtropische Zone.*

»Für die Subtropen kann man grob sagen, dass die Sommer tropisch sind, während es die Winter nicht sind. Auch hier finden wir wenige reiche Staaten. Und wenn, dann die erdölreichen und die Steueroasen.«

Im Norden schloss sich daran der grün gefärbte Gürtel an. Auf der Südhalbkugel umfasste das grüne Gebiet Südafrika, Südaustralien und das südliche Lateinamerika. Dies, erklärte der nächste Schriftzug, war die *Gemäßigte Zone.*

»Kommen wir in die gemäßigte Zone. Von den Subtropen trennt man sie im Allgemeinen grob durch die Jahresmitteltemperatur, die hier unter zwanzig Grad liegt. In der kühlgemäßigten Zone liegt die Jahresmitteltemperatur noch etwas niedriger, bei etwa dreizehn bis fünfzehn Grad, bis sie …«

Hier blendete ein Text im nördlichen Kanada und Russland *Kaltgemäßigte Zone* ein.

»... in der kaltgemäßigten Zone unter zehn Grad liegt. Danach kommen noch die Polarzone und die Polareis-Zone.«

Jetzt füllten sie den Bildschirm: die Klimazonen, die sich verblüffend mit den Gebieten unterschiedlich erfolgreicher Volkswirtschaften deckten.

Besonders ins Auge sprang der grüne Gürtel der gemäßigten Klimazone. Darin lagen praktisch alle großen, wirtschaftlich erfolgreichsten Staaten: von den USA und Kanada über Europa bis zu China, Südkorea und Japan.

»Wohl kein Zufall«, fuhr der Sprecher schließlich fort. »Oder, wie man in der Forschung zur Klimakrise oft hört: ›Arme Menschen leben in heißen Gebieten.‹«

»Das wurde in den staatlichen TV-Sendern sämtlicher Allianzmitglieder gesendet?«, fragte Ben vor dem Fernseher im Wohnzimmer. Fay und die Kinder kauerten auf den Knien davor.

»Schht, ja«, zischte Fay. Nicolas, der gleichzeitig auf seinem Telefon scrollte, fügte hinzu: »Und natürlich online.«

Zu der Grafik der Klimazonen erklärte die Stimme des Sprechers:

»In den letzten Jahren belegen Studien zunehmend, dass der wirtschaftliche Erfolg einer Gesellschaft überwiegend von Temperatur und Klima abhängt. Eigentlich müsste es daher nicht heißen: ›Arme Menschen leben in heißen Gebieten‹, sondern ›Heiße Gebiete machen arme Menschen‹.«

»Ist das so?«, fragte Ben.

»Da gehen die Meinungen auseinander«, sagte Fay.

Der breite grüne Gürtel auf der nördlichen Halbkugel und der schmale auf der südlichen begannen zu leuchten.

»Die optimale Temperatur für eine erfolgreiche Wirtschaft scheint im Mittel bei dreizehn bis fünfzehn Grad zu liegen.«

Bilder von Flüssen, Seen, Pflanzen, bedeckt mit Tautropfen.

»Natürlich spielen auch andere Faktoren eine Rolle, wie die Nähe zu Wasser, vor allem zu großen Flüssen, die monatliche Variabilität des Luftdrucks und der Luftfeuchtigkeit, die täglichen Unterschiede der Sonnenstrahlung und einiges mehr.«

Auf dem Bildschirm erschien eine animierte Zeitleiste der Erdzeitalter, illustriert von bewegten Aufnahmen einer kochenden Welt, Mikroben, Urtiere, Dinosaurier, Frühmenschen, schließlich Großstädte, Flugzeuge, Raumstationen.

»Laut Wissenschaft befinden wir uns mittlerweile im sogenannten Anthropozän – jenem Zeitalter, in dem der Mensch endgültig einen wesentlichen Einfluss auf die Erde ausübt. Die Menschheit vermochte die globale Mitteltemperatur im vergangenen Jahrhundert um mehr als ein Grad zu erhöhen.«

Rasant geschnittene Videos und Bilder von Folgen der Erderwärmung – Fluten, Dürren, Stürme – illustrierten den Text.

»Schon in wenigen Jahrzehnten werden Länder wie Nigeria und Indien zu den bevölkerungsreichsten Staaten der Erde gehören.«

Zurück zum Globus, auf dem nun alle Länder mit vielen kleinen Menschen-Symbolen gefüllt waren. Innerhalb der nigerianischen und indischen Grenzen sowie einigen weiteren Staaten Afrikas, Asiens und Lateinamerikas vermehrten sie sich rasch. Gleichzeitig verschwanden immer mehr davon aus China, Russland und Europa. In den USA war der Rückgang etwas schwächer.

»Dagegen wird sich die Einwohnerzahl Chinas und Europas bis zum Jahr 2100 beinahe halbieren.«

Die Symbole in Europa und China schrumpelten wie Rosinen.

»Ernsthaft?«, fragte Ben.

»In etwa«, erwiderte Fay genervt. »Zumindest ohne massivste Zuwanderung. Pst!«

»Zudem wird der Großteil dieser Menschen im Norden alt und entsprechend unproduktiv sein. Dagegen wird die neue Mehrheit im Süden jung, unternehmungslustig und aktiv sein.«

Bilder junger, muskulöser Ringer am Strand von Dakar wurden abgelöst von Flüchtlingszügen, die an Grenzen aufgehalten wurden, Stacheldrahtzäune überwinden wollten, sich in viel zu kleinen Booten und Schiffen drängten.

»Schon heute versuchen viele, vor den Folgen der Klimakrise – Dürren, Fluten, Hunger – zu fliehen und diese gelobten Länder zu erreichen.«

Flüchtlingslager, Brandanschläge. Demonstrationen mit ausländerfeindlichen Plakaten.

»Länder, in denen sie nicht willkommen sind.«

»Und abfällig Migranten genannt werden«, murmelte Fay.

Wieder der Globus mit den farbigen Klimazonen. Langsam begannen sich die Farben zu verändern und zu verschieben. Der grüne Klimagürtel der kühlgemäßigten Zone und wirtschaftlich erfolgreichen Länder rutschte Richtung Äquator. Die Gebiete südlich und nördlich davon färbten sich in verschiedenen Blautönen.

»Da wäre es doch nur sinnvoll, dass diese Menschen von vornherein in der ökonomisch optimalen Klimazone leben, um das bestmögliche Ergebnis aus ihrer jungen Energie zu schöpfen!«

»Das wäre erst eine Völkerwanderung«, murmelte Ben.

»Ich fürchte«, flüsterte Fay, »der Wahnsinnige meint etwas anderes.«

»Wer sagt denn«, setzte der Sprecher fort, »dass es mit den Temperaturen immer nach oben gehen muss?«

Schließlich fingen sich die Zonen in ihren neuen Positionen: Grün, wo zuerst die Tropen gelegen hatten.

Die Zone umfasste fast ganz Afrika bis zum Mittelmeer, Südostasien von Indien über Indonesien bis hin zu den Philippinen,

Neuguinea und das nördliche Australien. Die Südseeinseln und weite Teile Lateinamerikas, im Norden bis zur US-Grenze.

»Wenn wir schon im Anthropozän leben, dann könnten wir die Welt auch anders gestalten, als sie ständig weiter zu erhitzen.«

»Bitte nicht«, flüsterte Fay.

Von den Polen her ausgedehnt hatte sich die kaltgemäßigte Zone. Ein Klima wie einst in Sibirien und Alaska fand sich nun in Mitteleuropa, China, Japan und den USA. Teile Nordeuropas, Sibiriens und Kanadas befanden sich gar in der polaren Zone.

»Deshalb hier ein Vorschlag: Statt die Menschen in die optimale Klimazone zu bringen, bringen wir die optimale Klimazone zu den Menschen.«

113

»Heilige Scheiße!«, sagte Nicolas. »Meint der das ernst?«

»Tut er«, antwortete Fay mit hohler Stimme. »Genau genommen passiert es schon.«

»Wovon redest du?«, fragte Ben.

»Unsere jüngsten Messungen der Safe-Heaven-Emissionen zeigen, dass das Programm seit seinem Start siebenmal mehr Aerosole in den Himmel transportiert hat als angekündigt.«

Ben sprang auf.

»Das Siebenfache?! Soll das heißen …?«

»Die Safe-Heaven-Allianz will nicht nur die globale Erhitzung stoppen«, bestätigte Fay. »Sie will die Erde abkühlen, sodass sich die Klimazonen verschieben.«

»Und warum erfährt das keiner?!«, empörte sich Ben. »Das ist doch Wahnsinn!«

»Weil wir es selbst erst vor wenigen Stunden erfahren haben«, erklärte Fay. »Und noch eine Rückbestätigung von anderen Beobachtungsprogrammen abwarten wollten.«

»Und du hast es nicht für nötig gehalten, wenigstens deine Familie zu warnen?!«

»Wie gesagt, zuerst wollten wir uns sicher sein.«

»Ich fasse es nicht!«, rief Ben und wandte sich ab.

»Was heißt das jetzt?«, fragte Joy nervös. »Kommt bei uns eine Eiszeit?«

»Was technisch dafür getan werden muss, wird Ihnen gern in einem persönlichen Gespräch erklärt«, sagte die Stimme des Sprechers auf dem Display von Siennas Telefon. Sie verstand ihn kaum, obwohl sie mit nur drei anderen auf dem Sprecherpodium etwas erhöht stand und die Demonstranten um sie herum sehr leise geworden waren. Die meisten beugten sich ebenfalls über ihre Telefone. Die Transparente über ihren Köpfen – *No Geoengineering! – Wir sind nicht Gott! – Wer mit dem Klima spielt, verliert!* – hingen schief und schlaff.

»Wen meint er damit?«, fragte Sienna die jungen Leute auf dem Podium neben ihr.

»Es ist das wohl gewaltigste und ehrgeizigste Projekt, das Menschen je in Angriff genommen haben«, fuhr die Stimme fort.

»Es ist vor allem das selbstmörderischste«, ächzte Sienna ungläubig und bemerkte nicht, dass das Mikrofon ihre Stimme gut hörbar über die Zehntausenden Menschen, die sich auf dem Parliament Square drängten, hinweg bis zum Parlament und Big Ben übertrug.

»Neben der Klimatechnik wird es gewaltige Infrastrukturprojekte erfordern – oder, je nach Perspektive: ermöglichen« – auf einem Markt priesen Händler ihr Getreide, Gemüse und Obst an – »um die Wasser- und Nahrungsversorgung der Bevölkerungen auch in der Umstellungsphase und darüber hinaus sicherzustellen.«

Von dem Markt flog die Kamera über Baustellen von Bahnlinien, Krankenhäusern, Schulen, Wohnhäusern, Dörfern und Städten aus modernen Holzbauten.

»Gleichzeitig müssen wir unseren Bevölkerungen ermöglichen, das kommende vorteilhafte Klima optimal zu nutzen.«

Durch die Demonstrierenden ging ein Raunen.

»Vorteilhaftes Klima?«, schimpfte Sienna. »Ihr bringt uns *alle* um!«

»Das heißt immense Investitionen in die grundsätzliche Einstellung gegenüber zahlreichen gesellschaftlichen Werten, Infrastruktur, Bildung, Gesundheitssysteme und alle anderen Institutionen, die erfolgreiche Gesellschaften auszeichnen.«

Eine schnelle Schnittfolge zeigte Frauen aus verschiedensten Ländern in den unterschiedlichsten Lebenslagen: als Mädchen in der Schule, beim Spielen, beim verliebten Turteln mit Jungs und anderen Mädchen, an der Universität, in Jobs, beim Gebären, mit ihren Familien, wieder in Jobs.

»Dabei müssen wir von den Erfolgen und Fehlern des Nordens lernen. Ein Beispiel. Zunehmender Wohlstand senkt die Geburtenrate. Das wurde dem Norden schon in den vergangenen Jahrzehnten zum Verhängnis und wird sich in den kommenden Jahrzehnten noch verschärfen, wie wir schon gezeigt haben. In den meisten Ländern des Nordens ist dieser Trend nicht mehr umkehrbar, selbst wenn man die Menschen dazu bringen würde, wieder mehr Kinder zu bekommen, wie es China gerade versucht.«

Animierte Grafiken zeigten das ganze Ausmaß der Entwicklung.

»Wir müssen also dafür sorgen, dass die Menschen weiterhin Kinder bekommen wollen. Die wichtigsten Mittel dazu sind bekannt, wenn auch gerade in unseren Ländern vielleicht nicht beliebt – doch das müssen wir ändern: breiter Wohlstand in der Bevölkerung, um sich Kinder leisten zu können. Ausreichend Kinderbetreuung, weil die gut ausgebildeten Frauen nicht mehr nur zu Hause bei den Kindern sitzen wollen. Und wir müssen die Frauen gut ausbilden …«

»Das wäre ja mal was«, fauchte Sienna. »Ginge übrigens auch ohne Kälteschock!«

»… sonst müssten wir auf die Hälfte der möglichen Arbeitskräfte und damit die Hälfte des möglichen Reichtums verzichten.«

»Geht also wieder einmal nur ums Geld«, ächzte Sienna. »Hätte mich auch gewundert.«

»Man sieht das zurzeit am Beispiel Chinas. Obwohl die dortige Führung inzwischen drei Kinder pro Familie erlaubt, bekommen chinesische Frauen weniger Kinder denn je zuvor.«

»Würde ich dort auch so machen«, murmelte Sienna.

»Ein anderes Thema ist der Ressourcenschutz. Wir haben nur eine Erde.«

»Allerdings!«

»Unsere Volkswirtschaften müssen in diesem großen Aufbau von Beginn an als Kreislaufwirtschaften organisiert werden, um die natürlichen Ressourcen der Erde bestmöglich zu verwenden und wiederzuverwerten.«

»Richtig«, stöhnte Sienna. »Aber weshalb müsst ihr dafür dermaßen am Klima schrauben?«

»Das waren nur zwei Beispiele. Zu den notwendigen Maßnahmen haben wir eigene Unterlagen ausgearbeitet. Aber, werden Sie fragen: Ist das überhaupt möglich?«

»Natürlich ist es das!«, ließ der Sprecher die Zusehenden in aller Welt begeistert wissen. In Japan hatten sie sich ebenso über ihre Mobiltelefone und Tabletcomputer gebeugt, saßen oder standen vor Streamingdiensten und Fernsehern, in Büros, zu Hause, in öffentlichen Verkehrsmitteln, mitten auf der Straße, wie in Russland, Malaysia, Iran, Bulgarien, Guatemala und allen anderen Staaten der Erde.

»Denken wir an Japan, Deutschland, Österreich, Südkorea, China.«

In rasantem Tempo wechselten Bilder der im Zweiten Weltkrieg durch Bomben in Ruinen verwandelten Städte – Berlin, Dresden, Hiroshima, Nagasaki –, historische Aufnahmen des

»Wirtschaftswunder-Deutschlands« der Fünfziger- und Sechzigerjahre mit VW-Käfern und Wanderungen im Schwarzwald, Zeitraffervideos von Baustellen, die Wolkenkratzer hochzogen, japanische Autofabriken der Achtzigerjahre, Videokassetten, Walkmans, Menschenmassen in zeitgenössischen japanischen Städten, Hipster in Berlin.

»Deutschland, Österreich und Japan wurden nach dem Zweiten Weltkrieg aus besiegten Trümmerlandschaften binnen einer Generation zu einigen der erfolgreichsten Volkswirtschaften. Japan belegt im weltweiten Ranking heute Platz drei, Deutschland Platz vier, Österreich ist in den Top zwanzig beim Bruttoinlandsprodukt pro Kopf!«

Ähnliche Bilder, doch Land und Leute waren andere.

»Südkorea ist ein ebenso gutes Beispiel. Mitte des zwanzigsten Jahrhunderts noch eines der ärmsten Länder der Welt, war es vierzig Jahre später ein globaler Star und ist es weiterhin.«

Bilder des kommunistischen Chinas unter Mao Zedong: Menschenmassen in blauer Kluft, Tausende Radfahrer strampelten dicht an dicht über versmogte Straßen, zunehmend tauchten Autos auf, bis die Straßen modern wurden, die Gebäude am Rand von zweistöckigen Baracken sich zu glänzenden Hochhäusern verwandelten, keine Radfahrer mehr zu sehen waren, nur neueste Autos.

»China schaffte den Sprung noch schneller. Nach der wirtschaftlichen Öffnung in den Neunzigerjahren des zwanzigsten Jahrhunderts brauchte es nicht einmal dreißig Jahre, um sich hoch zum Global Player und der zweitgrößten Volkswirtschaft der Welt zu katapultieren.«

Lagos. Djakarta. Mumbai. Sao Paolo. Wolkenkratzer ragten aus Slumlandschaften empor.

»Es wird Zeit, dass die Länder und Völker des Südens auch solche Erfolge feiern!«

Szenen wie aus einem Science-Fiction-Film zeigten Visionen eines Lagos, Djakarta, Riad der Zukunft. Jedoch ohne verglaste Wolkenkratzer, dafür mit sehr viel Grün.

»Welche Zeit wäre besser dafür geeignet als heute, da ohnehin große Umbrüche anstehen und geplant sind?! Dies ist die wahre Herausforderung für Menschen, die schon alles besitzen, aber auch für jene Milliarden, die nach einem besseren Leben streben: die Welt zu verändern – im wahrsten Sinn des Wortes.«

Weitere Zukunftsbilder einer gemäßigten Äquatorzone wurden eingeblendet. Überall wuchsen grüne organische Holzstädte empor, Hochgeschwindigkeitsbahnlinien, Häfen an neu entstandenen Küstenlinien, E-Flughäfen.

»Ganz zu schweigen von den Geschäftsmöglichkeiten. Klimadesign wird das Mega-Business der kommenden Jahrzehnte. Es wird den Völkern des Südens noch größeren Wohlstand bringen, als der Norden ihn heute genießt. Und es wird die ersten Billiardäre schaffen.«

In den Szenarien prosperierender Städte und Landschaften voll wohlhabender, glücklicher Menschen beiläufig eingebaut waren Statuen und prunkvolle Gedenkstätten politischer und wirtschaftlicher Führer der Gegenwart aus jenen Staaten, die den neuen Klimawandel voranbringen sollten.

»Ihre Betreiber werden in die Geschichte eingehen als die glorreichen Schöpfer einer neuen Welt, in der ihre Nachkommen nicht mehr leben wie Gott in Frankreich, sondern in Indien, Indonesien, Nigeria, Saudi-Arabien oder Brasilien.«

WIEGE DER MENSCHHEIT

114

Nach dem Stopp des Films der Safe-Heaven-Allianz herrschte ein paar Atemzüge lang Stille im Situation Room.

Nicht einmal die sonst so impulsive Außenministerin gab etwas von sich. Vielleicht wollte auch niemand etwas dazu sagen, bevor nicht der Präsident sich geäußert hatte.

Mit einem Finger auf dem Trackpad setzte der Stabschef das Video fort. Nun sprach der indonesische Präsident:

»Diese Präsentation überzeugte vor fünf Jahren zehn Staatschefs, Safe Heaven ins Leben zu rufen. Nun bereitet sie Milliarden von Menschen des globalen Südens auf ihre vielversprechende Zukunft vor.«

»Abwarten«, fauchte die Außenministerin.

»Dieser Weg wird nicht immer einfach sein. Er wird von Hindernissen und Herausforderungen gesäumt sein. Im Norden werden sich viele dagegenstellen. Werden versuchen, diesen unaufhaltsamen Weg zu bekämpfen.«

»Worauf du einen lassen kannst!«, ergänzte der Stabschef.

»Wir empfehlen Ihnen, sich stattdessen auf die Veränderungen einzustellen. Denn das werden Sie müssen.«

»Von wegen, du Mistkerl!«, wieder der Stabschef.

Statt des Indonesiers erschien eine Weltkarte. Farbige Flächen markierten die Klimazonen. In einer Animation kühlten die orangefarbenen Tropen auf Gelb bis Grün, während die ursprünglich grünen Gürtel über Europa, Nordamerika und Teilen Asiens sowie Lateinamerikas und Australiens so blau wurden wie davor die polarnahen Gebiete.

»Safe Heaven wird die Erde langfristig um etwa fünf bis sechs Grad abkühlen«, erklärte dazu die Stimme des indonesischen Präsidenten.

»Die sind völlig durchgeknallt«, murmelte Homeland Security.

»Keine Sorge also, lieber Norden, wir nehmen euch den Klimawandel nicht weg. Wir drehen ihn nur zu unseren Gunsten.«

Die Weltkarte färbte sich noch einmal um. Teile Nordeuropas, Nordasiens und Nordamerikas wurden von einer weißen Schicht überzogen. Ein rotes X strich das Szenario durch.

»Das bedeutet allerdings keine neue Eiszeit für den Norden. Aufgrund der Eigenheiten des *Solar Radiation Management* durch Aerosole wird sich die Abkühlung anders verteilen, als es während der letzten Eiszeit der Fall war.«

Die Weltkarte färbte sich erneut um, zu der Hitzeverteilung Anfang der 2020er-Jahre: die Pole röter als der Rest.

»In den vergangenen Jahrzehnten erhitzte der menschliche CO_2-Ausstoß die Erde in Richtung der Pole deutlich stärker als am Äquator. Während die Durchschnittstemperatur am Äquator heute um knapp ein Grad über der vorindustriellen Zeit liegt, betrug sie an Nord- und Südpol und dem Himalaya bereits um drei Grad mehr.«

Die Farben auf der Weltkarte kühlten sich ab. An den Polen verwandelte sich das Dunkelrot zu Gelb, am Äquator das Orange zu Grün.

»Sowohl Chinas Großer Sonnenschirm als auch Safe Heaven würden dieses Phänomen nicht ändern. Die Abkühlung wird am Äquator stärker sein als in Richtung der Pole.

Selbstverständlich werden sich die Bedingungen in den heute

gemäßigten Zonen ändern. Skandinavien und Nordeuropa, weite Teile Russlands, Kanadas, einige nördliche US-Bundesstaaten und der Südzipfel Lateinamerikas werden sich an Verhältnisse wie heute in Alaska oder Sibirien gewöhnen müssen.«

»Einen Scheißdreck werden sie!«, fluchte der Stabschef.

Bilder vereister Landschaften, Städte, Dörfer. Menschen dick vermummt. Erkennbar Sommerbilder, auf denen die Personen dicke Hemden trugen. »Aber auch dort leben heute Menschen. Die aktuell noch gemäßigte Zone, also der Rest der USA, Europa, China, Japan und so weiter, stellt sich am besten auf ein Klima ein, wie man es heute von Skandinavien bis Novosibirsk kennt.«

Videoschnipsel der genannten Städte. Menschen saßen in dicken Pullovern vor Cafés in der Sonne.

»Und wieder: Auch in diesen Gebieten leben heute Milliarden von Menschen. Die Bewohner dieser Regionen können also in ihrer Heimat bleiben.«

»Das werden sie nicht tun«, murmelte Homeland. »Wenn das wirklich geschieht, werden sie in wärmere Gefilde ziehen. Wie die Rentner nach Florida.«

Das Video wechselte zurück zu dem indonesischen Präsidenten. »Sie müssen lediglich ihre Lebensgewohnheiten den neuen Bedingungen anpassen«, fuhr er fort. »Diese Entwicklung ist unumkehrbar, und wir empfehlen, nicht zu versuchen, sie zu verhindern.«

Schnitt zu Bildern aus Indien. Eine Militärparade. Mächtige Militärfahrzeuge zogen gewaltige Raketen.

»Mit Indien ist eine Atommacht Mitglied der Safe-Heaven-Allianz. Verhandlungen laufen über einen Beitritt Pakistans. Ja, Pakistan wird sich über das Klimathema voraussichtlich mit Indien verbünden können! Damit wäre eine zweite Atommacht Mitglied.«

Die pilzförmige Explosion einer Nuklearwaffe. Langsam und düster quoll der Schirm empor.

»Jeglicher militärische Konflikt über Safe Heaven würde früher oder später im Einsatz von Atomwaffen enden.

Das kann nicht im Interesse des Nordens sein.«

»Wow«, entfuhr es dem Verteidigungsminister, »das eskaliert schnell. Drohung mit Nuklearwaffen.«

Die bekannten Bilder explodierender Atombomben zogen über die Monitore, der folgten Feuerstürme, die alles hinwegfegten, was auf ihrem Weg lag. Gigantische Rauchsäulen stiegen in den Himmel. Weiße und graue Asche fiel auf die Gesichter in den Himmel schauender Menschen.

»Wie Modellierungen seit den Sechzigerjahren zeigen, würde eine militärische Auseinandersetzung mit Atomwaffen zu einem sogenannten nuklearen Winter führen. Die Abkühlung der Welt würde noch beschleunigt werden.«

Zeitrafferbilder zeigten erneut die Veränderung einer tropischen Großstadt, vielleicht Lagos oder Djakarta, von den gegenwärtigen Slumanhäufungen zu den grünen holzgebauten Städten der Zukunft aus dem Video davor, dazwischen die Veränderung der Städte und Landschaften im Norden, wie Kopenhagen, Stockholm, Toronto und anderen.

»Unser Angebot an den Rest der Welt ist daher heute: Koordinieren wir die Abkühlung friedlich in einer Form und einem Tempo, das sowohl den Staaten des Nordens als auch denen des Südens ermöglicht, sich bestmöglich auf die neuen Verhältnisse vorzubereiten und daran anzupassen.«

»Den Teufel werden wir tun und uns darauf vorbereiten!«, rief der US-Präsident. »Diesen Mist können wir auch ohne Nuklearwaffen stoppen. Wir bombardieren die Flughäfen. Holen ein paar der Flieger aus der Luft! Mal sehen, ob die übrigen Piloten dann noch weiter starten wollen!«

»Vorbereiten müssen wir uns trotzdem«, wandte Homeland ein. »Und zwar sehr schnell. Die Nerven der Menschen liegen wegen des Tankstopps ohnehin schon blank. In Supermärkten und Apotheken fehlen bereits Produkte. Erste Unternehmen müssen vorübergehend oder endgültig schließen. Und unsere operativen Handlungsmöglichkeiten schrumpfen damit ebenfalls täglich! Wir müssen bereits in den kommenden Wochen und Monaten mit einer Abkühlung von womöglich bis zu zwei Grad rechnen, wie uns die Direktorin des UNCCC vor wenigen Stunden erklärte. Die Auswirkungen werden dramatisch sein: schwere Ernteverluste durch Regenmangel, Fluten, Hurrikane, Kälte und reduzierte Sonnenstrahlung. Nächstes und übernächstes Jahr wird es noch schlimmer, auch wenn Safe Heaven sofort gestoppt werden könnte. Das bedeutet Hungerkrisen weltweit. All das muss die Safe-Heaven-Allianz auch geplant haben. Vermutlich haben die Staaten für ihre Bevölkerungen gewisse Vorräte angelegt.« Er holte Luft. »Ich weiß zu wenig über die Widerstandsfähigkeit westlicher beziehungsweise nördlicher Infrastruktur, wenn die Winter um einiges härter werden als bisher. Platzen Wasserleitungen? Wie sieht es mit Gas- und Ölpipelines aus? Mit der Befahrbarkeit nördlich gelegener Häfen? Mit dem Freiräumen von Straßen und Bahnlinien bei deutlich heftigeren und längeren Schneefällen als gewohnt? Selbst wenn die Leitungen und Pipelines robust genug sind – haben wir genug Energiereserven für einen richtig kalten Herbst, einen langen, eisigen Winter und einen viel kälteren Frühling als sonst? Oder wird Energie unbezahlbar?«

»Die Wintersportindustrie wird sich freuen«, grummelte der Stabschef.

»Das bezweifle ich«, widersprach der Finanzminister. »Wir

müssen mit einer schweren Wirtschaftskrise rechnen. Die Menschen werden Wichtigeres zu tun haben, als in Aspen zu feiern.«

»Apropos Infrastruktur und Wirtschaftskrise«, sagte Homeland. »Glaubt noch jemand an Zufall, dass der Hack der Tanksysteme vor ein paar Tagen startete? Wir haben da draußen bereits größte Probleme!«

Die anderen blickten ihn überrascht an.

»Du glaubst, dass die Allianz dahintersteckt?«, fragte die Außenministerin.

»Scheint nicht ganz abwegig …«, sinnierte Homeland.

»Wir haben Safe Heaven politisch gegen China unterstützt«, sagte der Präsident mit unterdrücktem Zorn. »Die Allianz hat uns komplett bloßgestellt!«

»China wird den Großen Sonnenschirm wohl aussetzen«, sagte die Außenministerin.

»Wenn Safe Heaven sofort gestoppt würde«, fragte der Präsident, »wie lange würde die Abkühlung wirksam sein? Ein bis zwei Jahre, wenn ich die bisherigen Erklärungen richtig verstanden habe?«

»In etwa«, sagte Homeland.

»Und dann?«

»Kehrt die Temperatur recht schnell zurück zum jetzigen Zustand.«

»Das heißt, dann könnte, oder wahrscheinlich würde, China seinen Großen Sonnenschirm fortführen?«

»Möglich wäre es«, sagte Homeland. »Vielleicht aber beschließt China angesichts der aktuellen Entwicklungen, dass unilaterales Geoengineering zu riskant ist.«

»Was auch nicht das Schlechteste wäre«, sagte der Präsident. »Das hieße, China käme an den Verhandlungstisch. Dort wollten wir es ja haben.«

»Oder es beschließt, den Großen Sonnenschirm allein weiterzubetreiben«, wandte die Außenministerin ein. »Ohne Safe Heaven oder ein anderes Programm hätten sie keinen Grund, an den Verhandlungstisch zu kommen.« Sie wandte sich an Homeland. »Bekämen wir ein vergleichbares Programm innerhalb dieser zwei Jahre hin?«

»Schwierig«, sagte Homeland. »Der Norden müsste Partnerländer in den entsprechenden geografischen Breiten finden, Drohnen oder wiederbenutzbare Raketen entwickeln und bauen, die Infrastruktur zur Beladung schaffen, die Rohstoffe für die Aerosole in ausreichender Menge abbauen und produzieren. Alternativ zu den Drohnen Hunderte Transportflugzeuge umrüsten – sobald man die notwendige Technologie von der Safe-Heaven-Allianz bekommen hat, was zur Not und mit Gewalt möglich sein sollte –, plus all die anderen zuvor genannten Herausforderungen. Sehe ich nicht binnen zwei Jahren. Emanuel Sanusi sprach von fünf Jahren.«

»Wir könnten also ein Programm für in fünf Jahren ankündigen. Dann muss China damit rechnen.«

Homeland nickte vage.

»Oder wir schaffen es«, sagte die Außenministerin, »Safe Heaven teilweise zu stoppen oder zu zerstören und die verbleibenden Kapazitäten unter unsere Kontrolle zu bringen.«

Der Präsident warf dem Verteidigungsminister einen fragenden Blick zu.

»Strategisch langfristig wahrscheinlich die weitaus aufwendigere Variante im Vergleich dazu, Safe Heaven komplett zu zerstören und ein eigenes Programm hochzuziehen«, sagte der. »Aber das müssen sich unsere Strategieabteilungen ansehen.«

»Dafür haben wir keine Zeit«, sagte der Präsident. »Wir müssen sofort reagieren. Und wir müssen klar und deutlich sein.«

»Einen sofortigen Stopp fordern wir ohnehin, denke ich«, sagte der Verteidigungsminister. »Gleichzeitig werden wir unsere

Truppen in Kampfbereitschaft versetzen. Inklusive Cyber, natürlich. Vor Ort sind sie ja. Zwei unserer Marinekampfverbände liegen inzwischen vor Djakarta und Kochi, eigentlich um Safe Heaven gegebenenfalls vor China zu schützen. Die könnten jederzeit gegen die Allianz eingesetzt werden. Im arabischen Raum haben wir ohnehin mehrere Stützpunkte. Haben die Safe-Heaven-Staaten nicht bedacht, als sie uns um militärische Deckung gegen China baten, dass unsere Truppen auch sie angreifen könnten?« Er blickte in die Runde, räusperte sich und überließ dem Präsidenten das Wort.

»Entweder, die Safe-Heaven-Allianz geht auf das Ultimatum ein, dann haben wir Zeit gewonnen, das weitere Vorgehen zu überlegen. Oder sie tut es nicht, dann werden wir militärisch aktiv. Eine komplette Zerstörung von Safe Heaven wird nicht binnen weniger Minuten gelingen, vorsichtig gesagt. Die Allianz scheint sich auf das Szenario vorbereitet zu haben. Das heißt, wir müssen mit militärischem Widerstand rechnen. Es wurde sogar die nukleare Rute ins Fenster gestellt. So oder so werden wir bei einem Nichteinlenken der Allianz also ein paar Stunden oder wenige Tage brauchen, um die notwendige Intelligence für eine Entscheidung zusammenzustellen und die Szenarien zu entwerfen.«

Er wollte schon enden, besann sich aber: »Wir brauchen sofort Backchannel-Kontakt zur Safe-Heaven-Allianz. Bei der Termination-Schock-Präsentation in New York war Emanuel Sanusi dienlich. Das kann er jetzt gleich wieder tun. Verbindet mich so schnell wie möglich mit ihm. Und mit der UNCCC-Direktorin Fayola Oyetunde. Ich will wissen, ob das alles ernst gemeint sein kann oder ein riesiger schlechter Scherz ist.«

»Woher hatte Sanusi eigentlich ursprünglich die Kontakte?«, fragte die Außenministerin skeptisch. »Am Ende steckt er mit der Allianz unter einer Decke.«

»Vor Safe Heaven wollte er Milliarden damit verdienen, uns

ein Counter-Geoengineering-Programm zu verkaufen«, sagte der Präsident. »Warum sollte er plötzlich mit Safe Heaven zu tun haben? Im Augenblick brauchen wir alle Kontakte, die wir kriegen können.«

Manu saß in einem der Räume von BB2 in Washington, D.C., als die AR-Brille ihm einen Videoanruf Fays meldete.

Ihr Gesicht erschien vor ihm in der Luft.

»Ich habe es auch eben gesehen«, begrüßte er sie.

»Sind die völlig wahnsinnig?«, fragte sie ihn grußlos.

»Ich weiß nicht, ob ich sie wahnsinnig finden oder eine solche Megavision bewundern soll«, erwiderte er. »Selbst wenn – oder weil – sie völlig wahnsinnig ist.«

»Sollst du nicht«, meinte Fay. »Wir müssen sie sofort davon abbringen. Das wird ein Massaker an Milliarden von Menschen, auch im Süden! Das unterschlagen sie wohlweislich!«

»Oder sie haben sich vorbereitet.«

»Darauf kann man sich nicht vorbereiten!«

»Dann würden sie es nicht durchführen.«

»Auf wessen Seite stehst du eigentlich? Du hast in New York behauptet, nach der Präsentation des russischen Termination-Schock-Szenarios vor dem Sicherheitsrat als Backchannel zwischen der Allianz und dem Weißen Haus agiert zu haben. Offiziell kann der Norden mit der Allianz natürlich nicht reden, sondern nur einen sofortigen Stopp von Safe Heaven fordern. Aber wir müssen im Hintergrund den Kontakt aufrechterhalten. Könntest du das ermöglichen? Du hast zu beiden Seiten einen Draht. Als Direktorin des UNCCC kann ich die neutrale Vermittlerin einer internationalen Institution geben.«

In Manus Gesichtsfeld leuchtete ein weiterer Anruf auf.

Das Weiße Haus.

»Sieht so aus, als wärst du nicht die Einzige mit dieser Idee«, sagte er. »Bei mir klopft gerade das Weiße Haus an. Willst du in der Leitung bleiben? Vielleicht kann ich dich gleich dazuschalten. Ansonsten sehen wir uns danach wieder. Bis gleich.«

Fay lief vor dem Fernseher auf und ab, während sie in Manus Warteschleife hing. Ben stand vor dem Fernseher, die Arme in die Hüften gestemmt, Joy kniete davor, die Hände über dem Mund, Nicolas lehnte am Sofa und tippte hektisch auf seinem Telefon.

»Können die so etwas echt zustande bringen?«, fragte Nicolas. »Das ist ja kompletter Wahnsinn!«

»Das ist es«, sagte Fay.

»Dagegen muss man doch etwas tun? Was kann man dagegen tun?!«

»Das fragt sich gerade die halbe Welt«, meinte Fay, während sie durch das Wohnzimmer tigerte. »Verhandeln. Die Menschen in den Ländern der Safe-Heaven-Allianz davon überzeugen, dass der Plan sie für Jahrzehnte in Hungersnöte, Wetterkatastrophen, Kriege und Artensterben treiben wird.«

»Da kann man doch nicht verhandeln und gut zureden«, schimpfte Ben, jetzt wild gestikulierend. »Außerdem ist es dafür schon zu spät: Eine Abkühlung wie im Jahr ohne Sommer kommt fix! Der Norden darf nicht verhandeln, er muss handeln!«

In Fays Ohrknopf meldete sich ein Anruf. Auf dem Display erkannte Fay das Weiße Haus. Sie nahm das Gespräch an.

Gleichzeitig hörte sie Manu:

»Fay, noch da? Ich hole dich dazu.«

»Zu spät«, erklärte Fay. »Bin schon mit dabei.«

Fay gab ihrer Familie ein Zeichen, den Mund zu halten, während sie in ihr Arbeitszimmer lief, das Telefon so vor dem Gesicht, dass sie für die anderen in der Übertragung zu sehen war.

Kurze Begrüßung. Kein Süßholzgeraspel. Der US-Präsident kam sofort zur Sache.

»Gibt es internationale Abkommen, die hier schlagend werden?«

»Eventuell die ENMOD-Konvention«, sagte Fay. »Die *Convention on the Prohibition of Military or Any Other Hostile Use of Environmental Modification Techniques.* Dieser völkerrechtliche Vertrag wurde von der UNO ausgearbeitet und verbietet umweltverändernde militärische oder kriegerische Techniken.«

»Das passt doch!«

»Interpretationssache«, meinte Fay. »Die Safe-Heaven-Allianz wird sicher erklären, dass sie nur ihre Interessen vertritt, dem Norden eine Zusammenarbeit angeboten hat und sich nicht im Krieg gegen den Norden befindet.«

»Wie soll man das denn sonst nennen?«, fragte er. »Der Begriff Klimakrieg bekommt eine ganz neue Bedeutung. Bislang wurden Kriege wegen des Klimas geführt. Jetzt führen wir Krieg um das Klima.«

115

Die roten Lichter auf einigen der Dutzend Monitore in der Leitstelle leuchteten gleichzeitig auf. Vor den Bildschirmen voller Grafiken, Linien, Tabellen und Zahlen saßen acht junge und mittelalte Männer an den Schaltpulten.

»Wir haben einen Druckabfall in der Produktion Dockhausen!«, rief einer.

»In Orléans auch!«, erklärte ein anderer.

Der Leitstellen-Direktor hastete von einem zum nächsten.

»Karaganda!«, »Batumi!«, »Portland!«, »Manchester!« und weitere Städtenamen schallten durcheinander.

Die ersten Operatoren griffen zu Telefonen. Andere hieben nervös auf die Tasten ihrer Keyboards. Das Blinken auf den Bildschirmen wurde heller. Alarmtöne piepten und schrillten.

Ein dumpfes, schweres Dröhnen erklang. Gleich darauf bebte der ganze Raum.

»Oh Gott!«

Der Leitstellen-Direktor rannte hinaus, zum ersten Fenster im Flur. Auf dem Gelände davor wanden sich über etliche Meter dicke und dünne glänzende Metallrohre neben- und umeinander, führten von und zu kleineren und größeren Tanks, Behältnissen, Gebäuden. An einer Stelle weiter hinten stieg eine dicke schwarzgelbe Wolke hoch. Ein paar Meter daneben explodierte ein Rohr in einem hausgroßen Flammeninferno.

»Oh Gott!«

»Uns erreichen Berichte von Zwischenfällen in Produktionsstätten von Industriegasherstellern in den USA und Europa«, sagte der deutsche Verteidigungsminister. Mit im Raum waren der Kanzler, die halbe Regierung und einige Staatssekretäre. Auf dem Monitor zeigte der Verteidigungsminister eine Weltkarte mit roten Punkten in Nordamerika und Europa. In Russland, Kasachstan, Georgien und China schienen rote Fragezeichen auf. »Unsere Geheimdienste reden auch von Hinweisen auf ähnliche Vorfälle in Russland und China.«

»Zwischenfälle«, sagte der Kanzler.

»Überraschende Ausfälle und Schäden an den Produktionsanlagen. Bis hin zu schweren Explosionen. Womöglich durch Cyberangriffe.«

»Opfer?«

»Bis jetzt noch nicht bekannt gegeben.«

»Inwiefern sind die Ereignisse für die Safe-Heaven-Situation relevant?«, fragte der Kanzler.

»Zumindest in einem Werk in den USA sind in erster Linie die Produktionslinien von Schwefelhexafluorid, SF_6, betroffen«, erklärte der Verteidigungsminister. »In einem europäischen jene von Fluorkohlenwasserstoff, FKW, und Fluorchlorkohlenwasserstoff, FCKW. Aus den anderen Werken haben wir noch keine präzisen Angaben.«

»Treibhausgase«, stellte der Kanzler fest.

»Exakt«, sagte der Verteidigungsminister. »SF_6 ist das mächtigste davon. Und mit einem Mal können die namhaften Unternehmen der nördlichen Hemisphäre diese und andere Gase nicht mehr herstellen. Ehrlich gesagt glaube ich da nicht an Zufall.«

»Wenn ich mich richtig erinnere«, sagte der Kanzler, »ist der Einsatz dieser Gase ohnehin sehr limitiert und in vielen Bereichen verboten.«

»Trotzdem sind sie für manche Einsatzgebiete immer noch sehr wichtig.«

»Strategisch entscheidend?«, wollte der Kanzler wissen.

»Gerade in der Energieindustrie«, sagte der Verteidigungsminister. »Auffällig ist, dass wir bislang keine derartigen Berichte aus dem globalen Süden haben.«

»Auffällig weil?«

Der Verteidigungsminister rief eine Grafik auf. Im Inneren einer symbolischen Fabrik waberte eine große graue Kugel, die durch einen Schlot als graue Wolken in die Atmosphäre stieg. *CO_2,* erklärte der Text dazu. Der Rauch verteilte sich als Schleier waagrecht hoch in der Luft. Ein paar rote Hitzewellen, die von der Erdoberfläche kamen, drangen hindurch. Andere prallten davon zur Erde zurück und färbten die Luft darunter orange.

»Wir kennen CO_2 als eines der wichtigsten Treibhausgase«, sagte er. »Doch …« Im Bauch der Fabrik flirrte nun ein kleiner neongrüner Punkt. Er verteilte sich ebenfalls durch den Schlot als neongrüner Nebel in die Luft und vermischte sich dort mit der CO_2-Schicht. »Ein einziges *Kilo* SF_6 wirkt so erderwärmend wie sechsundzwanzig Tonnen – *Tonnen!* – CO_2!«

Er rief eine weitere Grafik auf. Eine simple aufsteigende Linie.

»Hier sehen wir den Anstieg des SF_6-Gehalts in der Atmosphäre von 1998 bis 2022«, erklärte er. »In diesem Zeitraum hat er sich bereits von vier Parts per Trillion, ppt, auf elf ppt mehr als verdoppelt!«

Zurück zum Bild der symbolischen Fabrik. In deren Bauch wuchs der vibrierende neongrüne Punkt zu einem großen, wabernden Ball, wie zuvor das CO_2. Stieg durch die Schlote und verdickte die ursprüngliche transparente CO_2-SF_6-Schicht zu einer undurchdringlichen Suppe.

»Sie können sich vorstellen, was passiert, wenn man davon mehr als ein paar Hundert Tonnen in die Luft jagt!«

Die dichte neongrüne Schicht reflektierte nun fast alle Hitzewellen der Erde zu dieser zurück und färbte die Luft darunter dunkelrot.

»Counter-Geoengineering«, sagte der Verteidigungsminister. »Von SF_6 etwa müsste man vergleichsweise wenig in die Atmosphäre blasen, um den kühlenden Effekt von Safe Heaven zu bremsen. Oder gar zu stoppen.«

Er zeigte auf die Weltkarte mit den roten Punkten und Fragezeichen.

»Diese Möglichkeit wurde dem Norden vorerst genommen«, erklärte er. »Deshalb glaube ich nicht an Zufall. In früheren Kriegen hat man feindliche Waffen- und Munitionslager sowie -fabriken zerstört. Jede Wette – nichts anderes ist das hier.«

116

Das Wasser des Junimonsuns peitschte gegen die Cockpitscheibe vor Dinesh Barman.

»Ich fühle mich jedes Mal wie mitten in einer Waschanlage«, sagte Dinesh zu seinem Copiloten. Windböen trafen die schwere Maschine wie Faustschläge. Die Waschküche da draußen wurde noch dunkler, die Stöße heftiger, als das inklusive Beladung dreihundertsechzig Tonnen schwere, über siebzig Meter lange Flugzeug mit fast achtzig Meter Spannweite in die Wolken aufstieg. Routiniert absolvierten Dinesh und sein Copilot Nadi die erforderlichen Handgriffe, um die Maschine stabil im Steigflug zu halten.

Nach wenigen Minuten war die rumpelige Achterbahnfahrt vorbei, und sie stießen durch die Wolkendecke.

Sonne.

Das Transportflugzeug etwa einen Kilometer vor ihnen sah Dinesh nur als Silhouette. Er hielt ihren Flieger zweihundert Meter rechts von der Route der vorderen.

Etwa hundert Meter schräg links unterhalb der Vormaschine sah Dinesh den Kampfjäger als kleinen Punkt. Seit heute flogen sie mit dieser Begleitung.

»Da ist einer«, sagte Dinesh. »Wo sind die anderen drei?«

Ein lauter Piepton schreckte sie auf. Der sich wiederholte. Wieder und wieder. Nicht mehr stoppte.

»Verdammt«, stieß Nadi neben ihm hervor. Sein sonst so braunes Gesicht hatte die Farbe von Ghee angenommen.

Auf dem Schirm des eigens eingebauten Spezialradars sah Dinesh vier Punkte nahen.

»Ich habe nicht gedacht, dass die das tun würden«, sagte Nadi. »Noch dazu so schnell.«

Der Punkt vor ihnen tauchte in einer steilen Kurve nach links unten weg.

»Kurs halten«, hörten sie die Stimme des Jetpiloten in ihren Kopfhörern.

Der Punkt leuchtete kurz auf. Zwei Rauchspuren schossen vor ihm in Schlangenlinien davon.

Auf Dineshs Stirn trat Schweiß.

Die Instrumente zeigten an, dass sie ihre Flughöhe erreicht hatten.

Der Transporter vor ihnen entfernte sich in einer dunklen Wolke. Er hatte mit der Verteilung begonnen.

Auf dem Radarschirm in Dineshs Armatur verschwanden zwei der vier Punkte.

»Treffer«, erklärte die Stimme des Jetpiloten. »Die anderen erwischen wir auch.«

Im nächsten Moment waren auch die zwei verbliebenen Punkte nicht länger auf Dineshs Schirm aktiv. Das Piepen war verstummt.

Links neben ihnen hatte sich die Wolke der vorderen Maschinen bereits fast bis zur Unkenntlichkeit aufgelöst.

Piepen.

»Mist!«, keuchte Nadi.

Der Radarschirm zeigte einen Schwarm herannahender Raketen.

»Kurs halten«, befahl der Jetpilot.

Dinesh sah zwei davon unter ihnen.

Und wenigstens ein halbes Dutzend Rauchspuren von Raketen, die auf sie zuschossen.

Die Jets feuerten. Eine der Raketen explodierte in einer dunklen Wolke. Dann eine zweite. Die übrigen kamen näher.

Die Jets schwirrten in weiten Bögen unter dem Konvoi, feuerten mehrmals. Zwei Wolken. Drei.

»Dieses verdammte Piepen!«, fluchte Nadi. Wie Dinesh war er schweißüberströmt.

Eine Rauchspur steuerte die Maschine vor ihnen an.

Die Wolke, die der Transporter ausstieß, dehnte sich aus und verdunkelte sich.

Dann sah Dinesh ein Triebwerk herausfallen. Und weitere Trümmer.

Noch immer piepte es in ihrem Cockpit. Drei Geschosse waren weiterhin unterwegs. Wieder tauchte ein Jet vor ihnen auf. Hinterließ glitzernde Täuschkörper in der Luft.

Eine Rauchspur verwandelte sich darin zur Wolke. Aus der eine zweite Rauchspur geschossen kam. Direkt auf Dinesh zu. Und sie tauchte die Welt in Finsternis.

Aus den Monsunwolken stürzten Schatten. In der grauen See etwa zwei Meilen hinter dem letzten Schiff des chinesischen Kampfverbands vor der indischen Südküste explodierten Gischtbälle, als die Überreste der zwei abgeschossenen Safe-Heaven-Transporter ins Meer schlugen.

»Das sind Aufnahmen von der Brücke unserer Fregatte *Sealsnipe*«, erklärte der Stabschef. »Fünfzehn Minuten alt. Nach Informationen des indischen Luftwaffenkommandos konnten die meisten chinesischen Geschosse abgefangen werden. Zwei Transporter jedoch haben sie getroffen. Alle vier Piloten gelten als tot. Und das«, fuhr er fort, »passierte vor drei Minuten.«

Auf dem Monitor im Situation Room erbebte eines der größeren chinesischen Kriegsschiffe. Gleich darauf dehnte sich an seiner Seite eine graue Wolke aus, die das Schiff wenige Sekunden später fast vollständig eingehüllt hatte. Dann schien die Wolke sich schlagartig zu vergrößern. Auf der Wasserfläche rundherum breiteten sich ringförmig Wellen aus.

»Unser Kommandeur vor Ort vermutet Torpedos«, sagte der Stabschef. »Die Chinesen haben noch keine Informationen weitergegeben.«

Von einem anderen chinesischen Schiff starteten zwei Raketen in langen Feuerstrahlen. Die Aufnahmen verfolgten nicht ihren Weg. Das Gleiche von einem anderen Schiff aus.

»Anti-Schiff-Raketen«, bemerkte der Verteidigungsminister. »Gelten also entweder einem der indischen Kriegsschiffe in der Umgebung, oder die Chinesen haben ein U-Boot im Visier.«

»Verdammt«, murmelte der Präsident. »Indien und China in einem offenen Waffengang.«

»Und diesmal sind es nicht bloß ein paar Soldaten, die im Himalaya aufeinander schießen.«

Der Rauch um das getroffene Schiff begann, sich zu verziehen. Gab die Silhouette des schief stehenden Kommandoturms frei. An zwei Stellen quollen schwarze Schwaden aus dem Schiffsinnern.

Der Rumpf lag schräg auf dem Wasser.

»Sinkt es?«, fragte der Präsident.

Der Stabschef schaltete zurück zu den Livebildern. Dort speisten die schwarzen Rauchsäulen inzwischen eine breite schwarze Schicht über dem chinesischen Verband. Das getroffene Schiff kippte weiter.

Die Kamera zoomte heran. Menschen hasteten über Deck. Schlitterten, stolperten, rutschten. Rettungsboote wurden zu Wasser gelassen.

»Sind wir endlich in Kontakt mit den Chinesen?«, fragte der Präsident.

Von einem der chinesischen Schiffe startete eine ganze Batterie von Feuerschweifen. Sieben. Acht.

»Das sind wieder die schiffgestützten Boden-Luft-Raketen«, erklärte der Verteidigungsminister. »Die wollen noch mehr von den Transportern aus der Luft holen.«

»... erreichen uns gerade diese Bilder von der indischen Küste!«, erklärte der Reporter auf dem Fernseher in Fays Wohnzimmer atemlos. Dazu die Bilder einer Cockpitkamera hoch über den Wolken im blauen Himmel. Mit einem Mal tauchte eine schwarze Wolke auf, die sich schnell vergrößerte, bevor dunkle Teile herausregneten.

Gleich darauf noch eine Wolke, größer jetzt und näher. Weitere Trümmer.

»Zwei Safe-Heaven-Transporter wurden vor wenigen Minuten von chinesischen Lenkwaffen nahe Kochi abgeschossen. Die Bilder stammen von den Bordkameras der hinterherfliegenden Maschinen. Was müssen sich die Piloten gedacht haben, als sie das vor sich sahen! Und womöglich damit rechnen mussten, die Nächsten zu sein!«

Auch Ben und Nicolas verfolgten die Berichte.

»Alles Wahnsinnige«, sagte Nicolas mit schriller Stimme. »Was machen wir, wenn die Safe-Heaven-Allianz gewinnt?«, fragte er Fay. »Nach Nigeria ziehen?«

»Davon will ich nichts hören!«, polterte Ben. »Natürlich werden wir uns wehren.«

Die Bilder wechselten zu dem aufgeregten Reporter. In eine Regenpelerine gehüllt stand er unter einem Schutzdach auf einem Rollfeld.

Hinter ihm rollte eine Maschine auf die Startbahn. Im Regen waren nur ihre Umrisse auszumachen.

»Alle hier fragen sich nun, ob die Verantwortlichen die Flüge fortsetzen oder vorerst stoppen werden. Wer möchte noch mehr Piloten dieser Gefahr aussetzen? Oder werden sich die Piloten weigern, weiterhin zu fliegen, solange ihre Sicherheit nicht gewährleistet ist?«

Der große Flieger hinter ihm beschleunigte.

»Da die Transportmaschinen teilweise unter den Farben und Logos bekannter Cargomarken fliegen, können wir nicht unmittelbar feststellen, ob das Safe-Heaven-Programm hier in Kochi weitergeht!«

»Geht es weiter?«, wollte der US-Präsident wissen.

Die Bilder des indischen Senders flackerten über einen Monitor neben jenen mit der Übertragung von dem chinesischen Marineverband und verschiedenen Satellitenbildern. Die schwarzen Rauchsäulen um das getroffene Schiff hatten sich in weißen Dampf verwandelt, in dem die Schatten des kippenden Rumpfes und Turmes nur zu erahnen waren. Das Heck schien zudem deutlich tiefer zu liegen als der Bug. Rund um das Schiff verteilten sich Rettungsboote wie von einem Baum gefallene Früchte und strebten auf die anderen Schiffe zu.

»Von Safe Heaven gibt es noch keine Stellungnahme«, sagte der Verteidigungsminister. »Weder aus Indonesien noch aus Indien.«

Von einem der chinesischen Schiffe schossen erneut Feuerstrahlen schräg in den Himmel. Unmittelbar darauf breitete sich Rauch aus.

»Nicht gut«, sagte der Verteidigungsminister, als eine schwere Explosion das Schiff erschütterte und der Rauch sich zu finsteren Wolken ausdehnte, die das Schiff einhüllten. »Das sieht nach einem weiteren Treffer aus.«

»Woher kam das?«, fragte der Präsident. »Luft? Wasser?«

»Sieht nach noch einem Torpedo aus«, sagte die Stimme des US-Kommandeurs vor Ort.

»Das hat niemand erwartet«, sagte der Verteidigungsminister, »dass die Allianz so entschieden vorgehen würde.«

Der Stabschef wies auf den Monitor mit den Bildern des Flughafens.

»In Kochi fliegen sie auf jeden Fall noch, wie es aussieht.«

Nachdenklich starrte der Präsident auf die Bilder.

»Per sofort schicken wir eine Botschaft an die Allianz«, sagte er schließlich. »Die Safe-Heaven-Flüge müssen binnen einer Stunde beendet werden. Andernfalls sehen sich die USA gezwungen, Maßnahmen zu ergreifen, die zu einem Stopp führen. Angesichts des Umstands, dass die Allianz die USA und die übrige Welt über das wahre Ziel von Safe Heaven getäuscht hat, sollte sie unsere Entschlossenheit nicht unterschätzen, alles Notwendige für einen sofortigen Stopp von Safe Heaven zu tun.«

Die anwesenden Assistenten schrieben eifrig mit. Als der Präsident schwieg, sahen ihn alle erwartungsvoll an. Würde noch etwas folgen?

»Gleichzeitig«, fuhr er fort, »sind die USA weiterhin dazu bereit, mit sämtlichen Parteien über alle Möglichkeiten und Maßnahmen, das Klima in einem kontrollierten Rahmen zu halten, zu verhandeln.«

117

»Die Safe-Heaven-Allianz hat ihre erste Etappe erreicht«, erklärte der indonesische Präsident auf dem Fernseher, vor dem Fay und ihre Familie immer noch hockten, als hätte sie jemand festgeklebt. »Die bisher durchgeführten Flüge werden bereits in den kommenden Monaten für eine Abkühlung von zwei bis drei Grad sorgen.«

»Diese Schweine!«, fluchte Ben.

Fay warf ihm einen mahnenden Blick zu – die Kinder!

»Diese wird etwa zwei Jahre lang anhalten. Die Welt weiß, worauf sie sich vorbereiten muss. Angesichts der chinesischen Aggression gegen Indien vor wenigen Stunden hat sie auch ihre Entschlossenheit demonstriert. Deshalb werden die Safe-Heaven-Flüge fürs Erste gestoppt.«

»Wenigstens das«, seufzte Fay auf.

»Um die Abkühlung nicht durch zu hohen CO_2-Ausstoß zu gefährden, reduzieren zudem vorerst die Allianzmitglieder Brasilien, Indonesien, Saudi-Arabien, Katar, die Vereinigten Arabischen Emirate und Nigeria ihre Öl- und Gaslieferungen an die USA, Kanada, Europa, Russland, China und Japan per sofort um bis hundert Prozent.«

»Um – was?!«, rief Ben.

»Die genauen Kontingente geben wir den jeweiligen Regierungen im Anschluss auf diplomatischem Weg bekannt. Wir begrüßen die Bereitschaft der Vereinigten Staaten zu Verhandlungen. Diese sollten baldigst beginnen, um für die kommenden Jahrzehnte einen möglichst reibungslosen und für alle Beteiligten gewinnbringenden Verlauf des geplanten Klimawandels zu schaffen. Zudem müssen sie eine sofortige und komplette Abrüstung sämtlicher Nuklearwaffen beinhalten.«

118

Zwischen den Dutzende Meter langen, in der Strömung schwingenden Stämmen des lichtdurchfluteten Tangwalds spielten Dugongs. In bambusartigen Blätterbüschen tummelten sich bunte Fischschwärme.

»In Maßnahmen, um CO_2 aus der Atmosphäre zu holen, wird Indien in den kommenden vier Jahren acht Billionen Rupien investieren«, erklärte der indische Ministerpräsident. »Vor dem Verfall des US-Dollars wären das zehn Milliarden Dollar gewesen.«

Bilder gewaltiger Becken voll grüner Flüssigkeit waren zu sehen.

»In einem ersten Schritt geschieht dies durch groß angelegte Algenfarmen an Land sowie Tangwälder und Seegrasplantagen in Küstennähe«, führte er weiter aus. »So wie jedes Projekt in diesem Land zukünftig auf seine langfristige Nützlichkeit für die gesamte Bevölkerung, also auf Nachhaltigkeit, ausgerichtet wird«, erklärte der Ministerpräsident vor den Kameras der versammelten Weltpresse.

»Energie für Indien wird binnen zehn Jahren nicht mehr aus fossilen Brennstoffen gewonnen werden. In diese Umstellung werden wir ebenfalls Billionen investieren. Gebäude werden nach einer Übergangsphase von drei Jahren in Zukunft vorwiegend aus Holz errichtet, zudem leicht und völlig wiederverwertbar konstruiert.«

Er unterstrich das Vorhaben mit Videos von Baustellen, auf denen dies bereits geschah. Selbst kleinere Hochhäuser waren darunter.

»Die Schulpflicht für Mädchen und Jungen bis vierzehn Jahre wird streng kontrolliert. Für ausreichend finanzielle Unterstützung bedürftiger Familien wird der Staat sorgen.

In zwanzig Jahren soll es keine Erwachsenen in diesem Land geben, die nicht lesen, schreiben, rechnen und denken können.

Das allgemeine Gesundheitssystem wird für alle in einer Qualität verfügbar sein, wie man es bis vor Kurzem noch aus Mittel- und Nordeuropa kannte.

Verkehr und Lebensmittelproduktion sowie -versorgung werden den neuen Erfordernissen angepasst. Indien hat eine lange Tradition gesunder Ernährungsformen, auf der wir fabelhaft für die Zukunft aufbauen können.

Wir werden Billionen in die Förderung zukunftsträchtiger Wirtschaftszweige investieren.

Wir werden die positiven Aspekte unserer Völker und Kulturen erhalten und jene, die uns bei diesem Vorhaben behindern, abstreifen, wie eine verpuppte Raupe, die sich zu einem Schmetterling wandelt.«

»Dies«, erklärte ein Reporter in die Kamera, über seiner rechten Braue prangte eine tiefe Narbe, »war der Auftakt einer Reihe weiterer Ankündigungen von Staatsführern der Safe-Heaven-Allianz, aber auch einiger weiterer Staaten, die der Allianz mittlerweile ihre Unterstützung zugesagt haben oder sich sogar um eine Mitgliedschaft bewerben. Die meisten ähnlich ehrgeizig, wenn auch mit regionalen Unterschieden.«

»Das Streben nach Wissen ist eine Pflicht für jeden Muslim, Mann oder Frau«, zitierten in einer Einspielung der indonesische Präsident und die Führer der Staaten auf der Arabischen Halbinsel den Propheten Mohammed.

Der Bericht wechselte zu Aufnahmen eines kleinen Jungen, der bis zu den Knien im Wasser zwischen ärmlichen Hütten entlanglief. Notdürftig zusammengenagelte Bretterbuden mit Wellblechdächern oder Kunststoffplanen. Vor den Häusern saßen Frauen in bunten Kleidern und hoch aufgetürmten, mit Kopftüchern bedeckten Haaren, die Obst, Gemüse, Batterien und anderen Kram verkauften. Eine schimpfte ihn dafür, dass er alles nassspritzte. Sie wischte sich den Schweiß und die Luftfeuchtigkeit von der Haut, während sie vor dem schattigen Eingangsloch zu ihrer Behausung saß. Er war gerade acht Jahre alt, doch auf seinen schmalen Schultern trug er einen Stapel schwerer Bretter. Immerhin verteilte sich das Gewicht mit auf die Schulter seines Partners, der drei Meter hinter ihm das andere Ende der Planken geschultert hatte.

Das Wasser um seine Knöchel bot keine Abkühlung. Wenn man es überhaupt Wasser nennen wollte. Regelmäßig überflutete es jene Slums von Nigerias Megametropole Lagos, die praktisch auf dem Meer gebaut waren, und vermischte sich mit Abwässern, Fäkalien und Tierleichen zu einer gemeingefährlichen Brühe. In der mehrere Millionen Menschen lebten.

Sie erreichten die Baustelle. Einer der Slumbewohner erweiterte seine armselige Bretterbude um ein Stockwerk und ein festes Dach! Daneben stand ein brandneuer Dieselgenerator wie ein glänzender Fremdkörper in der schmutzigen Umgebung.

Auf sein Kommando gingen der Junge und sein Partner in die Knie und hievten die Bretter von den Schultern. Als sie sich aufrichteten und sich den Schweiß von der Stirn wischten, schnauzte der Auftraggeber sie an: »Ich bezahle euch nicht fürs Herumstehen!«

Der Junge sah zu ihm auf. Der Kopf des Mannes war eine dunkle Silhouette direkt vor der Sonne, hinter der er durch den Smog kaum den Himmel ausmachen konnte.

Die Kamera, die ihm über den gesamten Weg gefolgt war, zoomte auf den Jungen.

»Was erwartest du dir von deiner Zukunft?«, fragte ihn eine Berichterstatterin.

»In einem richtigen Haus möchte ich wohnen«, sagte der Junge mit großen Augen und wies auf die schiefen Bretterbuden und Wellblechhütten ringsum, »statt so. Und in die Schule möchte ich gehen, statt zu arbeiten.«

»Wünscht sich Igwe aus Lagos«, erklärte die Berichterstatterin.

»Ob sich die Stellung der Frau in den Ländern tatsächlich ändern sollte«, meinte der Reporter, »und auch Kinder aus Slums die Schule werden besuchen können, darüber gehen die Interpretationen im Norden auseinander. Dort glaubten wenige wirklich daran. So wie an die meisten anderen Ankündigungen.«

»Wir werden die Korruption ausmerzen«, verkündete der brasilianische Präsident in einem weiteren Soundbite, »und das dürfen all jene, die sie heute praktizieren, als Warnung verstehen!«

»Dergleichen versprechen die Politiker dieser Länder seit Jahrzehnten«, kommentierte ein britischer Abgeordneter, »bis sie jedes Mal aufs Neue selbst mit aufgehaltenen Händen erwischt werden, auf ihren Hunderte Millionen teuren Megayachten, französischen Schlössern und mit ihrem Milliardenvermögen auf Schweizer und Off-Shore-Konten, während die Bevölkerungen dieser Länder weiterhin darben. Daran wird auch Safe Heaven scheitern. Nicht am Größenwahn und Irrsinn des Projekts. Sondern an der Korruptheit, Gier und Unfähigkeit der Eliten der beteiligten Länder.«

119

Der Mittsechziger mit der verspiegelten Brille in dem traditionell arabischen, langen weißen Gewand und dem Tuch auf dem Kopf trat aus dem Privatjet auf den heißen Asphalt des Rollfelds. Die Luft zitterte. Hinter ihm folgten vier große Männer in schwarzen Anzügen, Sonnenbrillen, Knöpfe im Ohr. Und ein schlanker nordeuropäischer Mittdreißiger in dunklem Anzug und Krawatte. Neben dem Flieger warteten ein Rolls-Royce und zwei Geländewagen der Polizei.

»Eskorte«, erklärte der Ältere seinem Begleiter großspurig.

Aus den Polizeiwagen sprangen ein Dutzend athletischer Männer in Tarnanzügen, Stiefeln, mit Sonnenbrillen im Gesicht, Barette auf dem Kopf.

»Malik Hameed«, erklärte ihr Anführer, ein Typ mit Zügen wie aus Holz geschnitzt, »Sie sind verhaftet. Kommen Sie mit.«

Die Leibwächter griffen an ihre Achselholster. Die Polizisten waren schneller. Ihre Waffen richteten sich auf die vier Schwarzgekleideten. Die ließen ihre Hände auf Schulterhöhe.

Entschieden schoben die Polizisten den verdutzten Mann in Richtung der Geländewagen.

»Das ist unerhört!«, empörte sich Malik. »Sie wissen wohl nicht, mit wem Sie es zu tun haben!«

»Machen Sie schon«, forderte der Polizist barsch und packte Malik schroff am Oberarm. Dieser versuchte, sich zu befreien, worauf der Polizist noch fester zugriff und Malik unsanft zu den Jeeps stieß.

»Das wird Ihnen noch leidtun!«, tobte Malik, während die Polizisten ihn in einen Wagen drängten. »Sie werden den Rest Ihrer Tage in einem verlorenen Wüstenkaff verbringen! Wenn Sie überhaupt noch so viele Tage haben, um dorthin zu gelangen!«

Die wackligen Bilder der Telefonkamera wurden abgelöst von einem Nachrichtensprecher. Im Hintergrund ein Porträt Maliks aus besseren Zeiten.

»Auf dem Flughafen von Kairo wurde heute der Multimilliardär Malik Hameed verhaftet«, erklärte er. »Sein Vermögen aus Beteiligungen an verschiedenen Industrie- und Handelsunternehmen in Europa, den USA, Afrika und Asien wird auf über hundert Milliarden alte Dollar geschätzt.«

Eine Einspielung zeigte Malik vor einem palastartigen Gebäude, wie er in ein Mikrofon sprach.

»Wir müssen die Maßnahmen der Safe-Heaven-Allianz maßvoll und mit Rücksicht auch auf die Menschen im Norden und unsere Geschäftsinteressen dort gestalten.«

»Hameed hatte sich in der Vergangenheit kritisch zu dem Abkühlungs-Geoengineering der Safe-Heaven-Allianz geäußert.«

Hinter dem Sprecher wurde ein Bild Maliks vor einem Richtertisch mit fünf Richtern eingeblendet.

»Die Anklage wirft ihm Geldwäsche, Steuerhinterziehung, Bildung einer kriminellen Vereinigung und weitere Straftaten vor, auf die im schlimmsten Fall die Todesstrafe steht. Sein Vermögen wird eingezogen und in Ägyptens Safe-Heaven-Anpassungsfonds eingegliedert.«

120

Durch den starken Regen hinter der Journalistin war das Feld kaum zu sehen. Die Reporterin stand mit einer Regenjacke, aus der sich ein Rollkragen um ihren Hals schmiegte, unter einem Regenschirm, auf den das Wasser prasselte wie während eines tropischen Monsuns.

»Die Bewohner dieser Region Deutschlands, in der ich mich gerade befinde, Nordrhein-Westfalen, kannten in diesem Sommer praktisch kein anderes Wetter«, rief sie in ihr Mikrofon, um den Lärm des Regens zu übertönen. Sie wandte sich um und tat ein paar Schritte in das Feld zu einem Mann in langem Regenmantel und Gummistiefeln. Die Kamera folgte ihr.

»Wir befinden uns hier auf dem Feld des Landwirts Lutz Hartung.«

»Sie sehen selbst«, sagte Lutz und stapfte mit seinen Stiefeln durch den Schlamm, »das hier ist kein Feld mehr. Bis vorletztes Jahr stand der Weizen so hoch.« Er hob seine Hand waagrecht bis auf Bauchhöhe, bevor er sie nach einer wegwerfenden Geste wieder hängen ließ. »Dieses Jahr: nichts. Der Dauerregen und die Kälte haben das Getreide umgebracht. Wir haben hundert Prozent Ernteausfall.«

Die Reporterin wandte sich an die Kamera. »Wie Lutz Hartung geht es den meisten Landwirten hier in Westdeutschland. In weiten Teilen des Landes sieht es nicht viel besser aus.«

Die Kamera schwenkte auf einen Traktor, dessen Vorderräder im Schlamm versanken, sodass er schief stand.

»Ist aber auch schon egal«, meinte Lutz, »denn ich bekomme ohnehin seit Monaten keinen Treibstoff für meine Geräte. Der Staat hat zwar gesagt, er hilft. Aber woher will er denn das Geld nehmen? Wenn das so weitergeht, muss ich den Hof aufgeben.«

»Wo Deutschland und weite Teile Mittel- und Nordeuropas zu viel Regen haben«, erklärte die Journalistin in die Kamera, während sie mit einem Mal in einer gelbbraunen Steppengegend stand, »stöhnt der Süden unter einer Jahrhundertdürre. Hinter mir befindet sich das Feld von Lutz' spanischem Kollegen Alejandro Díaz.«

Alejandro war ein sehniger, dunkelbraun gebrannter Mann, der sich mit einem verknautschten Filzhut vor der Sonne schützte. Dazu trug er einen dicken Pullover unter einer festen Jacke und Hosen aus starkem Stoff.

»Feld?!«, lachte er bitter auf. »Das ist eine Sandkiste. Wenn es wenigstens so warm wäre wie früher! Die müssen aufhören mit diesem Klimamist, sonst verhungern wir hier!«

Mit einem Mal stand die Reporterin in den belebten Straßen einer maghrebinischen Stadt. Hinter ihr herrschte das geschäftige Treiben eines Suks.

»Mit diesen Eindrücken aus Europa komme ich nun zur ersten offiziellen Konferenz, bei der sich Vertreter der UNO, der USA, der EU und anderer Staaten der nördlichen Hemisphäre mit Vertretern der Safe-Heaven-Allianz und ihrer Unterstützer treffen, um über den weiteren Umgang mit der Klimakrise zu beraten.

Da die Vertreter der Südallianz traditionelle Konferenzorte der UNO, wie New York oder Genf im Norden, ablehnten, ebenso wie der Norden Städte im Safe-Heaven-Gebiet verweigerte, einigten sie sich auf das marokkanische Casablanca, in dem dieses Jahr ein äußerst milder Herbst herrscht.«

121

Auf dem Weg zum Ausgang des Flughafens in Casablanca bemerkte Fay viele Einheimische, die über ihren Kaftanen Steppjacken oder dickere Djellabas trugen. Sie dagegen streifte ihre warme Winterjacke ab, obwohl bereits der Abend dämmerte.

Ein Fahrer erwartete sie mit ihrem Namensschild.

Im Wagen redete er sofort los.

»Ein wenig kühler ist es diesen Herbst schon. Man muss sich erst daran gewöhnen. Wird das für uns wirklich besser sein? Werden die Touristen aus Europa und Amerika wiederkommen?«

»Die meisten Menschen, die früher als Touristen kamen, können sich das nicht mehr leisten«, erklärte Fay. »Wegen des Öl- und Gasboykotts fliegen auch viel weniger Flugzeuge als früher.«

»Sie müssen das wieder ändern. Hören Sie auf mit diesen Klimafliegern!«

Irritiert schwieg Fay für einen Augenblick.

»Dafür bin ich da«, sagte sie dann.

Nun war der Fahrer irritiert. Musterte sie über den Rückspiegel. »Aber … sind Sie denn nicht von der Safe-Heaven-Allianz?«

»Sie meinen, wegen meiner Hautfarbe? Nein, ich komme von der UNO. Ich lebe in Deutschland. Dort fühlt es sich jetzt schon an wie Winter.«

Nahe dem Stadtzentrum passierten sie den Veranstaltungsort. Tausende Soldaten sicherten die Straßen. In einer schwang eine

Handvoll europäisch gekleideter junger Menschen Transparente und begann zu skandieren. Sofort stürmte eine Hundertschaft Soldaten auf sie zu, warf sie zu Boden, schlug sie und zerrte sie zu einem Polizeibus.

»Europäische Demonstranten«, erklärte der Fahrer abfällig. »Was denken sich die? Hier gibt es keine Demonstrationen.«

Als Fay sich im Hotel bei der Rezeption anmeldete, entdeckte sie an der Bar am anderen Ende des Empfangssaals eine vertraute Gestalt. Sobald sie den Check-in erledigt hatte, lief sie mit ihrem Rollkoffer hinüber.

»Manu?«

Er wirkte nicht überrascht.

»Endlich bist du da!«

»Was tust du hier?«

»Dasselbe wie du«, sagte er. »Nur inoffiziell.«

»Und hast es nicht für notwendig empfunden, mich vorab zu informieren?«

»Überraschung gelungen«, grinste er. »Lass uns da hinübergehen«, sagte er, nahm ihr den kleinen Rollkoffer ab und zeigte auf eine der Sitznischen. »Da haben wir es privater. Oder möchtest du zuerst auf dein Zimmer, dich frisch machen?«

»Danke, allein die Temperaturen hier beleben mich schon.«

»Was trinkst du?«

»Tee.«

Manu gab die Bestellung auf. Fay folgte ihm zu den Plätzen. Mit dunklem Holz dekorierte, düstere Kobel, an dessen runden Tischchen höchstens vier Personen Platz fanden. Davor hingen Perlenkettenvorhänge, die man zur Seite schieben konnte. Von hier aus hatte man einen guten Blick auf die Bar und die Lobby, wurde jedoch kaum gesehen, wenn man den Vorhang schloss.

»Wie geht es dir?«, fragte er. »Der Familie? Die Sanktionen?«

»Schlimm«, erwiderte Fay. »Deutschland erinnert mich mittlerweile an das Nigeria unserer Kindheit. Bloß mit Wintereinbruch im Herbst. Und das nach nur drei Monaten Lieferstopp. Es ist ein Albtraum.«

»In den USA ist es nicht viel besser«, sagte Manu. »Ich bin inzwischen häufiger in wärmeren Gefilden.«

»Wir müssen diesen Wahnsinn beenden«, sagte Fay.

»Wie es aussieht, ist die Safe-Heaven-Allianz sehr entschieden.«

»Sie spüren die Sanktionen auch.«

»Aber ihre Bevölkerungen sind Leid gewohnt. Und die Vision eines kühleren, erfolgreichen und reichen Südens hängt wie eine betäubende Karotte vor ihrer Nase. Der Norden dagegen ist verwöhnt. Und sitzt ohne Öl und Gas aus dem Süden am kürzeren Hebel.«

»Mich überrascht, dass sie nach wie vor zusammenhalten«, sagte Fay. »Hatte ich nicht erwartet.«

»Wer ausschert, hat mit Konsequenzen zu rechnen«, meinte Manu.

»Hat man in den vergangenen Monaten mehrmals gesehen«, sagte Fay.

»Die Verantwortlichen sind schwer bis nicht käuflich«, meinte Manu, »wenn sie wirklich an etwas glauben. Und sich auf ihre Interessen konzentrieren. Vermögen haben sie mehr als genug. Sie wollen etwas anderes.«

»Können wir ihnen das bieten?«

»Du vielleicht«, sagte Manu, »denn du verstehst sie bis zu einem gewissen Grad. Ob der große Rest des Nordens es kann, bezweifle ich.«

»Was wollen sie denn?«

»Respekt. Anerkennung. Augenhöhe.«

»Wofür? Für menschenverachtende Diktaturen, Korruption, Plünderung ihrer Gesellschaften zur Selbstbereicherung, jahrzehntelanges Versagen dabei, ihre Bevölkerungen aus der Armut zu führen, Nepotismus, Rassismus?«

»Du zählst lauter Dinge auf, die auch dem Norden nicht wirklich fremd sind.«

»Aber in einer völlig anderen Dimension!«

»Darauf meint die Safe-Heaven-Allianz eine Antwort zu haben – die klimatischen Voraussetzungen. Sieh dir an, wie es im Norden inzwischen zugeht, jetzt, da die Ressourcen knapp werden: so, wie es sonst nur der Süden kennt. Plötzlich haben wir Radikalentzug von fossilen Brennstoffen und Degrowth Economy im richtigen Leben. Soziale Unruhen und Kriminalitätsraten explodieren. In wenigen Monaten hast du Bürgerkriege, dafür braucht man kein Prophet zu sein.«

Ihr Tee wurde gebracht.

»Ich habe dich das schon mal gefragt«, sagte sie. »Auf wessen Seite stehst du eigentlich?«

»Auf der Seite der Vernunft«, erwiderte Manu. »Der Seite des Machbaren.«

»Klingt mir gefährlich nach ›Realpolitik‹«, entgegnete Fay. »Immer die beste Ausrede, nur von den anderen etwas zu verlangen, aber nicht von sich selbst.«

»Die Safe-Heaven-Allianz zeigt uns gerade, was alles machbar ist.«

»Was sie für machbar hält«, korrigierte Fay. »Das Unterfangen kann nicht gelingen. Es wird in einem Desaster enden. Mein Fahrer hierher klagte bereits über das Ausbleiben der Touristen.«

»Hast du die Ziele der Allianz, ihre Vision schon einmal ernsthaft durchdacht? Oder kann nicht sein, was nicht sein darf?«

»Ihre Pläne wurden mittlerweile in Dutzenden, ja, Hunderten Varianten in die Klimamodelle eingespielt. Fast alle führen für den Süden ebenfalls kurz- und mittelfristig in eine Katastrophe. Du hast dich doch auch schon intensiv damit beschäftigt!«

»Modelle, die überwiegend von Wissenschaftlern des Nordens gefüttert und Politikern des Nordens verkündet werden.«

»Deshalb bleiben sie trotzdem relevant!«

»Hier sieht man das längst anders. Unter dem Vorwand, das Wohl der Welt zu vertreten, hatte der Norden immer nur seine eigenen Interessen im Blick. Hier glaubt niemand mehr den Politikern oder Wissenschaftlern aus dem Norden. Höchstens den Business-Men. Die sagen wenigstens ehrlich, dass es ihnen ums Geschäft geht.«

»So wie du? Auch Unternehmen verfolgen mittlerweile zusätzliche Ziele: Klimaschutz, Menschenrechte …«

Manu unterbrach sie mit einem lauten Lachen.

»Ernsthaft? Greenwashing, Social Washing, mehr nicht! Immer nur genau so viel, wie es braucht, um das Gewissen von ein paar aufgeregten Aktivisten zu Hause zu beruhigen. Der Süden hat genug davon. Sie werden Safe Heaven weiterführen.«

»Wer soll das managen?!«

»Leute wie du«, sagte Manu. »Die sich ihr Berufsleben lang mit nichts anderem als Klimawandel, seinen Bedingungen und Folgen sowie der möglichen Anpassung daran beschäftigt haben.«

Fay setzte das Teeglas, das sie gerade zum Mund geführt hatte, hart auf den Tisch.

»Du meinst, ich soll die Seiten wechseln?! Und diesen Wahnsinn auch noch unterstützen?!«

»Ich meine, dass wir vielleicht eine Chance auf einen Kompromiss haben, wenn der Norden dem Süden sehr, sehr große Zugeständnisse macht, sowohl was den raschen Ausstieg aus fossilen Brennstoffen, aus Fleischproduktion, aus Beton-, Zement- und Aluminiumherstellung und anderen klimaschädlichen Aktivitäten als auch die sehr schnelle, allumfassende Umsetzung klimafreundlicher Maßnahmen betrifft. Verbunden mit der Kostenübernahme dieser Maßnahmen auch für den Süden …«

»Der Norden wird gerade in den Bankrott getrieben …«

»… und der Akzeptanz einer gewissen Temperatursenkung von, sagen wir, drei bis vier Grad statt der geplanten fünf bis sechs.«

»Du würdest das unterstützen?«, fragte sie empört. »Bist du deshalb hier? Um dieses Angebot im Auftrag der Allianz zu streuen?«

Mit einer Geste bat Manu sie, ihre Lautstärke zu mäßigen.

»Aus dem Norden gibt es erste Stimmen«, fuhr er fort, »noch nicht öffentlich – die sich Bewegung in der Sache vorstellen könnten. Auch das werde ich kommunizieren. Richtung Süden. Für beides könnte ich Hilfe gebrauchen. Stimmen der Vernunft.«

»Sorry«, sagte Fay, »aber für mich ist weder das eine noch das andere vernünftig – wie der Norden ohne Geoengineering seit Jahrzehnten den Planeten aufheizt und das trotz aller verlogenen Versprechen der jüngsten Vergangenheit fortsetzen wird, ebenso wenig wie die umgekehrte Idee, den Planeten abzukühlen. Die Erde ist doch keine Wohnung, an deren Thermostat man einfach herumdrehen kann!«

»Deshalb müssen sich die Parteien irgendwo in der Mitte treffen! Wenn der Norden so weitermacht wie bisher, dann landen wir zum Ende des Jahrhunderts bei drei bis vier Grad plus. Der Süden dagegen will fünf bis sechs Grad Abkühlung. Die Mitte liegt irgendwo bei zwei bis vier Grad Abkühlung.«

»Ich dachte, du bist ein Mathegenie? Bei mir läge die Mitte eher bei ein bis zwei Grad kühler. Also etwa vorindustrielles Niveau. Wie Chinas Großer Sonnenschirm es ursprünglich geplant hat.«

»Ich habe den längeren Hebel der Safe-Heaven-Allianz mit eingerechnet.«

Fay musterte ihn lange.

»Du bist Geschäftsmann. Was hast du davon?«

»Stabile Verhältnisse«, sagte Manu. »Sind bessere Voraussetzungen für langfristig erfolgreiche Geschäfte.«

Er trank sein Glas leer.

»Den Wandel gestalten«, sagte er dann. »Darauf kommt es an. Sonst wird man von ihm gestaltet. Deine Wahl.«

122

Bei der Rückkehr war Fay eine von wenigen Passagieren auf dem Flughafen Köln/Bonn. Dieser wies nur mehr die notwendigste Beleuchtung auf. Die meisten Läden waren geschlossen. Fay knöpfte die dicke Jacke zu, die sie im Flieger übergezogen hatte.

Die Taxistandplätze waren verwaist.

Sie nahm die S-Bahn. Draußen war es grau in grau und regnete. Auf den Straßen sah sie kaum Autos. Unterwegs stiegen immer mehr dick vermummte Menschen zu. Nicht alle fanden einen Sitzplatz. Sie schwiegen oder schimpften leise. Kaum jemand spielte mit dem Telefon. Einmal sah Fay einen Supermarkt, vor dem eine lange Schlange Menschen anstand, bis um den Block herum. Später kam sie an einer Tankstelle vorbei, an der sich ein unübersehbarer Stau gebildet hatte.

Vom Bahnhof fuhr sie mit dem Fahrrad, das sie dort abgestellt hatte, nach Hause. Den Rollkoffer mit einem Gummiband auf den Gepäckträger geschnallt kämpfte sie sich durch das Mistwetter.

In der Wohnung saßen die Kinder und Ben in dicken Pullovern und Winterjacken am Küchentisch. Auf dem Tisch brannten ein paar Kerzen, die den Raum notdürftig aufwärmen sollten.

»Die Regierung hat kurzfristig einen Heizstopp verfügt«, erklärte Ben, nachdem er ihr einen heißen Tee eingeschenkt hatte.

»Ich bin vier Tage weg, und schon drehen hier alle durch?«, fragte Fay.

»Rollierende Abschaltungen«, erklärte Ben. »Für Heizung und Strom. Wir sind jeden dritten Tag für je sechs Stunden dran. Haben sie heute Morgen bekannt gegeben und auch gleich umgesetzt.«

»Ohne Vorankündigung?!«

»Sie sind wohl überrascht worden von diversen nicht erwarteten Auswirkungen der Lieferstopps.«

»Überrascht«, schnaubte Fay. »Was haben sie erwartet?«

»Mama, könnt ihr das nicht lösen?«, jammerte Joy. »Wozu warst du denn in Casablanca?«

»Zum Labern«, warf Ben bissig ein. »Getan wird dort nichts.«

Fay warf ihm einen warnenden Blick zu.

»Wir bemühen uns, mein Schatz. Aber es ist schwierig. Der Süden verlangt weiterhin viel Geld vom Norden, Schuldenerlass und die Fortsetzung von Safe Heaven. Der Norden will über nichts sprechen, solange die Safe-Heaven-Flüge und der Öl- und Gaslieferstopp nicht beendet werden. Niemand macht einen ersten Schritt.« Sie nahm Joy in den Arm. Das Mädchen begann zu schluchzen. Sie war alt genug, nicht nur wegen der Kälte genervt zu sein, sondern den Ernst der Lage zu begreifen.

»Können wir nicht woandershin?«, fragte Joy. »Wenn das nicht aufhört?«

»Wo sollen wir denn hin?«, fuhr Ben sie an. »Wir werden doch diesen Verbrechern nicht die Genugtuung schenken, dass wir ihrem Wahnsinn nachgeben!«

Joy drückte sich erschrocken noch tiefer in Fays Arm.

»Du wirst nicht glauben, wer auch in Casablanca war«, sagte Fay zu Ben. Und als dieser nicht antwortete: »Manu.«

»Warum überrascht mich das nicht?«, erwiderte Ben zornig.

»Er hat ziemlich unverklausuliert gemeint, dass die Sache nicht enden wird«, sagte sie. »Und angeregt, jemand wie ich sollte lieber bei der Gestaltung mitwirken, als hier auf den Untergang zu warten.«

»Dieser Saukerl!«, fluchte Ben und sprang auf. »Denkt schon wieder nur ans Geschäftemachen! Und will dich hier weglocken?!«

»Ich habe ihm gesagt, dass der Plan der Safe-Heaven-Allianz Wahnsinn und zum Scheitern verurteilt ist.«

»Das fühlt sich hier aber gerade ganz anders an! Wir können euch Politikern und Wissenschaftlern und Verhandlern nicht länger beim Reden zuhören! Wir müssen etwas tun! Wir sollten nächste Woche am Klima-Konvoi Richtung Berlin teilnehmen!«

»Das ist nicht dein Ernst«, erwiderte Fay. »Der Großteil der Leute sind Spinner, nicht wenige auch Rassisten und Antisemiten, zumindest latent. Da mache ich sicher nicht mit! Abgesehen davon kann ich in meiner Position ohnehin an keinen Demonstrationen teilnehmen.«

»Wie du meinst. Ich fahre auf jeden Fall mit!«

123

Dick vermummt stand Ben in der Warteschlange vor dem Arbeitsamt. Sein Atem dampfte in der Kälte. Mit der behandschuhten Linken hielt er sein Telefon, von seiner Rechten ragte nur der Zeigefinger aus dem Ärmel der Daunenjacke, um das Display zu bedienen.

Die Schlagzeilen berichteten von immer mehr leeren Supermarktregalen. Die Regierung kündigte Hilfen für besonders bedürftige Familien wegen der rasant gestiegenen Energie- und Lebensmittelpreise an, dafür massive Kürzungen im Gesundheits-, Sozial- und Bildungsbereich.

»Pure Schikane«, schimpfte der Mann hinter Ben, »uns hierherzubestellen. Die wissen doch, dass es keine Jobs gibt. Was ist Ihr Gebiet?«

»Ingenieur«, erwiderte Ben einsilbig.

»Webdesigner«, erklärte der Mann. Ein schlaksiger Kerl mit schulterlangen Locken, vielleicht Mitte dreißig.

Er zeigte Ben sein Telefon. Startete ein Video, ohne Ben zu fragen, ob es ihn interessierte.

In Landschaften und Städten, wie man sie aus der Werbung für Traumferien kannte, erklärten sympathisch und doch natürlich wirkende Sprecherinnen und Sprecher verschiedenster Ethnien: »Die Zukunft liegt im Süden. Wenn du eine akademische Ausbildung in MINT-Fächern, Medizin oder als Lehrkraft hast oder praktische Erfahrung und eine Führungsposition in vielerlei Handwerken, wenn du abenteuerlustig, aufgeschlossen, an der Welt und anderen Kulturen interessiert und unter dreißig Jahre alt bist, bieten dir die Länder der Safe-Heaven-Allianz alles, was du dir für einen Start in ein Leben voll Wohlstand und Erfüllung wünschst: Arbeit, Sprachkurse, Wohnung und Startkapital.«

Menschen verschiedenster Ethnien arbeiteten, speisten, tranken, feierten und tanzten zu sommerlich-fröhlicher Musik gemeinsam, bekamen Kinder, brachten sie in den Kindergarten oder die Schule, schwammen im Meer oder wanderten durch Berge.

»Bewirb dich jetzt für das Safe-Heaven-Aufbauprogramm und die Karriere deiner Zukunft!«

»Bin zu alt dafür«, erklärte Ben unwirsch. Betrachtete den Mann noch einmal kurz. »Sie auch.«

124

Aus den senkrechten Auspuffrohren hinter den Truckerkabinen stießen schwarze Wolken in den Himmel über Berlin. Dazu dröhnte in Siennas Ohren der Lärm von Motoren und Hupen. Tausenden. Aus ganz Deutschland waren sie gekommen. Verstopften die Straßen rund um Unter den Linden ostwärts. Wollten weiter Richtung Brandenburger Tor. Traten erneut auf die Gaspedale, um noch mehr Wolken in die Luft zu feuern, Protestlärm über die Stadt zu jagen. Von vielen der Auspuffrohre spannten sich Transparente über die Kabinendächer.

Klima-Konvoi – Wir geben Gas!
Klima-Konvoi – Eine heiße Sache!
Kill Safe Heaven!

Hunderttausend Menschen zwischen den Lastwagen multiplizierten den Lärm mit Tröten, Trommeln und Wutchören. Ihr Atem dampfte in der eisigen Luft.

Zwischen ihnen stiegen immer wieder dicke schwarze Rauchsäulen aus brennenden Ölfässern.

Die vorderste Front der Monsterautos stand Schnauze neben Schnauze in Richtung der Gegendemonstranten, die sich um das Brandenburger Tor gesammelt hatten, auf der Straße des 17. Juni und im Tiergarten.

Auf den Schnauzen einiger Lastwagen durften Medienteams mit ihren Kameras stehen und in alle Richtungen filmen. Aufgeregte Journalisten brüllten in ihre Mikrofone gegen den Lärm an.

Zwischen den Gruppen hatten sich mehrere Reihen behelmter Polizisten mit Schildern und sogar bewaffnete Soldaten geschoben, unterstützt von locker verstreuten mobilen Wasserwerfern und anderen gepanzerten Fahrzeugen. Dutzende Medienteams mit Kameras und Mikrofonen entlang der Fronten machten das Chaos komplett.

Sienna stand in der ersten Reihe dahinter, Unter den Linden vor sich, das Brandenburger Tor im Rücken. Sie rief in das Mikrofon eines TV-Teams: »Der Klima-Konvoi heizt bloß das politische Klima auf!«

Vereinzelt flogen Steine von der anderen Seite zu ihnen herüber. Auf dieser Seite schwenkten die Demonstrierenden ihre Transparente und Plakate in Richtung der Trucks:

Nein zu Geoengineering!

Stoppt Öl und Gas!

Stoppt den Klimakrieg! Klimafriede jetzt!

»Im Gegensatz dazu sind wir heute hier, um ein Ende der verantwortungslosen Experimente mit unserer aller Lebensgrundlage auf allen Seiten zu fordern!«

Über dem Gelände kreisten Polizeihubschrauber. Vom Konvoi her schallten die Sprechchöre: »Kli-ma-ver-rä-ter! Wir-hei-zen-Safe-Hea-ven-ein!«

»Wäre es dann nicht deeskalierender, wenn Sie den Klima-Konvoi weiterfahren lassen würden?«

»Lasst-uns-durch!«

»Wir befinden uns auf unserer genehmigten Route. Der Konvoi weicht von seiner ab und sucht gezielt die Provokation. Wenn die Klugen nachgeben, regieren die Idioten die Welt.«

»Macht Platz, ihr Arschlöcher«, gellte es aus dem Megafon eines Mannes auf einem Lkw-Kühler, »oder wir überfahren euch einfach!«

»Sehen Sie?«, sagte Sienna. »Die Situation hier zeigt deutlicher als jemals zuvor, dass die Klimabewegung eigentlich immer eine Friedensbewegung war! Und heute mehr denn je ist!«

»Kli-ma-ver-rä-ter!«

»Diese Konvois spielen Safe Heaven doch in die Hände, indem sie uns spalten!«

»Wir-hei-zen-Safe-Hea-ven-ein!«

»Sämtliche Klimamanipulationen müssen sofort gestoppt werden!«, versuchte Sienna, sich Gehör zu verschaffen. »Ebenso muss der Norden vereint auf den Weg zu CO_2-Neutralität zurück …!«

»Sie nennen es nicht mehr Klimaneutralität?!«, rief die Journalistin.

Die Lastkraftwagen dröhnten wieder.

»Klimaneutralität«, versuchte Sienna, wurde jedoch übertönt. Ihr resigniertes »Was soll das noch sein?« hörte niemand mehr.

Auch die Durchsagen aus den Polizeilautsprechern gingen im Lärm unter.

Mit einem Mal sah Sienna direkt gegenüber einen Truck starten. Er beschleunigte in die Lücken zwischen den gepanzerten Fahrzeugen. Soldaten und Polizisten sprangen zur Seite. Schüsse fielen. Rauchbomben nahmen Sienna die Sicht.

Dann schoss aus den weißen Wolken der Kühler direkt auf sie und das TV-Team zu. An ihm hingen einige Soldaten und Polizisten, versuchten ins Innere der Fahrerkabine einzudringen. Konvoidemonstranten zerrten an ihnen, schlugen mit Baseballschlägern und Latten auf sie ein. Mehr Schüsse fielen.

Auf Seiten der Klimaaktivisten brach Panik aus.

Sienna und das Team flüchteten in alle Richtungen, Sienna stolperte rittlings davon, stieß auf die Masse der Demonstrierenden, die nicht schnell genug davonkamen. Unter dem Riesenrad des Trucks zerbrachen die Tragegriffe eines Transparents wie Streichhölzer. Die schlammigen Reifenabdrücke machten den Text *Klimafriede jetzt!* unleserlich.

Das harte Metall der Stoßstange und des Kühlergrills trafen Sienna wie eine Abrissbirne und schleuderten sie puppengleich durch die Luft, bevor sie unter dem Ungetüm verschwand.

125

»Nach den schweren Zusammenstößen der Klima-Konvois mit Klimaaktivisten in Europa, den USA und Kanada, die Hunderte Tote und Verletzte forderten, darunter Klimaaktivisten-Ikone Sienna Banks, machten die Regierungschefs des Nordens und der Safe-Heaven-Allianz sich und ihren Bevölkerungen zwei Tage vor den Feiertagen ein Weihnachtsgeschenk: Sie einigten sich auf das Ende der gegenseitigen Lieferstopps für Öl und Gas aus dem Süden sowie Industrieprodukte aus dem Norden. Auch die übrigen gegenseitigen Sanktionen sollen weitestgehend beendet werden. Bedingungen dafür sind die Verpflichtung des Nordens, inklusive Chinas, binnen fünf Jahren aus fossilen Energieträgern auszusteigen, sowie in derselben Zeit die industrielle Fleischproduktion zu beenden. Außerdem sagte der Norden finanzärmeren Staaten des Südens auch außerhalb der Safe-Heaven-Allianz Billionen an Förderungen zu.

Im Gegenzug verpflichtete sich der Süden, die Verwendung der Gelder völlig transparent zu machen. Keine Einigung wurde darüber erzielt, ob Safe Heaven im kommenden Frühjahr, wie von der Allianz geplant, fortgesetzt wird. Die Allianz geht davon aus, der Norden rechnet mit einem weiteren Moratorium.

Die nächste Verhandlungsrunde soll Mitte Januar in Nairobi stattfinden, die übernächste im Februar in New York.«

Zum Ende der Verlautbarung im Fernseher brach in Fays Büro

Applaus aus. Sie teilte es mit vier Kolleginnen und Kollegen. Alle trugen dicke Pullover, Daunenjacken, Mützen.

Sie waren noch beim Klatschen, als Fernseher, Licht und Computer dunkel wurden.

»Nicht schon wieder!«, stöhnte einer von ihnen. »So kann man doch nicht arbeiten!«

Fay erhob sich. »Es ist schon fast vier Uhr. Geht nach Hause.«

Sie packte ihren Laptop in die Tasche, warf diese über die Schulter und nahm die zweite Daunenjacke vom Haken.

Zwei Minuten später stapfte sie dick vermummt durch Bonns tief verschneite Straßen. Außer ihr waren nur ein paar andere Fußgänger unterwegs. Die Temperatur betrug sieben Grad unter null. Die fast einen Meter hohe Schneeschicht bildete eine wellige Landschaft über den an den Straßenrändern geparkten Autos, die niemand mehr vom Schnee befreite, weil man ohnehin nicht mit ihnen fahren konnte. Die meisten kleineren Straßen blieben ungeräumt, das Befahren war gar nicht möglich. Ein Problem für Einsatzkräfte, die viele Orte nicht mehr erreichen konnten. Der knappe Treibstoff blieb Einsatzfahrzeugen, Schneepflügen auf den Hauptstraßen und Lkw vorbehalten. Immerhin schaufelten die meisten Hausbesitzer den Schnee so weit von den Gehsteigen, dass man diese benutzen konnte.

Zwanzig Minuten später erreichte Fay das Haus. Alle Fenster waren dunkel, so wie die meisten auf ihrem Weg es auch gewesen waren. Nur an einer Seite flackerte Licht in einem Fenster.

Joy und Nicolas waren schon von der Schule zurück und saßen beim Schein einiger Kerzen mit mehreren Kleiderschichten übereinander in der Küche, dem einzigen geheizten Raum. Vierzehn Grad. Ihre Hände klammerten sich an Teetassen, in denen Tee dampfte.

Vor ihnen stand ein Tabletcomputer. Auf dem Bildschirm war – Manu! Er saß in Sommerkleidung vor tropischen Pflanzen.

»... redet mit eurer Mutter«, hörte Fay ihn sagen.

»Ihr habt hier Netz?«, fragte sie die Kinder.

»Übers Mobiltelefon«, antwortete Nicolas.

»Worüber sollen sie mit mir reden?«, fragte Fay und beugte sich zwischen die Kinderköpfe, sodass Manu sie auch sehen konnte.

Manu begrüßte sie ernst.

»Wie du aussiehst! Als lebtest du am Nordpol!«

»So ungefähr fühlen wir uns auch.«

»Kommt doch her. Wenigstens über den Winter«, sagte er.

»Ja!«, freute sich Joy.

»Wo bist du?«

»Mal hier, mal dort. Lagos, Casablanca, Rio. Ich besorge auch die Tickets.«

»Das können wir uns selbst leisten«, erwiderte Fay sauer. »Aber es gibt ohnehin kaum mehr Flüge.«

»Ich schicke einen Flieger.«

»Die Kinder haben Schule, ich meinen Job.«

»Wie lange noch? Du kannst deinen Job auch hier machen. Oder einen anderen. Du bist *die* Expertin für den menschengemachten Klimawandel.«

»Das haben wir schon diskutiert. Ich bin keine Expertin für diese Art von Klimawandel. Niemand ist das.«

»Aber deine Expertise kommt vermutlich trotzdem am nächsten dran. Fliegst du im Januar zu den Verhandlungen in Nairobi?«

»Wenn ein Flug geht«, sagte Fay. »Ist noch nicht klar.«

»Können wir mitkommen?«, rief Joy. »Das ist ja nicht mehr auszuhalten hier!«

»Gibt es für mich auch noch Tee?«, fragte Fay ihre Tochter.

»Wenn das nächsten Winter so bleibt«, sagte Joy, »ziehe ich über den Winter zu Onkel Manu. Oder ich bleibe gleich dort.«

126

Stolz präsentierte Igwe der Journalistin und ihrem Kameramann seine Schuluniform. Sie standen am Rand des Slums. Im Hintergrund schoben riesige Schaufelbagger die windschiefen Buden zusammen, als wären sie aus Karton. Weite Teile des Gebiets waren bereits planiert.

Bestens gelaunt stapfte Igwe durch die Trümmerlandschaft, die Schultasche auf dem Rücken, gefolgt von der Journalistin und der Kamera.

»Hier baut mein Papa unsere neue Wohnung«, erklärte er dabei zufrieden.

Sie erreichten ein Gebiet, in dem auf einer weitläufigen Baustelle zwischen Dutzenden Kränen und Lastwagen von Hunderten Arbeitern Holzgerüste für Gebäude verschiedener Formen und Höhen zusammengesteckt und gehämmert wurden. Laufend brachten Transporter weitere Gebäudefertigteile aus Holz, die von den Bautrupps geschickt eingefügt wurden.

Igwe lief auf einen der verschwitzten Arbeiter zu, einen untersetzten Mann in Jeans und T-Shirt, auf dem Kopf einen Helm. Als er Igwe sah, unterbrach er seine Arbeit und grinste ihn an.

»Er ist ein braver Junge«, erklärte er der Kamera, »der Beste in seiner Klasse. Ich bin sehr stolz auf ihn.«

Igwe sah zu ihm hoch. »Papa, wenn ich mit der Schule fertig bin, möchte ich in eine andere, bessere. Geht das?«

Sein Vater strich ihm über das Haar. „Was stellst du dir denn vor, mein Junge?“, fragte der Vater.

»Das Technische College!«, rief Igwe aufgeregt.

»Schauen wir mal, mein Junge, schauen wir mal. Aber warum nicht?«

127

Der US-Präsident stand mit verschränkten Armen vor den Bildschirmen im Situation Room, auf denen ihm die Generäle und Geheimdienstchefs soeben die Lage skizziert hatten: Satellitenbilder, Fotografien, Tabellen, Grafiken.

»Die Safe-Heaven-Allianz hat über den Winter ihre Vorbereitungen für den Neustart der Flüge nicht vermindert«, erklärte der Verteidigungsminister. »Sowohl die Produktion als auch die Lieferung von Treibstoff sowie Aerosol- und Lofting-Materialien liefen über den Winter auf Hochtouren.«

»Drohgebärde oder Vorbereitung?«, fragte der Präsident.

»Bis zu einem gewissen Punkt hätte man es als Drohgebärde betrachten können«, sagte einer der Generäle, ein Afghanistan-Veteran mit dunklen Ringen unter den Augen. »Irgendwann ist der Punkt erreicht, an dem bestimmte Handlungen nur mehr Sinn machen, wenn du wirklich losschlagen willst, selbst wenn die ganze Welt nicht daran glauben mag. Inzwischen sind die Materiallager der Safe-Heaven-Allianz voll, und sie produzieren immer noch weiter. Dieses Material bekommen sie jetzt nur dann los, wenn sie es auch bald einsetzen. Unsere Prognose: Sie starten wie angekündigt Mitte Mai.«

»Ich stehe hier am Flughafen in Djakarta«, erklärte der Reporter routiniert aufgeregt in die Kamera. Die Bilder wechselten zu Aufnahmen von Kriegsschiffen. »Zur selben Zeit sammeln sich drei Flugzeugträgerverbände der US-Marine vor Indonesien und Indien. Angekündigt sind gemeinsame Manöver mit chinesischen und russischen Flottenverbänden.«

Die Kamera schwenkte wieder auf den Reporter vor dem Rollfeld.

»Hinter mir macht sich eine Cargomaschine mit den typischen Auslasskonstruktionen der Safe-Heaven-Transporter bereit zum Start«, sagte er. »Zu erkennen sind auch Kampfjets der indonesischen Luftwaffe. Die Cargomaschine rollt an … und startet!«

Bordkameras übertrugen den Flug der indonesischen Safe-Heaven-Maschine live ins Internet. Diese Übertragung verfolgten auch der US-Präsident und sein Team im Weißen Haus. Gleich darauf folgten zwei Kampfjets. Zwei Minuten später die zweite Transportmaschine.

»Sie wollten es nicht anders«, bemerkte der Präsident.

Der Kommandeur des US-Kreuzers ließ den Blick noch einmal rundum gleiten. Vor der Küste Djakartas lagen dreißig US-amerikanische, chinesische und russische Kriegsschiffe auf dem glitzernden Meer. Aus den Abschussvorrichtungen eines der Schiffe schoss ein Rauchstrahl, gefolgt von einer Wolke.

Nun gab auch der Kommandeur seinen Befehl: »Feuer!«

Von anderen Schiffen gingen weitere Geschosse ab.

Als der Journalist ein eigenartiges Geräusch vernahm, wandte er sich von der Kamera ab und dem Flughafengebäude zu.

»Was war das?«

Aufgeregte Menschen liefen durch das Bild.

»Stromausfall!«, rief jemand.

»Der Strom ist weg!«

»Wie es scheint, ist hier der Strom ausgefallen«, berichtete der Reporter routiniert. »Noch wissen wir nicht, ob es sich um Zufall handelt und welche Gebiete betroffen sind.« Leiser, an seine Kamera gewandt: »Kannst du überhaupt noch aufnehmen und senden?«

Der Livestream der Bordkameras auf Fays Computer zeigte den Luftkampf der indonesischen Jets, bevor diese von den amerikanischen und chinesischen Raketen in Feuerbälle verwandelt wurden. Dann brach der Livestream der ersten Transportmaschine ab. In jenem der zweiten konnte sie noch klein die sich ausdehnende schwarze Wolke sehen, bevor auch dieser Stream schwarz wurde.

»Das war höchste Zeit!«, jubelte Ben. »Schluss mit dem Klimaterror!«

»Dir ist schon klar, dass da gerade Menschen sterben?«, fragte Fay.

»Bei uns sind im letzten Winter Tausende erfroren«, entgegnete Ben. »Und die Safe-Heaven-Piloten wussten, worauf sie sich einlassen. Haben sie gedacht, die fremden Kriegsschiffe vor ihrer Küste liegen da bloß zum Vergnügen?«

Ein Fenster der Übertragungen, die Fay auf ihrem Computer geöffnet hatte, zeigte Live-Luftaufnahmen der Schiffe. Eines wackelte eigenartig. Gleich darauf stieg eine dicke schwarze Wolke daraus empor. Ein zweites schien wie von einer Faust gestoßen, bevor Teile davon ebenfalls in dunklem Rauch verschwanden.

»So viel zu ›Schluss‹«, stellte Fay fest. »Das fängt gerade erst an.«

In einem anderen Senderfenster tauchte der indische Ministerpräsident auf. In der Banderole am unteren Bildrand war der Hinweis eingeblendet, dass er aktueller Vorsitzender der Safe-Heaven-Allianz war.

»Angesichts der Aggression gegen unsere Piloten und die Sabotage des Safe-Heaven-Programms sehen wir uns erneut zu einem sofortigen Lieferstopp von Öl und Gas in den Norden gezwungen.«

Das Pärchen lungerte bei gedimmtem Licht der Stehlampe mit zwei Gläsern Champagner auf dem Sofa seines Apartments im siebenundvierzigsten Stock mit Blick über halb New York, als die Lampe finster wurde.

»Was ist denn jetzt?«, entfuhr es ihm, doch sie sprang bereits auf und starrte aus dem bodentiefen Fenster.

Wo eben noch das nächtliche New York geleuchtet hatte, strahlten nur mehr vereinzelte Lichter und Gebäude. Der Rest war eine finstere Silhouette vor dem wolkigen Nachthimmel.

»Nachdem uns in den vergangenen Minuten Meldungen über großflächige Stromausfälle aus New York, Moskau, Shanghai, Hongkong und London erreichten«, berichtete der Reporter auf Fays Computer sichtlich erregt, »eskaliert eine Nachricht aus Russland die Situation weiter. Laut einem Sprecher des Kremls hat der russische Präsident die Alarmbereitschaft der russischen Nuklearstreitkräfte von Stufe drei auf Stufe vier erhöht. Das heißt, Raketen und Sprengköpfe werden zusammengeführt und können danach jederzeit gestartet werden.«

128

»Die Flüge stoppten«, erklärte die Journalistin vor Bildern des stromlosen Flughafens Djakarta. »Über den Sommer hinweg starteten von keiner Basis der Safe-Heaven-Allianz weitere Transportmaschinen.«

Zu Aufnahmen verdorrter und schlammiger Gebiete, Sturzregen, Großfeuern und Stürmen, die Bäume entzweibrachen und Dächer davontrugen, fuhr sie fort: »Die Ernte im Norden fiel um dreißig Prozent geringer aus als sonst. Für einige Getreide- und Fruchtsorten betrug der Ausfall je nach Gegend bis zu hundert Prozent. Der Lieferstopp für Öl und Gas trieb die Volkswirtschaften des Nordens binnen weniger Wochen an den Rand des Kollapses.«

Demonstrantenmassen stießen in Wolken von Rauchbomben und Tränengas auf Heere schwer bewaffneter Polizisten und Militärs. Knüppel flogen, Opfer wurden verarztet oder weggeschleppt, Barrikaden, Autos und Läden brannten.

»In den meisten Ländern kam es zu Demonstrationen und gewalttätigen Auseinandersetzungen mit der Polizei. In einigen stellten nach Neuwahlen Rechtsnationalisten die Regierung. In einer Handvoll Staaten übernahm das Militär die Macht.«

Lebensmittelausgabestellen in Indien, Indonesien, Nigeria, Brasilien und anderen Ländern des Südens. Geschäftige Märkte. Riesige Hallen voll mit Getreidebergen. Kinder und Jugendliche in Schulen. Eifrige Geschäftsleute in Anzügen und traditioneller Kleidung bevölkerten Besprechungsräume und Hotellobbys.

»Der Süden hatte sich auf die meisten erwartbaren Sanktionen des Nordens vorbereitet. Binnen Monaten war ein heimlich aufgebautes Finanzkommunikationssystem in Betrieb genommen worden. Gegen die Lieferstopps für strategisch wichtige Produkte waren Lager angelegt worden, die für Monate, teils Jahre reichten. Gleichzeitig unterstützten die Regierungen die ebenfalls von Lebensmittelknappheiten und anderen Mangelsituationen betroffene Bevölkerung der südlichen Welt mit Lebensmittelverteilungen.«

Einige einstmals sehr vermögende Personen dieser Staaten, die sich über die Auswirkungen von Safe Heaven auf ihr Vermögen beschwert hatten, starben überraschend. Ihre Vermögen wurden beschlagnahmt. Bald beschwerte sich niemand mehr. Im Gegenteil spendeten die Vermögenden der Südregion den Großteil ihrer Vermögen den Staaten. Billionen wurden verfügbar. Sie flossen in die versprochenen Umbauten der Bildungs- und Gesundheitssysteme.

»Ende September treffen sich in Casablanca nun Vertreter der USA, der EU und Chinas mit jenen der Safe-Heaven-Allianz. Russland und Kanada bleiben den Verhandlungen fern.«

Die Journalistin wandte sich um, hinter sich die Konferenzhalle. »Die Beratungen finden hinter verschlossenen Türen statt. Und die ganze Welt betet, dass die Parteien aufeinander zugehen.«

»Wir können uns vorstellen«, eröffnete der Verhandlungsleiter der US-Delegation, »die bisherige Abkühlung um zwei bis drei Grad langfristig aufrechtzuerhalten.«

Die Delegierten aus aller Welt hatten sich um eine große viereckige Tischgruppe versammelt und lauschten mit ernsten Mienen.

»Dafür sollten der Große Sonnenschirm und Teile des Safe-Heaven-Programms unter internationale Kontrolle und Koordination gestellt und wiederaufgenommen werden. Die USA, die EU und China erklären sich bereit, sowohl die Loss-and-Damage-Kosten des Südens als auch die Finanzierung der Transformation in eine CO_2-freie Weltwirtschaft zu übernehmen. Außerdem werden den siebzig ärmsten Staaten die Schulden erlassen. Das wird allerdings nur möglich sein, wenn sämtliche Lieferstopps und Sanktionen aller beteiligten Parteien sofort aufgehoben werden. Sonst können die Volkswirtschaften des Nordens das Kapital schlicht nicht mehr aufbringen.«

»Nicht ganz enttäuschend, aber auch nicht ermutigend gingen die Verhandlungen in Casablanca heute zu Ende«, berichtete die Journalistin. »Es gab zwar keine konkreten Ergebnisse, die Parteien einigten sich jedoch auf eine nächste Verhandlungsrunde Anfang Dezember.«

129

»Spinnst du?« Ben starrte Fay fassungslos an.

»Es wird nicht mehr, wie es früher war«, sagte Fay. »Wir müssen nach vorne schauen.«

»Du meinst, nach Süden?«, fragte Ben. »Hat Manu dir das eingeflüstert?!«

»Spinnst *du*?! Du siehst doch, wie es hier zugeht! Der Norden hat seine Zukunft verspielt! Vor langer Zeit!«

»Sagt die Frau aus dem Süden?! Du hast aber gern hier gelebt!«

Fay verschlug es für einen Moment die Sprache. Sie musste sich beherrschen, nicht in zornige Tränen auszubrechen. Auch Nicolas' und Joys Münder blieben entsetzt offen stehen.

»Verzeih«, setzte Ben an, doch Fay überbrüllte ihn:

»Die Afrikanerin, die es sich in Europa bequem gemacht hat, willst du das damit sagen?! Du Arsch! Ich fasse es nicht! Ich habe nur vorgeschlagen, darüber nachzudenken!«

»Mom, Dad«, bemühte sich Nicolas. Joy stand mit großen, feuchten Augen daneben und sagte nichts.

»Verzeih«, versuchte Ben es noch einmal, bevor seine Stimme sich wieder hob: »Aber ich denke keine Sekunde daran, diesen Wahnsinn mitzumachen! Ich ziehe weder nach Nairobi noch nach Lagos, Djakarta oder Rio! Mein Zuhause ist hier! Unser Zuhause!«

»Na ja, Rio wäre auch nicht schlecht«, versuchte Nicolas einen Scherz.

»Den anderen Wahnsinn hast du auch jahrzehntelang gern mitgemacht!«, rief Fay wütend. »Bist fröhlich durch die Welt geflogen, Autos mit Verbrennungsmotoren gefahren …«

»Du aber auch …«

»… und Motorrad dazu! Hast Steaks gefressen …«

»Schon lange nicht mehr …«

»… als du längst Bescheid wusstest! Und eine Klimaforscherin geheiratet hattest!«

»Außerdem«, sagte Ben, »bin ich zu alt für den Süden. Du kennst die Programme. Unter-Dreißigjährige wollen sie. In meinem Alter bekomme ich nicht einmal ein Visum. Und meine Eltern …«

»Ich hätte einen Job«, erwiderte Fay. »War doch immer so. Als mein Mann dürftest du mitkommen. Sogar deine Eltern.«

Ben war anzusehen, dass er begriffen hatte, welchen Mist er gerade gebaut hatte.

»Ich …« stammelte er, »ich verstehe nicht, wie du die da unten damit durchkommen lassen kannst.«

»Sagt der Mann aus dem Norden«, entgegnete Fay eisig, »der sein Leben lang damit durchgekommen ist. So wie seine Eltern, Großeltern und Milliarden andere auch.«

»Mom …«, versuchte Joy.

»Und all die anderen Menschen hier?«, fragte Ben. »Für die ein Umzug nicht so einfach wird? Die bleiben müssen? Wo sollen denn meine Eltern überhaupt hin?«

»Ich versuche seit Monaten, wenigstens das Schlimmste zu verhindern! Ich denke aber auch an unsere Kinder! Welche Welt willst du ihnen hinterlassen?«

»Keine eiskalte«, erwiderte Ben trotzig.

»Eigentlich«, sagte Joy, »solltet ihr das alles uns fragen.«

130

Der CIA-Chef ließ die Bilder der Präsentation auf den Bildschirmen des Situation Rooms stehen. Fotos einer palastartigen Anlage in einem Park voller Palmen. Grundrisse. Landkarten. Bilder zweier Hubschrauber. Navy Seals im Einsatz.

»Unsere Jungs bekommen das hin«, erklärte der CIA-Direktor.

»In Ordnung«, sagte der Präsident.

131

»Himmel, Ben!«, rief Fay. »Schau hinaus!«

Vor dem Fenster lag der Schnee einen Meter hoch, und es schneite weiterhin dicht.

»Inzwischen haben wir den zweiten Safe-Heaven-Winter und Volksaufstände in halb Europa! Unsere Kinder sind nicht mehr sicher! Mehrere EU-Staaten sind kurz vor einem Ausstieg aus der Union! Russland und China drohen mit einem Atomschlag gegen Safe-Heaven! Die Allianz hat auf der Konferenz in Nairobi vergangene Woche erklärt, die Flüge im Mai in vollem Umfang wieder aufnehmen zu wollen, um die bisherige Abkühlung für zwei weitere Jahre abzusichern! Der Norden soll nicht glauben, sie diesmal wieder aufhalten zu können! Willst du die Kinder all dem aussetzen?!«

»Die Allianz hat sich aber auch bereit erklärt«, entgegnete Ben genauso laut, »die Abkühlung für die kommenden Jahre auf die bestehenden zwei bis drei Grad zu begrenzen, bis eine Lösung gefunden wurde. An zwei bis zwei Grad weniger könnten wir uns anpassen!«

»Die Allianz wird Safe Heaven nicht unter internationale Kontrolle stellen, wie es der Norden verlangt. Langfristig wird sie weitermachen!«

»Ich kann das nicht mittragen!«

»Die Allianz finanziert den gesamten Umzug des Climate

Control Centers in den UNO-Amtssitz Nairobi«, versuchte Fay es ruhiger, aber sehr bestimmt.

»Um ihn unter seine Kontrolle zu kriegen«, fauchte Ben.

»Dann war er bislang unter der Kontrolle des Nordens?«, hielt Fay dagegen. »Im Gegensatz zu Bonn ist Nairobi handlungsfähig. Hier geht nichts mehr. Kein Verkehr, kaum Internet, wir sind kaltgestellt.«

»Buchstäblich«, bemerkte Ben bissig.

»Ich werde das Angebot annehmen«, entschied Fay.

Nicolas und Joy auf dem Sofa sagten nichts. Ben schwieg.

»Was ist mit euch?«, fragte er, mit einer Stimme zwischen Hoffnung, Verzweiflung und Trotz.

»Instrumentalisiere die Kinder nicht!«, forderte Fay.

»Tu ich nicht. Ich frage sie bloß.«

»Ich …«, setzte Joy leise an, ihre Stimme brach. »Ich halte es hier nicht mehr aus«, sagte sie schließlich. »Aber dort habe ich keine Freundinnen …«

»Ich weiß, mein Schatz«, versucht Fay sie aufzumuntern und ergriff ihre Hand, »wie schwer das ist. Auch ich habe das Land verlassen, in dem ich geboren wurde, wo ich Freundinnen und Familie hatte. Und dann, um bei eurem Vater zu sein« – sie warf Ben einen Blick zu – »noch einmal jenes Land, in dem ich studiert habe und dessen Bürgerin ich wurde. Dabei habe ich immer die Erfahrung gemacht, so schwierig es anfangs auch sein mag, dass man tolle, aufregende und liebenswerte Menschen kennenlernt, die einem wichtig und Freunde fürs Leben werden.«

Nicolas schüttelte wortlos den Kopf.

»Ich weiß es wirklich nicht«, murmelte er. »Vielleicht sollte ich ganz woandershin …«

Fay blickte Ben noch einmal an.

Auch er schüttelte den Kopf.

Sagte nichts.

132

Die Hubschrauber schossen knapp über der Meeresoberfläche in Richtung Küste. Die Teams in ihrem Inneren machten sich für ihren Einsatz bereit. Prüften ein letztes Mal ihre Waffen. Die Nachtsichtgeräte.

Alles stimmte. Zeit. Windrichtung. Das Sicherheitssystem des Palasts war seit Jahren infiltriert. Nun bekam das Wachpersonal der Leibgarde vorbereitete Signale und Bilder eingespielt, die eine ruhige Nacht simulierten.

Während die Helikopter nur mehr wenige Hundert Meter entfernt waren. Wegen des Windes, der vom Palast Richtung Meer wehte, hörten die Wächter auf den Dächern die Fluggeräte zu spät. Sahen sie durch ihre Nachtsichtgeräte erst, als sie zur Landung ansetzten.

Bevor sie ihre Waffen gehoben hatten, schleuderte sie der Einschlag der mit nur einem leisen Zischen abgefeuerten Geschosse zu Boden. Von ihren Köpfen war nicht viel übrig.

Lautlos sprangen die Soldaten aus den gelandeten Maschinen. Huschten zu den angewiesenen Türen und Fenstern.

Wie vorgesehen, öffnete das Cyberteam in mehreren Tausend Kilometern Entfernung die Türen. Mit vorgehaltener Waffe schlichen die Soldaten die Treppen hinab.

Jeder von ihnen hatte den Plan des Hauses genau im Kopf.

Die Cyberleute öffneten ihnen weitere Türen.

Bis das erste Team vor den Schlafgemächern stand.

Mit einem leisen Klick sprang die Tür ein Spalt weit auf.

Der Anführer des Kommandos stieß sie mit seiner Stiefelspitze ganz auf.

Das erste Trommelfeuer fällte ihn und zwei seiner Kameraden. Die anderen drei warfen sich zu Boden oder suchten hinter Säulen oder Vorsprüngen Deckung.

»Gegenangriff!«, brüllte einer in sein Helmset. »Drei Männer down!«

Unter dem Geknatter hörte er seine eigene Stimme nicht. Rund um ihn explodierte der Marmor in Staubwölkchen. Querschläger pfiffen durch den Raum.

Ein Hieb traf ihn im Rücken. Raubte ihm fast den Atem. Projektile hatten seine schusssichere Weste getroffen. Von hinten.

»Ein Hinterhalt!«, brüllte er in das Helmset, während er bessere Deckung suchte. »Brauchen Back-up!«

Blickte sich nach den Kameraden um. Entdeckte einen vierten reglos zwischen den Säulen liegen. Von den ersten drei Getroffenen wälzten sich zwei vor Schmerz brüllend in Blutlachen. Der dritte war bewegungslos.

»Vier Männer down!«, brüllte er. Feuerte gezielt in die Richtung, aus der er Mündungsfeuer wahrnahm. »Back-up! Sofort!«

Er bekam keine Antwort.

Direkt über seinem Kopf schlugen Geschosse scharfe Splitter aus dem Stein. Erneut ein Schlag gegen seine Rippen. Diesmal benötigte er eine halbe Minute, um seine verkrampfte Lunge wieder zum Arbeiten zu bekommen.

Eine halbe Minute, die seine Sinne beeinträchtigt hatte. Seine Bewegungen behindert. Seine Aufmerksamkeit vernebelt. Seinen Gegnern die Möglichkeit gegeben hatte, neue Positionen einzunehmen. Die Einschläge in Beine und Arme kamen fast zeitgleich wie jene in seinem Nacken und dem Gesicht.

»Vergangene Nacht konnte ein hinterhältiger Mordanschlag auf den Emir von Katar verhindert werden«, erklärte der Nachrichtensprecher. »Die feigen Angreifer ermordeten im Dunkel der Nacht sieben heldenhafte Leibgardisten des Emirs, bevor sie gestellt und aufgerieben werden konnten. Zwei von ihnen überlebten schwer verletzt. Die Hubschrauber, mit denen sie gekommen waren, flüchteten, ohne ihre Kameraden zu retten. Erste Befragungen ergaben, dass es sich bei den Attentätern um Russen handelt. Ohne Zweifel ging es dabei um den Versuch, einen Führer der Safe-Heaven-Allianz zu töten und die anderen einzuschüchtern.

Sämtliche Abkommen sind damit hinfällig. Als Konsequenz werden ab sofort erneut sämtliche Öl- und Gaslieferungen in den Norden eingestellt. Gleichzeitig werden die Flüge des Safe-Heaven-Programms verstärkt, um das Abkühlungsprogramm weiter voranzutreiben.«

133

Nur vereinzelt eilten Passagiere durch die Abflughalle des Flughafens Köln/Bonn. Kaum ein Check-in-Schalter war besetzt. In der Mitte der Halle drückte Ben Joy und Nicolas mit beiden Armen fest an sich.

»Ihr werdet mir so unendlich fehlen«, brachte er schluchzend hervor.

»Du uns auch, Papa«, heulte Joy. »Komm doch mit!«

»Ich bleib noch ein bisschen da«, versuchte er, sich zu fangen, »und passe auf Oma und Opa auf.«

»Aber die können doch auch mitkommen!«, rief Nicolas.

Joys Gesicht bestand nur mehr aus Rotz und Tränen.

Fay legte die Hände auf die Schultern der Kinder.

»Wir müssen«, sagte sie sanft.

Joy heulte erneut auf.

Mit sanftem Druck versuchte Fay, Bens Griff um seine Kinder zu lösen. Als er es merkte, hob er den Kopf und warf ihr einen hasserfüllten Blick zu.

Sie antwortete mit einem Nicht-vor-den-Kindern-Blick.

Noch einmal drängte sie ihn, seine Umarmung zu lockern.

Schließlich gab er nach, Fay nahm die Kinder bei den Händen und führte sie in Richtung Sicherheitskontrolle. Ben war aufgesprungen und folgte ihnen, die Hände auf den Schultern der Kinder, über ihre Arme streichend, ihr Haar.

Fay wandte sich noch einmal um.

»Überleg's dir«, sagte sie. »Du kannst jederzeit nachkommen.«

Sie zog die Kinder sanft weiter, an der Ticketkontrolle vorbei in den Bereich, in dem Bens Anwesenheit nicht mehr erlaubt war. Er streckte die Arme nach ihnen aus. Joy wollte noch einmal zurück, doch Fay hielt ihre Hand fest genug, um den Impuls rechtzeitig zu unterbinden. Erreichte mit den Kindern die Sicherheitskontrolle. Wandte sich ein letztes Mal um. Dort stand Ben mit hängenden Schultern. Winkte den Kindern, die ihm zurückwinkten.

»Bis bald, Papa!«

Fay schluckte schwer, dann schob sie die Kinder an das Laufband mit den Plastikschalen, in die sie ihre Telefone und Jacken legten. Von dort sahen sie ihren Vater nicht mehr.

134

In der Gepäckhalle des Flughafens Nairobi drängten sich die Menschen. Viele trugen Kleider, Hosen und Hemden westlichen Stils, viele auch traditionelle Kleidung, der warmen Temperatur angemessen. Alle schienen miteinander zu reden oder auch übereinander hinweg, eine Lärmkulisse wie auf einem Markt. Sämtliche Bänder schoben Koffer, Taschen und große Pakete, oft mit Folie umwickelt, zu den Wartenden, die einander ungeduldig wegstupsten.

Fay drängte sich kurzerhand dazwischen, als hätte sie nie etwas anderes getan. Nicolas folgte ihr.

»Hier geht's ja zu«, meinte er.

»Da muss man sich durchsetzen«, erklärte Fay. »Daran wirst du dich gewöhnen.«

Gemeinsam hievten sie ihre Koffer vom Gepäckband.

Hinter der Absperrung im Ankunftsbereich wartete der Fahrer in kurzärmeligem Hemd mit einem Schild, auf dem ihre Namen standen. Joy sah sich mit großen Augen um.

Er nahm Fay und Joy je einen Koffer ab.

»Willkommen«, sagte er, »in Nairobi.«

135

»Seit vier Jahren wandelte die Welt auf dem schmalen Grat zum nuklearen Winter«, erklärte der Reporter auf Bens zersplittertem Telefondisplay. Die anderen Flüchtlinge neben ihm hockten auf ihren Rucksäcken, Taschen, Päckchen in der windigen Dunkelheit. »In dieser Zeit verließen sieben Staaten die Europäische Union. In Russland putschten sich Generäle an die Macht. Mittlerweile herrscht dort Bürgerkrieg: In einigen Gebieten sind es unzufriedene Bürger und politische Gegner, in anderen Unabhängigkeitsbestrebungen. Die konservativen Südoststaaten der USA erwägen eine Sezession vom Rest des Landes. Milizen und andere hochgerüstete Bürger provozieren zunehmend schwere Kämpfe, die Zehntausende Opfer fordern. Die USA verwandeln sich zu einem Failed State.

Selbst brutalste Niederschlagungen von Protesten in China können bürgerkriegsähnliche Verhältnisse nicht verhindern. Die Fluchtbewegungen an Europas Küsten …«

Das Display meldete einen Anruf. Joy!

Bens schmutzige Finger stoppten das Video und nahmen den Anruf an.

»Schatz!«, rief er.

»Papa! Wo bist du?!«

»In Süditalien. Warte auf das Boot!«

Er musste gegen den Wind anschreien.

»Du darfst das nicht machen, Papa«, flehte Joy. »Es ist zu gefährlich!«

»Wie soll ich sonst zu euch kommen?«

»Onkel Manu könnte …«

»Sicher nicht!«

»Papa!«

»Wir sind hier über sechzig Personen!«, rief Ben. »Aus Schweden, Deutschland und den Niederlanden! Aus England, Polen, Litauen! Achtzehn Frauen, einundzwanzig Männer, fünf weibliche Teenager, sechs männliche, der Rest Kinder, sogar ein Baby! Und ich soll im Privatjet fliegen?«

Auf dem Bildschirm tauchte Fay auf.

»Ben«, sagte sie, »den Kindern zuliebe!«

»Joy, ich hab dich lieb!«, presste Ben hervor »Wir sehen uns!« Er beendete das Gespräch. Ballte die Faust. Biss hinein.

136

Das gefrierende Wasser kam von allen Seiten. Aus dem Himmel trieben ihm Sturzfluten Eisregen ins Gesicht. Seine halb erfrorene Hand klammerte sich mit letzter Kraft an eines der Taue des Schlauchboots. Die meterhohen Wellen warfen das Boot von einer Seite zur anderen. Füllten es immer wieder mit Wasser. Das im Innenraum hin und her schwappte und die Passagiere rutschen ließ wie auf einem Eislaufplatz.

Eigentlich wollte Ben sich mit beiden Händen festhalten. Doch seine zweite schaufelte wie besessen Wasser über den luftgefüllten Gummiwulst nach draußen.

Der lächerlich kleine Motor war verreckt. Körper wurden gegen seinen geworfen. Eine Hand krallte sich in Bens Sweater. Bevor er sie packen konnte, glitt sie wieder ab. Vielleicht hatte der Mensch etwas oder jemand anderes erwischt, das ihn davor bewahrte, in den sicheren Tod gespült zu werden. Vielleicht nicht. Geister.

Der Lichtblitz traf Ben direkt in die Augen. Schwenkte weiter, ließ ihn geblendet in absoluter Dunkelheit. Der helle Moment musste die Erinnerung getriggert haben: Ben lag neben Fay und den Kindern auf einer Sommerwiese. Sie blickte in den blauen Himmel, von dem die Sonne strahlte. Insekten summten.

Das weiße Tosen des Schneeregens in dem Lichtstrahl, bevor dieser sich mit dem Wellengang wieder senkte und abermals über sie hinwegglitt … Wie in einem Schnappschuss sah Ben ein Dutzend aufgerissener Augenpaare und Münder in zerfließenden Gesichtern, an Köpfe geklatschtes Haar, vom Wind zerzaust, mit Wasser vollgesogene Kleidung in Falten und Fetzen, verkrampfte Finger. Wieder Schwarz. Der weiße Strahl zeichnete eine Scheibe auf die Wogen, in die Gischt. Streifte erneut über das Boot. Jetzt sah Ben mehr Lichter. Die Positionslampen. Die Brücke. Ein Schiff! Wie weit entfernt? Vielleicht fünfzig Meter.

Seine Augen waren nur Schlitze gegen den Schneeregen, der ihm nun wie Schrotkugeln ins Gesicht schlug. Schwer stampfte das Schiff durch die Brecher, bei jedem Aufprall eine meterhohe Schaumwelle hochjagend. Der Lichtkegel hatte das schwarze Schlauchboot nun eingefangen und hielt es fest. Wahrscheinlich Küstenwache. Algerische, tunesische oder libysche. So nah waren sie der rettenden afrikanischen Küste! Jetzt hörte er auch die anderen brüllen. Gegen besseres Wissen. Hilfe! Hier sind wir! Ja! Mein Baby! Mama! Andere wussten, was ihnen blühte. Nur weg hier!

Eine junge Frau wurde von einer Welle erfasst und über den Gummiwulst gespült. Ben sah nur mehr ihre Hand, die sich an das Seil klammerte. Ihre beiden Nachbarn versuchten verzweifelt, nach ihr zu greifen. Bekamen das Handgelenk zu fassen. Die nächste Welle traf sie mit voller Wucht, verschlang sie. Gab einen Körper wieder frei, dessen Arm sich um das Tau gewickelt hatte. Die zwei anderen waren verschwunden. Neben dem Boot tauchte noch einmal ein Kopf im weißen Licht auf, bevor die nächste Welle es darüberschob. Sie kam von dem großen Schiff. Es hielt noch immer direkt auf sie zu. Das Nebelhorn ließ für ein paar Sekunden den Sturm verstummen. Übertönte alles, so allumfassend laut, dass die Welt mit einem Mal fast stumm wirkte. Dann baute sich die Wand des Stahlrumpfes vor ihnen auf. Unendlich hoch und grau. Stellte das Schlauchboot fast senkrecht. Schob sich an ihnen vorbei.

Das Schlauchboot kippte. Einen ewigen Moment lang hing Ben in der Luft. Dann stürzte er. Das eisige Wasser schlug über ihm zusammen. Mit einem Mal war es ganz still. Seine Hand hatte das Seil verloren. Er ruderte nach oben. Reckte den Kopf. Luft! Eiswasser begrub ihn erneut. Seinen Körper verließ die Kraft. Unter Wasser blieb von dem Sturm nur ein dumpfes Rauschen.

Wurde leiser. Wieder das Summen der Insekten.

Er lag auf der Wiese. Hielt Fays Hand. Die Sonne wanderte schnell wie ein Suchscheinwerfer über einen schwarzen Himmel, bevor sie verschwand und er in der eisigen Finsternis endlich einschlief.

137

»Erinnert ihr euch, wie es hier vor vierzig Jahren ausgesehen hat?«, fragte der Mann im Cockpit des Emicropters. Aus der Luft wirkten die jüngsten Stadtteile von Neu-Lagos fast wie vorkolumbianische oder fernöstliche Ruinen bei ihrer »Wiederentdeckung« durch die Kolonialisten. Die Gebäude waren jedoch in tadellosem Zustand. Zwischen Kanälen und Wasserstraßen wuchsen Gebäude verschiedenster Höhe, die von der Natur teils wieder überwuchert schienen. Auf den Wegen und Straßen dazwischen waren hauptsächlich Fußgänger, Radfahrer und kleine, kapselartige Gefährte unterwegs. In der Ferne sah man entlang der Küste die ausgedehnten, künstlich angelegten Lagunenlandschaften mit ihren grün leuchtenden Algenzuchten.

»Von dem verslumten Moloch Lagos ist nichts übrig«, fügte er hinzu.

Der Emicropter senkte sich summend über ein Areal, das von weniger Grün bedeckt war. Stattdessen erstreckten sich über einen halben Quadratkilometer Holzgerüste in verschiedenen Fertigungsstufen.

»Ach, Igwe, spar dir die Sentimentalitäten!«

Seine Augmented-Reality-Linsen spielten ihm den Livestream eines gut gelaunten Mittfünfzigers halb transparent in den Himmel. Der Mann trug eine zeitgenössische Interpretation traditionell indonesischer Kleidung. Sie kannten sich seit Jahren, trotzdem stellte ihn die Einblendung neben seinem Kopf als Ketut vor. »Du weißt, dass es hier in Djakarta noch schlimmer war. Manche Stadtteile sanken jedes Jahr um zwanzig Zentimeter tiefer!« Er saß in einem ähnlichen Fluggerät wie Igwe.

Im Hintergrund erkannte Igwe Djakarta. Es erinnerte an Lagos unter ihm, auch wenn die Indonesier niedriger bauten, maximal hundert Meter hoch.

»Wo sind die anderen?«, fragte Ketut. »Ich bin schon gespannt auf Dialas Präsentation!«

»Immer mit der Ruhe«, lachte eine attraktive Mittvierzigerin auf, deren Bild neben Ketuts erschien. Sie trug ein leichtes Businesskostüm in knalligen Farben, wie die moderne Saudifrau es in dieser Saison bevorzugte. Hinter ihr erahnte Igwe die Skyline der Agglomeration von Groß-Duba in einer ähnlichen Bauweise wie Neu-Lagos und Djakarta. Die Perspektive zeigte, dass auch sie flog.

»Da sind sie.«

Neben ihr poppten zwei weitere Personen auf. Die künstliche Steuerungsintelligenz der AR-Linse ordnete sie so in Igwes Gesichtsfeld, dass er immer noch einen freien Blick auf die Stadt unter sich hatte. Auf den Flug konzentrieren musste er sich nicht. Das übernahm der Autopilot, bis er diesem neue Anweisungen gab.

Die Stimme gehörte zu einem dunkelbraun gebrannten Mittdreißiger. Sein kaum gebändigter dunkelblonder Schopf bildete einen legeren Kontrast zu dem klassischen Sommeranzug. Er stand offensichtlich an einem bodentiefen Fenster und sah auf eine ähnliche Stadtlandschaft wie die anderen.

»Der schöne Elano!«, begrüßte ihn Diala spöttisch. »Wie steht es in Belém?«

»Wäre natürlich schöner, wenn du hier wärest. Oder Schaima.«

Sie war die fünfte in der Runde, trug einen Rollkragenpullover zu locker sitzenden Hosen und Pelzstiefeln. Mit einundsechzig die Älteste flog sie offensichtlich über ein Skigebiet. Igwe erkannte Skilifte, Hütten, Wintersportler auf den Pisten zwischen den Wäldern.

»Ich fühle mich gerade sehr wohl hier im Atlasgebirge«, erklärte sie. »Ich schaue mir den Fortschritt bei unserem neuesten Resortprojekt an.«

Sie wechselte die Ansicht, sodass Igwe und die anderen die Baustelle sahen. Auch hier alles Holz. Man konnte erkennen, dass die Anlage Platz für mehrere Hundert Gäste und das notwendige Personal bieten würde.

»Bei der Gelegenheit habe ich meine Tochter und zwei Enkel mitgenommen. Ein bisschen Familienzeit.«

»Lass sie schön grüßen«, sagte Diala.

»Hier«, lachte Schaima und blendete neue Bilder ein, »das war gestern.«

Aus Schaimas Perspektive sahen sie Touristen vor einer Skihütte. Ausnahmslos aus dem afrikanischen und arabischen Raum, saßen sie an rustikalen Holztischen oder sonnten sich in Liegestühlen. Dazwischen hastete weißes Bedienungspersonal mit vollen Tabletts umher. Auf einer Schneefläche zwischen Hunderten Ski standen vier Männer mittel- oder nordeuropäischen Ursprungs in Hosen aus Leder, die nur bis zum Knie reichten, und Hemden aus grobem Stoff. Dazu dicke Strümpfe und klobige Schuhe. Auf dem Kopf konische grüne Hüte, wie die Weihnachtselfen der Amerikaner, an denen dicke Pinsel steckten. Komische Musik setzte ein, und die Männer begannen zu hüpfen. Sie warfen die Beine nach vorn und hinten in die Höhe, dabei klatschten sie und riefen Juchee!, und immer wieder schlugen sie mit den flachen Händen auf ihre Schuhe, wenn diese sich gerade wieder einmal vor ihrem Bauch oder hinter ihrem Gesäß befanden. Einige der Gäste verfolgten das Spektakel gelangweilt bis genervt, andere lachten Tränen und klatschten schließlich im Takt mit.

»Das war in Europa früher ein traditioneller Tanz«, erklärte Schaima. »Ein paar Migranten zweiter und dritter Generation können den noch. Die Gäste lieben es!«

»Und in der Hotellerie und Gastronomie?«, fragte Diala. »Inzwischen besser?«

»Na ja«, seufzte Schaima, »schlecht ausgebildet, arbeitsunwillig.«

»Überall dasselbe«, stimmte Ketut in ihre Klage ein. »Ich will ja nichts sagen, aber der Migrationshintergrund aus dem Norden …«

»Dasselbe hier«, wandte Igwe ein. »Auf unseren Baustellen verrichten sie nur die einfachsten Hilfsarbeiten, zu mehr taugen sie nicht. Selbst in zweiter Generation können viele die Sprachen nur rudimentär.«

»Wie sich die Dinge ändern …«, sinnierte Ketut.

»Deshalb sehen wir uns ja heute«, erinnerte Diala. Nun spielte sie ihre Perspektive in den Stream. Sie flog über ein weitläufiges Stadtgebiet. Im Hintergrund sah Igwe die grünen Hügel, noch vor fünfzig Jahren gnadenlose Wüste.

»Die Agglomeration Duba«, erklärte sie, »kennt ihr ja. Ich fliege Richtung Westen. Der sinkende Meeresspiegel hat auch hier die Küstenlinie um inzwischen mehrere Hundert Meter in das Rote Meer verschoben, wie ihr wisst.« Aus ihrer Vogelperspektive sah man, dass von dem schon seinerzeit schmalen Meeresstreifen nur mehr ein Strich übrig geblieben war. Die AR blendete eine rote Linie über das Land. »Die rote Linie zeigt die Küstenlinie aus dem Jahr 2023.«

Sie erreichte die neue Küste, eine gigantische Baustelle voller Straßen, Kanäle mit halb fertigen Holzkonstruktionen und weit ins Meer hineinragenden sowie schwimmenden Strukturen.

»Hier entsteht inzwischen ein neuer Stadtteil von Neu-Duba und ein neuer schwimmender Megahafen.«

In dem Gebiet dahinter breitete sich kilometerweit eine großzügige Parkanlage mit Baustellen weitläufiger Gebäudekomplexe aus.

»Und das wird er – der Gedenkpark für die Safe-Heaven-Gründer.«

Über die Baustellen hinwegschießend fuhr sie fort: »Hier das Scheich-Abdullah-Museum und die Präsident-Desanao-Stiftung.«

Vor ihr wurde in einigen Kilometern Entfernung ein spitzer weißer Turm sichtbar.

»Ist das einer der neuen Safe-Heaven-Senkrechtstarter?«, fragte Elano.

»Den wollte ich euch nicht vorenthalten«, sagte Diala.

Der spitze Turm entpuppte sich beim Näherkommen als senkrecht stehende Mischung aus Rakete und Trapezkörperflügler. Wie ein lang gezogenes aufgestelltes Dreieck ragte die Maschine in den Himmel. Aus seinem unteren Ende quollen weiße Wolken, hüllten ihn zunehmend ein, dann hob er langsam ab, beschleunigte und verschwand in einer elliptischen Flugbahn im Blau des Himmels.

»Grüner Wasserstoff, wie ihr wisst«, sagte Diala. »Zehnfache Lastkapazität der Superhochflieger der vorigen Generation.«

»Bei uns starten sie in ein paar Monaten«, sagte Schaima.

Dialas Emicropter zog hoch, sodass die anderen mehr von dem Gelände sehen konnten. Nun erkannten sie, dass die Gesamtanlage die Konturen von mehr als einem Dutzend Gesichter zeichnete. Ein wenig wie die peruanischen Nazca-Linien, bloß aus Gebäuden und Parkanlagen.

»Wow!«, rief Ketut.

»Toll!«, entfuhr es Schaima.

»Sind sogar aus dem All zu sehen«, erklärte Diala stolz.

Sie zählte die übrigen Namen der wichtigsten Initiatoren von »The Home of Mankind« auf und Gebäude oder Anlagen, die ihnen zugeordnet waren. »Ihre Namen und Taten, ihre Visionskraft und ihr Einsatz für ein besseres Leben von Milliarden von Menschen werden auf ewig in unserem Gedenken und unseren Herzen bleiben. Dank ihnen ist die Menschheit in ihre Wiege, den Süden, heimgekehrt.«

WILLKOMMEN IM ANTHROPOZÄN

138

Fay starrte auf den Bildschirm. Mene neben ihr ebenso.

Diesmal war der Film tatsächlich zu Ende.

Auf dem Computer leuchtete das Schlussbild, der Park mit den Porträts der Safe-Heaven-Schöpfer.

»Ich mag, wie das ausgeht«, sagte Manu. »Ihr?«

»Zu viel Snowpiercer geschaut?«, fragte Fay ihn ungläubig.

Auf Menes Blick hin erklärte sie: »Comic, Film, Serie, in denen jemand die Welt zu einem Schneeball abgekühlt hat.« Sie erhob sich. »Die Restmenschheit rast in einem Zug durch vereiste Landschaften.«

»Ich hätte dich gern mit dabei«, sagte Manu. »Als Chefdesignerin, wenn man es so nennen will.«

»Um die Tropen in eine Mittelmeerlandschaft zu verwandeln?«, fragte sie fassungslos.

»Das trifft es in etwa.«

»Dir ist bewusst, dass dies das Ende der tropischen Regenwälder und Savannen bedeuten würde?«, bemerkte sie. »Das Aussterben ihrer Bewohner, von Elefanten, Giraffen, Löwen, Nilpferden über die meisten Affenarten bis hin zu Korallenriffen? Um nur einige wenige zu nennen. Unsere alte Heimat.«

»Die du verlassen hast«, sagte Manu. »Aus guten Gründen.«

»Wenn das Klima sich so rasch ändert, werden Bauern überall auf der Welt nicht so schnell ihre Feldfrüchte umstellen können!«, gab sie zu bedenken. »Auch in hiesigen Breiten. Statt Maniok, Yams, Sorghum, Süßkartoffeln, Erdnüssen und Kakao bräuchten sie Saatgut, Geräte und Know-how für Weizen, Mais und anderes, was in dem neuen Klima gedeiht!«

»Noch nicht in der ersten Phase«, widersprach Manu. »Da geht es nur um zwei bis drei Grad. Danach haben wir Zeit, alles Weitere zu organisieren. Wir haben das sehr wohl bedacht.«

»So einfach ist das doch nicht! Selbst heute produzieren viele Länder der Allianz nicht genug für den Eigenbedarf und sind auf Importe aus dem Norden angewiesen! Der dann aber unter Ernteausfällen leiden wird.«

»Wir haben Vorräte angelegt. Niemand sagt, dass es einfach ...«

»Nicht einfach? Es ist größenwahnsinniger Irrsinn!«

»Das hat man vor den ersten Mondflügen, Herztransplantationen und künstlichen Befruchtungen auch gesagt. Die Natur ist flexibler, als gern angenommen wird.«

»Das sieht man gerade am ohnehin schon laufenden Artensterben«, gab Fay bitter zurück.

»Biomassesterben«, korrigierte Manu. »Aber natürlich wird es eine Zeit lang auch im Süden zu Verwerfungen kommen.«

»Verwerfungen?! Katastrophen! Was du deinen Partnern in diesem Szenario wohlweislich verschwiegen hast!«

»Natürlich haben wir das diskutiert«, widersprach Manu. »Sogar ausführlich. Und ja: Friktionslos wird das nicht über die Bühne gehen. Meine Partner konnten sich jedoch vorbereiten. So, wie es übrigens auch die westlichen Eliten seit Jahrzehnten tun, mit verbunkerten Rückzugsorten in Neuseeland und Ähnlichem. Die größte Sorge dieser Nordmilliardäre ist heute auch nicht das Schicksal der Welt, sondern nur, wie sie ihr Personal während Krisen bei der Stange halten. Im Gegensatz zu denen haben wir uns Gedanken darüber gemacht, die Folgen für die breite Bevölkerung so weit wie möglich abzufangen.«

»Lächerlich«, meinte Fay. »Weder adaptieren sich Ökosysteme so rasch auf neue Verhältnisse oder bilden eingespielte neue, noch kannst du das ›abfangen‹.«

»Die bis vor wenigen Tagen erwartbare Klimakatastrophe, die der Norden in den vergangenen Jahrzehnten verursacht hat und weiter vorantreiben wollte, hätte besonders den globalen Süden in ein Desaster getrieben«, sagte Manu. »Selbstverständlich wird der nun geplante Klimawandel auch kein Spaziergang. Aber wenn wir schon durch die Hölle müssen, soll der Süden danach wenigstens besser dastehen statt noch schlechter. Wir …«

»Die wollten mich umbringen!«, grölte eine Stimme von der Tür her.

Die verwahrloste Gestalt konnte sich kaum auf den Beinen halten, stützte sich zitternd an der Glastür ab. Die Haut des Mannes war so bleich, als flösse durch seine Adern statt Blut Milch. Seine Haare standen in alle Richtungen, die durchgeschwitzte Kleidung klebte an seinem Körper. Ein durchdringender Geruch ging von ihm aus.

»Pat!«, schrie Mene. »Du lebst!«

»Auch wenn ich mich nicht so fühle«, erwiderte Pat. Musste sich zusammenreißen, nicht in das Zimmer zu kippen, als Mene ihm öffnete. Hinter ihr standen eine zweite Frau und ein eleganter Mann um einen Laptop.

»Pat Welzer?«, fragte die zweite Frau. Jetzt erkannte Pat sie: Fay Oyetunde, die Leiterin der UNO-Kommission!

»Sie haben Tonys Telefone mit dem Film«, keuchte er und ließ sich von Mene ins Büro helfen.

»Wir haben den Film«, sagte Mene.

Pat fuhr hoch.

»Ihr habt den Film?!«

»Soeben gesehen«, sagte Fay.

Doch Pat musste unentwegt den Mann anstarren.

»Ich kenne Sie«, sagte er. Flüsternd: »Woher?«

»Emanuel Sanusi«, stellte sich Manu vor. »Nennen Sie mich Manu.«

»Der Milliardär? Was tun Sie hier?«

Pats Blick wanderte von Manu über die Frauen zu dem Laptop. In dessen Seite der kleine Kopf einer Iron-Man-Comicfigur steckte.

»Das ist er?«, fragte Pat schwach. Zeigte auf den Comicfigurenkopf. »Darauf habt ihr den Film gefunden?«

»Ja«, sagte Mene.

Pat stützte sich zitternd mit beiden Händen über dem Computer ab. Seine Finger strichen über das Trackpad, spulten zurück. Auf dem Bildschirm liefen Szenen im Zeitraffer. Bei jener des ertrinkenden Ben hielt er inne.

»Da ist Tony!«, rief er. »Aus dieser Szene hat er mir einen Ausschnitt gezeigt!«

Er fuhr herum.

»Dieser Film hat mindestens vier Menschen das Leben gekostet«, sagte er mit rauer Stimme. »Tony, eine Cutterin, einen jungen Produktionsassistenten und den Regisseur. Worum, zum Teufel, geht es darin?«

»Die Safe-Heaven-Allianz will das Klima abkühlen«, erklärte Mene. »Damit es hier im Süden wird wie heute in Europa oder den USA.«

»Sie wollen *was?*«, fragte Pat ungläubig. »Mit diesem Geoengineering? Weshalb?«

»Um bessere Voraussetzungen für die Wirtschaft zu schaffen«, sagte Fay.

»Dann sollen sie lieber als Erstes die Korruption in den Griff bekommen! Und bei uns zu Hause?! Wir bekommen eine neue Eiszeit?!«

Als von den dreien niemand sofort antwortete, setzte er, an Manu gewandt, nach: »Und er? Er hat doch damit zu tun?«

Mene nickte eher unwillkürlich als bestätigend.

»Wie soll das funktionieren mit der Abkühlung?«, fragte Pat. »Das merkt man doch irgendwann.«

»Der erste Schritt erfolgt innerhalb der kommenden Wochen«, erklärte Mene. »Der Rest über Jahrzehnte hinweg.«

Pat starrte sie an, dann Fay. Dafür hatte er sein Leben nicht aufs Spiel gesetzt! »Das ist Wahnsinn!«, rief er. »Wir müssen das stoppen!«

»Wir haben gerade erst davon erfahren«, sagte Fay.

»Und stehen immer noch herum«, fuhr Pat sie an. Als sie nicht sofort antwortete: »Meine Güte! Sie wollen ihm dabei helfen!«

»Was reden Sie denn?«, erwiderte Fay verärgert.

Pats Blick irrte umher. »Jetzt dreht ihr Afrikaner den Spieß um, ist es das?«, fragte er höhnisch. Entdeckte, wonach er suchte. Mit drei schnellen Schritten war er bei dem Stuhl, auf dem Menes Handtasche lag. Riss sie auf. Fand die Pistole.

Er wirbelte herum. Richtete die Waffe auf Manu.

»Das werde ich nicht zulassen.«

Mene und Fay sprangen erschrocken einen Schritt zurück. Hoben die Hände auf Schulterhöhe. Manu machte lediglich eine beschwichtigende Geste.

»Vorsicht«, sagte er. »Sie wollen doch die zwei nicht verletzen!«

Pat riss den Iron-Man-Stick aus dem Computer, während er mit der Waffe weiterhin auf Manu zielte. Klappte den Laptop zu und klemmte ihn unter seinen freien Arm.

»Das ist völliger Wahnsinn!«, rief er, während er sich langsam Richtung Tür bewegte, die drei anderen im Blick behaltend. »Das führt zu einer ausgemachten Katastrophe! Im Norden sowieso! Aber auch hier im Süden!« Mit der Waffe bedeutete er Manu, sich weiter auf die andere Seite des Raums zu bewegen.

Er selbst tastete sich Schritt für Schritt rücklings zur Tür. »Auch in den Ländern der Safe-Heaven-Allianz und ihrer Unterstützer würden Milliarden heimatlos, vertrieben, verhungern, an Krankheiten sterben! Sie planen einen globalen Massenmord!«

Er hatte die Tür erreicht.

»Safe Heaven läuft erst seit fünf Tagen«, sagte Pat. »Noch kühlt es nicht. Wenn die Wahrheit jetzt bekannt wird, ist der ganze Plan zunichte. Der Norden wird Safe Heaven keine Sekunde länger weitermachen lassen.«

»Deshalb kann ich nicht zulassen, dass dieses Video an die Öffentlichkeit gelangt«, sagte eine weibliche Reibeisenstimme in seinem Rücken, während Pat ein kaltes Stück Metall in seinem Nacken spürte. »Lassen Sie ganz langsam die Waffe sinken.«

Über Pat Welzers Schulter und seinen gestreckten Arm mit der Pistole in der Hand hinweg scannte Ebele die Situation. Fay Oyetunde und Mene Odoh standen mit erhobenen Armen und Panik in den Augen am anderen Ende des Büros. Zwischen ihnen hatte Manu seine Hände halbherzig von den Hüften weggestreckt, als wäre es unter seiner Würde, der Bedrohung durch den Journalisten übermäßig Ernst beizumessen.

»Wer sind Sie?!«, rief Mene mit kippender Stimme.

»Waffe runter«, befahl sie Pat. Verlieh ihrer Forderung mit einem Druck des Laufs ihrer Pistole in sein Genick Nachdruck.

Sie sah, wie die Waffe in seiner ausgestreckten Hand zitterte. Sich aber nicht senkte.

»Wer sind Sie?!«, wiederholte Mene kreischend.

»Ebele«, erwiderte sie. »Und jetzt Ruhe.« Ihr Ton ließ Mene verstummen. Ihr Blick glitt über Mene, Manu, Fay, kehrte zu Manu zurück. Er starrte sie regungslos an.

»Lassen Sie die Waffe sinken«, zischte sie Pat zu. »Ansonsten bewegen Sie sich nicht. Ich werde Ihnen jetzt den Laptop abnehmen.«

Vorsicht tastete ihre freie Hand nach dem Gerät, das Pat mit seiner Linken unter der Achsel festhielt. Zog es in ihre Richtung. Spürte Pats Widerstand.

»Geben Sie mir den Computer«, sagte sie und fügte eine Spur sanfter hinzu, »und Ihnen geschieht nichts. Ich muss Sie lediglich eine Weile aus der Öffentlichkeit fernhalten. Sobald Safe Heaven sein erstes Ziel erreicht hat, können Sie gehen. Niemand hier muss zu Schaden kommen.«

»Außer der ganzen Welt?«, fragte Pat heiser.

Mit einem Ruck entriss sie dem überraschten Pat den Computer. Behielt die Waffe an seinem Hals. Instinktiv hob Pat die freie Hand. Ohne seine eigene Waffe zu senken.

»Nehmen Sie die Waffe runter, bevor jemand verletzt wird«, verlangte Ebele erneut. »Und holen Sie mit der freien Hand den Stick aus Ihrer Hosentasche. Sehr, sehr langsam und vorsichtig.«

Der erhobene Arm vor ihr senkte sich behutsam.

»Tu, was sie verlangt«, flehte Mene.

Pats Hand tastete sich an die Hosentasche heran.

Ballte sich und traf Ebele mit voller Wucht zwischen die Beine.

Fay schrie auf, als sich Pat Welzer wegduckte und die Kugel aus der Waffe der Frau in die Wand neben ihnen einschlug. Sie warf sich zu Boden, klammerte die Hände schützend um ihren Kopf, während sie auch Mene aufschreien und einen weiteren Schuss hörte.

Dann herrschte Stille.

Fay hörte schweren Atem.

Vorsichtig hob sie den Blick.

In der Tür standen sich Pat und die Frau im figurbetonten schwarzen Overall mit erhobenen Waffen gegenüber, der Lauf des jeweils anderen nur wenige Zentimeter vom eigenen Gesicht entfernt. Pats bebender Lauf vor Ebeles zornig-entschlossenem, ihrer vor Pats, das an der Seite heftig blutete.

Wo einmal sein Ohr gewesen war, pulsierte das Blut aus einer unförmigen Masse, an seinem Hals hinab und auf die Schulter.

Manu kniete neben Fay und reichte ihr die Hand, um ihr auf die Beine zu helfen. Zögerlich griff sie danach. Spürte die Wärme.

Wie damals.

Sie richtete sich auf, ihr Blick sprang zwischen Pat, Ebele und Manu hin und her.

»Diese Situation bringt niemandem etwas«, sagte Manu ruhig, als lieferten sich nicht wenige Meter von ihm entfernt zwei Bewaffnete einen Stand-off. »Am besten wäre es, du, Fay, und Sie, Herr Welzer, entschließt euch für eine Übersiedlung in südliche Regionen und nehmt mein Angebot von äußerst lukrativen Jobs ganz nach eurem Wunsch an.«

»Spinnt der?!«, rief Pat, ohne Ebele aus den Augen zu lassen.

»Fay, du könntest Leiterin des gesamten Transformationsprogramms für alle Länder werden«, sagte Manu, »Klimaexpertinnen wie dich werden wir massenhaft benötigen.«

»Hören Sie nicht zu!«, schrie Pat. »Helfen Sie mir hier!«

»Du kennst beide Welten«, fuhr Manu unbeeindruckt fort, »den Süden wie den Norden. Kennst ihre Bedürfnisse, Wünsche, Vorstellungen. Du hättest Gestaltungsmöglichkeiten, wie sie nur wenige Menschen in der Geschichte jemals erhalten haben. Denk auch an die Zukunft deiner Familie. Joy, Nicolas. An ihre Perspektiven in einem kalten, überalterten Norden.«

»Da sind keine Perspektiven!«, unterbrach ihn Pat wütend. Seine Waffe vor Ebeles Gesicht zitterte immer heftiger, während Ebeles Lauf wie angeschraubt vor seinem Gesicht hing.

»Sie, Mister Welzer, bekommen Ihr eigenes News-Imperium.«

»Drauf geschissen!«, erwiderte Pat.

»Und Sie Frau Odoh, erhalten Ihre eigene Produktionsfirma. Startkapital hundert Millionen Dollar. Heutiger Wert natürlich. Plus eine Villa auf Victoria Island mit Hubschrauberlandeplatz. Für den eigenen Hubschrauber.«

»Glauben Sie, Sie können alle kaufen?«, wütete Pat.

»Erinnerst du dich«, wandte sich Manu an Fay, »wie wir früher davon geträumt haben, dass wir als Kinder gern in unserer Heimat dieselben Chancen gehabt hätten, die wir später im Norden bekamen? Für deine Kinder wird dieser Traum wahr.«

»Ein Desaster wird das«, rief Pat, »sonst nichts!«

»Die Vision, dass einmal der Süden der Gewinner wäre«, sagte Fay, »finde ich reizvoll.«

»Wie bitte?!«, brüllte Pat. »Sie wollen da doch nicht mitmachen?!«

»Aber du wirst bei aller Vorbereitung nicht verhindern können«, fuhr Fay fort, »dass dieser Klimawandel auch im Süden zu schwersten Kollateralschäden führt.«

»Natürlich wird es eine Herausforderung«, sagte Manu. »Genau dafür brauchen wir Leute wie dich.«

Aus den Augenwinkeln nahm Fay wahr, dass Pats Arme immer heftiger zitterten. Lange würde er die Waffe nicht mehr halten können.

»Eine Villa mit Hubschrauberlandeplatz?«, fragte Mene.

»Mene!«, rief Pat verzweifelt. »Lass dich von dem nicht einlullen! Nichts davon wird Realität werden!«

»Nur, wenn man Schwarzmalern wie Ihnen die Zukunft überlässt«, sagte Manu.

»Mit Safe Heaven«, unterbrach Fay, »wie es in New York vorgestellt wurde, besitzt der Süden ein großartiges Mittel, den Norden zu Verhandlungen zu bringen. Schuldenerlass, Loss-and-

Damage-Zahlungen, Finanzierung der Anpassungen an den Klimawandel.«

»Was … was soll das jetzt?«, rief Pat rau. »Wir müssen raus hier und den Wahnsinn stoppen!«

Der Schuss zerriss Fay fast das Trommelfell.

Ebele hatte sich rechtzeitig weggeduckt und gleichzeitig abgedrückt. Pat wurde zurückgeschleudert, sein nächster Schuss ging in die Decke, aus der weißer Staub rieselte. Er stolperte zurück, während sich auf seiner linken Schulter eine rote Blüte ausbreitete, zielte auf Ebele, feuerte, während ihre nächsten zwei Salven ihn wie Fäuste zurückstießen. Wirbelte herum, die Waffe auf Manu gerichtet.

Fay bemerkte den Rauch aus der Mündung, dann verschwamm das Zimmer.

Manu sah Fay, wie von einem Rammbock getroffen, gegen die Wand geschleudert werden. Ihr ratloser Blick traf seinen, ihre Hände hoben sich kraftlos an ihre Brust, während sie an der Wand hinabglitt. Über ihren Fingern bildete sich ein rotes Rinnsal.

»Fay!«, brüllte Manu und fing sie auf, als ihre Knie nachgaben. Bettete sie vorsichtig auf seine Schenkel. Presste seine Hand auf die Fontäne, die in Stößen aus dem kleinen Loch in ihrer Brust sprudelte.

Nur wie durch eine Wand nahm er wahr, dass der Reporter am anderen Zimmerende ebenso zu Boden gestürzt war und reglos liegen blieb, während Ebele sich ihm konzentriert und vorsichtig mit der Pistole in den Händen näherte.

»Fay!«, wiederholte Manu panisch. An Ebele gewandt. »Rettung! Wir brauchen sofort einen Rettungswagen!«

Ebele hob soeben Pats Pistole auf. Stieß seinen Körper mit

dem Fuß an. Keine Reaktion. Mene stand wie festgenagelt neben ihm.

»Ihr …«, flüsterte Fay, »ihr müsst …«

Manu senkte sein Gesicht zu ihrem.

»Fay! Bleib hier!«

Sie hustete. Aus ihrem Mund quoll nun auch Blut.

Er drückte ihre Hand. Brüllte Ebele an: »Sanitäter! Notarzt! Ruf an!«

Fays Körper bebte unter seiner Hand. Er drückte noch fester auf die Wunde.

Fay versuchte zu sprechen. Brachte nur ein Röcheln zustande. Ihr Blick traf Manus. Ihre Lider flatterten. Fingen sich. Ihre Mundwinkel zuckten zu einem bitteren Lächeln. Langsam ließ sie die Lider sinken.

»Fay!«, versuchte Manu sie wach zu halten, aber Fay seufzte und schloss die Augen.

139

Star-Reporter tot

Erschüttert reagiert die internationale Journalistengemeinde auf den Tod eines ihrer bekannten und erfolgreichen Vertreter Pat Welzer. Der 54-Jährige starb in Lagos, Nigeria, während seiner Berichterstattung zum Safe-Heaven-Programm. Nach ersten Ermittlungen geht die Polizei von einem unglücklichen Zufall aus. Demnach war der Journalist in ein Feuergefecht verfeindeter Drogenbanden geraten. Kollegen aus aller Welt und bekannten Redaktionen, für die er gearbeitet hatte, würdigten ihn als »brillanten Kopf«, »scharfen Rechercheur« und »unerbitterlichen Sucher nach der Wahrheit«.

Manu wischte die Nachricht aus dem Sehfeld seiner AR-Brille. So hatte er es erwartet. Ebeles Team hatte den toten Journalisten an eine geeignete Stelle gebracht und dort ein Feuergefecht inszeniert. Von der Polizei in Lagos musste man keine allzu genauen Nachforschungen erwarten. Ein paar Stunden nach der Meldung war der Tod des Reporters bereits vergessen.

140

»Sie war eine großartige Wissenschaftlerin, ein verantwortungsbewusstes Mitglied der internationalen Gemeinschaft und eine liebevolle Ehefrau und Mutter, die viel zu früh aus dem Leben gerissen wurde«, erklärte der Pastor. »Fayola Oyetunde-Rabelt, ruhe in Frieden.«

Die Kinder schluchzten noch lauter. Ben fasste sie um die Schultern und drückte sie an sich, auch sein Gesicht nass von Tränen, sein Atem nur ein ersticktes Nach-Luft-Schnappen.

Manu blinzelte rasch die Tränen in seinen eigenen Augen weg.

Ben griff nach der Rose, blickte in die Grube, dann warf er die Blume auf den Sarg. Er nahm das Schäufelchen, das einer der Totengräber bereithielt, und schüttete damit noch eine Handvoll Erde nach.

Den Kindern musste er die Hand führen, als sie auf dieselbe Weise den letzten Abschied von ihrer Mutter nahmen.

Dann stellten sie sich neben dem Grab auf und nahmen die Beileidsbekundungen der Trauernden entgegen. Die Ersten in einer Reihe von weit über hundert Menschen warfen nacheinander einen kurzen Blick in das offene Grab, manche auch eine Blume oder ein Schäufelchen Erde, bevor sie Ben die Hand gaben und Betroffenheit oder Trost murmelten. Manu warf ein ganzes Blumenbouquet hinab. Als er Ben die Hand reichte, hielt dieser sie länger als die der anderen davor.

»Ich verstehe immer noch nicht«, sagte Ben heiser, »was sie in dieser Gegend wollte. Man weiß doch, dass es in der ganzen Stadt zu tödlichen Raubüberfällen kommen kann.«

»Wir werden es wohl nie erfahren«, sagte Manu. »Wahrscheinlich fühlte sie sich zu sicher. Immerhin ist sie in Lagos aufgewachsen.«

»Danke, dass du gekommen bist.«

»Ist doch selbstverständlich«, sagte Manu. »Wenn ihr irgendetwas braucht, melde dich.«

Gemessenen Schritts entfernte er sich von der Trauergesellschaft. Seine Begleiter in Schwarz fielen zwischen den anderen Trauergästen nicht auf.

Kurz musste Manu an jene Nacht zurückdenken. Das kleine Mädchen an seiner Hand. Ihrer beider Angst. Panik.

Traurig, dass es so hatte kommen müssen.

Der Kies knirschte unter seinen Schuhen. Es war ein milder, sonniger Nachmittag Ende Mai, der blaue Himmel wolkenlos, und die Vögel in den Bäumen ringsum besangen unbeschwert den Frühling.

141

Gil unterzeichnete den Vertrag im Blitzlichtgewitter der internationalen Medien. Neben ihm setzte gleichzeitig der chinesische Staatspräsident sein Zeichen unter eine identische Ausgabe der Vereinbarung. Als Dritter im Bunde saß an Gils anderer Seite der indonesische Präsident, aktueller Vorsitzender der Safe-Heaven-Allianz, und signierte seine Kopie.

Jeder Schritt dieser Inszenierung war in hektischen diplomatischen Verhandlungen aufwendig aufeinander abgestimmt und choreografiert worden.

Hinter ihnen hatten sich dreißig Vertreter der internationalen Gemeinschaft versammelt, in ihrem Zentrum der Generalsekretär der Vereinten Nationen. Die meisten lächelten. Manche trugen eine dem Moment angemessene feierliche Miene zur Schau.

Über allen spannte sich ein breites blaues Transparent mit dem Schriftzug: *Internationaler Vertrag zur Klimakontrolle.*

Nun schoben die drei ihre Kopien des Konvoluts jeweils zum Nachbarn, die sie auch unterzeichneten. Im Anschluss erhoben sie sich, schüttelten einander die Hände, fassten noch mit der jeweils zweiten Hand hinein, worauf auch der UN-Generalsekretär und einige andere ihre Hände dazusteckten, bis der Fingersalat wie ein gordischer Knoten aussah, in den alle verwickelt waren.

»Ich bin stolz und glücklich«, erklärte Gil, »dass unsere großartigen Nationen nach den erfolgreichen und zufriedenstellenden

Begutachtungen des Safe-Heaven-Programms in einer Rekordzeit von nur drei Wochen nach Programmstart zu einer Kooperation gefunden haben, die weitere konstruktive Verhandlungen über das Weltklima für die Zukunft sichern wird.«

»Gemeinsam mit dem Großen Sonnenschirm«, ergänzte der chinesische Staatspräsident, »ermöglicht diese Zusammenarbeit weitere Forschung, Initiativen und Abkommen zur Eindämmung der Klimakrise und einen sanften Übergang in eine klimaneutrale Welt.«

»Diese gemeinsame Anstrengung der internationalen Gemeinschaft«, fügte der indonesische Präsident an, »läutet ein neues Zeitalter globaler Verantwortung und gleichberechtigter Zusammenarbeit aller Völker dieser Erde für eine lebenswerte Umwelt und Zukunft ein.«

»Oder so ähnlich«, murmelte Manu zu den Bildern in seiner Augmented-Reality-Brille, über die er die Feier aus der BB2-Lounge verfolgte.

Als die Honoratioren sich gegenseitig zu beklatschen begannen, fiel Manu schleppend mit ein, während ein Lächeln um seine Lippen zuckte.

142

Maxine Brodt beugte sich über ihren Tabletcomputer und betrachtete die Zahlen noch einmal genau.

Im zweiten Semester ihres Studiums am Physikinstitut der Universität Leiden hatte sie sich, wie so viele ihrer Mitstudierenden, während der vergangenen Wochen der Analyse von Daten des gerade entstehenden internationalen Klimakontroll-Konsortiums verschrieben.

Sie zeigte die Grafiken ihrem Nachbarn Istvan. Der Postdoc war sechsundzwanzig Jahre alt und galt als einer der begabtesten Physiker an der Universität. Auch wenn Maxine nicht wusste, weshalb – Einstein hatte in diesem Alter bereits seine wichtigsten Arbeiten veröffentlicht.

»Kann nicht sein«, sagte er und wandte sich wieder ab.

»Schau hin!«, forderte sie. »Wenn diese Messungen und Berechnungen stimmen, bringt die Safe-Heaven-Allianz ein Vielfaches der angegebenen Mengen aus. Seit Programmstart vor vier Wochen! Damit stoppen sie die Erwärmung nicht nur! Das würde zu einer Abkühlung führen!«

»Unsinn. Wenn das so wäre, hätten das andere auch schon längst gesehen.«

Er musterte die Unterlagen genauer.

»Rechne das noch einmal nach«, sagte er.

»Habe ich schon«, beharrte Maxine. »Drei Mal.«

»Dann mach es ein viertes Mal.«

»Deshalb bitte ich ja dich, es auch einmal zu tun.«

Istvan verdrehte die Augen.

»Meinetwegen«, sagte er. »Ich schau es mir an. Morgen.«

Nachdem Istvan und zwei Kolleginnen Maxine trotz mehrmaligen Nachfragens zwei Tage später noch immer kein Feedback gegeben hatten, schrieb sie eine E-Mail, in der sie ihre Erkenntnisse zusammenfasste. In den Anhang packte sie die zugehörigen Daten, Statistiken und Grafiken. Die Mail versandte sie an die Institutsleitung, das Universitätsdirektorium, zwei Dutzend weitere internationale Institute, den Weltklimarat, das UNO-Generalsekretariat, an die Klimakampfikone Sienna Banks und einige andere Klima-NGOs sowie an Dutzende internationale Medien. Zudem veröffentlichte sie das Material online.

Die Mehrheit der E-Mails landete in Spamordnern und wurde nie gelesen. Einige erreichten ihre Adressaten. Sie überflogen die Mail, eine von Hunderten, die täglich in ihrer Mailbox mit irgendwelchen Bitten, Vorschlägen, Plänen oder Studien landeten. Niemand nahm sie ernst. Kein Wunder, wurden sie doch jeden Tag geflutet von Texten irgendwelcher Spinner. Was sollte eine Studentin im zweiten Semester außerdem schon herausgefunden haben! Die meisten vergaßen es. Einige leiteten es weiter an untergeordnete Stellen. Am Ende des Prozesses erreichten zwei E-Mails Personen, die ansatzweise verstanden, was darin stand. Die eine gab sie weiter an einen Studenten im vierten Semester, der die Sache einmal nachrechnen sollte. Die zweite vertiefte sich in die Unterlagen. Beschloss daraufhin, die Berechnungen mit den mittlerweile aktualisierten Beobachtungsdaten noch einmal durchzuführen. Das würde dauern.

Maxines öffentlich gestellter Text verzeichnete nach einem Tag drei Zugriffe. Nach dem zweiten Tag sieben. Eine Person hatte den Text in den sozialen Medien geteilt. Aluhutträger und Flacherdegläubige, wie Maxine schnell herausfand.

Am nächsten Tag blickten die Bewohner Bostons überrascht hoch, als Schneeflocken aus dem Junihimmel auf sie herabzuschweben begannen.

Nachwort und Dank

Die Konzepte in diesem Buch wurden wissenschaftlich bislang (Stand Winter 2022/23) theoretisch diskutiert und teilweise modelliert, jedoch so gut wie nicht in der Praxis erforscht. Tatsächlich mögliche oder notwendige Maßnahmen, ihr zeitlicher, mengenmäßiger und organisatorischer Umfang sind daher nur bedingt vorhersagbar, beziehungsweise gehen die Annahmen darüber weit auseinander, ebenso wie über die denkbaren Konsequenzen in der Realität. Als Thrillerautor konnte ich meiner Fantasie also freien Lauf lassen und habe das getan!

Ich danke den üblichen Verdächtigen: dem Team beim Verlag Blanvalet und in der Verlagsgruppe Penguin Random House und dem Team der Literaturagentur Michael Gaeb. Plus den geschätzten Kolleginnen und Kollegen Alex Beer, Ursula Poznanski und Andreas Gruber, mit denen ich mich über dramaturgische Aspekte des Projekts austauschen durfte.

Und natürlich meiner Frau, die während des Entstehens wie immer zu jeder Diskussion bereit war und wieder einmal engelsgleiche Geduld bewies!